U0038347

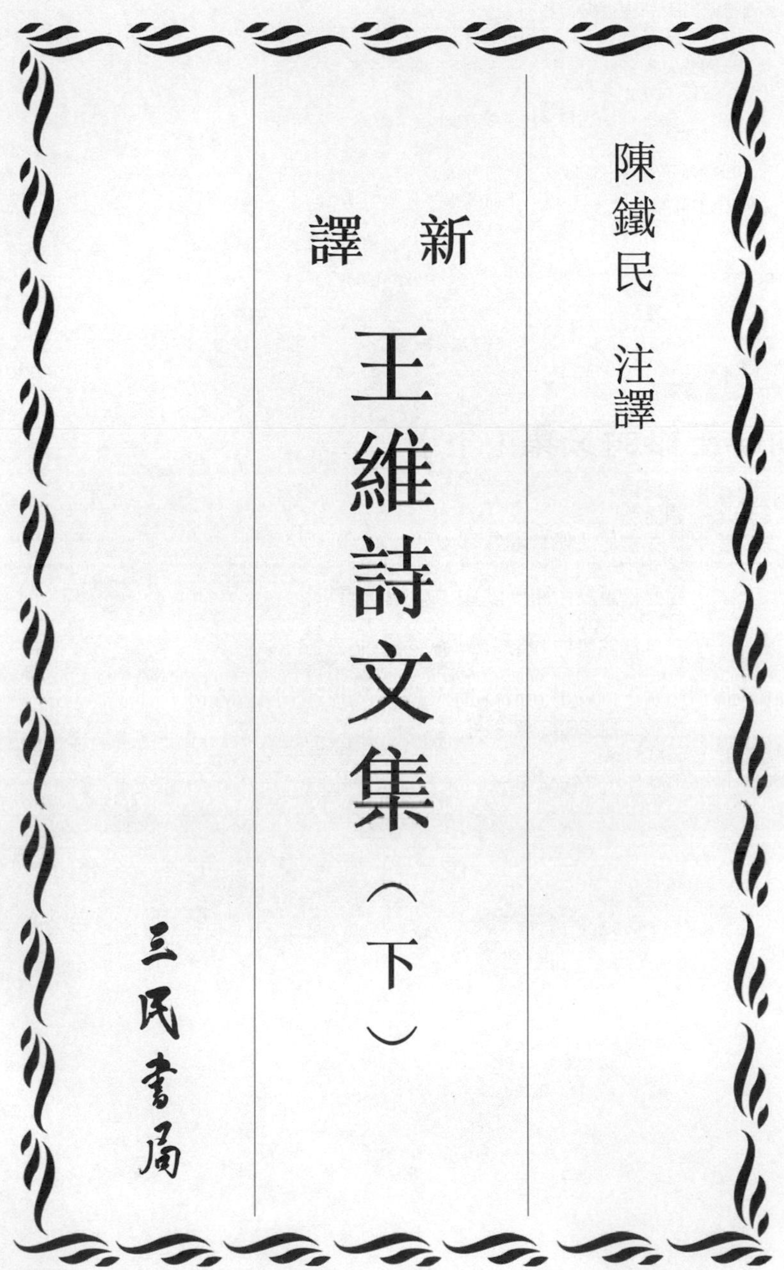

陳鐵民　注譯

新譯王維詩文集（下）

三民書局

國家圖書館出版品預行編目資料

新譯王維詩文集／陳鐵民注譯.－－初版二刷.－－臺北市：三民，2022
冊；　公分.－－(古籍今注新譯叢書)

ISBN 978-957-14-5230-2（上冊:平裝）
ISBN 978-957-14-5231-9（下冊:平裝）

844.15　　98014200

古籍今注新譯叢書

新譯王維詩文集(下)

注譯者｜陳鐵民
發行人｜劉振強
出版者｜三民書局股份有限公司
地址｜臺北市復興北路386號(復北門市)
臺北市重慶南路一段61號(重南門市)
電話｜(02)25006600
網址｜三民網路書店 https://www.sanmin.com.tw

出版日期｜初版一刷 2009年11月
初版二刷 2022年2月
書籍編號｜S033160
ISBN｜978-957-14-5231-9

三民書局

新譯王維詩文集　目次

下冊

未編年詩

文　選

文選附錄

輞川集并序

【題解】輞川，王維的別業，在陝西藍田南輞谷內。《長安志》卷一六：「輞谷在（藍田）縣南二十里。」「清源寺在縣南輞谷內，唐王維母奉佛山居，營草堂精舍，維表乞施為寺焉。」輞谷是一條長二十餘華里、多數地段寬約二百至五百公尺的峽谷，成西北、東南走向，其北口在藍田縣城南八華里。谷中有一條輞水（又稱輞谷水）流貫。《長安志》卷一六：「輞谷水出南山輞谷，北流入灞水。」輞川之「川」，大抵為平川之意，蓋係沿輞水而形成的一道山中平川，故稱輞川。王維輞川別業地處輞谷南端，原為宋之問藍田別墅，後維得之，復加營治。李肇《唐國史補》卷上：「王維……得宋之問輞川別業，山水勝絕，今清源寺是也。」《舊唐書・王維傳》：「維……得宋之問藍田別墅，在輞口，輞水周於舍下，別漲竹洲花塢，與道友裴迪浮舟往來，彈琴賦詩，嘯詠終日。嘗聚其田園所為詩，號《輞川集》。」《輞川集》為王維與裴迪歌詠輞川之五絕（各二十首）的合集。王維得輞川別業在天寶初，自得別業後至天寶十五載（七五六）陷賊前，他每每在公餘閒暇或休假期間回輞川小憩（參見拙作〈王維年譜〉），他寫的與輞川有關的詩歌皆作於此期間，具體年代則難以確切考定。現將王維寫的與輞川有關的詩歌編排在一起（起於〈輞川集〉，訖於〈秋夜獨坐〉），以便於讀者瞭解王維在輞川的隱逸生活和詩歌創作。〈孟城坳〉是〈輞川集〉中的第一首詩，裴迪同詠曰：「結廬古城下，時登古城上。古城非疇昔，今人自來往。」胡元煐《重修輞川志》卷二：「孟城坳，土人呼為關，即此。」可見孟城是一處古關城。這處古關城應該就是南朝宋武帝劉裕征關中時在藍田修築的思鄉城（城旁多柳，又名柳城）。說詳拙作〈輞川別業遺址與王維輞川詩〉（見《王維論稿》）。坳，山間平地。

余別業在輞川山谷，其遊止有孟城坳、華子岡、文杏館、斤竹嶺、鹿柴、木蘭柴❶、茱萸沜、宮槐陌、臨湖亭、南垞、欹湖、柳浪、欒家瀨、金屑泉、白石灘、北垞、竹里館、辛夷塢、漆園、椒園等，與裴迪❷閒暇各賦絕句云爾。

孟城坳

新家孟城口，古木餘衰柳。來者復為誰？空悲昔人有❸。

【注釋】❶柴　宋蜀本作花。下同。❷裴迪　參見〈春日與裴迪過新昌里訪呂逸人不遇〉題解。迪之同詠凡二十首，載《全唐詩》卷一二九。❸來者二句　《唐音癸籤》卷二一：「輞川舊為宋之問別業，摩詰後得之為莊。昔人似指之問，非為昔人悲，悲後人誰居此耳。總達者之言。」《唐詩別裁》卷一九：「言後我而來者不知何人，又何必悲昔人之所有耶！達人每作是想。」空，只。

【語譯】我的別業在輞川山谷，它可遊憩的地方有孟城坳、華子岡、文杏館、斤竹嶺、鹿柴、木蘭柴、茱萸沜、宮槐陌、臨湖亭、南垞、欹湖、柳浪、欒家瀨、金屑泉、白石灘、北垞、竹里館、辛夷塢、漆園、椒園等，與裴迪空閒無事各寫作了一些絕句。

我新近在孟城口安家落戶，城旁古樹僅餘下幾株枯柳。將來到這裡安家的人又是誰？只能為這裡昔日的主人而悲傷。

【研析】詩的前二句寫新住地旁邊的古城，僅餘幾株枯柳，語中含不盡今古盛衰變遷之慨。其中「新」字、「古」字為關鍵字，它們使後二句的轉接不顯突兀。後二句說將來到這裡安家的人為誰，不得而知，只能為此地昔日的主人而悲傷。蓋悲世事遷流，昔人已逝！今日自己悲昔人，安知他日來者不悲自己？「四句中無限曲折，含蓄不盡」（清李鍈《詩法易簡錄》）。

華子岡

【題解】輞川山谷東西兩側都是連綿的群山，據王維〈輞川圖〉（明刻石本，凡七石，現藏藍田縣文物管理所），華子岡是輞川山谷中段東側的一座山峰，屬於自然景觀。本詩是〈輞川集〉中的第二首詩。

飛鳥去不窮，連山復秋色。上下華子岡，惆悵情何極❶？

【注釋】❶何極　意謂不盡，沒有終極。

【語譯】空中的鳥兒飛走沒有窮盡，連綿的山峰又現一派秋色。我爬上又走下華子岡，惆悵之情哪有終極？

【研析】這首詩寫登華子岡的所見與所感。首句之「不窮」，含有兩個意思，一指日落時（裴迪同詠有「落日松風起」之句）不斷有歸林的鳥兒飛走，無窮無盡；二指鳥兒越飛越遠，不見盡頭。詩的首二句寫景，以大筆勾畫了寥闊無盡的境界。清張謙宜《絸齋詩談》卷五論此詩云：「根在上截。」末二句寫情，抒發由空間的無窮與秋色的無盡所觸發的無限惆悵之情，其中蘊含幽深，極耐尋繹。由此二句，讀者還可想見詩人徘徊於秋山暮色中的情景。

文杏館

【題解】文杏，即銀杏。《西京雜記》卷一：「初修上林苑，群臣遠方各獻名果異樹。……杏二：文杏、蓬萊杏。」注：「材有文采者。」據石本〈輞川圖〉，文杏館是輞川山谷南段東側山腰的幾座亭子，其四周有圍欄。本詩是〈輞川集〉中的第三首詩。

文杏裁為梁❶，香茅❷結為宇。不知棟裡雲，去作人間雨❸。

【注釋】❶文杏句　意本司馬相如〈長門賦〉：「刻木蘭以為榱兮，飾文杏以為梁。」❷香茅　茅的一種，又名菁茅，生湖南及江、淮間，葉有三脊，其氣芬芳。《管子・輕重丁》：「江、淮之間，有一茅而三脊……名之曰菁茅。」《穀梁傳》僖公四年注：「菁茅，香草，所以縮酒，楚之職貢。」《文選》左思〈吳都賦〉：「食葛香茅。」劉淵林注：「香茅，生零陵。」❸不知二句　寫文杏館之高。郭璞〈遊仙詩〉七首其二：「青溪千餘仞，中有一道士。雲生梁棟間，風出窗戶裡。」裴迪同詠曰：「迢迢文杏館，躋攀日已屢。」亦寫文杏館之高。

【語　譯】用銀杏木裁製成屋梁，用香茅草編織成屋簷。不知不覺梁棟裡的雲，竟飛向人間化成了雨。

【研　析】此詩首二句以文杏、香茅兩種植物，突出了文杏館的芳潔精美；末二句以棟裡雲彩飛向人間化而為雨的優美想像，摹寫出文杏館的高遠、幽靜，猶如仙境一般。這兩句純用虛筆，能動人遐思，使人聯想到詩人清高脫俗的精神境界。

斤竹嶺

【題　解】據石本〈輞川圖〉，斤竹嶺是輞川山谷南段鄰近文杏館的一處長著斤竹的山嶺。圖中的竹林四周無圍欄，當屬天然景觀。斤竹，趙殿成注曰：「《通志略》：竹之良者，惟有篁竹，謝靈運所遊之澗，今在雁蕩，則斤竹即篁竹是矣。」按，《集韻》：「篁，竹名，通作斤。」又《重修輞川志》卷二：「斤竹嶺，一名金竹嶺，其竹葉如斧斤，故名。」本詩是〈輞川集〉中的第四首詩。

檀欒❶映空曲❷，青翠漾漣漪❸。暗入商山❹路，樵人不可知。

【注　釋】❶檀欒　竹美貌。枚乘〈梁王兔園賦〉：「修竹檀欒，夾池水旋。」《文選》左思〈吳都賦〉：「其竹則……檀欒嬋娟。」呂向注：「皆美貌。」❷空曲　指高峻險僻的山峰。杜甫〈重經昭陵〉：「陵寢盤空曲，熊羆守翠微。」❸青翠句　謂風起處竹林裡蕩漾著綠色的波浪。❹商山　在陝西商州東南。唐時自長安赴襄陽的驛道，經藍田縣城、藍田關、商山、武關等地。其中自藍田縣城至藍田關一段，有幾條通道可供行人選擇，輞谷即是這幾條通道中的一條，故云「暗入商山路」。《長安志》卷一六：「采谷……與輞谷並有細路通商州上洛縣（今商州）。」

【語　譯】美麗的竹子遮蓋了高峻險要的山峰，風起處竹林裡蕩漾著綠色的波浪。嶺上有祕密進入商山的路，打柴的人都不可能知道。

【研　析】此詩描寫斤竹嶺之竹。明顧可久評此詩云：「摹寫竹深處，正不在雕琢。」《唐王右丞詩集注說》所評是。詩的前二句寫遙望漫山遍野的竹子之美。後二句略作誇張，展現了竹林蓬勃旺盛的生機和幽深莫測的氣象。其中末句值得我們注意，連樵夫都不能知的山林中小路有誰能知？唯有幽人隱者能知之。在這話裡，隱藏著詩人對隱逸生活的神往之情。

鹿　柴

【題　解】柴，通「寨」、「砦」。即柵欄、籬障。鹿柴大概是山林中一處周圍有柵欄的養鹿的地方。本詩是〈輞川集〉中的第五首詩。

空山不見人，但聞人語響。返景❶入深林，復照青苔上。

【注　釋】❶返景　落日的迴光。《初學記》卷一：「日西落，光反射於東，謂之反景。」

【語　譯】幽深空寂的山林裡見不到人，只隱約聽到人說話的聲響。一束夕陽的斜光穿過密林，又照在了林中的青苔上。

【研　析】這首詠鹿柴的詩，絕非風景寫生式的作品。它著重表現了詩人獨處於空山深林的感受。詩的前二句說，「空山不見人」，只有「不見人」之人（即詩人自己）在，他隱約聽到山林中傳來了人語聲。不見人，寫出了山林的寂靜；聞人語，則知寂靜中有響聲，而非死寂，詩歌在有聲與無聲的映襯中，透露出了大自然的生機。詩的後二句寫詩人看到一束夕陽的斜暉，穿過密林的空隙，射在了林中的青苔上。這景色只有安閒幽靜之人才會注意到，詩人善於從紛繁變幻的自然景物中，攝取自己心領神會的一剎那，或一個片段，用妙筆加以刻畫，使之成為能讓人們不斷心領神會的藝術永恆，這後兩句詩就是如此。雖然全詩畫面極有限，筆墨極簡淡，卻創造出了一個寂靜清幽的境界，並流露了詩人沉浸在這一境界中的心情、意趣，從而使這首只有二十個字的詩，具有了超常的容量。明李東陽稱讚這詩說：「淡而愈濃，近而愈遠，可與知者道，難與俗人言。」《麓堂詩話》所言不無道理。

木蘭柴

【題　解】木蘭，落葉喬木，葉子互生，倒卵形或卵形，花大，內白外紫。從石本《輞川圖》上看，木蘭柴與斤竹嶺相鄰，是山坡上的一片周圍有柵欄的木蘭林。本詩是〈輞川集〉中的第六首詩。

秋山斂餘照，飛鳥逐前侶。彩翠❶時分明，夕嵐❷無處所❸。

【注釋】❶彩翠　指在秋天落日餘暉的映照下，滿山秋葉顯露的鮮豔色彩。❷嵐　山上的霧氣。❸無處所　指霧氣消散。宋玉〈高唐賦〉：「風止雨霽，雲無處所。」

【語譯】秋天的山峰漸漸收斂起落日餘暉，歸林的鳥兒連續前後相隨而飛。滿山秋葉時或顯露其鮮豔色彩，傍晚的霧氣已消散得無影無蹤。

【研析】這首詩雖寫木蘭柴，卻並非木蘭柴具體景物的再現，而是攝取山間秋日夕照的短暫動人景象，予以突出的描繪，從而在讀者眼前展現出了一幅絢爛明麗的秋山夕照圖。從這幅圖畫中，讀者不難感受到，秋山的景色佳麗，美不勝收，詩人置身其中，心情是愉快的。此詩句句寫景，無一語言情，而情在景中。它用景寫意，就像中國傳統的山水畫一樣。此詩語言工妙，達於爐火純青之地。如首句用一「斂」字，不僅寫出了夕照慢慢消失的過程，而且將秋山也人格化了；第三句所寫彩翠的時顯時晦，或明或暗，正與秋山之「斂餘照」緊緊聯繫著。全詩的用語，堪稱精到而又自然。

茱萸沜

【題解】沜，水涯。水邊的一片茱萸林，因名茱萸沜。本詩是〈輞川集〉中的第七首詩。

結實紅且綠，復如花更開❶。山中倘留客，置此芙蓉杯❷。

【注　釋】❶結實二句　描寫結滿果實的茱萸樹的美麗。茱萸分山茱萸、吳茱萸、食茱萸三種。山茱萸花黃色，果實長橢圓形，棗紅色；吳茱萸花綠黃色，果實小，紅色；食茱萸花淡綠黃色，果實球形，成熟時呈紅色。三種茱萸之果實皆可入藥。❷置此句　指把茱萸之果實放到酒裡待客。按，古有置茱萸於酒中而食的習俗，《太平御覽》卷三二引〈齊人月令〉曰：「重陽之日，必以餻酒登高眺迥……酒必採茱萸、甘菊以泛之，既醉而還。」芙蓉，喻杯之美。趙注本原作茱萸，從宋蜀本、明十卷本、《全唐詩》等改。

【語　譯】茱萸結的果實又紅又綠，猶如茱萸花再次開放。山裡人家倘若留客人吃飯，就把它泡在待客的酒杯裡。

【研　析】這首詩的前二句描寫結了果實的茱萸樹之美，後二句說茱萸的果實是山中待客的佳品。木蘭柴是山坡上的一片周圍有柵欄的木蘭林，茱萸沜是水邊的一片茱萸林，兩個地方的景色很接近，而兩首詩的寫法卻迴然不同。上詩寫木蘭柴卻未及木蘭，本詩詠茱萸沜而只寫茱萸；上詩題外屬辭，本詩就題命意；上詩之詩境能引發讀者的豐富聯想，而本詩之詩境卻較直露而少餘蘊。

宮槐陌

【題　解】宮槐，槐的一種，即守宮槐。《爾雅·釋木》：「守宮槐，葉晝聶宵炕。」邢疏：「此亦槐也。聶，合也；炕，張也。言其葉晝合夜開者，別名守宮槐。」此指槐樹。裴迪同詠曰：「門前宮槐陌，是向欹湖道。」知宮槐陌是一條路旁植有槐樹的通向欹湖的小路。本詩是〈輞川集〉中的第八首詩。

仄❶逕蔭宮槐❷，幽陰多綠苔。應門❸但迎掃，畏有山僧來。

【注　釋】❶仄　狹窄。❷蔭宮槐　為宮槐所遮蔽。❸應門　指照看門戶的僕人。李密〈陳情表〉：「內無應門五尺之僮。」

【語　譯】狹窄的小路被槐樹遮蓋，路上幽暗長出不少綠苔。看門的僕人只管掃路迎客，恐怕有山裡的僧人就要前來。

【研　析】這首詩的前二句實寫一條旁邊植有槐樹的小路的景色，「多綠苔」除了說明路上幽暗外，還說明多雨和人跡罕至；後二句用虛寫，襯托出了輞川隱居生活的閒逸。宮槐陌的景色本來平淡無奇，如果純用實筆，詩歌恐怕難以有精彩的表現。

臨湖亭

【題　解】臨湖亭，欹湖上的一座亭子。本詩是〈輞川集〉中的第九首詩。

輕舸迎上客，悠悠湖上來❶。當軒對樽酒，四面芙蓉開❷。

【注釋】❶輕舸二句　寫派人駕船迎客。舸，大船。此泛指船。上，《萬首唐人絕句》作仙。❷當軒二句　寫與客人在臨湖亭上飲酒賞荷。芙蓉，荷花。

【語譯】一條輕快的船迎接了貴客，悠閒自在地往欹湖上來。我與客人在臨湖亭上臨窗飲酒，此時亭子四面正有蓮花盛開。

【研析】這首詩詠臨湖亭，不寫亭子本身，只說輕舟迎客，臨窗對飲，以及湖蓮盛開，而臨湖亭上景色的美好動人，和詩人飲酒賞荷的雅興閒情，讀者已可想見。由詩的末句我們還可得知，欹湖的形狀應是不規則的，臨湖亭就在一處突入湖中的岸上，所以有「四面芙蓉開」之感。

南垞

【題解】南垞，當是欹湖南岸的一個小村寨。垞，小丘。《集韻》：「垞，直加切，同隮，小丘名。」裴迪同詠曰：「孤舟信風泊，南垞湖水岸。」知南垞臨湖。本詩是〈輞川集〉中的第十首詩。

輕舟南垞去，北垞❶淼難即❷。隔浦望人家❸，遙遙不相識。

【注釋】❶北垞　欹湖北岸的一個小村寨。❷淼難即　謂水廣大無際難於靠近。即，靠近。❸隔浦句　指隔湖遙望北垞之人家。

【語譯】我乘坐輕快的小船到南垞去，北垞由於水廣大無際難於靠近。我隔湖望著北垞的人家，感到遠而又遠都不相識。

【研析】這首詩題為「南垞」，卻只寫乘船在此間眺的情景。它引導讀者由清碧無垠的湖光水色，可望而不可即的對岸人家，去想像南垞的美景；而且詩人自己在南垞間眺的清致雅興，讀者從詩裡也完全能夠感受到。

欹湖

【題解】欹湖，輞水匯積成的一個天然湖泊，今已乾涸。輞水發源於秦嶺北麓梨園溝（見《藍田縣志》卷六），自輞谷南口流入谷，由北口流出谷。輞水唐時流量大，當其北流至輞谷北口一帶時，由於水道狹窄（自輞谷北口入谷，前五里處谷地險狹，見《藍田縣志》卷六），水流受阻，因而就在輞谷中段偏北的一段地勢較低的山谷中，匯積而成為欹湖。「欹」為傾斜之意，指湖底呈傾斜狀。本詩是〈輞川集〉中的第十一首詩。

吹簫凌極浦❶，日暮送夫君❷。湖上一迴首❸，山青❹卷白雲。

【注　釋】❶淩極浦　指乘舟送客，越過遙遠的水邊。《楚辭・九歌・湘君》：「望夫君兮未來，吹參差兮誰思。」❷夫君　以稱友朋。夫，語氣詞。❸首　麻沙本、元本作看。❹山青　宋蜀本、明十卷本、《全唐詩》等作青山。

【語　譯】吹著簫越過遙遠的水濱，傍晚時分我乘船送別友人。友人在欹湖上驀然一回首，看見了青山上正翻捲著白雲。

【研　析】〈臨湖亭〉寫迎客，本詩則寫送客。詩歌設置了湖上送客的場景來表現欹湖之美，構思新穎別致。詩的後二句善於捕取自然景物中最為動人的一個側面加以刻畫，具有以少勝多之長。此詩構思之妙還表現在那青山白雲與湖光相輝映的動人之景，乃是被送友人驀然回望所見，其中隱含著他捨不得離去的無盡深情。無盡深情卻於景中寫出，不能不歎服詩歌的表現藝術之高明。全詩不但境界精美，而且一往情深。

柳　浪

【題　解】柳浪，當是在欹湖旁的一片柳林。裴迪同詠云：「映池同一色，逐吹散如絲。」本詩是〈輞川集〉中的第十二首詩。

分行接綺樹❶，倒影入清漪。不學御溝上，春風傷別離❷。

【注釋】❶分行句　謂柳樹分行排列，一棵挨一棵。綺樹，猶美樹，指柳。❷不學二句　謂不學御溝上的柳樹，春日為別離而傷情。御溝，參見〈寓言〉二首其二注❶。長安御溝多楊柳，為行人往來之地，而古又有折柳贈別的習俗，故云。駱賓王〈代女道士王靈妃贈道士李榮〉：「落花泛泛浮靈沼，垂柳長長拂御溝。御溝大道多奇賞，俠客妖容遞來往。」王之渙〈送別〉：「楊柳東門樹，青青夾御河。近來攀折苦，應為別離多。」

【語譯】茂美的柳樹行行棵棵相接，它們的倒影映進了清波裡。不學長安御溝上的柳樹，在春風中為別離而傷情。

【研析】這首詩的前二句，實寫欹湖旁的柳林風光之美。後二句是虛筆，借詠柳以抒寫懷抱。御溝上的柳樹，因別離而受摧折，其自然體性遭到了損傷；則不學御溝上的柳樹，意味著要回復和保全自然體性。看來，詩人是將自己在輞川的隱居，與歸真返樸、回復和保全天然本性聯繫在一起的。

欒家瀨

【題解】欒家瀨，當是輞水的一段急流。瀨，湍急之水。本詩是〈輞川集〉中的第十三首詩。

颯颯秋雨中，淺淺❶石溜❷瀉。跳波自相濺，白鷺驚復下。

【注釋】❶淺淺　水流迅急貌。《楚辭·九歌·湘君》：「石瀨兮淺淺，飛龍兮翩翩。」❷石溜　亦作石留，即石間流水。《戰國策・韓策一》：「成皋石溜之地也，寡人無所用之。」《文選》左思〈魏都賦〉：「林藪石留而蕪穢。」張銑注：「石間有水曰石留。」謝朓〈郊遊詩〉：「潺湲石溜瀉。」

【語　譯】在沙沙作響的秋雨中，迅急的石間流水奔瀉。跳動的浪花自相飛濺，白鷺驚起隨又回翔而下。

【研　析】明顧璘評此詩說：「此景常有，人多不觀，唯幽人識得。」（見凌濛初刊《王摩詰詩集》）近人俞陛雲《詩境淺說》云：「秋雨與石溜相雜而下，驚起瀨邊棲鷺，回翔少頃，旋復下集。惟臨水靜觀者，能寫出水禽之性也。」所言皆是。此詩畫面活躍，富有生趣，但渲染出的境界，卻是深僻幽靜的。作者很善於借寫動態來表現靜境，雖然詩中完全不涉及人的活動，但讀者卻能感覺到有臨水靜觀的幽人在。

金屑泉

【題　解】金屑泉，當是輞川山谷中的一眼天然良泉。本詩是〈輞川集〉中的第十四首詩。

日飲金屑泉，少當千餘歲。翠鳳翔文螭，羽節朝玉帝❶。

【注　釋】❶翠鳳二句　謂成仙後乘龍鳳上天朝見玉帝。翠鳳，仙人所乘。王嘉《拾遺記》卷三：「西王母乘翠鳳之輦而來，前導以文虎、文豹，後列雕麟、紫麠。」翔，宋蜀本、明十卷本、《全唐詩》等作翊。文螭，有花紋的螭（傳說中一種無角的龍）。羽節，飾以鳥羽的節。指仙人的儀仗。李嶠〈太平公主山亭侍宴應制〉：「龍舟下瞰鮫人室，羽節高臨鳳女臺。」梁佚名《桓真人昇仙記》：「五色霞內見霓旌羽節，仙童靈官百餘人。」

【語　譯】每天喝金屑泉水，最少當活一千餘歲。成仙後乘翠鳳螭龍高飛，用儀仗作前導去朝見天帝。

【研　析】這首詩寫金屑泉水之佳美，前二句直說飲此泉之水可長生不老，後二句想像飲此水成仙後，乘龍駕鳳前去朝見天帝的景象。詩或據當地有關金屑泉的傳說寫成。明顧可久評此詩說：「極狀泉有仙靈氣，藻麗中復飄逸。」（《唐王右丞詩集注說》）所說不無道理。

白石灘

【題　解】白石灘，當是輞水的一處多白石的淺灘（今日輞河灘上，仍時見白石）。此篇《全唐詩》重見皎然集中，題云「浣紗女」（見《全唐詩》卷八一八）。按，白石灘為輞川別業遊止之一，裴迪亦有詠白石灘之詩，作皎然詩者非是。本詩是〈輞川集〉中的第十五首詩。

清淺白石灘，綠蒲❶向堪把❷。家住水東西❸，浣紗明月下。

【注　釋】❶蒲　草名。生於水邊，有香氣。❷向堪把　謂綠蒲已長高，差不多可以用手掌握住了。向，臨近；將近。《唐詩紀事》作尚。❸家住句　謂那些浣紗的少女居住於輞水東西岸（輞水自南往北流）。

【語　譯】在水流清澈有很多白石的淺灘上，新長出的綠蒲已接近可用手掌握住。少女們家住水流的東西兩岸，來到灘邊在明月下洗紗。

【研　析】本詩所寫的白石灘，景色原本平淡無奇，但詩人卻通過建立在生活體驗基礎上的藝術想像，構造了一個春夜月下少女在灘邊浣紗的場面，使明月、溪流、綠蒲、白石與浣紗的少女相映成趣，組成一幅色彩明麗、境界幽美、充滿生意的圖畫，並透過這一幅圖畫，表露了作者對大自然和田園生活的愛戀之情。王國維在《人間詞話》裡指出：「有造境，有寫境，此理想與寫實二派之所由分。」王維的山水詩，常為達情的需要而造境，而非眼前實境的再現，本詩就是一個例子。

北垞

【題　解】北垞，見〈南垞〉注❶。本詩是〈輞川集〉中的第十六首詩。

北垞湖❶水北，雜樹映朱欄。逶迤南川水，明滅青林端❷。

【注　釋】❶湖　指欹湖。裴迪同詠曰：「南山北垞下，結宇臨欹湖。」可證。❷逶迤二句　寫在地勢較高的北垞南望輞水所見景象。逶迤，彎彎曲曲、延續不絕的樣子。南川，當指南來的輞水。

【語　譯】北垞就在欹湖水的北邊，叢雜的樹木映襯著紅色的圍欄。曲折綿延從南邊流來的輞水，忽隱忽現於一片綠林的頂端。

【研　析】此詩寫在北垞所見景色，前半近景，後半遠景，皆歷歷在目，具有濃厚的畫意。明顧可久評曰：「『逶迤』、『明滅』字，曲盡叢林長流景色。」（《唐王右丞詩集注說》）宗白華說：「我們可以從（王維）詩中看他畫境，卻發現他裡面的空間表現與後來中國山水畫的特點一致……在西洋畫上有畫大樹參天者，則樹外人家及遠山流水必在地平線上縮短縮小，合乎透視法。而此處南川水卻明滅於青林之端，不向下而向上，不向遠而向近。和青林朱欄構成一片平面。而中國山水畫家卻取此同樣的看法寫之於畫面，使西人詫中國畫家不識透視法。然而這種看法是中國詩中的通例……而且使中國畫至今避用透視法。」（《藝境・中國詩畫中所表現的空間意識》）指出了中國傳統山水畫的特點和王維這首詩的畫意。

竹里館

【題　解】竹里館，當是竹林中的一座房舍。本詩是〈輞川集〉中的第十七首詩。

獨坐幽篁❶裡，彈琴復長嘯❷。深林人不知，明月來相照。

【注　釋】❶幽篁　深密幽暗的竹林。《楚辭・九歌・山鬼》：「余處幽篁兮終不見天。」❷長嘯　撮口發出悠長而清越之聲。

【語　譯】我獨自坐在幽深的竹林裡，一會兒彈琴又一會兒長嘯。林子深密旁人不知道，唯有明亮的月光來相照。

【研　析】此詩一開頭即說，竹林幽深，自己獨坐其中；後二句謂人不知與月相照，亦見出其「獨」。但是獨而不孤，有那明月似會意，與己為伴，與己相契；深林月夜，萬籟俱靜，但是安靜而不寂寞，詩人彈琴長嘯，何等自得、幽雅、熱鬧！這首詩創造了一個遠離塵囂、幽清寂靜的境界，其中分明活動著一個高雅閒逸、離塵絕世、彈琴嘯詠、怡然自得的詩人的自我形象。詩人以寂靜為樂，內心是淡泊、平和、恬靜的，就像一潭沒有波瀾的水。全詩寫得自然、渾成，不憑某一字句取勝，而從整體上見美。

辛夷塢

【題　解】辛夷，一名木筆，落葉喬木。其花初出時，苞長半寸，尖銳如筆頭；及開，似蓮花，有桃紅、紫二色。塢，四面高中間低的谷地。尋繹詩意，蓋因山坳中有辛夷樹，遂名辛夷塢。本詩是〈輞川集〉中的第十八首詩。

木末芙蓉花❶，山中發紅萼。澗戶❷寂無人，紛紛開且落。

【注　釋】❶木末句　辛夷花如芙蓉（蓮花），而開於木末，故云。《楚辭・九歌・湘君》：「搴芙蓉兮木末。」

裴迪同詠曰：「況有辛夷花，色與芙蓉亂。」❷澗戶　澗中的居室。盧照鄰〈羈臥山中〉：「澗戶無人跡，山窗聽鳥聲。」

【語譯】開放在樹梢頭的辛夷花，在山中長出紅色的花苞。山澗裡的房屋靜寂無人，這辛夷花紛紛開放了又凋落。

【研析】這首詩寫美麗的辛夷花在絕無人跡的山坳裡靜悄悄地自開自落，一切都與人世毫不相干；非常平淡，非常自然，沒有目的，沒有意識，沒有開放的喜悅，也沒有凋落的悲哀；詩人的心境，也猶如這遠離人世的辛夷花一般，他好像已忘掉自身的存在，而與那辛夷花融合為一了。在這裡，詩人找到了客觀景物與自己的主觀感情的契合點，所以詩中雖只是寫景，卻表現出了詩人的離世絕俗、超然出塵的思想情緒。由於詩人的這種思想情緒，是借助於平凡的景物形象來表現的，所以詩歌也就顯得不激切，不怒張，既蘊藉含蓄，又沖和平淡。

漆園

【題解】漆園，種漆樹的園子。本詩是〈輞川集〉中的第十九首詩。

古人非傲吏❶，自闕經世務❷。偶寄❸一微官❹，婆娑數株樹❺。

【注釋】❶古人句　古人，《鶴林玉露》作漆園。《文選》郭璞〈遊仙詩〉七首其一：「漆園有傲吏，萊氏有逸妻。」《史記・老莊申韓列傳》：「莊子者，蒙人也，名周。周嘗為蒙漆園吏……楚威王聞莊周賢，使使厚幣迎之，許以為相。莊周笑謂楚使者曰：『……子亟去，無汙我，我寧游戲汙瀆之中自快，無為有國者所羈，終身不仕，以快吾志焉。』」此句一反郭詩之意，謂莊周並非傲吏。❷自闕句　謂莊周不出來任事，是由於自己缺少治理世事的才幹。經，治理。務，《鶴林玉露》作具。❸寄　依。❹微官　指漆園吏。❺婆娑句　謂逍遙於林下。婆娑，《文選》班固〈答賓戲〉：「婆娑乎術藝之場。」李善注：「婆娑，偃息也。」郭璞〈客傲〉：「莊周偃蹇（偃臥不事事之意）於漆園，老萊婆娑於林窟。」

【語譯】古代的莊周並不是高傲的小吏，他自己本來缺少治理國事的才器。偶然依靠一任微官生活，優游自得於數株漆樹下。

【研析】此詩由種漆樹的園子，聯想到曾為蒙漆園吏的莊周，並借寫莊周以自況。前二句一反郭璞詩「漆園有傲吏」之意，表示自己卜居輞川非為性傲，而是因為缺少治理國事的才幹。這已不是失志的牢騷，而是年長「識道」後的選擇與決心退隱的一個「理由」。此時詩人的用世之志已銷減殆盡。宋朱熹說：「余平生愛王摩詰詩云：『古人非傲吏……。』以為不可及，而舉以語人，領解者少。」（見宋羅大經《鶴林玉露》甲編卷六〈朱文公論詩〉）朱熹喜愛此詩，或許是因為它富有理趣，耐人尋味。此詩如不視為引古自況，還真提示了歷史上的一種現象：不少著名隱士確實缺少治理國事的才幹。

椒園

【題解】椒，即花椒。本詩是〈輞川集〉中的第二十首詩。

桂尊❶迎帝子❷，杜若❸贈佳人。椒漿❹奠❺瑤席❻，欲下❼雲中君❽。

【注釋】❶桂尊　桂，肉桂，常綠喬木，其皮可為香料。尊，酒器。桂尊疑指盛桂酒之尊。《漢書・禮樂志》：「尊桂酒，賓八鄉。」師古注：「應劭曰：桂酒，切桂置酒中也。晉灼曰：尊，大尊也。元帝時大宰丞李元記云：以水漬桂為大尊酒。」亦指用桂木製作的尊。駱賓王〈帝京篇〉：「春朝桂尊尊百味，秋夜蘭燈燈九微。」❷帝子　《楚辭・九歌・湘夫人》：「帝子降兮北渚，目眇眇兮愁予。」帝子，指湘夫人。相傳湘夫人為堯女，故稱帝子。❸杜若　香草名，葉廣披針形，味辛香。〈九歌・湘君〉：「采芳洲兮杜若，將以遺兮下女。」桂與杜若，當皆為椒園中所生之物。❹椒漿　花椒酒。〈九歌・東皇太一〉：「蕙肴蒸兮蘭藉，奠桂酒兮椒漿。」王逸注：「椒漿，以椒置漿中也。」漿，薄酒。❺奠　置物而祭。❻瑤席　形容席子光潤如玉。〈東皇太一〉：「瑤席兮玉瑱，盍將把兮瓊芳。」❼下　指神靈下降。❽雲中君　雲神。〈九歌〉有〈雲中君〉，王逸注：「雲神豐隆也，一曰屏翳。」君，麻沙本、元本、顧本俱作身。

【語譯】樽中盛滿桂酒迎接帝堯之女，採摘芳香的杜若贈送給佳人。把花椒酒放在神座前的席面上祭奠，雲中君也要一起下降人間享用祭品。

【研析】這首詩就椒園中生長的花椒、桂樹、杜若等植物來著筆。由桂樹想到它的皮可泡在酒裡製成桂酒，用以祭神；由杜若想到它有香味，可用來贈給佳人；還有花椒也可浸在酒裡做成椒漿，用來祭神。這樣，椒園就與祭神聯繫了起來，這首詩也以描寫祭神場面為主要內容。詩中說所祭的神為湘水女神（帝子、佳人）與雲神，都見於《楚辭・九歌》，詩中所寫祭神用的東西，如杜若、椒漿、瑤席，也都是〈九歌〉中提到的，本詩與〈九歌〉的這種關係，增添了詩歌的神話傳說色彩。

輞川閒居贈裴秀才迪

【題解】秀才，參見〈送嚴秀才還蜀〉題解。此詩作於居輞川時。詩歌為讀者展現了一幅輞川秋日雨後的風景圖畫。

寒山轉❶蒼翠，秋水日潺湲。倚杖柴門外，臨風聽暮蟬。渡頭餘落日，墟里❷上孤烟。復值接輿❸醉，狂歌五柳❹前。

【注釋】❶轉　顧本作積。❷墟里　村落。陶淵明〈歸園田居〉五首其一：「曖曖遠人村，依依墟里烟。」❸接輿　參見〈偶然作〉五首其一注❶。此處以佯狂遯世的接輿喻裴迪。❹五柳　參見〈偶然作〉五首其四注❿。此處借指作者的隱居處輞川別業。

【語譯】雨後寒冷的山峰變得更蒼翠，秋日的溪水每天潺潺地流著。我拄著手杖站在簡陋的屋門外，迎風傾聽著傍晚時寒蟬的噪鳴。渡頭人已散去殘剩著夕陽的餘照，村落中一處單獨的炊煙裊裊而上。再次遇上你這位楚狂接輿喝醉了酒，在我這個五柳先生的門前縱情歌唱。

【研析】此詩的首聯寫雨後新晴，山色更加蒼翠，本來已漸枯涸的秋水又潺潺地流著，兩句詩已勾畫出了雨後輞川山谷的美麗景色。次聯說自己拄著手杖站在柴門外看秋色，傾聽晚風送來悅耳的蟬鳴，寫出了詩人在輞川「閒居」的情態；透過這情態，讀者不難體味到輞川景色之引人。三聯向以描畫景物特別生動逼真著稱。《紅樓夢》第四十八回香菱評王維詩的一段話說：「『渡頭餘落日，墟里上孤煙。』這『餘』字合『上』字，難為他怎麼想來！」這兩個字皆千錘百煉而出以自然。著一「餘」字，即把黃昏日落仍在延續著的漸進過程準確地表現了出來；用一「上」字，又使「孤烟」產生了持續升騰的動態。它們的使用，增強了詩歌的畫意。此聯詩只寫景，而情在其中，可謂「不言情而情自見」者也。末聯既點出贈裴迪意，又表現了隱居的快樂自在，無拘無束。全詩隨意點染，涉筆成趣，為讀者繪出了一幅秋日山村雨後的風景圖畫，而那閒居田園、悠然自得的「高人王右丞」的自我形象，也疊印在這畫中了。

答裴迪輞口遇雨憶終南山之作

【題　解】輞口，指輞谷南口，參見〈輞川集・孟城坳〉題解。詩題趙注本原作「答裴迪」，《萬首唐人絕句》作「答裴迪憶終南山」，此從《全唐詩》。按，裴迪〈輞口遇雨憶終南山因獻王維〉曰：「積雨晦空曲，平沙滅浮彩。輞水去悠悠，南山復何在？」本詩就是答裴迪此詩的。

淼淼❶寒流廣，蒼蒼❷秋雨晦。君問終南山，心知白雲外❸。

【注釋】❶淼淼　水大貌。❷蒼蒼　大貌。❸外　猶言內中。見王鍈《詩詞曲語辭例釋》。

【語譯】水勢浩大的寒冷河流變得寬闊，秋雨下得很大以至於天昏地暗。你詢問終南山在何處，我心知它就在白雲裡。

【研析】王維的好友裴迪在輞谷南口（王維輞川別業臨近輞谷南口）遇雨，寫了一首詩獻給王維，詩中說連續下雨天色昏暗，看不見終南山心裡想念。作者這首答詩即針對裴詩而發，前二句描寫秋雨連綿中輞口的景象，承裴詩前二句而言。後二句就裴詩「南山復何在」的問話作答，話中含有兩層意思：一實指雨天終南山被白雲遮蔽，已望不見；二隱指白雲中的南山是隱居的好去處。南朝隱士陶弘景〈詔問山中何所有賦詩以答〉詩中有「山中何所有？嶺上多白雲」之語，後因以白雲代指隱居之所。裴迪之所以想念終南山，也含有上面所說的第二層意思。

贈裴十迪

【題解】尋繹詩末六句之意，本詩疑當作於王維已得輞川別業之後。詩中寫春日田園的氣象與詩人即將還歸田園的心情。

風景日夕❶佳，與君賦新詩。澹然❷望遠空，如意❸方支頤❹。春風動百草，蘭蕙生我籬。曖曖日暖閨❺，田家來致詞：「欣欣春還皐❻，澹澹❼水生陂。桃李雖未開，荑❽萼滿其枝。請君理還策❾，敢告將農時❿。」

【注　釋】❶日夕　近黃昏之時。陶淵明〈飲酒〉二十首其五：「山氣日夕佳，飛鳥相與還。」❷澹然　安靜貌。❸如意　一名搔杖，長三尺許，柄端作手指狀，為搔背癢之具。《晉書・王敦傳》：「以如意打唾壺為節，壺邊盡缺。」❹頤　腮；下巴。❺曖曖句　此句《文苑英華》作「曖曖閨日暖」。曖曖，溫暖貌。閨，內室。❻皐　水邊之地。疑指輞川。唐時輞川水系發達。❼澹澹　水波動盪貌。宋玉〈高唐賦〉：「水澹澹而盤紆兮，洪波淫淫之溶滴。」❽荑　草木初生的葉芽。❾理還策　策，杖。《淮南子・墬形》：「夸父棄其策，是為鄧林。」高誘注：「策，杖也。」還策猶言還歸，理還策即準備歸來之意。《南史・褚伯玉傳》：「望其還策之日，暫紆清塵。」作者擬還歸之地，似即輞川。❿敢告句　意謂我冒昧地告訴您現在已快到耕種的時候了。

【語　譯】近黃昏時風景很美，我寫作新詩送給你。此刻我靜靜地望著遠空，正手拿如意托著下巴。春天的和風吹拂著各種花草，蘭草蕙草已在我家籬笆中長出。溫暖的陽光照暖了我的內室，這個時候農夫前來和我說道：「草木繁茂的春天回到了濱水之地，蕩漾著的春水又出現在池塘裡。桃樹李樹雖然還沒有開花，葉芽花苞已長滿了它的樹枝。請您準備著回到田園來，我告訴您現在已快到春耕之時。」

【研　析】這首贈給裴迪的詩寫法特別，詩中只寫春回田園的景色與自己的心情，而沒有一句話敘及裴迪。明顧可久評此詩說：「景與興會。」（《唐王右丞詩集注說》）詩中所寫春日田園的欣欣向榮景象與詩人即將還歸田園的愉悅、閒適心情相互契合。本詩明顯學陶淵明，有陶詩的平淡自然之風。詩之首句由陶詩脫化而來，詩寫田家所致之詞，也承用了淵明〈歸去來兮辭〉「農人告余以春及，將有事於西疇」語意。本詩之語言，如「春風」二句等，也像陶詩的語言那樣，不事工巧，天然入妙。

黎拾遺昕裴秀才迪見過秋夜對雨之作

【題解】黎昕，《元和姓纂》卷三：「宋城唐右拾遺犂昕。」岑仲勉《元和姓纂四校記》卷三曰：「《備要》《合璧事類備要》、《類稿》《賢氏族言行類稿》均作『黎』，又『右』作『左』。」李白〈與韓荊州書〉：「中間崔宗之、房習祖、黎昕、許瑩之徒，或以才名見知，或以清白見賞。」拾遺，諫官名，左屬門下省，右隸中書省。秀才，趙注本無此二字，據宋蜀本、《全唐詩》補。見過，過訪自己。玩詩末二句之意，是時作者似居於輞川。詩中抒寫友人來訪的情景。

促織鳴已急，輕衣行❶向重。寒燈坐高館，秋雨聞疎鐘。白法調狂象❷，玄言問老龍❸。何人顧蓬徑？空愧求羊蹤❹。

【注　釋】❶行　且；將要。❷白法句　謂以佛法調理自己，滅除諸妄心惡念。白法，佛教總稱一切善法為白法，意謂此法可使諸行光潔白淨。《大集經》卷五一：「後五百年，鬭諍堅固，白法隱沒。」狂象，喻妄心狂迷，難以禁制。《遺教經》：「譬如狂象無鉤，猿猴得樹，騰躍踔躑，難可禁制。」《涅槃經》卷三一：「心輕躁動轉，難捉難調，馳騁奔逸，如大惡象。」又卷二五云：「譬如醉象，狂騃暴惡，多欲殺害，有調象師以大鐵鉤鉤斲其項，即時調順，惡心都盡。一切眾生，亦復如是，貪欲瞋恚愚癡醉，故欲多造惡，諸菩薩等以聞法鉤斲之令住，更不得起造諸惡心。」❸玄言句　指己兼學道家之言。玄言，謂道家之言。《晉書・王衍傳》：「（衍）妙善玄言，唯談《老》、《莊》為事。」老龍，即老龍吉。《莊子・知北遊》：「婀荷甘與神農同學於老龍吉。」陸德明《音義》：「老龍吉，李云：懷道人也。」❹何人二句　意謂黎、裴二友過訪我的隱居處，自己只覺得心裡有愧。空，只；獨。求羊蹤，《文選》謝靈運〈田南樹園激流植援〉：「唯開蔣生徑，永懷求羊蹤。」李善注：「《三輔決錄》曰：蔣詡字元卿，隱於杜陵，舍中三徑，惟羊仲、求仲從之遊，二仲皆挫廉逃名。」《太平御覽》卷五一〇引嵇康〈高士傳〉曰：「蔣詡字元卿，杜陵人，為兗州刺史。王莽為宰衡，詡奏事，到灞上，稱病不進，歸杜陵，荊棘塞門，舍中三徑，終身不出。」陶潛〈群輔錄〉云：「求仲、羊仲，右二人，不知何許人，皆治車為業，挫廉逃名。蔣元卿之去兗州，還杜陵，荊棘塞門，舍中有三徑，不出，惟二人從之游，時人謂之二仲。」

【語　譯】蟋蟀的鳴聲已很急促，單衣就要再添好多層。點燃寒夜的孤燈坐在高大的房舍裡，秋雨中聽到遠處傳來稀疏的鐘聲。我用佛法調控和滅除妄心惡念，還向老龍吉那樣的人學習玄言。是誰探訪我家那長滿蓬草的小徑？面對求羊二友來訪的蹤跡自己只覺得慚愧。

【研　析】這首詩的首聯交代秋天的天氣已漸寒。次聯寫詩題之「秋夜對雨」，用雨聲、遠處稀疏的鐘聲和高館中的一盞孤燈等景物，刻畫出了秋夜的寂靜、寒冷，能引發讀者的許多聯想，清張謙宜《絸齋詩談》卷五評此二句云：「寫意畫令人想出妙景。」所言甚是。三聯寫自己佛、道並修的隱居生活。末聯點明詩題之「黎拾遺昕裴秀才迪見過」，並表現詩人和他們之間的親密無間情誼。其中次聯善用音響描寫來表現靜境，最為出色。

贈裴迪

【題解】詩題下宋蜀本、麻沙本俱有「雜言」二字。本詩抒發思念知友之情。

不相見，不相見來❶久。日日泉水頭，常憶同攜手❷。攜手本同心，
復歎忽分襟❸。相憶今如此，相思深不深？

【注釋】❶來　等於說「……時」或「……以來」。❷日日二句　尋繹此二句之意，作者是時似居於輞川。❸分襟　意同分袂，即離別。

【語譯】我們不相見，不相見以來已很久。常想起天天在泉水畔，我們一起手拉著手。手拉著手本來同心，更歎息忽然相離分。現如今這般想念，相思之情怎能不深？

【研析】這首贈給知交抒相思之情的詩，首二句說與友人已長時間不相見，其中「不相見」三字重複，起到了強調的作用。三、四句回想從前與友人同攜手的情景。五、六句歎息原本攜手同心

的知友忽然分離，其中「攜手」二字復沓。末二句直抒與友人別後難耐的相思之情。全詩雖只有八句，寫來卻起伏多變，語言淺近而感情深摯，且連用復沓形式，有漢樂府民歌之風味。

登裴迪秀才小臺作

【題解】裴迪小臺，疑距輞川不甚遠。詩題宋蜀本、《全唐詩》俱作「登裴秀才迪小臺」。本詩疑作者居輞川時所作。詩中寫秋日傍晚登裴迪小臺眺望的情趣。

端居不出戶，滿目望雲山❶。落日鳥邊❷下，秋原人外❸閒❹。遙知
遠林際，不見此簷間❺。好客多乘月，應門莫上關❻。

【注釋】❶端居二句　意謂因有此小臺，故平時不出門，也可眺望山景。端居，平居，猶言平時、平素。❷邊　猶「中」，與下句之「外」相對。高適〈信安王幕府〉：「大漠風沙裡，長城雨雪邊。」即此義。❸人外　世外。《後漢書·陳寵傳》：「屏居人外，荊棘生門。」❹閒　靜。❺遙知二句　指從自己家中，望不見裴迪小臺。沈德潛《唐詩別裁》卷九：「遠林，己之家中也。故結言應門有待，莫便上關。」遠林，疑指輞川別業。❻好客二句　謂主人好客，多半要留客人乘月外出閒遊，照看門戶的僕人且莫閉門。乘月，趁月光明亮出外閒遊。《晉書·袁宏傳》：「秋夜乘月，率爾與左右微服泛江。」關，門閂。庾肩吾〈南苑看人還詩〉：「洛橋初度燭，青門欲上關。」

【語譯】在這裡平時安居不出門，滿眼就能望見高聳入雲的山。我登臺見到夕陽在高飛的鳥中下落，秋日的原野如處世外十分安靜。我知道遠從我家所在的樹林那裡，定然望不見裴秀才這個小臺。主人好客多半要留客人趁月光明亮出遊，我家照看門戶的僕人且不要關門。

【研析】這首詩的首聯先寫裴迪小臺，說有了它足不出戶即可望見雲山。次聯寫登小臺所見，景象明麗如畫，且景中貫注了詩人的閒逸之情，所以朱光潛說此二句「為同物之境」（「同物之境」起於移情作用，即王國維《人間詞話》所說的「有我之境」，見《詩論》第五七、五八頁）。三聯「轉從遠林望小臺，思路曲折」（沈德潛《唐詩別裁》卷九）。這聯詩交代了自己家與小臺之間的距離：不遠亦不近。因為不近且臺小，故「不見此簷間」；因為不遠，所以才提出從自己家中能否見到小臺的問題，如果很遠，顯然不會提出這樣的問題，而且乘月夜遊後詩人還能趕回自己家中，也說明距離不太遠。正因此，末句說「應門莫上關」，也就順理成章。清王夫之《唐詩評選》卷三評此詩云：「自然清韻。」甚是。

酌酒與裴迪

【題解】酌酒，斟酒。王維得輞川別業後，常與裴迪往還唱酬，本詩或即作於維已得輞川別業之後，今姑繫於此。本詩為勸慰友人而作。

酌酒與君君自寬❶，人情翻覆似波瀾❷。白首相知猶按劍❸，朱門先達笑彈冠❹。草色全經細雨濕，花枝欲動春風寒❺。世事浮雲❻何足問？不如高臥且加餐❼。

【注釋】❶酌酒句　意本鮑照〈擬行路難〉十八首其四：「酌酒以自寬，舉杯斷絕歌〈路難〉。」❷人情句　語本陸機〈君子行〉：「天道夷且簡，人道險而難。休咎相乘躡，翻覆若波瀾。」❸白首句　意謂白首相知的故交，尚有反目成仇、怒而相鬥之時。按劍，以手撫劍把，指發怒時準備拔劍爭鬥的一種動作。《史記・蘇秦列傳》：「於是韓王勃然作色，攘臂瞋目按劍。」〈平原君虞卿列傳〉：「毛遂按劍而前曰：『……今十步之內，王不得恃楚國之眾也，王之命懸於遂手。』」《漢書・鄒陽傳》：「燕王按劍而怒。」❹朱門句　意謂豪貴之家那些自己先發跡的人，卻嘲笑別人受援引準備入仕。先達，先顯達之人。晉庾亮〈讓中書監表〉：「十餘年間，位超先達。」彈冠，彈去帽上的灰塵，準備出來做官。《漢書・王吉傳》：「吉與貢禹為友，世稱：『王陽（吉字子陽，故曰王陽）在位，貢公彈冠。』言其取捨同也。」師古注：「彈冠者，言入仕也。」❺草色二句　趙殿成曰：「草色一聯，乃是即景托諭。以眾卉而邀時雨之滋，以奇英而受春寒之痼，即植物一類，且有不得其平者，況世事浮雲變幻，又安足問耶？擬之六義，可比可興。」顧璘曰：「草色、花枝固是時景，然亦托喻小人冒寵，君子顛危耳。」欲，已經。參見王鍈《詩詞曲語辭例釋》。❻浮雲　喻世事猶如天上之浮雲，不值得關心。《論語・述而》：「不義而富且貴，於我如浮雲。」又比喻翻覆變幻。岑參〈梁園歌送河南王說判官〉：「萬事翻覆如浮雲，昔人空在今人口。」❼加餐　〈古詩十九首・行行重行行〉：「棄捐勿復道，努力加餐飯。」

【語譯】我斟酒給你喝請你自我寬解，人心變化不定就像波濤翻滾。白頭相知的故交老友，尚且有準備拔劍相擊之時；豪貴之家那些自己先發跡的人，卻嘲笑別人受援引準備出仕。草色變綠都經過細雨濕潤，花枝已長出卻遇到春寒風冷。世事猶如浮雲哪值得過問？還不如高枕而臥再多進飲食。

【研　析】這首詩勸慰失志困頓或遭遇險難的友人，並抒發自己對於世態人情的感歎。前四句直接發議論，用「人情翻覆」的事例寬慰友人。五、六句轉而就舉目所見之景託喻，非但耐人尋繹，還為讀者呈現了一個新的境界，具有變化之妙。末二句以勸友人忘掉世事、保重身體作結。詩中對待友人，堪稱「懇切周詳，無微不至，尤見交情之篤云」（清王壽昌《小清華園詩談》卷上）。此詩不拘平仄格律，清黃周星《唐詩快》卷一一說：「律詩八句皆失粘，此拗體也。然語氣岸兀不群，亦何必以常格繩之。」所言是。

聞裴秀才迪吟詩因戲贈

【題　解】詩題《萬首唐人絕句》作「聞裴迪吟詩戲贈」。此亦與裴迪酬唱之作，姑繫於此。作者因裴迪苦吟而作此詩戲之。

猿吟一何苦，愁朝復悲[1]夕。莫作巫峽聲[2]，腸斷秋江客！

【注釋】❶悲　淩本作愁。❷巫峽聲　指淒厲的猿聲。《水經注‧江水二》：「丹山西即巫山者也。……其間首尾百六十里，謂之巫峽，蓋因山為名也。……每至晴初霜旦，林寒澗肅，常有高猿長嘯，屬引淒異，空谷傳響，哀轉久絕。故漁者歌曰：『巴東三峽巫峽長，猿鳴三聲淚沾裳。』」巫峽，長江三峽之一，在四川巫山縣東，湖北巴東縣西。

【語譯】猿猴的啼叫聲多麼憂傷淒慘，清晨叫聲已淒涼晚上叫聲更悲傷。你不要再發出巫峽的猿啼聲，讓秋季長江上的旅客腸斷心酸！

【研析】這首戲贈好友裴迪的詩，將苦吟與猿吟聯繫了起來。所謂苦吟，是說作詩反復吟詠，苦心推敲，極為認真，與猿啼本無關係；作者此處是巧用「吟」字、「苦」字同時具有的不同含義，加以吟詩與猿啼都是發出聲音，因此將這二者加以類比。詩不苦吟難工，相傳王維也是一個苦吟詩人。唐馮贄《雲仙雜記》卷二說：「孟浩然眉毫盡落，裴祐袖手，衣袖至穿，王維至走入醋甕，皆苦吟者也。」作者在詩中要裴「莫作巫峽聲」，雖是戲言，卻流露了他對好友的關心：要好友作詩莫太苦，以免有傷身體。

過感化寺曇興上人山院

【題解】過，過訪。感化寺，宋蜀本作「感配寺」，《文苑英華》作「化感寺」。王維另有〈遊感化寺〉詩，《文苑英華》、宋蜀本、明十卷本俱作「遊化感寺」。又維〈山中與裴秀才迪書〉曰：「輒便獨往山中，憩感配寺。」按，嚴挺之〈大智禪師碑銘〉（《全唐文》卷二八〇）云：「邀至京師，遊於終南化感寺。」《舊唐書・方伎傳》曰：「義福……初止藍田化感寺。」《宋高僧傳》卷九亦謂義福「初止藍田化感寺」。疑此詩原作「化感寺」，誤倒而為「感化寺」，「化」、「配」草書形近，因又誤而為「感配寺」。化感寺在藍田，此詩蓋即維居輞川時與裴迪同遊之作（迪有同詠〈游感化寺曇興上人山院〉詩，載《全唐詩》卷一二九）。曇興上人，不詳。本詩描寫山寺的幽邃景色。

暮持筇竹杖，相待虎溪頭❶。催客聞山響❷，歸房逐水流❸。野花叢發好，谷鳥一聲幽❹。夜坐空林寂，松風直似秋❺。

【注　釋】❶暮持二句　指上人在寺外等候自己。筇竹杖，見〈謁璿上人〉注㉒。虎溪，《蓮社高賢傳》曰：「時遠（慧遠）法師居東林（廬山東林寺），其處流泉匝寺，下入於溪，每送客過此，輒有虎號鳴，因名虎溪。後送客未嘗過，獨陶淵明、修靜（陸修靜）至，語道契合，不覺過溪，因相與大笑。」《高僧傳》卷六亦曰：「自遠卜居廬阜三十餘年，影不出山，迹不入俗，每送客遊履常以虎溪為界焉。」❷山響　指山谷的回聲。❸歸房句　指作者和上人一起順水流回山院。❹野花二句　寫作者回山院途中所見之景。❺夜坐二句　寫作者在山寺夜坐的景象。林，元本、明十卷本等作村。

【語　譯】和尚傍晚拄著筇竹手杖，在寺院外面的溪邊等待我。催促客人快來的聲音引起山谷回響，我同和尚一起隨著水流回到了山院。山裡的許多野花開放非常美麗，谷中的飛鳥一聲鳴叫更顯得幽靜。夜晚我坐在空無一人的林子裡四周無聲，松林裡的風呼嘯著簡直就像是秋天。

【研　析】這首詩描寫詩人過訪山寺，前四句寫他到山寺的過程，其中首聯特寫上人拄著手杖在寺外等待自己，次聯寫自己跟著上人回到了山寺，「待」字、「催」字相互呼應，表現出了寺院主人待客的熱誠。後四句寫詩人到山寺後見到的景色。其中「谷鳥」句善於以音響描寫來刻畫靜境，為神來之筆。末聯寫詩人夜坐山寺空林的蕭森氣象，也較出色。全詩寫出了山寺的幽邃之景和詩人的閒寂之情。

遊感化寺

【題　解】感化寺，見上詩題解。本詩亦作於作者居輞川時。詩中寫遊感化寺之所見。

翡翠❶香烟合，瑠璃❷寶地平。龍宮連棟宇，虎穴傍簷楹❸。谷靜惟
松響，山深無鳥聲。瓊峰當戶拆❹，金澗❺透林鳴❻。郢路❼雲端迥，秦
川❽雨外❾晴。雁王銜果獻，鹿女踏花行❿。抖擻辭貧里⓫，歸依⓬宿化
城⓭。繞籬生野蕨，空館發山櫻⓮。香飯青菰米⓯，嘉蔬綠⓰筍莖⓱。誓

陪清梵⑱末，端坐學無生⑲。

【注釋】❶翡翠　綠色的硬玉，半透明，有光澤。此處指香煙色如翡翠。梁簡文帝〈詠煙〉詩：「欲持翡翠色，時吐鯨魚燈。」❷瑠璃　寶石名，又稱吠瑠璃、璧流離、琉璃、流離。佛書以為是七寶（金、銀、硨磲、瑪瑙等七種珍寶）之一。《漢書．西域傳》：「（罽賓國）出……虎魄、璧流離。」孟康注：「流離，青色如玉。」師古注引《魏略》云：「大秦國出赤、白、黑、黃、青、綠、縹、紺、紅、紫十種流離。」《大般若波羅蜜多經》卷四九：「吠瑠璃，梵語寶名也，或云毘瑠璃，或但云瑠璃，皆訛略省轉也。……其寶青色，瑩徹有光……非是人間鍊石造作焰火所成瑠璃也。」此指以瑠璃裝飾寺殿之地。❸龍宮二句　指寺旁有水潭、洞穴。龍宮，水中龍神所居。棟宇，房屋。此指寺殿。傍，近。簷楹，指房屋。楹，柱。謝惠連〈七月七日夜詠牛女〉：「落日隱櫩（同「簷」）楹，升月照簾櫳。」❹瓊峰句　指山峰不止一個。瓊，喻山峰之美。拆，裂；分開。❺金澗　澗之美稱。鮑照〈從登香爐峰〉：「霜崖滅土膏，金澗測泉脈。」❻鳴　宋蜀本、《文苑英華》、《全唐詩》俱作明。❼郢路　往郢州（今湖北鍾祥）去的驛路。此道經商山，路盤曲於山間，故云「雲端迴」。❽秦川　泛指今陝西、甘肅秦嶺以北平原地帶。❾外　方位詞，有「中」義，說見王鍈《詩詞曲語辭例釋》。❿雁王二句　借雁王、鹿女之事，以寫佛寺的靈異。雁王，《大方便佛報恩經》卷四載，昔有國王，欲得雁肉，使獵師捕雁，時有五百雁飛空南過，中有雁王，誤落獵網中，獵師將取殺之。時有一雁，悲鳴吐血，來投雁王，五百雁亦徘徊虛空不去，獵師見之，不忍殺雁王，放之使去，國王聞之，為斷雁肉。雁，宋蜀本作鳳。銜果獻，《法苑珠林》卷一〇九云：「宋京師道林寺有沙門僧伽達多……以元嘉之初，來遊宋境。達多常在山中坐禪，日時將逼，念欲受齋，乃有群鳥銜果飛來授之。達多思惟，昔獼猴奉蜜，佛亦受而食之，今飛鳥授食，何為不可？於是受進食之。」按，雁王無銜果獻事，此處乃作者有意將二事合為一事用。鹿女句，《雜寶藏經》卷一載，過去久遠時，雪山有一仙人，名提婆延。此仙常於石上小便，精氣流墮石宕，一雌鹿來舐小便處，便有娠。月滿，詣仙人窟下生一女子，端正殊妙，有蓮花裹其身。仙人知是己子，取而畜養，漸長大，「腳蹈地處，皆生蓮華」。踏，《文苑英華》作蹈。⓫抖擻句　抖擻，梵語頭陀的意譯，即去掉塵垢煩惱之義。此句用《法華經》窮子事。《法華經·信解品》載，須菩提、伽旃延（皆佛十大弟子之一）等人白佛言：譬如有人，幼時捨父逃逝，生活窮困，久之復還本國；是時其父大富，家中財寶無量，唯自念老朽，每思其子。爾時貧窮子輾轉至其父之舍，遙見其父種種嚴飾，疑是王者，自念此非我傭力得物之處，因疾走而去，往至貧里。時富長者見子便識，因令人誘引至家傭作，先使其除糞，漸施以恩惠。是時窮子雖欣此遇，然猶自謂「客作賤人」。後二人「心相體信」，富長者即令窮子掌家中金銀珍寶及諸庫藏。「然其所處，猶在門外，止宿草庵」。復經少時，父知子「漸以通泰，成就大志，自鄙先心」，乃當眾宣言，此是我子，我一切財物，皆歸其所有。窮子聞言，「即大歡喜，而作自念，我本無心有所希求，今此寶藏自然而至」。大富長者即是如來，我等皆似佛子。此處作者以窮子自喻，言己本為三界之眾生，今忽至佛門，將領略佛理，猶如窮子辭別貧里，往至富長者家，將得寶藏也。⓬歸依　梵文的意譯，亦作「皈依」。與信奉義同。信奉佛、法、僧，謂之三歸依。⓭化城　見〈登辨覺寺〉注❹。此處借指感化寺。⓮櫻　落葉喬木，高二、三丈，開鮮豔的淡紅色花。⓯菰米　見〈晦日遊大理韋卿城南別業〉四首其三注❺。⓰綠　宋蜀本作紫。⓱筍莖　趙注本原作芋羹，此從《文苑英華》、《全唐詩》。⓲清梵　謂和尚誦經之聲。梁元帝〈謝敕送齊王瑞像還啟〉：「清梵騰空，雜塤篪以相韻。」此指誦經的僧人。⓳無生　參見〈登辨覺寺〉注❿。

【語　譯】焚香所生的青煙籠罩寺院，飾以瑠璃的寺殿地面很平坦。龍神住的水中宮殿連著寺院殿堂，老虎所居洞穴靠近寺院的房屋。谷中寂靜只有松風響動，山裡幽深沒有飛鳥鳴叫。山峰對著寺門分而為二，澗水穿過樹林發出聲響。望見通往郢州去的驛路高入雲端，又見關中平原的太陽在雨中出現。竟有領頭的大雁口銜果子，進獻給寺中和尚，還有鹿生的仙女來到寺裡，雙腳所踩都長蓮花。我去除煩惱如窮小子辭別貧民窟，歸依佛門住宿在感化寺。我看到環繞著籬笆長出野生蕨菜，沒人住的客舍旁山中的櫻花開放。寺院以青菰米煮成的香飯接待客人，還有嘉美的蔬菜是鮮嫩的綠色筍莖。我立誓伴隨在誦經和尚的末後，端正地坐著學習佛教的無生之理。

【研　析】這是一首遊佛寺之作。首二句寫寺院的香火之盛與建築之富麗，三、四句寫寺院之偏僻，五至八句寫寺院環境的清靜幽美，九、十句寫在寺院眺望所見景色，十一、十二句借用佛教典故表現佛寺的神異，十三、十四句說自己信奉佛教並止宿於寺中，十五、十六句寫宿於寺院客舍時見到的景物，十七、十八句寫寺院用來待客的香飯嘉蔬，末二句說自己決心在此學佛。末二句是全詩的主旨，詩中前十八句的描寫，都與這一主旨有密切關係，大致是圍繞它而展開的。

臨高臺送黎拾遺

【題　解】臨高臺，漢樂府鼓吹鐃歌十八曲之一。《樂府詩集》卷一六云：「《樂府解題》曰：『古詞言：「臨高臺，下見清水中有黃鵠飛翻，關弓射之，令我主萬年。」若齊謝朓「千里常思歸」，但言臨望傷情而已。』宋何承天〈臨高臺篇〉曰：『臨高臺，望天衢，飄然輕舉凌太虛。』則言超帝鄉而會瑤臺也。」《萬首唐人絕句》無此三字。黎拾遺，即黎昕，參見〈黎拾遺昕裴秀才迪見過秋夜對雨之作〉題解。此詩或昕至輞川訪維，維送之而歸時所作。

相送臨高臺，川原杳❶何極！日暮飛鳥還，行人去不息。

【注釋】❶杳 廣遠。

【語譯】我送你走來到高臺上，望原野廣遠哪有邊際！傍晚鳥兒飛回自己的窩，行人匆匆離去都不停息。

【研析】這首送別詩寫離情卻無一語言情而只描摹景物，清沈德潛《唐詩別裁》卷一九說：「寫離情能不露情態，最高。」近人劉永濟《唐人絕句精華》云：「二十字不明言別情，而鳥還人去，自然繾繾。」詩中所寫廣遠無際的原野，是這次送別的背景，它寓示著「去不息」之「行人」前路的邈遠；日暮飛鳥尚知回還，而「行人」卻還要奔波不息，其中蘊含的悵惘之情，令人尋味不盡。清施補華評此詩云：「所謂語短意長而聲不促也，可以為法。」(《峴傭說詩》)甚是。

輞川閒居

【題解】此詩作於居輞川時。詩中描寫輞川景色和閒居情趣。

一從歸白社❶，不復到青門❷。時倚簷前樹，遠看原上村。青菰❸臨水映❹，白鳥向山翻。寂寞於陵子，桔槔方灌園❺。

【注　釋】❶白社　洛陽里名，故址在今河南洛陽東。《晉書·董京傳》：「董京字威輦，不知何郡人也。初與隴西計吏俱至洛陽，被髮而行，逍遙吟詠，常宿白社中。……孫楚時為著作郎，數就社中與語……後數年，遁去，莫知所之。」《水經注·穀水》：「……水南即馬市，北則白社故里，昔孫子荊（孫楚）會董威輦於白社，謂此矣。」詩文中多以白社稱隱者所居之地。此借指輞川別業。❷青門　參見〈韋侍郎山居〉注❼。❸青菰　茭白。❹映　宋蜀本作披。❺寂寞二句　此二句作者以於陵子自喻。於陵子，即陳仲子。詳見〈春過賀遂員外藥園〉注⓭。桔槔，井上汲水的一種工具。

【語　譯】我自從回到隱居地輞川，便不再進入長安城的東門。時常倚靠著屋簷前的樹木，眺望那遠處原野上的村莊。綠色的茭白長在水邊，其影子映入水中；羽毛潔白的鳥兒展翅，向著山上飛去。我猶如恬靜淡泊的陳仲子，正用桔槔在井上汲水澆菜園。

【研　析】這首詩表現了詩人在輞川的隱逸生活。從詩的首二句看，作者當時估計已在輞川住了較長時間，詩或許當作於作者居母喪住在輞川的時候（參見〈酬諸公見過〉題解）。詩的三、四句不直接寫景，而採用引而不發的方式，調動讀者自己去通過想像形成景物畫面，堪稱高明，清張謙宜評此二句云：「無景中有景。」（《絸齋詩談》卷五）甚是。清朱庭珍稱此二句為「句中有人，情景兼到者也」（《筱園詩話》卷四），亦甚是。在這兩句詩的景物描寫中，洋溢著詩人的閒逸情致。詩的五、六句寫輞川佳景，用青、白兩種顏色相互映襯，具有繪畫般的色彩之美。末二句以恬靜淡泊的隱士陳仲子自喻，表明詩人安於過隱居生活。清紀昀評此詩說：「靜氣迎人，自然超妙。」

《瀛奎律髓彙評》卷二三）極是。

積雨輞川莊作

【題解】積雨，久雨。宋蜀本、《文苑英華》俱作「秋雨」，《眾妙集》作「秋歸」。莊下《全唐詩》注：「一有『上』字。」輞川莊，即王維在輞川的宅第，石本《輞川圖》上的「輞口莊」，其處依山傍水，為一兩進院落，中有樓閣殿堂，水亭回廊。後維施為寺，稱清源寺（宋改名鹿苑寺）。故址在輞谷南端，臨近輞谷南口，故又稱輞口莊。參見拙作〈輞川別業遺址與王維輞川詩〉（見《王維論稿》）。詩中主要寫輞川夏日久雨初晴的美景。

積雨空林烟火遲❶，蒸藜❷炊黍餉東菑❸。漠漠❹水田飛白鷺，陰陰❺
夏木囀黃鸝。山中習靜❻觀朝槿❼，松下清齋❽折露葵❾。野老與人爭席
罷，海鷗何事更相疑❿！

【注釋】❶烟火遲　謂久雨後煙火之燃徐緩。❷藜　一年生草本植物，嫩葉可食。❸餉東菑　往田裡送飯。菑，開墾了一年的田地。此泛指田畝。❹漠漠　形容廣漠無際。❺陰陰　幽暗貌。❻習靜　猶靜修。類如靜坐、坐禪。何遜〈苦熱詩〉：「習靜悶衣巾，讀書煩几案。」朱超〈對雨詩〉：「當夏苦炎埃，習靜對花臺。」❼朝

槿　槿，木槿，落葉灌木，仲夏始花。花鐘形，有白、紅、紫等顏色，朝開午萎，故稱朝槿。觀朝槿可悟人生之無常。❽清齋　謂素食。清，《文苑英華》作行。❾露葵　見〈春過賀遂員外藥園〉注⓬。❿野老二句　意謂自己（「野老」）與人相處，不自矜誇，不拘形跡，恐怕連海鷗也不會相猜疑了。爭席，《莊子・寓言》：「陽子居（《列子・黃帝》作「楊朱」）南之沛……至於梁（沛郊地名）而遇老子，老子中道仰天而歎曰：『始以汝為可教，今不可也。』陽子居不答，至舍……膝行而前曰：『……請問其過。』老子曰：『而（汝）睢睢盱盱（跋扈貌），而誰與居？大白若辱（汙），盛德若不足。』陽子居蹵然變容曰：『敬聞命矣。』其往也（之沛），舍者（旅舍之人）迎將其家，公執席，妻執巾櫛，舍者避席，煬者（燃火之人）避竈；其反也，舍者與之爭席矣（郭注：『去其夸矜故也。』）」海鷗，參見〈濟上四賢詠三首・崔錄事〉注❻。事，宋蜀本、元本俱作處。

【語　譯】久雨後人跡罕至的樹林裡，做飯的煙火緩緩燃起，蒸好了藜菜煮熟了黃米，一起將它們送往田裡。廣漠無際的水田上白鷺飛舞，濃密幽暗的夏日樹林裡黃鶯歌唱。我在山中靜修觀察了朝開午萎的木槿花，在松林下素食採摘了帶著露水的葵葉。我這村野老人已經和人打成一片，連座位都爭搶過了；海上的鷗鳥為什麼還要相猜疑，而不飛下與我親近呢！

【研　析】此詩寫輞川夏日久雨初晴的景象和作者過「習靜」的隱逸生活的快樂。首聯從往田裡送飯這個側面，表現「積雨」之後田家的農事活動。頷聯「準確地表現了夏日積雨，田間景色的特徵：「漠漠水田」與「陰陰夏木」形成明暗的對比；「白鷺」與「黃鸝」形成色彩的對照；「飛白鷺」是寫動態，「囀黃鸝」是寫聲音。這一切是那麼鮮明，那麼富有啟發性，啟發人產生藝術的聯想。」（袁行霈《中國詩歌的禪意與畫意》）唐李肇《唐國史補》卷上稱王維此聯係取自李嘉祐詩，宋葉夢得《石林詩話》卷上說：「唐人記『水田飛白鷺，夏木囀黃鸝』為李嘉祐詩，王摩詰竊取之，非也。此兩句好處，正在添『漠漠』、『陰陰』四字，此乃摩詰為嘉祐點化，以自見其妙，如李光弼將郭子儀軍，一號令之，精彩數倍。」添上這四字，確乎使境界開闊得多，畫面也更鮮明活躍，堪稱使這聯詩大為增色，但「水田飛白鷺」二句，宋人所見嘉祐集無之（見宋晁公武《郡齋讀書記》卷四上），今傳嘉祐集亦無之，況且王在李前（王維登第時間早嘉祐二十七年），所以李肇的說法並不可信。後二聯轉寫自己，其中頸聯寫自己在山中過著習靜食素、觀物悟禪的生活；末聯說自己自甘淡泊，陶然忘機，已與村夫野老無異。全詩意境極為澹雅幽靜，後人推其為唐人七律中描寫山林田園詩歌的壓卷之作，不無道理。

戲題輞川別業

【題解】本詩作於居輞川期間。詩中寫輞川別業景色。

柳條拂地不須折，松樹梢❶雲從❷更長。藤花欲暗❸藏猱❹子，柏葉初齊養麝香❺。

【注釋】❶梢　通「箾」；擊。明十卷本、奇字齋本、《全唐詩》等並作披。❷從　猶任。❸欲暗　猶已暗，指藤花繁密，不透陽光。❹猱　猿的一種。❺柏葉句　麝，通稱香獐子，雄麝的肚臍和生殖器之間有腺囊，能分泌麝香。《文選》嵇康〈養生論〉：「蝨處頭而黑，麝食柏而香。」李善注引《本草》云：「（麝）常食柏葉，五月得香。」此處麝香指麝。

【語譯】柳樹的枝條垂到地面不須剪斷，松樹的末梢觸到天上聽任它加長。藤蘿的花已很繁密能藏猴子，柏樹的葉子剛長齊整可養香獐。

【研析】這首絕句就平仄對仗而論，係截取律詩的中間兩聯而成，所以全用對仗。詩中四句並列，一句一景，分別描寫柳、松、藤、柏四種植物，而四句合起來，又形成春日別業中草木繁茂、生機勃勃的氣象。詩稱「戲題」，或許是作者認為話裡有誇張、戲言成分。雖然如此，讀者卻還是可以從詩歌的描繪中，感受到別業的實景的。

歸輞川作

【題解】本詩作於居輞川時。詩中寫暮春傍晚獨歸輞川的悵惘之情。

谷口❶疎鐘動，漁樵稍欲稀。悠然❷遠山暮，獨向白雲歸。菱蔓弱
難定❸，楊花輕易飛。東皋❹春草色，惆悵掩柴扉。

【注釋】❶谷口　即輞谷口，有北口與南口。參見〈輞川集・孟城坳〉題解。❷悠然　閒靜貌。❸菱蔓句

謂菱蔓細弱，隨波飄蕩不定。蔓，指菱初生的細莖。❹東皋　見〈送友人歸山歌〉二首其二注❼。

【語　譯】輞谷口的稀疏鐘聲響起，捕魚打柴的人已漸漸稀少。閒靜的遠山暮色呈現，此時我獨自回到白雲中的山居。菱角的細莖柔弱在水裡飄蕩不定，樹上的柳絮極輕易於隨風飛揚。這濱水的輞川春草一片碧綠，我惆悵之餘關上了山居的柴門。

【研　析】此詩首聯說谷口晚鐘敲響，漁人樵夫大都歸家，寫出了山裡傍晚的空寂景象。次聯承接首聯，寫自己一人在暮色中返回山居；這聯詩在簡淨的景物形象中，包孕著一種淡淡的寂寞之情。第三聯用細筆描繪輞川的春景，而在這一春日的景物形象中，又似乎蘊含著一種人生無定的感歎。末聯首句緊承上一聯，接寫輞川春景；第二句則直說自己在惆悵中掩上了山居的門。詩人因何惆悵，是由於獨歸的寂寞？還是因為暮景的觸發？抑或由於有感於世事人情的變化不定？也可能上述各種情況都存在。全詩很善於用景物描寫寄寓和烘托感情，明顧可久評曰：「含蓄不露。」（《唐王右丞詩集注說》）甚是。

春中田園作

【題　解】春中，謂春季之中，即春二月。中，凌本作「日」。「作」字下宋蜀本有「二首」二字，其第二首即〈淇上即事田園〉。本詩疑作於輞川。詩中寫春日田園的景色與農事活動的展開。

屋上春鳩鳴，村邊杏花白。持斧伐遠揚❶，荷鋤覘❷泉脈❸。歸❹燕識故❺巢，舊人看新曆❻。臨觴忽不御，惆悵遠行客❼。

【注釋】❶持斧句　語本《詩・豳風・七月》：「蠶月條桑（修剪桑枝），取彼斧斨，以伐遠揚（長得太遠而揚起的枝條）。」❷覘　察看。❸泉脈　伏流於地下的泉水。謝朓〈賦平民田〉：「察壤見泉脈，覘星視農正。」❹歸　麻沙本作新。❺故　宋蜀本、麻沙本、《文苑英華》俱作舊。❻看新曆　為知節氣，以便耕種。❼臨觴二句　意謂對著酒杯忽又不飲，我為遠行客而惆悵。御，進用。遠行，《文苑英華》作「思遠」。

【語　譯】屋頂上春天的斑鳩啼叫，村子邊杏樹開花一片白色。人們拿起斧子砍去向上揚起的桑枝，扛著鋤頭察看伏流於地下的泉水。返歸的春燕認識原有的舊巢，去年的舊人查看新年的曆書。面對著酒杯忽然不想飲用，我為遠行在外的人感到惆悵。

【研　析】此詩的首聯只選取屋上春鳩與村邊杏花加以刻畫，就把春日田園的生機勃勃景象表現了出來。第二、三聯敏銳地捕捉住若干細節，真切地表現了一年農事活動開始時的情形，充溢著忙碌而歡樂的氣氛。末聯觸景生情，由春燕的回歸故巢，聯想到那些遠行在外的人尚不得還鄉，從而感到惆悵。此詩多用白描手法，具有活潑自然的鄉土生活氣息；全詩在平淡的筆墨中，蘊含著豐富的生活內容，值得仔細玩味。

春園即事

【題解】即事，謂眼前之事物。本詩居輞川時所作。詩中寫作者在輞川的隱居生活。

宿雨❶乘輕屐❷，春寒著弊袍❸。開畦分白水❹，間柳發紅桃❺。草際成棋局❻，林端舉桔槔。還持鹿皮几，日暮隱蓬蒿❼。

【注釋】❶宿雨　昨夜之雨。❷乘輕屐　謂雨後地濕路滑，在園中走動，須登木屐。❸袍　夾層中著以棉絮的長衣。❹開畦句　謂雨後開畦排水。❺間柳句　謂與柳樹相間開著紅色的桃花。❻棋局　棋枰。此指弈棋。❼還持二句　謂日暮持几，在長滿蓬蒿的草叢中靜坐。鹿皮几，裹以鹿皮的几。几，坐具。

【語譯】昨夜下雨今天腳登著輕便的木屐，雨後春寒我穿上了破舊的棉袍。挖開田壟讓積水分流出去，隔著柳樹有紅色的桃花開放。草地裡頭是我下棋的場所，樹林邊際桔槔的臂膀高舉。我還拿起裹著鹿皮的小几，傍晚隱入蓬蒿叢中靜坐。

【研析】這首詩緊扣著宿雨後春園中的景色與生活來寫。首句直接點出「宿雨」，而雨後地濕，故「乘輕屐」；二句寫「著弊袍」，這是因為雨後天氣變冷的緣故。三句說開畦排除雨後積水；四句寫雨後桃花開得更鮮豔。五句寫在草地上下棋，這和雨後園子裡不必澆水有關；而六句就寫雨後桔槔（井上汲水的一種工具）不用汲水，它的木杆在林端高聳著。末二句寫詩人日暮在草叢中靜坐，表現出了隱居生活的清閒自在。雖然詩歌是緊扣著「宿雨」來寫的，但所有描寫都顯得自然而然，毫不著力。平淡、自然，大抵是王維這類描寫隱逸生活詩歌的一個共同特色。

山居即事

【題　解】本詩為居輞川時所作。詩中描寫秋日山村的景象。

寂寞掩柴扉，蒼茫對落暉❶。鶴巢松樹徧，人訪蓽門❷稀。嫩竹含新粉❸，紅蓮落故衣❹。渡頭燈火起，處處採菱歸。

【注　釋】❶蒼茫句　語本庾信〈擬詠懷〉二十七首其十七：「日晚荒城上，蒼茫餘落暉。」❷蓽門　用荊條或竹子編成的門。指簡陋的住處。❸嫩竹句　新生竹的表皮上有一層白色粉末，故云。嫩，宋蜀本、明十卷本、《全唐詩》等俱作綠。❹落故衣　指蓮花凋謝時花瓣脫落。庾信〈入彭城館〉：「槐庭垂綠穗，蓮浦落紅衣。」

【語　譯】四周寂靜冷清，我掩上了山居的柴門；山野曠遠無際，我獨對著落日的餘暉。白鶴到處在松樹上築巢，客人很少來我這山居訪問。新生嫩竹的表皮上帶著白粉，而紅色的蓮花正脫落著老花瓣。渡口上處處燃起了燈火，那是採菱姑娘的船兒歸來。

【研　析】清王夫之評此詩云：「八句景語，自然含情。」(《唐詩評選》卷三)詩的首二句寫傍晚在山居門外望見的山野景色，與感受到的寂靜氣氛。這景中活動著詩人的身影。三、四句緊承上二句，寫山居寂靜無人(三句以寫鶴反襯無人)，詩人的孤寂之情寄寓於景中。五、六句對自然景物和它的變化，觀察入微，刻繪工細，形象真切而饒有韻致。末二句寫渡頭燈火，採菱人歸，畫面鮮明，富有生氣和鄉村生活情趣。從這後四句所描寫的美好景物中，我們可體味到詩人的心境是愉悅、恬適的，而非索漠無生氣的死寂。

山居秋暝

【題　解】暝，天黑。本詩為居輞川時所作。詩中描寫秋日傍晚雨後山村的景色。

空山新雨後，天氣晚來秋。明月松間照，清泉石上流。竹喧歸浣女，
蓮動下漁舟。隨意春芳歇，王孫自可留❶。

【注　釋】❶隨意二句　《楚辭・招隱士》：「王孫遊兮不歸，春草生兮萋萋。……王孫兮歸來，山中兮不可以久留。」此為招致隱士之詞。這裡作者反用其意，言任他春天的花草消歇，秋景仍然很美，王孫公子自可留居山中。

【語　譯】幽深少人的山裡下著的雨剛停，天氣在黃昏後秋涼之意漸濃。明亮的月光照射進松林裡，清澈的山泉流動在石頭間。竹林裡響起喧鬧聲，那是浣紗的姑娘們歸來；蓮塘中的荷葉搖動，原來是一葉漁舟出發。任隨它春天的花草凋謝，王孫公子自可留居山中。

【研　析】此詩是王維的山水名作，詩的前三聯，構成了一幅秋日傍晚雨後山村的鮮明圖畫：雨後空山的黃昏生出了幾分初秋的涼意，皎潔的月光透過松林灑落在山野上，清澈的山泉泛著銀光在石間流得更歡；竹林裡響起浣紗歸來的姑娘們的喧聲笑語，蓮塘中的荷葉搖動，原來是漁船出發。這景象多麼寧靜、幽美，而又生意盎然！作者很善於從自然景物中選取富有特徵的片斷，用簡淨的筆墨、白描的手法加以勾畫，不事藻飾而天然入妙。詩的頷聯寫山中景色，有靜態，有動態，有所見，有所聞，它們和諧完美地融合在一起，給人豐富新鮮的感受。頸聯加寫了人的活動，但它與山水景物也自然地融合交織在一起。在以上兩聯詩中，詩人都善於把視覺形象與聽覺形象結合起來寫，造成強烈的可感性，使詩歌既像一幅清新秀麗的山水畫，又像一支恬靜優美的抒情樂曲。這三聯詩都寫景，但也流露了詩人領受山村佳景的愉悅和對大自然的愛戀之情。純乎寫景，無一語言情，卻又充滿感情，這就是王維詩寫景藝術的一大高超之處。

田園樂七首

其一

【題解】詩題《詩林廣記》作「輞川六言」。詩題下宋蜀本有「六言走筆立成」六字。麻沙本同，唯無「立」字。這組詩作於作者居輞川時。本詩說達官貴人算不了什麼。

出入千門萬戶，經過北里南鄰❶。蹀躞鳴珂有底，崆峒散髮何人❷？

【注釋】❶出入二句　寫達官貴人之生活。出入，宋蜀本、明十卷本、奇字齋本等俱作「厭見」。千門萬戶，《史記・孝武本紀》：「於是作建章宮，度為千門萬戶。」後世因稱皇宮之門戶為千門萬戶。北里南鄰，謂王侯貴族所居之地，語本左思〈詠史〉八首其四：「濟濟京城內，赫赫王侯居。……南鄰擊鐘磬，北里吹笙竽。」❷蹀躞二句　意謂貴人「蹀躞鳴珂」算不了什麼，崆峒山上還有「散髮」的仙人呢。指貴人不能與仙人相比。蹀躞，馬行貌。宋蜀本、明十卷本、奇字齋本等俱作官府。珂，馬勒上的玉飾，馬行時作聲，故曰鳴珂。蹀躞鳴珂，謂貴人出行之狀。底，何。崆峒，亦作「空同」，山名，相傳古仙人廣成子居於此。《莊子・在宥》：「黃帝立為天子十九年，令行天下，聞廣成子在於空同之上，故往見之。」葛洪《神仙傳》卷一：「廣成子者，古之仙人也。居崆峒之山石室之中，黃帝聞而造焉。」散髮，披散頭髮，狂放不羈之態。

【語譯】進出皇宮的千門萬戶，交往北里南鄰的王侯貴族。騎上籠頭上飾有玉珂的大馬叮噹作響地走著有什麼，崆峒山上不是還有披散著頭髮逍遙自在的仙人嗎？

【研析】這首詩的前二句說達官貴人出入皇宮，結交王侯貴族。三句之「蹀躞鳴珂」即承前二句而來，寫出了達官貴人出行時的神氣，然最後以「有底」二字予以否定。末句抬出崆峒山上的仙人以否定貴人。否定貴人的用意不錯，但用仙人來否定貴人顯得無力，因為神仙終究虛無縹緲。

其二

【題解】本詩是〈田園樂〉七首中的第二首。詩中說富貴得志不如隱居躬耕。

再見封侯萬戶，立談賜璧一雙❶。詎❷勝耦耕南畝❸，何如高臥東窗❹！

【注釋】❶再見二句　揚雄〈解嘲〉：「或七十說而不遇，或立談而封侯。」按，立談而封侯，指虞卿說趙孝成王事。《史記．平原君虞卿列傳》：「虞卿者，游說之士也。躡蹻擔簦，說趙孝成王，一見賜黃金百鎰、白璧一雙，再見為趙上卿，故號為虞卿。」《集解》：「譙周曰：食邑於虞。」虞卿後封萬戶侯。二句即用其事，謂頃刻間立致富貴。❷詎　豈。❸耦耕南畝　謂躬耕自給。《論語．微子》：「長沮、桀溺耦而耕（兩人並耕），孔子過之，使子路問津焉。」❹高臥東窗　指隱者的閒適生活。陳貽焮《王維詩選》云：「暗用陶淵明〈與子儼等疏〉『嘗言五六月中北窗下臥，遇涼風暫至，自謂是羲皇上人』意。」

【語譯】第二次拜見君主就封為萬戶侯，同君主站著談一次話就賜給白璧一雙。這哪裡能勝過躬耕壟畝，又哪裡比得上在東窗下高臥！

【研析】這首詩的前二句寫歷史上遊說君主立致富貴之事，後二句說這些都比不上隱者躬耕田園，過閒適的生活。表現隱居田園之樂，是這組〈田園樂〉七首的主旨，從中可以瞭解到作者無心仕進、戀慕隱逸的志趣。

其三

【題解】本詩是〈田園樂〉七首中的第三首。詩中表現隱居生活的高雅、閒逸。

採菱渡頭風急，策杖❶村❷西日斜。杏樹壇邊漁父❸，桃花源❹裡人家。

【注釋】❶策杖　拄杖。❷村　宋蜀本、奇字齋本作林。❸杏樹句　《莊子‧漁父》：「孔子遊乎緇帷之林(司馬彪注：「黑林名也。」)，休坐乎杏壇之上(司馬彪注：「澤中高處也。」)，弟子讀書，孔子絃歌，鼓琴奏曲未半，有漁父者下船而來，須眉交白，被髮揄袂，行原以上，距陸而止，左手據膝，右手持頤以聽。」今山東曲阜孔廟大成殿前有杏壇，乃後人所修。句指此地有能聽琴的高雅漁父。❹桃花源　見〈桃源行〉題解。

【語譯】在渡口旁採菱角風刮得猛烈，拄著手杖到村西太陽已西斜。這裡有杏壇邊能聽琴的漁父，又有世外桃花源中的人家。

【研析】這首詩的前二句寫田園中隱士的生活片段，表現了他們恬淡閒逸的生活情趣。後二句通過用典，寫出了田園環境的幽美，與田園中人的古樸和高雅脫俗。詩中對隱士與其生活環境的描寫相互交織，十分協調。

其四

【題解】本詩是〈田園樂〉七首中的第四首。詩中表現田園的景色與民風。

萋萋❶芳❷草春綠，落落❸長松夏寒。牛羊自歸村巷，童稚不識衣冠❹。

【注釋】❶萋萋　草盛貌。❷芳　諸本皆作春，趙注本據《唐詩品彙》改為芳。❸落落　孫綽〈遊天台山賦〉：「藉萋萋之纖草，蔭落落之長松。」呂延濟注：「落落，松高貌。」❹衣冠　士大夫的穿戴。

【語譯】茂盛的香草春日一片碧綠，高大的松林夏天也顯得陰寒。這裡牛羊自動返回村中的小巷，兒童不認得士大夫們的穿戴。

【研析】這首詩的前二句描寫田園的環境與景色之幽美，後二句表現田園民風的古樸、淳厚。雖然本詩與這組詩裡的其他詩一樣，都是多景語，少情語，但本詩通過寫景，也流露了詩人的一種閒逸、欣悅之情。

其五

【題解】本詩是〈田園樂〉七首中的第五首。詩中亦寫田園景色與隱士生活。

山下孤烟遠村，天邊獨樹高原。一瓢顏回陋巷❶，五柳先生對門❷。

【注釋】❶一瓢句　顏回，字子淵，亦稱顏淵，春秋魯人，孔子的弟子。家貧而好學，孔子屢稱其賢。《論語・雍也》：「子曰：『賢哉，回也！一簞食（用一個竹器吃飯），一瓢飲（用一個瓢喝水），在陋巷，人不堪其憂，回也不改其樂。賢哉，回也！』」此句謂，這裡有像顏回那樣安貧樂道的賢者。❷五柳句　意謂對門就住著像陶淵明那樣的高士。五柳先生，見〈偶然作〉五首其四注❿。

【語譯】山下有一股單獨的炊煙升起於遠處的村莊，天邊是一株大樹生長在高而平坦的土地上。這裡有像顏回那樣安貧樂道的賢者，還有對門就住著如陶淵明一般的高士。

【研析】此詩的前二句用筆簡淡，繪景如畫，明董其昌評云：「『山下孤煙遠村，天邊獨樹高原』，非右丞工於畫道，不能得此語。」（《畫禪室隨筆》卷二）後二句同這組詩其三的後二句一樣，表現隱居田園所相與往返的人，都是高雅脫俗之士，而詩中所寫田園的環境，也如世外桃源一般，這同詩中出現的人物，相互諧和。

其六

【題解】本詩是〈田園樂〉七首中的第六首。此首亦載《皇甫冉集》，題作「閑居」，《全唐詩》重見王維及皇甫冉集中。按，此首王維集諸本皆收錄，《萬首唐人絕句》以為王作，歷來選本、詩話亦多作維詩，且內容、格調又與〈田園樂〉諸篇相合，故著作權當屬之王維。詩寫山中美景與隱士的閒逸生活。

桃紅復含宿雨❶，柳綠更帶春❷烟。花落家僮❸未掃，鶯啼山客❹猶眠。

【注釋】❶宿雨　昨夜之雨。宿，《萬首絕句》作夜。❷春　《全唐詩》作朝。❸僮　宋蜀本、《全唐詩》作童。❹山客　隱士。

【語譯】桃花緋紅又帶著昨夜的雨水，柳樹碧綠更籠罩著春天的霧氣。花兒凋落家裡的僕人還沒掃，黃鶯啼鳴山中的隱士仍在睡覺。

【研析】此詩不僅刻畫了令人陶醉的春日山莊美景，那閒逸自在的詩人的自我形象也很鮮明。宋胡仔說：「每哦此句（按指本詩），令人坐想輞川春日之勝，此老傲睨閑適於其間也。」（《苕溪漁隱叢話》後集卷九）詩之第三句的安排頗見匠心，導人由未掃落花的家僮，想見其主人的神態、風韻。本詩為六言絕句，此體歷來作者不多，佳構尤少，而本詩可說是六絕中的極品。宋黃昇《玉林詩話》說：「六言絕句，如王摩詰『桃紅復含宿雨』及王荊公『楊柳鳴蜩綠暗』二詩，最為警絕，後難繼者。」（《詩人玉屑》卷一九引）

近人顧隨《駝庵詩話》說：「以王維之天才作六言也不成」，若此詩每句各去一字，改成五言，「便好得多：『桃紅含宿雨，柳綠帶春煙。花落家童掃，鶯啼山客眠。』……何故？此蓋中國詩不宜於六言。」按，說中國詩不宜於六言，不無道理，本詩前二句之「復」字、「更」字，也確實顯得多餘，可以去掉；然後二句之「未」字、「猶」字若去了，卻較未去時遜色。詩之第三句之佳，正在於用了一個「未」字，若去了「未」字，則此詩便沒有了上面所說的那種藝術效果。又末句之「猶眠」，是說聽見鳥啼山客仍高臥不起，寫出了他隱居生活的閒散自在，而若去掉「猶」字，這層意思就很不明顯。所以稱王維「作六言也不成」，似乎欠妥。

其七

【題解】本詩是〈田園樂〉七首中的第七首。詩中表現隱士的恬淡、清雅意趣。

酌酒會❶臨泉水，抱琴好倚長松。南園露葵❷朝折，東谷❸黃粱❹夜舂。

【注釋】❶會 適。❷露葵 見〈積雨輞川莊作〉注❾。❸東谷 宋蜀本、麻沙本作「東舍」，凌本作「西舍」。❹黃粱 小米的一種。

【語譯】斟酒而飲恰巧臨近泉水，抱琴而彈正好背倚長松。南邊的園子清晨採摘帶露的葵葉，東面的山谷夜晚舂搗黃色的小米。

【研析】這首詩的首二句寫臨泉飲酒，倚松彈琴，表現了隱士的閒雅之趣。後二句寫折葵而烹，春米而食，顯示了隱士生活的淡泊。

本組詩凡七首，皆六言四句，對仗工整；都把田園生活與山水風景緊密地結合起來，使二者相互交融滲透。六言詩「既乏五言之雋味，又無七言之遠神」（清董文煥《聲調四譜圖說》），其每句皆六字，句法單調少變化，音調平板，堪稱難作，正因此，王維在本組詩進行的創作嘗試，具有一定的示範意義。

汎前陂

【題解】前陂，疑指欹湖。陂，池塘。據詩中所寫景物及「況復遠人間」之語，此篇似當作於輞川。此詩主要寫月夜泛舟的情趣。

秋空自明❶迥❷，況復遠人間❸。暢❹以沙際鶴，兼之❺雲外❻山。澄
波澹❼將夕，清月皓方閒❽。此夜任孤棹❾，夷猶❿殊⓫未還！

【注釋】❶自明　趙注本、《全唐詩》均注：「一作明月。」❷迥　高遠。❸間　《文苑英華》作寰。❹暢　舒暢。宋蜀本作揚。❺兼之　加以。❻外　有內中義。參見王鍈《詩詞曲語辭例釋》。❼澹　水搖蕩。❽閒　閒靜。❾任孤棹　謂任憑孤舟在水中飄蕩。❿夷猶　從容自得。⓫殊　竟然。

【語　譯】秋空原本清明而寥遠，何況此地又遠離人間。心情由於沙灘邊上的白鶴，加上雲中的山峰而舒暢。水上清波搖蕩已到傍晚，清亮的月光皎潔而閒靜。這一夜任憑孤舟漂流水中，我多麼從容自在竟不還家！

【研　析】這首詩寫月夜泛舟湖上所見景色與詩人的閒逸情致。詩人泛舟的湖泊，處於幽深寂靜的山谷裡，此時秋日的天空明淨高遠，近處的湖邊有白鶴棲息，而遠望雲中的山峰若隱若現。入夜月光明亮皎潔，搖蕩的湖水在月下泛著銀光。詩人泛舟其中，不禁流連忘返。全詩所創造的恬靜幽美境界與詩人陶醉於其中的情致融合為一。本詩頷聯近體對仗用語助字，為詩評家所注意。如明楊慎《升庵詩話》卷三評此聯云：「雖用助語辭，而無頭巾氣。」清賀裳《載酒園詩話又編》說：「『暢以沙際鶴，兼之雲外山』，右丞偶爾自佳，後人尊之為法，動用數虛字演句，便成餿餒餡矣。」按，近體對仗用語助字，唐人詩中已不罕見，「宋人更以此出奇制勝」，「然窠臼易成，十數聯以上，即相沿襲」(錢鍾書《談藝錄》補訂本第七六、七七頁)，故不宜多用、濫用。

山茱萸

【題　解】山茱萸，參見〈輞川集・茱萸沜〉注❶。詩題宋蜀本作「山茱萸詠」。輞川有茱萸沜，此詩或即維居輞川時所作。詩為詠山茱萸之作。

朱實❶山下開，清香寒更發。幸❷與❸叢桂花，窗前向秋月。

【注釋】❶朱實　奇字齋本作茱萸。❷幸　猶正。❸與　趙注本原作有，此從宋蜀本、麻沙本、《全唐詩》。

【語譯】山茱萸的紅色果實在山下裂開，它的清香天寒時愈益散發出來。它正與叢生的桂花一起，在我窗前對著秋夜的明月。

【研析】這首詠山茱萸的詩，前二句寫山茱萸的紅色果實秋日散發出清香；後二句寫山茱萸與桂花一起生長在自家窗前。我們知道，桂花秋季開花，花白色或黃色，極其芳香；在明亮的秋月下，茱萸的紅色果實與桂花的白色花朵相互映襯，兩者的混合香氣陣陣襲人，這景象幽極佳極，只有閒靜之人才能觀察領會到。詩人將窗前的尋常景物寫得很美，他自己對著這景物，心情自然是愉悅的。

酬虞部蘇員外過藍田別業不見留之作

【題解】虞部，工部四司之一，置員外郎一人，從六品上，掌京城街巷種植、山澤苑囿及草木薪炭等事。蘇員外，參見〈與蘇盧二員外期遊方丈寺而蘇不至因有是作〉詩。藍田別業，即王維輞川別業。不見留，指蘇訪維不遇，未在輞川停留。這是一首酬答蘇員外之詩，蘇之原賦今已不存。

貧居依谷口❶，喬木❷帶❸荒村。石路枉迴駕❹，山家誰候門❺？漁舟膠凍浦，獵犬繞寒原。惟有白雲外，疏鐘間夜猿❻。

【注釋】❶谷口　指輞谷南口。輞川莊臨近輞谷南口。❷喬木　高木。❸帶　圍繞。❹枉迴駕　謂屈尊見訪，不遇而返。❺山家句　指已不在，家中無人候門待客。❻漁舟四句　寫冬日荒村薄暮的淒清景象，借以表現作者歸來後見蘇已去的悵惘心情。膠，黏著。獵犬繞，趙注本原作「獵火燒」，此從宋蜀本。間，趙注本原作聞，趙殿成曰：「聞字疑是間字之誤。」按，元本正作間，今據改。夜猿，指夜間的猿啼聲。

【語譯】我貧寒的住宅靠近輞谷谷口，高大的樹木環繞著荒涼的村莊。委屈您走著石路來訪又不遇而返，我這山野之家哪裡有人候門待客？此時漁船膠著在冰凍的水濱，獵狗迂迴於寒冷的原野。只有從山上的白雲裡傳來，稀疏的鐘聲夾雜著夜猿的啼鳴。

【研析】這首詩的首二句寫自己別業的位置與景物；三、四句寫詩題之「不見留」，並與上二句之「貧居」、「荒村」相照應。後四句寫作者返回別業後，得知蘇員外來訪不遇已經離去時的心情，全通過寫景來表現。其中五、六句寫所見，突出了天氣的寒冷；末二句寫所聞，表現了冬日傍晚山村的寂靜、淒清。這四句詩用冬天的景色，烘托出了詩人見不到來訪友人的悵惘心情。可以說，善借景寓情，多意在言外，是這四句詩的成功之處與特點所在。

藍田山石門精舍

【題解】藍田山，在陝西藍田東南。《元和郡縣志》卷一：「藍田山一名玉山，一名覆車山，在（藍田）縣東二十八里。」《長安志》卷一六：「藍田山在（藍田）縣東南三十里。……其山出玉，亦名玉山。……灞水之源，出藍田谷西。」石門精舍，陳貽焮《王維詩選》謂「或即指大興湯院」。按，《長安志》卷一六云：「石門湯在（藍田）縣西南四十里石門谷口。舊圖經曰：唐初有異僧止于此，大雪，其地雪融不積，僧曰：必溫泉也。掘之，果有湯泉湧出，遂置舍兩區。……明皇時賜名大興湯院。」大興湯院不在藍田山，此石門精舍當為藍田山佛寺名。詩題《文苑英華》作「藍田山石門精舍」二首，且分前八句為第一首。此詩乃王維居輞川時往遊藍田山之作。殷璠在《河嶽英靈集》中評維詩，曾稱引本篇之「落日」二句及「澗芳」二句，據此，知本詩當作於天寶十二載（七五三）前。這首詩寫傍晚泛舟尋幽、偶然到達石門精舍的經過和所見到的景色。

落日山水好，漾舟❶信歸風❷。玩❸奇不覺遠，因以緣❹源窮。遙愛
雲木秀❺，初疑❻路不同❼；安知清流轉，偶與前山通❽。捨舟理輕策，
果然愜所適❾。老僧四五人，逍遙蔭松柏❿。朝梵⓫林未曙，夜禪⓬山更

寂。道心及牧童⑬，世事問樵客⑭。暝宿長林下，焚香臥瑤席⑮。澗芳襲人衣⑯，山月映石壁。再尋畏迷誤，明發更登歷。笑謝桃源人，花紅復來覲⑰。

【注　釋】❶漾舟　《文選》謝惠連〈西陵遇風獻康樂〉：「成裝候良辰，漾舟陶嘉月。」李周翰注：「漾舟，泛舟也。」❷歸風　迴風；旋風。《文選》木華〈海賦〉：「於是舟人漁子，徂南極（至）東。……或乃萍流而浮轉，或因歸風以自反。」李周翰注：「或因迴風以自歸也。」此泛指風。❸玩　《全唐詩》作探。❹緣　尋。《文選》謝朓〈敬亭山詩〉：「緣源殊未極，歸徑窅如迷。」劉良注：「緣，尋也。」《唐詩紀事》作尋。按，輞水北流入灞水，自輞水乘舟入灞，復溯灞水而上，尋其源頭，即可抵藍田山。❺秀　趙注本、《全唐詩》均注：「一作翠。」❻疑　《文苑英華》作言。❼路不同　指沿水而行，不能到達那生長著雲木（參天古木）的地方（即石門精舍）。❽安知二句　意謂哪知水流轉向，正好與前山（指生長著「雲木」之地）相通。安，《文苑英華》作誰。❾愜所適　對所到之地感到滿意。❿蔭松柏　謂有松柏遮蓋其上。《楚辭・九歌・山鬼》：「山中人兮芳杜若，飲石泉兮蔭松柏。」⓫朝梵　和尚早晨誦經。⓬夜禪　夜晚坐禪。⓭道心句　謂和尚的道心影響到了牧童。道心，即菩提心。菩提乃梵文之音譯，意譯為「覺」、「智」等，指對佛教「真理」的覺悟。舊譯借用《老》、《莊》術語，稱之為「道」。「道心」猶言覺知佛教「真理」之心。⓮世事句　謂佛寺與世隔絕，欲知世事，只有向樵夫打聽。問，《文苑英華》作聞。⓯瑤席　形容席子光潤如玉。⓰澗芳句　句下宋蜀本注：「一云澗風吹人衣。」⓱再尋四句　用陶淵明〈桃花源記〉中所寫的武陵漁人偶入桃源、離去後又欲前往即迷失道路的故事，說怕再來時迷路，黎明又四處察看一番；行前含笑與這世外桃源裡的人們辭別，約定明年桃花開時再來相見。明發，黎明。登歷，登臨遊歷之意。謝，告辭。桃源，見〈桃源行〉注釋。覿，相見。

【語譯】夕照下的山水非常美，我乘船遊玩任憑風吹。為觀賞奇景我不覺得路遠，因而探尋到了水流的源頭。喜愛遠處的參天大樹長得茂盛，起初懷疑自己走的路不能到達；哪知清澈的水流改變了方向，恰巧與長著參天大樹的前山相通。於是捨船上岸製作了一根輕便手杖，果然所到之地令我感到愜意。我看到有老和尚四五個，坐在松柏樹下安閒自在。和尚們清晨誦經時林中還未見到曙光，夜間坐禪山裡顯得更加寂靜。和尚的菩提心影響到了牧童，而世事僧人不知則只有問樵夫。夜晚我住宿在寺院的高大樹林下，焚過香後躺在光潤如玉的席子上。澗中的花香侵襲人們的衣服，山間的明月照耀著寺院的石壁。害怕再次找來時迷失道路，黎明我又登臨遊歷了一番。含笑告辭這世外桃源裡的人，約定明年桃花開放時再來相見。

【研析】詩的發端二句頗佳，曾受到唐殷璠的稱道（《河嶽英靈集》卷上），清王壽昌也說：「發端語如……『落日山水好，漾舟信歸風』之清麗淡適……可法也。」（《小清華園詩談》卷下）五至八句創造出水回路轉別有天地的意境，突出地表現了發現新景觀的偶然與新鮮。九至十六句寫作者到達石門精舍後見到的景象，特別強調了其環境的清靜。十七至二十句寫詩人夜宿石門精舍的情景，其中「澗芳」二句用字奇妙，繪景鮮明，也受到殷璠的稱賞。末四句寫作者辭別精舍與期待明年再來，間接地表現出了精舍的景色之美。全詩敘事詳贍，寫景細致，有謝（靈運）詩之風，而較謝詩自然，清黃培芳評曰：「擷康樂之英。」（翰墨園重刊本《唐賢三昧集箋注》卷上）不無道理。

山中

【題解】此詩不載於王維集諸古本，最早見於明奇字齋本外編，凌本、趙注本外編亦收錄；《全唐詩》王維集收作〈闕題〉二首，此詩即其第一首。宋蘇軾〈書摩詰藍田煙雨圖〉（見《東坡題跋》卷五）云：「詩曰：『藍溪（亦名藍水，源出藍田縣東藍田谷，西北流入灞水）白石出，玉山紅葉稀。山路元無雨，空翠濕人衣。』此摩詰之詩也。或曰：非也，好事者以補摩詰之遺。」《唐音癸籤》卷三三：「坡公嘗戲為摩詰之詩，以摹寫摩詰之畫，編《詩紀》者，認為真摩詰詩，採入集中。世人無識，那可與分辨？」下即引〈書摩詰藍田煙雨圖〉之文，且曰：「此活語被人作死語看，摩詰增一首好詩，失卻一幅好畫矣。」按，宋釋惠洪《冷齋夜話》卷四錄此首，謂之曰「王維摩詰〈山中〉詩」，今姑從其說，斷此詩為王維所作。又荊溪在藍田，此詩當即作於維居輞川期間。詩寫山中深秋景色。

荊溪❶白石出，天寒紅葉稀。山路元❷無雨，空翠濕人衣❸。

【注釋】❶荊溪　即長水，又名荊谷水，源出藍田縣西北，西北流，經長安縣東南入灞水。《水經注·渭水》：「長水出杜縣白鹿原，西北流，謂之荊溪，又西北左合狗枷川，北入霸水（即灞水），俗謂之滻水，非也。」《長安志》卷一六藍田縣：「荊谷水自白鹿原（在藍田縣西五里，西北入萬年縣界）東流入萬年縣唐邨界。」

此二字《冷齋夜話》作「溪清」(《詩人玉屑》卷一〇引《冷齋夜話》則作荊溪),趙注本注:「一作藍田。」❷元原。❸空翠句 形容高山上的嵐氣蒼翠欲滴。謝靈運〈過白岸亭〉:「空翠難強名,漁釣易為曲。」杜甫〈大歷三年春白帝城放船出瞿唐峽〉:「石苔凌几杖,空翠撲肌膚。」

【語譯】荊溪上的白石露出了水面,天氣寒冷山裡的紅葉尚稀少。山路上原本沒有下雨,是青色透明的嵐氣把人的衣服沾濕。

【研析】這首詩的首句寫山溪中露出了白石,這一方面說明秋末水淺,另一方面也說明溪水清澄,白石得以保持其原有的顏色。次句寫深秋天氣轉寒,尚稀少的紅葉點綴於萬綠叢中(初冬才是北方紅葉最多的時候)。在這兩句詩中,白、紅、綠三種色彩相互映襯,畫意濃郁,近人宗白華說:「(前二句)可以畫出來成為一幅清奇冷豔的畫。」(《藝境・美學的散步》)但後兩句則不能在畫面上直接畫出來。秋末天高氣爽,高山上的青色嵐氣較為淡薄,故而透明,因謂之「空翠」。後二句以想像之筆,稱那山路上並沒有雨,行人的衣服原來是被蒼翠欲滴的山間嵐氣沾濕了。在這裡,詩人通過突出主觀心靈的鮮明感受,以描繪出難以摹狀的景象,使人們產生身臨其境之感,並觸發豐富的藝術聯想。這兩句詩雖然不能直接畫出,卻是構成這首詩的最精要部分,表現出了繪畫所難以表現的空靈意境。

贈劉藍田

【題解】劉藍田，藍田縣令劉某，名未詳。此詩《唐百家詩選》卷一作盧象詩，《全唐詩》重見王維集及卷八八二盧象詩補遺。按，王維集諸本皆收載此詩，《河嶽英靈集》、《唐文粹》亦俱以此詩為王維所作，故其著作權當屬之王維。尋繹詩意，此詩應是王維居輞川時所作；又《河嶽英靈集》錄此詩，它當作於天寶十二載前。詩中反映了農民賦稅負擔過重的社會問題。

籬中❶犬迎吠，出屋候柴扉❷。歲晏輸井稅❸，山村人夜歸。「晚田始家食❹，餘布❺成我衣。詎肯無公事，煩君問是非❻。」

【注釋】❶中　《河嶽英靈集》、《唐文粹》、《全唐詩》俱作間。❷候柴扉　所等候的對象，即下二句所寫歲末到藍田縣衙交納田稅，夜裡歸來的山村人。柴，《河嶽英靈集》、《唐文粹》、《全唐詩》俱作荊。❸井稅　田稅。❹晚田句　謂晚熟之田的收穫，才成為家中的糧食。始，方；才。家食，家中的糧食。《易林・無妄》之〈訟〉：「不耕而穫，家食不給。」食，《唐文粹》作熟。❺餘布　指納調（唐時每丁每年需繳納一定數量的布或綾、絹等物，稱之為「調」）後剩下的布。❻詎肯二句　此二句為山村人向詩人的訴說之辭，意謂並不求無公家之事（指向官府納稅之事），煩君過問一下其中的是非。詎肯，猶言豈能。問，奇字齋本作聞。又，此二句盧象詩作「對此能無憶，勞君問是非」。

【語譯】籬笆中的狗突然迎向前吠叫，於是人們出屋在柴門前等候。年末到縣衙交納了田稅，山村人夜裡回到了山村。「晚熟田地的收成方才供自己家中食用，交官府後剩下的布才給我們自己做衣服。哪能要求沒有公家的稅收之事，煩勞您過問一下其中的是與非。」

【研　析】這是一首贈給藍田縣令的詩，也是一首反映農民疾苦的詩。其寫法別出心裁。首二句從山村狗吠、人們出屋等候寫起，讀者初讀這兩句，會感到它們似乎與詩題無關，這樣開頭便給人突兀之感，造成懸念；接下三、四句交代人們在門前等候的緣故——原來是出門繳稅的山村人夜間歸來。從繳稅人夜晚方歸和家裡人著急地在門前等候，不難想見農民對繳稅一事的擔心，與此事在他們生活中所處的重要地位。詩的後四句是山村人向詩人的訴說之詞，其中五、六句反映了農民的稅、調負擔過重的問題；第七句說並不要求不繳稅，這話符合盛唐時代農民的思想；末句請求常回山村又做著朝官的詩人，過問一下官府稅收中的是與非（指所收的稅是否都該收，有無過重的問題）。詩人將山村人說的話寫進詩中贈給藍田縣令，目的自然也是「煩君問是非」，但不以自己的口吻說出，收到了委婉的效果。

山中送別

【題　解】詩題趙注本原作「送別」，此從宋蜀本、《萬首唐人絕句》、《唐詩品彙》；又《全唐詩》注云：「一作送友。」這是一首送別詩，疑居輞川時所作。詩中主要抒思友之情。

山中相送罷，日暮掩柴扉。春草明年綠，王孫歸不歸❶？

【注釋】❶春草二句　語本《楚辭・招隱士》，參見〈山居秋暝〉注❶。明年，明十卷本、奇字齋本等作「年年」。王孫，對人的尊稱。

【語譯】在山中送走朋友回到家，已經傍晚我掩上了柴門。春草明年又綠之時，朋友您歸來不歸來？

【研析】這首送別小詩寫得明白如話而餘味悠長。此詩的一大獨特之處是送別詩不寫送別場面，而從送走友人後寫起。詩人剛送走友人，即掩門獨思：明年春草又綠的時候，友人會不會歸來？詩以「掩扉」的舉動，把送者的悵惘心情、寂寞神態，委婉地表現了出來；而明年「歸不歸」的發問，又令人想見送者別時的依依不捨，別後的無盡思念，以及對與友人重聚的熱切盼望。

早秋山中作

【題解】中，顧本作「居」。據詩中的「山裡」、「柴門」、「空林」等語，本詩的寫作地點當在輞川。這首詩表現了作者對長安官場的生活感到厭倦、急欲退隱的心情。

無才不敢累❶明時，思向東溪❷守故籬。豈厭尚平婚嫁早❸，卻嫌陶
令去官遲❹。草間❺蛩❻響臨秋急，山裡蟬聲❼薄暮悲。寂寞柴門人不到，

空林獨與白雲期❽。

【注釋】❶累　牽累；妨礙。❷思向句　東溪，見〈東溪翫月〉題解。句指思棄官隱居。❸豈厭句　意謂不嫌惡尚平早辦完子女婚嫁之事，出遊名山大川。豈，趙注本原作不，此從宋蜀本、明十卷本、奇字齋本等。尚平，即尚長，一作向長，字子平，詩文中多稱作尚平或向平。《後漢書．逸民列傳》：「向長，字子平，河內朝歌人也。隱居不仕，性尚中和。……建武中，男女嫁娶既畢，勑斷家事勿相關，『當如我死也』。於是遂肆意與同好北海禽慶俱遊五嶽名山，竟不知所終。」❹卻嫌句　參見〈偶然作〉五首其四注❹。❺閒　趙注本原作堂，此從麻沙本、元本、明十卷本等。❻蛩　蟋蟀。《文苑英華》作蟲。❼聲　《文苑英華》作鳴。❽空林句　謂空林無人，獨與白雲為伴。期，約會。

【語譯】無才不敢牽累當今這政治清明的時代，真想往嵩山東溪去看守自己的故居。不討厭尚平辦子女婚事辦得早，卻嫌陶縣令淵明辭官辭得遲。草中的蟋蟀碰上秋天叫聲急促，山裡的知了傍晚時分鳴聲悲涼。自家冷清寂靜的柴門沒有人前來，渺無人跡的樹林裡我獨自與白雲約會。

【研析】既然詩人已居於輞川，為什麼還要說「思向東溪守故籬」？我們知道，王維居輞川時，並未去官，而居嵩山東溪時，則未做官，所以「思向」句，不過表明自己想棄官歸隱，我們不應對這句詩作過於坐實的理解。詩中說自己想退隱的原因是「無才」，不過是一個託詞；關於詩人思欲退隱的真正原因，請參閱〈贈從弟司庫員外絿〉題解。此詩的首聯「工於發端」（清管世銘《讀雪山房唐詩序例．七律凡例》）。三聯純用大自然的音響，渲染出早秋山中薄暮的蕭瑟氣氛和詩人的寂寞心情，使人讀後如臨其境，如聞其聲。末聯的「獨與白雲期」，不僅表現了林中空寂無人，而且那自由舒卷、高潔無瑕的白雲，還是隱逸的象徵。

林園即事寄舍弟紞

【題解】紞，王維最小的弟弟，廣德二年（七六四）前後曾任祠部員外郎，後遷司勳郎中；大曆十二年（七七七）四月以前官太常少卿，大曆十二年四月坐依附元載貶官。說見拙作〈王維年譜〉。詩題下奇字齋本注云：「公次荊州時作。」《全唐詩》同，唯無「公」字。趙殿成曰：「後浦，諸本俱誤作『後沔』，惟劉須溪本是『浦』字。顧玄緯因沔、鄢、郢、荊州諸字俱是楚地，遂於題下註云：『公次荊州時作。』成按，沔水不通河渭……其為『浦』字之誤明甚（按，麻沙本、元本俱作浦）；鄢郢雖是楚地，然前山則指秦地之山而言，與〈送李太守赴上洛〉詩云『商山包楚鄧，積翠靄沉沉』，文意一例；荊州與齊后對用，是引故事，非實指楚地，參互考之，非次荊州時作也。」趙說是。本詩疑居輞川時作，說見本詩注❺。這是一首抒寫內心憂傷的詩。

寓目❶一蕭散❷，消憂冀俄頃❸。青草肅❹澄陂，白雲移翠嶺。後浦
通河渭❺，前山包鄢郢❻。松含風裡聲，花對池中影。地多齊后瘧❼，人
帶荊州癭❽。徒思赤筆書❾，詎有丹砂井❿？心悲常欲絕，髮亂不能整。

青簟日何長⓫，閑門晝方靜。頹思⓬茅簷下，彌傷好風景⓭！

【注釋】❶寓目　觀看；過目。此指觀看風景。❷蕭散　瀟灑閒散之意。《顏氏家訓・雜藝》：「風流才士，蕭散名人。」❸消憂句　謂希望頃刻間能消除憂愁。❹肅　靜。❺後浦句　輞水入灞水，灞水入渭水，渭水入河，故云。據此，本詩或即作於輞川。後浦，後面的河流。❻前山句　極言前山之大。前山，當指秦嶺。包，包容。鄢，楚別都，在今湖北宜城西南。郢，楚郢都，在今湖北荊州西北。❼齊后瘧　齊后，齊君，指齊景公。《晏子春秋・內篇・諫上》：「景公疥（疥瘡，皮膚病名）且瘧（瘧疾），期年不已。」❽荊州癭　《晉書・杜預傳》載，預拜鎮南大將軍、都督荊州諸軍事，率眾伐吳，「吳人知預病癭，憚其智計，以瓠繫狗頸示之。每大樹似癭，輒斫使白，題曰『杜預頸』。」荊州，三國魏時治所在南陽（今河南南陽）。癭，長在脖子上的一種囊狀瘤。《博物志》卷一：「山居之民多癭腫疾，由於飲泉之不流者。今荊南諸山郡東多此疾瘇。」❾赤筆書　趙殿成曰：「二顧注俱引《漢官儀》『尚書丞郎月給赤管大筆一雙』，可久氏並解其下云：『謂昔仕朝時。』成謂非是。赤筆書，當作仙書符篆之解，《魏書・釋老志》所謂丹書紫字，《雲笈七籤》所謂紫書紫筆繕文之類是也。」句謂仙書符篆不可得。❿詎有句　指長壽之術。詎，豈。丹砂井，《抱朴子・內篇・仙藥》：「余亡祖鴻臚少卿曾為臨沅令，云此縣有廖氏家，世世壽考，或出百歲，或八九十，後徙去，子孫轉多夭折。他人居其故宅，復如舊，後累世壽考，由此乃覺是宅之所為，而不知其何故。疑其井水殊赤，乃試掘井左右，得古人埋丹砂數十斛，去井數尺。此丹砂汁因泉漸入井，是以飲其水而得壽。」⓫青簟句　用江淹〈別賦〉「夏簟清兮晝不暮」之意。簟，竹席。簟為夏時而設。句謂夏日臥於青簟之上，難渡長晝。⓬頹思　語本《文選》司馬相如〈長門賦〉：「無面目之可顯兮，遂頹思而就牀。」李善注：「《廣雅》曰：『頹，壞也。』」言壞其思慮而就牀。⓭彌傷句　意謂本來觀看風景，希望能消除憂愁，誰知面對好風景卻更加憂傷。

【語譯】我觀看著景物一時很瀟灑，希望頃刻間能消除憂愁。青草靜立在清澈的池塘旁，白雲移動於蒼翠的山峰上。後面的河流可通向黃河渭河，前邊的山脈能包容鄢都郢都。松樹含有風裡的聲響，花兒對著池中的影子。這地方多有齊景公患的瘧疾病，許多人還帶著杜預長的那種頸囊狀瘤。白想得到仙書符篆而得不到，又哪有令人長壽的丹砂井？心裡悲痛得常常就要斷氣，頭髮散亂也不能整理。夏天躺在青竹席上感到白晝甚長，罕有人出入的門庭此刻正安靜。在茅屋的簷下我心情頹喪，面對著好風景更感到悲傷！

【研　析】這首詩的首二句說，自己想通過在林園觀景消除內心的憂傷。三至八句即接寫自己所看到的美景，其中「青草」二句和「松含」二句，所表現的景物的動態與音響，彷彿可見可聞，非常精彩。下面九、十句交代自己心中憂傷的原因。我們知道，王維所信奉的佛教有八苦的教義，此二句所寫之「齊后瘧」、「荊州瘿」，即屬八苦之一的病苦，它們都應當是本詩所寫山村的居民的多發病。接下十一、十二句說，仙道之術虛誕，消除不了病苦；十三、十四句說，自己因此而異常悲傷。十五、十六句轉寫時間與自家林園環境。末二句以觀景也消除不了自己的憂傷作結，與首二句相應。全詩在詩思的起伏變化中，充分展現了詩人的憂傷，值得我們注意的是，其中含有關心百姓的內容。

酬諸公見過

時官出在輞川莊

【題解】見過，過訪自己。「時」字上，宋蜀本、元本俱多「四言」二字。官出，指離職。唐時官員守父母的三年之喪（實際為二十七月）需去職。此二字宋蜀本、《全唐詩》俱作「官未出」三字。輞川莊，見〈積雨輞川莊作〉題解。天寶九載（七五〇）正月，王維母崔氏卒，王維去職居輞川守喪；十一載三月，王維守喪期滿，出任吏部郎中，說詳拙作〈王維年譜〉。本詩即作於作者在輞川守喪期間。詩中寫詩人守喪期間的生活與朋友來訪。

嗟余未喪❶，哀此孤生❷。屏居藍田❸，薄地躬耕。歲晏輸稅，以奉粢盛❹。晨往東皋❺，草露未晞❻。暮看煙火，負擔❼來歸。我聞有客，足❽埽荊扉。簞食伊何❾？副瓜❿抓棗⓫。仰廁群賢⓬，皤然一老⓭。愧無莞簟⓮，班荊⓯席藁⓰。汎汎⓱登陂⓲，折彼荷花。靜⓳觀素鮪⓴，俯映白沙。山鳥群飛，日隱輕霞。登車上馬，倏忽㉑雨散㉒。雀噪荒村，雞鳴空館。還復幽獨，重欷㉓累歎。

【注釋】❶未喪　謂母、妻皆喪獨己尚在。❷孤生　孤獨的人。❸藍田　唐縣名，即今陝西藍田。趙殿成謂指藍田山。按，輞川莊不在藍田山。參見〈輞川集．孟城坳〉題解。❹歲晏二句　意謂年底繳納租稅，用來供朝廷充作祭品。按，唐代官吏的職分田等，需納地租。參見《唐會要》卷九二。奉，給與；供給。粢，穀類總稱。粢盛，指盛在祭器內供祭祀用的穀物。《孟子・滕文公下》：「諸侯耕助（親耕藉田），以供粢盛。」❺東皐　參見〈歸輞川作〉注❹。❻晞　乾。❼負擔　背負肩挑。❽足　猶言「充分地」。❾簞食句　意謂簞中盛的食物是什麼。簞，古時盛食物的一種竹器。伊，助詞，無義。❿副瓜　剖開的瓜。副，剖分；破開。⓫抓棗　打下的棗。抓，擊。⓬仰廁句　謂我置身於群賢中。仰，向上，有表示恭敬之意。廁，置身其中；混雜在裡面。群賢，指來訪的客人。⓭皤然一老　皤然，髮白貌。是時作者五十或五十一歲，故云皤然一老。⓮莞簟　蒲席與竹席。古時以蒲席鋪墊於竹席下，以求安適。《詩・小雅・斯干》：「下莞上簟，乃安斯寢。」鄭《箋》：「莞，小蒲之席也。」莞又名小蒲，生沼澤中，莖高五六尺，細而圓，可織席。簟，竹席。⓯班荊　鋪荊條於地而坐。《左傳》襄公二十六年：「伍舉奔鄭，將遂奔晉；聲子將如晉，遇之於鄭郊，班荊相與食，而言復故。」⓰席藁　鋪藁於地而坐。藁，同「稾」。禾稈，又指用禾稈編的墊子。⓱汎汎　舟浮貌。⓲登陂　上池塘。何焯校本《王摩詰集》版框下方有朱筆校云：「登，元（刻）作澄。」陂當指欹湖。⓳靜　趙注本原作淨，此從《全唐詩》。⓴鮪　古書上指鱘。㉑倏忽　指極短的時間。㉒雨散　喻離散。謝朓〈和劉中書〉：「山川隔舊賞，朋僚多雨散。」雨，《全唐詩》作雲。㉓重欷　多次抽咽。

【語　譯】可歎啊我竟還在人世，我哀傷自己這個孤獨的人。我隱居在京兆府藍田縣，有一些薄地親自耕種。到了年底時繳納地稅，以充作朝廷祭祀用的穀物。清晨前往水邊的田地，草上的露水還沒乾。傍晚看到炊煙升起，便背負肩挑著返歸。我聽說有客人要來訪，就最大限度地清掃了住屋。竹器裡盛的食物是什麼？剖開的瓜和新撲打的棗。我恭敬地置身於來訪的群賢中，已是頭髮花白一老翁。慚愧我家沒有蒲席和竹席，就把荊條禾稈鋪在地上請來客坐。我們的船兒浮動著上了池塘，摘取了正盛開著的荷花。大家靜靜地觀看白色的鱘魚，又俯身對著水底的白沙。山鳥成群地飛來飛去，太陽隱沒到輕淡的雲霞裡。來訪的客人登車上馬，頃刻之間就朋友離散。麻雀在荒村裡噪鳴，家雞於空宅中啼叫。我仍然還是那麼幽寂孤獨，禁不住多次抽咽連續歎息。

【研析】這首四言長詩共三十句，首二句說母、妻皆喪，唯獨自己尚孤獨地生活於人世。三至十句寫此時自己正在輞川過著隱居躬耕的生活。十一至十八句寫客人來訪和作者盡力接待的情景。十九至二十二句寫作者帶領客人泛舟欹湖的景象。二十三至二十六句寫傍晚客人離去。二十七至三十句寫客人離去後作者的心情，與首二句相照應。這是王維集中唯一的四言詩，明譚元春評此詩云：「四言詩字字欲學三百篇，便遠于三百篇矣。右丞以自己性情留之，味長而氣永，使人益厭劉琨、陸機諸人之拙。」（《唐詩歸》卷八）東漢時代五言詩興起，並以它更便於抒情和敘事的優越性，逐漸取代了四言詩，其後四言衰微，作者日寡，好詩也少；王維此詩，可說是唐人四言詩中的佳製。此詩之佳就表現在：能較好地運用四言的形式來描寫景物，抒寫個人的感情，「以自己性情留之」。此詩六句一換韻，後二十四句平仄韻交替，在形式上也有自己的特色。

鄭果州相過

【題解】鄭果州，果州刺史鄭某，名不詳。果州，天寶元年改名南充郡，治所在今四川南充北。此處蓋沿用舊稱。相，凌本作見。據「林裡灌園人」、「雙童逐老身」等語，此詩或王維天寶末年居輞川時所作。詩寫友人來訪的情景。

麗❶日照殘春，初晴草木新。牀前磨鏡客，林裡灌園人❷。五馬驚窮巷❸，雙童逐老身❹。中廚辦麤飯❺，當恕❻阮家貧❼。

【注釋】❶麗 麻沙本、元本作斜。❷牀前二句 指己與道士、隱者往來。前，奇字齋本、淩本俱作頭。磨鏡客，謂負局先生。《列仙傳》卷下：「負局先生者，不知何許人也。語似燕代間人。常負磨鏡局（箱），徇（巡行）吳市中，衒磨鏡一錢（沿街叫賣磨鏡只取一錢），因磨之，輒問主人：『得無有疾苦者？』輒出紫丸藥以與之，得者莫不愈，如此數十年。後大疫病，家至戶到，與藥，活者萬計，不取一錢，吳人乃知其真人（修真得道之人）也。」林裡，宋蜀本作樹裡，明十卷本、《全唐詩》等作樹下，淩本作花下。灌園人，指陳仲子。見〈輞川閒居〉注❺。❸五馬句 指鄭果州來訪。五馬，謂太守之車。又用為太守的代稱。漢樂府〈陌上桑〉：「使君從南來，五馬立踟躕。」❹雙童句 謂兩個僕人跟隨自己出迎。雙童，庾信〈奉和永豐殿下言志〉十首其四：「五馬遙相問，雙童來夾車。」老身，老年人之自稱。❺中廚句 漢樂府〈隴西行〉：「談笑未及竟，左顧勅（吩咐）中廚，促令辦麤飰（粗飯），慎莫使稽留。」中廚，內廚房。《文苑英華》作廚中。❻當恕 《文苑英華》作「常恐」。❼阮家貧 《晉書・阮咸傳》：「咸與籍居道南，諸阮居道北，北阮富而南阮貧。」此以阮家自喻。

【語譯】明媚的太陽照耀於殘春時節，雨後初晴草木多麼清新。我的坐榻前坐著像負局先生那樣的道士，林園中有猶如陳仲子一般的汲水灌園之人。忽然有太守的車駕驚動了我住的僻巷，於是兩個僕人跟隨我這老翁出迎。我家裡的廚房置辦了粗糙的飯菜，貴客當原諒我家像阮家一樣貧窮。

【研析】這首詩敘貴客來訪，首聯交代節候、景物，次聯寫自己過著與道士、隱者往還的閒居生活，三聯寫太守來訪和自己出迎，末聯說自己以粗飯待客，請貴客原諒家貧。全詩沒有什麼深意，其中首聯寫景，清新自然，絕去雕飾，有一種本色之美。

別輞川別業

【題解】此詩王縉有同詠，載《全唐詩》卷一二九。詩中抒寫離開輞川的難捨之情。

依遲❶動車馬，惆悵出松蘿❷。忍別青山去，其如綠水何❸！

【注釋】❶依遲　依依不捨的樣子。❷出松蘿　猶言離開山林。松蘿，地衣類植物，常寄生松樹上。❸忍別二句　意謂即使忍心離別青山而去，同綠水也難分難捨。忍，忍心；狠心。如，奈。

【語譯】我依依不捨地讓車馬啟程，傷感地離開了輞川的山林。即使忍心離別青山而去，同綠水也難捨難分！

【研析】明顧可久評此詩曰：「青山綠水誰是可別去者？淺語情深。」（《唐王右丞詩集注說》）所評是。此詩寫自己即將離開輞川時，對輞川山水的依依不捨之情。我們知道，輞川在藍田縣南，距長安一百餘里，王維當時既在朝廷為官，自然不可能經常回輞川（必須有三天以上的假期，才能回輞川），所以才有詩中抒發的那種依依不捨之情。從詩中的這種感情，我們可以想見詩人當時的精神狀態是：戀慕隱逸，無心仕進。又，此詩也有可能作於王維在輞川居母喪兩年後，又出而任職之時（參見〈酬諸公見過〉題解）。維弟縉之〈別輞川別業〉云：「山月曉仍在，林風涼不絕。殷勤如有情，惆悵令人別。」所賦亦佳。也許是兄弟兩人同在輞川守母喪，守喪期滿後，兩人復出任職，又一起離開輞川，於是同時寫了這首詩。

酬張少府

【題　解】少府，即縣尉。此詩為作者晚年居輞川時所作。詩中寫出了詩人晚年的心境。

晚年惟好靜，萬事不關心。自顧無長策❶，空❷知返舊林。松風吹解帶❸，山月照彈琴。君❹問窮通❺理，漁歌入浦深❻。

【注　釋】❶長策　良策。趙注本注：「長，一作良。」❷空　只。❸解帶　古人上朝或見客時需束帶，在家無事時則可解帶。❹君　宋蜀本作「若」。❺窮通　困厄與顯達；得意與失意。❻漁歌句　謂我駕船唱著漁歌進入漁浦深處。

【語　譯】晚年我只喜歡清靜，一切的事都不關心。自視沒有什麼治國的良策，只知返回往日居住的山林。松林的清風吹來我解開了衣帶，山間的明月照耀我彈奏起古琴。你詢問我困厄與顯達的道理，我駕船唱著漁歌進入漁灣深處。

【研　析】這是一首酬答張少府的詩。首聯所說「萬事不關心」，只是一句表面的話；第三句接著說「自顧無長策」，可見不是「不關心」，而是覺得關心也無補於世事，無用，所以只好歸隱，走向「不關心」了。第三聯寫歸隱田園時生活的自在和心情的閒適：解開衣帶，任松風吹拂；在林中彈琴，以山月為伴。這兩句既是景語，也是情語，清幽之景與閒逸之情在此水乳交融。結句「從解帶彈琴宕出遠神」（清沈德潛《說詩晬語》卷上），指避開關於「窮通理」的問話，另外描寫一種景象。這種景象似乎同上句的問話無關，實際上則是「以不答答之」（沈德潛《唐詩別裁》卷九）。「漁歌入浦深」的回答十分耐人尋味，彷彿表明詩人已悟破「窮通理」，全不以窮通為意；還表明詩人認為窮困的隱居生活充滿樂趣，情願過這種生活。詩歌意味深長而又極其平淡、自然，是「由絢爛之極歸於平淡」（清紀昀語，見《瀛奎律髓彙評》卷二三）的佳製。

輞川別業

【題　解】這首詩描寫作者離開輞川「向一年」後又回到輞川的愉悅心情。王維「事母崔氏以孝聞」（《舊唐書》本傳），如果當時崔氏仍在世，王維當不至於會有近一年時間不回輞川省母，故疑此詩當作於王維守母喪期滿又出而為官後的接近一年之時，即天寶十二載春（參見〈酬諸公見過〉題解）。

不到東山❶向一年，歸來纔及種春田。雨中草色綠堪染，水上桃花紅欲燃❷。優婁比丘經論學❸，傴僂丈人鄉里賢❹，披衣倒屣❺且相見，相歡語笑衡門❻前。

【注　釋】❶東山　借指輞川別業。參見〈送綦毋潛落第還鄉〉注❶。❷欲燃　梁元帝〈宮殿名詩〉：「林間花欲然（同『燃』），竹徑露初圓。」欲，麻沙本作亦。❸優婁句　意謂僧人中通經論之學者。優婁比丘，指佛教僧人。優婁，人名，優樓頻螺伽葉之略稱。原是有五百弟子的外道（指佛教之外的其他宗教哲學派別）論師，後與其二弟及弟子共歸佛出家。參見《四分律》卷三二。比丘，梵文的音譯，指出家後受過具足戒（佛教比丘與比丘尼的戒律，因同沙彌、沙彌尼所受十戒相比，戒品具足，故稱。出家人依戒法規定受持此戒，即取得正式僧尼資格）的男僧。經論，佛教典籍分經、律、論三部分，謂之三藏。經為佛所自說，論是經義的解釋，律則記佛教戒規。❹傴僂句　意謂像傴僂丈人那樣的鄉里賢者。傴僂丈人，《莊子・達生》：「仲尼適楚，出於林中。見痀僂（同傴僂，駝背）者承蜩（用長竿黏蟬），猶掇（以手拾物）之也。仲尼曰：『子巧乎！有道邪？』曰：『我有道也，五六月，累丸二而不墜，則失者錙銖；累三而不墜，則失者十一；累五而不墜，猶掇之也。吾處身也，若厥（橛）株拘（斷木頭）；吾執臂也，若槁木之枝。雖天地之大，萬物之多，而唯蜩翼之知。吾不反不側，不以萬物易蜩之翼，何為而不得！』孔子顧謂弟子曰：『「用志不分，乃凝於神（精神乃專一集中）。」其痀僂丈人之謂乎！』」❺倒屣　見〈春過賀遂員外藥園〉注❾。❻衡門　參見〈偶然作〉五首其二注❷。

【語　譯】我不到輞川別業已將近一年，歸來時剛好趕上耕種春天的田。雨中草木的顏色似乎能把他物也染綠，水邊的桃花紅得耀眼就像要燃燒一樣。此處有僧人中通經論的學者，也有如傴僂丈人一般的鄉賢，大家或披衣來訪或倒屣出迎再次相見，一起歡樂談笑就在簡陋的住屋前。

【研析】王維所謂的亦官亦隱，實際是做官的時候多而隱居的日子少，所以當他一旦有時間回到輞川，一種發自內心的愉悅感情便油然而生。本詩就表現詩人長時間離開輞川後又回到輞川時的這種感情。首聯交代自己離開輞川近一年後，又在春天回到了輞川。次聯寫自己歸來後眼中所見到的輞川春景，這聯詩所描摹的輞川佳景，是那麼地充滿生機，那麼地鮮豔明麗，在這裡，作者非常注意表動態字的錘煉，如下一「染」字與一「燃」字，就化靜景為動景，使整個畫面清新鮮潤，藝術形象更加活躍生動。在這聯詩的景物描寫中，流露了詩人見到輞川佳景後的愉悅之情。三、四聯寫自己歸來後與通經論的高僧、隱居鄉里的賢者談笑往來的快樂。其中「披衣」一語，既表現了詩人與高僧、鄉賢彼此的急於相見，又反映出他們之間關係的親密隨意和不拘形跡。「倒屣」一語亦然。這兩聯詩通過敘述，也流露了詩人歸輞川後的愉悅心情。

題輞川圖

【題解】此詩諸本皆作〈偶然作〉之第六首。按，唐朱景玄《唐朝名畫錄》曰：「（維）復畫〈輞川圖〉，山谷鬱盛，雲飛水動，意出塵外，怪生筆端，嘗自題詩云：『當世謬詞客，前身應畫師。』其自負也如此。」唐張彥遠《歷代名畫記》卷一〇云：「清源寺壁上畫輞川，筆力雄壯，常自製詩曰：『當世謬詞客，前身應畫師。不能捨餘習，偶被時人知。』誠哉是言也。」宋郭若虛《圖畫見聞志》卷五亦云：「嘗于清源寺壁畫〈輞川圖〉，巖岫盤鬱，雲飛水動，自製詩曰：『當世謬詞客……。』」據以上記載，此詩當作「題輞川圖」，不應曰「偶然作」；《萬首唐人絕句》即採「宿世」四句為一絕，題作「題輞川圖」。又，〈輞川圖〉既畫於清源寺（即輞川莊，維施莊為寺後，改用此名）壁，則此首題圖之詩，亦當作於維晚年（據首二句知此詩當作於晚年）居輞川時。〈輞川圖〉有明刻石本傳世，現藏於藍田縣文管所。

老來懶賦詩，惟有老相隨。宿世❶謬詞客❷，前身應畫師。不能捨餘習，偶被世人知❸。名字本習離，此心還不知❹。

【注釋】❶宿世　佛教指過去的一世，即前生。《唐朝名畫錄》等作當世（見題解），《唐詩紀事》作當代。❷謬詞客　妄為詩人。即本來不配當詩人卻當了詩人之意。謬，謙詞。❸不能二句　意謂自己不能捨棄前生遺留之習，繼續寫詩作畫，遂偶被世人所知。世，《萬首唐人絕句》、《唐詩紀事》俱作時。❹名字二句　意謂我的名字和自己原本的習尚（好寫詩作畫）相離，而自己的心裡卻不瞭解。指我用佛教居士維摩詰之名作為自己的名字，本不應去追求詩人、畫家的浮名。習離，趙注本原作「皆是」，此從麻沙本。心，宋蜀本、麻沙本俱作「知」。又此詩韻字用二「知」字，趙殿成曰：「疊用二知字，疑誤。」

【語譯】我年老之後懶於寫詩，只有衰老伴隨自己。我宿世濫竽充數地當了詩人，前生實際更應該是個畫工。我不能捨棄前生遺留的習尚，於是名字偶然地被世人知道。我的名字與我的原來習尚相離，而自己這心裡卻還不曉得。

【研　析】清余成教評此詩曰：「（中）四句善於自寫。」（《石園詩話》卷一）這首詩含有對自己的詩畫作評價的意味，詩歌在自謙的話語背後，流露了詩人對自己的詩畫成就的高度自信，朱景玄對此詩所作的「其自負也如此」的理解，大致不差。盛唐士人自信心都很強，甚至有幾分狂傲氣，所以本詩所表現的這種對自己詩畫創作的自信，正是盛唐士人精神風貌的體現。詩的結尾說，自己好寫詩作畫的習尚與自己名字的含義相離，自己還不知道，這就是習尚已成，難以改變，作者也無意於改變。這是值得慶幸的，如果王維因為信奉佛教就改變其好寫詩作畫的習尚，則王維也就不成其為王維了。這首詩對於我們瞭解王維的詩畫創作，不無幫助。

崔濮陽兄季重前山興　山西去，亦對維門

【題　解】崔季重，蘇源明〈小洞庭洄源亭讌四郡太守詩〉序曰：「天寶十二載七月辛丑，東平太守扶風蘇源明，觴濮陽太守清河崔公季重、魯郡太守隴西李公蘭、濟南太守太原田公琦、濟陽太守隴西李公倢于洄源亭。」知季重天寶十二載為濮陽（即濮州，天寶元年更名，治所在今山東鄄城北）太守。高步瀛《唐宋詩舉要》曰：「觀原注，似此時季重已罷濮陽守而居藍田矣。」按，高說是。既然季重門前之山「亦對維門」，則是時維之居處自然也當在山間；而天寶末維在山間的居處，無疑就是位於藍田的輞川別業。綜上所述，本詩應是天寶十三載（七五四）或十四載秋維

居輞川時所作。前山，即詩中之「門前山」。興，興致；情趣。這首詩寫友人山居的景色和歸隱的生活。

秋色有佳興，況君池上閒。悠悠西林下，自識門前山。千里橫黛色❶，數峰出雲間。嵯峨❷對秦國❸，合沓❹藏荊關❺。殘雨斜日照，夕嵐❻飛鳥還。故人今尚爾，歎息此頹顏❼。

【注釋】❶黛色　指青黑的山色。據此句，季重的「門前山」，當屬秦嶺山脈。❷嵯峨　山高峻貌。❸秦國　指秦都咸陽一帶。❹合沓　指山峰重疊。《文選》王褒〈洞簫賦〉：「薄索合沓。」李善注：「合沓，重沓也。」❺荊關　柴門。謝莊〈山夜憂〉：「迴舲拓繩戶，收棹掩荊關。」此指隱者的住所。❻嵐　山間霧氣。❼故人二句　意謂故人（指崔）如今絲毫未變（指仍未老），只為自己這衰老的容顏而歎息。〈古詩十九首・客從遠方來〉：「相去萬餘里，故人心尚爾。」

【語譯】秋天的景色能引發美好興致，何況您住在水池旁非常安閒。您在西邊的樹林下悠然自得，正賞識著自家門前的山脈。它千里連綿一片青黑橫陳於大地，又有幾座山峰高聳出現在雲中。它山勢高峻正對著古秦國的都城，山峰重疊其中藏著隱士的茅屋。傍晚雨即將停止斜陽當空照耀，山林中的霧氣瀰漫飛鳥還巢。老朋友您現在還是老樣子絲毫未變，我只為自己這衰老的容顏而歎息。

【研析】這首詩的前四句寫友人在秋色宜人的山居中，過著閒適的隱居生活。五至八句寫友人「門前山」的景觀，這四句詩善用大筆勾勒，畫面遼遠、壯闊，氣勢雄偉。其中五、六句寫群山連綿、數峰高聳，具有繪畫的構圖美；且下一「橫」字、一「出」字，使本來不會動的山峰有了動態，形象更加活躍生動。九、十句寫秋日傍晚雨後山中的景色，視覺形象也很鮮明。末二句將友人與自己作對比，說友人樣子不變，而自己已衰老；從友人的不老，讀者可以想見他隱居生活的閒適和山居環境的優美，這正好與前四句相應。

山中示弟

【題解】詩中自稱老夫，疑是天寶末年居輞川時所作。弟下趙注本多一「等」字，今從宋蜀本、明十卷本、《全唐詩》等刪去。

山林吾喪我❶，冠帶❷爾成人❸。莫學嵇康懶❹，且安原憲貧❺。山陰多北戶❻，泉水在東鄰。緣合妄相有❼，性空無所親❽。安知廣成子，不是老夫身❾？

【注釋】❶吾喪我　指進入自忘（不感到自己的存在）的精神境界。《莊子・齊物論》：「（南郭）子綦曰：

『……今者吾喪我，汝知之乎？』」郭象注：「吾喪我，我自忘矣；我自忘矣，天下有何物足識哉！故都忘外內，然後超然俱得。」❷冠帶　戴帽束帶，指仕宦。《後漢書・儒林傳》：「冠帶縉紳之人，圜橋門而觀聽者蓋億萬計。」❸成人　猶言成器、成材。《鶴林玉露》卷九：「諺云：成人不自在，自在不成人。」❹嵇康懶　嵇康〈與山巨源絕交書〉：「（吾）性復疏嬾（懶散），筋駑肉緩，頭面常一月十五日不洗；不大悶癢，不能沐也。」❺原憲貧　《史記・仲尼弟子列傳》：「原憲，字子思。……孔子卒，原憲亡在草澤中，子貢相衛，而結駟連騎，排藜藿，入窮閻，過謝原憲。憲攝敝衣冠見子貢，子貢恥之，曰：『夫子豈病乎？』原憲曰：『吾聞之，無財者謂之貧，學道而不能行者謂之病，若憲，貧也，非病也。』子貢慚，不懌而去。」❻山陰句　謂房屋在山之北，門多朝北開（即不面山而開）。❼緣合句　緣，佛教用語，即因緣，詳見〈過盧員外宅看飯僧共題七韻〉注❾。相，指事物之相狀。《大乘義章》卷三：「諸法體狀，謂之為相。」《唯識述記》卷一：「相謂相狀。」有，梵文之意譯，猶言存在。蓋緣合即生諸法，而諸法可見可知，各有其相狀，所以說緣合相就存在；然佛教又認為，諸法本無實性，皆是虛妄，故又曰妄相（諸法既假而不實，其相狀自然也是虛妄的）。《大日經疏》卷一：「可見可現之法，即為有相。凡有相者，皆是虛妄。」❽性空句　意謂一切事物皆虛幻不實，對它們不必有所親近。性空，佛教名詞。謂一切法皆由因緣所生，不斷生滅變化，沒有自己固有的性質和獨立的實體。這也即是說，諸法之體性虛幻不實，故謂曰空。❾安知二句　意謂安知老夫不是仙人的化身。從佛教的觀點看，世界一切事物皆不斷變化，剎那生滅，故云。廣成子，參見〈田園樂〉七首其一注❷。

【語　譯】我在山林中進入了自忘的境界，而你們戴冠束帶已出仕成材。你們不要學習嵇康的懶散，應當安於原憲式的貧窮。我住在山北，門戶多朝北開，有一眼泉水就在東鄰那邊。因緣相和合，事物的虛妄相狀就存在，但事物之體性為空，所以我對它們無所親近。怎麼知道仙人廣成子，不變化成為老夫之身？

【研　析】這首詩大致有兩個方面的內容，一為示弟，一為自述。對於諸弟，詩人希望他們既要積極進取（不要懶散），又不要妄求干進（有時應安於貧窮），這些話可謂語重心長。關於自己，本詩中談到了佛、道並修的問題。山林句表現了道家的「自忘」、「物我」兩忘思想，「緣合」二句說的是佛教的諸法皆空之理，這二者都是作者在山中修習的內容。實際上這二者皆企圖引導人們逃避現實，忘掉現實生活中的各種矛盾痛苦，從幻想中尋找精神安慰和自我解脫，所以其精神是可以相通的。至於末二句，既有道之得道成仙觀念，又有佛之諸法剎那生滅思想，也反映了佛、道思想的融合。

秋夜獨坐

【題　解】此詩疑天寶末年居輞川時所作。詩中寫詩人秋夜獨坐的感觸。

獨坐悲雙鬢❶，空堂欲二更。雨中山果落，燈下草蟲鳴。白髮終難變❷，黃金不可成❸。欲❹知除老病❺，惟有學無生❻。

【注　釋】❶悲雙鬢　為雙鬢變白而悲傷。❷白髮句　《列仙傳》卷下載，稷丘君朱璜入浮陽山八十餘年，「白髮盡黑」。此反其意而用之。❸黃金句　語本江淹〈從建平王遊紀南城〉：「丹沙信難學，黃金不可成。」按，世傳丹砂（又作丹沙，即硃砂）可化為黃金，《史記・孝武本紀》：「致物而丹砂可化為黃金，黃金成，以為飲食器則益壽，益壽而海中蓬萊僊者可見，見之以封禪則不死。」《抱朴子・內篇・黃白》曰：「仙經云，丹精生金。此是以丹作金之說也。」又曰：「《銅柱經》曰：丹沙可為金，河車可作銀。」此即古之方士、道士所謂燒煉丹藥化為金銀之術，又稱黃白之術。此句意謂，神仙黃白之術不能有所成，長生無望。❹欲　猶已。參見王鍈《詩詞曲語辭例釋》。❺老病　佛教稱生、老、病、死為四苦。《釋迦譜》卷二：「以畏老病生死之苦，故於五欲不敢愛著。」❻無生　見〈登辨覺寺〉注❿。

【語　譯】我獨自坐著為雙鬢變白而悲傷，這時空寂無人的廳堂已近二更。我聽見雨中山果落地，還有燈下草蟲鳴叫。白髮終究難再變黑，丹砂也不能化成黃金。我已知道要消除老、病之苦，唯有學習佛教的無生之理。

【研　析】此詩的首聯，寫詩人寒夜獨坐空堂，為髮白而悲傷，其情其景，如在目前。次聯善用音響描寫來刻畫靜景。寂靜並非聲響全無，聲響全無那不是寂靜而是死寂。寂靜能使人聽見平常聽不到的聲響，連雨中山果落地的響聲都能聽到，足見秋夜的靜寂之極。在秋夜燈下獨坐的詩人心情如何，也就表現在這聯詩所創造的寂靜境界裡，讀者要自己去領略。這個境界所寄寓的感情，有人生易老的悲慨，寒夜獨坐的寂寞、淒涼，還有對生命的珍惜等等，可以說非常豐富，非常耐人尋繹，然而出語卻又極其平淡，這是藝術純熟的表現，千錘百煉的結果。清潘德輿《養一齋詩話》卷三說：「一唱三歎，由於千錘百煉。今人都以平澹為易易，知其未喫甘苦來也。右丞『雨中山果落，燈下草蟲鳴』，其難有十倍於『草枯鷹眼疾，雪盡馬蹄輕』者。到此境界，乃自領之，略早一步，則成口頭語而非詩矣。」所言不差。詩的後二聯，承上「悲雙鬢」而言，謂仙道的長生術無效，唯有學佛。雖然詩人佛、道並修，但佛教對他思想的影響，顯然甚於道教。

菩提寺禁裴迪來相看說逆賊等凝碧池上作音樂供奉人等舉聲便一時淚下私成口號誦示裴迪

【題解】本詩作於至德元載（七五六）八月。是年六月，安祿山軍攻陷長安，玄宗奔蜀，王維扈從不及，為叛軍所獲，解送至洛陽，拘於菩提寺，此詩即作於寺中。參見拙作〈王維年譜〉。菩提寺禁，即指作者被安祿山軍拘於菩提寺中。趙殿成注謂菩提寺在長安平康坊南門之東。按，凝碧池既在洛陽，菩提寺也當在洛陽，《舊唐書．王維傳》即謂「（祿山）遣人迎（維）置洛陽，拘於普施寺（普施寺疑為菩提寺之誤）」。宋吳曾《能改齋漫錄》卷一一「李西臺詩」云：「『龍門雙闕湧雲烟……。』李西臺詩也，題於菩提寺。菩提寺在龍門鎮。」則菩提寺在洛陽城南龍門。裴迪來相看，疑迪天寶年間未嘗居官（維天寶時贈迪之詩多稱迪為「秀才」。《唐語林》卷二稱維為賊所囚，「與左丞裴迪密往還」，疑非），故不在被搜捕、拘禁之列（安祿山軍入長安後，搜捕的對象為百官、宦者、宮女等，見《通鑑》至德元載六月），得以至菩提寺看維。說逆賊……一時淚下，《通鑑》至德元載八月載：「祿山宴其群臣於凝碧池，盛奏眾樂；梨園弟子往往歔欷泣下，賊皆露刃睨之。樂工雷海清不勝悲憤，擲樂器於地，西向慟哭。祿山怒，縛於試馬殿前，支解之。」趙殿成注謂凝碧池在長安西內苑，按，《通鑑》至德元載六月載：「安祿山……遣孫孝哲將兵入長安。」《考異》曰：「偏檢諸書，祿山自反後未嘗至長安。」趙注誤。《唐六典》卷七謂洛陽禁苑中有「芳樹、金谷二亭，凝碧之池」。《唐兩京城坊考》卷五曰：「（洛陽神都）苑內……最東者凝碧池，東西五里，南北三里。……祿山入東都，宴其群臣于凝碧池。《通鑑》大業元年：『築西苑，周二百里，其內為海，周十餘里……。』蓋唐改海為凝碧池，隋煬帝之積翠池，蓋即凝碧池，水隨地易名耳。」供奉人，在宮中侍奉天子之人。唐時上自文詞經學之士，下至卜醫技術之流，凡有一材一藝者，皆可供奉內庭。此處指樂工。舉聲，發聲。口號，詩的題名，表示隨口吟成，與口占相近。此詩感傷兩京陷落，抒發思念朝廷之情。

萬戶傷心生野煙❶，百官何日再❷朝天❸？秋槐葉落空宮裡❹，凝碧池頭奏管絃。

【注釋】❶生野煙　指安史之亂爆發。❷再　宋蜀本、麻沙本、《唐詩紀事》等俱作「更」。❸朝天　謁見天子。❹秋槐句　寫舊宮荒涼。葉，《舊唐書・王維傳》作「花」。空，《唐詩紀事》作「深」。

【語譯】千家萬戶為原野升起戰爭的烽煙而傷心，眾多官員們哪一天才能再上朝謁見皇帝？秋日槐樹的葉子凋落在幽深無人的皇宮裡，凝碧池畔逆賊們正宴飲作樂管絃樂一齊奏起。

【研析】此詩首句傷安史之亂爆發，兩京淪陷；次句抒發思念唐朝廷的深情；三句傷故宮荒涼；末句寫此刻逆賊們正宴飲作樂，這景象與前三句所寫形成鮮明對比，是觸發詩人寫作這首傷悼之作的直接原因。全詩寫得沉痛、婉曲、深長。此詩在當時流傳很廣，《舊唐書・王維傳》載：

「賊平，陷賊官以三等定罪，維以凝碧詩聞於行在，肅宗嘉之，會縉（王維弟）請削己刑部侍郎以贖兄罪，特宥之。」

口號又示裴迪

【題　解】此詩蓋繼上詩而作，故曰「又示」。詩題《萬首唐人絕句》作「菩提寺禁示裴迪」，《全唐詩》作「菩提寺禁口號又示裴迪」。詩中表現作者渴望獲得自由、還歸田園的心情。

安得捨塵網❶，拂衣❷辭世喧❸；悠然策藜杖❹，歸向桃花源❺？

【注　釋】❶塵網　塵世的網羅。人居世間有種種約束，故云。此處隱指自己被囚禁的境遇。塵，《全唐詩》作羅。❷拂衣　提衣；振衣。有表示決絕之意。《後漢書・楊震傳》：「（孔融曰：）孔融魯國男子，明日便當拂衣而去，不復朝矣。」❸世喧　人世的喧擾。❹策藜杖　拄著藜杖。藜，一年生草本植物，莖堅老者可為杖。❺歸向句　謂己欲避亂隱居田園。向，《萬首絕句》作「去」。桃花源，參見〈桃源行〉題解。

【語　譯】我怎樣才能擺脫塵世的羅網，拂袖而去辭別人世的囂喧；自在閒適地拄著藜杖，返回到那世外的桃源？

【研　析】這首詩的寫作背景與上首詩完全一樣，上詩主要抒傷世之情，此詩則主要表達自己的心願。天寶年間，作者曾在詩中不止一次地說過想辭官隱居，當他的願望尚未及實現之時，安史之亂忽然爆發，長安淪陷，玄宗倉皇出逃，詩人扈從不及，為叛軍所獲，強行押送到洛陽，拘於菩提寺。此時詩人的最大心願無疑就是獲得自由，並實現其心中久有的離開官場、還歸田園的願望。詩人所希望還歸的田園，應該就是他天寶年間在藍田營置的輞川別業。

既蒙宥罪旋復拜官伏感聖恩竊書鄙意兼奉簡新除使君等諸公

【題解】既蒙宥罪旋復拜官，指作者陷賊，被迫接受偽職，唐軍收復兩京後，與諸陷賊官俱被收繫獄中，後肅宗赦其罪，旋復拜為太子中允事。伏感，俯伏感激，下對上的敬詞。奉簡，指書詩於簡札，獻給新除使君等。除，授職。王維於至德二載（七五七）十二月被赦罪，乾元元年（七五八）春復拜官，說見拙作〈王維年譜〉。本詩即作於乾元元年春。詩中抒寫作者「既蒙宥罪旋復拜官」後的心情。

忽蒙漢詔還冠冕❶，始覺殷王解網羅❷。日比皇明猶自暗，天齊聖壽未云多。花迎喜氣皆知❸笑，鳥識歡心亦解歌。聞道百城❹新佩印，還來雙闕共鳴珂❺。

【注　釋】❶還冠冕　指恢復官職。❷殷王解網羅　《史記．殷本紀》：「湯出，見野張網四面，祝曰：『自天下四方皆入吾網。』湯曰：『嘻，盡之矣！』乃命去其三面，祝曰：『欲左，左；欲右，右。不用命，乃入吾網。』諸侯聞之曰：『湯德至矣，及禽獸。』」此指天子行法尚寬，恩澤優渥。❸皆知　麻沙本、元本俱作猶能。❹百城　指州刺史（使君）的轄境。又指州刺史。參見〈送封太守〉注❺。❺還來句　指新除使君等連騎至皇宮謝恩。珂，馬勒上的玉飾，馬行時作聲，故曰鳴珂。

【語　譯】忽然蒙受天子的詔命恢復我的官職，這才深感商王網開三面的做法寬大。太陽的光芒比起天子來還是顯得暗，聖君的壽數與天齊同也不能說多。花兒遇上欣喜的神色都知道開放，鳥兒瞭解歡樂的心情也曉得唱歌。聽說新佩帶官印的刺史，還一起騎馬來皇宮謝恩。

【研　析】這首詩的首聯寫「既蒙宥罪旋復拜官」；二、三聯寫「伏感聖恩竊書鄙意」，其中三聯移情於景，將自己的喜悅之情與春日的花開鳥鳴之景很好地結合了起來；末聯點明「奉簡新除使君等」之意。清金人瑞評此詩云：「既赦罪，又復官，若順事各寫，此成何章句，今看其小出手法，只將二事摶作二句，言我直至復官之後，始悟既已赦罪矣。使令前此畏罪之深，後此蒙恩之重；前此驚魂一片，後此銜感萬重，所有意中意外，如恍如惚，無數情事，不覺盡出。此謂臨文變化生心之能也。」（《金聖歎選批唐詩》卷三上）所評不無道理。

和賈舍人早朝大明宮之作

【題　解】舍人，即中書舍人，見〈苑舍人能書梵字兼達梵音皆曲盡其妙戲為之贈〉題解。賈舍人，即賈至。字幼鄰（一作幼幾），河南洛陽人，兩《唐書》有傳。至自天寶末至乾元元年春官中書舍人，尋出為汝州刺史。大明宮，見〈奉和聖製從蓬萊向興慶閣道中留春雨中春望之作應制〉題解。《舊唐書．地理志》曰：「高宗已後，天子常居東內（大明宮）。」按，賈至原賦今存，題作〈早朝大明宮呈兩省僚友〉，載《全唐詩》卷二三五。又，岑參有〈奉和中書賈至舍人早朝大明宮〉，杜甫有〈奉和賈至舍人早朝大明宮〉，皆同和之作。本詩作於乾元元年（七五八）春末，時作者亦官中書舍人，說詳拙作〈王維年譜〉。本詩描述了春日在大明宮早朝的盛況。

絳幘雞人送曉籌❶，尚衣❷方進翠雲裘❸。九天閶闔開宮殿❹，萬國衣冠拜冕旒❺。日色纔臨仙掌動❻，香煙欲傍袞龍浮❼。朝罷須裁五色詔，珮聲歸向鳳池頭❽。

【注　釋】❶絳幘句　謂宮中夜間報更的人報曉。絳幘，紅色頭巾。趙殿成注引《漢官儀》曰：「宮中與臺並不得畜雞，夜漏未明三刻雞鳴，衛士候於朱雀門外，著絳幘（象雞冠），專傳雞唱。」雞人，《周禮．春官．雞人》：「雞人掌共（供）雞牲，辨其物（毛色）；大祭祀，夜嘑旦以嘂（《說文》：『嘂，高聲也，一曰大呼也。』）百官。」鄭注：「夜，夜漏未盡雞鳴時也，呼旦以警起百官使夙興。」絳幘雞人，此處借指宮中夜間報更之人。送曉籌，即報曉之意。籌，指更籌、更籤，古時報更用的牌。《陳書．世祖紀》：「每雞人伺漏，傳更籤於殿中，乃敕送者，必投籤於階石之上，令鎗然有聲。」❷尚衣　唐殿中省有尚衣局，掌天子之服冕。參見《舊唐書．

職官志》。❸翠雲裘　用翠羽編織成的雲紋之裘。《古文苑》卷二宋玉〈諷賦〉：「主人之女，翳承日之華，披翠雲之裘。」宋章樵注：「輯翠羽為裘。」此處指天子之衣。❹九天句　謂皇宮之門大開。九天，喻皇宮，言其高大。天，《文苑英華》作重。閶闔，指宮門。❺萬國句　謂百官拜見天子。萬國，萬方。衣冠，謂百官。冕旒，指天子。❻日色句　寫曉日初照皇宮的景象。色，《瀛奎律髓》作影。仙掌，承露盤上的仙人手掌。漢武帝作承露盤，立銅仙人舒掌擎盤以承甘露。班固〈西都賦〉：「抗仙掌以承露，擢雙立之金莖。」《漢書・郊祀志上》：「其後（武帝）又作柏梁銅柱、承露僊人掌之屬矣。」注引蘇林曰：「仙人以手掌擎盤承甘露。」又引《三輔故事》云：「建章宮承露盤……以銅為之，上有仙人掌承露。」此處也可能指燈架或燭臺作仙人舒掌擎盤之狀。謝朓〈雜詩三首・燈〉：「抽莖類仙掌，銜光似燭龍。」動，謂曉日照於仙掌，其光閃動。也可能指曉日初出，殿中尚黑，銀燭閃動（賈原賦有「銀燭朝天」之語）。❼香煙句　謂早朝時燃香，天子禮服上所繡之龍如浮游於煙霧之中。香煙，指朝會時殿中設爐燃香。《新唐書・儀衛志》：「朝日殿上設黼扆、躡席、熏爐、香案。」欲，猶已。傍，貼切；靠近。袞，天子禮服，上畫龍，又稱龍袞、卷龍衣。《禮記・禮器》：「禮有以文為貴者，天子龍袞。」❽朝罷二句　此二句與賈至原賦的末二句（「共沐恩波鳳池裡，朝朝染翰侍君王。」）相應。是時維與賈同官中書舍人，故有「須裁五色詔」（中書舍人掌草詔）、「歸向鳳池頭」之語。五色詔，用五色紙書寫的詔書。〈鄴中記〉：「石虎詔書，以五色紙著鳳雛口中。」珮，玉珮。唐五品以上官員之飾物有珮（中書舍人正五品上）。向，淩本、《瀛奎律髓》俱作到。鳳池，即鳳凰池，指中書省。本義為禁苑中的池沼。魏晉以後，設中書省於禁苑，因其專掌機要，接近天子，故稱為鳳凰池。《晉書・荀勖傳》：「勖久在中書，專管機事。及失之（指勖遷尚書令），甚罔罔悵恨。或有賀之者，勖曰：『奪我鳳凰池，諸君賀我邪。』」

【語　譯】夜間宮中戴紅色頭巾的衛士報了曉，尚衣局才向天子進呈早朝時穿的衣服。巍峨高大的宮殿重重殿門一齊打開，各部門各地方的官員全來拜謁天子。曉日剛剛照到宮中高聳著的承接甘露的銅仙人手掌，那上面的光影閃耀著；殿中熏爐透出的香煙已靠近天子禮服上繡的龍，它就像在煙霧中浮動。早朝完畢須要草擬用五色紙書寫的詔書，帶著玉珮的響聲我們回到了中書省裡。

【研　析】唐時天子每日（法定的節假日除外）日出視朝，處理政務，稱為早朝。元旦、冬至等大朝會在大明宮含元殿舉行，平常朝會則在大明宮宣政殿舉行。賈、王、岑、杜四人之作都描述了春日在大明宮早朝的盛況，元方回說：「四人早朝之作，俱偉麗可喜。」（《瀛奎律髓》卷二）然而四詩亦皆乏深意。王維此詩具有宏麗、典重的特色。其中頷聯寫早朝開始時，重重宮門大啟、萬方官員齊集宮殿拜謁天子的景象，氣勢十分宏大。明胡應麟評曰：「頷聯高華博大，而冠冕和平，前後映帶，遂令全首改色，稱最當時。」（《詩藪》內編卷五）關於四人早朝之作的高下、優劣，歷代詩評家有過許多評議和爭論，清紀昀說：「四公皆盛唐巨手，同時唱和，世所豔稱。然此種題目無性情風旨之可言，仍是初唐應制之體，但色較鮮明，氣較生動，各能不失本質耳。後人拈為公案，評議紛紛，似可不必。」（《瀛奎律髓彙評》卷二）所論不無道理。

晚春嚴少尹與諸公見過

【題　解】嚴少尹，即嚴武。至德二載（七五七）九月唐軍收復長安後，武拜京兆少尹；乾元元年六月，武貶巴州刺史。見兩《唐書・嚴武傳》、《通鑑》乾元元年六月。少尹，唐京兆、河南、太原等府，各置尹（正長官）一員，從三品；少尹（副長官）二員，從四品下。見過，過訪自己。

此詩作於乾元元年（七五八）三月。詩寫暮春友人來訪的感觸。

松菊荒三徑❶，圖書共五車❷。烹葵邀上客❸，看竹❹到貧家。鵲乳❺先春草，鶯啼過落花❻。自憐黃髮暮，一倍惜年華❼。

【注釋】❶松菊句　語本陶淵明〈歸去來兮辭〉：「三徑就荒，松菊猶存。」三徑，見〈黎拾遺昕裴秀才迪見過秋夜對雨之作〉注❹。❷五車　見〈戲贈張五弟諲〉三首其二注❶。❸烹葵句　《古文苑》卷二宋玉〈諷賦〉：「上客遠來，……乃炊雕胡之飯，烹露葵之羹以食之。」沈約〈詠菰詩〉：「匹彼露葵羹，可以留上客。」葵，見〈積雨輞川莊作〉注❾。上客，尊貴的客人。❹看竹　參見〈春日與裴迪過新昌里訪呂逸人不遇〉注❼。❺乳　《說文》：「人及鳥生子曰乳。」❻鶯啼句　謂春去花落，鶯猶啼不已。❼自憐二句　二句觸景生情，言鵲先春而動，鶯春殘猶啼，似皆有惜春之意；自憐已到暮年，更宜加倍珍惜時光。黃髮，年老之徵。《詩・魯頌・閟宮》：「黃髮台背。」鄭箋：「皆壽徵也。」蓋老人髮白，白久而黃，故云。

【語譯】我庭園裡的三條小徑已荒蕪只有松菊尚存，圖書倒是還有許多總共有五車。煮好葵菜邀請尊貴的客人，到我這貧寒之家觀賞竹子。喜鵲於春草生出之前孵化，黃鶯在春去花落後還啼叫。自憐已到頭髮變黃的暮年，更應該加倍珍惜時光。

【研析】經歷過安史之亂中陷賊、被迫接受偽職和兩京收復後入獄的打擊，詩人的思想感情是複雜的，一方面有些消極，對佛教的信仰更深；另方面也仍有積極的一面：認為自己應當為國效力，以報答天子的寬大之恩，所以雖已屆暮年，仍然希望有所作為，本詩就流露出這種思想情緒。全詩寫得清淡精緻，其中三、四句用事自然，不見痕跡；五、六句說鳥似乎亦知惜春，以引起下二句，這兩句詩中的「先」字、「過」字，皆精於錘煉，而又出以自然；末二句承上二句之意而言，是本詩的主旨所在。清紀昀評此詩曰：「句句清新而氣韻天成，不見刻畫之跡。五、六句賦中有比，末句從此過脈，渾化無痕。」(《瀛奎律髓彙評》卷一〇)所評甚是。

酬嚴少尹徐舍人見過不遇

【題　解】嚴少尹，嚴武，參見上詩題解。徐舍人，指徐浩。參見〈送徐郎中〉題解。浩於至德元載(七五六)自襄州刺史召拜中書舍人。至乾元元年(七五八)四月二十八日，仍在中書舍人任。旋徙國子祭酒。說見《唐僕尚丞郎表》卷八。此詩約作於乾元元年春夏間，是對友人來訪不遇之作的酬答。

公門❶暇日少，窮巷故人稀。偶值乘籃轝，非關避白衣❷。不知炊
黍否❸，誰解掃荊扉❹？君但傾茶椀❺，無妨騎馬歸❻。

【注　釋】❶公門　衙門；官府。❷偶值二句　就嚴、徐「見過不遇」而言，意謂偶然遇到自己外出，並非有

意避而不見。乘籃轝，《宋書．陶潛傳》：「江州刺史王弘欲識之，不能致也。潛嘗往廬山，弘令潛故人龐通之齎酒具於半道栗里要之。潛有腳疾，使一門生、二兒轝（轝：抬）籃輿（竹轎，也作「籃轝」）。既至，欣然便共飲酌。俄頃弘至，亦無忤也。」白衣，指王弘派去給陶潛送酒的人。參見〈偶然作〉五首其四注❺。《晉書．陶潛傳》：「刺史王弘以元熙中臨州，甚欽遲之，後自造焉。潛稱疾不見，既而語人云：『我性不狎世，因疾守閑，幸非潔志慕聲，豈敢以王公紆軫（枉駕）為榮邪！』」❸不知句　謂自己不在，不知家人是否炊黍待客。❹誰解句　謂客人來，不知家人中有誰懂得灑掃迎客。❺傾茶椀　喝乾碗中的茶。❻無妨句　意謂來訪不遇，復騎馬而歸，君以為無妨。

【語　譯】官府中閒暇的日子很少，僻巷裡的住處來訪的老友不多。遇上我偶然乘竹轎外出，並非有意躲避貴人不見。不知我家裡的人是否做飯待客，也不知他們中有誰懂得灑掃迎賓？您們只是喝乾碗裡的茶，認為不遇而返沒有關係。

【研　析】這是一首酬答詩，首二句說故人都在官府任職，閒暇的日子少，所以自己的家中來訪者不多，從中可見嚴、徐二友此次來訪的不易和難得；三、四句寫偏偏此次二友來訪自己恰巧不在家，含有解釋和表示遺憾之意。五、六句說友人來訪時自己不在，家裡的人恐怕不知待客之道，含有致歉之意。末二句說二友喝過茶即歸，對來訪不遇不以為意，顯示出友人與自己關係的親密。全詩淡中含情，話說得委婉而真摯。

同崔傅答賢弟

【題解】同，猶和。崔傅，無考。據詩中述及永王璘東巡事，此詩疑當作於乾元元年（七五八）春維被宥罪復官之後，具體時間無從確知，姑繫於此。詩中讚美崔傅兄弟在兵亂中的表現。

洛陽才子姑蘇客，桂苑殊非故鄉陌❶。
九江楓樹幾回青❷，一片揚州五湖白❸。
揚州時有下江兵❹，蘭陵鎮❺前吹笛❻聲。
夜火人歸富春郭❼，秋風鶴唳石頭城❽。
周郎陸弟為儔侶，對舞〈前溪〉歌〈白紵〉。
曲几書留小史家，草堂棋賭山陰墅❾。
衣冠若話外臺臣，先數夫君席上珍❿。
更聞臺閣求三語，遙想風流第一人⓫。

【注釋】❶洛陽二句　意謂崔傅與「賢弟」為洛陽才子，在蘇州作客，該地同他們的故鄉有別。洛陽才子，潘岳〈西征賦〉：「終童山東之英妙，賈生洛陽之才子（賈誼洛陽人，故云）。」姑蘇，蘇州（今蘇州市）之別稱。因州西南有姑蘇山而得名。桂苑，趙殿成謂即三國吳之桂林苑。《文選》左思〈吳都賦〉：「數軍實乎桂林之苑，饗戎旅乎落星之樓。」劉淵林注：「吳有桂林苑、落星樓，樓在建鄴東北十里。」故址在今南京市東北落星山之陽。又，《文選》謝莊〈月賦〉：「乃清蘭路，肅桂苑。」李善注：「蘭路，有蘭之路。桂苑，有桂之苑。」按，《說文》曰：「桂，江南木。」此處桂苑疑用〈月賦〉之意，指姑蘇的「有桂之苑」。❷九江句　指崔傳與「賢弟」已在蘇州住了幾年。九江，見〈漢江臨泛〉注❶。按，蘇州與九江漢時俱屬揚州，又《楚辭・招魂》曰：「湛湛江水兮上有楓，目極千里兮傷春心。」所以此處不說「蘇州楓樹」而說「九江楓樹」。❸一片句　寫蘇州一帶景色。揚州，唐揚州轄境相當今江蘇揚州、泰州市及江都、高郵、寶應等縣地；五湖在蘇州附近，不在唐揚州轄區之內，因此這裡的揚州，當指漢揚州。今安徽淮河以南與江蘇長江以南地區，江西、浙江、福建三省及湖北英山、黃梅、廣濟，河南固始、商城等縣，漢時俱為揚州轄地。五湖，見〈送丘為落第歸江東〉注❷。❹下江兵　《漢書・王莽傳》：「是時南郡張霸、江夏羊牧、王匡等起雲杜綠林，號曰下江兵。」注：「晉灼曰：本起江夏雲杜縣，後分西上入南郡……故號下江兵也。」按，南郡治所在今湖北江陵，長江自江陵以下屬下游，古謂之下江。唐安史之亂前，江淮地區不曾有爭戰，下江兵疑指永王璘引兵東巡事。《通鑑》至德元載（七五六）十二月：「上皇命諸子分總天下節制……璘領四道節度都使，鎮江陵。……甲辰，永王璘擅引兵東巡，沿江而下，軍容甚盛，然猶未露割據之謀（璘謀割據江東，如東晉故事）。吳郡（蘇州）太守兼江南東路採訪使李希言平牒璘，詰其擅引兵東下之意。璘怒，分兵遣其將渾惟明襲希言於吳郡，季廣琛襲廣陵（揚州）長史、淮南採訪使李成式於廣陵。璘進至當塗（今安徽當塗），希言遣其將元景曜及丹楊（治所在今江蘇鎮江）太守閻敬之將兵拒之，李成式亦遣其將李承慶拒之。璘擊斬敬之以徇，景曜、承慶皆降於璘，江淮大震。」又，《通鑑考異》謂，璘擊斬閻敬之後，據有丹楊郡城；後兵敗，自丹楊奔晉陵（今江蘇常州）以趨鄱陽（見《通鑑》卷二一九胡注）。永王璘引兵東巡與本詩所言下江兵事涉及的地區頗相合。❺蘭陵鎮　東晉、南朝置蘭陵縣，治所在今江蘇常州西北。❻笛　管樂器名，古軍中之樂多用之。❼夜火句　句謂兵事起，有人連夜逃往富春。富春，古縣名，秦置。晉太元中改名富陽。治所在今浙江富陽。❽秋風句　句指兵事起，石城之人皆驚慌疑懼。秋風鶴唳，《晉書・謝玄傳》：「（苻堅）餘眾棄甲宵遁，聞風聲鶴唳，皆以為王師已至。」按，肥水之戰發生於秋冬之際，又作者此處為求與上句「夜火」偶對，因改「風聲」為「秋風」，並非謂下江兵事起於秋日。石頭城，古城名，三國吳孫權築。故址在今南京市清涼山。❾周郎四句　意謂兵事起，二人依舊歌舞、寫字、下棋，態度極其鎮定從容。周郎，周瑜。《三國志．吳書．周瑜傳》：「瑜時年二十四，吳中皆呼為周郎。」此喻指崔傳，言其有周瑜的才幹。陸弟，陸機之弟陸雲。雲少與兄機齊名，時人號為「二陸」。此喻指「賢弟」，說他有陸雲的文才。儔侶，同輩；伴侶。前溪，舞曲名，屬樂府〈吳聲歌曲〉。《晉書．樂志下》：「〈前溪歌〉者，車騎將軍沈充所制。」《樂府詩集》卷四五：「《宋書．樂志》曰：『〈前溪歌〉者，晉車騎將軍沈玩所製。』郗昂《樂府解題》曰：『〈前溪〉，舞曲也。』」白紵，吳之舞曲，屬樂府〈舞曲歌辭〉。「古詞盛稱舞者之美，宜及芳時為樂」。參見《宋書．樂志》、《樂府詩集》卷五五。曲几句，用王羲之事：「（羲之）嘗詣門生家，見棐几（用榧木做的几）滑淨，因書之，真草相半。後為其父誤刮去之，門生驚懊者累日。」（《晉書．王羲之傳》）小史，侍從。草堂句，用謝安事：「（苻）堅後率眾，號百萬，次于淮肥，京師震恐。加安征討大都督。（謝）玄入問計，安夷然無懼色，答曰：『已別有旨。』既而寂然。玄不敢復言，乃令張玄重請。安遂命駕出山墅，親朋畢集，方與玄圍棋賭別墅。」（《晉書．謝安傳》）山陰，山北。❿衣冠二句　意謂搢紳大夫若話及州郡長官，當先稱道崔傳為具備美善才德的人選。外臺，指州刺史。《後漢書．謝夷吾傳》載，夷吾曾任荊州刺史，司徒第五倫令班固為文薦夷吾曰：「爰牧荊州，威行邦國。……尋功簡能，為外臺之表；聽聲察實，為九伯（九州的長官）之冠。」夫君，對友人的敬稱。謝朓〈酬德賦〉：「聞夫君之東守，地隱蓄而懷僊。」席上珍，《禮記．儒行》：「儒有席上之珍以待聘。」喻具有美善的才德，如席上之有珍（寶玉）。⓫更聞二句　意謂更知三省徵求掾屬，當首推「賢弟」為傑出不凡的人選。臺閣，謂尚書臺。《後漢書．仲長統傳》：「光武皇帝……政不任下，雖置三公，事歸臺閣。」注：「臺閣謂尚書也。」按，東漢置尚書臺（相當於皇帝的機要祕書處），權皆歸於此，故云。此處借指中央的最高官署（三省）。三語，《世說新語．文學》：「阮宣子（晉阮修）有令聞，太尉王夷甫（王衍）見而問曰：『老莊與聖教同異？』對曰：『將無同（大約差不多吧）。』太尉善其言，辟之為掾（官府屬員），世謂三語掾。」按，《太平御覽》卷二〇九《衛玠別傳》記此事作阮瞻與王衍，而《晉書・阮瞻傳》則作阮瞻與王戎。第一人，《南史・謝晦傳》：「時謝混風華，為江左第一。」

【語　譯】洛陽才子崔氏兄弟在蘇州作客，那裡有栽著桂樹的園林頗不同於故鄉。長江邊上的楓樹葉子幾度轉青，揚州地區的五湖茫茫一片白色。揚州當時有自江陵沿江東下的軍隊，蘭陵鎮前已響起軍中吹奏笛子的聲音。有人連夜點燃火把逃往富春城，石頭城裡也風聲鶴唳一片驚慌。這時崔氏兄弟倆正相互作伴，一起跳〈前溪〉曲唱〈白紵〉歌。像王羲之那樣，將寫的字留在侍從家的曲木小几上；如謝安一般，在草堂裡下圍棋賭山中別墅。搢紳大夫如果談及州郡的長官，當先稱道崔氏之兄是具備美善才德的人選；更知尚書中書門下三省徵求掾屬，不難想見崔氏之弟當居傑出不凡人選中的首位。

【研　析】這首詩涉及時事，是崔傅〈答賢弟〉詩的和作，崔氏原賦今已失傳。詩的首四句寫崔氏兄弟作客蘇州，並描寫蘇州一帶的景色。五至八句寫永王李璘擅引兵東巡，揚州、蘇州一帶發生戰事，人們驚慌失措。九至十二句寫此時在蘇州的崔氏兄弟，依舊歌舞、下棋，極其鎮定從容。末四句稱讚崔氏兄弟是州郡長官和三省掾屬的最佳人選，與上二句和首句的「洛陽才子」相應。全詩多用典實，詞旨雅麗，情致委折，句調婉暢。其中「九江」一聯，視野廣遠，境界遼闊，抓住了揚州的地理特徵加以描繪，筆墨簡淨而富有概括力，反映了王維詩歌寫景藝術的又一種特點。

和宋中丞夏日遊福賢觀天長寺之作 即陳左相所施

【題　解】宋中丞，即宋若思。《舊唐書·玄宗紀》：「（天寶十五載六月）庚子……以監察御史宋若思為御史中丞充置頓使。」又〈地理志〉謂江州至德縣，「至德二年（七五七）九月，中丞宋若思奏置」。李白有〈為宋中丞自薦表〉、〈為宋中丞請都金陵表〉、〈為宋中丞祭九江文〉、〈陪宋中丞武昌夜飲懷古〉等詩文，皆作於至德二載，宋中丞即指宋若思。中丞，唐御史臺置中丞二人，正五品上，掌察舉非法，為御史大夫（御史臺正長官）之副貳。福賢觀、天長寺，據詩意，原係陳希烈之山中別墅，後施為一觀一寺，其地疑在長安附近。《唐會要》卷五〇：「（天寶）七年八月十五日，勅兩京及諸郡所有千秋觀、寺，宜改天長名。」按，天寶七載八月一日，改玄宗生日千秋節為天長節。陳左相，即陳希烈（參見〈奉和聖製與太子諸王三月三日龍池春禊應制〉題解）。參見《舊唐書·玄宗紀》、〈陳希烈傳〉。希烈施山莊為寺觀，蓋在其任左相期間，故云「即陳左相所施」。詩題宋蜀本作「和宋中丞夏日遊福賢觀天長寺即陳左相宅所施之作」；麻沙本同，唯「即」字以下九字作題下注語；明十卷本同宋蜀本，唯無「宅」字；《全唐詩》亦同宋蜀本，唯寺下又多一「寺」字。此詩約作於乾元元年（七五八）夏，說見後。詩中寫遊陳希烈所施之寺、觀的所見。

已相殷王國❶，空餘尚父溪❷。釣磯開月殿，築道出雲梯❸。積水浮香象❹，深山鳴白雞❺。虛空陳妓樂❻，衣服製虹霓❼。墨點三千界❽，丹飛六一泥❾。桃源❿勿遽返，再訪恐君迷。

【注　釋】❶已相句　此處以殷紂王喻安祿山，謂希烈已為安祿山之相。❷尚父溪　尚父，周武王尊稱呂尚為尚父。《詩．大雅．大明》：「維師尚父，時維鷹揚。」毛傳：「師，大師也；尚父，可尚可父。」鄭箋：「尚父，呂望（即呂尚）也，尊稱焉。」尚父溪，劉向《列仙傳》卷上：「（呂尚）西適周，匿于南山，釣于磻溪。」《水經注》卷一七〈渭水〉：「渭水之右，磻溪水注之。水出南山茲谷，乘高激流，注於溪中。溪中有泉，謂之茲泉。……即《呂氏春秋》所謂太公釣茲泉也。……東南隅有一石室，蓋太公所居也。水次平石釣處，即太公垂釣之所也。其投竿跽餌，兩厀遺跡猶存，是有磻溪之稱也。」按，溪在今陝西寶雞東南。此處以周喻唐，以「尚父溪」喻希烈在唐為相時的山莊。蓋是時希烈已卒，故曰「空餘」。據此，本詩當約作於乾元元年。❸釣磯二句　指希烈捨山居為佛寺、道觀。磯，水邊石灘或突出的大石。開，開建；創立。月殿，佛書指月天子（佛教菩隆大勢至的別稱。大勢至為阿彌陀佛右脅侍者，與阿彌陀佛及其左脅侍者觀世音合稱「西方三聖」）所居之宮殿。《立世阿毘曇論》卷五：「月宮殿，瑠璃所成，白銀所覆。……是月天子于其中住。」此處泛指佛殿。出，出現。雲梯，《文選》郭璞〈遊仙詩〉七首其一：「靈谿可潛盤，安事登雲梯？」李善注：「雲梯，言仙人昇天因雲而上。」又指山間石磴。謝靈運〈登石門最高頂〉：「惜無同懷客，共登青雲梯。」盧象〈家叔徵君東溪草堂〉二首其一：「未暇掃雲梯，空慚阮氏子。」此處兼用二義，既實指新修山間石蹬，又隱謂其上有道觀，居之可修煉成仙。❹積水句　積水，指池塘。香象，即青香象，謂青色帶香氣之象。僧肇《注維摩詰經》卷一曰：「香象菩薩。(鳩摩羅)什曰：青香象也。身出香風，菩薩身香風亦如此也。」按，《大唐西域記》卷九載摩揭陁國有香象池，其文曰：「菩提樹東渡尼連禪那河，大林中有窣堵波，其北有池，香象侍母處也。如來在昔修菩薩行，為香象子，居北山中，遊此池側。其母盲也，採藕根，汲清水，恭行孝養，與時推移。」此句即用其事，指該處為佛地。也可能實指池中有石象。❺深山句　謂「深山」乃道士所居之地。白雞，《續博物志》卷七曰：「陶隱居云：學道之士，居山宜養白犬白雞，可以辟邪。」❻虛空句　《法華經．譬喻品》：「爾時四部眾……見舍利弗(釋迦牟尼十大弟子之一)於佛前受阿耨多羅三藐三菩提(梵文之音譯，意譯「無上正等正覺」)記，心大歡喜，踊躍無量，各各脫身所著上衣，以供養佛。……所散天衣住虛空中，而自迴轉。諸天伎樂百千萬種，於虛空中一時俱作。」此處疑指寺殿梁棟或粉壁上雕繪有飛天妓樂之像。❼衣服句　《楚辭．九歌．東君》：「青雲衣兮白霓裳。」此處蓋指道士服霞帔(道士的一種服飾，上有雲霞花紋，披於肩背)。《一切道經音義妙門由起》引《三洞奉道科戒》曰：「大洞法師，元始冠……五色雲霞帔。三洞講法師，元始冠……九色雲霞帔。」❽墨點句　《法華經．化城喻品》：「佛告諸比丘：乃往過去無量無邊不可思議阿僧祇(佛教用以表示異常久遠的時間單位，據稱是一個不復能知的極數)劫(佛教或稱天地由形成到毀滅為一劫)，爾時有佛名大通智勝如來……諸比丘，彼佛滅度(指成佛)已來，甚大久遠。譬如三千大千世界(佛家語，言以須彌山為中心，以鐵圍山為外郭，同一日月所照的四天下為一小世界，一千小世界合為一小千世界，一千小千世界合為一中千世界，一千中千世界合為一大千世界，總稱三千大千世界)所有地種，假使有人磨以為墨，過於東方千國土，乃下一點，大如微塵，又過千國土，復下一點，如是展轉，盡地種墨，於汝等意云何？是諸國土，若(或)算師，若算師弟子，能得邊際，知其數不？」南朝梁法雲《法華義記》卷七云：「從『諸比丘，彼佛滅度已來』以下，用三千大千世界作墨為往古久遠作譬也。」三千界，即三千大千世界。句指和尚修煉成佛可得永生。❾丹飛句　指道士煉丹可以成仙。飛，除去藥物中的雜質以煉丹。六一泥，《抱朴子．內篇．金丹》：「第一之丹，名曰丹華。當先作玄黃，用雄黃水、礬石水。戎鹽、鹵鹽、礜石、牡礪、赤石脂、滑石、胡粉各數十斤，以為六一泥，封之，火之三十六日，成，服之七日仙。」此以戎鹽、鹵鹽等七物，搗合如泥，六與一合為七，故謂之「六一泥」。其他道書所稱「六一泥」，所用原料，有與此異者。❿桃源　即指希烈之山莊。

【語　譯】已當了安祿山大燕國的宰相，只留下在唐朝為相時的山居。它水邊垂釣的大石旁建造了佛殿，山上修的道上出現了升入雲天的梯。佛寺的深池裡游動著青香象，幽深的山上啼叫著白毛雞。寺院空中呈現表演歌舞的飛天女伎，觀中道士衣服用彩虹雲霞裁製。寺院和尚修煉成佛，能像大通智勝如來那樣永生；觀中道士的丹藥以六一泥煉成，服了可以成仙。山居猶如桃花源中丞不要匆忙返回，否則再來訪問時恐怕您會迷路。

【研　析】這首詩是宋中丞〈夏日遊福賢觀天長寺之作〉的和詩，宋的原賦今已不傳。詩的首二聯交代道觀與佛寺的來歷，說明它們原是陳希烈的山莊。接下三聯都上句寫佛寺，下句寫道觀，作者善於將佛、道的典實、舊事，與在觀、寺所見到的景物結合起來寫，增添了詩歌的宗教神祕色彩。末聯點明詩題的「和宋中丞」之意。全詩流露出了一種並重佛、道，將這二者融合的思想傾向。

春夜竹亭贈錢少府歸藍田

【題　解】錢少府，即錢起。起字仲文，吳興人，天寶九載登第，釋褐祕書省校書郎。自乾元二年（七五九）至寶應二年（七六三），官藍田縣尉。參見傅璇琮《唐代詩人叢考・錢起考》。少府，即縣尉。此詩錢起有和章，題作〈酬王維春夜竹亭贈別〉，載《全唐詩》卷二三六。本詩約作於乾元二年春，說見下篇題解。此詩為贈別之作。

夜靜群動❶息，時聞隔林犬。卻憶山中時❷，人家澗❸西遠。羨君明發❹去，采蕨輕軒冕❺。

【注　釋】❶群動　各種動物。陶淵明〈飲酒〉其七：「日入群動息。」❷卻憶句　維嘗居於藍田輞川別業，故云。❸澗　澗水。此指輞水。❹明發　黎明。《詩・小雅・小宛》：「明發不寐，有懷二人。」朱熹《集傳》：「明發，謂將旦而光明開發也。」❺采蕨句　蕨，多年生草本植物，野生。嫩葉可食，地下莖可製澱粉。輕軒冕，謝朓〈休沐重還丹陽道中詩〉：「志狹輕軒冕，恩甚戀閨闈。」軒冕，見〈寓言〉二首其一注⓫。此句意謂，輕視官位爵祿而情願過隱居生活。是時起既官藍田尉，何以又稱他「采蕨輕軒冕」？大概是由於藍田多山水勝景，錢起在其地又有別業，可以過半官半隱的生活，故云。參見下篇注❸。

【語　譯】夜晚安靜各種動物停止活動，有時能聽到樹林那一頭的狗叫聲。這時我倒想起住在藍田縣山中之時，住戶都在澗水以西相距很遠。我羨慕你黎明就要離開這裡，回去採蕨菜作食物看輕官位爵祿。

【研　析】這首詩的首二句寫春夜竹亭之靜；詩中所寫有時隱約聽到的犬吠，更增添了夜的寂靜。三、四句寫作者因為錢起歸藍田而想起自己隱居藍田輞川的情景，這兩句詩的重點也在於寫出了輞川的僻靜。末二句表達了詩人對錢起歸藍田的羨慕之情。在這種感情的背後，隱藏著詩人對輞川的無盡思念。雖然此時詩人尚未施輞川莊為佛寺（王維施莊為寺約在乾元二年冬），但已很少到那裡去了，正因此，思念之情就更為殷切。這首五古雖只有六句，內容卻很豐富，明顧可久評此詩云：「幽景遠情，想像不盡，脫洗塵垢矣。」（《唐王右丞詩集注說》）所言甚是。

送錢少府還藍田

【題解】錢少府，見上詩題解。《唐詩紀事》卷三〇曰：「起還藍田，王維贈別曰：『草色日向好……。』起答詩曰：『卑栖卻得性……。』」按，起答詩載《錢考功集》卷四及《全唐詩》卷二三七，題作「晚歸藍田酬王維給事贈別」。《王右丞集》各本俱收此詩，題作「留別錢起」，非是，說見拙作《王維詩真偽考》（見《王維論稿》），據此，可知本詩當作於乾元二年春，維在長安官給事中期間（參見拙作《王維年譜》）。詩為送別之作。

草色日向好，桃源❶人去稀。手持平子賦❷，目送老萊衣❸。每候山櫻發，時同海燕歸❹。今年寒食酒，應得返柴扉❺。

【注釋】❶桃源　此指藍田的山水佳勝之地。❷手持句　平子，東漢張衡之字（參見《後漢書·張衡傳》）。

平子賦，指張衡的〈歸田賦〉，載《文選》，李善注曰：「〈歸田賦〉者，張衡仕不得志，欲歸於田，因作此賦。」此句表示被送者將歸田而送者也有歸田之意。❸目送句　老萊，老萊子，春秋時楚隱士。性至孝，年七十，父母猶存，常身著「五彩斑斕」之衣，仿效小兒的習性與動作，以娛其雙親。事見《初學記》卷一七引《孝子傳》、《藝文類聚》卷二〇引《列士傳》及《太平御覽》卷四一三引《孝子傳》。此句謂錢起欲歸家行孝娛親。按，錢起〈初黃綬赴藍田縣作〉云：「居人散山水，即景真桃源。」〈藍溪休沐寄趙八給事〉云：「蟲鳴歸舊里，田野秋農閒。即事敦夙尚，衡門方再關。」〈酬元祕書晚出藍溪見寄〉曰：「拙宦不忘隱，歸休常在茲。知音倘相訪，炊黍掃茅茨。」〈晚歸藍田酬王維給事贈別〉曰：「卑棲（本指鳥棲息於低處，此指居於卑位）卻得性，每與白雲歸。徇祿（指為藍田尉，徇，曲從）仍懷橘（謂歸家孝順父母，用陸績見袁術，在座間私取橘三枚藏於懷，欲歸遺其母的故實，事見《三國志・吳書・陸績傳》），看山免採薇。」諸詩皆起為藍田尉時所作。根據這些詩，可知藍田多山水勝景，起在藍溪（水名，在藍田縣境）有別業，每公餘閒暇，當歸休於此；又起之父母，是時亦居藍田或藍田附近，故維送起還藍田，而有以上二句之語。❹每候二句　謂起常在櫻桃開花、南燕北來時歸家探視父母。山櫻發，指山上的櫻桃開花。櫻桃，見〈敕賜百官櫻桃〉題解。海燕，燕子的別稱。古人以為燕子產於南方，渡海而至，故稱。❺今年二句　預計寒食節放假時（唐制，寒食通清明放假四日），自己應能返回輞川別業。寒食，見〈送綦毋潛落第還鄉〉注❻。得，宋蜀本、《全唐詩》俱作「是」。

【語　譯】春草的顏色一天比一天好看，藍田的世外桃源人們卻很少前往。你手裡拿著張平子的〈歸田賦〉，我目送著你這位穿上五彩衣的老萊子。你每每等候山間的櫻桃開花，時常和北返的燕子一起歸家。估計今年寒食節喝酒的時候，我應能返回自己在藍田的山居。

【研　析】詩人錢起任縣尉的藍田縣，屬京兆府，而京兆府的治所就在長安，所以錢起任職期間因公務經常到長安去的可能性存在，正因此，王維在長安對錢起的兩次贈別（本詩與上詩）的時間相距頗近的可能性也存在。此詩首聯寫藍田春景之美；次聯交代錢起還藍田的目的；三聯上承目送句，謂錢起常定期歸家探視父母；末聯表示自己也想回藍田，流露了思念輞川之情。

左掖梨花

【題解】左掖，即門下省。唐大明宮宣政殿（朝會行儀之處）前有兩廊，各有門，東門曰「日華」，西門曰「月華」。日華門外為門下省，月華門外為中書省。門下省地處殿左，稱左省、左掖（兩旁為掖）、東省；中書省地處殿右，稱右省、右掖、西省。梨花，《文苑英華》作海棠花，宋蜀本、麻沙本作「梨花詠」。此詩丘為、皇甫冉有同詠，為詩載《全唐詩》卷一二九，題作〈左掖梨花〉；冉詩載《全唐詩》卷二五〇，題作〈和王給事維禁省梨花詠〉（給事為左掖屬官）。按，皇甫冉天寶十五載（七五六）登第後即官無錫尉（參見傅璇琮《唐代詩人叢考．皇甫冉皇甫曾考》），所以此詩不大可能作於天寶末王維任給事中期間，而應作於乾元二年（七五九）春維再次任給事中時。這是一首詠物詩。

閒灑階邊草，輕隨箔❶外風。黃鶯弄不足，銜入❷未央宮❸。

【注釋】❶箔　簾。❷入　《文苑英華》作「向」。❸未央宮　漢長安宮殿名，高祖七年蕭何主持營建，故址在今西安市西北漢長安故城西南角。參見《漢書·高帝紀》、《三輔黃圖》卷二。此處借指唐皇宮。

【語　譯】梨花有的安靜地灑落在階邊的綠草上，有的輕飄飄地隨著簾外的風兒飛舞。黃鶯玩弄它還嫌不夠，用嘴叼著它飛進了皇宮。

【研　析】這首詠物詩的前二句寫梨花凋謝，或隨風飛舞，或灑落草地；後二句寫凋落的梨花任憑黃鶯擺弄，銜著它飛來飛去。在這整首詩的形象裡，似乎含有一種任人擺布、無法掌握自己命運的無奈，而作者自安史之亂爆發以來的遭遇，不正是這樣的嗎？有學者認為「銜入未央宮」，蓋喻「同官中遇意外之榮」。按，此詩所詠為門下省之梨花，而門下省就在大明宮中，所以「銜入」句的實際含義，就等於說「叼出門下省」；再說梨花已凋落，銜入皇宮又能如何？故此說似乎有點牽強。清王夫之曰：「『黃鶯弄不足，銜入未央宮』，斷不可移詠梅桃李杏，而超然玄遠，如九轉還丹，仙胎自孕矣。」（《薑齋詩話》卷二）所評可供參考。

送韋大夫東京留守

【題　解】韋大夫，即韋陟（參見〈奉寄韋太守陟〉題解）。陟至德年間嘗官御史大夫（御史臺正長官），故稱。《舊唐書·肅宗紀》：「（乾元二年）秋七月乙丑朔，以禮部尚書韋陟充東京留守。」東京，即東都洛陽，天寶元年改名東京。留守，官名。唐時天子或居長安，或居洛陽，其不在長安或洛陽時，則置留守，以大臣充任。另北都太原府也有留守，例以府尹兼任。本詩即作於乾元二年（七五九）秋。詩為送別之作，兼抒作者之感受。

人外遺世慮，空端結遐心❶。曾是巢許淺，始知堯舜深❷。蒼生詎有物❸，黃屋如喬林❹。上德❺撫神運❻，沖和穆宸襟❼。雲雷康屯難❽，江海遂飛沉❾。天工寄人英，龍袞瞻君臨❿。名器苟不假⓫，保釐固其任⓬。素質貫方領，清景照華簪⓭。慷慨念王室，從容獻官箴⓮。雲旗蔽三川，畫角發龍吟⓯。晨揚天漢聲⓰，夕捲大河陰⓱。窮人業已寧，逆虜⓲遺之擒⓳，然後解金組⓴，拂衣㉑東山㉒岑。給事黃門省㉓，秋光正沉沉。壯心㉔與身退，老病隨年侵㉕。君子從㉖相訪，重玄其可尋㉗？

【注釋】❶人外二句　意謂自己曾居世外，遺落了世間之慮，存有避世隱居之心。人外，世外。《後漢書・陳寵傳》：「屏居人外，荊棘生門。」空端，空際，指高山上。結，積聚。遐心，指避世隱居之心。❷曾是二句　意謂巢許的避世是膚淺的，自己從前曾加以肯定，而今方知堯舜為天下百姓而操勞之深刻。巢許，巢父、許由。相傳為堯時隱士，堯欲讓位於二人，俱不受。參見《莊子・逍遙遊》、晉皇甫謐《高士傳》卷上。❸物　事。❹黃屋句　謂天子就像喬林覆物一樣蔭庇蒼生。黃屋，古時天子之車，用黃繒做車蓋裡，稱黃屋車。《漢書・高帝紀》：「紀信乃乘王車，黃屋左纛。」喬林，成林的大樹。謝朓〈郡內高齋閑坐答呂法曹〉：「憁中列遠岫，庭際俯喬林。」❺上德　至上之德。《老子》三十八章：「上德不德，是以有德。」河上公注：「上德謂太古無名號之君，德大無上，故言上德也。」此指唐天子之德。❻神運　猶氣數、氣運。氣運得之於天，故曰「神」。《史記・十二諸侯年表》：「曆人取其年月，數家（陰陽術數之家）隆於神運。」❼沖和句　稱頌天子的胸懷之美。沖和，虛靜平和。《晉書・阮瞻傳》：「神氣沖和，而不知向人所在。」穆，和美。宸襟，帝王之胸襟。何遜〈九日侍宴樂遊苑〉：「宸襟動時豫，歲序屬涼氛。」宸，麻沙本、元本俱作「衣」。❽雲雷句　指唐肅宗平定了安祿山之亂。雲雷，《易・屯》：「〈象〉曰：雲雷，屯，君子以經綸。」屯之卦象為雲在上，雷在下，〈象傳〉以雨比恩澤，雷比刑罰，故雲雷指兼用恩澤與刑罰，以治理國家。康屯難，消除屯難，使天下安寧（是時祿山及其子慶緒已死，賊勢漸微，故云）。謝靈運〈述祖德詩〉二首其二：「屯難既云康，尊主隆斯民。」屯難，《易・屯・彖》：「屯，剛柔始交而難生。」後因謂時運艱難為屯難。❾江海句　謂天下安寧，江海上之魚鳥，或飛於空，或沉於水，自由自在，不受干擾。遂，奇字齋本、凌本俱作「逐」。飛沉，猶言鳥飛於空、魚沉於水。亦指飛於空之鳥與沉於水之魚。《後漢書・李膺傳》載荀爽與膺書曰：「願怡神無事，偃息衡門，任其飛沉，與時抑揚（浮沉）。」❿天工二句　意謂依託人英代天為治，天子安閒恬靜地君臨天下。天工，天的職能；天道當行之事。《書・皋陶謨》：「無曠庶官（曠，空也。位非其人，是為空官），天工人其代之。」人英，人中之英。《淮南子・泰族》：「故智過萬人者謂之英。……明於天道，察於地理，通於人情，大足以容眾，德足以懷遠，信足以一異，知足以知變者，人之英也。」龍袞，見〈和賈舍人早朝大明宮之作〉注❼。澹，恬靜；安定。趙注本原作「瞻」，此從麻沙本、顧本。君臨，居人君之位而臨（治理）其下民。《左傳》襄公十三年：「赫赫楚國，而君臨之。」⓫名器句　《左傳》成公二年：「唯器與名，不可以假（借）人，君之所司也。……若以假人，與人政也。政亡，則國家從之，弗可止也已。」名器，指表示等級地位的名號、器物。此句意謂，名器如果不借給別人，而由天子掌握，這也就可以了。⓬保釐句　謂治理安定國家原是「人英」的責任。下轉寫韋，隱謂其即「人英」。保釐，治理安定。《書・畢命》：「命畢公保釐東郊。」⓭素質二句　寫韋的衣飾。

素質，白色質地。《逸周書・克殷》：「及期，百夫荷素質之旗于王前。」質，趙注本原作「資」，此從宋蜀本、明十卷本、奇字齋本等。貫，連。方領，《漢書・韓延壽傳》：「延壽衣黃紈方領。」注：「以黃色素作直領也。」《後漢書・馬援傳》：「（朱）勃衣方領，能矩步。」注：「頸下施衿領正方，學者之服也。」清景，清光。華簪，華貴的髮簪，貴官用之。陶淵明〈和郭主簿〉二首其一：『此事真復樂，聊用忘華簪。』⓮官箴　指百官對帝王的勸誡之詞。《左傳》襄公四年：「昔周辛甲之為大史也，命百官，官箴王闕。」杜注：「使百官各為箴詞，戒王過。」⓯雲旗二句　寫唐軍的軍容、聲勢。按，是時唐軍駐守河陽（今河南孟縣南）一帶（參見《通鑑》卷二二一），與史思明相拒；東京地近河陽，亦有唐重兵駐守，故有此二句之語。雲旗，《文選》司馬相如〈上林賦〉：「拖蜺旌，靡雲旗。」李善注引張揖曰：「畫熊虎於旒，為旗，似雲氣也。」又《文選》張衡〈東京賦〉薛綜注：「為高至雲，故曰雲旗也。」此處泛指旌旗。三川，郡名，秦置，以境內有河（黃河）、洛、伊三川得名。治所在雒陽（今河南洛陽東北）。漢改為河南郡。此借指唐洛陽一帶。畫角句，角，軍中樂器。外加彩繪，故稱畫角。《晉書・樂志下》：「角，說者云，蚩尤氏帥魑魅與黃帝戰於涿鹿，帝乃始命吹角為龍鳴以禦之。」⓰晨揚句　謂傳揚大唐聲威。天漢，漢之美稱。此指唐。⓱夕捲句　形容唐軍的氣勢迅猛浩大。大河陰，黃河之南。⓲逆虜　指史思明等。⓳遺之擒　謂送上門來當俘虜。語本《左傳》昭公五年：「使群臣往遺之禽（通擒）。」⓴解金組　金組，《文選》顏延之〈赭白馬賦〉：「具服金組，兼飾丹臒。」李善注：「金組，二甲也。」二甲指金甲與組甲。組甲，用組（絲帶）連結皮革或鐵片製成的鎧甲，一謂以漆塗甲成組文。「解金組」猶言解甲，即去軍職。按陟為東京留守，負有守衛東京之責，故云。㉑拂衣　指隱居。謝靈運〈述祖德〉二首其二：「高揖七州外，拂衣五湖裡。」㉒東山　見〈送綦毋潛落第還鄉〉注❷。㉓給事句　謂己在門下省為給事中（給事中為門下省屬官）。給事，給事中的省稱。黃門省，即門下省。《通典》卷二一：「（門下省）開元元年改為黃門省，五年復舊。」㉔壯心　趙注本原作「功名」，此從宋蜀本、《全唐詩》。㉕隨年侵　謂隨歲月之流逝而漸進。陸機〈豫章行〉：「寄世將幾何，日昃無停陰。前路既已多，後塗隨年侵。」㉖從　通「縱」。㉗重玄句，言己已老且病，異日不可與陟共隱居求道，與上然後二句相應。重玄，即玄之又玄，亦曰玄玄，指道家之道或道家之義理。陸機〈漢高祖功臣頌〉：「重玄匪奧，九地匪沉。」孔稚珪〈北山移文〉：「覈玄玄於道流。」《老子》一章：「玄之又玄（指道而言），眾妙之門。」其，難道。尋，求。

【語　譯】我曾居於世外捨棄了塵世之念，住在高山上存有隱居避世之心。從前曾肯定巢父許由隱居避世之膚淺，現今才知道唐堯虞舜勞身濟世的深刻。老百姓哪裡會有什麼事情，天子就像高大的樹林一樣庇蔭著他們。至上之德使君主擁有上天賜與的氣運，而虛靜平和之氣則令天子的胸襟和美。兼用恩澤和刑罰消除了時世的艱難，江海上於是鳥飛魚游自在安寧。上天當行的職事依託人中英傑來實施，天子自可安閒恬靜地君臨天下。表示身分地位的名號器物只要由天子掌握就無不可，治理安定國家原本是人中英傑的責任。韋大夫您穿著白色質地帶方領的衣服，清亮的陽光照耀著您華貴的髮簪。您心中念念不忘朝廷其情激昂，曾從容地向天子進獻勸誡之詞。唐軍旌旗遮蔽三川大地，號角出聲響亮猶如龍吼。早晨傳揚大唐的聲威，傍晚席捲黃河以南地區。等遭遇困窮的人已經得到安寧，叛逆的賊寇送上門來當了俘虜，然後您就脫下戎裝，拂袖而去歸隱於東山之頂。我現今在門下省當給事中，此時秋日的風光景色正盛。我的壯志雄心隨著身體的衰弱而後退，年老疾病則隨著歲月的流逝而漸進。有一天先生您縱然能來相訪，玄之又玄的道難道能一起探求？

【研　析】這首詩的送別對象韋陟，同王維有很深的交誼。詩的首四句先自述思想的變化：由從前的肯定巢許之避世隱居，轉而為現在的讚頌堯舜的勞身濟世。接下五至十四句，由讚堯舜轉入對唐肅宗平定安祿山之亂、安定國家的頌揚，並指出「人英」在治理、安定國家中起到了重要的作用。下面十五至二十六句轉寫送韋陟赴任，隱謂他是「人英」之一；詩中還說韋到任後，將平定史思明叛軍，然後功成身退。最後六句又轉入自述，說自己年老多病，將來恐難以和韋陟一起隱居求道。全詩轉接自然，其中首四句特別值得注意，它表明詩人對隱居的態度，已發生了大的變化。我們知道，王維在天寶年間寫的詩中，幾次說過想辭官隱居，他遭安史叛軍囚禁時寫的〈口號又示裴迪〉一詩，還表達了隱居避亂的願望，然而在本詩中卻說，巢許的避世隱居是膚淺的，發生這一變化的主要原因是，安史之亂對詩人的思想產生了深刻的影響。一方面，王維被宥罪復官後，不過只有半年時間，他的官位即恢復到了安史之亂以前所任的最高職務（給事中），所以對天子感恩戴德，不復思慕隱逸；另方面，當時安史之亂尚未完全平定，因此詩人認為士人應當為國效力，而不應棄世隱居，〈晚春嚴少尹與諸公見過〉說：「自憐黃髮暮，一倍惜年華。」表明詩人暮年仍希望有所作為。

別弟縉後登青龍寺望藍田山

【題　解】縉，見〈留別山中溫古上人兄并示舍弟縉〉題解。青龍寺，見〈青龍寺曇壁上人兄院集〉題解。藍田山，見〈藍田山石門精舍〉題解。此詩係維在長安郊區送別弟縉後，登青龍寺眺望時所作。詩中稱藍田山為故山，可見在這之前，王維曾在藍田山附近住過，作者這一在藍田山附近的住處，應該就是藍田山居（即輞川別業）。據此，本詩或當作於維捨山居為寺（約在乾元元年冬）

之後。具體時間不詳，姑繫此。此詩寫詩人送別弟弟王縉後登高眺望的所見與所感。

陌上新別離，蒼茫四郊晦。登高不見君，故山復雲外。遠樹❶蔽行人，長天隱秋塞。心悲宦游子，何處飛征蓋❷？

【注釋】❶樹　宋蜀本作「木」。❷心悲二句　意謂宦遊子飛車遠行，欲向何處？自己心中為他們感到悲傷。二句就登寺所見而言。宦游，凌本作「游宦」。征蓋，遠行之車。蓋，車蓋。

【語譯】我在路上剛剛與弟弟王縉離別，這時京城四周廣闊無邊一片昏暗。我登上青龍寺的高處望不見縉弟你，從前居住的山峰又隱沒在雲霧裡。只見遠處的樹林遮擋住出行的人，遼闊的天空掩蔽在秋天的關塞中。我心裡為外出做官的人感到悲傷，請問你們飛車遠行要往什麼地方？

【研析】前四句說自己送別弟弟後，天色已暗，在青龍寺登高，已既望不見弟弟，也望不見故山，流露了詩人的失望之情。五、六句寫眺望所見寥遠之景，甚為真切。末二句由行人沒入遠樹的景象，想到他們是奔波在外的宦遊子，因而心生傷悲，其中又含有為弟縉的遠行而悲傷之意。

瓜園詩并序

【題解】瓜園，似是王維施輞川莊為寺後營置的一處園林，其地點當在長安近郊。本詩約作於上元元年（七六〇）春，說見本詩注❻。詩中描寫友人來訪的情景。

維瓜園高齋❶，俯視南山形勝❷。二三時輩❸，同賦是詩，兼命詞英❹數公，同用「園」字為韻，韻任多少；時太子司議郎❺薛璩❻發此題，遂同諸公云。

余適欲鋤瓜，倚鋤聽叩門。鳴騶導驄馬，常從夾朱軒❼。窮巷正傳呼❽，故人儻相存❾。攜手追涼風❿，放心⓫望乾坤。藹藹⓬帝王州，宮觀一何繁！林端出綺道⓭，殿頂搖華幡⓮。素懷⓯在青山，若值白雲屯⓰。迴風⓱城西雨，返景⓲原上村。前酌盈樽酒，往往聞清言⓳。黃鸝囀⓴深木，朱槿照中園㉑。猶羨松下客㉒，石上聞清猿㉓。

【注釋】❶高齋　瓜園中的建築，或因地勢高而得名。❷形勝　風景優美。❸時輩　當時的有名人物。《三國志・魏書・孫禮傳》：「禮與盧毓同郡時輩，而情好不睦。」❹詞英　謂詞章出眾者。❺司議郎　唐東宮置司議郎四人，正六品上，掌啟奏記注宮內之事，每年終送史館。❻薛璩　趙殿成注云：「《唐詩紀事》作薛據，云：『薛據與王摩詰、杜子美最善，子美有〈喜薛三據授司議郎〉詩云……。又有〈寄薛三郎中〉詩云……。』又云：『薛據，河中寶鼎人，中書舍人文思曾孫。父元暉，什邡令。開元、天寶間，據與弟播、摠相繼登科，終禮部侍郎。』成按，《工部集・秦州見勑目薛三璩授司議郎》云云，本是璩字，與右丞同，疑薛據、薛璩本是二人，《紀事》誤作一人，錢牧齋《杜詩箋注》謂薛三璩當刊作薛三據，非也。薛據以天寶六載風雅古調科及第，見《唐會要》，後為尚書水部郎中，贈給事中，見韓昌黎〈薛君公達墓誌銘〉，劉昫《唐書》亦附見〈薛播傳〉中，俱不言其為司議郎。」按，杜甫〈寄薛三郎中璩〉（大曆二年作）曰：「天未厭戎馬，我輩本常貧。子尚客荊州，我亦滯江濱。……賦詩賓客間，揮灑動八垠。乃知蓋代手，才力老益神。」謂璩客居荊州，善為詩。〈別崔潩因寄薛據孟雲卿〉（大曆元年作）曰：「荊州遇薛孟，為報欲論詩。」亦謂據居荊州。〈遣悶〉十二首其四（大曆元年作）曰：「沈范（沈約、范雲）早知何水部（何遜），曹劉不待薛郎中。獨當省署開文苑，兼泛滄浪學釣翁。」原注：「水部郎中薛據。」以何遜喻據，蓋稱其善詩；至「泛滄浪」，則謂據客居荊楚。又薛據亦行三（見《唐人行第錄》），杜甫〈秦州見勅目薛三璩授司議郎……凡三十韻〉詩，璩，一本作據，岑仲勉《讀全唐詩札記》曰：「按薛三據累見王昌齡等諸家詩，今同函八冊亦收薛據，作據者是。」綜上所述，薛璩、薛據應即一人；又據弟曰摠、播（見《舊唐書・薛播傳》），字皆作手旁，則作據者是，作璩者非也。另，據〈秦州見勅目〉詩（作於乾元二年秋），可知據於乾元二年秋始為司議郎；又本詩寫春景，故最早當作於上元元年春。❼鳴騶二句　寫諸公乘車來訪。鳴騶，騶謂騶從（貴人出行時隨從的騎卒），鳴指騶從喝道。《南史・到溉傳》：「恆鳴騶枉道，以相存問。」驄馬，淺青色馬。此指貴人車上的馬。常從，隨從。《三國志・吳書・孫權傳》：「（權）親乘馬射虎於庱亭……常從張世擊以戈，獲之。」朱軒，古貴者所乘之車，飾以朱色，故稱。江淹〈別賦〉：「至若龍馬銀鞍，朱軒繡軸。」❽傳呼　《漢書・蕭望之傳》：「仲翁出入，從倉頭廬兒（師古注：『皆官府之給賤役者也。』），下車趨門，傳呼甚寵。」師古注：「傳聲而呼侍從者，甚有尊寵也。」❾存　慰問；省視。❿追涼風　謂走往高處有涼風之地。⓫放心　縱意；縱情。⓬藹藹　繁盛貌。⓭綺道　縱橫交錯的道路。⓮華幡　有文彩畫飾的旗幟。⓯素懷　平素的懷抱。⓰白雲屯　謂白雲聚集於青山之上。謝靈運〈入彭蠡湖口〉：「春晚綠野秀，巖高白雲屯。」⓱迴風　旋風。⓲返景　落日的迴光。⓳往往句　此言置酒待客，宴會上往往有清雅的言談。聞，麻沙本、元本俱作「間」。清言，指清雅的言談、議論。陶淵明〈扇上畫贊〉：「鄭叟（後漢鄭敬）不合，垂釣川湄，交酌林下，清言究微。」⑳轉　趙注本原作「轉」，此從《全唐詩》。㉑朱槿句　朱槿，花名。又稱扶桑、日及。樹高四五尺，枝條柔弱，葉深綠，似桑；花色深紅，大如蜀葵。參見晉嵇含《南方草木狀》卷中、李時珍《本草綱目》卷三六。中園，猶園中。趙注本注：「中，一本作空。」㉒松下客　指山林中隱士。㉓清猿　淒清的猿聲。

【語　譯】我瓜園裡的高齋，俯視著終南山的風景優美之處。有幾位當代的有名人物，一起寫作這首〈瓜園詩〉，同時邀請數位詞章出眾的人，一同用「園」字為韻作詩，任隨寫多少韻都可以；當時太子司議郎薛璩提出這個題目，於是大家一同作詩。

我正要到瓜園裡鬆土除草，身靠著鋤頭聽見了敲門聲。喝道的騎卒導引著青驄馬駕的車，還有隨從們走在紅漆大車的兩邊。我住的僻巷正傳來呼叫侍從的聲音，這或許是老朋友們前來相慰問。我們攜手走往高處有涼風之地，縱情瞭望天上和地下。只見皇都十分繁盛，宮殿闕觀何等眾多！樹林上面出現縱橫交錯的道路，宮殿頂端飄動著彩色的旗幟。我平素的志趣在於青翠的山峰，現在就遇見了白雲聚集在山峰上。城西忽然刮起了旋風下起了雨，一會兒落日的迴光就又照著原野上的村莊。我設宴待客前去將酒杯斟滿，宴會上往往聽到清雅的言談。黃鶯鳴叫於繁密幽深的樹上，朱槿花豔麗輝映在瓜園裡。我還是羨慕山林中的隱者，能坐在石頭上聞聽淒清的猿啼。

【研　析】這首詩的首六句寫故人訪問自己的瓜園。七至十六句寫與友人在瓜園高齋眺望所見的景色。其中九至十二句寫所見到的長安城中的繁盛景色，「林端」句寫出了景物的遠近層次，富有畫意（畫中可把遠處的綺道畫在近處的樹林上），可與「林上九江平」句（〈登辨覺寺〉）比美。十三至十六句則寫往長安郊外瞭望所見到的景色。十七、十八句寫設宴待客。十九、二十句寫暮春瓜園的美景。末二句說瓜園雖美，自己還是羨慕山林中的隱者。清張謙宜評此詩說：「鋪敘有次第，以章法錯行，不覺其板，當學此。」(《絸齋詩談》卷五)所評是。

送楊長史赴果州

【題解】楊長史，《瀛奎律髓》長史下多一「濟」字。陳貽焮《王維詩選》曰：「《舊唐書・吐蕃傳》載：『永泰二年(七六六)二月，命大理少卿兼御史中丞楊濟，修好于吐蕃。』或即此人。」長史，見〈送岐州源長史歸〉題解。果州，見〈鄭果州相過〉題解。按，唐大理少卿從四品上，御史中丞正四品下；果州唐時為中州，置長史一人，正六品上。依唐代官員遷除常例，濟為果州長史，應在其官大理少卿之前。又果州天寶時曰南充郡，乾元元年(七五八)復為果州，此詩疑即乾元元年之後、上元二年(七六一)維卒以前所作，具體時間難於確考，姑繫此。此詩為送友人入蜀而作。

褒斜不容幰❶，之子❷去何之❸？鳥道❹一千里，猿啼❺十二時❻。官
橋祭酒客，山木女郎祠❼。別後同明月❽，君應聽子規❾。

【注　釋】❶褒斜句　參見〈送崔五太守〉注❼。❷之子　此子。指楊長史。❸之　往。❹鳥道　形容道路險絕難行，唯有飛鳥能過。❺啼　《瀛奎律髓》、《全唐詩》等作「聲」。❻十二時　古分一日夜為十二時，以十二地支紀之，曰子時、丑時等。❼官橋二句　官橋，官道上的橋梁。祭酒客，祖道登程的旅客。祭酒，酹酒祭神。《儀禮・鄉飲酒禮》：「坐捝（拭）手，遂祭酒。」此指為祖道之祭（出行時祭路神）。李賀〈出城別張又新酬李漢〉：「今將下東道，祭酒而別秦。」即此義。木，元本作「水」。女郎祠，《水經注》卷二七〈沔水〉：五丈溪「南注漢水，南有女郎山（按，山在陝西舊褒城境），山上有女郎冢……山上直路下出，不生草木，世人謂之女郎道，下有女郎廟及搗衣石，言張魯女也。有小水北流入漢，謂之女郎水」。又，高步瀛《唐宋詩舉要》謂「祭酒」蓋用張魯事，《三國志・魏書・張魯傳》：「張魯，字公祺。……據漢中，以鬼道（五斗米道）教民，自號師君。其來學道者，初皆名鬼卒，受本道已信，號祭酒，各領部眾。……諸祭酒皆作義舍，如今之亭傳。又置義米肉，懸於義舍，行路者量腹取足。」云「詩用祭酒、女郎，皆言異俗荒陋之義」。此解亦可備一說。又《唐音癸籤》卷二一云：「蜀道艱險，行必有禱祈。女郎，其叢祠之神；客，即禱神之行客也。合兩句讀之，深無限遠宦跋涉之慼。有辨女郎為何許人者，都是說夢。」❽別後句　意本謝莊〈月賦〉：「美人邁兮音塵絕，隔千里兮共明月。」❾君應句　言君至蜀中，應聽聽子規之啼，從而惹動歸思。《唐詩別裁》卷九曰：「子規叫不如歸去，蓋望其歸也。」子規，鳥名，又稱杜鵑、布穀，多出蜀中，傳說為古蜀帝杜宇之魂所化。其鳴聲淒厲，能動旅人歸思，故亦名思歸、催歸。杜甫〈子規〉詩云：「峽裡雲安縣，江樓翼瓦齊。兩邊山木合，終日子規啼。……客愁那聽此，故作傍人低。」

【語　譯】褒斜谷棧道狹窄容不下車子，你這位楊長史走棧道要往何處？谷中險峻的小路有一千里長，猿猴啼鳴達十二個時辰。官道上的橋邊是祭完路神上路的旅客，而山林之中有不知其名的女郎的祠廟。我們遠別後共對明月的時候，你應當聽一聽子規的啼叫。

【研　析】這首送別詩的首二句點出送友人入蜀，流露了對友人的關切之情。三、四句寫友人途中所經，既是景語，也是情語，道上的荒落之景與友人的淒楚之情融合為一。五、六句寫蜀地風俗之異。末二句「說兩地別情，淒楚已極，卻只以景語出之，寓意俱在言外，筆意高人十倍。」（清黃生《增訂唐詩摘抄》卷一）全詩借寫蜀道之景來表現離情別緒，非常耐人尋味。

慕容承攜素饌見過

【題　解】慕容承，無考。素饌，《舊唐書・王維傳》云：「維弟兄俱奉佛，居常蔬食，不茹葷血。晚年長齋，不衣文綵。」故承過訪而攜素饌。玩詩意，當作於晚年，具體時間不詳，姑繫此。詩寫友人攜素饌來訪之樂。

紗帽❶烏皮几❷，閒居懶賦詩。門看五柳❸識，年算六身知❹。靈壽❺

君王賜，雕胡❻弟子炊。空勞酒食饌，特底解人頤❼。

【注　釋】❶紗帽　見〈故人張諲工詩善易卜兼能丹青草隸頃以詩見贈聊獲酬之〉詩注❶。❷烏皮几　裹以黑色皮革的几。謝朓有〈同詠座上玩器得烏皮隱几〉詩。杜甫〈寄劉峽州伯華使君四十韻〉：「憑久烏皮綻，簪稀白帽稜。」❸五柳　見〈偶然作〉五首其四注❿。❹年算句　《左傳》襄公三十年：「晉悼夫人食輿人（役卒）之城杞者，絳縣人或年長矣，無子而往，與於食。有與疑年（有人疑其年齡），使之年（讓他自言年齡）。曰：『臣，小人也，不知紀年。臣之生歲，正月甲子朔，四百有四十五甲子矣（六十日輪一次甲子，已經歷四百四十五個甲子日），其季於今三之一也（最末一個甲子日到今天剛剛二十天）。』吏走問諸朝。師曠曰：『……七十三年矣。』史趙曰：『亥有二首六身（亥字以「二」字為頭，「六」字為身），下二如身（以上二置於下，與身相並），是其日數也。』士文伯曰：『然則二萬六千六百有六旬也。』」按，亥「二首六身」，蓋就晉國當時字體言之；疑亥之下半，由三個丄及丅（一橫為五，一豎為一，丄及丅皆六也）所構成，故「下二如身」，遂得二六六六〇之數。又，以老人自言所歷甲子計算，即得二六六六〇日，化為年，恰好滿七十三歲。此句即用其事，意謂自己年紀已經很大了。❺靈壽　木名，又曰椐。此處指靈壽杖。《漢書．孔光傳》：「賜太師靈壽杖。」注：「孟康曰：扶老杖也。服虔曰：靈壽，木名。師古曰：木有枝節，長不過八九尺，圍三四寸，自然有合杖制，不似竹須削治也。」❻雕胡　見〈晦日遊大理韋卿城南別業〉四首其三注❺。❼空勞二句　意謂只是有勞你攜酒食來訪，這特別使我感到高興。空，只。特底，又作特地，即特意、特別。特，宋蜀本、《全唐詩》俱作「持」。解人頤，《漢書．匡衡傳》：「無說《詩》，匡鼎來；匡語《詩》，解人頤。」如淳注：「使人笑不能止也。」

【語　譯】頭戴紗帽身靠著裏了黑皮的小几，我閒居無事卻懶得寫詩。我的宅門旁有五棵柳樹看到就能認識，年齡則算一算用六作身的字多少便知。我的靈壽杖是君王所賜，菰米飯由弟子燒成。只是有勞你攜酒食來訪，這特別令我高興不已。

【研　析】這首詩的前六句自述晚年的閒居生活。首句說戴著便帽倚著小几，正是閒居的表現；第三句以陶淵明自喻，亦有「閒」意；而第四句、五句，則說自己已年老。此詩直到最後兩句才點題，說友人「攜素饌見過」，令自己高興不已。詩的前六句看似閒筆，實際卻起到了為末二句作鋪墊的作用：正因為自己年老而清閒，所以才對友人的攜酒食來訪感到特別高興。

酬慕容十一

【題解】慕容十一，趙注本原作「慕容上」，此從宋蜀本、《全唐詩》。《唐人行第錄》云：「按維又有〈慕容承攜素饌見過〉，比觀兩詩詞意，余以為十一即承。」據此，本詩之寫作時間或與上詩相去不甚遠。詩寫自己前去拜訪友人慕容承之事。

行行西陌返，駐幰❶問車公❷。挾轂雙官騎，應門五尺僮❸。老年如
塞北，強起離牆東❹。為報壺丘子❺，來人道姓蒙❻。

【注釋】❶駐幰　停車。❷車公　《晉書・車胤傳》：「車胤字武子，南平人也。……風姿美劭，機悟敏速，甚有鄉曲之譽。……又善於賞會，當時每有盛坐而胤不在，皆云：『無車公不樂。』謝安游集之日，輒開筵待之。」此借指慕容十一。❸挾轂二句　謂慕容氏外出有官騎護衛，家中有五尺之僮照看門戶。挾轂，同「夾轂」。猶夾車。車輪中心可插軸的部分稱轂。漢樂府〈長安有狹斜行〉：「長安有狹斜，狹斜不容車，適逢兩少年，挾轂問君家。」官騎，供貴族顯宦私人使用的官府騎兵。《後漢書・百官志》：「（將軍）賜官騎三十人及鼓吹。」

應門句，參見《輞川集・宮槐陌》注❸。❹老年二句　謂慕容氏值老年時復強起出仕。老年，宋蜀本作「若思」。如，往。塞北，泛指我國北部地區。古詩文中常與「江南」對稱。牆東，見〈登樓歌〉注⓮。❺壺丘子　《呂氏春秋・下賢》：「子產相鄭，往見壺丘子林，與其弟子坐，必以年。」《列子・仲尼》：「子列子既師壺丘子林，友伯昏瞀人，乃居南郭……。」《高士傳》卷中：「壺丘子林者，鄭人也，道德甚優，列禦寇師事之。」此以壺丘子喻慕容氏，言其乃有道之士。❻姓蒙　趙殿成曰：「姓字疑是住字之訛。」《史記・老莊申韓列傳》：「莊子者，蒙人也，名周。」《文選》潘岳〈悼亡詩〉三首其二：「上慙東門吳，下愧蒙莊子。」李善注：「莊子蒙人，故云蒙莊子。」此處作者以莊周自喻，表示自己效法莊周的志向。

【語　譯】我不停地在西邊的路上前行又返回，停下車來問候你這位像車胤一樣的人。你出行時車子兩旁有官府騎卒護衛，而家中有五尺高的小僕人照看門戶。你在老年的時候前往塞北地區做官，勉強地離開退隱的都城集市。看門的人請替我報告你家的壺丘子，告訴他前來問候的人自稱姓蒙。

【研　析】這首詩的首聯說自己外出時，忽然停下車來訪問慕容氏。中二聯寫慕容氏近期的情況。末聯說自己已到慕容氏家門房，要求通報。至於兩人見面的景況，則一字未提，而留給讀者自己去作想像補充。從詩中我們不難得知，作者與慕容氏年齡相近，志趣相同（由稱慕容氏為壺丘子和自道姓蒙可知），所以他們見面之後，必定有說不完的話；由作者以「車胤」喻指慕容氏，我們又可想見，他們的會面必定非常快樂。

飯覆釜山僧

【題解】覆釜山，趙殿成注：「山名覆釜者，不止一處，然右丞所指，疑在長安，未詳所在。」按，詩曰遠山，疑非在長安；唐虢州湖城縣（今河南靈寶閿鄉）南有覆釜山，一名荊山（參見《新唐書・地理志》、《大清一統志》卷二二〇），本詩之覆釜山或即指此。飯僧，施飯給僧人。王維晚年被宥復官後，「彌加進道，端坐虛室，念茲無生。」（王縉〈進王右丞集表〉）「在京師，日飯數十名僧，以玄談為樂。」本詩疑即作於復官後至卒前的三、四年間，參見拙作〈王維年譜〉。詩中寫飯僧之事與作者的感想。

晚知清淨❶理，日與人群疏。將候遠山僧，先期掃敝廬❷。果從雲峰裡，顧我蓬蒿居❸。藉草❹飯松屑❺，焚香看道書❻。燃燈晝欲盡，鳴磬夜方初❼。一悟寂為樂，此生閒有餘❽。思歸何必深？身世猶空虛❾！

【注釋】❶清淨　佛家語。謂遠離一切惡行與煩惱。《俱舍論》卷一六：「暫永遠離一切惡行煩惱垢，故名為清淨。」淨，宋蜀本作「靜」。❷敝廬　謙稱己之居室。《左傳》昭公三年：「小人糞除（掃除）先人之敝廬。」❸蓬蒿居　長滿蓬蒿的住處。《文選》江淹〈雜體詩三十首・左記室詠史〉：「顧念張仲蔚，蓬蒿滿中園。」李善注：「趙岐《三輔決錄》注（晉摯虞注）曰：『張仲蔚，扶風人也。少與同郡魏景卿隱身不仕，明天官，博學，好為詩賦，所居蓬蒿沒人也。』」其事亦載晉皇甫謐《高士傳》卷中。此處謙稱自己的住處。❹藉草　見〈座上走筆贈薛璩慕容損〉注⓫。❺松屑　指松花。松花小，無梗，故謂曰屑。江淹〈報袁叔明書〉：「朝餐松屑，夜誦仙經。」酒和以松屑，即所謂松花酒，故有花醥之語。岑參〈題井陘雙溪李道士所居〉：「五粒松花酒，雙溪道士家。」❻道書　指釋氏之書。❼鳴磬句　謂初夜時僧人擊磬作佛事（疑指飯僧後僧人誦經為施主求福）。磬，佛教法器名，有圓磬、引磬等，作法事（指念經、供佛、施僧、為人追福等宗教儀式）念誦時鳴之。夜方初，舊分一夜為五更，初更又稱初夜。《後漢書・班超傳》：「初夜，遂將吏士往奔虜營。」又佛教以初夜為六時之一。參見〈燕子龕禪師詠〉注❼。❽一悟二句　意謂一旦了悟寂滅即是快樂的道理，此生就閒靜有餘（一旦了悟此理，必當力斷煩惱，從而使身心閒靜安寧，故云）。一，一旦。趙注本原作「已」，此從麻沙本、元本、《全唐詩》。寂，佛家語，即滅、寂滅、涅槃。《維摩經・問疾品》：「導人入寂。」佛教認為，世俗世界的一切，本性皆為「苦」；在人生社會中，造成「苦」的直接根源是煩惱，斷滅一切煩惱，就可進入涅槃境界；而涅槃對世俗諸「苦」而言，即是「樂」。《大般涅槃經》卷二：「有為之法，其性無常。生已不住，寂滅為樂。」生，《全唐詩》作「日」。❾思歸二句　意謂思返田里之心何必深切，人自身及所處之世同於空虛。

【語　譯】我晚年懂得佛教的清淨之理，一天天地與人群疏遠。將等候遠山的僧人到來，我在約定的日期之前打掃了舊屋。僧人們果然從高聳入雲的山峰裡，前來光顧我長滿蓬蒿的住處。他們坐在草墊子上吃松花，燒著香閱讀佛教的經書。白晝已盡僧人們燃起了燈，到初更時分開始擊磬誦經。一旦了悟寂滅即是快樂的道理，人的這一輩子也就寧靜有餘。想望返回田里之心何必深切？人自身與所處的世界等同於空虛！

【研　析】這首詩的前四句寫飯僧的緣由與飯僧的準備；中六句寫僧人們遠來以及他們在自己家中的活動；後四句寫詩人自己的感想。詩人認為，一旦了悟「寂滅為樂」之理，此生就寧靜有餘；這實際上是要人們擺脫世俗的各種欲求、煩惱與痛苦，在精神上尋找安慰，從而獲得心境的寧靜。詩的末二句實際是說，從佛教的觀點看，現實世界的一切皆虛幻不實，因此是否一定辭官歸田，也就無關緊要。這同王維〈與魏居士書〉中所說：「苟身心相離，理事俱如，則何往而不適？」意思一樣。

歎白髮

【題　解】詩題宋蜀本、麻沙本、元本俱作「歎白髮」二首，其第一首為「五古歎白髮」，第二首即本詩。玩詩意，本詩疑當作於安史之亂後。詩中抒寫詩人晚年的心緒。

宿昔朱顏成暮齒❶，須臾白髮變垂髫❷。一生幾許傷心事❸，不向空門❹何處銷❺？

【注　釋】❶暮齒　晚年。《高僧傳》卷六〈釋道䂮傳〉：「僧䂮法師學優早年，德芳暮齒，可為國內僧正。」❷變垂髫　改變了幼時垂髫的模樣。古時兒童不束髮，頭髮下垂，謂之垂髫。❸傷心事　疑指陷賊、祿山迫以偽署、被收繫獄中等事。❹空門 指佛教。佛教宣揚「諸法皆空」，以「悟空」為入道之門，故稱空門。❺銷 宋蜀本作「消」。

【語 譯】旦夕間青春年少的容顏化成了暮年，片刻中白髮改變了幼時頭髮下垂的模樣。我一生有多少令人傷心的事情，不歸向佛門何處能使痛苦消除？

【研 析】此詩的前二句感歎時光飛逝，轉眼間自己已由少年變成白髮老頭。人到晚年，免不了要緬懷舊事，追溯一生所歷，詩的後二句，就是從這個方面來說的。作者得出的結論是：「一生幾許傷心事。」作者傷心事中之尤著者，應該就是安史之亂中陷賊、被迫接受偽職和兩京收復後被收繫獄中等事。這些事給詩人的心靈造成極大的傷害，帶來了許多的痛苦，詩人認為只有歸向佛門才能消除這些痛苦。這實際上是要用佛教的「諸法皆空」之理，尋得精神上的安慰，從而消除內心的痛苦。應該說，這樣做，多多少少還是能夠減輕一下詩人的精神負擔的。

和陳監四郎秋雨中思從弟據

【題 解】陳監四郎，不詳。岑仲勉《唐人行第錄》曰：「以余考之，陳監四郎應希烈之孫，《姓纂》言希烈子汭為少府少監，元和初尚存，疑此四郎為汭之子（希烈尚有子沕為祕書少監），名已不可知矣。」《元和姓纂》卷三：「開元左相、太子太師希烈，世居均州。左司郎中（《元和姓纂四校記》謂『左司』上當奪一人名，即希烈之子也）、鴻臚大卿。汭，少府少監。潤，戶部郎中。

洳，祕書少監。」按，岑此說尚乏確據，姑錄以備考。監，官名。唐祕書省及殿中省各置監一人，從三品，少監二人，從四品上；又少府監置監一人，從三品，少監二人，從四品下。本詩疑作於安史之亂後，參見本詩注⓫。此詩是陳監四郎〈秋雨中思從弟據〉的和作，陳原賦今已不存。

嫋嫋❶秋風動，淒淒烟雨繁。聲連鳷鵲觀❷，色暗鳳凰原❸。細柳疎高閣❹，輕槐落洞門❺。九衢❻行欲斷，萬井寂無喧。忽有〈愁霖〉唱❼，更陳多露言❽。平原思令弟❾，康樂謝賢昆❿。逸興方三接，衰顏強七奔⓫。相如今老病，歸守茂陵園⓬。

【注釋】❶嫋嫋　《楚辭．九歌．湘夫人》：「嫋嫋兮秋風，洞庭波兮木葉下。」洪興祖《補注》：「嫋嫋，長弱貌。」❷鳷鵲觀　觀名。《文選》司馬相如〈上林賦〉：「蹷石闕，歷封巒，過鳷鵲，望露寒。」李注：「張揖曰：此四觀武帝建元中作，在雲陽甘泉宮（在陝西淳化西北甘泉山上）外。」❸鳳凰原　在陝西臨潼驪山。《長安志》卷一五〈臨潼縣〉：「鳳皇原，後漢延光二年（應作『三年』）鳳皇集新豐，即此原也。……唐韋嗣立構別廬於驪山鳳皇原、鸚鵡谷。」《後漢書．安帝紀》：「（延光）三年……新豐上言鳳皇集西界亭。」注：「今新豐縣（在今臨潼東北）西南有鳳皇原，俗傳云即此時鳳皇所集之處也。」❹細柳句　謂高閣邊的細嫩柳條已稀疏。❺洞門　見〈酬郭給事〉注❶。❻九衢　見〈奉和聖製十五夜燃燈繼以酺宴應制〉注❺。❼愁霖唱　《文選》謝瞻〈答靈運〉：「忽獲〈愁霖〉唱，懷勞奏所成。」李善注：「靈運〈愁霖〉時序云：示從兄宣遠。」

呂向注：「靈運寄〈愁霖〉詩于瞻，故有此答。」此處借指陳監四郎所作〈秋雨中思從弟據〉詩。❽更陳句　謂詩中陳說「多露」之言，指勸諭從弟，行事須謹慎。多露，語出《詩・召南・行露》：「厭浥（濕潤貌）行（道）露，豈不夙夜（豈不欲早夜而行），謂行多露（以為道上多露，畏沾濡故不行）。」❾平原句　以陸機、陸雲喻陳監四郎與其從弟據。平原，指陸機。《晉書・陸機傳》：「（成都王）穎以機參大將軍軍事，表為平原內史。」令弟，賢弟。謝靈運〈酬從弟惠連〉：「末路值令弟，開顏披心胸。」此指陸雲。參見〈同崔傅答賢弟〉注❾。❿康樂句　以康樂喻陳據，謝瞻喻陳監四郎。康樂，謝靈運。謝襲封康樂公，世謂之謝康樂。賢昆，賢兄。指謝瞻。《南史・謝瞻傳》：「瞻字宣遠……與從叔混、族弟靈運俱有盛名。……瞻文章之美，與從叔混、族弟靈運相抗。」⓫逸興二句　意謂陳氏兄弟俱有逸興，方多次相會，卻遇世亂，於年衰時多次勉力奔走以禦敵（疑指在安史亂中禦敵）。三接，語出《易・晉》：「晝日三接。」疏：「言……一晝之間，三度接見也。」七奔，謂一再奔波。語本《左傳》成公七年：「吳始伐楚、伐巢、伐徐，子重（楚臣）奔命（奉命奔走以救援巢、徐）。馬陵之會，吳入州來（國名，屬楚），子重自鄭（時子重率師伐鄭）奔命。子重、子反（楚臣）於是乎一歲七奔命（七次奉命奔走以禦吳軍）。」⓬相如二句　參見〈不遇詠〉注❻。此二句以因病免官家居的司馬相如喻陳監四郎。

【語　譯】裊裊秋風輕輕地吹拂著，寒涼的濛濛細雨不停地下。風聲雨聲傳到了鳷鵲觀，陰沉的天色使鳳凰原變得幽暗。細嫩的柳條在高閣旁已很稀疏，輕盈的槐葉落到了深宅大院裡。四通八達的道路上已無人行走，千家萬戶一片寂靜毫無喧鬧聲。此時忽然有陳監四郎思念從弟的詩，詩中又說了請從弟行事要謹慎的話。這猶如陸平原思念賢弟陸雲，謝康樂感謝賢兄謝瞻。陳氏兄弟都有豪放的意興正多次相會，哪知衰老時卻多次勉力奔走以禦敵。如今賢兄猶如司馬相如已年老多病，歸家看守著自己在茂陵的園廬。

【研 析】這首詩的前八句寫秋雨中的長安景色。其中首聯寫秋日風雨交加的景象，次聯寫風雨遍及長安郊外，三聯細描秋雨中的柳條與槐葉，四聯寫秋雨中的長安街道與坊里。這八句詩既是實景描寫，又切所和之詩題中的「秋雨」之意。後八句轉寫和陳監四郎的思從弟詩。其中第六聯寫陳氏兄弟之間的情誼，第七聯寫他們的逸興與遭遇，末聯交代此時陳監四郎已因「老病」而免官家居。詩的前八句繪景工細，善於用景物描寫烘托氣氛，是全詩中最值得我們注意的部分。

冬晚對雪憶胡居士家

【題 解】居士，在家奉佛之人。此篇《文苑英華》作王邵詩，題為「冬晚對雪憶胡處士」，《全唐詩》重見王維及王邵集中。按，司空曙〈過胡居士覩王右丞遺文〉曰：「舊日相知盡，深居獨一身。閉門空有雪，看竹永無人。每許前山隱，曾憐陋巷貧。題詩今尚在，暫為拂流塵。」「閉門」二句，實承此詩「隔牖」二句及「借問」二句之意而來；「曾憐」句，則指維曾賙濟過胡（維有〈胡居士臥病遺米因贈〉詩，即述其事），而曙所睹王右丞遺文，蓋即此詩，故此詩無疑應為王維所作。據「衰顏」之語，此詩或作於晚年，具體時間不詳，姑繫此。詩中寫雪夜懷念友人。

寒更❶傳曉箭❷，清鏡覽❸衰顏。隔牖❹風驚竹，開門❺雪滿山。灑空深巷靜，積素廣庭閑。借問袁安舍，翛然尚閉關❻。

【注釋】❶寒更 指寒夜的更鼓聲。❷傳曉箭 即報曉之意。趙注本、《全唐詩》均注：「一作催唱曉。」箭，指漏壺上標示時間的浮箭。❸覽 趙注本、《全唐詩》均注：「一作滅。」❹牖 窗戶。❺門 趙注本、《全唐詩》均注：「一作簾。」❻借問二句 《後漢書・袁安傳》注引《汝南先賢傳》曰：「時大雪，積地丈餘，洛陽令自出案行，見人家皆除雪出，有乞食者。至袁安門，無有行路，謂安已死，令人除雪入戶，見安僵臥，問何以不出，安曰：『大雪，人皆餓，不宜干人。』令以為賢，舉為孝廉也。」翛然，形容自然超脫。此以袁安喻胡，言其賢而貧困。

【語譯】寒夜的更鼓聲已在報曉，我面對明鏡看到了衰老的容顏。夜裡風刮得猛驚動了窗外的竹子，清晨開門一看大雪滿山遍野。雪花飄灑於空中深巷裡一片寂靜，白雪堆積在寬廣庭院四周悄然無聲。請問胡居士家的房屋怎樣，也許還像袁安那樣超脫地閉上門。

【研析】這首雪夜懷友詩的中二聯寫雪，極為生動傳神，是千古傳誦的詠雪名句。本詩詠雪，是從寒冬深夜窗外風吹竹喧的音響寫起的，清潘德輿《養一齋詩話》卷二說：「詠雪之妙，全在上句隔牖五字，不言雪而全是雪聲之神，不至開門句矣。」「隔牖」句確有先聲奪人之妙，句中一個「驚」字，寫出了冬夜寒風的猛烈及其聲音的擾人，由此句我們還可悟出，原來首聯是說，自己長夜無眠，晨興對鏡，只見容顏衰老、憔悴；但是「開門」句亦自有其妙處，它沒有作任何形容，就寫出了一個突然呈現在自己眼前的銀裝素裹的美好世界，其中流露了詩人的新鮮之感、愉悅之情，故清張謙宜《絸齋詩談》卷五說：「得驀見之神，卻又不費造作。」接下「灑空」二句從正面寫雪，勾畫出了一幅閒靜的城市曉雪圖，同時表現了詩人此時的心緒。從夜裡的「聽」到清晨的「視」，詩人心緒的發展變化，都用景物來表現，詩中心緒與景物和諧地融合在一起，既自然而又含蓄，顯示出了作者詩藝的高超與純熟。末聯方及憶胡居士，由下大雪而想到家貧的胡居士，反映出了詩人對友人的關心。

胡居士臥病遺米因贈

【題解】胡居士，見上詩題解。遺，饋送。本詩寫作時間疑同上詩。詩中寫向病中的胡居士贈米之事。

了觀❶四大因❷，根性何所有❸？妄計苟不生，是身孰休咎❹？色聲何謂客，陰界復誰守❺？徒言蓮花目，豈惡楊枝肘❻？既飽香積飯，不醉聲聞酒❼。有無斷常見❽，生滅幻夢受❾，即病即實相❿，趨空定狂走⓫。無有一法真，無有一法垢⓬。居士素通達，隨宜善抖擻⓭。牀上無氈臥，鎘⓮中有粥否？齋時⓯不乞食⓰，定應空漱口⓱。聊持數斗米，且救浮生⓲取⓳。

【注釋】❶了觀　明觀。❷四大因　四大，佛教名詞。指地、水、火、風四種構成色法（相當於物質現象）的基本元素。佛教認為，世界萬物及人之身體，均由「四大」組成。《金光明最勝王經》卷五：「地水火風共成身。」因「四大」能造作一切色法，故曰「四大因」（凡能造果者，皆謂之因）。❸根性句　此言由「四大」所造作的人身之根性有何物。意即人的根性是如何構成的，人身同由「四大」組成，何以有根性的差異。根性，指受教修道的素質。根有「能生」之義，人性有生善業或惡業之力，故曰根性。《止觀輔行》卷二之四：「能生為根，數習為性。」❹妄計二句　意謂妄念如不產生，此身有何吉凶。意即也就無所謂吉凶了。妄計，猶妄慮、妄念，佛教指世俗的認識和思想。孰，何。休咎，吉凶。❺色聲二句　意謂色聲等為什麼稱為客，世界的一切現象又由誰來持守。色聲，指色聲等六境，即眼、耳、鼻、舌、身、意等六識所感覺認識的六種境界：色、聲、香、味、觸、法。六境都是人的認識對象，是人的身外之物，故謂曰「客」。但佛教的某些宗派又認為，識外無境，六境均屬一心之變現。陰界，趙殿成注：「謂五陰十八界。」其說是。五陰，即五蘊（色蘊、受蘊、想蘊、行蘊、識蘊），廣義指物質世界（色蘊）和精神世界（其餘四蘊）的總和。十八界，即六根（眼根、耳根、鼻根、舌根、身根、意根）、六識和六境，這是以人的認識為中心，對世界一切現象所作的概括。❻徒言二句　意謂只說佛眼能洞察一切、見知生死，但又哪裡厭惡生老病死的變化。蓮花目，指佛眼。參見〈過盧員外宅看飯僧共題七韻〉注❶。佛教稱佛眼能洞察一切，見知眾生之生死及善惡業緣等。參見《智度論》卷三三、《翻譯名義集》卷六。豈惡句，典出《莊子・至樂》：「支離叔與滑介叔觀於冥伯之丘……俄而柳生其左肘，其意蹶蹶然惡之。支離叔曰：『子惡之乎？』滑介叔曰：『亡（無），予何惡？……死生為晝夜，且吾與子觀化，而化及我，我又何惡焉？』」柳，借作瘤；又此處以楊指柳。說見〈老將行〉注⓫。❼既飽二句　參見〈過盧員外宅看飯僧共題七韻〉注❷。又，《維摩詰經・香積佛品》載，維摩詰化作菩薩，至眾香國，謂香積佛曰：「願得世尊所食之餘，當於娑婆世界（釋迦牟尼所教化的世界，實即現實世界）施作佛事（調化眾生），令此樂小法者得弘大道，亦使如來名聲普聞。」於是香積如來即以眾香缽盛滿香飯與化菩薩。此飯雖少，而食之終不可盡，維摩詰遂以此飯，悉飽諸地神、虛空神及欲色界諸天大眾。關於「樂小法者」，僧肇《注維摩詰經》卷八云：「（鳩摩羅）什曰：樂不勝遠者，皆名為小，非但小乘也。」又云：「肇曰：其土（眾香國）純一大乘，不聞樂小之名，故生斯問也（指眾香國諸大士問香積佛何名為樂小法者而言）。」此句以「飽香積飯」喻胡居士已捨小法，「得弘大道」。聲聞，佛教三乘（聲聞、緣覺、菩薩）之一。《大乘義章》卷一七曰：「從佛聲聞而得道者悉名聲聞。」又曰：「觀察四諦（苦、集、滅、道）而得道者悉名聲聞。」指只能遵照佛的說教修行，以修學四諦為內容，以達到自身的解脫為目的的出家者。按，此乘即所謂「樂小法者」。大乘佛教倡導修習六度、普渡眾生，與此乘異。此二句謂，我們已得大乘之旨，不欲為聲聞小法。❽有無句　謂有見、無見、斷見、常見四種見解。有見，指執著物實有的見解。無見，指執著物實無的見解。斷見，屬於無見，指執著身心斷滅，認為人死後更不受生，可以不受果報的見解。常見，屬於「有見」，指執著身心常住（法無生滅變遷謂之常住）不變的見解。有無、斷常之見，俱屬於「五見」（五種錯誤見解）中的「邊見」（片面極端的見解）。參見《大智度論》卷七、《成唯識論》卷六。❾生滅句　指事物的生滅與如幻夢一般的變化給人的感受。生，指事物的產生和形成。滅，指事物的壞滅。幻夢，喻一切事物變化無常，虛而不實。《金剛般若波羅蜜經·應化非真分》：「一切有為法，如夢、幻（幻術）、泡、影。」受，五蘊之一，指由眼、耳、鼻、舌、身、意六觸引生的對外界的感受。❿即病句　即，不二、不離之義。佛教認為「有無斷常見」是錯誤的見解，故曰「即病」。又認為由人們的觸覺引生的對事物生滅變化的感受，能把人引向迷妄，使產生各種煩惱，故亦曰「即病」。實相，指諸法的真實相狀，即「空」。《肇論·宗本義》：「本無、實相、法性、性空、緣會，一義耳。」佛教認為諸法（「有無斷常見，生滅幻夢受」皆包括在世間諸法的範疇之內）皆空，故曰「即實相」。⓫趨空句　趨空，趨向「空」。佛教謂諸法皆空，又謂「空」非虛無，稱為「假有」。若謂一切法實有或一切法虛無（否認假有），皆為偏執，必不「空」不「有」，始為真諦。《後漢書·西域傳》論：「詳其清心釋累之訓，空有兼遣之宗，道書之流也。」注：「不執著為空，執著為有。兼遣謂不空不有，虛實兩忘也。」此指只趨向「空」，而不止於「有」。句謂若只趨向「空」，以為一切虛無，定使思慮狂逸，不可約束。⑫無有二句　無有一法真，謂諸法皆虛幻不實。垢，即垢染。佛教認為，外境外物能垢染人的情識；但如認識到外境外物的虛幻不實(空)，那麼它們也就不會垢染人的情識了，故云「無有一法真，無有一法垢」。⑬抖擻　《法苑珠林》卷一○一：「西云頭陀，此云抖擻。」參見〈與蘇盧二員外期遊方丈寺〉詩注❶。⑭鎘　本作鬲，古代炊具，樣子像鼎。顧本作「鍋」。⑮齋時　食齋之時，即日中。佛教戒律規定，僧人不食非時食（即正午過後不進食），居士齋日期間，亦需「迎中（日中）而食」。⑯乞食　佛教的十二頭陀行（關於衣、食、住方面的十二種修行規定）之一。⑰漱口　釋氏法，每食後必漱口，並以楊枝（剔牙籤）淨齒。此句之下凌本多「露葵自朝折，黃粱不煩剖」二句。⑱浮生　《莊子．刻意》：「其生若浮，其死若休。」言人生於世，虛浮無定，後因稱人之生於世或生於世之人為浮生。⑲取　語助詞，猶「著」。

【語　譯】我清楚地觀察了地水火風這四種能造作萬物的因，那麼由地水火風所構成的人身的根性有何物？如果自性清淨世俗的妄念不產生，那麼此身又有什麼吉凶禍福？色聲等六境為什麼稱為客，五陰十八界又由誰來持守？只說佛眼能洞察一切見知生死，但又哪裡厭惡生老病死的變化？我們既已深得大乘的妙旨，就不再喜好聲聞等小道。有見無見斷見和常見，萬物的生滅與如幻如夢之變給人的感受，都不離錯誤不離空虛不實，但假如只趨向空，定然使心思狂逸不可禁制。世上沒有一種事物和現象是真實的，也沒有一種事物和現象能垢染人的淨心。居士素來通達佛理，隨宜而行，善於抖去煩惱。你床上沒有氈子鋪著睡，鍋裡有沒有粥可吃？食齋的時間你不向施主討飯，一定是白白地漱口淨齒。我姑且拿出幾斗米，暫時救濟一下生於世上的居士你。

【研　析】王維集中有少量詩歌用禪語闡述禪理，類似偈頌，本詩就是這一類作品中的一篇。詩的前十六句大談佛理，其主旨是宣揚佛教的「諸法皆空」之理。在作者看來，只要認識到世上的一切事物和現象皆虛幻不實，就能斷除各種世俗的欲求；只要看「空」一切，就不存在什麼吉凶、禍福之別，對於貧病之苦也就能安然承受。這實際上是用佛教的「空」理，來安慰遭遇貧病缺糧之苦的胡居士，請他不要為此而痛苦、煩惱。詩的後八句轉寫居士的境遇，並表達贈米之意。其中「居士」二句說胡居士通達佛理，善於去除煩惱，這樣就將前十六句與後八句連了起來。佛教的「空」理，只是引導人們從幻想中尋找安慰，並不能解決胡居士的缺米問題，所以作者最終還得拿出數斗米來救濟胡居士，以解其困。

與胡居士皆病寄此詩兼示學人二首

其一

【題解】學人，指學佛者。麻沙本、元本詩題下俱有「梵志體」三字注語。本詩寫作時間當同上二詩。詩中主要談論佛理。

一興微塵念，橫有朝露身❶；如是覩陰界，何方置我人❷？礙有固為主，趣空寧捨賓❸！洗心詎懸解？悟道正迷津❹。因愛果生病❺，從貪❻

始覺貧。色聲非彼妄，浮幻即吾真❼。四達竟何遣，萬殊安可塵❽？胡生但高枕，寂寞與誰鄰？戰勝❾不謀食❿，理齊⓫甘負薪⓬。子若未始異，詎論疏與親⓭！

【注　釋】❶一興二句　意謂一旦滋生微小的塵念，便忽然感到人命短促如朝露。按，以佛教的觀點看來，人本身就是虛幻的，更無須計其命長命促。橫，意外；突然。朝露身，《漢書・蘇武傳》：「人生如朝露，何久自苦如此？」師古注：「朝露見日則晞乾，人命短促，亦如之。」❷如是二句　意謂用這種世俗的思想觀察世界，便覺「我人」無處安身。按，佛教主張「無我」、「人空」，謂人原無自性，無客觀獨立的實體。「我人」既非實有，自然也就不存在難以安身的問題；而世俗的看法，則與此相反。陰界，見上詩注❺。陰，宋蜀本、麻沙本、明十卷本俱作「蔭」。我人，謂我與人。《圓覺經》：「一切眾生，從無始來，妄想執有我人眾生及與壽命，認四顛倒為實我體。」我，佛教名詞，相當於物體自性、獨立的實在自體。此指輪迴六道的自體。人，指「我」輪迴至於人道（六道之一）。❸礙有二句　以賓主喻空有，謂當亦空亦有、非空非有。礙有，止於有。趣空，見上詩注⓫。寧，豈。❹洗心二句　意謂只是洗濯邪惡之心並不能從生死中解脫出來，在悟道的過程中還正迷路呢。洗心，《易・繫辭上》：「六爻之義易以貢（疏：『貢，告也。六爻有吉凶之義，變易以告人也。』），聖人以此洗心（疏：『聖人以此易之卜筮洗蕩萬物之心，萬物有疑則卜之，是蕩其疑心；行善得吉，行惡遇凶，是蕩其惡心也。』），退藏於密。」詎，豈。懸解，《莊子・養生主》：「適（偶然）來（指生），夫子時（應時）也；適去（指死），夫子順（順乎自然）也。安時而處順，哀樂不能入也。古者謂是帝之縣（同『懸』）解。」成玄英疏：「為生死所繫者為縣，則無死無生者縣解也。夫死生不能繫，憂樂不能入者，而遠古聖人謂是天然之解脫也。」迷津，迷路。《論語・微子》：「孔子過之，使子路問津焉。」陶淵明〈桃花源記〉：「（漁人）尋向所誌，遂迷不復得路。……後遂無問津者。」孟浩然〈南還舟中寄袁太祝〉：「桃源何處是，遊子正迷津。」❺因愛句 《維摩詰經・文殊師利問疾品》：「從癡有愛，則我病生。」《注維摩詰經》卷五：「道融曰：眾生受癡故有愛，有愛故受身，受身則病。」愛，指貪愛、愛欲，佛教視它為世俗生活得以發生而不得解脫的最重要原因。❻貪 貪欲。《俱舍論》卷一六：「于他財物惡欲名貪。」❼色聲二句 意謂並非色聲等認識對象能引人迷妄，因為虛而不實就是物體自身的真實性狀。意即能如實地認識事物的這一性狀，則色聲等也就不會引人迷妄了。色聲，見上詩注❺。佛教謂六境能引人迷妄，因又名六妄。浮幻，虛而不實。蕭統〈令旨解二諦義〉：「未審俗諦之體，即云浮幻，何得於真實之中，見此浮幻？」吾，同「我人」之「我」。即物體自性。❽四達二句 承上二句而言，意謂通向涅槃之路究竟須排除何物，萬殊本虛而不實，安能染汙人的情識。四達，四通八達的道路。《爾雅・釋宮》：「四達謂之逵。」此指四衢道，佛經以之譬喻苦、集、滅、道四諦之理。《法華文句》卷五：「衢道正譬四諦，四諦觀異名為四衢。」四諦是佛教的基本教義之一，其內容包括超脫世間因果關係，達到出世間之涅槃寂靜的一切理論說教和修習方法。萬殊，世間各種不同的現象和事物。《淮南子・本經》：「包裹風俗，斟酌萬殊。」塵，佛教名詞，即垢染之義。《大乘義章》卷八：「能坌（垢染）名塵，坌汙心故。」❾戰勝 《韓非子・喻老》：「子夏見曾子，曾子曰：『何肥也？』對曰：『戰勝故肥也。』曾子曰：『何謂也？』子夏曰：『吾人見先王之義則榮之，出見富貴之樂又榮之，兩者戰於胸中，未知勝負，故臞（瘦）。今先王之義勝，故肥。』是以志之難也，不在勝人，在自勝也。」此指居士以佛家之道戰勝追求富貴的欲望。❿不謀食 語本《論語・衛靈公》：「子曰：君子謀道不謀食（謀求行道，不謀求衣食）。」⓫理齊 見〈留別山中溫古上人兄并示舍弟縉〉注❿。⓬甘負薪 情願任樵采之事（指過貧困的隱居生活）。⓭子若二句 意謂君雖病，如身體還沒有開始衰敗，當自行其是，不必考慮他人同自己是疏遠還是親近。異，佛教名詞，指事物的變異衰敗。《俱舍論》卷五：「此于諸法……能衰名異。」

【語 譯】一旦滋生微小的塵俗觀念，便忽然感到身子猶如早晨的露水。如果用這種塵俗的觀念觀察五陰十八界，那麼在何處安置生死輪迴的主體與有情眾生？止於「有」固然是主人，趨向「空」哪能捨棄賓客！只是蕩洗邪惡之心哪能從生死中解脫出來？這樣做在領悟佛家之道的途中還正迷路呢。因為有愛欲結果生出病來，由於有貪欲才覺得貧窮。色聲等六境並非能引人迷妄，因為虛幻不實即是物體自身的真實性狀。通向涅槃之路究竟要排除何物，萬事萬物怎能染汙人的情識？胡先生只是在家高枕而臥，很孤單冷清不知與誰親近？你以佛家之道戰勝了追求富貴的欲望而不謀求衣食名位，認為學佛與隱居道理相同而情願過貧困的隱居生活。你的身體如果未曾變異衰敗，就不必考慮別人對自己是親是疏！

【研 析】這也是一首用禪語闡述禪理的詩。詩中所談，除了「非空非有」的「中道」觀外，主要還是「諸法皆空」之理。在詩人看來，如果認識到物質世界和「人我」的虛幻不實，那麼各種世俗的欲求也就自然可以斷除了。詩中說，因為有愛欲才生病，因為有貪欲才覺得貧窮。如果認識到虛幻不實是事物自身的真實性狀，那麼色聲等六境便不會引人迷妄（使人產生愛欲、貪欲等），人們也就不會感到有貧病之苦了。詩的最後稱讚胡居士能以佛教的空理戰勝追求富貴的欲望，甘願過窮困的隱居生活。應該說詩人自己在「去欲」方面，還是比較真誠的，天寶時他雖一直做著官，卻思慕隱逸，無心仕進；在生活上，他「食不葷，衣不文彩」，「喪妻不娶，孤居三十年」（《新唐書》本傳），確乎有點「去欲」的味道。當然，王維畢竟是一個社會的現實生活中的人，在他身上不可能完全斷除一切世俗的欲求。

其二

【題解】本篇是〈與胡居士皆病寄此詩兼示學人〉二首中的第二首。詩中亦大談佛理。

浮空徒漫漫，汎有定悠悠❶。無乘及乘者，所謂智人舟❷。詎捨貧病域，不疲生死流，無煩君喻馬，任以我為牛❸。植福祠迦葉，求仁笑孔丘❹。何津不鼓棹？何路不摧輈❺？念此聞思者，胡為多阻修❻？空虛花❼聚散，煩惱樹❽稀稠。滅想❾成無記❿，生心⓫坐⓬有求，降吳復歸蜀⓭，不到莫相尤。

【注釋】❶浮空二句　意謂浮汎於空或有之域，皆悠遠無際，不能到達菩提涅槃的彼岸。浮空，浮汎於空域。指認為一切法虛無。漫漫，無涯際貌。汎有，指認為一切法實有。悠悠，遙遠；無窮盡。❷無乘二句　乘，運載；乘載。意謂能運載眾生到達解脫的彼岸。實指佛教所說的修行方法、途徑或教說。有一乘、二乘、三乘、四乘、五乘等等說法。無乘及乘者，即指一乘（謂引導教化一切眾生成佛的唯一方法、途徑或教說）。《大乘入楞伽經》卷三：「天乘及梵乘，聲聞緣覺乘，諸佛如來乘，諸乘我所說。乃至有心起，諸乘未究竟。彼心轉滅已，無乘及乘者，無有乘建立，我說為一乘。」寶臣《注大乘入楞伽經》卷五曰：「言有心動計有諸乘，即非究竟（指破除妄執，解脫生死，得成正覺的大法）。若妄想心滅，即無諸乘，亦無能乘諸乘之人，以無人故，亦不建立諸乘，是名一乘。」一乘能運載眾生到達菩提涅的彼岸，使眾生成為有佛教智慧者，故曰「智人舟」。❸詎捨四句　意謂若能丟開貧病（不以貧病為意），不為生死所困（解脫生死），就無須煩君以馬為喻，謂己為何種修行者，而任憑君呼己為牛為馬皆可。詎，苟。生死流，佛教謂生死能使人漂沒，故名之為「流」。《無量壽經》卷下：「設備世界火，必過要聞法，要當成佛道，廣濟生死流。」喻馬，《涅槃經》卷三三：「譬如大王有三種馬，一者調壯大力，二者不調，齒壯大力，三者不調，羸老無力，王若乘者，當先乘誰？應當先乘調壯大力，次乘第二，後及第三。調壯大力喻菩薩僧（指修持大乘六度，求無上菩提，以利益眾生的修行者），其第二者喻聲聞僧（參見〈胡居士臥病遺米因贈〉注❼），其第三者喻一闡提（指斷絕一切善根之人）。」為牛，《莊子・天道》：「老子曰：『……昔者子呼我牛也，而謂之牛，呼我馬也，而謂之馬。』」❹植福二句　謂修行立福，禱祠迦葉，而嘲笑孔丘之求仁。迦葉，指摩訶迦葉，又稱大迦葉，相傳為釋迦牟尼的十大弟子之一。光宅《法華經疏》卷一：「摩訶言大，迦葉是姓。」《注維摩詰經》卷二僧肇曰：「迦葉弟子中苦行第一，出婆羅門種姓迦葉也。」又曰：「迦葉以貧人昔不植福，故生貧里，若今不積善，後復彌甚，愍其長苦，多就乞食。」❺何津二句　意謂什麼渡口不須鼓棹而渡，什麼道路不會毀壞車轅。喻欲到達解脫的彼岸，須依賴「乘載」（如船、車），經歷挫折。鼓棹，搖動船槳。《晉書・陶稱傳》：「鼓棹渡江，二十餘里。」輈，車轅。❻念此二句　謂念此有聞慧、思慧之人，為何多阻滯於修慧。此處是就修慧不易獲得而提出問題。聞、思、修，即三慧。聞慧，指依見聞經教而生之智慧。思慧，指依思惟道理而生之智慧。修慧，指依修持禪定而生之智慧。聞思二慧為散智，僅是發起修慧之緣；修慧為定智，有斷惑證理之用。參見《成實論》卷二〇。❼空虛花　喻一切事物和現象虛而不實。《楞伽阿跋多羅寶經》卷二：「觀一切有為（亦稱有為法），猶如虛空花。」❽煩惱樹　《佛遺教經》曰：「實智慧者，伐煩惱樹之利斧也。」煩惱，佛教所說擾亂眾生身心使發生迷惑、苦惱等作用的思想與情緒。❾滅想　息滅各種思想、念頭（包括煩惱、妄念與正念、善念）。❿無記　佛教名詞。「記」為判斷、斷定之意。

「無記」指人的思想行為，不可斷為善，也不可斷為惡，為非善非惡。《俱舍論》卷二：「不可記為善、不善性，故名無記。」⓫生心　產生各種思想、念頭。⓬坐　猶致。⓭降吳句　《三國志・蜀書・黃權傳》：「（權降魏，曰：）臣過受劉主殊遇，降吳不可，還蜀無路，是以歸命。」此句借用其語，謂滅想、生心，皆非人道之徑。

【語　譯】浮於空無只是廣遠無際難於抵達涅槃的彼岸，泛於實有必定遼闊無邊無法到達解脫的境界。沒有各種乘和能乘坐各種乘的人就是唯一的乘，這就是所謂智者所乘坐的能到達涅槃彼岸的船。如果能丟開貧與病不以它們為意，也不是疲困地在生死的急流中漂沒，那就無須煩君以馬為喻說我是何種修行者，而任憑君呼我為牛為馬都可以。我修行立福祭祀摩訶迦葉，而嘲笑孔丘的追求仁德。有什麼渡口不須划動船槳而渡？有什麼道路不會毀壞車轅？念這有聞慧思慧的人，為什麼多阻滯於修慧？虛幻不實的花有聚有散變化不斷，而煩惱的樹也有稀有密景況不定。息滅各種思想活動會成為非善非惡，而滋生各種思想念頭將導致有欲求，這兩者猶如降吳與歸蜀皆非進入涅槃之徑，我的這些話說得不周到請大家不要責怪。

【研　析】這首佛理詩的前四句談「非空非有」的「中道」觀。大乘佛教在盛談空理時，也反對把「空」絕對化，即認為「空」非「虛無」，「空」不能離開「有」；「有」是虛假的，又稱為「假有」，但「假有」也是「有」，它能為人們的感覺器官所接觸和認識。若否認「假有」，把「空」絕對化，即是一種偏執之見。佛教以為能認識到這種「空」理，就可具備菩提般若的最大智慧。詩的後二十句主要談佛教修行與通往涅槃彼岸的途徑，屬於詩題「示學人」方面的內容。詩人認為修習佛學不免要經歷挫折，只有堅持下去才能獲得成功。

恭懿太子輓歌五首

其一

【題解】恭懿太子，《舊唐書・肅宗代宗諸子傳》曰：「恭懿太子佋，肅宗第十二子。至德二載封興王，上元元年六月薨。佋，皇后張氏所生，上尤鍾愛。后屢危太子，欲以興王為儲貳，會薨而止。七月丁亥，詔曰：『……第十二子故興王佋……可贈太子，謚曰恭懿……。』詔宰臣李揆持節冊命。……其哀冊曰：『維上元元年……粵八月丁亥，冊贈皇太子，廟號恭懿。冬十一月庚寅，詔葬于長安之高陽原……。』佋薨時年八歲。既薨之夕，肅宗、張后俱夢佋有如平昔，拜辭流涕而去。帝方寢疾，追念過深，故特以儲闈之贈寵之。」此詩述及為佋送葬事，當作於上元元年（七六〇）十一月。

何悟藏環早❶，纔知拜璧❷年。翀天王子去❸，對日聖君憐❹。樹轉宮猶出，笳悲馬不前❺。雖蒙絕馳道，京兆別開阡❻。

【注釋】❶何悟句　指佋幼而聰穎，猶如羊祜，絕早即能悟知金環藏於何處。藏環，《晉書・羊祜傳》：「祜年五歲，時令乳母取所弄金環。乳母曰：『汝先無此物。』祜即詣鄰人李氏東垣桑樹中探得之。主人驚曰：『此吾亡兒所失物也，云何持去！』乳母具言之，李氏悲惋。時人異之，謂李氏子則祜之前身也。」❷拜璧　《左傳》昭公十三年：「初，共王無冢適（嫡長子），有寵子五人，無適立焉（不知立誰）。乃大有事於群望（遍祭名山大川之神），而祈曰：『請神擇於五人者，使主社稷。』乃徧以璧見（展示）於群望，曰：『當璧而拜者，神所立也，誰敢抗之？』既（祭事已畢），乃與巴姬（共王妾）密埋璧於大室（祖廟）之庭，使五人齊（齋），而長入拜（依長幼次第入拜）。康王跨之，靈王肘加焉，子干、子晳皆遠之（離璧遠）。平王弱（幼小），抱而入，再拜，皆厭（壓）紐（璧紐）。」此句即用平王拜璧事，言佋卒時尚幼。❸翀天句　用周靈王太子晉乘鶴昇天事。參見〈奉和聖製幸玉真公主山莊因題石壁十韻之作應制〉注❻。翀，通「沖」。句謂佋成仙而去（對死的諱稱）。❹對日句　指李佋聰慧，受到天子的憐愛。對日，《晉書・明帝紀》：「明皇帝諱紹……幼而聰哲，為元帝所寵異。年數歲，嘗坐置膝前，屬長安使來，因問帝曰：『汝謂日與長安孰遠？』對曰：『長安近。不聞人從日邊來。』居然可知也，元帝異之。明日宴群僚，又問之。對曰：『日近。』元帝失色，曰：『何乃異間者之言乎？』對曰：『舉目則見日，不見長安。』由是益奇之。」❺樹轉二句　描寫靈車出宮後的情狀。猶，已；已經。說見王鍈《詩詞曲語辭例釋》。❻雖蒙二句　意謂佋雖蒙受天子的特殊恩寵，卻早死，京兆府為別開墓道。絕馳道，《漢書・成帝紀》：「元帝即位，帝為太子。壯好經書，寬博謹慎。初居桂宮，上嘗急召，太子出龍樓門（注：『張晏曰：門樓上有銅龍。』），不敢絕馳道（注：『應劭曰：馳道，天子所行道也，若今之中道。師古曰：絕，橫度也。』），西至直城門，得絕乃度，還入作室門，上遲之，問其故，以狀對，上大說（悅）。乃著令，令太子得絕馳道云。」阡，墓道；墳墓。

【語譯】恭懿太子年幼而聰穎就像晉代的羊祜一般，辭世時是楚平王那樣剛剛懂得拜璧的年齡。

太子您像周代的王子晉一般乘鶴升天而去，又像晉明帝那樣聰慧受到了聖明君主的憐愛。樹林向後移動靈車已出了皇宮，這時笳聲悲傷駕靈車的馬不肯前行。太子雖然蒙受天子的特殊恩寵卻早辭世，京兆府特為之建墳墓。

【研析】唐肅宗第十二子興王李佋夭亡時，王維正在長安任尚書右丞。這組輓歌估計是他在長安參加興王的葬禮時寫的。興王長於深宮，卒時只有八歲，想來王維同他不可能有什麼接觸，所以為興王而作的這組輓歌，難免有缺乏真情之弊。

其二

【題解】本詩是〈恭懿太子輓歌〉五首中的第二首。

蘭殿❶新恩❷切，椒宮❸夕臨❹幽。白雲隨鳳管❺，明月在龍樓❻。人向青山哭，天臨渭水愁。雞鳴常問膳❼，今恨玉京留❽。

【注釋】❶蘭殿　猶香殿，指后妃所居宮殿。《文選》顏延之〈宋文皇帝元皇后哀策文〉：「蘭殿長陰，椒塗弛衛。」呂向注：「蘭殿椒塗，后妃所居也。言蘭殿，取其香也。」也泛指宮殿。謝朓〈奉和隨王殿下〉十六首其十四：「風入芳帷散，釭華蘭殿明。」唐太宗〈帝京篇〉十首其十：「望古茅茨約，瞻今蘭殿廣。」此指天子。❷新恩　指天子冊贈佋為皇太子。❸椒宮　漢皇后所居宮殿，以椒和泥塗壁，謂之椒房（亦用為后妃代稱）。應劭《漢官儀》卷下（孫星衍輯本）：「皇后稱椒房，取其蕃實之義也。……以椒塗室，取溫煖除惡氣也。」後因稱皇后居住的宮殿為椒宮。❹臨　哭弔。❺白雲句　鳳管，指笙（管樂器名）。《說文》：「笙，十三簧，象鳳之身。」故稱。太子晉「好吹笙」，此句即謂其攜笙昇天。❻明月句　謂太子已去，明月尚在。龍樓，即龍樓門。此借指佋所居宮殿之門。❼雞鳴句　《禮記．文王世子》：「文王之為世子，朝於王季（文王父）日三。雞初鳴而衣服，至於寢門外，問內豎之御者曰：『今日安否何如？』內豎曰：『安。』文王乃喜。……食上，必在（察）視寒煖之節；食下（食畢撤饌而下），問所膳（孔疏：『問進食之人，其父所膳何食。』），命膳宰曰：『末有原（孔疏：「言在後進食之時，皆須新好，無得使前進之物而有再進。」）。』應曰：『諾。』然後退。」此句即用其事，謂佋孝親。❽玉京留　指佋已成仙。玉京，見〈雙黃鵠歌送別〉注❺。

【語　譯】皇帝給予太子的新恩榮深切，皇后傍晚親臨哭弔的感情深厚。太子像王子晉那樣攜笙升天，而明月卻仍舊照在太子所居宮殿的門上。人們面向青山而哭泣，上天下臨渭水也覺哀傷。太子至孝，雞叫時就經常前來詢問父親的膳食，如今皇帝很遺憾太子已留居在天上的玉京山。

【研　析】上一首詩主要寫恭懿太子聰慧而早夭與出殯的情形；本詩則主要寫皇帝皇后和京城的人都為太子的夭亡而哀傷，內容有所不同。

其　三

【題　解】本詩是〈恭懿太子輓歌〉五首中的第三首。

騎吹凌霜發❶，旌旗夾路陳。禮容金節護❷，冊命玉符新❸。傅母❹悲香褓，君家擁畫輪❺。射熊今夢帝❻，秤象問何人❼？

【注釋】❶騎吹句　寫出殯時奏樂。騎吹，唐段安節《樂府雜錄》：「鼓吹部，即有鹵簿、鉦鼓及角樂，用絃鼗笳簫……已上樂人，皆騎馬樂，即謂之騎吹，俗樂亦有騎吹也。」唐時自天子至於貴戚顯宦遇吉凶之禮皆用之。凌，冒著。❷禮容句　禮容，禮節法度。此處指喪葬的禮節法度。禮，趙注本原作「愷」，此從元本。金節，金屬製的符節。漢時，「與郡守為銅虎符」，故又稱郡守為「金符」或「金節」。參見〈故西河郡杜太守輓歌〉三首其一注❼及其二注❶。此指京兆尹。唐府尹與上州刺史（上郡太守）地位相當（皆從三品），故稱京兆尹為「金節」。護，監領。《舊唐書．肅宗代宗諸子傳》載佋薨，肅宗詔曰：「應緣喪葬，所司準式，仍令京兆尹劉晏充監護使。」❸冊命句　指佋薨後天子冊贈為太子。玉符，唐時太子所佩隨身魚符，以玉製成，故稱。參見〈奉和聖製暮春送朝集使歸郡應制〉注❺。❹傅母　傅，傅父。母，保姆。古時保育、輔導貴族子女的老年男女。《公羊傳》襄公三十年「不見傅母不下堂」，注：「禮，后夫人必有傅母，……選老大夫為傅，選老大夫妻為母。」❺君家句　謂天子為佋舉哀。君家，即「君」。「家」為語尾。擁，載；乘。《爾雅．釋言》：「邕、支，載也。」《疏》：「邕，字又作擁。」畫輪，《晉書．輿服志》：「畫輪車，駕牛，以綵漆畫輪轂，故名曰畫輪車。……至尊出朝堂舉哀乘之。」❻射熊句　《史記．晉世家》：「趙簡子疾，五日不知人，大夫皆懼……居二日半，簡子寤，語大夫曰：『我之帝（天帝）所甚樂……有一熊欲來援我，帝命我射之，中熊，熊死；又有一羆來，我又射之，中羆，羆死，帝甚喜，賜我二笥，皆有副。』」此句即用其事，謂佋今夢至帝所射熊（對死的諱稱）。❼秤象句　以曹沖喻佋，謂其幼而聰慧。秤象，《三國志．魏書．鄧哀王沖傳》：「鄧哀王沖，字倉舒。少聰察岐嶷（形容幼年聰慧），生五六歲，智意所及，有若成人之智。時孫權曾致巨象，太祖（曹操）欲知其斤重，訪之群下，咸莫能出其理。沖曰：「置象大船之上，而刻其水痕所至，稱物以載之，則校可知矣。」太祖大悅，即施行焉。」

【語譯】騎吹樂隊冒著寒霜出發，各種旗幟在大路兩旁排列。太子您的葬禮由京兆尹監護，天子冊贈的詔令使您新佩上了玉製魚符。師傅保姆對著您的小香衣而悲傷，君王乘上畫輪車為您舉哀。如今您已經到了天帝那裡，皇帝想秤大象重量的方法又能詢問誰？

【研析】這首詩的前六句，詳細地描寫了恭懿太子出殯的情形；末二句轉寫太子幼而聰慧，猶如曹沖。全詩的內容與本組詩其一接近，只是兩詩的側重點有所不同。

其四

【題解】本詩是〈恭懿太子輓歌〉五首中的第四首。

蒼舒留帝寵❶，子晉❷有仙才。五歲過人智❸，三天使鶴催❹。心悲陽祿館❺，目斷望思臺❻。若道長安近❼，何為更不來？

【注釋】❶蒼舒句　謂曹沖卒後，帝之寵（曹操對沖的愛）猶存。蒼舒，即曹沖，字倉舒。倉與「蒼」通。〈魏書・鄧哀王沖傳〉曰：「沖仁愛識達……太祖數對群臣稱述，有欲傳後意。年十三，建安十三年疾病，太祖親為請命。及亡，哀甚，文帝寬喻太祖，太祖曰：『此我之不幸，而汝曹之幸也。』言則流涕，為娉甄氏亡女與合葬。」❷子晉　即周靈王太子晉。❸五歲句　用曹沖事。《魏書・鄧哀王沖傳》：「（沖）少聰察岐嶷，生五六歲，智意所及，有若成人之智。」❹三天句　用太子晉事，言天界使鶴來催王子晉昇天。三天，即三清。道教指三十六天中僅次於大羅天的最高天界，是神仙居住的至高仙境。《雲笈七籤》卷三：「其三清境者，玉清、上清、太清是也。又名三天。其三天者，清微天、禹餘天、大赤天是也。」❺心悲句　《漢書・外戚傳》：「孝成班倢伃……居增成舍，再就館（注：『蘇林曰：外舍產子也。晉灼曰：謂陽祿與柘觀。』），有男數月，失之。……倢伃退處東宮，作賦自傷悼，其辭曰：『……痛陽祿與柘館兮，仍襁褓而離災（注：「服虔曰：二館名也，生子此館，皆失之也。師古曰：二觀並在上林中。仍，頻也。離，遭也。」）。』」此句即用其事，謂皇后心悲失子。❻目斷句　指皇帝思子，盼其來歸。目斷，盡目力所及，一直到看不見。望思臺，《漢書・武五子傳》載，戾太子劉據因巫蠱事起，亡至湖（縣名，在今河南靈寶西），自縊死。「上憐太子無辜，乃作思子宮，為歸來望思之臺於湖（師古曰：『言己望而思之，庶太子之魂來歸也。其臺在今湖城縣之西、閿鄉之東，基址猶存。』），天下聞而悲之」。❼長安近　參見本詩其一注❹。

【語　譯】太子您猶如曹沖，卒後皇帝的寵愛尚在；又如周靈王太子晉，有成仙者的資質。五歲即有過人的智慧就像曹沖那樣，天界派鶴來催促您升天猶如子晉一般。皇后心悲失去幼子，皇帝盼子來歸望眼欲穿。如果說長安比太陽近，您為什麼再不回長安？

【研　析】這首詩主要寫太子卒後，皇帝皇后對他的無盡思念，同時兼及太子的幼而聰慧，與本組詩其二的內容比較接近。

其　五

【題解】本詩是〈恭懿太子輓歌〉五首中的第五首。

西望昆池闊❶，東瞻下杜❷平。山朝豫章館❸，樹轉鳳凰城❹。五校連旗色，千門疊鼓聲❺。金環如有驗，還向畫堂生❻。

【注釋】❶西望句　語本沈約〈游鐘山詩應西陽王教〉：「南瞻儲胥觀，西望昆明池。」昆池，即昆明池。故址在今陝西西安西南豐水與滈水之間。漢武帝元狩三年，為訓練水軍，準備同昆明國作戰而開鑿，周圍約四十里。參見《漢書．武帝紀》及注、《三輔黃圖》卷四。❷下杜　即故杜城。《漢書．宣帝紀》曰：「(宣帝微時，)尤樂杜、鄠之間（注：『二縣之間也。』），率常在下杜（注：『孟康曰：在長安南。師古曰：率者，總計之言也。下杜，即今之杜城。』）。」又曰：「元康元年春，以杜東原上為初陵，更名杜縣為杜陵。」按，杜縣西周時為杜伯國，秦武公時始置縣，治所在今陝西西安東南；蓋宣帝修杜之東原為陵，故杜城即在陵下，因謂之下杜。以上二句寫墓地（長安高陽原，在長安西南二十里，見《長安志》卷一二）的地理位置。❸豫章館　《三輔黃圖》卷五：「豫章觀，武帝造，在昆明池中，亦曰昆明觀。」《文選》張衡〈西京賦〉：「豫章珍館，揭焉中峙。」薛綜注：「皆豫章木為臺館也。」李善注：「《三輔黃圖》曰：上林有豫章觀。」❹鳳凰城　亦曰鳳城，指京都之城。❺五校二句　寫送葬時的情狀。五校，《漢書．霍光傳》：「(光薨，)發材官（材官將軍）、輕車（輕車將軍）、北軍五校士軍陣至茂陵，以送其葬。」趙殿成注：「《後漢書．百官志》有屯騎校尉、越騎校尉、步兵校尉、長水校尉、射聲校尉，皆屬北軍中候，所謂五校也。」按，西漢有中壘校尉，掌管北軍營壘之事，東漢省，但置北軍中候，以監五營（五校）。此處泛指宮廷侍衛。色，景象。疊鼓，擊鼓。❻金環二句　意謂轉生之事如可信，佋還當復投生於帝王之家。金環，見本詩第一首注❶。畫堂，《漢書・成帝紀》：「孝成皇帝，元帝太子也。母曰王皇后，元帝在太子宮，生甲觀畫堂，為世嫡皇孫。」注：「如淳曰：甲觀，觀名。畫堂，堂名。《三輔黃圖》云太子宮有甲觀。師古曰：甲者，甲乙丙丁之次也。……畫堂，但畫飾耳……霍光止畫室中，是則宮殿中通有綵畫之堂室。」古代宮中有彩繪的殿堂，此處借指皇室。

【語　譯】由墓地向西望昆明池很寬廣，朝東望下杜城十分平坦。太子的山陵對著豫章館，陵上的樹木都轉向京城的方向生長。出殯時皇宮各營侍衛的旗幟相連，上千宮門的擊鼓聲響成一片。轉世再生的事如果應驗，太子還會再投生於帝王之家。

【研　析】這首詩的首聯寫太子墓地的地理位置，次聯寫太子的靈魂猶戀皇宮，三聯寫出殯時的景象，末聯緊承次聯，說太子還當再投生於帝王之家。這組輓歌用典較多，其中羊祜事二用（其一、其五），晉明帝事二用（其一、其四），王子晉事三用（其一、其二、其四），曹沖事二用（其三、其四），顯得前後重複，像是本無可寫，卻又不得不寫的樣子。

河南嚴尹弟見宿弊廬訪別人賦十韻

【題　解】河南嚴尹，指河南尹嚴武。武於上元元年閏四月之後、上元二年五月以前為河南尹（河南府正長官），時洛陽（河南府治所）為史朝義所據，河南府治所暫時設在長水（今河南洛寧西）。說見拙作〈王維年譜〉。此詩即武官河南尹後因事入京，復欲還長水任所前至維宅訪別時所作，時間當在上元二年（七六一）初春。詩中描寫友人來訪的情景。

上客❶能論道，吾生學養蒙❷。貧交世情外❸，才子古人中❹。冠上方安豸❺，車邊已畫熊❻。拂衣❼迎五馬❽，垂手憑雙童❾。花醥和松屑，茶香透竹叢❿。薄霜澄夜月⓫，殘雪帶春風。古壁蒼苔黑，寒山遠燒紅⓬。眼看東候別⓭，心事〈北山〉同⓮。為學輕先輩，何能訪老翁⓯？欲知今日後，不樂為車公⓰。

【注　釋】❶上客　指嚴武。❷養蒙　涵養蒙昧、愚拙之意。《易・蒙》：「蒙以養正，聖功也。」孔疏：「蒙者，微味闇弱之名。」「能以蒙昧隱默自養正道，乃成至聖之功。」❸貧交句　謂己與武為貧賤之交，絕無世俗的情態。❹才子句　謂武有古人之風。才子，指嚴武。❺冠上句　指武為御史，服獬豸冠。按，是時武兼任御史中丞（說見〈王維年譜〉），故云。方，已。安豸，《舊唐書・輿服志》：「法冠，一名獬豸冠，以鐵為柱，其上施珠兩枚，為獬豸之形，左右御史臺流內九品以上服之。」按，趙注本原作簪，此從宋蜀本、《文苑英華》。豸，即獬豸，傳說中的一種能別曲直、決爭訟的神獸（參見《晉書・輿服志》引漢楊孚《異物志》）。御史掌執法，故名其冠為「獬豸冠」。❻畫熊　《後漢書・輿服志》劉昭注引《古今注》曰：「武帝天漢四年，令諸侯王大國朱輪，特（獨；一個）虎居前，左兕右麋；小國朱輪，畫特熊居前，寢麋居左右，卿車者也。」此句指武任府尹。按，漢時郡與國（諸侯王國）地位大致相當，故後世常稱郡太守或州刺史為諸侯。又唐府尹與上州刺史地位相當（皆從三品），故此處以「車邊已畫熊」稱武任府尹。❼拂衣　振衣而起。❽五馬　見〈鄭果州相過〉注❸。此指嚴武。❾垂手句　謂己伸手倚靠著雙童（時維已老，故云）而前行。垂手，伸手。憑，倚靠。雙童，見〈鄭果州相過〉注❹。❿花醥二句　謂以酒、茶待客。醥，《文選》左思〈蜀都賦〉：「觴以清醥，鮮以紫鱗。」李周翰注：「醥，清酒也。」麻沙本作醴。松屑，參見〈飯覆釜山僧〉注❺。⓫薄霜句　謂夜月澄朗如霜。⓬寒山句　寫春初山中燒畬（火耕）的情狀。⓭東候別　候，通「堠」。古時標記里程的土堆。唐制五里隻堠，十里雙堠。韓愈〈路傍堠〉詩：「堆堆路傍堠，一雙復一隻。」武即將自長安東行赴長水，故曰東候別。⓮心事句　謂武行前之心事，同於〈北山〉所言，即怕走後會使父母為自己擔憂（長水地近叛軍占領區，故云）。北山，《詩・小雅》篇名。其首章曰：「陟彼北山，言采其杞。偕偕（強壯貌）士子（作者自謂），朝夕從事。王事靡盬（止息），憂我父母（使我父母擔憂）。」山，宋蜀本、明十卷本、《文苑英華》等俱作川。⓯為學二句　意謂今之為學者，皆輕視前輩，何能訪己。指武走之後，當無人復訪己。為，宋蜀本、《文苑英華》俱作若。老翁，作者自謂。⓰欲知二句　謂已知自今日之後，自己必將為武的離去而不樂。欲，猶已。參見王鍈《詩詞曲語辭例釋》。車公，參見〈酬慕容十一〉注❷。

【語　譯】尊貴的客人您很能講論道理，而我的一生則要學會涵養愚拙。我們是貧賤之交無世俗的情態，而您是個才子且有古人的高風。您戴的官帽上已經有了獬豸，坐的車子也已畫上了熊的圖形。我整衣起身迎接您這位府尹來臨，伸手倚靠著兩個僕人慢慢前行。我將松花摻進清酒裡待客，烹茶的香氣從竹叢裡透出。澄明的月色猶如薄霜，去冬的殘雪帶來春風。古老崖壁上的青苔變黑，遠處寒山燒荒的野火發紅。眼看著我們就要在東去的路旁離別，您心中想的事同於〈北山〉詩裡所說。現今治學的人都輕視前輩，哪能前來訪問我這個老翁？我已經知道自今日之後，自己必將為了您這位離去的車公不快樂。

【研　析】這首記敘友人來訪的詩，是與嚴武共賦的，可惜嚴作今已不傳。詩的前二聯寫自己和嚴武的近況與交誼；三、四聯寫嚴武現任的職務及其前來訪別一事；第五聯寫自己以酒、茶待客；六、七聯寫初春月夜的景色，以見出嚴武當夜「見宿弊廬」；第八聯寫兩人即將離別，其中「心事」句從嚴武的角度說，稱他害怕走後會讓父母為自己擔憂，實際上這也表現了詩人對友人到長水任職的擔心；第九聯寫當今世態，以見出現在已很少會有人來造訪自己和嚴來訪的可貴；末聯抒別後的思念之情。全詩的敘寫全面而周詳，但似乏精彩之筆。

送元中丞轉運江淮

【題　解】元中丞謂元載。《舊唐書・元載傳》：「載智性敏悟，善奏對，肅宗嘉之，委以國計，俾充使江、淮，都領漕輓之任，尋加御史中丞（御史臺副長官，正五品上）。數月徵入，遷戶部侍郎、度支使并諸道轉運使。」《通鑑》肅宗上元二年建子月（十一月）：「丁亥，貶（劉）晏通州刺史……。戊子，御史中丞元載為戶部侍郎，充句當度支、鑄錢、鹽鐵兼江淮轉運等使。載初為度支郎中，敏悟善奏對，上愛其才，委以江、淮漕運（即任江淮轉運使），數月，遂代劉晏，專掌財利（晏貶通州刺史前，為戶部侍郎，判度支，故云）。」據以上記載，知元載始為江淮轉運使兼御史中丞，在上元二年十一月之前數月，本詩即作於是時。轉運江淮，指任江淮轉運使。此詩諸本俱收錄，又載《錢考功集》，《全唐詩》重見王維及錢起集中。按，上元二年十一月之前數月，維尚未卒（維卒於上元二年七月），有可能作此詩；又據傅璇琮考證，上元二年錢起在藍田為縣尉

（見《唐代詩人叢考‧錢起考》），不大可能在長安作此詩，故此詩之著作權似當屬之王維。詩為送元載赴任而作。

薄稅❶歸天府❷，輕徭賴使臣❸。歡沾賜帛老，恩及卷綃人❹。去問珠官❺俗，來經石劫❻春。東南御亭上，莫使有風塵❼。

【注釋】❶稅　宋蜀本、《全唐詩》俱作「賦」。❷歸天府　天府，指朝廷的府庫。江淮轉運使負責轉運江淮的租賦入京，故云「歸天府」。❸輕徭句　轉運使所掌通水陸道路、轉運糧米等事，皆需徵發役夫任之，故云。❹歡沾二句　承上「薄稅」、「輕徭」而言，謂優遇老人，恩及異類。賜帛老，《漢書‧文帝紀》：「（詔曰：）具為令，有司請令縣道（注：『有蠻夷曰道。』）……其（年）九十已上，又賜帛，人二匹，絮（綿）三斤。」卷綃人，指鮫人。《文選》左思〈吳都賦〉：「泉室潛織而卷綃。」劉淵林注：「俗傳鮫人從水中出，曾寄寓人家，積日賣綃（薄絹）。」❺珠官　即合浦郡（治所在今廣西合浦東北）。《三國志‧吳書‧孫權傳》：「（黃武）七年……改合浦為珠官郡。」《舊唐書‧地理志》：「合浦，漢縣，屬合浦郡。秦之象郡地。吳改為珠官。」按，珠官距江淮甚遠，此處蓋借指沿海之地。珠，《錢考功集》作「殊」。❻石劫　介殼動物，又作石蛣。《文選》郭璞〈江賦〉：「石蛣應節而揚葩。」李善注：「《南越志》曰：『石蛣形如龜腳，得春雨則生花，花似草華。』……蛣音劫。」《藝文類聚》卷七七引江淹〈石劫賦序〉云：「石劫一名紫蠹，蚌蛤類也，春而發花，有足異者。」按，石劫春時盛生，每潮來，殼中即伸出眾多細腳以攫食，其狀如聚蕊，古人遂誤以為花。此二字《錢集》作「幾卻」。❼東南二句　御亭，驛名。《太平寰宇記》卷九二：「御亭驛在（常）州東南百三十八里。《輿地志》：

御亭在吳縣西六十里，吳大帝所立。梁庾肩吾詩云：『御亭一回望，風塵千里昏。』即此也。開皇九年置為驛，十八年改為御亭驛，李襲譽改為望亭驛。」御，宋蜀本、麻沙本、元本等作「高」，《錢集》作「卸」，俱非。庾肩吾〈亂後行經吳郵亭〉曰：「郵亭（即御亭之誤）一回望，風塵千里昏。……獯戎鯁伊洛，雜種亂轘轅。輦道同關塞，王城似太原。……泣血悲東走，橫戈念北奔。……。」此二句即承庾詩之意，言此去莫使東南之地有戎馬之禍。按，據《通鑑》卷二二一、二二二載，自上元元年十一月至二年二月，江、淮有劉展之亂，揚、潤、昇、蘇、常、湖、宣、濠、楚、舒、和、滁、廬諸州，皆為展軍所陷，「安、史之亂，亂兵不及江、淮，至是，其民始罹荼毒矣」。二句疑即就此事而言。

【語　譯】中丞將把降低了的賦稅收歸朝廷的府庫，而減輕徭役也要依靠您這位到江淮去的使臣。須讓快樂沾上高齡的老者，恩惠廣及於水中的鮫人。您此去將考察沿海地區的風俗，返回會經歷石劫逢春生花的奇觀。在東南方的御亭驛一帶，切不要讓它有戰亂發生。

【研　析】在這首送元載赴任的詩中，詩人對元載寄予了輕徭薄稅、安定江淮的厚望。從此詩的前四句，我們可以看出，詩人受到了儒家「仁政」思想的較深影響。詩人作此詩時，官尚書右丞（正四品下），地位、資歷、年齡都高於元載（載開元二十九年方登第，出為江淮轉運使前官度支郎中，從五品上），故有「莫使有風塵」這樣的語氣。由這點也可測知，本詩不大可能為錢起所作，因為錢起在當時的地位、資歷都遠不如元載（起天寶九載方登第，時居縣尉的卑位），不會用「莫使有風塵」這樣的語氣說話。元載後來陰結宦官李輔國、董秀，獲取了相位，於是專權納賄，擠遣忠良，恣為不法，但這一切已都是王維卒後的事了。

未編年詩

早春行

【題解】這是一首閨怨詩。

紫梅❶發初偏，黃鳥歌猶澀❷。誰家折楊女❸，弄春❹如不及❺。愛水看妝坐❻，羞人映花立❼。香畏風吹散，衣愁露霑濕。玉閨青門❽裡，日落香車入。游衍益相思❾，含啼向綵❿帷。憶君長入夢，歸晚更生疑⓫。不及紅簷燕，雙棲綠草時！

【注釋】❶紫梅　《西京雜記》卷一載，「初修上林苑，群臣遠方各獻名果異樹」，其中有紫花梅、紫蒂梅。

❷黃鳥句　謂黃鶯剛開始歌唱，聲音還不流利。黃鳥，黃鶯。❸女　宋蜀本作「柳」。❹弄春　遊賞春景。❺如不及　形容迫不及待。❻愛水句　謂因愛水而坐於水邊，面對水看自己的妝扮。庾肩吾〈詠美人看畫詩〉：「看粧畏水動，斂袖避風吹。」❼羞人句　謂因羞於見人而立於花中，為花所遮蔽。映，遮蔽；隱藏。謝靈運〈江妃賦〉：「出月隱山，落日映嶼。」杜甫〈蜀相〉：「映階碧草自春色，隔葉黃鸝空好音。」❽青門　參見〈韋侍郎山居〉注❼。❾游衍句　謂少婦外出遊樂，本為驅除別離之苦，誰知更勾引起對丈夫的思念。游衍，遊樂。❿綵　彩色絲織物。⓫憶君二句　意謂少婦思念丈夫，經常在夢中見到丈夫；歸來已晚，夢魂顛倒，更疑心見到丈夫。

【語　譯】紫色的梅花剛剛開遍，黃鶯唱歌聲音還不流利。不知誰家的攀折楊柳枝條的女子，盡力玩賞春景像是害怕來不及。她因愛水而坐在水邊照看著身上的妝飾，因羞於見人而立在花叢中用花隱蔽自己。她怕身上的香氣被風吹散，又擔憂衣服被露水霑濕。她的閨房坐落在長安城的東門之內，太陽西下時她乘坐香車回到了家中。外出遊樂更勾起她對丈夫的思念，帶著悲傷她躲進了彩色的綢帳裡。她十分思念丈夫，經常在夢中見到丈夫，此次歸來已晚，神魂顛倒更疑心見到了他。醒來她感到自己還不如那紅色屋簷前的燕子，這時候牠們正成雙成對地歇息在綠草地上。

【研　析】這首閨怨詩細緻入微地，把一個深諳獨居之苦的貴族少婦那種曲折、複雜的感情表現了出來。前四句寫少婦為排遣相思之苦，初春時就迫不及待地獨自外出遊賞春景（其中「折楊」還表達了贈遠之意）；「愛水」四句對她外出遊春時的情態動作作了生動傳神的刻繪，活畫出了這位貴族少婦嬌貴羞怯的模樣；「玉閨」四句寫她玩到日落歸來後，對丈夫的思念更加不可抑止，不禁躲入帳中悲傷流淚；末四句寫她在夢中似乎見到了丈夫，醒來後猛然感到，自己還不如簷前那雙棲的燕子呢（其中最後二句，堪稱警句）。明鍾惺評此詩說：「右丞禪寂人，往往妙于情語。」又說：「情豔詩，到極深細、極委曲處，非幽靜人原不能理會，此右丞所以妙于情詩者也。」（《唐詩歸》卷八）在這首詩中，作者確實善於體會描寫對象內心的委曲之處，並將其很好地刻畫了出來。

座上走筆贈薛璩慕容損

【題解】薛璩，見〈瓜園詩〉注❻。慕容損，《元和姓纂》卷八：「（昌黎慕容）知晦，兵部郎中、汾州刺史。知晦生珣，吏部侍郎。珣生損，渝州刺史。」按，珣為吏部侍郎在開元七年（見《唐僕尚丞郎表》卷一〇），損任渝州刺史之時間，已難考知。這是一首贈給友人的詩。

希世❶無高節❷，絕跡❸有卑棲❹。君徒視人文，吾固和天倪❺。緬
然萬物始，及與群物齊❻。分地依后稷，用天信重黎❼。春風何豫人❽，
今我思東溪❾。草色有佳意，花枝稍含荑❿。更待風景好，與君藉萋萋⓫。

【注釋】❶希世　迎合世俗。《莊子．讓王》：「原憲笑曰：『夫希世而行，比周而友……憲不忍為也。』」❷高節　麻沙本作「高符」。陸機〈赴洛〉二首其一：「希世無高符，營道無烈心。」❸絕跡　卓絕優異的行為、

事跡。《史記・司馬相如列傳》相如遺書言封禪事：「撰厥所元，終都攸卒，未有殊尤絕迹可考於今者也。」❹卑棲　本指鳥棲息於低處。酈炎〈見志〉二首其一：「修翼無卑棲，遠趾不步局。」此指居於卑位。❺君徒二句　意謂君（指薛璩、慕容損）只是審察禮樂教化，欲以治世；我則原本安於自然之分，以之和合一切。視人文，《易・賁》：「文明以止，人文也（王注：『止物不以威武而以文明，人之文也。』孔疏：『用此文明之道裁止於人，是人之文德之教。』）。……觀乎人文，以化成天下（疏：『言聖人觀察人文，則《詩》、《書》禮樂之謂，當法此教而化成天下也。』）。」和天倪，《莊子・齊物論》：「何謂和之以天倪（郭注：『天倪者，自然之分也。』）？曰：是不是，然不然，是若果是也，則是之異乎不是也，亦無辯；然若果然也，則然之異乎不然也，亦無辯（郭注：『是非然否，彼我更對，故無辯；無辯，故和之以天倪，安其自然之分而已，不待彼以正此。』）。」又〈寓言〉曰：「卮言日出，和以天倪（王先謙《集解》：『成云：和，合也；天倪，自然之分也。』案謂止能應以自然。』）。」❻緬然二句　承上而言，進一步申明「和天倪」之意。緬然，眇遠貌。萬物始，《老子》一章：「無名，天地之始；有名，萬物之母。」王弼注：「凡有皆始於無，故未形無名之時，則為萬物之始。」又六十四章曰：「天下萬物生于有，有生于無。」蓋謂萬物之始為無。及，宜；當。群物，指有。物皆有名有形，故為有。二句謂無與有齊一。此即莊子所謂「萬物一齊」（《莊子・秋水》）之意。莊子認為，有無、是非等沒有差別，到底孰是孰非、孰有孰無無從判定，〈齊物論〉云：「未知有無之果孰有孰無也。」由此引出的結論為：對任何事物都不應有所偏向，也不必有意地考慮該做什麼或不做什麼，一切任其自然即可（參見〈秋水〉）。❼分地二句　陸賈《新語・道基》：「民知室居食穀而未知功力，於是后稷乃列封疆，畫畔界，以分土地之所宜，闢土殖穀，以用養民。」后稷，周的始祖，名棄。《史記・周本紀》：「及（棄）為成人，遂好耕農相地之宜，宜穀者稼穡焉，民皆法則之。帝堯聞之，舉棄為農師。」上句謂依從后稷之教，分別各種土地之所適宜，據以種植。用天，《孝經・庶人章》：「用天之道，分地之利，謹身節用，以養父母。」注：「春生、夏長、秋收、冬藏，舉事順時，此用天道也。」宋之問〈藍田山莊〉：「考室先依地，為農且用天。」此指利用天時以耕種。

信，趙注本、《全唐詩》均注：「一作奉。」重黎，《史記．太史公自序》：「昔在顓頊，命南正重以司天，北正黎以司地；唐虞之際，紹重、黎之後，使復典之，至于夏商，故重、黎氏世序天地。」此二句指己欲隱居躬耕。❽豫人　令人快樂。❾東溪　參見〈東溪翫月〉題解。❿荑　草木初生的葉芽。⓫藉萋萋　謂坐臥在茂盛的草上。《文選》孫綽〈遊天台山賦〉：「藉萋萋之纖草，蔭落落之長松。」李善注：「以草薦地而坐曰藉。」萋萋，茂盛貌。

【語　譯】迎合世俗的人不會有高尚的節操，行為事跡卓絕的人則有處於卑位的。你們只是審察禮樂教化用來治理天下，我則本來安於自然之分以它和合一切。萬物的原始（無）非常遙遠，它應與萬物（有）齊等為一。我將依從后稷分別出土地所適宜種植的穀物，信從職掌天文曆象的重黎按照天時來耕作。春天的風多麼令人快樂，它讓我想起曾隱居過的東溪。春草的顏色有著美好的意趣，花枝上已漸長出新生的葉芽。等待風景再更好一些的時候，我和你們一起去坐臥在茂盛的細草上。

【研　析】這首贈友之作的開頭二句即發議論，但各隱有所指：首句表示自己無意為了追求功名利祿而迎合世俗。二句指友人行為卓絕卻處於卑位。三至六句說自己信奉道家之說，一切任其自然。這也就是說，不想為了功名利祿而有意做什麼，與首句所言正相應；但任其自然也容易導致隨俗浮沉，所謂「知其不可奈何而安之若命」（《莊子．人間世》），「不譴是非，以與世俗處」（《莊子．天下》），並不能完全與迎合世俗劃清界限。七至八句表示自己欲隱居躬耕。九至十二句寫初春的美好景色，與它帶給人們的快樂。末二句說等春意更濃時，將與友人一起出遊。全詩的意旨主要是向友人敘說自己的志趣。

李處士山居

【題解】處士，謂有道德、學問而隱居不仕者。李，明十卷本、奇字齋本等俱作「石」。詩中描寫友人在山居的生活。

君子盈天階❶，小人甘自免❷。方❸隨鍊金客❹，林上家絕巘❺。背嶺❻花未開，入雲樹深淺。清晝猶自眠，山鳥時一囀。

【注釋】❶天階　登天之階，引申指天子左右的官署。《文選》潘尼〈贈侍御史王元貺〉：「遊鱗（龍）萃靈沼，撫翼希天階。」李善注：「《楚辭》曰：『攀天階而下視。』」劉良注：「靈沼、天階，喻左右省閣也。」❷甘自免　謂甘願自免於朝官之列。❸方　已；已經。參見王鍈《詩詞曲語辭例釋》。❹鍊金客　指道士。古代道士有鍊金丹（用黃金鍊成「玉液」，或用鉛汞等八物燒鍊成黃色的藥金，參見《抱朴子・內篇・金丹》）服食以求長生的祕術，又有所謂黃白之術（冶鍊金銀之術，參見《抱朴子・內篇・黃白》），故謂之「鍊金客」。❺絕巘　陡峭的山峰。❻背嶺　指山居在嶺之北。

【語譯】有身分地位的人充滿了朝廷的各官署，你這位平民卻甘願自免於朝官行列。你已經追隨鍊丹的道士，住在樹林上方的陡峭山峰上。你的山居在嶺北春花還未開放，樹木高聳入雲顏色有深有淺。你大白天尚自高臥不起，時或聽到一聲山鳥動聽的啼鳴。

【研析】此詩的首二句說李處士甘願棄官隱居，三、四句寫他已隨道士居住在山上，五、六句寫其山居的景色，末二句寫處士隱居生活的閒散自在。結句借音響描寫宕出遠神，以山鳥的動聽啼鳴，昭示隱逸生活的美好。

丁寓田家有贈

【題解】丁寓，參見〈至滑州隔河望黎陽憶丁三寓〉題解。寓，宋蜀本作「禹」。又《全唐詩》題下注云：「《英華》作『田家贈丁禹』，注云集作『丁寓』，誤也。」按，此注係錄自奇字齋本，實際《文苑英華》題作田家贈丁寓，注云「集作丁寓田家有贈」，無「集作丁寓，誤也」之語。作者到已辭官還鄉隱居的友人家中拜訪友人，臨別時寫了這首詩相贈。

君心尚棲隱❶，久欲傍歸路❷。在朝每為言，解印❸果成趣❹。晨雞鳴鄰里，群動❺從所務❻。農夫行餉田❼，閨婦❽起縫素。開軒御❾衣服，散帙❿理章句⓫。時吟〈招隱詩〉⓬，或製〈閒居賦〉⓭。新晴望郊郭，日映桑榆⓮暮。陰⓯盡小苑⓰城，微明渭川⓱樹。揆⓲予宅閭井⓳，幽賞何由屢？道存終不忘⑳，迹異㉑難相遇。此時惜離別，再來芳菲度㉒。

【注　釋】❶棲隱　謂隱居。❷傍歸路　《文選》謝靈運〈永初三年七月十六日之郡初發都〉：「從來漸二紀，始得傍歸路。」張銑注：「傍，近也。」李善注：「言欲之郡（指赴永嘉太守任），必途經始寧（《宋書·謝靈運傳》：『靈運父祖並葬始寧縣，並有故宅及墅。』），故曰歸路。」此指辭官歸鄉。❸解印　謂去官。❹成趣　陶淵明〈歸去來兮辭〉：「園日涉以成趣，門雖設而常關。」❺群動　參見〈秋夜獨坐懷內弟崔興宗〉注❶。❻從所務　猶言各為其所當為之事。❼餉田　往田裡送飯。❽婦　宋蜀本、《全唐詩》作「妾」。❾御　穿戴。❿散帙　《文選》謝靈運〈酬從弟惠連〉其二：「凌澗尋我室，散帙問所知。」劉良注：「散帙，謂開書帙也。」帙，書衣。⓫章句　古書的章節句讀。⓬招隱詩　《文選》詩歌部分列「招隱（招人歸隱之意）」一類，收載左思〈招隱詩〉二首，陸機〈招隱詩〉一首，內容皆詠隱居之樂。⓭閒居賦　潘岳嘗作〈閒居賦〉（見《文選》），其序曰：「太夫人在堂，有羸老之疾，尚何能違膝下色養而屑屑從斗筲之役乎？於是……築室種樹，逍遙自得。池沼足以漁釣，春稅足以代耕。灌園鬻（賣）蔬，以供朝夕之膳；牧羊酤（賣）酪，以俟伏臘之費。……乃作〈閒居賦〉以歌事遂情焉。」⓮桑榆　《太平御覽》卷三引《淮南子》：「日西垂，景在樹端，謂之桑榆。」注：「言其光在桑榆上。」指日暮。⓯陰　《文苑英華》作「蔭」。⓰小苑　謂宮苑之小者。參見〈奉和聖製上巳於望春亭觀禊飲應制〉注❷。⓱渭川　即渭水。據以上二句，知寓之田園當在長安附近。⓲揆　揆度；估量。〈離騷〉：「皇覽揆余初度兮。」⓳宅閭井　指居於城中。⓴道存句　意謂彼此間有朋友之道在，終不相忘。㉑迹異　指一為官一隱居。㉒再來句　意謂再來時將一起度過春日花草芳香的時節。

【語　譯】你的心裡喜好隱居，很久以前就想辭官還鄉。在朝廷時常說要辭官的話，解下官印後果然佳趣自生。清晨鄰里家中養的雞鳴叫，各種動物各做著牠們所要做的事。農夫們前往田裡送飯，婦女一起床就做針線。你則打開窗戶穿上衣服，解開書衣研讀文章。有時吟誦〈招隱詩〉，有時寫作〈閒居賦〉。天剛放晴我們瞭望長安郊外，夕陽正照在桑樹榆樹的頂上。華清小宮苑城光線很昏暗，而渭水上的樹木微有光亮。思量我居住在長安城中，哪能經常玩賞幽美的景色？有朋友間的道義存在終究不會相忘，但做官與隱居行跡不同我們又難於相遇。這時候我們捨不得離別，再來時將一起度過花草芳香的時節。

【研　析】這首詩的首四句，謂友人如其所願地辭官還鄉隱居；五至八句寫友人所居村莊的生活景象；九至十二句寫友人隱居生活的閒適自在；十三至十六句寫傍晚作者與友人瞭望長安郊外所見到的景色；十七至二十句寫作者對友人居於鄉間得以賞玩佳景的羨慕，與兩人之間的情誼；最後二句以抒惜別之意和相約春日再來作結。全詩平鋪直敘，意脈連貫，其中「陰盡」二句，明許學夷《詩源辨體》稱為「詩中有畫者也」。這兩句詩寫傍晚多林木的小宮苑城「陰盡」，而渭水因夜間水面發白，所以其旁之樹「微明」，表現出了光色的明暗對比，確實富於畫意。

渭川田家

【題　解】渭川，渭水。今陝西渭河。這首詩寫傍晚鄉村的生活景象和作者對田家生活的讚美。

斜光❶照墟落❷，窮巷❸牛羊歸。野老念牧童❹，倚杖候荊扉。雉雊

麥苗秀❺，蠶眠❻桑葉稀。田夫荷鋤至❼，相見語依依。即此羨閒逸❽，
悵然歌〈式微〉❾。

【注釋】❶斜光 斜陽。光，《文苑英華》、《全唐詩》作「陽」。❷墟落 村落。《文選》范雲〈贈張徐州稷〉：「軒蓋照墟落，傳瑞生光輝。」❸窮巷 陋巷。窮，《唐文粹》作「深」。❹牧童 《唐詩品彙》作「僮僕」，疑非。❺雉雊句 意本《文選》潘岳〈射雉賦〉：「麥漸漸（含秀貌）以擢芒，雉鷕鷕而朝雊。」雊，雄雉鳴。又泛指雉鳴。秀，穀類抽穗開花。❻蠶眠 蠶蛻皮前不食不動謂之眠，凡四眠即吐絲作繭。庾信〈歸田〉詩：「社雞新欲伏，原蠶始更眠。」❼至 趙注本原作「立」，此從宋蜀本、明十卷本、《文苑英華》、《唐文粹》等。❽即此句 此句《唐文粹》作「羨此良閒逸」。❾悵然句 歌，宋蜀本、明十卷本、《全唐詩》等俱作「吟」。式微，《詩·邶風》篇名。這是一首服役者思歸的怨詩，其首章曰：「式微（謂天將暮）式微，胡不歸？微（非）君之故，胡為乎中露（露中）？」舊說以為黎侯失國而寓居於衛，其臣因作此詩勸之歸。〈式微序〉曰：「〈式微〉，黎侯寓于衛，其臣勸以歸也。」此處蓋用其思歸之意，表示自己欲棄官歸隱田里。

【語譯】夕陽的餘光照射在村莊上，成群的牛羊返回了簡陋的小巷。村野老人心裡想著牧童，拄著手杖在柴門外等候他們歸來。這時野雞啼鳴，麥苗開花抽穗，蠶兒不食不動桑葉稀少。農夫們肩扛著鋤頭從田間走來，遇見後彼此交談問候捨不得離開。我就此羨慕農家的閒靜安逸，不禁悵然地唱起了〈式微〉之歌。

【研析】這首詩所描畫的牛、羊、雉、蠶、麥苗、桑葉等自然景物，所勾勒的野老倚杖、田夫荷鋤等人事活動，都是農村常見的，沒有什麼奇特之處；所刻畫的形象，真實而具體，用的是白描

手法，也無驚人之筆；所使用的語言，也不假雕飾，樸素無華。這樣就形成本詩的自然、平淡之風，近似於陶淵明詩，但較陶詩精致。王維詩的這種平淡，不是淡而無味，而是淡中有悠遠景味。請看那平平常常的景物，一經詩人的筆觸，即在讀者眼前浮現出了一幅鮮明、生動的農村薄暮的生活圖畫。在這幅圖畫中，還蘊含著詩人對被理想化的農家生活和農民的純樸的欣羨、讚美之情。而表現農民純樸的人情美，是或多或少含有否定官場傾軋之意的。全詩籠罩在一片和諧、寧靜的氣氛中，這是盛唐社會和平安定局面的一個客觀反映，詩歌也成為一首具有牧歌情趣和典型意義的田園詩。

過李揖宅

【題解】李揖，至德元載（七五六）為延安（治所在今陝西延安東北）太守。顏真卿〈朝請大夫行江陵少尹兼侍御史荊南行軍司馬上柱國顏君允臧神道碑銘〉：「潼關陷，太守李揖計未有所出，君勸投靈武。」按，時允臧為延昌令，延昌屬延安郡，則「太守」當謂延安太守也。後官戶部侍郎、諫議大夫。《通鑑》至德元載十月：「房琯上疏，請自將兵復兩京，上許之……琯請自選參佐，以……戶部侍郎李揖為行軍司馬，給事中劉秩為參謀。……琯悉以戎務委李揖、劉秩，二人皆書生，不閑軍旅。」至德二載五月：「（琯）不以職事為意，日與庶子劉秩、諫議大夫李揖，高談釋、老。」其事亦載《舊唐書・房琯傳》。又《新唐書・宰相世系表》：趙郡李經，司農少卿；生瑜、盱、揖等。未言揖之歷官，不知二李揖是否為一人。揖，《全唐詩》作「楫」，〈郎官石柱題名〉「司勳員外郎」下列李揖名，在崔圓之後。這是一首探訪知交之作。

閒❶門秋草色，終日無車馬。客來深巷中，犬吠寒林下。散髮❷時
未簪❸，道書行尚把❹。與我同心人，樂道安貧❺者。一罷宜城酌，還歸
洛陽社❻。

【注釋】❶閒　元本、奇字齋本俱作「閉」。❷散髮　謂髮不束整。寫主人隱居生活之閒散。❸簪　髮簪，古時用它把冠別在頭髮上。此處作動詞用。張協〈詠史〉：「抽簪解朝衣，散髮歸海隅。」❹行尚把　指出迎時手裡還拿著道書。❺樂道安貧　樂守道義，自甘於貧窮。《後漢書・韋彪傳》：「（彪）安貧樂道，恬於進趣。」❻一罷二句　意謂一旦在李揖宅飲畢美酒，就還歸自己的住處。宜城，指宜城酒。《周禮・天官・酒正》「二曰泛齊」，鄭注：「泛者，成而滓浮，泛泛然如今宜成（即宜城，漢屬南郡，故城在今湖北宜城南）醪矣。」曹植〈酒賦〉：「其味有宜成醪醴，蒼梧縹清。」《太平寰宇記》卷一四五謂襄州宜城縣出美酒，「俗號宜城美酒為竹葉杯」。洛陽社，吳均〈入蘭臺贈王治書僧孺詩〉：「予為隴西使，寓居洛陽社。」洛陽社即指白社。參見〈輞川閒居〉注❶。

【語譯】你安靜的宅門前秋草變黃，一整天都沒有車馬來往。我這個來客到了你居住的深巷裡，狗在寒冷的樹林旁吠叫不止。你時常不用簪子別住頭髮任其披散，一邊出迎一邊手裡還握著道家之書。你是與我志同道合的人，一位樂守道義，甘於貧窮的好友。一旦與你一起飲畢美酒，我就

回到了自己的住處。

【研　析】這首過訪友人之作，首四句寫友人所居之處的景況。從中可以見出他的志趣。接下四句寫友人的行為意趣，從中也可看出作者自己的志趣。此詩寫得真率自然，素樸雅淡，是近陶（淵明）之作，其中三、四二句，還直接受到了陶詩「狗吠深巷中，雞鳴桑樹巔」（〈歸園田居〉五首其一）的影響。

奉送六舅歸陸渾

【題　解】奉，趙注本原無此字，從宋蜀本、《全唐詩》校補。陸渾，唐縣名，屬河南府，治所在今河南嵩縣東北。此詩為送作者的六舅歸陸渾隱居而作。

伯舅吏淮泗，卓魯方喟然❶。悠哉自不競❷，退耕東皋田❸。條桑❹臘月下，種杏春風前。酌醴賦〈歸去〉，共知陶令賢❺。

【注　釋】❶伯舅二句　意謂六舅在淮、泗為官，政績卓著，卓魯聞之也當讚歎。伯舅，周天子謂異姓諸侯為伯舅。後用為舅之尊稱。嚴維〈奉和劉祭酒傷白馬〉曰：「棣華恩見賜，伯舅禮仍崇。」詩題下自注：「此馬勅賜寧王，轉贈祭酒。」棣華句謂此馬為玄宗所賜（寧王乃玄宗之兄，故有棣華之語）；「伯舅」句指寧王將此馬轉贈劉祭酒。寧王母為肅明皇后劉氏，劉祭酒蓋即劉氏之兄或弟，故謂之伯舅。淮泗，見〈送高道弟耽歸臨淮作〉注❶。卓魯，指東漢卓茂、魯恭，二人皆嘗為縣令，有政績。孔稚珪〈北山移文〉：「籠張趙於往圖，架卓魯於前籙。」《後漢書・卓茂傳》曰：「遷密令。勞心諄諄，視人如子，舉善而教，口無惡言，吏人親愛，而不忍欺之。……數年，教化大行，道不拾遺。平帝時天下大蝗，河南二十餘縣，皆被其災，獨不入密縣界。」〈魯恭傳〉曰：「拜中牟令。恭專以德化為理，不任刑罰。……建初七年，郡國螟傷稼，犬牙緣界，不入中牟。」❷不競　《詩・商頌・長發》：「不競不絿，不剛不柔。」鄭箋：「競，逐也。不逐，不與人爭前後。」❸退耕句　指六舅欲歸耕陸渾。東皋，見〈歸輞川作〉注❹。❹條桑　修剪桑枝。《詩・豳風・七月》：「蠶月條桑。」❺酌醴二句　見〈偶然作〉五首其四注❹。此處以陶令喻六舅。醴，甜酒。

【語譯】六舅您在淮河泗水一帶做官，政績令卓茂魯恭聞之也當讚歎。您淡泊名利不與人爭競，從官場引退就要歸耕田園。您將在臘月裡修剪桑枝，在春風吹來前栽種杏樹。飲過甜酒後寫下了〈歸去來兮辭〉，人們都知道陶縣令淵明有賢德。

【研析】這首詩的前四句寫作者的送別對象六舅，任地方官有治績而淡泊名利，自動辭官歸耕陸渾田園。五、六句想像他歸田後的生活。最後兩句用陶淵明辭去彭澤縣令賦〈歸去來兮辭〉一事，比喻六舅去官歸陸渾隱居，以讚揚六舅有賢德作結。

送別

【題解】此詩為送友人歸山隱居而作。

下馬飲君酒❶，問君何所之？君言不得意，歸臥南山陲。但去莫復問，白雲無盡時。

【注釋】❶飲君酒　拿酒請君飲。

【語譯】我下馬拿酒請你喝，問你要往哪裡去？你說人生在世不得意，要回到終南山邊隱居。你只管去不要再說什麼，那山上的白雲沒有窮盡之時。

【研析】這是一首送別詩，寫得平平淡淡，如話家常，但詞淡意濃，語淺情深，有餘味不盡之妙。友人自言不得意，正欲歸隱，詩人不僅不加勸阻，反而說「但去莫復問」，好像仕途的失意不過是生活中極平常的事，不值得大驚小怪。但在這支持歸隱的堅決態度中，也隱含著詩人對現實政治的不滿與感慨，所以明鍾惺評論此詩末二句說：「感慨寄托，盡此十字，蘊藉不覺。深味之，知右丞非一意清寂，無心用世之人。」（《唐詩歸》卷八）又，「白雲無盡」，蓋隱用「山中何所有？嶺上多白雲。只可自怡悅，不堪持寄君。」（南朝梁陶弘景〈詔問山中何所有賦詩以答〉）詩意，則白雲無盡，正足以自樂。結句是對友人的一種安慰和體貼，同時也流露了詩人對隱逸生活的嚮往。

送張舍人佐江州同薛據十韻

走筆成

【題解】張舍人，不詳。舍人，尋繹詩意，當指通事舍人。唐中書省置通事舍人十六人，從六品上，「掌朝見引納及辭謝者，於殿廷通奏」(《舊唐書·職官志》)。佐江州，為江州刺史之佐吏。江州，唐州名，治所在潯陽(今江西九江)。同，和。薛據，開元十九年登第(據《韓昌黎集·國子助教河東薛君墓誌銘》宋五百家注、《唐才子傳·薛據傳》)。其他事跡參見〈瓜園詩〉注❺。據，宋蜀本、奇字齋本、《全唐詩》俱作「璩」，非。詩題麻沙本、元本俱無「十韻」二字。詩題下注語趙注本原無，據宋蜀本、麻沙本、《全唐詩》補。此詩為送友人出任地方官而作。

束帶趨承明❶，守官惟謁者❷。清晨聽銀蚪❸，薄暮辭金馬❹。受辭❺未嘗易❻，當御❼方知寡❽。清範❾何風流，高文有風雅。忽佐江上州❿，當自潯陽⓫下。逆旅⓬到三湘⓭，長途應百舍⓮。香爐⓯遠峰出，石鏡⓰澄湖⓱瀉。董奉杏成林⓲，陶潛菊盈把⓳。彭蠡⓴常好之，廬山㉑我心也。送君思遠道㉒，欲以數行灑！

【注　釋】❶趨承明　即上朝之意。承明，參見〈同崔員外秋宵寓直〉注❷。❷謁者　指通事舍人。《舊唐書・職官志》：「通事舍人，秦謁者之官也。……隋因晉制，置（通事舍人）十六人，從六品上，又為通事謁者。武德初，廢謁者臺，改通事謁者為通事舍人。」❸聽銀虯　指聽宮中漏刻的滴漏之聲。銀虯，古漏刻上的播水壺作龍口以吐水，龍口用銀製成，即謂之銀龍或銀虯。《初學記》卷二五引張衡〈漏水轉渾天儀制〉曰：「以銅為器，再疊差置，實以清水，下各開孔，以玉虯吐漏水入兩壺，右為夜，左為晝。」引李蘭〈漏刻法〉曰：「以銅為渴烏，以引器中水，於銀龍口中吐之。」又引殷夔〈漏刻法〉曰：「漏水皆於器下為金龍口吐出。」❹金馬　漢代宮門名。《史記・滑稽列傳》：「金馬門者，宦署門也。門傍有銅馬，故謂之曰金馬門。」《三輔黃圖》卷三：「金馬門，宦者署。武帝得大宛馬，以銅鑄像，立於署門，因以為名。東方朔、主父偃、嚴安、徐樂皆待詔金馬門，即此。」此處借指唐皇宮之門。❺受辭　通事舍人掌管的職事之一。《舊唐書・職官志》：「通事舍人……凡四方通表，華夷納貢，皆受而進之。」❻易　簡慢。❼當御　猶當直，指在宮中值班。《左傳》襄公二十六年：「行人子朱曰：『朱也當御。』」❽方知寡　方（猶「已」）知時日無多。就舍人即將出佐江州而言。❾清範　美好的風範、榜樣。❿江上州　江州地處長江南岸，故稱。⓫潯陽　江名。指長江在今江西九江北的一段。參見《讀史方輿紀要》卷八五。⓬逆旅　客舍；旅館。此處用如動詞，謂沿途止宿。⓭三湘　參見〈漢江臨泛〉注❶。又《南史・侯景傳》曰：「巴陵（今湖南岳陽）有地名三湘，景奔敗處。」《元和郡縣志》卷二七：「侯景浦在（巴陵）縣東北十二里，本名三湘浦。」疑舍人此行，擬由長安南行至江，而後沿江東行赴江州。因三湘為舍人沿江東行途中需過之地，所以這裡說到三湘。⓮百舍　謂止宿百次。《莊子・天道》：「百舍重趼，而不敢息。」《釋文》：「百舍，司馬（彪）云：百日止宿也。」⓯香爐　廬山北峰，在九江市西南。晉慧遠〈廬山記〉謂香爐峰在廬山東南，白居易〈草堂記〉曰：「匡廬奇秀，甲天下山。山北峰曰香爐，峰北寺曰遺愛寺。」⓰石鏡　在廬山東，傍鄱陽湖。《文選》謝靈運〈入彭蠡湖口〉：「攀崖照石鏡，牽葉入松門。」李善注引張僧鑒〈潯陽記〉：「石鏡山，東有一圓石縣崖，明淨照見人形。」《藝文類聚》卷六引《幽明錄》：

「宮亭湖(古彭蠡湖別名)邊傍山間，有石數枚，形圓若鏡，明可以鑑人，謂之石鏡。」《水經注》卷三九〈廬江水〉：「(廬)山東有石鏡，照水之所出。有一圓石懸崖，明淨照見人形，晨光初散，則延曜入石，豪細必察，故名石鏡焉。」⑰澄湖 指彭蠡湖。⑱董奉句 見〈送友人歸山歌〉二首其一注❽。⑲陶潛句 見〈偶然作〉五首其四注❺。盈，宋蜀本作「誰」。潛尋陽柴桑(故城在唐江州潯陽縣西南二十里)人，又曾為彭澤(故城在唐江州都昌縣北四十五里)令，故此處言及之。⑳彭蠡 即鄱陽湖。《史記·夏本紀》正義引《括地志》曰：「彭蠡湖在今江州潯陽縣東南五十二里。」㉑廬山 在唐江州潯陽縣境，東傍鄱陽湖。㉒思遠道 漢樂府〈飲馬長城窟行〉：「青青河畔草，綿綿思遠道。」

【語 譯】你束好腰帶快步走向宮門，擔任的官職只是一個通事舍人。清晨你聽著宮中漏壺的滴漏聲，直到傍晚才得以離開宮門歸家。你接受百官章表從不怠慢輕率，在宮中當值已經知道無多時日。你高潔的風範多麼傑出不凡，優秀的詩文帶著風雅的傳統。你忽然出任江州刺史的佐吏，應當經由潯陽江前去赴任。你沿路寄宿到了三湘浦，途程長遠應止宿百次。你將看到高遠的香爐峰出現，石鏡山旁清澈的湖水流瀉。董奉在廬山下種的杏樹已成林，陶潛重陽節採摘的菊花正滿把。彭蠡湖我永遠喜愛，廬山等於是我的心。送你走上令我思念遠方的道路，我揮灑著數行淚水為你送行！

【研 析】這是一首送別詩。首四句先說友人行前在朝廷任通事舍人，職位不高，工作辛勞；五至八句寫友人德才俱佳，任事認真，卻不能免於被外放到遠處任職；九至十二句說友人出佐江州，旅途遙遠；十三至十六句寫江州的景色、人物；末四句先敘自己也嚮往江州山水，後抒別離的相思之情。詩的前八句對友人的被外放，隱約地流露了不平與同情；最後八句寫江州山水之佳與自己對它的嚮往，則是對被外放友人的一個最好的安慰。

新晴野望

【題解】野，趙注本原作「晚」，此從宋蜀本、《全唐詩》。本詩寫雨後新晴，縱目遠望所看到的景色。

新晴原野曠，極目❶無氛垢❷。郭門臨渡頭，村樹連溪口。白水明田外，碧峰出山後。農月❸無閒人，傾家事南畝。

【注釋】❶極目　盡目力所及；遠望。❷氛垢　塵埃。❸農月　農忙的月份。

【語譯】雨後新晴原野開闊明淨，縱目遠望看不到一點塵埃。外城的城門靠近渡頭，村邊的樹林連著溪口。銀白色的河水在田野上閃著亮光，高聳的碧峰自連綿的群山後現出。農忙的月份村莊裡沒有閒人，都全家出動到田間從事耕種。

【研析】這首詩描寫優美的鄉村風光。首聯「無氛垢」三字，把雨後新晴，空氣格外澄鮮明淨的特色刻畫出來了。詩中寫作者眺望郊野所看到的景色，都是在這種環境下呈現的。其中次聯寫近望所見。三聯寫近處是綠色的田野，田野上白水在新陽下閃著亮光；遠處群山連綿，群山後高聳的碧峰清晰地呈現出來。近景和遠景形成像繪畫一樣分明的層次，而峰碧水白，光線和色彩的對比也很和諧。末聯寫農忙季節鄉村的農事活動，雖未作具體描寫，卻令我們感受到了緊張、活躍的勞動氣氛。全詩意境清麗，色彩鮮明，雖純乎寫景，無一語言情，但讀者卻可從詩中所勾畫的那一幅寧靜優美、洋溢著生意的農村風景圖中，感受到詩人熱愛自然、眷戀鄉村的情懷。

苦熱

【題解】詩題《樂府詩集》作「苦熱行」。《樂府解題》曰：「〈苦熱行〉備言流金爍石、火山炎海之艱難也。若鮑照云：『赤阪橫西阻，火山赫南威。』言南方瘴癘之地，盡節征伐，而賞之太薄也。」（《樂府詩集》卷六五引）詩中敘寫了對於酷熱的感受。

赤日滿天地，火雲❶成山嶽。草木盡焦卷❷，川澤皆竭涸。輕紈覺
衣重，密樹❸苦陰薄。莞簟❹不可近，絺綌❺再三濯。思出宇宙外，曠然
在寥廓❻；長風萬里來❼，江海蕩煩濁❽。卻顧❾身為患❿，始知心未覺⓫。
忽入甘露門，宛然清涼樂⓬。

【注釋】❶火雲 夏日熾熱的赤雲。❷草木句 語本應璩〈與廣川長岑文瑜書〉：「頃者炎旱，日更增甚，

沙礫銷鑠，草木焦卷。」❸密樹　元本作「樹密」。❹莞簟　見〈酬諸公見過〉注⑭。❺絺綌　指夏天所穿的葛衣。《論語・鄉黨》：「當暑，袗絺綌，必表而出之。」絺，細葛布或細葛布衣服。綌，粗葛布或粗葛布衣服。❻寥廓　《漢書・司馬相如傳》：「猶焦朋已翔乎寥廓。」師古注：「寥廓，天上寬廣之處。」❼長風句　語本陸機〈前緩聲歌〉：「長風萬里舉，慶雲鬱嵯峨。」❽煩濁　指煩躁、紛亂的情緒。❾卻顧　反顧；回顧。❿身為患　身有患苦，指身為熱所苦而煩躁不安。為，有。與下「未」字相對。⓫覺　梵語菩提的意譯，指對佛教「真理」的覺悟。《成唯識論述記》卷一：「梵云菩提，此翻為覺，覺法性故。」⓬忽入二句　意謂心忽悟佛道，入於禪定，即不以熱為苦，而覺宛然有清涼之樂。甘露門，通向涅槃的門戶，即佛之教法。《法華經・化城喻品》：「普知天人尊，哀愍群萌類，能開甘露門，廣度於一切。」甘露為涅槃之喻。僧肇《注維摩經》卷七：「(鳩摩羅)什曰：佛法中以涅槃甘露，令生死永斷，是真不死藥也。」

【語　譯】炎炎的烈日照遍了天上地下，如火的赤雲堆成了一座高山。花草樹木盡皆枯萎捲縮，河流沼澤全部枯竭乾涸。輕薄的絹衣穿在身上覺得沉重，濃密的大樹躲避其下苦於樹陰太少。蒲席竹席熱得讓人無法挨近，葛布衣服盡是汗水須再三清洗。我尋思著出逃到宇宙之外，處在寬廣的天上定有開闊之感；那裡有長風自萬里之外吹來，再用江海之水蕩滌煩亂的情緒。回顧自己身有患苦，才知內心並未覺悟。我忽然進入通向涅槃的門戶，便覺彷彿得到了清涼的快樂。

【研　析】這首詩的首四句，從多個方面勾畫出了盛夏酷熱乾旱的景象；五至八句，描寫了酷熱給人們的生活帶來的許多麻煩與不便；九至十二句，寫詩人幻想逃到宇宙之外去躲避酷熱，尋得清涼；最後四句，則歸結到覺悟佛理，以之消除炎熱。在遭遇酷熱時，王維也不忘宣揚佛理，說明他對佛教的信仰頗深。那麼，佛理真有無窮的妙用，竟能消除炎熱嗎？王維認為，覺悟佛理，進入靜慮（禪定）狀態，就不會為酷熱所苦，這實際上是用一種自我心理調節的方法來轉移注意力，以抗禦酷熱。這樣做也許多少有點作用，但解決不了根本問題則是很顯然的。

燕子龕禪師詠

【題解】燕子龕，疑是地名兼寺名。趙殿成注：「按《唐驪山宮圖》（見元李好文《長安志圖》卷上），燕子龕在連理水（『水』係『木』字之誤）上，山城門在其東，飛霞泉（應為『丹霞泉』）在其西。」按，此詩之燕子龕當非在驪山宮，說見本詩注⑭。詩題趙注本原無「詠」字，從宋蜀本校補。詩中讚頌燕子龕禪師開鑿一段川陝間通道的功績。

山中燕子龕，路劇羊腸惡❶。裂地競盤屈，插天多峭崿❷。瀑泉吼
而噴，怪石看欲落。伯禹訪未知❸，五丁愁不鑿❹。上人無生緣❺，生長
居紫閣❻。六時❼自搥磬，一飲常帶索❽。種田燒白雲❾，斫漆❿響丹壑⓫。
行隨拾栗猿，歸對巢松鶴。時許山神請，偶逢洞仙博⓬。救世多慈悲，
即心無行作⓭。周商倦積阻，蜀物多淹泊⓮。巖腹乍旁穿，澗脣時外拓。

橋因倒樹架，柵值垂藤縛。鳥道悉已平，龍宮為之涸⑮。跳波誰揭厲，絕壁免捫摸⑯。山木日陰陰，結跏⑰歸舊林⑱。一向石門裡，任君春草深⑲！

【注釋】❶路劇句　謂道路之惡，甚於羊腸（喻崎嶇曲折的小路）。❷峭崿　陡峭的山崖。《文選》孫綽〈遊天台山賦〉：「披荒榛之蒙蘢，陟峭崿之崢嶸。」李善注：「《文字集略》曰：崿，崖也。」❸伯禹句　謂伯禹尋訪而不知有燕子龕之路。伯禹，即夏禹。據《史記．夏本紀》載，禹治水時嘗巡行九州，故云。❹五丁句　五丁，五個力士。《華陽國志》卷三〈蜀志〉：「蜀有五丁力士，能移山，舉萬鈞。」揚雄《蜀王本紀》（見《經典集林》卷一四）：「秦惠王欲伐蜀，乃刻五石牛，置金其後。蜀人見之，以為牛能大便金。牛下有養卒，以為此天牛也，能便金。蜀王以為然，即發卒千人，使五丁力士拖牛成道……秦道得通，石牛之力也。」句謂道路極險惡，連五丁力士也發愁無法開鑿此道。❺上人句　謂禪師有人於涅槃的緣分，即與佛教有緣。無生，見〈登辨覺寺〉注⑩。❻紫閣　終南山山峰名，在陝西鄠縣東南。李白〈君子有所思行〉：「紫閣連終南，青冥天倪色。」《大清一統志》卷二二七：「紫閣峰，在鄠縣東南。張禮〈遊城南記〉：在終南山祠之西，其陰即渼陂，杜詩『紫閣峰陰入渼陂』是也。」❼六時　佛教分一晝夜為六時：晨朝，日中，日沒，初夜，中夜，後夜。《阿彌陀經》：「晝夜六時，天雨曼陀羅華。」《西域記》卷二：「六時合成一日一夜，晝三夜三。」❽一飲句　寫禪師修習佛教苦行。一飲，指每天只飲食一次。佛教十二頭陀行中有不作餘食（每天只吃午飯）、一坐食（除午飯外，不吃零食）的修行規定。參見《大乘義章》卷一五。常，趙注本原作「尚」，此從宋蜀本、麻沙本、《全唐詩》。帶索，用繩索作束衣的帶子。《列子．天瑞》：「孔子遊於太山，見榮啟期行乎郕之野，鹿裘帶索，鼓琴而歌。」❾燒白雲　指在高山上燒畬（火耕）。❿斫漆　《古今注》卷下：「漆樹，以剛斧斫（砍）其皮開，以竹管承之，汁滴管中，即成漆也。」⓫丹壑　赤色之壑。⓬時許二句　謂禪師道高，時與山中神仙往還。山神請，《法苑珠林》卷一〇七曰：「晉廬山有釋曇邕，姓楊，關中人。……南投廬山，事遠公為師。內外經書，多所綜涉，志尚傳法，不憚疲苦。乃於山之西南別立茅宇，與弟子曇果澄思禪門。嘗於一時，果夢見山神求受五戒，果曰：『家師在此，可往諮受。』後少時，邕見一人著單袷衣，風姿端雅，從者三十許人，請受五戒。邕以果先夢，知是山神，乃為說法授戒。神䞋以外國匕筯，禮拜辭別，倏忽不見。」洞仙博，曹植〈仙人篇〉：「仙人攬六箸（古博戲之具，類似骰子，上刻點數，自么至六），對博太山隅。」博，古局戲，又稱六博。用十二棋，六黑六白，二人對博，人各六棋，先擲骰而後行棋。⓭即心句　謂禪師之心大寂靜，無行無作。即，在。無行作，《維摩詰經．入不二法門品》：「不眴菩薩曰：『受不受為二。若法不受，則不可得，以不可得故，無取無捨，無作無行，是為入不二法門。』」《注維摩詰經》卷八云：「無作，（鳩摩羅）什曰：言不復作受生業（泛指眾生的一切身心活動）也。」「無行，什曰：心行（思想活動）滅也。」又云：「（僧）肇曰：有心必有所受（感觸外境引生的感受），有所受必有所不受，此為二也。若悟法（一切事物和現象）本空，二俱不受，則無得無行，為不二（即『無異』，指對一切現象應『無分別』，或超越各種區別。佛教以為悟此不二之理，即可入道）也。」⓮周商二句　意謂周地商人倦於道多險阻，蜀地之物遂多滯留於蜀。積阻，謂多險阻。郭璞〈江賦〉：「幽㵎（澗）積岨（阻），礐硞䃀確。」多，宋蜀本作「苦」。淹泊，滯留。據此二句，知燕子龕當不在驪山宮，而應在由秦入蜀的通道上。古時自長安至漢中而後入蜀的通道有子午道、儻駱道、褒斜道、故道等。⓯巖腹六句　描寫禪師開鑿燕子龕道路的情景。脣，邊。鳥道，謂山路高峻險絕，僅有飛鳥能過。龍宮，指道上的水潭。⓰跳波二句　謂道路已通，行人無需涉水而過，也不必手捫絕壁而行。揭厲，《詩．邶風．匏有苦葉》：「深則厲，淺則揭。」毛傳：「以衣涉水為厲。……揭，褰衣（指提起衣服涉水）也。」⓱結跏　結跏趺坐。參見〈登辨覺寺〉注❽。⓲舊林　指紫閣峰舊居。⓳一向二句　寫禪師走後燕子龕無人的景象。

【語譯】山裡頭有一個叫燕子龕的地方，這裡的路比崎嶇的羊腸小道更難行走。這裡大地開裂成峽谷小路競相曲折環繞於其中，插向天空有很多高峻陡峭的山峰。噴湧的泉水飛濺並發出巨響，怪石突出空中看著像要落下。大禹治水時到處尋訪也不知道有燕子龕，蜀國的五丁力士都愁於無法開鑿這裡的路。禪師自幼有入於佛教涅槃的緣分，長大就住在終南山的紫閣峰。晝夜六個時辰，親自擊磬做法事；每天只吃一頓飯，腰間常紮著麻繩。在高山頂上開荒種地，畬火燃燒直上白雲；砍削漆樹樹皮取漆，聲音響遍了赤色山谷。禪師出行跟隨著撿拾栗子的猿猴，歸來則獨對在松樹上築巢的白鶴。時常答應山神的請求為其說法授戒，偶而還遇上洞中仙人正玩六博的遊戲。禪師志在救助世人多有慈悲之懷，內心寂靜絕無眾生的身心活動。周地商人厭倦於山巒連綿路多險阻，蜀地的物產因此多滯留於蜀不能運出。山巖的內部忽然被禪師從旁鑿通，澗谷的邊緣也被及時向外拓展。橋梁由倒臥的樹木架設，柵欄用碰到的垂藤捆紮。險峻的山道已全變成坦途，路上的深潭也因此而乾涸。行人還有誰涉過跳蕩的水波，也不必再用手摸著絕壁走路。山裡的樹木一天比一天繁茂深邃，禪師也回到了紫閣峰的舊居坐禪。在禪師過去一段時間居住的似門的石崖裡，就任憑春草你啊茂盛幽深！

【研　析】這是一首歌詠燕子龕禪師的詩。前八句描寫燕子龕一帶道路的險惡難行，以為後面對禪師開鑿燕子龕道路的描寫作鋪墊。九至二十句寫禪師的來歷、生活狀況和精神風貌，這些是他得以完成開鑿一段川陝間通道的艱鉅任務的個人必備條件。如詩人寫禪師修習佛教苦行、在高山上從事艱苦勞動和有救助世人的慈悲之心等，無不與這個任務的完成，有著緊密的關係。二十一至三十句寫燕子龕道路的開鑿，其中二十一、二十二句說明道路開鑿的必要性，二十三至二十六句寫道路開鑿的具體情況，二十七至三十句寫道路開鑿後給行人帶來的方便。最後四句寫禪師在完成道路開鑿的任務之後，又返回了紫閣峰舊居。全詩圍繞著燕子龕道路的開鑿，突出地表現了禪師不畏艱險、迎難而上的精神風貌。此詩雖為古詩，卻多用對句，鋪陳繁富，近似大謝（靈運）體。清王槩等《芥子園畫傳》初集卷五說：「王摩詰燕子龕詩，雄奇蒼鬱，非以李咸熙（宋初工筆畫家）之筆寫之不可。」所言甚是。

羽林騎閨人

【題解】羽林騎，見〈少年行〉四首其二注❶。這是一首閨怨詩。

秋月臨高城，城中管絃思❶。離人堂上愁，稚子階前戲❷。出門❸復
映戶❹，望望❺青絲騎❻。行人過欲盡，狂夫❼終不至。左右寂無言，相
看共垂淚。

【注釋】❶思　悲。❷離人二句　意謂離人（指羽林騎閨人）聽到樂聲後，在堂上發愁，而稚子則不懂事，仍在階前遊戲。❸出門　指閨人出門。❹復映戶　指月光又照在門上。❺望望　急切盼望貌。❻青絲騎　裝飾

華麗的坐騎。青絲，指用青絲繩作馬韁。梁劉孝綽〈淇上人戲蕩子婦示行事〉：「如何嫁蕩子，春夜守空牀；不見青絲騎，徒勞紅粉妝。」此指閨人丈夫的坐騎。❼狂夫　古時婦女自稱其夫的謙辭。梁何思澄〈南苑逢美人〉：「自有狂夫在，空持勞使君。」此處含有埋怨其夫放蕩的意思。

【語譯】秋月照耀著高高的城牆，城中的管絃樂聲悲傷。這時丈夫已離家的閨婦在廳堂上發愁，而她不懂事的幼子則在臺階前玩耍。她走出了家門月光又照在門扉上，此刻她急切盼望著丈夫的華麗坐騎出現。她看到門前的行人已經過盡，而自己那放蕩的丈夫終究不歸。她身邊的人都靜默不語，相互看著一起流下了眼淚。

【研析】這首詩表現羽林騎閨人久待其夫不至的悲怨和詩人對她的同情。詩的首二句以秋天月夜城中的樂聲，構造出了一個悲涼的氛圍；三、四句描寫這時在屋內等候丈夫歸來的閨人與其幼子的不同情狀；五、六句寫閨人終於忍耐不住，走出門去等候丈夫，表現了她急切盼望丈夫歸來的心情；七、八句寫門前已無行人，丈夫終究不至，寫出了她的極度失望；末二句從側面即閨人身邊的人方面著筆，來表現閨人的痛苦。全詩通過場景氣氛的渲染、人物情態動作的描寫與對比，將羽林騎閨人的悲怨表現得很富有感染力。

早朝

【題解】詩題宋蜀本、麻沙本、元本俱作「早朝二首」，其第二首即五律「早朝」。詩中描寫了早朝時的景象。

皎潔明星高，蒼茫遠天曙。槐霧鬱❶不開，城鴉鳴稍去。始聞高閣聲❷，莫辨更衣處❸。銀燭已成行，金門儼騶馭❹。

【注釋】❶鬱 趙注本原作「暗」，從麻沙本、元本、《文苑英華》改；又宋蜀本作「語」，蓋即「鬱」之音誤字。❷高閣聲 指宮中報時之聲。杜甫〈紫宸殿退朝口號〉：「晝漏稀聞高閣報，天顏有喜近臣知。」《杜詩詳注》：「黃生注：高閣在禁中，宮女司漏，遞相傳報。」❸更衣處 供上朝官吏更衣休息之處。《漢書・東方朔傳》：「後乃私置更衣。」注：「為休息易衣之處。」又〈王莽傳〉：「張於西廂及後閣更衣中。」注：「晉灼曰：更衣中，謂朝賀易衣服處室屋名也。」❹金門句 謂為上朝官員駕車的馭者整齊地排列於宮門之外。金門，《漢書・揚雄傳》：「歷金門，上玉堂。」注：「金門，金馬門也。」參見〈送張舍人佐江州同薛據十韻〉注❹。金，《文苑英華》作「重」。儼，整齊貌。騶馭，駕車者，亦作騶御。陳張正見〈門有車馬客行〉：「良時不可再，騶馭鬱相催。安知太行道，失路車輪摧。」何遜〈早朝車中聽望〉：「胥徒紛絡繹，騶御或西東。」

【語譯】星星高掛在天上皎潔明亮，廣闊無邊的遠空現出曙光。槐樹上的霧氣濃厚蘊積不散，城牆上的烏鴉正鳴叫著離去。剛剛聽到宮中高閣上的報時之聲，還分不清上朝官員的更衣處在哪裡。宮門內閃著銀光的蠟燭已排列成行，宮門外駕車的侍從正站得整整齊齊。

【研析】這是一首寫早朝的詩，首二句寫上早朝時還是滿天星斗，只有遠天出現了一抹曙光；

三、四句寫此時晨霧尚未散去，城鴉恰好鳴叫著飛走；五、六句寫上朝官員按照禁中所報的時刻入宮時，天尚昏黑；末二句說朝見天子的時辰將到，宮門內銀燭點燃，宮門外的馭者也整齊排列。整首詩寫出了早朝的「早」和早朝緊張、嚴肅的氣氛。

雜詩

【題解】詩題宋蜀本、麻沙本、元本俱作「雜詩五首」，其他四首即五律雜詩一首、五絕雜詩三首。詩中描寫一位女子，機智地拒絕了貴官子弟的調戲。

朝因折楊柳❶，相見洛城❷隅。「楚國無如妾，秦家自有夫❸。」對
人傳玉椀❹，映❺竹❻解羅襦❼。「人見東方騎，皆言夫婿殊❽。持謝金吾
子，煩君提玉壺❾。」

【注釋】❶折楊柳　古典詩文中言及折楊柳，多謂欲以之贈別，也有稱欲以之寄遠，表達別後的思念之情者。陳王瑳〈折楊柳〉：「攀折思為贈，心期別路長。」唐李端〈折楊柳〉：「贈君折楊柳，顏色豈能久？上客莫沾巾，佳人正回首。新柳送君行，古柳傷君情。」翁綬〈折楊柳〉：「殷勤攀折贈行客，此去關山雨雪多。」崔湜〈折楊柳〉：「年華妾自惜，楊柳為君攀。……那堪音信斷？流涕望陽關。」盧照鄰〈折楊柳〉：「攀折

聊寄將，軍中書信稀。」❷城　淩本、《全唐詩》作「陽」。❸楚國二句　《文選》宋玉〈登徒子好色賦〉：「玉曰：『天下之佳人，莫若楚國，楚國之麗者，莫若臣里，臣里之美者，莫若臣東家之子。……然此女登牆窺臣三年，至今未許也。』」漢樂府〈陌上桑〉：「秦氏有好女，自名為羅敷。羅敷喜蠶桑，採桑城南隅。……使君從南來，五馬立踟躕。使君遣吏往，問是誰家姝？……『使君謝羅敷，寧可共載不？』羅敷前置辭：『使君一何愚！使君自有婦，羅敷自有夫。』」此二句謂己極美而自有夫。這是女子對在城隅遇見的男子的拒絕之辭。❹傳玉椀　指男子用玉碗盛酒，遞送給女子。鮑照〈答休上人〉：「酒出野田稻，菊生高岡草。味貌亦何奇，能令君傾倒。玉椀徒自羞（進獻），為君慨此秋。」椀，趙注本原作腕，此從宋蜀本。❺映　遮蔽。《文選》顏延之〈應詔觀北湖田收〉：「樓觀眺豐穎，金駕映松山。」李善注：「映，猶蔽也。」❻竹　趙殿成曰：「諸本皆作燭。」按，麻沙本、元本、明十卷本俱作「竹」，作「竹」是。❼解羅襦　指男子對女子的非禮之舉。襦，短襖。❽人見二句　〈陌上桑〉敘羅敷盛誇其夫以拒使君曰：「東方千餘騎，夫壻居上頭。……坐中數千人，皆言夫壻殊。」❾持謝二句　辛延年〈羽林郎〉：「胡姬年十五，春日獨當壚。……不意金吾子，娉婷過我廬。……就我求清酒，絲繩提玉壺。……貽我青銅鏡，結我紅羅裾。不惜紅羅裂，何論輕賤軀！男兒愛後婦，女子重前夫。人生有新故，貴賤不相踰。多謝金吾子，私愛徒區區。」持謝，猶言奉告。金吾子，胡姬對貴官子弟的稱呼。金吾，官名，即執金吾。《漢書・百官公卿表》：「中尉，秦官，掌徼巡京師。……武帝太初元年更名執金吾。」煩君句，意謂煩你提起盛酒的玉壺離開此地。以上四句也是女子對男子的拒絕之辭。

【語　譯】早晨因為攀折楊柳枝條寄遠，同他在洛陽城的一個角落相遇。（我說：）「楚國的美女都不如我，但我本來是有夫之婦。」他當著人遞過玉碗請我喝酒，用竹叢遮身想解開我的綢襖。（我說：）「人們見到的東方千餘人馬，無不稱道我的丈夫傑出。奉告眼前的貴官子弟，麻煩您提上玉製酒壺離開。」

【研析】這首詩主要糅合漢樂府〈陌上桑〉和〈羽林郎〉二詩而成，它或許是為樂府舊曲改寫的新詞，也有可能是作者年少時的習作。

夷門歌

【題解】夷門，戰國魏都大梁城的東門，故址在今河南開封城內東北隅。《史記．魏公子列傳》贊：「吾過大梁之墟，求問其所謂夷門。夷門者，城之東門也。」按，魏信陵君之門客侯嬴，「為大梁夷門監者（看守城門的役吏）」，此詩即詠其事，故名曰「夷門歌」。

七雄雄雌❶猶未分，攻城殺將何紛紛。秦兵益圍邯鄲急，魏王不救平原君❷。公子為嬴停駟馬，執轡逾恭意逾下❸。亥為屠肆鼓刀人❹，嬴乃夷門抱關者❺，非但慷慨獻奇謀，意氣兼將身命酬❻。向風刎頸送公子，七十老翁何所求❼！

【注釋】❶雄雌　喻勝負。東方朔〈答客難〉：「並為十二國，未有雌雄。」❷秦兵二句　事本《史記．魏公子列傳》：「魏安釐王二十年（前二五七），秦昭王已破趙長平軍，又進兵圍邯鄲（趙都，今河北邯鄲西南）。

公子（信陵君）姊為趙惠文王弟平原君夫人，數遺魏王及公子書，請救於魏。魏王使將軍晉鄙將十萬眾救趙。……留軍壁鄴，名為救趙，實持兩端以觀望。平原君使者冠蓋相屬於魏……公子患之，數請魏王……魏王畏秦，終不聽公子。」❸公子二句　〈魏公子列傳〉：「魏有隱士曰侯嬴，年七十，家貧，為大梁夷門監者。公子聞之，往請，欲厚遺之。不肯受……公子於是乃置酒，大會賓客。坐定，公子從車騎，虛左，自迎夷門侯生。侯生攝敝衣冠，直上載公子上坐，不讓，欲以觀公子。公子執轡愈恭。侯生又謂公子曰：『臣有客在市屠中，願枉車騎過之。』公子引車入市，侯生下見其客朱亥，俾倪（睥睨），故久立與客語，微察公子。公子顏色愈和。當是時……市人皆觀公子執轡，從騎皆竊罵侯生，侯生視公子色終不變，乃謝客就車。」二「逾」字《全唐詩》俱作「愈」。下，謙遜。❹亥為句　〈魏公子列傳〉：「朱亥笑曰：『臣乃市井鼓刀屠者，而公子親數存（慰問）之。』」鼓刀，謂宰殺牲畜。鼓即敲擊，屠牲必敲擊其刀，故云。❺嬴乃句　〈魏公子列傳〉：「侯生因謂公子曰：『……嬴乃夷門抱關者也，而公子親枉車騎……。』」抱關者，抱門栓者，即負責啟閉城門的人。❻非但二句　〈魏公子列傳〉載，公子欲救趙，侯生為之劃策曰：「嬴聞晉鄙之兵符，常在王臥內；而如姬最幸，出入王臥內，力能竊之。……公子誠一開口請如姬，如姬必許諾。則得虎符，奪晉鄙軍，北救趙而西卻秦……。」公子從其計，如姬果盜得晉鄙兵符與公子。侯生又謂公子曰：「臣客屠者朱亥可與俱。此人力士，晉鄙聽，大善；不聽，可使擊之。」行前，「公子過謝侯生，侯生曰：『臣宜從，老不能，請數公子行日，以至晉鄙軍之日，北鄉自剄以送公子。』」「公子與侯生決，至軍，侯生果北鄉自剄」。奇，元本、《全唐詩》作「良」。意氣，情誼；恩義。❼七十句　《晉書・段灼傳》：「武帝即位，灼上疏追理（申辯）艾（鄧艾）曰：『……艾功名已成，亦當書之竹帛，傳祚後世。七十老公，復何所求哉！』」《三國志・魏書・鄧艾傳》亦載此事，作「七十老公，反欲何求」。

【語　譯】戰國七雄勝負還未分的時候，相互攻城殺將多麼忙亂。秦軍增兵包圍趙都邯鄲情況緊急，魏王卻不出兵救援趙國的平原君。魏公子為侯嬴停下了套著四匹馬的高車，親自手執轡繩為侯嬴駕車態度越來越謙恭。朱亥是屠宰場的屠夫，侯嬴是看守夷門的小吏，不但豪爽地向公子進獻奇謀，情誼之深而且以生命相報答。侯嬴迎風自刎送別公子，七十歲的老翁還追求什麼呢！

【研析】這首詩歌詠了歷史上一個激動人心的故事。詩人詠史是為了言懷。他稱頌魏公子（信陵君）扶危濟困的義舉和禮賢下士的風度，正表現出對能任用賢才的當代政治家的肯定；他謳歌俠士侯嬴及朱亥救人急難、慷慨捐軀的行為，也透露出對當代那些出身下層、富有任俠精神的才智之士的讚頌。詩中敘侯嬴、魏公子之事，僅寥寥數句，即悉盡曲折，表現出高度的藝術概括能力。又，此詩不但通過敘事表現了侯嬴的俠義精神，而且敘述的語言多飽含感情，如詩末四句，即熔敘事、議論、抒情於一爐，具有悲壯動人的藝術力量。清趙殿成說：「夷門抱關、屠肆鼓刀，點化二豪之語，對仗天成，已徵墨妙。末句復借用段灼理鄧艾語，尤見筆精，使事至此，未許後人步驟。」（《王右丞集箋注》）此詩的後半部分確實寫來渾化無跡，精彩紛呈，趙氏所論不無道理。

黃雀癡　雜言走筆

【題解】詩題下注語趙注本原無，從宋蜀本、麻沙本、《全唐詩》補。這是一首詠物詩，全詩以鳥喻人，有所寄託。

黃雀癡，黃雀癡，謂言青鷇❶是我兒，一一口銜食，養得成毛衣。到大啁啾❷解游颺❸，各自東西南北飛；薄暮空巢上，羈雌❹獨自歸。鳳凰九雛❺亦如此，慎莫愁思憔悴損容輝！

【注釋】❶青鷇　指初生的黃雀。《爾雅．釋鳥》：「生哺，鷇（郭注：『鳥子須母食之。』）。生噣，雛（注：『皆自食。』）。」邢疏：「辨鳥子之異名也。鳥子生，須母哺而食者名鷇，謂燕雀之屬也，《史記》『趙武靈王探雀鷇而食之』是也；鳥子生而能自啄食者名雛，謂雞雉之屬也。」❷啁啾　象聲詞。此象雀叫聲。❸游颺　飛翔。❹羈雌　孤單無伴的雌鳥。《文選》枚乘〈七發〉：「暮則羈雌迷鳥宿焉。」呂延濟注：「羈雌，孤鳥也。」❺鳳凰九雛　漢樂府〈隴西行〉：「鳳凰鳴啾啾，一母將（率領）九雛。」

【語譯】黃雀傻，黃雀傻，自以為青色雛雀是我兒，嘴裡叼著吃的挨個餵食，養得雛雀羽毛已長成。到大了嘰嘰喳喳叫著懂得飛翔，便各自東西南北飛走；傍晚空無一鳥的窩裡，一隻孤單的雌鳥獨自回巢。鳳凰一母領著九隻雛鳳也是這樣，千萬莫要憂愁煩惱使儀容風采受損！

【研析】這首詩以鳥喻人，當是針對社會上的某種現象而發。詩的前五句寫黃雀精心給雛雀餵食。中四句寫雛雀長大後各自飛走，使黃雀倍感孤單；這像是暗喻一種子女長大後不能盡心奉養父母的社會現象。末二句說鳳凰也是如此，可見這種社會現象很普遍。詩雖以勸慰語作結，但顯得有點無可奈何。詩中所寫的這種社會現象，與唐時的佛教、道教興盛，儒學出現衰弱的趨勢，不無關係。

贈吳官

【題解】吳官，指在京的吳籍官員。詩中寫長安酷暑與吳人對它的感受。

長安客舍熱如煮，無箇茗糜❶難御暑。空搖白團其諦苦❷，欲向縹囊還歸旅❸。江鄉鯖❹鮓❺不寄來，秦人湯餅❻那堪許？不如儂家❼任挑達❽，草屩❾撈蝦富春渚❿。

【注釋】❶茗糜　即茗粥，亦曰茶粥，指用茶汁煮成的粥，古時南方有此食品。《北堂書鈔》卷一四四引晉傅咸〈司隸校尉教〉：「聞南市有蜀嫗，作茶粥賣之，廉事打破其器物，使無為，賣餅于市而禁茶粥，以困老嫗，獨何哉？」儲光羲〈喫茗粥作〉：「當晝暑氣盛，鳥雀靜不飛。……淹留膳茶粥，共我飯蕨薇。」❷空搖句　意謂徒然搖扇而不能驅暑，其情甚苦。白團，扇的一種。梁簡文帝〈怨詩〉：「秋風與白團，本自不相安。」諦苦，佛教四諦之一曰苦諦。依佛經解釋，真實不虛之理為「諦」。苦諦是說，世俗世界的一切，本性皆為「苦」，有八苦（生、老、病、死等苦）等。《雜集論》卷六：「謂有情生及生所依處，即有情世間，器世間如其次第若生，若生處，俱說名苦諦。」❸欲向句　謂欲攜帶書囊還鄉。向，猶與。說見王鍈《詩詞曲語辭例釋》。縹囊，用淡青色絲帛製成的書囊。蕭統〈文選序〉：「詞人才子，則名溢於縹囊；飛文染翰，則卷盈乎湘帙。」呂向

注：「縹，青白色。囊，有底袋也，用以盛書。」旅，俱。《禮・樂記中》：「今夫古樂，進旅退旅。」注：「旅，猶俱也。」❹鯖　即青魚，南人多以之作鮓。《文選》左思〈吳都賦〉：「鼊鼊鯖鱷，涵泳乎其中。」劉淵林注：「鯖魚出交趾、合浦諸郡。」❺鮓　一種醃製的魚。《南齊書・虞悰傳》：「乃獻醒酒鯖鮓一方而已。」❻湯餅　湯煮的麵食。晉束晳〈餅賦〉：「玄冬猛寒……充虛解戰，湯餅為最。」《荊楚歲時記》：「六月伏日，並作湯餅，名為辟惡。按《魏氏春秋》：『何晏以伏日食湯餅，取巾拭汗，面色皎然，乃知非傅粉。』則伏日湯餅，自魏以來有之。」❼儂家　古時吳人自稱，猶言吾家。❽挑達　往來自由貌。《詩・鄭風・子衿》：「挑兮達兮，在城闕兮。」《毛傳》：「挑達，往來相見貌。」❾草屩　草鞋。❿富春渚　《文選》謝靈運〈富春渚〉：「宵濟漁浦潭，旦及富春郭。」李善注：「《吳郡志》曰：富春東三十里有漁浦。」又任昉〈贈郭桐廬出溪口見候〉：「朝發富春渚，蓄意忍相思。」李善注：「《漢書》曰：會稽郡富春縣。」富春縣唐時曰富陽縣，治所在今浙江富陽，其地臨浙江。渚，水邊。

【語　譯】長安的旅舍熱得像放在鍋裡煮一般，這裡也沒個茶粥真難以抵禦炎熱。徒然搖著團扇卻不能驅暑多麼苦啊，因此想要帶著青色書囊一起還鄉。江南水鄉的醃製青魚不給自己寄來，秦地人慣吃的熱湯餅又哪能承受？真不如自個家得以自由自在，穿上草鞋在富春縣的水邊撈蝦。

【研　析】此首贈給在京的吳人之詩，全用吳人的口氣來寫。首二句說長安酷熱，又沒有南方的茶粥可以禦暑；三、四句說靠搖扇子不能驅暑，所以很想歸鄉；五至八句說大熱天在長安，既無江鄉的鯖鮓，還要吃秦人慣吃的湯餅，真不如辭官還鄉，自由自在地穿上草鞋在水邊撈蝦。詩寫得幽默有趣，語言口語化，有戲贈意味。

雪中憶李揖

【題解】李揖，參見〈過李揖宅〉題解。宋蜀本、《全唐詩》作「李揖」，麻沙本、元本作「季揖」。詩題下宋蜀本、麻沙本、元本俱有「雜言」二字注語。詩中抒寫雪天思友之情。

積雪滿阡陌，故人不可期❶。長安千門復萬戶，何處蹀躞❷黃金羈❸？

【注釋】❶期　邀約；會合。❷蹀躞　形容邁著小步走路。宋蜀本、麻沙本、《全唐詩》俱作「躞蹀」。❸黃金羈　用黃金做成的馬籠頭。吳均〈別夏侯故章詩〉：「白馬黃金羈，青驪紫絲鞚。」此處指李所騎的馬。

【語譯】積雪布滿了四方的小道，我不能約老朋友您相會。長安城裡有千家萬戶，不知您的坐騎在何處邁著小步走路？

【研析】此詩的前二句即直入題旨，說道上滿是積雪，自己思念老友卻無法與老友相會。後二句說長安城很大，不知老友這時在哪裡騎馬而行，是不是正向著自己的住處走來？這兩句詩進一步表現了詩人對老友的思念，也流露了他對老友的關心之意。詩用「蹀躞」一語，頗切合雪中馬行的情狀。應該說，此詩有語淺情深之長。

送崔五太守

【題解】崔五太守，未詳。杜甫有〈因崔五侍御寄高彭州一絕〉，作於上元元年（七六〇），周勳初〈高適年譜〉云：「按王維有〈送崔五太守〉詩，崔乃至益州任職者，或即此崔五侍御。」按，據本詩「欲持」句，知崔蓋自尚書郎出為郡守，與此官侍御之崔五，恐非一人。或謂崔五太守為崔渙，亦非。據兩《唐書・崔渙傳》、《全唐文》卷七八四穆員〈崔渙墓誌銘〉，渙入蜀為巴西太守，在天寶十二、三載，當時他已四十七、八歲，這就與本詩所言「使君年幾三十餘」之語不合。此詩為送人入蜀任太守而作。

長安廄吏來到門❶，朱文❷露網❸動行軒。黃花縣西九折坂❹，玉樹宮❺南五丈原❻。褒斜谷❼中不容幰❽，惟有白雲當露冕❾。子午山❿裡杜鵑啼⓫，嘉陵水⓬頭行客飯。劍門忽斷蜀川開⓭，萬井雙流⓮滿眼來。霧中遠樹刀州⓯出，天際澄江巴字迴⓰。使君年幾三十餘，少年白皙專城居⓱。欲持畫省⓲郎官筆⓳，回與臨邛父老書⓴。

【注釋】❶長安句 《漢書・朱買臣傳》：「上拜買臣會稽太守。……長安廄吏（驛站掌管馬匹的吏人）乘駟馬車來迎，買臣遂乘傳（驛車）去。」此句即用其事，謂崔五出為郡守。❷朱文 指繪紅色花紋於車上以為裝飾。《後漢書・張皓王龔傳》論：「故晨門有抱關之夫，柱下無朱文之軫也。」注：「朱文，畫車為文也。」❸露網 車上飾物。疑指透光的網狀車簾。唐李嘉祐〈酬皇甫十六侍御曾見寄〉：「江頭鳥避青旄節，城裡人迎露網車。」❹黃花句 黃花縣，唐縣名，屬鳳州，治所在今陝西鳳縣東北。《元和郡縣志》卷二二：「武德元年，析（梁泉縣）置黃花縣，寶應元年（七六二）省。」九折坂，四川滎經西邛崍山有九折坂。其坂險峻回曲，須九折乃得上，故名。《漢書・王尊傳》：「（尊）遷益州刺史。先是琅邪王陽為益州刺史，行部至邛崍九折阪（師古注引應劭曰：『在蜀郡嚴道縣。』嚴道即今四川滎經），歎曰：『奉先人遺體，奈何數乘此險！』後以病去。及尊為刺史，至其阪，問吏曰：『此非王陽所畏道邪？』吏對曰：『是。』尊叱其馭曰：『驅之！』」阪，《水經注》卷三三〈江水〉作「坂」。按，九折坂不在黃花縣西，此處不過取「九折」之意，指山路險峻回曲而已。❺玉樹宮 指甘泉宮。始築於秦，漢武帝又增廣之，故址在今陝西淳化西北甘泉山。《三輔黃圖》卷二：「甘泉谷北岸有槐樹，今謂玉樹，根幹盤峙，三二百年木也。楊震《關輔古語》云：耆老相傳，咸以謂此樹，即揚雄〈甘泉賦〉所謂『玉樹青蔥』也」。❻五丈原 在今陝西眉縣西南斜谷口西側。西元二三四年諸葛亮伐魏，曾駐軍於此。❼褒斜谷 陝西秦嶺之山谷。北口曰斜，在眉縣西南三十里，南口曰褒，在舊褒城縣北十里，兩谷相連，長百七十里，中有棧道以通之，自漢以後即為往來於秦嶺南北的重要通道。❽不容幰 指道路狹窄。幰，車前帷幔，亦指有帷幔的車。庾肩吾〈長安有狹斜行〉：「長安有曲陌，曲陌不容幰。」❾露冕 參見〈送封太守〉注❻。❿子午山 即子午谷，亦曰子午道，為古時自關中至漢中的通道之一。《漢書・王莽傳》師古注：「子，北方也。午，南方也。言通南北道相當，故謂之子午耳。今京城直南山有谷通梁漢道者，名子午谷。」此道始闢於西漢元始五年，自杜陵（今西安市東南）穿越秦嶺至今安康縣；南朝梁時另闢新路，略向西移，南口改在今寧陝縣。⓫杜鵑啼 杜鵑之鳴，初夏最甚，其聲淒厲，能動旅客歸思。⓬嘉陵水 即嘉陵江。《水經注》

卷二〇〈漾水〉：「漢水又南入嘉陵道而為嘉陵水。」源出陝西鳳縣嘉陵谷，至四川重慶入長江。⓭劍門句 劍門，指大劍山、小劍山，在今四川劍閣北。二山之間，峭壁中斷，兩崖對峙，下有隘路如門，自古為川陝間主要通道和軍事戍守要地，唐於此置劍門關（即今劍閣東北之劍門關）。蜀川，地名，即指益州（轄地大部分在今四川境內）。《通典》卷一七一：「穆帝時平蜀漢，復梁、益之地。」注：「梁州則漢川，益則蜀川是。」句指一出劍門，蜀地即豁然開朗。⓮雙流 《文選》左思〈蜀都賦〉：「帶二江之雙流。」劉淵林注：「江水（指岷江，昔人以岷江為長江正源，故云）出岷山，分為二江，經成都，南東流經之，故曰帶也。」《史記・河渠書》載秦蜀郡太守李冰「穿二江成都之中」，《正義》曰：「二江者，郫江、流江也。」按，李冰興修都江堰時，在今四川灌縣西北，分岷江為二支，北支稱郫江，南支曰流江，分流經成都城北與城南，而後合而南流。⓯刀州 《晉書・王濬傳》：「濬夜夢懸三刀於臥屋梁上，須臾又益一刀，濬驚覺，意甚惡之。主簿李毅再拜賀曰：『三刀為州字，又益一者，明府（郡守之稱，謂王濬）其臨益州乎？』……果遷濬為益州刺史。」後因以刀州為益州之代稱。⓰巴字迴 謂水流曲折。《太平寰宇記》卷一三六引〈三巴記〉，謂閬（嘉陵江流經閬中，亦稱閬水）、白（即今嘉陵江支流白水江）二水，南流曲折如巴字（巴字篆體象蛇形），又稱巴江。⓱少年句 語本漢樂府〈陌上桑〉：「三十侍中郎，四十專城居。為人潔白皙，鬑鬑頗有鬚。」皙，潔白。專城居，言為一城之主，即指任郡守一類官。《文選》張銑注：「專，擅也，謂擅一城也。謂守宰之屬。」⓲畫省 即尚書省。《通典》卷二二：「（後漢尚書郎）奏事明光殿省，省中皆以胡粉（即鉛粉）塗壁，畫古賢、烈女（《初學記》卷一一引《漢官典職》作『畫古烈士』）。」故後世遂稱尚書省為畫省。⓳郎官筆 東漢尚書郎掌起草文書，每月賜給赤管大筆一雙。參見《通典》卷二二。又應劭《漢官儀》卷上（孫星衍輯本）亦曰：「尚書令僕（僕射）丞郎，月給赤管大筆一雙。」筆，宋蜀本、麻沙本俱作「草」。⓴回與句 《漢書・司馬相如傳》載：司馬相如，蜀郡成都人，娶臨邛（今四川邛崍）富人卓王孫之寡女文君為妻。後武帝令相如使蜀，以通西南夷。「相如使時，蜀長老多言通西南夷之不為用，大臣亦以為然；相如欲諫，業已建之，不敢（師古注：『本由相如立此事，故不敢更諫也。』），乃著書，藉（假）蜀父老為辭，而己詰難之，以風（諷）天子，且因宣其使指（旨），令百姓皆知天子意。」此句即用其事，謂欲持郎官之筆，著文向蜀中父老宣諭天子的旨意。又，此句也可能實指崔出為臨邛（邛州）太守。

【語譯】長安驛站掌管馬匹的小吏來到了門上，太守您乘坐的有紅色花紋、網狀簾帷的車子也就開動。黃花縣西是曲折險峻的山坡，甘泉宮南有聞名於世的五丈原。褒斜谷中道路狹窄容不下車輛，惟有白雲遮蔽著您出行時露出的冠冕。子午道上杜鵑在啼叫，嘉陵江邊旅客正吃飯。劍門峭壁忽然中斷前方的蜀地豁然開朗，千家萬戶和兩條江流接踵而至充滿視野。霧中遠處的樹林益州的城池出現，天際則有清江曲折繞行就像巴字。太守您年紀將近三十餘，年少而白淨卻當了一郡之主。您要拿著尚書省賜給郎官的筆，著文向臨邛父老宣諭天子的旨意。

【研析】這首送別詩的首二句說友人出為郡太守；三至八句描述友人入蜀途中將要經行之地，表現出了蜀道難行的特點；九至十二句想像友人進入劍門關後所見到的蜀地壯美景色；十三、十四句說友人年輕有為；末二句交代友人自尚書郎出為郡守，並讚其有文才。清方東樹《昭昧詹言》卷一二說：「黃花縣西以下，敘一路所經由之地，學其對仗警拔。」在這首詩中，確有若干對仗警拔的句子。這首詩還有多用地名的特點，錢鍾書《談藝錄》八九〈詩中用人地名〉說：「狄奧尼修斯〈屬詞論〉首言詩中用人名地名之效。……吾國古人作詩，早窺其旨。宋長白《柳亭詩話》……卷二十四『明句』條云：『金觀察云：唐人詩中用地理者多氣象。』……右丞詩如〈送崔五太守〉七古，十六句中用地名十二。」此詩雖多用地名，但句調活潑自由，所展現的景色變換跳躍，並沒有給人以堆垛之感。

寒食城東即事

【題解】寒食，參見〈送綦毋潛落第還鄉〉注❻。即事，眼前的事物之意。這首詩描寫寒食節城東郊遊所見景象。

清溪一道穿桃李，演漾❶綠蒲涵白芷❷。谿上人家凡幾家，落花半❸落東流水。蹴踘❹屢過飛鳥上，鞦韆❺競出垂楊裡。少年分日作遨遊，不用清明兼上巳❻。

【注釋】❶演漾　流動起伏貌。阮籍〈詠懷〉其七十六：「汎汎乘輕舟，演漾靡所望（猶無涯）。」❷白芷　多年生草本植物，多生於低濕之地，根可入藥。❸半　宋蜀本、麻沙本、元本等俱作「共」。❹蹴踘　同「蹴鞠」。又作蹋鞠，亦曰打毬，即古蹋球之戲。《史記・扁鵲倉公列傳》：「處後蹴踘。」《正義》：「謂打毬也。」又《衛將軍驃騎列傳》：「驃騎尚穿域蹋鞠。」《索隱》：「鞠戲，以皮為之，中實以毛，蹴蹋為戲也。」《唐音癸籤》卷一四：「唐變古蹴鞠戲為蹴毬，其法植兩修竹，高數丈，絡網於上為門，以度毬，毬工分左右朋，以角勝負。」古時有在寒食蹴鞠的習俗。《荊楚歲時記》：「（寒食）造餳大麥粥……打毬、鞦韆、施鉤之戲。」

《太平御覽》卷三〇引劉向《別錄》曰：「寒食蹋鞠，黃帝所造，本兵勢也，或云起於戰國。案鞠與毬同，古人蹋蹴以為戲。」❺鞦韆　亦曰秋千。《御覽》卷三〇引《古今藝術圖》云：「寒食鞦韆，本北方山戎之戲，以習輕趫者也。」《開元天寶遺事》卷下：「天寶宮中，至寒食節，競豎鞦韆，令宮嬪輩戲笑以為宴樂。」❻少年二句　陳貽焮《王維詩選》云：「這兩句謂，少年們興致最高，用不著到三月的清明和上巳，二月春分以來就在外面遊玩了。」分日，指春分之日。分，節候名，謂春分或秋分。《左傳》昭公十七年：「日過分（春分）而未至（夏至）。」春分正當春季九十日之半，此日晝夜長短平均。清明，《淮南子・天文》：「春分後十五日，斗指乙為清明。」唐時有於清明日遊春的習俗。杜甫〈清明〉：「著處繁華矜是日，長沙千人萬人出。渡頭翠柳豔明眉，爭道朱蹄驕齧膝。此都好遊湘西寺，諸將亦自軍中出。」上巳，見〈三月三日曲江侍宴應制〉題解。

【語譯】一道清澈的溪水穿過桃李樹林，水流蕩漾著綠蒲沉浸著白芷。溪畔的住戶大概只有幾家，落花有一半落進了東去的流水。少年們踢球常常高過飛鳥，鞦韆爭相盪出了柳樹梢頭。少年們春分就開始出來遊樂，用不著等到清明節和上巳節。

【研析】這首詩猶如一幅唐代寒食節郊遊的風俗圖畫。前四句寫在城東郊遊所見美景，其構圖錯落有致，繪景明麗如畫。後四句寫春日少年們縱情遊樂的熱烈情形。其中五、六句在桃李、清溪、落花、流水、人家的背景上，添幾筆不時飛上高空的鞦韆與皮球，令人如聞少男少女們歡樂的笑聲，使這一幅風俗圖畫蕩漾著靈動的春意，充溢著青春的活力。這兩句中的「過」字、「出」字都用得好，宋吳幵《優古堂詩話》：「晁無咎評樂章歐陽永叔〈浣溪紗〉云：『「隄上游人逐畫船，拍隄春水四垂天，綠楊樓外出秋千。」要皆絕妙，然只一出字，自是後人道不到處。』予按唐王摩詰〈寒食城東即事〉詩云……歐公用出字蓋本此。」所言甚是。

奉和楊駙馬六郎秋夜即事

【題 解】楊駙馬，趙殿成曰：「按《唐書・公主列傳》，玄宗二十九女，駙馬楊姓者凡七人，未知孰是。」六郎，當為楊駙馬之子。本詩為楊六郎〈秋夜即事〉的和作，楊詩今已不存。

高樓月似霜，秋夜鬱金堂❶。對坐彈盧女❷，同看舞鳳凰❸。少兒❹多送酒，小玉❺更焚香。結束平陽騎，明朝入建章❻。

【注 釋】❶鬱金堂 猶言香堂。沈佺期〈古意呈補闕喬知之〉：「盧家少婦鬱金堂，海燕雙棲玳瑁梁。」梁武帝〈河中之水歌〉：「盧家蘭室桂為梁，中有鬱金蘇合香。」庾信〈奉和示內人〉：「然（燃）香鬱金屋，吹管鳳凰臺。」鬱金，香草名。晉左九嬪〈鬱金頌〉：「伊此奇草，名曰鬱金。……芳香酷烈，悅目欣心。」❷彈盧女 謂有樂妓彈琴。參見〈扶南曲歌詞〉五首其二注❸。❸舞鳳凰 《文選》張衡〈東京賦〉：「鳴女牀之鸞鳥，舞丹穴之鳳皇。」薛綜注：「《山海經》又曰：丹穴之山，有鳥焉，其狀如鵠，五采，名曰鳳皇。是鳥也，飲食自歌自舞，見則天下安寧。」此處疑指妓人著五采之衣，起舞時猶如鳳凰。❹少兒 《漢書・衛青傳》：「衛青，字仲卿。其父鄭季，河東平陽人也，以縣史給事侯家。平陽侯曹壽，尚武帝姊陽信長公主。季與主家僮衛媼（《史記》作『侯妾衛媼』）通，生青。……衛媼長女君孺，次女少兒，次女則子夫。」〈霍去病傳〉：「霍去病，大將軍青姊少兒子也。其父霍仲孺，先與少兒通，生去病。及衛皇后（子夫）尊，少兒更為詹事陳掌妻。」此處借指侍女。❺小玉　唐人詩中多以小玉指侍女。白居易〈長恨歌〉：「金闕西廂叩玉扃，轉教小玉報雙成。」李賀〈江樓曲〉：「眼前便有千里思，小玉開屏見山色。」❻結束二句　指楊駙馬六郎即將入宮任事。結束，裝束；打扮。平陽騎，《史記．衛將軍驃騎列傳》：「（衛）青壯，為（平陽）侯家騎，從平陽主（即陽信長公主）。建元二年春，青姊子夫得入宮幸上。……上聞，乃召青為建章監侍中。」建章，見〈奉和聖製賜史供奉曲江宴應制〉注❸。

【語　譯】高樓的月光潔白如霜，秋夜的廳堂芳香濃烈。堂上面對面坐著彈琴奏樂的歌妓，人們一同觀看妓人起舞就像鳳凰。侍女少兒大量送上酒來，還有小玉再次點燃檀香。六郎您裝束好公主家的坐騎，明早就要進入皇宮任事。

【研　析】這首詩應是在楊駙馬家的一次宴會上寫的一首應酬之作。詩的首二句寫宴會舉行的時間和地點；三、四句寫宴會上的樂舞表演；五、六句寫主人熱情待客——大量送酒與不斷焚香；末二句交代舉行宴會的原因——楊駙馬之子六郎明早就要入宮任事。

酬賀四贈葛巾之作

【題　解】賀四，不詳。葛巾，葛布頭巾。此詩為答謝友人贈送葛巾而作。

野巾❶傳惠好，茲貺❷重兼金❸。嘉此幽棲物❹，能齊隱吏❺心。早朝方暫掛❻，晚沐❼復來簪。坐覺囂塵遠❽，思君共入林❾。

【注　釋】❶野巾　供庶人使用的頭巾。此即指葛巾。❷貺　贈。❸兼金　《孟子・公孫丑下》：「王餽兼金一百而不受。」趙岐注：「兼金，好金也。其價兼倍於常者，故謂之兼金。」❹幽棲物　指葛巾。古時庶人、隱者常著葛巾，故云。《宋書・陶潛傳》：「郡將候潛，值其酒熟，取頭上葛巾漉酒，畢，還復著之。」❺隱吏　謂居官而潛隱不露、有避世之志者。此處作者指自己。❻暫掛　指上朝時著冠，將葛巾暫時掛起來。❼晚沐　傍晚休假。《文選》沈約〈和謝宣城〉：「晨趨朝建禮，晚沐臥郊園。」李善注：「沐，休沐也。」❽坐覺句　謂戴上葛巾，頓覺遠離人世的囂塵。坐，猶頓。❾入林　指隱居。《世說新語・賞譽》：「謝公（安）道：『豫章（謝鯤）若遇七賢（竹林七賢），必自把臂入林。』」

【語　譯】供平民使用的葛巾傳達了友好情意，你的這個贈品真重於價值加倍的好金。我喜歡這一隱居者使用的東西，它合於一個想要退隱的官吏的心。上早朝時將把它暫時掛起來，傍晚回家休息後又將它戴上。一戴上它頓覺遠離人世的喧囂埃塵，我想望著與你一起隱居於山林。

【研　析】這首詩借友人贈送葛巾一事，表達了自己辭官歸隱的願望。詩的首二句說友人贈送葛巾，情意深重；三、四句把葛巾與隱居聯繫起來，說自己很喜歡葛巾這一供隱者使用之物；五、六句說除上朝時不能戴葛巾外，其他時候自己很願意戴它；末二句寫自己戴上葛巾後的感覺，並表示自己想和友人一起隱居山林，與三、四句相呼應。

過福禪師蘭若

【題　解】福禪師，《舊唐書・方伎傳》：「義福姓姜氏，潞州銅鞮人。初止藍田化感寺，處方丈之室，凡二十餘年，未嘗出宇之外。後隸京城慈恩寺。……以（開元）二十年（當作『二十四年』，參見陳垣《釋氏疑年錄》）卒，有制賜號大智禪師。」不知福禪師是否即指義福。又《景德傳燈錄》卷四載神秀弟子，有「京兆小福禪師」。另唐淨覺《楞伽師資記》稱神秀傳法弟子，有「藍田玉山惠福」。蘭若，指佛寺。本詩寫過訪福禪師蘭若之所見。

巖壑轉❶微❷逕，雲林❸隱法堂❹。羽人飛奏樂，天女跪焚香❺。竹

外峰偏曙❻，藤陰水更涼。欲知禪坐久，行路長春芳❼。

【注　釋】❶轉　麻沙本、元本作「傳」，《文苑英華》作「帶」。「傳」蓋即「轉」之形訛字。❷微　《文苑英華》作「松」，又趙注本注：「一本作茅。」❸雲林　猶山林。❹法堂　演說佛法之堂。《華嚴經》卷五：「世尊凝睟處法堂，炳然照耀宮殿中。」此指福禪師蘭若。❺羽人二句　疑寫法堂中壁畫的相狀。羽人，《楚辭・遠遊》：「仍羽人於丹丘兮，留不死之舊鄉。」王逸注：「《山海經》言有羽人之國，不死之民，或曰人得道，身生毛羽也。」此指有羽翼的仙人。天女，佛教指欲界六天之神女。趙注本注：「天，一本作仙。」❻竹外句

外，猶上。偏，獨。黎明時陽光先照射於峰頂，故曰峰偏曙。❼欲知二句　形容禪師禪坐時間之長，言道上春芳已長高，而禪師猶禪坐未起。據《摩訶止觀》卷二載，僧人禪坐，以九十日為一期。欲，猶已。春芳，春天的芳草。陸機〈悲哉行〉：「游客芳春林，春芳傷客心。」

【語　譯】峰巒溝谷裡的小徑繞來繞去，山林中隱藏著講說佛法的蘭若。僧寺的牆上畫著飛仙在空中奏樂，還有天上的神女跪下燒香拜佛。竹林上的山峰獨自有曙光照射，藤蘿下的幽暗地方流水更加寒冷。已知禪師坐禪的時間長久，道路上春天的芳草已經長高。

【研　析】此詩述過訪僧寺，首二句寫僧寺隱藏在山林中，這是作者走向僧寺時所見；三、四句寫寺中壁畫，是進入寺院時所見；五、六句接寫寺院周圍的環境；末二句讚寺中禪師道行高，坐禪的時間已很長。全詩由遠及近，敘寫有序。

過香積寺

【題　解】香積寺，故址在今陝西長安。《長安志》卷一二：「開利寺在（長安）縣南三十里皇甫郿，唐香積寺也。永隆二年建，皇朝太平興國三年改。」近人鄭洪春〈香積寺考〉（載《人文雜誌》一九八〇年第六期）謂：在今皇甫村（即唐皇甫郿）原下，曾發現寺院遺址石柱礎及殘缺的石佛像二，初步分析，具有隋唐文化特徵；這一發現，同《長安志》的記載相合，可證唐香積寺即在此。又謂：至宋時，香積寺已毀，又在今日賈里村之西的香積寺村另修新寺，初名開利，後又名香積，不知者每誤以為此即唐之香積寺。此篇《文苑英華》作王昌齡詩。按，王維集諸本俱錄此詩，而王昌齡集無此詩，《全唐詩》同，宜從之。此詩寫初遊香積寺之所見。

不知香積寺，數里入雲峰。古木無人徑，深❶山何處鐘。泉聲咽危石❷，日色冷青松。薄暮空潭曲❸，安禪❹制毒龍❺。

【注　釋】❶深　《文苑英華》作「空」。❷泉聲句　謂泉水在危石間穿行，發出嗚咽之聲。孔稚珪〈北山移文〉：「風雲悽其帶憤，石泉咽而下愴。」❸曲　隱僻之處。❹安禪　佛家語，猶言人於禪定。江總〈明慶寺〉詩：「金河知證果，石室乃安禪。」❺毒龍　趙殿成注曰：「《涅槃經》：但我住處，有一毒龍，其性暴急，恐相危害。」又曰：「毒龍宜作妄心譬喻，猶所謂心馬情猴者，若會意作降龍實事用，失其解矣。」按，趙說是。佛教認為，妄念煩惱，能危害人之身心，使不得解脫，故以毒龍喻之。《禪祕要法經》卷中：「今我身內，自有四大毒龍無數毒蛇……集在我心，如此身心，極為不淨，是弊惡聚，三界種子（產生世俗世界各種現象的精神因素），萌芽不斷。」「安禪」可使心緒寧靜專注，滅除妄念煩惱，故曰「制毒龍」。

【語　譯】我不知道香積寺在什麼地方，行走數里進入了高高的山峰。寂無人蹤的小路兩旁古木參天，深僻的山裡不知何處的鐘聲響起。泉水穿越危石發出了嗚咽之聲，日光照到幽深的松林裡帶著寒意。傍晚在寺院澄澈的深潭旁的隱僻之處，入於禪定就能制服妄念這種心中的毒龍。

【研　析】這首詩寫過訪香積寺，著意於刻畫一個幽深、靜謐的境界。詩以「不知」二字發端，領起全章，意謂入山數里，但見古木夾徑，寂無人蹤，忽聞遠處鐘聲，始知山中有寺。清黃生《增訂唐詩摘鈔》卷一說：「起用『不知』二字，便見往時未到，今日方過，幽賞勝情，得未曾有，俱寓此二字內。」所言甚是。「何處鐘」三字還傳達出了作者急於要找尋寺院所在的心情。由不知到始知，四句一氣盤旋而下，運思超妙，狀初至光景宛然。接下後四句改為近寫，其中五、六句寫本寺環境，工於錘字鍊句。「下一『咽』字，則幽靜之狀恍然；著一『冷』字，則深僻之景若見，昔人所謂詩眼是矣」（趙殿成《王右丞集箋注》卷七）。第六句化視覺裡的事物為觸覺中的事物，這種「通感」的表現手法，有助於更好地表達詩人對自然景物的獨特心理感受。末二句摻入禪語，以佛教的超脫塵世之意作結。在作者的心目中，這樣一個幽深、靜謐的境界，正是「安禪」的好地方。王維的山水田園詩偏好刻畫寂靜清幽的境界，這同詩人的佛教信仰有關。不過這種境界也是大自然之美的一種反映，對人們不無吸引力。

送李判官赴江東

【題　解】判官，唐節度、防禦、採訪處置、轉運等使之僚屬有判官。江東，見〈送綦毋校書棄官還江東〉題解。此二字《全唐詩》作「東江」，趙注本亦注曰：「一作東江。」按，東江又稱龍江，在廣東南部，自博羅縣西流，經增城縣入海。《水經注》卷三八〈溱水〉：「東溪亦名東江，又名始興水。」這是一首送友人到地方任職之作。

聞道皇華使❶，方隨皁蓋臣❷。封章通左語❸，冠冕化文身❹。樹色分揚子，潮聲滿富春❺。遙知辨璧吏❻，恩到泣珠人❼。

【注釋】❶皇華使　指李判官。《詩·小雅》有〈皇皇者華〉，〈詩序〉曰：「〈皇皇者華〉，君遣使臣也。」後因以「皇華」指使者或出使。《宋書·謝靈運傳·撰征賦序》：「余攝官承乏，謬充殊役，皇華愧於先雅，靡臨頟於征人。」❷方隨句　謂李將赴江東為地方長吏（包括節度、防禦、採訪處置使）僚屬。皁蓋，《後漢書·輿服志》：「中二千石、二千石皆皁蓋（黑色車蓋），朱兩轓。」東漢刺史「秩二千石」，太守亦然（見《後漢書·百官志》），故後遂以「皁蓋」稱地方長官之車。杜甫〈陪李北海宴歷下亭時邑人蹇處士等在坐〉：「東藩駐皁蓋，北渚淩青河。」李北海即北海太守李邕。孟浩然〈陪張丞相祠紫蓋山途經玉泉寺〉：「皁蓋依松憩，緇徒擁錫迎。」張丞相謂張九齡，時任荊州長史。❸封章句　謂李通曉異族語言，此去當可獲知其地隱情，向天子進奏封章。封章，古時百官上書奏機密事，為防露泄，以皂囊封緘呈進，稱封章，亦曰封事。揚雄〈趙充國頌〉：「營平守節，屢奏封章。」左語，猶「左言」，指異族語言。意謂與中國語言相左。《文選》左思〈魏都賦〉：「或魋髻而左言，或鏤膚而鑽髮。」李善注：「揚雄〈蜀記〉曰：蜀之先代人椎結左語，不曉文字。」❹冠冕句　謂以中原的禮儀服飾來教化文身之民。冠冕，指中原漢人服飾。文身，在身體上刺畫有色的圖案或花紋。《禮·王制》：「東方曰夷，被髮文身。」《漢書·地理志》：「粵地……其君禹後……文身斷髮，以避蛟龍之害。」❺樹色二句　寫李赴江東途中行經之地。分，有呈現義。參見王鍈《詩詞曲語辭例釋》。揚子，今江蘇邗江南有古揚子津，古時位於長江北岸，由此可南渡京口（今江蘇鎮江），今去江已遠，但仍通運河；又唐揚州有揚子縣，治所即在今邗江南；另長江在今江蘇儀徵、揚州一段，古稱揚子江，蓋因揚子津及揚子縣而得名。富春，見〈贈吳官〉注❿。❻辨璧吏　用朱暉事。《後漢書·朱暉傳》：「暉早孤有氣決。……驃騎將軍東平王蒼聞而辟之，甚禮敬焉。正月朔旦，蒼當入賀。故事，少府給璧。是時陰就為府卿，貴驕，吏慠不奉法，蒼坐朝堂，漏且盡而求璧不可得，顧謂掾屬曰：『若之何？』暉望見少府主簿持璧，即往紿之曰：『我數聞璧而未嘗見，試請觀之。』主簿以授暉，暉顧召令史奉之（注：「奉之於蒼。」）。主簿大驚，遽以白就，就曰：『朱掾義士，勿復求，更以它璧朝。』蒼既罷，召暉謂曰：『屬（向）者掾自視孰與藺相如？』帝聞壯之。」辨，「辦」的古字。此處以朱暉喻李判官。❼泣珠人　張華《博物志》卷二：「南海外有鮫人，水居如魚，不廢織績，其眼能泣珠。」事亦見《搜神記》卷一二。

【語　譯】聽說您這位出使江東的人，將要追隨乘皁蓋車的地方長官。您通曉異族語言，將上密奏報告異族情況；並用中原的禮儀服飾，教化南方的紋身百姓。樹木的綠色呈現在揚子津，浙江的潮聲充滿於富春縣。雖相距遙遠卻知您這位如朱暉一般的掾屬，恩惠將施及於海中的鮫人。

【研　析】這首送別詩的首二句直入題旨，謂李就要赴江東任判官；三、四句寫李到任後將擔負的工作；五、六句寫李赴任途中經行之地的景色；末二句說李到任後將普施恩惠於各種人，這是對李的期望，也是一種勉勵。這首五律通篇對仗，但寫來卻自然流暢，毫不費力。

送張道士歸山

【題　解】張道士，不詳。詩為送道士歸山而作。

先生何處去？王屋❶訪毛君❷。別婦留丹訣，驅雞入白雲❸。人間若剩住，天上復離群❹。當作遼城鶴，仙歌使爾聞❺。

【注釋】❶王屋　山名，在今山西陽城垣曲兩縣間。《元和郡縣志》卷五：「王屋山在（王屋）縣北十五里，周迴一百三十里，高三十里。」❷毛君　指毛伯道。梁陶弘景《真誥》卷五：「昔毛伯道、劉道恭、謝稚堅、張兆期，皆後漢時人也。學道在王屋山中，積四十餘年，共合神丹，毛伯道先服之而死，道恭服之又死，謝稚堅、張兆期見之如此，不敢服之，並捐山而歸去。後見伯道、道恭在山上，二人悲愕，遂就請道，與之茯苓持行方，服之皆數百歲，今猶在山中。」毛，宋蜀本、麻沙本、元本等俱作「茅」，趙殿成曰：「唯顧玄緯本、凌本作毛，今從之。」❸別婦二句　二句指張欲入山修道。上句用許邁事。《晉書・許邁傳》：「邁少恬靜，不慕仕進。……父母既終，乃遣婦孫氏還家，遂攜其同志徧游名山焉。……永和二年，移入臨安西山，登巖茹芝，眇爾自得，有終焉之志。乃改名玄，字遠游。與婦書告別，又著詩十二首，論神僊之事焉。……玄自後莫測所終，好道者皆謂之羽化矣。」丹訣，煉丹成仙的祕訣。《搜神記》卷一：「遂得神仙丹訣。」驅雞句，參見〈送友人歸山歌〉二首其一注❺。❹人間二句　謂道士在人間怎能多住，歸山又覺與朋友相離。若，猶怎、哪。剩，猶多。若剩住，《文苑英華》作「數剩住」，明十卷本、張本作「苦難住」，奇字齋本、凌本作「苦難剩」。離群，《禮・檀弓》：「吾離群而索居，亦已久矣。」注：「群，謂同門朋友也。索猶散也。」❺當作二句　《搜神後記》卷一：「丁令威，本遼東人，學道于靈虛山。後化鶴歸遼，集城門華表柱。時有少年，舉弓欲射之。鶴乃飛，徘徊空中而言曰：『有鳥有鳥丁令威，去家千年今始歸。城郭如故人民非，何不學仙冢壘壘。』遂高飛沖天。」二句謂張歸山後，當像丁令威那樣得道成仙。

【語　譯】先生您要往什麼地方去？往王屋山去尋訪仙人毛君。您像許邁那樣別妻而去留下了煉丹祕訣，如祝雞翁一般趕著雞群進入白雲裡。您在人間怎麼能多住，歸山又覺與朋友相離。您當像丁令威那樣化鶴歸遼城，高唱仙歌讓你們這些朋友都聽到。

【研　析】本詩的送別對象，當是一位長時間遊於人間、與世人有廣泛交往的道士。詩的首二句說張道士就要歸山；三、四句接寫道士歸山的目的為修道；五、六句寫此時道士面臨著歸山與別友之間的矛盾；末二句說道士歸山後將成仙，並令友人都知曉，則成仙事大，別友事小，成仙的期望將克服別友的悵惘。全詩所寫，都圍繞「道士歸山」四字展開。

送孫秀才

【題　解】秀才，見〈送嚴秀才還蜀〉題解。此篇《又玄集》、《唐詩紀事》作王縉詩，《全唐詩》重見王維及王縉集中。按，王維集諸本皆錄此篇，《文苑英華》亦以此詩為王維所作，今姑據之收入集中。此詩為送人歸鄉而作。

帝城風日好，況復建平家❶。玉枕雙文簟，金盤五色瓜❷。山中沽魯酒，松下飯胡麻❸。莫厭田家苦，歸期遠復賒❹。

【注　釋】❶帝城二句　趙殿成曰：「孫秀才蓋客於京師，遨遊諸王之門，不得意而歸者，故首美帝城風日，并引建平家，以為擬喻。」日，《又玄集》作「月」。建平，謂南朝宋建平王劉宏或其子景素。《宋書‧文九王傳》云：「（宏）少而閑素，篤好文籍。……為人謙儉周慎，禮賢接士，明曉政事，上甚信仗之。」又云：「（宏）子景素，少愛文義，有父風。……時太祖（宋文帝劉義隆）諸子盡殂，眾孫唯景素為長……景素好文章書籍，招集才義之士，傾身禮接，以收名譽，由是朝野翕然，莫不屬意焉。」❷玉枕二句　描寫王家生活的奢美，以見出孫客遊王門之適意。玉枕，玉製之枕。王嘉《拾遺記》卷七：「漢誅梁冀，得一玉虎頭枕，云單池國所獻。」《晉書‧王澄傳》：「（王敦）請澄入宿，陰欲殺之。……澄手嘗捉玉枕以自防，故敦未之得發。」枕，麻沙本作「椀」。雙文簟，一種花紋成雙的珍美竹席。晉張敞《東宮舊事》：「太子納妃有赤花雙文簟。」文，《文苑英華》、《唐詩紀事》俱作「紋」。五色瓜，阮籍〈詠懷〉八十二首其六：「昔聞東陵瓜，近在青門外。……五色曜朝日，嘉賓四面會。」梁任昉《述異記》卷下：「吳桓王時，會稽生五色瓜。今吳中有五色瓜，歲時充貢賦獻。」❸山中二句　寫孫歸鄉後的清苦生活。沽，趙注本原作「無」，此從《文苑英華》、《唐詩紀事》。魯酒，《莊子‧胠篋》：「脣竭則齒寒，魯酒薄而邯鄲圍。」後因以魯酒稱薄酒。胡麻，即芝麻，相傳漢張騫得其種於西域，故稱。❹莫厭二句　趙殿成曰：「田家澹薄，大異疇昔，幾何不生厭苦？然而莫厭也，視予（作者）之歸期尚遠而遲緩不可必者，不猶愈（勝）乎？其慰藉之意深矣。」厭，《文苑英華》作「怨」。賒，緩。

【語　譯】京城的風光非常好，況且你又住在親王家。睡的是玉製枕頭精美竹席，吃的是盛在金盤裡的五色瓜。你回去後只能在山裡買薄酒，在松樹下吃胡麻。你不要嫌棄農家的生活清苦，我的歸鄉之期既遠而又遲遲不至還不如你。

【研　析】秀才是唐時應進士試者之通稱，孫秀才當是滯留京師、寄居於諸王家的一個落第進士。詩的前四句寫孫秀才寄居諸王家的生活之美；五、六句寫秀才歸鄉後將過著清苦的生活；末二句勸秀才不要嫌棄農家生活，並說他得以歸鄉就勝過自己，這話無疑是對秀才的一個安慰。那麼秀才為什麼要離開諸王家而歸鄉呢？大概是入仕無門，寄居又非長久之計，所以才決計歸鄉的。

送方城韋明府

【題解】方城，唐縣名，屬唐州，治所在今河南方城。明府，唐人稱縣令為明府，參見宋洪邁《容齋四筆》卷一五。此詩為送韋明府到方城縣赴任而作。

遙思葭菼際，寥落楚人行；高鳥長淮水，平蕪故郢城❶。使車聽雉乳❷，縣鼓應雞鳴❸。若見州從事❹，無嫌手板❺迎。

【注釋】❶遙思四句　寫方城和故楚地的風物。葭菼，見〈送賀遂員外外甥〉注❶。寥落，稀疏。宋蜀本作遼落。楚人行，方城春秋時屬楚地，故云。《元和郡縣志》卷二一：「唐州……春秋時為楚地。」長淮，《元和郡縣志》卷二一：「淮水出（唐州桐柏）縣南桐柏山。」平蕪，草木繁茂的原野。郢，楚都，在今湖北江陵西北。高步瀛《唐宋詩舉要》曰：「案，故郢城猶言舊時楚國之城，變楚言郢，以避上楚人字耳。」❷使車句　《後漢書·魯恭傳》：「（恭）拜中牟令。……建初七年，郡國螟傷稼，犬牙緣界，不入中牟，河南尹袁安聞之，疑其不實，使仁恕掾肥親往廉（察）之。恭隨行阡陌，俱坐桑下，有雉過止其傍，傍有童兒，親曰：『兒何不捕之？』兒言雉方將雛（攜帶幼鳥），親瞿然而起，與恭訣曰：『所以來者，欲察君之政迹耳。今蟲不犯境，此一異也；化及鳥獸，此二異也；豎子有仁心，此三異也，久留徒擾賢者耳。』還府俱以狀白安。」此句即用其事，謂使者乘車至縣，聽到了縣中小兒言雉方育子（雉乳），不欲捕之。指韋到任後，當會有魯恭那樣的政績。❸縣鼓句　謂縣中之鼓聲與雞鳴聲相應。《晉書·鄧攸傳》載，攸為吳郡太守，「在郡刑政清明，百姓歡悅，為中興良守。後稱疾去職。……百姓數千人留牽攸船，不得進，攸乃小停，夜中發去。吳人歌之曰：『紞（鼓聲）如打五鼓，雞鳴天欲曙。鄧侯挽不留，謝令推不去。』」此句即用其事，謂韋去職時，將會像鄧攸那樣為百姓所歌唱。❹州從事　漢制，州刺史之佐吏如別駕、治中等，統稱為從事史。《後漢書·百官志》：「外十有二州，每州刺史一人……皆有從事史假佐。」此指州郡佐吏。❺手板　即笏。古代官吏上朝或謁見上司時所執，備記事用。《宋書·禮志》：「笏者，有事則書之。……手板，則古笏矣。」《隋書·禮儀志》：「百官朝服公服則執手版。」

【語　譯】我想著遠方的蘆荻叢邊，有稀疏的楚人在行走；高飛的鳥兒度過長長的淮河水，草木叢生的原野上立著舊日的楚城。明府您將像漢代魯恭那樣，使臣來縣裡會聽到兒童說不要捕正育雛的野雞；又會像晉代鄧攸那樣，離任時為老百姓所挽留和歌唱。您如果見到州刺史的僚佐，不要埋怨要親執手板去迎接。

【研　析】此詩寫送友人到方城任縣令，前四句想像友人將去的方城一帶的風光，其中「高鳥」二句，寫景宛然在目。五、六句說友人到任後，當會有突出治績。末二句暗用陶淵明事，淵明為彭澤令，「郡遣督郵至，縣吏白應束帶見之，潛歎曰：『我不能為五斗米折腰向鄉里小人。』即日解印綬去職。」（《宋書·陶潛傳》）詩人希望友人不要因細故小節而去職，而應專心致志地在治理方城方面做出成績。這兩句和上兩句一樣，都是對友人的一種鼓勵。

送李員外賢郎

【題　解】員外，官名，即員外郎。見〈送陸員外〉題解。此詩為送李員外之子還蜀省母而作。

少年何處去？負米❶上銅梁❷。借問阿戎父❸，知為童子郎❹。魚箋請詩賦，橦布作衣裳❺。薏苡扶衰病，歸來幸可將❻。

【注　釋】❶負米　《孔子家語・致思》：「子路見於孔子曰：『昔者由也事二親之時，常食藜藿之食，為親負米百里之外。』」此處蓋謂事親，而非實指負米。❷銅梁　《文選》左思〈蜀都賦〉曰：「外負銅梁於宕渠，內函要害於膏腴。」劉淵林注：「銅梁，山名。」《元和郡縣志》卷三三云：「銅梁山在（合州石鏡）縣（今四川合川）南九里，〈蜀都賦〉曰『外負銅梁宕渠』是也。山出銅及桃竹枝。」又云：「（合州）銅梁縣（今四川銅梁北），長安四年……置縣，取小銅梁山為名。」「小銅梁山在（銅梁）縣西北七十里。」按，玩詩意，「賢郎」乃蜀人而隨父在京者，詩蓋為送其還蜀事親（「賢郎」之母當在蜀，故有「負米」之語）而作。❸阿戎父　《世說新語・簡傲》劉孝標注引〈竹林七賢論〉曰：「初（阮）籍與（王）戎父渾，俱為尚書郎，每造渾，坐未安，輒曰：『與卿語，不如與阿戎語。』就戎必日夕而返。籍長戎二十歲，相得如時輩。」又引〈晉陽秋〉曰：「戎年十五，隨父渾在郎舍，阮籍見而悅焉。」此以阿戎喻「賢郎」，以阿戎父喻李員外（正切李為尚書郎事）。❹童子郎　古時選童子才俊通經者，拜為郎，號童子郎。《後漢書・臧洪傳》曰：「洪年十五，以父功拜童子郎，知名太學。」注：「漢法，孝廉試經者拜為郎，洪以年幼才俊，故拜童子郎也。」又〈左雄傳〉曰：「汝南謝廉、河南趙建，年始十二，各能通經，雄並奏拜童子郎。」又唐有童子科，凡十歲以下通經者，經考試合格，予官或與出身（參見《文獻通考》卷三五）。《舊唐書・劉晏傳》：「年七歲，舉神童，授祕書省正字。」此處謂「賢郎」年幼才俊，也可能實指他曾中童子科。❺魚箋二句　魚箋，唐代蜀地造的箋紙。箋，小幅而精美的紙張，古時多用以題詠或寫書信。唐李肇《唐國史補》卷下：「紙則有越之剡藤苔牋，蜀之麻面、屑末……魚子十色牋。」王勃〈七夕賦〉：「握犀管，展魚牋。」竇暨〈懷素上人草書歌〉：「魚箋絹素豈不貴，只嫌局促兒童戲。」請詩賦，指蜀人每用魚箋求人作詩賦。橦布，見〈送梓州李使君〉注❸。蓋「賢郎」為蜀人，即將還蜀，故有「魚箋」、「橦布」之語。❻薏苡二句　謂薏苡可扶持衰病之體，回京時正可攜帶，以供員外之用。按，蜀中產薏苡，故云。陸游〈薏苡〉詩曰：「初遊唐安飯薏米，炊成不減雕胡美。……東歸思之未易得，每以問人人不識。」唐安即蜀州，治所在今四川崇慶。薏苡，多年生草本植物，莖直立，葉披針形，穎果卵形，果仁叫薏米，供食用和藥用。《後漢書・馬援傳》：「初援在交阯，常餌薏苡實，用能輕身省慾，以勝瘴氣。」注：「《神農本草經》曰：薏苡，味甘微寒……久服輕身益氣。」幸，猶正。將，攜帶。

【語　譯】這位少年要往何處去？要上銅梁縣侍奉母親。詢問少年「阿戎」的父親，知道「阿戎」是個通曉儒經的童子郎。蜀人常拿當地造的魚箋求人作詩賦，還用木棉花織成的布製作衣裳。蜀地產的薏米能支撐衰病之體，賢郎歸京時正好可以攜帶些。

【研　析】這是一首送別詩，首二句寫送別對象——李員外之子（李郎）欲還蜀省母；三、四句說李郎為少年才俊，自己心裡喜歡他；五、六句寫李郎欲往之地（蜀地）的物產風俗；末二句說李郎還京時正可攜帶蜀地出產的薏米，以供員外之用。則詩以寫李郎省母始，以寫李郎事父終，這兩個方面，正是本詩的主要內容。

送梓州李使君

【題解】梓州，唐州名，治所在今四川三臺。《舊唐書·地理志》：「梓州……天寶元年，改為梓潼郡。乾元元年，復為梓州。」「梓州」《唐詩正音》作東川，疑後人因乾元後梓州恆為劍南東川節度使治所而妄改。李使君，《新唐書·三宗諸子傳》：「(李)璆(高宗孫)……二子：謙為郢國公、梓州刺史。」未知即其人否？這是一首送友人入蜀為官的詩。

萬壑樹參天，千山響杜鵑❶。山中一半❷雨，樹杪百重泉。漢女輸橦布❸，巴人訟芋田❹。文翁翻教授，敢不倚先賢❺？

【注釋】❶千山句 《文苑英華》作「鄉音聽杜鵑」。杜鵑，鳥名，又稱子規，傳說為古蜀帝杜宇之魂所化。詩寫蜀地景物，故提及杜鵑。❷半 明十卷本、奇字齋本、顧本、淩本、《全唐詩》俱作「夜」。❸漢女句 謂蜀地婦女以橦布輸官(唐行租庸調法，百姓每年需向官府繳納一定數量的布匹或絲織物)。漢，陳貽焮《王維詩選》云：「漢女，指嘉陵江邊少數民族的女子。嘉陵江古稱西漢水。」按，「漢女」與下「巴人」對文，疑漢當為國名。左思〈蜀都賦〉：「巴姬彈弦，漢女擊節。」西元二二一年，劉備在蜀稱帝，國號漢。橦布，《文選》

左思〈蜀都賦〉：「異物崛詭，奇於八方。布有橦華，麪有桄榔。」劉淵林注：「橦華者，樹名橦，其花柔毳（柔毛）可績為布也，出永昌（郡名，東漢永平十二年，以哀牢人居地二縣並割益州郡西部六縣置，治所在今雲南保山東北）。」按，橦即木棉樹，其種子的表皮長有白色纖維，可績為布。橦，《瀛奎律髓》、《唐詩正音》俱作「賨」，《後漢書．南蠻傳》曰：「秦昭王使白起伐楚，略取蠻夷，始置黔中郡。漢興，改為武陵，歲令大人輸布一匹，小口二丈，是謂賨布（注：『《說文》曰：南蠻賦也。』）。」則作賨意亦可通，然不如作橦之為工對。❹巴人句　謂蜀人常為芋田之事打官司。巴，古國名，戰國時為秦所滅，於其地置巴郡，轄境在今四川旺蒼、西充、重慶、永川、綦江以東地區。芋田，蜀地多植芋，《史記．貨殖列傳》曰：「吾聞岷山之下沃野，下有蹲鴟（大芋，其形類蹲鴟），至死不飢。」〈蜀都賦〉：「其園則有蒟蒻茱萸，瓜疇芋區。」晉郭義恭《廣志》：「蜀漢既繁芋，民以為資。」（《說郛》卷六一）❺文翁二句　文翁，《漢書．循吏傳》：「文翁，廬江舒人也。……景帝末，為蜀郡守，仁愛好教化，見蜀地辟（僻）陋，有蠻夷風，文翁欲誘進之，乃選郡縣小吏開敏有材者……親自飭厲，遣詣京師，受業博士。……又脩起學官於成都市中……由是大化，蜀地學於京師者，比齊魯焉。……至今巴蜀好文雅，文翁之化也。」翻教授，反而進行教育之意。敢不，各本均作「不敢」，趙殿成曰：「不敢，當是敢不之訛。」今姑從其說校改。倚，依傍。先賢，指文翁。二句意謂，李到任後，必定追隨文翁，教化蜀民。又《唐宋詩舉要》云：「末二句言文翁教化至今已衰，當更翻新以振起之，不敢倚先賢成績而泰然無為也。」《唐詩別裁》卷九云：「結意言時之所急在征戍，而文公治蜀，翻在教授，準之當今，恐不敢倚先賢也。」皆可備一說。

【語　譯】上萬山谷裡樹木高入雲霄，成千座山峰上響起子規的啼叫。幽深的山林中半晴半雨，樹梢上頭出現了百道飛泉。蜀漢婦女繳納用木棉花織的布，巴地百姓常為芋田的事打官司。文翁治蜀反而對有蠻夷風的百姓進行教育，使君您到任後哪能不追隨先賢教化蜀民？

【研析】這首送別李使君的詩，前四句寫李使君欲往之地的奇勝之景，非常出色。其中「萬壑」二句音調瀏亮，極富氣勢，為「起句之極有力、最得勢者」（清朱庭珍《筱園詩話》卷四）。「山中」一聯，「分頂上二語而一氣赴之（三句承次句山字，四句承首句樹字），尤為龍跳虎臥之筆。此皆天然入妙，未易追摹」（清沈德潛《說詩晬語》卷上）。「一半雨」，謂蜀山幽深廣大，晴雨相半，寫出了蜀地山川的特色。「樹杪百重泉」，這畫面中有遠近層次，富於立體感，是用畫家的眼睛觀察景物所得的印象（傳統中國畫即將高遠處的瀑泉畫在近低處的樹梢上）。這首詩還能準確地捕捉和精妙地描摹大自然的音響，那響徹千山的杜鵑啼鳴，聲震層巒的崖巔飛瀑，不但有助於突現蜀地山川的雄奇，也使全詩的景物形象更活躍生動。此詩之前四句寫蜀中景物，切友人所往之「地」；五、六句寫與此「地」相聯繫的民情風俗，並兼及李使君到任後的職事；末二句希望友人到任後施行教化，改變蜀地陋俗，這是對友人的一種勉勵，又直承五、六句而來，所以全詩前後意脈是相貫通的。

送友人南歸

【題解】此詩為送友人南歸省母而作。

萬里春應盡，三江[1]雁亦稀。連天漢水廣[2]，孤客郢城[3]歸。鄖國[4]

稻苗秀，楚人菰米❺肥。懸知❻倚門❼望，遙識老萊衣❽。

【注釋】❶三江　古時各地有「三江」之稱的水道頗多。《水經注・湘水》：「巴陵（今湖南岳陽）西對長洲，其洲南廦（分）湘浦，北屆大江，故曰三江也，三水所會，亦或謂之三江口矣。」《元和郡縣志》卷二七：「巴陵城對三江口，岷江（古以岷江為長江正源，此處即指長江）為西江，澧江為中江，湘江為南江。」以江、澧、湘為三江，本詩「三江」或即指此。❷漢水廣　《詩・周南・漢廣》：「漢之廣矣，不可泳思。」此指春夏水盛，漢水變寬。❸郢城　見〈送方城韋明府〉注❶。❹鄖國　古國名，春秋時為楚所滅。《左傳》桓公十一年：「鄖人軍于蒲騷。」杜注：「鄖國在江夏雲杜縣（今湖北京山）東南。」《史記・楚世家》正義云：「《括地志》云：安州安陸縣城（今湖北安陸），本春秋時鄖國城。」《元和郡縣志》卷二七曰：「安州（治所在安陸縣），春秋時鄖國，後為楚所滅。」❺菰米　見〈晦日遊大理韋卿城南別業〉四首其三注❺。米，宋蜀本作「菜」。❻懸知　預知；料想。❼倚門　見〈送崔三往密州覲省〉注❸。❽老萊衣　見〈送錢少府還藍田〉注❸。

【語譯】萬里之外的南方春天應已離去，三江一帶的鴻雁已經很稀少。這時與天際相連的漢水變得寬廣，你這位孤身在外的人就要回到郢城。舊鄖國地區的稻苗開花抽穗，楚人種植的茭白也已長肥。我料想你母親正倚門而望盼子歸來，老遠就認得你這個老萊子穿的五彩衣。

【研析】這首送別詩的首聯點明友人將去的南方熱得早，這時候已春去夏來；次聯接寫友人欲歸之地就在江漢流域地區；三聯寫江漢一帶初夏的風物；末聯料想友人之母正盼子歸來，並交代了友人南歸的目的——省母。全詩前後銜接緊密，意思完整。

送孫二

【題解】這是一首送別詩，所送之人與寫作時間均不詳。

郊外誰相送❶？夫君❷道術親❸。書生鄒魯客❹，才子洛陽人❺。祖席❻依寒草，行車起暮塵。山川何寂寞，長望淚霑巾！

【注釋】❶郊外句　此句《文苑英華》作「郭外誰將送」。❷夫君　以稱友朋，此指送者。❸道術親　即親近道術之意。道術，道德學術。❹書生句　謂孫二是孔孟之門徒。鄒，古國名，有今山東費、鄒、滕、濟寧、金鄉等縣地，戰國時為楚所滅。鄒為孟子故鄉，魯為孔子故鄉，故或以鄒魯代指孔孟，如稱孔孟之遺風為鄒魯遺風，孔孟之學為鄒魯學等。鄒魯客，即指孔孟之門客、門徒。❺才子句　用賈誼事。詳見〈同崔傅答賢弟〉注❶。❻祖席　餞別的宴席。祖，《漢書・劉屈氂傳》師古注：「祖者，送行之祭，因設宴飲焉。」

【語譯】有誰到郊外相送？相送的友人都與道德學術相親。被送的書生是孔孟的門徒，又是像賈誼那樣的洛陽才子。餞別的宴席挨著寒冬的草木，出行的車子惹起日落時的飛塵。山川多麼冷落淒涼，長時間望著不禁淚下沾濕手巾！

【研析】這首詩一開始就切入送別的主題，首二句先從相送的人那兒著筆，寫他們都是與道德學術相親的人。俗話說，物以類聚，人以群分，由相送者的面貌，不難測知被送者的面貌，所以由首二句，便可自然地引出三、四二句：交代被送者是孔孟之徒、洛陽才子。接下二句寫餞送和被送者出行的情狀，並且交代了餞送的季節（寒，冬日）、時辰（暮）和地點（依寒草，郊野），下筆可謂十分經濟。末二句寫被送者離開後，詩人面對寒冬冷落淒涼的山川，內心的複雜感情，其中有別友的惆悵，暮節的悲感，也許還有失志的哀傷。總之，蘊含豐富，耐人尋繹。

觀獵

【題解】《樂府詩集》、《萬首唐人絕句》採此詩首四句作一五絕，俱題曰「戎渾」，《全唐詩》且將〈戎渾〉錄入卷五一一張祜集中。按，歌人每截取當時文人之詩而播之曲調，〈戎渾〉詩即屬這一情況。《樂府詩集》在張祜〈上巳樂〉後，載有〈穆護砂〉、〈思歸樂〉二首、〈金殿樂〉、〈胡渭州〉二首、〈戎渾〉、〈牆頭花〉二首、〈採桑〉、〈楊下採桑〉、〈破陣樂〉諸詩，均未署作者姓名，《全唐詩》編者誤認為以上諸詩皆張祜所作，於是將它們全部錄入張祜集中。其實《樂府詩集》凡接連收載同一詩人的不同題作品，皆在各詩之下分別署上同一作者姓名，如卷八〇連續收錄白居易〈樂世〉、〈急樂世〉、〈何滿子〉三詩，即未將後二詩的白居易之名略去不署。又〈思歸樂〉二首其二云：「萬里春應盡，三江雁亦稀。連天漢水廣，孤客未言歸。」乃截取王維〈送友人南歸〉詩首四句而成，顯非張祜之作。唐范攄《雲溪友議》卷中〈錢塘論〉曰：「白公云：『張三（張祜）作獵詩（指〈觀徐州李司空獵〉，載《全唐詩》卷五一〇），以較王右丞，予則未敢優劣也。』王維詩曰：『風勁角弓鳴……。』」明以〈觀獵〉為王維之詩，又唐姚合《極玄集》、韋莊《又玄集》亦俱以此詩為王維所作，故〈觀獵〉之著作權毫無疑問當屬之王維。詩題《唐詩紀事》作「獵騎」，麻沙本作「觀獵詩」。這首詩寫將軍日常的狩獵活動。

風勁角弓❶鳴，將軍獵渭城❷。草枯鷹眼疾❸，雪盡馬蹄輕。忽過新豐市❹，還歸細柳營❺。回看射雕❻處，千里暮雲平。

【注釋】❶角弓　飾以獸角的弓。❷渭城　見〈送元二使安西〉注❶。❸疾　猶言銳利。❹新豐市　見〈少年行〉四首其一注❶。市，《雲溪友議》作「戍」。❺細柳營　在今陝西咸陽西南渭河北岸。《史記·絳侯周勃世家》：「以河內守（周）亞夫為將軍，軍細柳以備胡。」《正義》：「《括地志》云：細柳倉在雍州咸陽縣西南二十里。」《元和郡縣志》卷一：「細柳倉……漢舊倉也。周亞夫軍次細柳，即此是也。」又今陝西西安西南古昆明池南別有一細柳，《元和郡縣志》卷一：「細柳原在（長安）縣西南三十三里，別是一細柳，非亞夫屯軍之所。」此處借指軍營。❻射雕　《史記·李將軍列傳》：「中貴人將騎數十縱，見匈奴三人，與戰，三人還射，傷中貴人，殺其騎且盡，中貴人走廣，廣曰：『是必射雕者也。』」又《北齊書·斛律光傳》載，光嘗從世宗於洹橋校獵，射落一大雕，邢子高見而歎曰：「此射雕手也。」按，雕一名鷲，極善飛，射藝弗精者罕能中之。此二字《雲溪友議》作「落雁」。又趙注本、《全唐詩》均注：「一作失雁」。

【語譯】北風勁吹角弓發出了響聲，這是將軍正在渭城打獵。草已乾枯，獵鷹的目光更加銳利，雪全融化，馬蹄奔跑起來格外輕捷。將軍迅速馳過新豐市集，回到了設在細柳的軍營。他回頭望了一眼射獵之處，只見暮雲千里一片寧靜。

【研　析】這首詩通過寫日常的狩獵活動，展現了將軍意氣風發的精神面貌。起句倒戟而入，極突兀：在北風勁吹的郊野，角弓發出了尖銳的響聲。未見將軍其人，先聞其射箭之聲，真可說是先聲奪人。風勁箭難射，由起句的細節描寫，即可使我們想像到將軍那雙控弦的手是多麼有力，其射藝又是何等精湛。三、四句不僅生動地表現了騎獵的情景，而且寫出了將軍的英姿：草枯時節狐兔難於藏身，獵鷹的目光更顯銳利；雪已化盡，將軍策馬追逐野獸，多麼矯健輕捷。接下二句寫將軍獵畢歸營之迅速，用極自然、平易的語言，真切地表現了將軍獵後的愉快心情。最後二句寫歸營時勒馬回望射獵之處，只見暮雲無際。此二句「作回顧之筆，兜裹全篇」（清施補華《峴傭說詩》），不禁使我們想見將軍那豪興未已、仍陶醉在射獵的快意之中的神態。全篇筆勢健舉，形象飛動，洋溢著一種豪邁之情，清沈德潛《說詩晬語》卷上評道：「神完氣足，章法、句法、字法俱臻絕頂，此律詩正體。」所評甚是。這首詩雖只寫將軍日常的狩獵活動，卻也屬於同衛國安邊有關的歌詠。

春日上方即事

【題　解】上方，住持僧居住的內室。趙殿成曰：「《樂府詩集》採此詩後四句入近代曲辭，題作長命女，謂張說作；《萬首唐人絕句》亦採此四句收入五言絕句，命題正同，而仍作公詩。」按，

《樂府詩集》卷八〇近代曲辭有〈長命女〉詩，其辭曰：「雲送關西雨，風傳渭北秋。孤燈然客夢，寒杵擣鄉愁。」又有〈一片子〉詩，其辭曰：「柳色青山映，梨花雪鳥藏。綠窗桃李下，閑坐歎春芳。」二詩載於張說〈破陣樂〉二首之後，均未署作者姓名，〈長命女〉係截取岑參〈宿關西客舍寄東山嚴許二山人〉詩首四句而成，〈一片子〉則截取〈春日上方即事〉後四句而成，情況正與〈觀獵〉詩同（參見上詩題解）。趙氏謂《樂府詩集》以〈長命女〉（應為〈一片子〉）為張說所作，實誤。又《張燕公集》及《全唐詩》張說集俱未收〈一片子〉詩，益可證本詩之作者無疑應是王維。這是一首表現春日僧人生活情趣的詩。

好讀高僧傳❶，時看辟穀❷方。鳩形將刻杖❸，龜殼用支牀❹。柳色
春山映，梨花❺夕鳥藏。北牕桃李下，閑坐❻但焚香。

【注釋】❶高僧傳　泛指高僧之傳記。今存唐開元、天寶以前人撰述的高僧傳。有南朝梁慧皎《高僧傳》、唐道宣《續高僧傳》等。❷辟穀　屏除穀食，是道家的一種修煉方法。辟穀時，須服藥物，並兼做導引等工夫。參見〈故太子太師徐公輓歌〉四首其一注❺。❸鳩形句　《後漢書・禮儀志》：「仲秋之月，縣道（漢制，邑無少數民族者稱縣，有少數民族雜居者稱道）皆案戶比（查驗）民，年始七十者，授之以玉杖，餔之糜粥；八十九十禮有加，賜玉杖長尺，端以鳩鳥為飾。鳩者，不噎之鳥也，欲老人不噎。」將，猶以。句指住持僧已甚老。❹龜殼句　褚少孫補《史記・龜策列傳》曰：「南方老人用龜支牀足，行二十餘歲，老人死，移牀，龜尚生不死。龜能行氣導引。」此句即用其事。❺梨花　宋蜀本、《瀛奎律髓》俱作「花明」。❻坐　《瀛奎律髓》

作「步」。

【語譯】寺院長老喜好看高僧的傳記，又時常閱讀屏除穀食的方術。將鳩鳥的形狀刻在手杖上，用烏龜的殼支住床腳。柳葉的翠色遮掩住春天的山，梨樹的花朵隱藏著傍晚歸巢的鳥。在北窗的桃李樹下，長老只是焚香閒坐。

【研析】這首詩的首二句寫某寺長老的愛好。三、四句說他已甚老，生活中多古樸之趣。五、六句寫寺院周圍之景，頗淡雅明秀。末二句以寫長老生活的閒靜作結。全詩描畫出了一種恬靜幽美、清閒自在、令作者嚮往的生活氣象。

游李山人所居因題屋壁

【題解】山人，山居者。指隱士。這首題壁詩描寫了隱士的山居生活。

世上❶皆如夢，狂❷來或❸自歌。問年❹松樹老，有地竹林❺多。藥倩韓康賣，門容向子過❻。翻嫌枕席上，無那白雲何❼！

【注釋】❶世上　趙注本、《全唐詩》均注：「一作世人，一作人事。」❷狂　《文苑英華》作「往」。❸或　《全唐詩》作「止」。❹問年　問山人之年歲。❺林　《文苑英華》作「陰」。❻藥倩二句　謂李居山中，每與高人隱士往還。倩，借助；請人替自己做事。韓康，見〈濟上四賢詠三首・鄭霍二山人〉注⓫。向子，指向長。參見〈早秋山中作〉注❸。向，宋蜀本、《全唐詩》俱作「尚」。❼翻嫌二句　寫山人居處之高，謂反嫌白雲瀰漫於枕席，而對之無可奈何。無那，即無奈。

【語　譯】世上的一切都像是一場夢，山人你狂放起來有時自己大聲唱歌。問你的年齡就像是老松樹，有塊地自己居住這兒竹林頗多。你藥材請韓康幫忙賣，屋門容許向長進出。你反而嫌白雲瀰漫於枕席上，只能無可奈何地面對它！

【研　析】這首詩的首句是說世上的一切皆虛幻不實，這是佛教的思想，其中隱含著要人們忘情世事、看破紅塵之意；次句接寫山人狂放不羈的性情。第三句說山人已老，第四句寫其山居的環境。五、六句寫山人多與高人隱者往還。末二句敘其山居之高，枕席上時有白雲來襲；這不是正「可自怡悅」（陶弘景〈詔問山中何所有賦詩以答〉）嗎，山人何反嫌之？此處恐怕是正話反說，表面上嫌而實際不嫌吧。

戲題示蕭氏外甥

【題　解】詩題《全唐詩》無「外」字。這是詩人寫給外甥的一首詩。

憐爾解臨池❶，渠爺❷未學詩。老夫何足似，弊宅倘因之❸。蘆筍❹

穿荷葉，菱花罥❺雁兒。郗公不易勝，莫著外家欺❻。

【注釋】❶臨池　後漢張芝臨池學書，池水盡黑（參見〈戲贈張五弟諲〉三首其二注❷），後因謂學書之事為臨池。❷渠爺　彼爺，指蕭氏外甥之父。❸老夫二句　老夫，作者自稱。《晉書‧魏舒傳》：「魏舒……少孤，為外家（舅家）甯氏所養。甯氏起宅，相宅者云：『當出貴甥。』外祖母以魏氏甥小而慧，意謂應之。舒曰：『當為外氏成此宅相。』久乃別居。」上句反用何無忌似其舅事。見〈送嚴秀才還蜀〉注❷。下句言己之宅或可承甯氏之宅而出貴甥。❹蘆筍　蘆葦的嫩芽似竹筍而小，可食，謂之蘆筍。❺罥　掛；纏繞。❻郗公二句　《世說新語‧簡傲》：「王子敬（王獻之）兄弟見郗公（郗愔），躡履問訊，甚修外生（愔姊嫁獻之父羲之，故云）禮。及嘉賓（愔子超）死，皆著高屐，儀容輕慢，命坐，皆云有事不暇坐。既去，郗公慨然曰：『使嘉賓不死，兒輩敢爾！』」注：「愔子超，有盛名，且獲寵於桓溫，故為超敬愔。」事亦載《晉書‧郗超傳》。郗，趙注本原作「郄」，此從《全唐詩》。著，猶將、把。說見張相《詩詞曲語辭匯釋》。此二句以郗公自喻，承「老夫」二句而言。

【語譯】憐愛你懂得學習書法，而你那父親卻不學詩。老夫哪裡值得外甥你與我相似，而敝宅也許像甯氏宅那樣能出貴甥。池上蘆葦的嫩芽穿透了荷葉，菱的花葉纏住了小雁。我像郗公那樣不易制服，你貴後莫要把舅家來欺。

【研析】這首詩的首聯說蕭氏外甥勝過他父親；次聯連用兩個典故，說自己不值得外甥「似舅」，而希望敝宅能出貴甥；三聯寫池中景物，以明當時正值夏日；末聯承接次聯，亦使用典故，來說明外甥貴後莫欺舅家，自己並不是那麼容易被制服的。此詩一、二、四聯，都扣緊詩題的「戲」

字來著筆。

聽宮鶯

【題解】此詩描寫聽宮中黃鶯啼鳴的感受。

春樹繞宮牆，宮❶鶯囀曙光❷。欲❸驚啼暫斷，移處哢❹還長。隱葉棲承露❺，排❻花出未央❼。游人未應❽返，為此思故鄉❾。

【注釋】❶宮　趙注本原作「春」，此從宋蜀本、《文苑英華》、《全唐詩》。❷囀曙光　《文苑英華》作「次第翔」。❸欲　猶方、正。宋蜀本、麻沙本、《全唐詩》俱作「忽」。❹哢　鳥鳴。趙注本原作「弄」，此從元本。❺承露　承露盤。見〈和賈舍人早朝大明宮之作〉注❻。❻排　推開；擠開。趙注本原作「攀」，此從麻沙本、元本。❼未央　見〈左掖梨花〉注❸。❽未應　猶言不曾。❾思故鄉　《文苑英華》作「始思鄉」。

【語譯】春天的樹木環繞著宮牆，宮裡的黃鶯在曙光中啼鳴。已驚異於黃鶯的啼聲突然中斷，然而換個地方牠又繼續長久地歌唱。牠藏在綠葉下棲息於承露盤上，又推擠開花葉飛出了皇宮。飄泊在外的人未曾返家，會因這鶯叫聲而思念故鄉。

【研析】這首詠物詩專詠宮中黃鶯啼鳴。首二句寫春天來臨，宮裡的黃鶯天一亮就開始歌唱；

三、四句寫鶯聲忽斷忽續，忽東忽西；五、六句接寫黃鶯往來飛動、四處轉徙的情狀。由以上三聯詩，讀者不難感受到宛然有一位在宮中諦聽鶯啼、觀察鶯飛的詩人在，這時候詩人應該就在朝廷中任職。詩的最後二句點明主旨。飄泊在外的人聽到鶯啼，會深切地感到新春又至，自己卻不得還家，從而觸發思鄉之情，所以這裡詩人將鶯啼與思鄉聯繫在一起。這兩句詩與〈春中田園作〉一詩的末二句（「臨觴忽不御，惆悵遠行客」）意思相近。

早朝

【題解】詩題宋蜀本等作「早朝二首」，參見五古〈早朝〉題解。這首詩寫春日早朝景象。

柳暗百花明，春深五鳳城❶。城烏睥睨❷曉，宮井轆轤❸聲。方朔❹
金門❺侍，班姬玉輦迎❻。仍聞遣方士，東海訪蓬瀛❼。

【注釋】❶五鳳城　猶鳳城。杜甫〈夜〉：「步簷倚仗看牛斗，銀漢遙應接鳳城。」仇注：「趙（次公）曰：秦穆公女吹簫，鳳降其城，因號丹鳳城。其後，言京城曰鳳城。」又古有「五鳳」之說，《拾遺記》卷一：「（少昊）時有五鳳，隨方之色（隨五方之色），集於帝庭，因曰鳳鳥氏。」謝朓〈和蕭子良高松賦〉：「集九僊之羽儀，棲五鳳之光景。」李頎〈王母歌〉：「紅霞白日儼不動，七龍五鳳紛相迎。」故又稱鳳城為五鳳城。❷睥

睥睨　城上短牆。《釋名・釋宮室》：「城上垣曰睥睨，言於其孔中睥睨非常也。」❸轆轤　井上汲水之具。❹方朔　東方朔，字曼倩。西漢有名的文學侍從之臣，以詼諧滑稽為武帝所愛幸。朔於武帝即位之初入長安，帝「令待詔公車」，後「使待詔金馬門，稍得親近」（《漢書・東方朔傳》）。❺金門　即金馬門。參見五古〈早朝〉注❹。❻班姬句　謂宮中妃嬪以玉輦迎請天子臨朝。班姬，即班婕妤。參見〈班婕妤〉三首其一題解。玉輦，帝王的乘輿。《文選》潘岳〈藉田賦〉：「天子乃御玉輦，蔭華蓋。」李善注：「玉輦，大輦也。」❼仍聞二句　《史記・秦始皇本紀》曰：「齊人徐市等上書言海中有三神山，名曰蓬萊、方丈、瀛洲，僊人居之，請得齋戒與童男女求之。於是遣徐市發童男女數千人海求僊人。」〈封禪書〉曰：「自威、宣、燕昭，使人入海求蓬萊、方丈、瀛洲。此三神山者，其傳在勃海（即渤海）中……諸僊人及不死之藥皆在焉。」又曰：「（武帝）遣方士入海，求蓬萊、安期生（仙人名）之屬。」東海，此處指渤海。蓬瀛，蓬萊、瀛洲。二句謂玄宗好仙道之術。《舊唐書・禮儀志四》：「玄宗御極多年，尚長生輕舉之術。於大同殿立真仙之像，每中夜夙興，焚香頂禮。天下名山，令道士、中官合鍊醮祭，相繼於路。投龍奠玉，造精舍，採藥餌，真訣仙蹤，滋於歲月。」

【語　譯】垂柳繁茂幽暗百花鮮豔，這時京城已經春意濃郁。黎明時城上烏鴉棲息於女牆，宮中水井上的轆轤發出了聲響。如東方朔一般的侍臣在金馬門侍奉天子，像班婕妤那樣的妃嬪用玉輦迎請天子臨朝。一再聽說天子派遣方術之士，到東海去尋訪蓬萊瀛洲等神山。

【研　析】這首寫早朝的詩，首聯點明春深節候，寫景工麗，明胡應麟稱其為「唐五言律起句之妙者」（《詩藪》內編卷五），清葉矯然也說此聯為「千古發端絕唱也」（《龍性堂詩話》初集）。次聯寫詩題之「早」字，三聯則寫詩題之「朝」字。末聯推開作結，明胡震亨評云：「明以秦皇、漢武譏其君矣。不若宗楚客『幸睹八龍遊閬苑，無勞萬里訪蓬瀛』，為有含蓄。」（《唐音癸籤》卷一一）唐玄宗好仙道之術，這聯詩確有借用秦皇、漢武求仙之事，給以諷刺之意。

愚公谷三首

青龍寺與黎昕戲題

其一

【題解】愚公谷，《說苑‧政理》：「齊桓公出獵，逐鹿而走入山谷之中，見一老公而問之曰：『是為何谷？』對曰：『為愚公之谷。』桓公曰：『何故？』對曰：『以臣名之。』桓公曰：『今視公之儀狀，非愚人也，何為以公名？』對曰：『臣請陳之，臣故畜牸牛，生子而大，賣之而買駒，少年曰：「牛不能生馬。」遂持駒去，傍鄰聞之，以臣為愚，故名此谷為愚公之谷。』」《水經注‧淄水》：「時水又屈而逕杜山北，有愚公谷，齊桓公時，公隱于谷。」其地在今山東淄博東。又後人每以「愚公谷」泛指隱士的山野之居，庾信〈小園賦〉曰：「余有數畝敝廬，寂寞人外……名為野人之家，是謂愚公之谷。」《南史‧隱逸傳》序云：「藏景窮巖，蔽名愚谷。」本詩即取此義。青龍寺，見〈青龍寺曇壁上人兄院集〉題解。黎昕，見〈黎拾遺昕裴秀才迪見過秋夜對雨之作〉題解。這三首詩主要宣揚到處有淨土的思想。

愚谷與誰去？唯將❶黎子同。非須一處住，不那兩心空❷。寧問春將夏，誰論西復東❸！不知吾與子，若箇是愚公❹？

【注釋】❶將 與。❷非須二句 意謂己與黎擬同往愚谷，非由於須在一處住，而是因為兩心皆空寂，無奈何當同往。那，奈。❸寧問二句 意謂不問春與夏，無論西復東，皆欲往愚谷。❹不知二句 意謂不知我與你，哪個是真正的愚公。若箇，哪個。

【語譯】我同誰前往愚公谷？只有與黎子你一起去。這並非須在一處居住，無奈兩人內心都空寂。往愚谷不問春天與夏天，又哪管是在西邊還是東邊！真不知道我和你，哪個是愚谷裡的真愚公？

【研析】錢鍾書《談藝錄》說：「歸愚謂摩詰不用禪語，未確。如〈寄胡居士〉、〈謁操禪師〉、〈遊方丈寺〉諸詩皆無當風雅，〈愚公谷〉三首更落魔道，幾類皎然矣。」王維集中確有少數詩歌使用禪語。這三首詩頗不易懂，而三詩之文意互有緊密聯繫，下面試作疏解。第一首的前三聯說，自己和黎昕兩心相同，無論春夏，不問西東，都要一起前往愚公谷；末聯說，不知兩人哪一個是愚公谷裡的真愚公？愚公谷因愚公之「愚」而得名，所謂「愚」，按照愚公谷原典的意思，指的是隱居避世、與世無爭，當然把這說成是「愚」，是世俗的看法。王維在這首詩裡，使愚公之「愚」增添了一個新含義：心空；所謂「心空」，指的是能認識到世間的一切事物都虛幻不實，詩人認為做到這點，心便不會為眼前的世界所迷惑，此即所謂「心空安可迷」（王維〈青龍寺曇壁上人兄院集〉）也。

其二

【題解】本詩是〈愚公谷〉三首中的第二首。

吾❶家愚谷裡，此谷本來平❷。雖則行無跡，還能響應聲❸。不隨雲色暗，只待日光明❹。緣底名愚谷？都由愚所成❺。

【注釋】❶吾　麻沙本、元本、顧本俱作「愚」。❷此谷句　意同本詩第三首「行處」二句。❸雖則二句　意謂吾居愚谷，雖則行無蹤跡，不為世人所知，卻還能有附和於己之人（如黎子）。行無跡，《莊子・天地》：「是故行而無跡，事而無傳。」成疏：「率性而動，故無跡可記，跡既昧矣，事亦滅焉。」響應聲，《管子・任法》：「下之事上也，如響之應聲也。」響，回聲。❹不隨二句　寫「此谷」之平，承第二句而言。若「此谷」在深山之中，則當隨雲色而暗，且有日光亦未必能明。❺緣底二句　意謂愚谷因愚公而得名，只要真正做到愚，所居之地即成愚谷。緣底，因何。

【語譯】我居住在愚公谷裡，這個谷本來很平坦。雖然我的行動沒有蹤跡，卻還能有回聲與聲音相應。谷裡不隨雲霧的顏色而變暗，只待太陽發出光便明亮起來。這裡為什麼叫做愚谷，都是由「愚」所造成。

【研析】這首詩承上一首而言，首聯說我住在愚谷裡，則詩人便是真愚公了；次聯說有黎子追隨自己。三聯承第二句而言，寫愚谷很平坦。谷謂山谷，顧名思義，愚谷當在深山中，然而詩人卻說它很平坦，這就是很特別之處。愚谷到底在哪裡？在下一首詩裡揭曉。

其　三

【題　解】本詩是〈愚公谷〉三首中的第三首。

借問愚公谷，與君聊一尋。不尋翻❶到谷，此谷不離心❷。行處曾無險，看時豈有深❸？寄言塵世客，何處欲歸臨❹？

【注　釋】❶翻　反而。❷此谷句　意謂只要心愚，所居之地即是愚谷。這同佛教所說的只要心淨，所居之地即是淨土（《維摩經·佛國品》：「若菩薩欲得淨土，當淨其心，隨其心淨，則佛土淨。」）意近。❸行處二句　謂此谷不深不險。指愚谷到處可得，非必幽深險峻之境方有。❹何處句　謂塵世客還欲歸臨何處。言外之意是說，不必歸臨任何地方（居原地即可）。歸臨，宋蜀本作「窺林」。

【語　譯】借問愚公谷在哪裡，姑且和黎子你尋找一次。不尋找反而到達谷裡，這個谷原本不離內心。在谷裡走過的地方竟無險峻之境，放眼觀看時又哪裡有幽深之地？寄語塵世中的過客，你們想要回到何處？

【研　析】這首詩承上一首而言，謂不必到幽深險峻的山中去尋找愚谷，愚谷就在人們心中，所以說它很平坦。上一首詩說，愚谷「都由愚所成」，則只要修鍊內心使「愚」，所居之地即是愚谷，用不著另外去尋找什麼愚谷。上文說過，王維讓「愚」增添了一個「心空」的新含義，所以本詩所說的愚谷到處可得，實際上就是佛教到處有淨土思想的一個翻版。《維摩經・佛國品》說：「若菩薩欲得淨土，當淨其心，隨其心淨，則佛土淨。」慧能也說：「迷人念佛生彼（指西方淨土），悟者自淨其心。所以佛言：『隨其心淨，則佛土淨。』……心但無不淨，西方去此不遠；心起不淨之心，念佛往生難到。……自性迷，佛即眾生；自性悟，眾生即是佛。」（《壇經》）這些話的大意是說，只要內心覺悟「諸法皆空」之理（也即所謂心淨），認識到世間的一切事物都虛幻不實，那麼自身即是佛，所居之地也就是淨土，不必到世間之外去另建淨土。

雜詩

【題解】詩題宋蜀本等作「雜詩五首」，參見五古〈雜詩〉題解。此詩從多個方面來描寫女子之美。

雙燕初命子❶，五桃新作花❷。王昌是東舍，宋玉次西家❸。小小能織綺❹，時時出浣紗❺。親勞使君問，南陌駐香車❻。

【注釋】❶命子　呼引其子。此指春日燕初北返，啾唧而鳴，呼引其子。❷五桃句　鮑照〈擬行路難〉十八首其八：「中庭五株桃，一株先作花。」《詩・周南・桃夭》：「桃之夭夭，灼灼其華。」孔疏：「夭夭言桃之少，灼灼言華之盛……以喻女少而色盛也。」此句隱以「新作花」的桃樹喻所寫女子。新，趙注本原作「初」，此從宋蜀本、麻沙本、《全唐詩》。❸王昌二句　謂女子絕美，周圍多有風流男子眷顧。王昌，唐人詩中多言王昌，疑是一傳說中人物。梁武帝〈河中之水歌〉：「人生富貴何所望，恨不早嫁東家王。」上官儀〈和太尉戲贈高陽公〉：「南國自然勝掌上，東家復是憶王昌。」崔顥〈王家少婦〉：「十五嫁王昌，盈盈入畫堂。自矜年最少，復倚壻為郎。」李商隱〈代應〉：「誰與王昌報消息，盡知三十六鴛鴦。」〈水天閒話舊事〉：「王昌且在牆東住，未必金堂得免嫌。」唐彥謙〈離鸞〉：「聞道離鸞思故鄉，也知情願嫁王昌。塵埃一別楊朱路，風月三年宋玉牆。」韓偓〈畫寢〉：「何必苦勞魂與夢，王昌只在此牆東。」觀諸詩所述，王昌必是一身居高位的俊美風流男子。宋玉句，參見五古〈雜詩〉注❸。次，住宿。❹小小句　〈河中之水歌〉：「河中之水向東流，洛陽女兒名莫愁。莫愁十三能織綺，十四採桑南陌頭。」此句以莫愁喻所寫女子。❺時時句　參見〈西施詠〉注❼。❻親勞二句　見五古〈雜詩〉注❸。

【語　譯】一對春燕開始鳴叫著呼引子女，庭院裡五株桃樹剛剛開花。這位女子的東鄰是王昌，而她的西舍居住著宋玉。她像莫愁那樣幼年就能織花綢子，似西施一般時常出門到溪邊浣紗。又猶如羅敷一樣親身煩勞郡守詢問，在南面的路上他停下了華美的車子。

【研　析】此詩首二句敘春景，又隱喻所寫女子之色盛如新開的桃花；三、四句通過女子的東鄰西舍來表現女子之美；五、六句以莫愁、西施喻所寫女子；末二句以羅敷喻所寫女子。全詩主旨在於表現所寫女子之美，它或許是為某樂府舊曲而作的一首新詞。清黃周星評此詩曰：「作詩只如說話，與太白『今日竹林宴』（見〈陪侍郎叔遊洞庭醉後〉三首）正同。」（《唐詩快》卷一四）所評不無道理。

送方尊師歸嵩山

【題解】尊師，對道士的敬稱。這是一首送道士歸山的詩。

仙官❶欲住❷九龍潭❸，旄節朱旛❹倚石龕❺。山壓天中❻半天上，洞穿江底出江南❼。瀑布杉松常帶雨，夕陽彩翠忽成嵐❽。借問迎來雙白鶴，已曾衡嶽送蘇耽❾？

【注釋】❶仙官　謂神仙有職位者。《太平廣記》卷三引《漢武內傳》：「阿母必能致汝於玄都之虛……位以仙官。」此指方尊師。❷住　趙注本原作「往」，此從宋蜀本、《文苑英華》。❸九龍潭　在嵩山東峰太室山東巖之半。《大清一統志》卷二〇五：「九龍潭，在登封縣太室山東巖之半。……山巔諸水，咸會於此，蓋一大峽也。峽作九壘，每壘結為一潭，遞相灌輸，深不可測。」❹旄節朱旛　指方尊師的儀仗。旄節，以竹為節，上綴以犛牛尾。指仙人所執紫毛或青毛之節。旄，宋蜀本、明十卷本、奇字齋本等俱作「毛」。旛，同「幡」。長幅直掛的旗。❺石龕　供奉神佛的小石室。按，嵩山有太室、少室二峰，皆因其上各有石室而得名，此處石龕即指嵩山石室。❻山壓天中　謂中嶽嵩山居天下之中。壓，鎮。❼洞穿句　形容九龍潭的深邃奇詭，神祕莫測。洞，指九龍潭。江，長江。❽夕陽句　意謂在夕陽的輝映下，山頭一片明綠之色，但忽又被霧氣所籠罩。彩，《全唐詩》作「蒼」。嵐，霧氣。❾借問二句　蘇耽，古仙人。《水經注》卷三九〈耒水〉：「〈桂陽列仙傳〉云：『（蘇）耽，郴縣（今湖南郴縣）人，少孤，養母至孝。……即面辭母曰：受性應仙，當違供養。涕泗又說：年將大疫，死者略半，穿一井飲水，可得無恙……。』」《太平廣記》卷一三引〈洞仙傳〉曰：「蘇耽者，桂陽（郡名，治所在郴縣）人也，少以至孝著稱。……先是耽初去時云：今年大疫，死者略半，家中井水，飲之無恙。果如所言。」又《神仙傳》卷九曰：「蘇仙公者，桂陽人也。……數歲之後，先生灑掃門庭，修飾牆宇，友人曰：有何邀迎？答曰：僊侶當降。俄頃之間，乃見天西北隅紫雲氤氳，有數十白鶴飛翔其中，翩翩然降於蘇氏之門，皆化為少年……先生斂容逢迎，乃跪白母曰：某受命當僊，被召有期，儀衛已至，當違色養，即便拜辭。……言畢即出門，踟躕顧望，聳身入雲，紫雲捧足，群鶴翱翔，遂昇雲漢而去。」按，據諸書所載事跡，蘇耽、蘇仙公當為一人。衡嶽，南嶽衡山，在湖南衡山西北；郴縣距衡山不遠，此處蓋以衡嶽借指蘇耽所居之地。此二句意謂，請問尊師迎來的雙白鶴（疑是時空中恰有雙白鶴飛過），可是曾在衡嶽送過蘇耽昇天而去的嗎。

【語　譯】方尊師就要住到九龍潭去，您的旄節朱幡倚著嵩山的石室。嵩山坐鎮於天下的中央高達半空之上，九龍潭的窟窿穿過長江江底通到了江南。瀑布下杉樹松樹常常夾帶著雨水，夕陽中鮮豔翠綠的山巒忽然被霧氣籠罩。請問方尊師迎來的一雙白鶴，是已往曾在衡山送過蘇耽昇天的嗎？

【研　析】此詩寫送道士歸嵩山，卻從道士回到嵩山後的景象著筆，頗為奇特。詩的首二句即點明道士住到嵩山時的情景。中四句寫嵩山景色，其中「山壓」二句意奇，境奇；「瀑布」二句形象自然飛動，這說明王維的山水詩，「並非局於幽寂的一隅，它們活潑的生機，新鮮的氣息，與整個時代的脈搏是和諧一致的」（林庚《唐詩綜論・唐代四大詩人》）。末二句方及送行，並隱指道士歸山後即將得道飛昇。清方東樹《昭昧詹言》卷一六評此詩云：「中四分寫嵩山遠、近、大、小景，奇警入妙。收亦奇氣噴溢，筆勢宏放，響入雲霄。」所評是。

送楊少府貶郴州

【題解】少府，縣尉別稱。郴州，唐州名，治所在今湖南郴州。這是一首送人遷謫南方之作。

明❶到衡山與洞庭，若為秋月聽猿聲❷？愁看北渚❸三湘❹近❺，惡說南風五兩輕❻。青草瘴時過夏口，白頭浪裡出湓城❼。長沙不久留才子，賈誼何須弔屈平❽！

【注釋】❶明　謂明日。❷若為句　謂君遠謫郴州，怎受得住在秋月之下聽夜猿悲啼。若為，猶言怎堪。❸北渚　《楚辭・九歌・湘君》：「鼂騁騖兮江皋，夕弭節兮北渚。」《湘夫人》：「帝子降兮北渚，目眇眇兮愁予。」湘君、湘夫人為湘水之男神與女神，北渚蓋指湘水之渚（小洲）。此同。❹三湘　見〈漢江臨泛〉注❶。❺近　指貶所地近湘水（北渚三湘）。麻沙本、元本、明十卷本等俱作「客」，張本、《唐詩品彙》、《全唐詩》俱作「遠」。❻五兩輕　謂風大。南風大，則北上之船航行甚速，然楊謫居郴州，不得北歸，故惡說之。五兩，見〈送宇文太守赴宣城〉注❼。❼青草二句　意謂料想明春瘴氣起、江水漲之時，君即可過夏口、經湓城而歸。按，楊由郴州還長安，可自湘水北行抵長江，然後沿江東下，再循汴河北歸，故有「過夏口」、「出湓城」之語。青草瘴，趙殿成注：「〈廣州記〉：『地多瘴氣，夏為青草瘴，秋為黃茅瘴。』」王友琢崖謂郴州夏口，皆在嶺內，無有瘴氣，瘴當是『漲』字之訛，蓋謂青草湖（即今湖南洞庭湖東南部）之水漲耳。」陳貽焮《王維詩選》云：「南方不祇廣東有瘴氣，不必如此拘泥；王琦的解釋雖能自圓其說，惜與下句意重，不如仍依原文為佳。」按，陳說是。又，《番禺雜編》曰：「嶺外二三月為青草瘴，四五月黃梅瘴，六七月新水瘴，八九月黃茅瘴。」其說不同。夏口，古城名，故址在今武漢黃鵠山上。湓城，古城名，唐初改為潯陽，在今江西九江。❽長沙二句　賈誼，參見〈哭祖六自虛〉注❽。又《漢書・賈誼傳》曰：「天子議以誼任公卿之位，絳、灌、東陽侯、馮敬之屬盡害之，迺毀誼曰……於是天子後亦疏之，不用其議，以誼為長沙王太傅。誼既以謫去，意不自得，及渡湘水，為賦以弔屈原。屈原，楚賢臣也，被讒放逐……誼追傷之，因以自諭（譬）。」屈平，《史記・屈原賈生列傳》：「屈原者，名平。」此二句以賈誼謫長沙喻楊貶郴州，意謂楊有才德，必不會久留於郴，無須過於自傷。

【語　譯】你明天就要被貶到衡山與洞庭湖去，路上怎受得住在秋月下聽夜猿悲啼？你愁於看到貶所離湘江北渚非常近，又怕說南風大桅桿上的五兩變得很輕。料想明春瘴氣產生時你就會經過夏口，在長江的雪白波濤中離開湓城北返。長沙不會長久留住洛陽才子，賈誼何必作賦憑弔屈原！

【研　析】這首詩的首聯先從詩題的「貶」字寫起，道出了友人遠謫郴州的愁苦不堪之情，字裡行間也流露了詩人對朋友的理解、關心和同情。次聯緊承首聯，續寫遠貶之悲，其中第四句「不能北歸，反惡南風，語妙意曲」（清沈德潛《唐詩別裁》卷一三）。三聯寬慰友人，說他明春當能北歸；末聯緊承三聯，亦意在安慰友人，方東樹評曰：「收句應有之義，親切入妙，又切地切貶。」

《昭昧詹言》卷一六）趙殿成也說：「送人遷謫，用賈誼事者多矣，然俱代為悲忿之詞，惟李供奉〈巴陵贈賈舍人〉詩云：『聖主恩深漢文帝，憐君不遣到長沙。』與右丞此篇結句，俱得忠厚和平之旨，可為用事翻案法。」（《王右丞集箋注》）所言不無道理。全詩前半敘今秋，後半寫明春，思路動盪多變，感情的抒發深曲委婉，堪稱送別詩中的佳製。

聽百舌鳥

【題解】百舌，鳥名，即反舌，又稱鶷鶡。《禮・月令》仲夏之月：「反舌無聲。」疏：「反舌鳥，春始鳴，至五月稍止。」《淮南子・時則》高注：「反舌，百舌鳥也，能辨反其舌，變易其聲，以效百鳥之鳴，故謂百舌。」詩題宋蜀本無「鳥」字。這是一首詠物詩，寫在宮苑中聽百舌鳥鳴。

上蘭❶門外草萋萋❷，未央宮❸中花裡栖。亦有❹相隨過御苑，不知若箇❺向金隄❻。入春解作千般語，拂曙能先百鳥啼。萬戶千門應覺曉，建章❼何必聽鳴雞？

【注釋】❶上蘭　見〈敕賜百官櫻桃〉注❸。❷萋萋　茂盛貌。❸未央宮　見〈左掖梨花〉注❷。❹有　奇字齋本、淩本俱作「自」。❺若箇　猶言哪個。❻金隄　《文選》司馬相如〈子虛賦〉：「媻姍教窣，上乎金隄。」

李善注引司馬彪云：「隄名也。」《漢書・司馬相如傳》顏師古注：「言水之隄塘堅如金也。」此指御苑中之隄。❼建章 見〈奉和聖製賜史供奉曲江宴應制〉注❸。

【語譯】春天上蘭觀門外的草很茂盛，百舌鳥在未央宮的花裡棲息。也有的鳥兒相隨著飛過了御苑，又不知哪一個飛向了苑裡的水隄。入春百舌鳥會說多種語言，拂曉能先於各種鳥兒鳴叫。千家萬戶聽到鳥鳴應知道天亮，建章宮裡從此何必再聽雞啼？

【研析】此詩的內容與寫作時地都與〈聽宮鶯〉接近。百舌鳥善鳴，其聲音圓滑多變，《淮南子・說山》云：「人有多言者，猶百舌之聲。」高注：「百舌，鳥名……喻人雖多言無益于事也。」本詩的取喻與此不同。詩中除了描寫百舌鳥飛鳴的情狀外，主要強調它「能先百鳥啼」，可代替「鳴雞」。作者在〈聽百舌鳥〉中，發現了百舌鳥的長處，從而使這首詩的寫作，有了一些新意。

沈十四拾遺新竹生讀經處同諸公之作

【題解】沈十四拾遺，未詳。拾遺，諫官名。同，和。這是一首描寫竹子的詩。

閒居日清靜，修竹自❶檀欒❷。嫩節留餘籜❸，新叢出舊欄。細枝風響亂，疏影月光寒。樂府❹裁龍笛❺，漁家伐釣竿。何如道門裡，青翠拂仙壇❻？

【注　釋】❶自　《文苑英華》作「復」。❷檀欒　見〈輞川集・斤竹嶺〉注❶。❸籜　筍殼。❹樂府　掌樂的官署。❺龍笛　虞世南〈琵琶賦〉：「鳳簫輟吹，龍笛韜吟。」《元史・禮樂志》謂龍笛「七孔，橫吹之，管首製龍頭」。又古詩文中每以龍吟形容笛聲，「龍笛」之名，或起於此。後漢馬融〈長笛賦〉：「龍鳴水中不見已，截竹吹之聲相似。」李白〈金陵聽韓侍御吹笛〉：「風吹繞鍾山，萬壑皆龍吟。」又唐梁洽有〈笛聲似龍吟賦〉。❻青翠句　語本陰鏗〈侍宴賦得竹〉：「夾池一叢竹，青翠不驚寒。……湘川染別淚，衡嶺拂仙壇（仙人所居之處）。」又《太平御覽》卷九六二引南朝宋劉緝之《永嘉郡記》曰：「陽嶼仙山有平石，方十餘丈，名仙壇，有一筋竹（竹的一種）垂壇旁，風來輒掃拂壇上。」

【語　譯】閒靜的住所每天十分清靜，修長的竹子自身非常美麗。鮮嫩的竹節遺下了殘餘筍殼，新生的竹叢出現在舊圍欄裡。細小的竹枝被風吹著聲音紛亂，疏朗的竹影在月光下透出寒意。樂府官署割下竹子製作龍笛，捕魚的人家砍伐它成為釣竿。道教教門裡一片青翠掃拂仙壇的竹子，比起這沈家讀經處的新生竹子又怎麼樣？

【研　析】這首詠竹詩的首二句寫沈拾遺家的讀經處有美竹。三、四句接寫讀經處的竹叢中長出新竹。五、六句採用白描手法，對新生竹在風中、月下的情態，作了細致、精確的描繪，造成強烈的可感性，使讀者讀後無庸細想，即在腦海中浮現出鮮明的形象；它們又善於將聲音與畫面配合，構成和諧的勝境。七、八句寫竹子的用途，說它們可製成笛子和釣竿。九、十句將讀經處的新生竹與「道門裡」「青翠拂仙壇」的竹子作對比，意謂讀經處的竹子，不差於道門裡的竹子。全詩以讚美讀經處的竹子作結，這是題中應有之義。

田家

【題解】詩題《文苑英華》作「田家作」。這是一首表現農家生活的詩。

舊穀行將盡，良苗未可希❶。老年方愛粥，卒歲且無衣❷。雀乳❸青苔井，雞鳴白板❹扉。柴車❺駕羸❻牸❼，草屩❽牧豪豨❾。夕❿雨紅榴拆⓫，新秋綠芋肥。餉田⓬桑下憩，旁⓭舍草中歸。住處名愚谷，何煩問是非⓮！

【注釋】❶良苗句　指良苗尚未能提供穀食。苗，明十卷本、奇字齋本、淩本等俱作「田」。希，希望。❷卒歲句　語本《詩・豳風・七月》：「無衣無褐，何以卒歲！」卒歲，終歲，猶言渡過這一年。且，尚。❸雀乳　晉傅玄〈雜詩〉三首其三：「鵲巢丘城側，雀乳空井中。」《說文》：「人及鳥生子曰乳。」❹白板　不施采飾的木板。❺柴車　簡陋無飾的車子。❻羸　瘦弱。❼牸　母牛。趙注本原作「特」，據麻沙本、《全唐詩》改。❽草屩　草鞋。❾豪豨　壯豬。❿夕　趙注本原作「多」，此從《全唐詩》。⓫拆　裂開。趙注本原作「折」，此從麻沙本、元本、《全唐詩》。⓬餉田　往田裡送飯。⓭旁　通「傍」；依。⓮住處二句　意謂田家避世隱居，何煩問人世之是非。愚谷，參見〈愚公谷〉三首其一題解。

【語　譯】去年的陳穀即將吃完，優良的禾苗還不能指望提供糧食。老邁之年正喜歡喝粥，而渡過這一年尚無衣服。麻雀在長著青苔的枯井裡孵卵，雞於不施油漆的木板門前啼叫。簡陋不堪的車子上套著瘦弱的母牛，穿著草鞋的村童趕著壯豬出去放牧。傍晚的雨裡紅色的石榴裂開，新秋時節綠色的芋艿葉子肥大。送飯到田頭的農婦在桑樹下休息，身倚著屋壁的農夫剛從草地中返歸。農夫居住的地方名叫愚谷，何須去問人世間的是非！

【研　析】這首詩描寫了比較道地的農家生活。首二句說春日農民正遇青黃不接之時；三、四句寫農民到了老年卻缺衣少食，這四句詩反映了農民的疾苦。接下八句真實地描寫了農村的生活景象、自然風光和勞動場景，其中也透露出了農民生活的艱困（如「柴車」句）。最後二句說，農夫避世隱居，不必去問人世的是非，把生活在社會底層的農夫說成是避世的隱者，認為他們不必去問人世的是非，這說明詩人對農民的疾苦還是感受不深。明顧可久評此詩說：「不務雕琢，而一出自然。」（《唐王右丞詩集注說》）此詩是一首對仗工整的五言排律，採用這種體裁來表現農家生活已屬不易，而要達到出以自然就更難了，然而詩人卻做到了這兩點，這就是本詩的最大特點與難能可貴之處。

哭褚司馬

【題　解】司馬，官名。見〈送祕書晁監還日本國〉二段注❶。這是一首哭弔亡友之作。

妄識❶皆心累❷，浮生定死媒❸。誰言老龍吉，未免伯牛災❹！故有求仙藥，仍餘遁俗杯❺。山川秋樹苦，窗戶夜泉哀❻。尚憶青騾去❼，寧知白馬來❽？漢臣修《史記》，莫蔽褚生❾才。

【注釋】❶妄識　虛妄的認識。佛教以世俗的認識為妄識。❷心累　心的牽累。《文選》陸機〈歎逝賦〉：「解心累於末迹，聊優遊以娛老。」❸浮生句　謂人生在世，虛浮無定，這無疑是死亡的媒介。浮生，見〈胡居士臥病遺米因贈〉注⑰。❹誰言二句　老龍吉，《莊子·知北遊》：「婀荷甘與神農同學於老龍吉，神農隱几闔戶晝瞑，婀荷甘日中奓（開）戶而入，曰：『老龍死矣！』神農隱几（此二字衍）擁杖而起，嚗然（放杖聲）放杖而笑，曰：『天（指老龍，成玄英疏：「老龍有自然之德，故呼曰天。」）知予僻陋慢訑，故棄予而死。』」伯牛災，《史記·仲尼弟子列傳》：「冉耕，字伯牛，孔子以為有德行。伯牛有惡疾，孔子往問之，自牖執其手，曰：『命也夫！斯人也而有斯疾，命也夫！』」二句意謂誰料想老龍吉，也未能免於獲疾而亡。❺故有二句　意謂素有學道求仙藥者，結果仍留下避世隱居的小山丘而去（指死亡）。故，猶素、常。遁俗，猶言避世。《文選》曹植〈七啟〉：「予聞君子不遯（同遁）俗而遺（忘）名，智士不背世而滅勳。」注：「《周易》曰：『遯世無悶。』」杯，疑當作坏，因形近致誤。杯、坏俱灰韻字。山一重曰坏，見《爾雅·釋山》。❻山川二句　寫褚舊居附近秋夜的景色。❼青騾去　指褚去世。《太平御覽》卷九〇一引〈魯女生別傳〉曰：「李少君死後百餘日，人有見少君在河東蒲坂，乘青騾，帝聞之，發棺，無所有。」❽白馬來　《後漢書·范式傳》：「范式，字巨卿，山陽金鄉人也。……少遊太學為諸生，與汝南張劭為友。劭字元伯。二人並告歸鄉里。……後元伯寢疾篤……尋而卒。式忽夢見元伯……呼曰：『巨卿，吾以某日死，當以爾時葬，永歸黃泉，子未我忘，豈能相及？』

式悅然覺寤，悲歎泣下。……式便服朋友之服，投其葬日，馳往赴之。式未及到，而喪已發引，既至壙，將窆（下棺），而柩不肯進，其母撫之曰：『元伯豈有望邪？』遂停柩。移時，乃見有素車白馬，號哭而來，其母望之曰：『是必范巨卿也。』巨卿既至，叩喪言曰：『行矣元伯，死生路異，永從此辭！』會葬者千人，咸為揮涕，式因執紼而引柩，於是乃前。」此句即用其事，謂褚已卒，豈知己來哭弔。❾褚生　即褚少孫。《漢書·司馬遷傳》謂《史記》「十篇缺，有錄無書」，褚少孫曾續補《史記》，今本《史記》中稱「褚先生曰」者，即其補作。《史記·孝武本紀》索隱：「張晏云：『褚先生潁川人，仕元成間。』韋稜云：『《褚顗家傳》：褚少孫，梁相褚大弟之孫，宣帝時為博士，寓居沛，事大儒王式，故號先生，續《太史公書》（即《史記》）。』」此處以褚少孫喻褚司馬，言他具有修史之才。

【語　譯】世俗的虛妄認識都是心靈的負擔，虛浮不定的人生必定是死亡的媒介。誰料想老龍吉那樣的人，也未能免於伯牛的不幸！經常有學道尋求仙藥的人，還是遺留下避世的丘山而去。秋日你住地的山川樹木帶著憂傷，夜間你舊居窗外門前的泉聲悲哀。我還想著你像李少君那樣乘坐青騾而去，而你豈能知道我如范式一般騎著白馬來哭弔？漢代的臣子撰寫《史記》，不埋沒褚先生的才能。

【研　析】這首悼友詩的首句意謂，擺脫妄識人或許能活得長些；二句說人生終究不能免於死亡；三、四句以老龍吉喻褚司馬，說他也不能免於病死的不幸；五、六句謂學道求仙藥並不能使人長生；七、八句借寫秋夜景色來抒發對友人的哀悼之情；九、十句寫自己到舊居哭弔友人；末二句用褚少孫喻褚司馬，以讚其有修史之才作結。全詩總的說來是：前半寫對生死的認識，後半抒悼友之意。

贈韋穆十八

【題解】韋穆，生平無考。這是一首贈友之作。

與君青眼客❶，共有白雲心❷。不向東山去，日令春草深❸。

【注釋】❶青眼客　見〈過盧員外宅看飯僧共題七韻〉注❶。此指知心朋友。❷白雲心　喻指隱居避世之心。❸不向二句　含有催促韋穆與己一起歸山之意。東山，東晉謝安曾隱於東山，後因以東山指隱者所居之地。日，趙注本、《全唐詩》均注：「一作自。」令，宋蜀本作「暮」。

【語譯】我與你這位知心朋友，都有隱居避世之心。還不往隱居的地方去，每天讓那裡的春草長深。

【研析】這首贈友詩的前二句說，自己與友人志同道合，都有隱逸之心；後二句說兩人都不往隱居地去，那裡的春草已越長越深，用《楚辭・招隱士》「王孫遊兮不歸，春草生兮萋萋」之意。全詩的語言非常淺近，但表達的意思（請友人與己一起歸隱）卻很委婉。

皇甫岳雲溪雜題五首

鳥鳴澗

【題解】皇甫岳，《新唐書・宰相世系表》有皇甫岳，父曰恂（《元和姓纂》卷五作間，非是），說見岑仲勉《元和姓纂四校記》，弟名嵒，〈表〉中俱未言曾任何職。王昌齡〈至南陵答皇甫岳〉云：「與君同病復漂淪，昨夜宣城別故人。明主恩深非歲久，長江還共五溪濱。」詩為天寶年間昌齡謫龍標（五溪在龍標附近）尉赴任途中所作。南陵屬宣州（治宣城），是時皇甫岳當即在宣州一帶為官。岳，明十卷本、張本、《全唐詩》俱作「嶽」。雲溪，皇甫岳別業的名稱和所在地，疑在長安附近。王維〈皇甫岳寫真贊〉：「且未婚嫁，猶寄簪纓。燒丹藥就，辟穀將成。雲溪之下，法本無生。」這一組詩多寫皇甫岳別業的美景。

人閒桂花落，夜靜春山空。月出驚❶山鳥，時鳴春澗中。

【注釋】❶驚　宋蜀本作「空」，蓋涉上句「空」字而誤。

【語譯】人頗悠閒感覺到了桂花飄落，夜很幽靜春山中空寂無人。明月出現驚醒了山裡的鳥兒，時時在山澗中發出悅耳的鳴聲。

【研　析】這首詩刻畫了春澗月夜的靜美境界。前兩句寫夜靜山空，幽人心境閒靜，感覺到了細小的桂花悄然飄落。沒有夜靜山空與人閒，豈能感知桂花飄落？而感知桂花飄落，也顯出了夜的靜山的空和人的閒，這兩句話已點染出了一個極其幽靜的境界。後兩句寫雲破月出，山鳥被皎潔的月光驚醒，在山澗裡發出悅耳的啼鳴。月出何以能驚醒山鳥？這或許是由於宿鳥誤認月光為曙光，或許是因為春山實在太「靜」太「空」，所以連明月的出現，也能驚動牠。花落、月出、鳥鳴是動態，但寫了它們卻愈顯出春山的幽靜，靜中之動，益見其靜，這就是昔人所說的「鳥鳴山更幽」。如此以動形靜，以有聲狀無聲，使得詩歌的整個境界，既靜極幽極而又生趣盎然。詩歌所寫的上述動態，非於靜中不能感受；而詩人的整個心靈，也已融進這一幽靜的境界中。外界的靜與詩人內心的寂，已完全融化到了一起。此詩寫出了靜的美，靜的快樂、和諧，而文字又是那麼簡潔、明朗、自然，堪稱是「迴出常格之外」（清沈德潛《唐詩別裁》卷一九）的傑作。

蓮花塢

【題　解】塢，四面高中間低的地方。指蓮湖的水面低而四周高。這首詩寫採蓮女的生活。

日日採蓮去，洲長多暮歸。弄篙莫濺水，畏濕紅蓮衣❶。

【注　釋】❶紅蓮衣　指紅蓮的花瓣。

【語　譯】姑娘們天天到蓮花塢採蓮去，水中沙洲很長大多傍晚才能歸來。拿篙撐船請不要濺起水花，恐怕弄濕了紅蓮的花瓣。

【研　析】這首詩的前二句寫採蓮女的採蓮生活，由次句的「洲長」可以得知蓮湖應是又長又大，所以她們採蓮要到傍晚才能歸來。後二句所寫為傍晚歸來的採蓮女的互相囑咐之語，從中可以見出她們的愛蓮之情與對生活的熱愛。全詩雖只寥寥二十字，卻可令人想見，一群天真爛漫的採蓮女傍晚歸來，邊撐著小船邊在荷花叢中嬉戲的景象。此詩清新明麗，富有勞動生活的情趣。

鸕鷀堰

【題　解】鸕鷀，水鳥名，俗稱魚鷹。羽毛黑色，有綠色光澤，漁人多馴養之以助捕魚。堰，擋水的低壩。這首詩描寫鸕鷀捕魚的情狀。

乍向紅蓮沒，復出清❶浦❷颺。獨立何襹褷❸，銜魚古查❹上。

【注　釋】❶清　顧本作「晴」。❷浦　宋蜀本、《萬首唐人絕句》、《全唐詩》俱作「蒲」。❸襹褷　同「離褷」。亦作「離簁」、「離纚」，《文選》木華〈海賦〉：「鳧雛離褷，鶴子淋滲。」李善注：「離褷、淋滲，毛羽始生之貌。」又嵇康〈琴賦〉：「紛文斐尾，慊縿離纚。」李善注：「慊縿、離纚，羽毛貌。」此處用以形容羽毛沾濕之狀。韓愈、孟郊〈秋雨聯句〉：「毛羽皆遭凍，離褷不能翽（鳥飛聲）。」漢樂府〈白頭吟〉（晉樂所奏）：「竹竿何嫋嫋，魚尾何離褷（形容魚尾如沾濕的羽毛）。」❹查　同「楂」。水中浮木；木筏。江總〈山庭春日詩〉：「古楂橫近澗，危石聳前洲。」

【語　譯】鸕鷀忽然扎進紅蓮旁的水裡，又從堰邊的清水中飛出。牠單獨站著羽毛濕漉漉的，就在舊木筏上嘴裡還叼著魚。

【研　析】此詩寫鸕鷀捕魚，首句狀其入水，次句寫其出水，三句描其出水後獨立，末句寫細看方知其口中已得魚，若非幽人臨水靜觀，手摹心追，不能寫得如此活躍生動。近人俞陛雲《詩境淺說》云：「甫入芙蕖影裡，旋出蒲藻叢中，善寫其鳧沒鸞舉之態。鸕鷀之飛翔食息，于四句中盡之，善于體物矣。」所言是。

上平田

【題　解】上平田，當是皇甫岳耕種的田地名。詩中對皇甫氏的避世隱居表示讚美。

朝耕上平田，暮耕上平田。借問問津者，寧知沮溺賢❶？

【注　釋】❶借問二句　寧，豈。《唐詩正音》作「誰」。沮溺，長沮、桀溺。《論語・微子》：「長沮、桀溺耦而耕（二人並耕），孔子過之，使子路問津（渡口）焉。」長沮、桀溺是避世的隱者，此處以沮溺喻皇甫岳，言世人不知其賢。

【語　譯】雲溪主人早晨在上平田耕種，傍晚也在上平田耕種。請問奔波於仕途前來詢問渡口的人，你們哪裡知道長沮桀溺有高尚德行？

【研　析】這首詩的前二句說雲溪主人皇甫岳成天在自己的田裡耕種，這就為後二句的問話作了鋪墊。後二句以隱居躬耕的長沮桀溺喻皇甫岳，謂世人不知其賢。從隱居躬耕的角度來讚美雲溪主人之賢，是本詩的主旨。

萍池

【題　解】此詩描寫春池中浮萍的開合。

春池深且廣，會待輕舟迴❶。靡靡綠萍合❷，垂楊掃復開❸。

【注　釋】❶會待句　此言欲過萍池，應待輕舟返回。會，應；當。迴，返回。❷靡靡句　謂輕舟過後，慢慢地綠萍又合攏了。靡靡，遲緩貌。❸垂楊句　謂春風吹拂垂楊，其枝條又將水面的浮萍掃開。掃復，奇字齋本、凌本俱作「復掃」。

【語　譯】春天的池塘池水深又廣，要擺渡過去應等輕舟返回。輕舟過後綠萍緩緩合攏，而風吹著垂柳卻又將它掃開。

【研　析】本詩以春池中綠萍幾不可見的微細浮動，刻畫出了環境的幽靜。詩寫春池無波，水面上平鋪密合的綠萍被輕舟劃開；在輕舟過後，綠萍緩緩地合攏到了一起，而水邊的垂柳被春風吹拂著，又輕輕地將它掃開。這種平淡而又富有生機的景象，這種臨水靜觀的意趣，不是心境悠閒、虛靜如王維，怎能觀賞和領略到？俞陛雲《詩境淺說》云：「此恆有之景，惟右丞能道出之。」確實如此。在這首詩中，詩人對景物的觀察與描繪，都堪稱細致入微。

紅牡丹

【題　解】這是一首詠物小詩，借詠牡丹寄寓傷春之意。

綠豔❶閒且靜，紅衣❷淺復深。花心愁欲斷，春色豈知心❸？

【注　釋】❶綠豔　指牡丹之枝葉。❷紅衣　指牡丹花瓣。❸花心二句　意謂牡丹之心，悲愁已極，而春色卻不知牡丹之心。欲，已。斷，極。

【語　譯】濃綠明豔的枝葉嫻雅而文靜，鮮紅的花瓣顏色有淺有深。牡丹花的心裡悲愁已極，可春色哪裡知道牡丹花的心？

【研　析】這首詠物詩的前二句描寫牡丹的形態：綠葉鮮豔明麗，紅花濃淡有致，既嫻雅而又文靜，就像一位淑女；後二句筆鋒一轉，說牡丹之心悲愁已極，而春色卻不知牡丹之心。何以這麼說？牡丹春末開花，其時春色將盡，牡丹之愁，即由此而生；然春天的腳步並不因牡丹之愁而稍稍停留，所以說「春色豈知心」。詩中將牡丹人格化，構思別致，暗寓傷春之意，可能還含有對美好的人或物不能長保的歎惜！總之，其意味頗耐人尋繹。

雜詩三首

其一

【題解】詩題趙注本原無「三首」二字，此從《全唐詩》；又宋蜀本、麻沙本、元本俱作「雜詩五首」，參見五古〈雜詩〉題解。這三首詩寫遊子思婦之情，意思互有關聯。

家住孟津河❶，門對孟津口。常有江南船，寄書家中否❷？

【注釋】❶孟津河　指孟津地方的黃河。孟津，古黃河津渡名，在今河南孟津東北、孟縣西南。❷常有二句　謂常有江南來的船，不知客寓江南的丈夫是否捎信回家。

【語譯】我家住在孟津地方的黃河邊，家門就對著河上的孟津渡口。這兒常有從江南來的船隻，不知丈夫託它捎信回家裡沒有？

【研　析】這首詩寫妻子對遠在江南的丈夫的思念。丈夫客寓他鄉，妻子最為牽掛的是他是否捎來平安的書信。「寄書家中否」的問話，不僅表現了妻子對丈夫的關心，也流露了她盼望丈夫來信的急切心情，從中讀者還可想見，她經常到渡口上去尋訪「江南船」的景象。而且，既然「常有江南船」，丈夫捎信回家並不困難，可為什麼自己又沒有收到信呢？所以這話中又含有自己的擔心和要求丈夫來信之意。這首詩語言極其平淡、質直，而表達的情意卻異常豐富、纏綿。

其　二

【題　解】本詩是〈雜詩〉三首中的第二首。詩寫遊子思鄉之情。

君自故鄉來，應知故鄉事。來日❶綺窗❷前，寒梅著花❸未？

【注　釋】❶來日　來之時。❷綺窗　雕畫花紋的窗戶。❸著花　生花；開花。

【語　譯】您從故鄉來到這裡，應知道故鄉的情況。您來的時候雕花窗戶前，梅花長出花朵來沒有？

【研　析】本首從遠在江南異鄉的丈夫方面著筆，不直說丈夫也在思念故鄉和故鄉的親人，而說他向剛從故鄉來的人打聽來的時候，故鄉的梅花是否已長出花朵。這裡獨問寒梅而不及其他，可視為一種通過個別表現一般的典型化技巧。梅花開放是春天到來的標誌，春天更易引起對親人的思念，如果故鄉的春天已到來，而丈夫卻遲遲未歸，妻子會倍覺惆悵，所以「來日」二句之問，正流露出丈夫對妻子的關心。另外，江南春早，梅花已開放，所以「寒梅著花未」的問話，正切合客居於江南的丈夫的口氣。這詩看似信手拈來，實則經過精心的藝術提煉，做到了質樸平淡，如敘家常，卻含情無限。清趙殿成說：「陶淵明詩云：『爾從山中來，早晚發天目。我居南窗下，今生幾叢菊？』王介甫詩云：『道人北山來，問松我東岡。舉手指屋脊，云今如許長。』與右丞此章，同一杼軸，皆情到之辭，不假修飾而自工者也。然淵明、介甫二作，下文綴語稍多，趣意便覺不遠；右丞只為短句，一吟一詠，更有悠揚不盡之致，欲于此下復贅一語不得。」（《王右丞集箋注》）按，陶詩題為〈問來使〉，王安石詩題作〈道人北山來〉，皆五古，陶詩共八句，王詩共十二句，趙氏此處均只引其前四句；又，宋蔡絛《西清詩話》、洪邁《容齋詩話》、嚴羽《滄浪詩話》皆謂〈問來使〉非淵明之詩。王維此詩比起其他兩詩，確實寫得更精煉含蓄，更有回味和想像的餘地，趙氏所論甚是。

其三

【題解】本詩是〈雜詩〉三首中的第三首。詩意與第二首緊相承接。

已見寒梅發，復聞啼鳥聲。愁心❶視❷春草，畏向階前❸生。

【注釋】❶愁心　宋蜀本、麻沙本、明十卷本等作「心心」。❷視　比照；好比。❸階前　趙注本原作「玉階」，此從宋蜀本、元本、明十卷本、《萬首唐人絕句》等。

【語譯】已見到梅花開放，又聽到鳥兒歌唱。憂愁的心好比春天的草，真怕它朝著臺階前生長。

【研析】此首寫春天已到，而丈夫仍遲遲不歸。前二句可視為女主人公自語，也可看作她代來自故鄉的人作答。後二句寫女主人公害怕春草生向階前，因為這樣，她將隨時都能真切地感受到春天的到來，其思念丈夫的「愁心」，也就因此而愈加不可抑止。這後二句可謂淡中含情，蘊藉雋永。此三首皆用口語而深婉有致，又皆具南朝樂府民歌的情韻，而較之精致。

崔興宗寫真詠

【題解】崔興宗，見〈送崔興宗〉題解。寫真，畫像。詩題趙注本原無「詠」字，從宋蜀本、麻沙本、明十卷本、《唐詩紀事》等補；又《紀事》崔字上多一「與」字。詩借詠畫像，抒發青春易逝的感慨。

畫君年少時❶，如今君已老。今時新識人，知君舊時好。

【注釋】❶畫君句　言畫像時君正年少。

【語　譯】畫像畫您年輕時的樣子，而如今您年紀已老。現在新認識您的人，都知道您從前的樣子好。

【研　析】這首詩通篇將畫像的主人崔興宗的今與昔作一番對比，前二句說，崔氏如今已老，不再是畫像上年輕時的樣子；後二句說，現在新認識崔氏的人，看了畫像都知道崔氏的樣子已不如從前。在上述極為平淡的話語中，蘊含著歲月易逝、青春一去不復返的感歎，令人味之不盡。

書事

【題　解】此詩僅載於奇字齋本外編、凌本、趙注本外編及《全唐詩》。《詩人玉屑》卷六引《天廚禁臠》曰：「王維〈書事〉云：『輕陰閣小雨……。』舒王云：『若耶溪上踏莓苔……。』兩詩皆含不盡之意，子由謂之不帶聲色。」此詩原載於《石門洪覺範天廚禁臠》卷中，又見於《竹莊詩話》卷一九，奇字齋本等即據上述諸書補錄。此詩寫雨後天陰深院的景色與情趣。

輕陰閣小雨❶，深院晝慵❷開。坐看❸蒼苔色，欲上人衣來。

【注　釋】❶輕陰句　謂小雨已停，天色微陰。閣，停輟。❷慵　懶。❸坐看　行看；將見。

【語　譯】小雨剛停了下來天色微陰，深院裡白天院門也懶得打開。將看到雨後蒼苔的顏色，就要染到人的衣服上來。

【研析】這首詩的首二句勾畫出了小雨初霽之後深院的靜謐氛圍。後二句說，看著雨後蒼苔的綠色在移動、蔓延，似乎就要染到人的衣服上來。這是詩人心靈與外境相親和、相融洽而產生的一種奇妙的感覺；同時，從繪畫的角度說，朝向地上蒼苔一邊的衣裳接受反射光線會沾染上一些蒼苔的顏色，所以上面的話反映了作為詩人兼畫家的王維，對大自然的光、色變化的感受十分敏銳。這兩句詩通過虛筆渲染，將雨後蒼苔的鮮碧可愛，表現得極其傳神，而且這些描寫，還加強了「深院畫慵開」的靜謐氛圍。獨處於這種氛圍裡的詩人的心境如何？應當說是安恬而又閒靜的。

寄河上段十六

【題解】河上，黃河邊。段十六，名未詳。本篇《唐百家詩選》作盧象詩，《萬首唐人絕句》作王維詩，《全唐詩》重見盧象及王維集中。按，王維集諸本俱載此詩，今姑據之收入集中。此詩寫思友之情。

與君相見❶即相親，聞道君家在❷孟津❸。為❹見行舟試借問，客中時有洛陽人❺。

【注釋】❶見《全唐詩》盧集作「識」。❷在《全唐詩》盧集作「住」。❸孟津　見〈雜詩〉三首其一注❶。❹為　若。❺客中句　洛陽地近孟津，所以要向洛陽來的船客探問段十六的近況。

【語譯】與您一相見便相互親近，聽說您家就居住在孟津。若見到河上走的船我便試著探問您的消息，因為船客中時常有洛陽來的人。

【研析】這首詩的前二句寫自己與友人相互投契的情誼和彼此分離的景況，從而為後二句的抒思友之情作鋪墊。後二句不直敘別後相思情深，而說自己若見到河上走的船，即向洛陽來的船客探問友人的消息。這兩句話說得委婉，有回味的餘地。

送王尊師歸蜀中拜掃

【題解】尊師，對道士的敬稱。拜掃，掃墓。奇字齋本、顧本無此二字。這是一首送別詩。

大羅天上神仙客❶，濯錦江❷頭花柳春。不為碧雞稱使者❸，惟令白鶴報鄉人❹。

【注釋】❶大羅句　指王為道士。大羅天，道教所稱三十六天中的最高一重天，為「道境極地」。《酉陽雜俎》前集卷二〈玉格〉：「道列三界（欲界、色界、無色界）諸天，數與釋氏同，但名別耳。三界外曰四人境，謂常融、玉隆、梵度、賈奕四天也。四人天外曰三清，大赤、禹餘、清微也。三清上曰大羅。」《雲笈七籤》卷二一：「《元始經》云：大羅之境，無復真宰，惟大梵之氣，包羅諸天下空之上。」❷濯錦江　即岷江。李白〈上皇西巡南京歌〉十首其六：「濯錦清江萬里流，雲帆龍舸下揚州。」王琦注：「濯錦江即岷江也。」按蜀地產錦，蜀人多於岷江中濯錦，因呼曰濯錦江。《文選》左思〈蜀都賦〉：「貝錦斐成，濯色江波。」李善注：「譙周《益州志》云：成都織錦既成，濯於江水（即岷江，舊以岷江為長江之正源），其文分明，勝於初成，他水濯之，不如江水也。」《太平寰宇記》卷七二：「濯錦江，即蜀江水，至此濯錦，錦彩鮮潤于他水，故曰濯錦江。」❸不為句　意謂尊師歸蜀，並非像王褒那樣是為了祀碧雞之神。碧雞，《漢書‧郊祀志》：「或言益州（轄境在今四川、雲南一帶）有金馬碧雞之神，可醮祭而致，於是遣諫大夫王褒，使持節而求之。」又〈王褒傳〉曰：「王褒，字子淵，蜀人也。……後方士言益州有金馬碧雞之寶……宣帝使褒往祀焉，褒於道病死。」❹惟令句　意謂只是為了使鄉人知道自己已得道成仙。參見〈送張道士歸山〉注❺。

【語譯】尊師您是大羅天上的神仙，這時濯錦江畔正值花柳繁茂的春天。您歸蜀並非像漢朝王褒那樣，是因為做了祭祀碧雞的使臣；而只是如丁令威化鶴一般，想告知同鄉自己已成為仙人。

【研析】這首詩寫送道士歸故鄉蜀中，全詩都圍繞著這個主題來寫。首句交代送別對象是道士；次句寫蜀地春景，說明道士欲歸之地為蜀中；三句用王褒之事，隱指道士為蜀人，歸蜀是為了拜掃；末句用丁令威事，指明道士是蜀人，已得道成仙。這是一首應酬之作，缺少詩人的感情投入。

送沈子福歸江東

【題解】沈子福，不詳。明十卷本、奇字齋本、《全唐詩》等俱作「沈子」。歸，《萬首唐人絕句》、《唐詩品彙》俱作「之」；又麻沙本、元本俱無此字。江東，見〈送丘為落第歸江東〉題解。此詩為唐代送別詩中的名篇。

楊柳渡頭行客稀，罟師❶盪槳向臨圻❷。惟有相思似春色，江南江北送君歸。

【注釋】❶罟師　漁人。此處指船夫。❷臨圻　臨近曲岸之地。《文選》謝靈運〈富春渚〉：「遡流觸警急，臨圻阻參錯。」李善注：「《埤蒼》曰：碕，曲岸頭也。碕與圻同。」此處或承謝詩之意，借以指富春地區。又高步瀛《唐宋詩舉要》曰：「此詩臨圻當是地名，故云向。」

【語譯】長著楊柳的渡口旅客稀少，船夫搖動著船槳走往臨圻。只有相思之情猶如春色，遍於江南江北送君歸去。

【研析】本詩堪稱詠別的絕唱。近人沈祖棻《唐人七絕詩淺釋》說：「『楊柳』點明節候，暗示別情，並關合下文『春色』。三四句寫沈子福已走之後，自己臨流極目，惟見一片春色，遍於江南江北，遂覺心中相思的無窮無盡，恰似眼前春色之無邊無際。自己雖然無從和他同去，但此相思之意，始終相隨，一如春色之無所不在。詩人奇妙的聯想，即景寓情，妙造自然，毫無刻畫痕跡，不但寫出深厚友誼，而且將惜別時微妙的、難以捕捉的抽象感情，極其生動地表達出來，成為可見可觸的形象。」所評極是。三四句寫送別者的深情而情中含景，餘蘊無窮，它不禁使讀者想像到沈子福南歸途中所見到的種種春色，無不染上友人的相思之情，似乎那「相思」已化為無處不到的「春色」，「春色」變成了綿長無盡的「相思」，在這裡，情與景已融成一片，了無縫隙。又，本詩雖寫別友情懷，卻並不低回、傷感，而具有一種與盛唐的時代氣氛息息相通的爽朗明快的基調。

劇嘲史寰

【題解】劇，戲。史寰，未詳。此詩為嘲戲之作。

清風細雨濕梅花，驟馬❶先過碧玉❷家。正值楚王宮裡至，門前初下七香車❸。

【注釋】❶驟馬　驅馬疾行。❷碧玉　見〈洛陽女兒行〉注❻。此處疑借指某平民家少女（碧玉本「小家女」，故以之稱平民家女子）。又可能借指某妓女。梁簡文帝〈雞鳴高樹巔〉：「碧玉好名倡，夫婿侍中郎。」唐李暇〈碧玉歌〉：「碧玉上宮妓，出入千花林。珠被玳瑁牀，感郎情意深。」此處疑用後一義。❸正值二句　謂史寰欲訪碧玉，正值楚王亦至其家，只好敗興而歸。正值，宋蜀本、麻沙本均注：「一本作適自。」楚王，借指某唐宗室親王。七香車，見〈洛陽女兒行〉注❸。

【語譯】清風細雨打濕了新開放的梅花，你騎上快馬先去訪問名妓的家。正遇上楚王從宮裡來到名妓門前，剛剛從華貴的七香車上下了車。

【研析】這首詩的前二句寫史褰過訪名妓碧玉，其中「輕風細雨濕梅花」的描寫，值得讀者仔細玩味。它不僅交代了時值初春的節候，還說明了史氏係冒雨走馬前往拜訪名妓，由此可見其訪妓的積極性之高與急切的程度；另外，這句詩又含有為後兩句話作譬喻之意。後兩句說史氏到了名妓家門前，正好遇到楚王也前來，剛在門口下車。其結果會是怎樣呢？史氏自然只有退避三舍，興沖沖而來，掃興而歸。史氏的這種掃興，與新開放的梅花被細雨打濕，不是有些相似嗎？清黃周星說：「題曰劇嘲，詩中殊無嘲意。」（《唐詩快》卷一五）其實讀到詩的後兩句，善意的嘲戲意味還是很明顯的。這首詩雖乏深意，但寫來還是詼諧有味，自然含蓄的。

文選

送鄭五赴任新都序

【題解】鄭五，名未詳。新都，唐縣名，即今四川新都。「序」是文體的一種。唐初，親友離別，贈言勉勵，於是就有贈序。本文開元十四年（七二六）四月作於長安或洛陽，說詳拙作〈王維年譜〉。此文為送友人入蜀赴任而作。

邠人前京兆，右扶風❶，居上❷谷間，與寢園❸接。〈七月〉之什，蕩無遺風❹；五陵之豪❺，雜居其地，故有黠吏惡少，犯命干紀❻。政寬則以姦病人，操急則以事中吏❼。鄭子為邑❽也，絃歌❾之化，洋溢四封；雷霆之威，燀赫❿百里⓫。下車按捕⓬，盡致法⓭焉，繡衣⓮不帷⓯，風俗大⑯治。苟⑰以文墨⑱抵罪，除名為人，削跡⑲于野。杜陵解印⑳，時賣故侯之瓜㉑；彭澤無官，詎有公田之黍㉒？牽衣肘見，步雪履穿㉓，獲戾由忠㉔，是貧非病㉕。屬聖朝龍旂鑾輅，登封告成之事畢㉖；蒼玉黃琮，郊天祀地之禮備㉗。天下無事，海內乂安㉘。盡登仁壽之域㉙，猶下哀憐之詔㉚：萬方有罪，與之更新㉛；百寮㉜失職，使復其位。降邑宰為輿尉㉝，從綰墨而解褐㉞。

【注釋】❶邠人二句　意謂邠人之居地，東有京兆，西接扶風。邠，唐州名，治所在今陝西邠縣。本曰豳州，「開元十三年，改豳為邠」（《舊唐書・地理志》）。右，古稱西方為右。扶風，指岐州，治所在今陝西鳳翔。《舊唐書・地理志》：「鳳翔府，隋扶風郡。武德元年，改為岐州。」❷上　趙殿成曰：「疑是山字或川字之訛。」❸寢園　帝王陵園。據《元和郡縣志》卷一載，唐高祖、太宗、高宗、中宗、睿宗之陵寢俱在京兆府，西漢諸帝陵寢亦然。❹七月二句　謂周代先公風化之遺風在邠地（古豳邑即在其境內）蕩然無存。七月之什，《詩・豳風・七月》序：「〈七月〉，陳王業也。周公遭變故，陳后稷先公風化之所由，致王業之艱難也。」《正義》曰：「作〈七月〉詩者，陳先公之風化，是王家之基業也。……經八章，皆陳先公風化之事。」❺五陵之豪　五陵，《漢書・原涉傳》：「郡國諸豪及長安五陵諸為氣節者，皆歸慕之。」注：「五陵謂長陵（高帝）、安陵（惠帝）、陽陵（景帝）、茂陵（武帝）、平陵（昭帝）也。」按，漢代皇帝每立陵墓，都把四方富家豪族及外戚遷至陵墓附近居住，故曰「五陵之豪」。❻紀　綱紀法度。❼政寬二句　述邠州地區之難治。以姦病人，以姦行使民受苦。人，即「民」，避唐諱改，下「除名為人」同。中，中傷；攻擊陷害。❽為邑　指在邠地任縣令。❾絃歌　見〈贈房盧氏琯〉注❸。❿燀赫　聲勢盛大。李白〈古風〉三十三：「憑陵隨海運，燀赫因風起。」⓫百里　約指一縣之地。《白氏六帖事類集》卷二一：「雷震百里，縣令象之，分土百里。」⓬下車句　指初到任即審查、逮捕黠吏惡少。⓭致法　謂用刑法。《史記・呂不韋列傳》：「王不忍致法。」⓮繡衣　著繡衣，隱指鄭「出討姦猾」。參見〈送丘為往唐州〉注❻。⓯不帷　不張掛車帷，用後漢賈琮事。參見〈送封太守〉注❺。不，趙注本原作「下」，據宋蜀本、明十卷本改。⓰大　趙注本原作「之」，趙注：「之，疑是以字之誤。」此從《全唐文》。⓱苟不審慎。⓲文墨　指文書寫作上的差錯。⓳削跡　消除車轍的痕跡，引申指匿跡、隱居。《莊子・漁父》：「丘再逐於魯，削迹於衛。」《藝文類聚》卷三六魏繁欽〈甪里先生訓〉：「黃綺削迹南山，以集神器之贊。」⓴杜陵句　此句疑用蕭育事。《漢書・蕭育傳》謂育杜陵人，「為茂陵令，會課育第六，而漆令郭舜殿，見責問，育為之請，扶風怒曰：『君課第六裁自脫，何暇欲為左右言？』及罷，出傳召茂陵令詣後曹（注：『如淳曰：賊曹決曹皆後曹。』），當以職事對（注：『忿其為漆令言，故欲以職事責之。』）。育徑出曹，書佐隨牽育，育案佩刀曰：『蕭育杜陵男子，何詣曹也（注：「自言欲免官而去，但是杜陵一白衣男子耳，何須召我詣曹乎？」）？』遂趨出，欲去官」。杜陵，見〈晦日遊大理韋卿城南別業〉四首其二注❶。㉑時賣句　見〈老將行〉注⓬。㉒彭澤二句　蕭統〈陶淵明傳〉：「（淵明）為彭澤（在今江西湖口東）令……公田悉令吏種秫（黏穀，可釀酒），曰：『吾常得醉於酒，足矣。』妻子固請種秔，乃使二頃五十畝種秫，五十畝種粳。」詎，豈。二句謂鄭已去縣令之職。㉓牽衣二句　寫鄭的貧困潦倒。牽衣附見，《莊子・讓王》：「曾子居衛……三日不舉火，十年不製衣，正冠而纓絕，捉衿而肘見，納履而踵決。」步雪履穿，《史記・滑稽列傳》：「東郭先生久待詔公車，貧困饑寒，衣敝履不完，行雪中，履有上無下，足盡踐地。道中人笑之，東郭先生應之曰：『誰能履行雪中，令人視之，其上履也，其履下處仍似人足者乎？』」穿，破敗。㉔獲戾由忠　謂由於忠誠無私而獲罪。《文選》袁宏

《三國名臣序贊》：「正以招疑，忠而獲戾。」戾，罪。忠，趙注本原作「中」，此從宋蜀本。㉕是貧非病　《莊子・讓王》：「子貢乘大馬，中紺而表素，軒車不容巷，往見原憲，原憲華冠（《釋文》：「以華木皮為冠。」）縰履（謂履無跟），杖藜而應門，子貢曰：『嘻，先生何病！』原憲應之曰：『憲聞之，無財謂之貧，學而不能行謂之病，今憲貧也，非病也。』子貢逡巡而有愧色。」㉖屬聖朝二句　指開元十三年玄宗東封泰山事。屬，適值；恰好。龍旂，畫龍為飾的旗。《詩・周頌・載見》：「龍旂陽陽，和鈴央央。」鄭箋：「交龍為旂。」此指天子的儀仗。鑾輅，天子的車駕。鑾，《全唐文》作「鸞」。登封，登山行封禪之禮。告成，謂告其成功於上天。《後漢書・祭祀志》云：「群臣上言，即位三十年，宜封禪泰山。」注：「《東觀書》載太尉趙熹上言曰：『……陛下……功成治定，群司禮官，咸以為宜登封告成。』」〈祭祀志〉又云：「登封之禮，告功皇天，垂後無窮，以為萬民也。」《舊唐書・玄宗紀》曰：「（開元十三年）冬十月……辛酉，東封泰山，發自東都。十一月……己丑，日南至，備法駕登山，仗衛羅列嶽下百餘里……上與宰臣、禮官昇山。……甲午，發岱嶽。」㉗蒼玉二句　亦指封泰山事。蒼玉黃琮，《周禮・春官・大宗伯》：「以玉作六器，以禮天地四方：以蒼璧禮天，以黃琮禮地……。」鄭注：「禮神者，必像其類，璧圜像天，琮八方像地。」郊，祭天曰郊。按，古封泰山，都需在泰山上祭天，在泰山下的某小山上祀地（見〈華嶽〉注）。㉘乂安　太平。《史記・平津侯主父列傳》贊：「是時……海內乂安，府庫充實。」㉙盡登句　《漢書・王吉傳》：「臣願陛下承天心，發大業……毆一世之民，躋（登）之仁壽之域。」又〈董仲舒傳〉：「堯舜行德則民仁壽。」《論語・雍也》：「知者動，仁者靜；知者樂，仁者壽。」句謂天子行德政，百姓皆仁而壽考。㉚猶下句　指玄宗在東封泰山禮畢之後頒布大赦詔令。《冊府元龜》卷八五：「（開元十三年）十一月壬辰，以封禪禮畢……大赦天下。」㉛與之更新　給予他們改過自新的機會。《後漢書・袁紹傳》：「蠲除細故，與下更新。」㉜寮　通「僚」。㉝輿尉　《左傳》襄公三十年：「廢其輿尉。」《正義》：「服虔云：輿尉，軍尉，主發眾使民。」按，輿尉即主持徵役之官，非唐時縣尉之職，此處蓋借作縣尉用。㉞從綰句　綰墨，繫墨，謂佩墨綬。綰，趙注本原作「館」，此從《全唐文》。按，漢縣令用墨綬(參見《漢書·百官公卿表》),此句蓋謂鄭由前縣令而解褐出仕。

【語譯】郊人的住地東有京兆,西連扶風,居於山谷間,與帝王的陵園相接。〈七月〉詩中所陳述的周代先公風教的遺風,在這裡已蕩然無存;五陵一帶的豪強,雜居於郊地,所以就有狡黠的官吏、品行惡劣的少年,違抗命令干犯法紀。施政寬仁,他們就用惡行使人民受苦,而掌控嚴厲,他們則找事來中傷官吏。鄭子您在郊地任縣令的時候,像子游治理武城用的那種禮樂教化,充滿於縣中四境;而如雷霆一般的聲威,也顯赫於一縣之地。您一到任就審查、逮捕黠吏惡少,全部用刑法懲治,您像漢代著繡衣的御史,又如出門不張掛車帷的賈琮,縣裡的風氣、習俗因而得到很好治理。您因不審慎以文書上的差錯犯罪而受到處罰,除去了官員的名籍成為百姓,從此消蹤匿跡於民間。您像杜陵男子蕭育一樣解下官印,時常賣自己種的瓜如同秦東陵侯;又像陶彭澤那樣沒有官職,哪裡有公田出產的用來釀酒的黏米?您牽一下衣襟就露出胳膊肘就像曾子居衛,在雪地上走路鞋底破敗猶如東郭先生,您的獲罪是由於忠誠無私,上述種種情狀是貧困而不是恥辱。恰好皇帝的儀仗鑾駕出動,登上泰山行封禪之禮、向上天報告所完成功業的事情終了;使用青色的圓璧、黃色的瑞玉,在泰山上祭天與在泰山附近的小山上祭地的禮儀完備。這時天下太平無事,海內安定。百姓都進入有仁德而長壽的境界,皇帝也下了憐惜、同情的詔書:全國各地有罪的人,給予他們改過自新的機會;各級官吏喪失職位的,讓他們恢復自己的職位。您於是從原來的縣令降為縣尉,由過去的佩墨綬而重新擔任官職。

龍星始見❶，馬首欲西❷。搢紳❸先生，居❹多結友，諸曹列署，且有同時❺。時工部侍郎蕭公❻，詞翰之宗❼，德義之府❽。弱年筮仕❾，一命聯官于奉常❿；幾日左遷，六人同罪于外郡⓫。籯金盛業，克傳丞相文儒⓬；萬石高風⓭，彌重故人賓客。賦詩寵⓮別，贈言誡行。騎登棧道，館于板屋⓯。劍門中斷⓰，蜀國滿于二川⓱；銅梁⓲下臨，巴江⓳入于萬井。黃鸝欲語，夏木成陰，悲哉此時，相送千里。

【注釋】❶龍星始見　謂時值孟夏四月。《左傳》桓公五年：「龍見而雩。」杜注：「龍見，建巳之月（四月），蒼龍宿之體，昏見東方。」龍，蒼龍，東方角、亢、氐、房、心、尾、箕七宿之總稱。龍見，非謂七宿盡現，角、亢兩宿黃昏時現於東方，即可謂之「龍見」，是時正當孟夏建巳之月。❷馬首欲西　謂鄭欲西行入蜀赴任。❸搢紳　插笏於紳。搢，插。紳，束腰的大帶。古之仕者或儒者，垂紳插笏，故稱士大夫或儒者為搢紳。《莊子・天下》：「其在於《詩》、《書》、《禮》、《樂》者，鄒魯之士，搢紳先生，多能明之。」❹居　平時。❺諸曹二句　意謂許多官署或部門，且有與鄭同時登第授官之友。諸曹，義同「列署」。古時分職治事的官署或部門，謂之曹。趙注謂「諸曹」指功曹、倉曹、戶曹、兵曹、法曹、士曹等六參軍，非是。列署，《文選》何晏〈景福殿賦〉：「屯方列署，三十有二。」呂延濟注：「列署，百官諸曹。」❻時工句　工部侍郎，工部副長官，正四品下。蕭公，趙注：「按《唐書・蕭嵩傳》：嵩子華，當嵩罷相時，擢給事中，久之，為工部侍郎，天寶末為兵部侍郎。」按，嵩罷相在開元二十一年十二月(見《新唐書・宰相表》)，華為工部侍郎約在開元末或天寶初，這就與上文所述封泰山事不合，且嵩家亦無「六人同罪于外郡」之事，故蕭公當非謂華，趙說誤。《舊唐書・蕭至忠傳》：「(至忠)弟元嘉，工部侍郎。」蕭公蓋即指元嘉，說詳後。❼詞翰之宗　眾所宗仰的詞章名家。❽德義之府　語出《國語・晉語四》：「夫先王之法志，德義之府(府庫)也。」句謂蕭公富有德義。❾筮仕　古人將出仕，先占吉凶，謂之筮仕。後因稱入官為筮仕。❿一命句　一命，周代官秩由一命到九命，分九個等級，一命是最低的一個等級。參見《周禮・春官・大宗伯》、〈典命〉。此指初出仕為最低級之官。奉常，官署名，即太常寺。高宗龍朔二年(六六二)改為奉常寺，咸亨元年(六七〇)復舊，掌邦國之禮樂、郊廟、社稷等事。參見《唐六典》卷一四。句謂蕭初出仕時與鄭並官於奉常。據此句，可知蕭即「諸曹列署」中與鄭同時登第授官之友。⓫幾日二句　《舊唐書・蕭至忠傳》：「先天二年，復為中書令。……未幾，左僕射竇懷貞、侍中岑羲及至忠……等與太平公主謀逆事洩，至忠遽遁入山寺，數日，捕而伏誅，籍沒其家。」蕭家幾日之間，六人同獲罪左遷外郡，蓋受至忠株連之故。岑羲得罪伏誅後，親族亦遭放逐，事正與此同。岑參〈感舊賦〉曰：「由是我汝南公(岑羲)復得罪於天子。當是時也……去鄉離土，隳宗破族；雲雨流離，江山放逐。愁見蒼梧之雲，泣盡湘潭之竹，或投於黑齒之野，或竄於文身之俗。」⓬籯金二句　指元嘉像至忠一樣通經，是博學的儒者。籯金盛業，指經學之業。《漢書・韋賢傳》：「賢為人質朴少欲，篤志於學，兼通《禮》、《尚書》，以《詩》教授，號稱鄒魯大儒。……本始三年，代蔡義為丞相。……少子玄成，復以明經歷位至丞相，故鄒魯諺曰：遺子黃金滿籯，不如一經。」注：「如淳曰：『籯，竹器，受三、四斗，今陳留俗有此器。』……師古曰：『……筐籠之屬是也。』」克，能。丞相，謂蕭至忠。中宗時已官至丞相。文儒，指博學的儒者。《論衡・效力》：「使儒生博覽，則為文儒；文儒者，力多於儒生。」《晉書・儒林傳》序：「逮于孝武，崇尚文儒。」⓭萬石高風　《史記・萬石張叔列傳》云：「萬石君名奮……姓石氏。……恭謹無與比。……孝景帝季年，萬石君以上大夫祿歸老于家，以歲時為朝臣，過宮門闕，萬石君必下車趨，見路馬，必式焉。子孫為小吏來歸謁，萬石君必朝服見之，不名。……上時賜食於家，必稽首俯伏而食之，如在上前。」此指蕭公有萬石君恭謹重禮之高風。⑭寵　敬辭。⑮板屋　見〈送李太守赴上洛〉注❶。⑯劍門中斷　見〈送崔五太守〉注⑪。⑰蜀國句　謂蜀地布滿於二川之間。二川，即二江。參見〈送崔五太守〉注⑫。⑱銅梁　見〈送李員外賢郎〉注❸。⑲巴江　古書中關於巴江的說法不一。此處當指嘉陵江（銅梁山臨嘉陵江）。參見〈送崔五太守〉注⑬。

【語　譯】蒼龍星黃昏時開始出現於東方，這時候您就要西行入蜀赴任。官宦之家或穿儒服的讀書人，平時多結為朋友，各個官署或部門，並且有與您同時登第授官的友人。這時候有工部侍郎蕭公，是眾所宗仰的詞章名家，富有道德信義的人。他年少的時候出來做官，初出仕就和您共同在太常寺任職；蕭家曾幾日之間，六個人一起獲罪貶職於地方州郡。蕭家重經學盛業，蕭公能傳承蕭丞相的博學儒者風範；又有萬石君恭謹重禮的高風，更加看重賓客故交。蕭公為您賦詩送別，贈言勉勵，囑告一路行走應多保重。您的坐騎就要登上入蜀的棧道，一路上將寄宿於木板屋裡。劍門峭壁中斷，前面的蜀地布滿於兩條江流之間；在銅梁山下視，巴江流入於千家萬戶之中。黃鸝已經啼鳴，夏天的樹木成陰，多麼令人悲傷呀這個時候，正送您往千里之外的地方去。

【研　析】這篇贈序為送友人鄭五入蜀任職而作，全文大抵可分為兩大段。第一大段寫友人為官的經歷與入蜀任職的緣由。開頭先敘友人曾在邠地任縣令，這裡多「五陵之豪」，素稱難治，友人到任後，德刑並用，雷厲風行地懲治了「黠吏惡少」，於是縣中「風俗大治」。接著寫友人因文書寫作上的差錯而被「除名為人」，並描寫了他丟官之後生活上的窘困情狀。這反映了唐代士人如果家中沒有田產，去官歸隱後是很難生活下去的；又反映了唐代官場存在著賞輕罰重、官員因為細小的差錯即「失職」的現象。下面接敘適值玄宗東封泰山後發布大赦詔令，友人才得以復職，此即友人入蜀為新都尉的緣由。

第二大段寫送別。文中特別突出了送別者中有「工部侍郎蕭公」。唐制，工部侍郎正四品下，新都尉從九品上，一個高級官員為一個小小的縣尉送行，在一個封建等級差別森嚴的社會裡堪稱難得，這表現出了蕭公的極重友情、毫不勢利的高風，作者對此明顯地流露出了讚賞之情。從這篇序文中還可以看出，蕭公之所以「彌重故人」鄭五，當還有以下兩個因素：一是蕭公自己也有遭貶逐的經歷，所以能理解和同情鄭五被「除名為人」的痛苦；二是鄭五是蕭公的同年友，而唐人頗重視「同年」這種關係。文章的最後十句想像鄭五入蜀途中的所見，並抒傷別之情。其中若干句子反映出了作者擅長寫景的特長。

暮春太師左右丞相諸公于韋氏逍遙谷讌集序

【題解】太師，太子太師，此指太子太師徐國公蕭嵩。參見〈故太子太師徐公輓歌〉四首其一題解。左右丞相，即尚書左右僕射，參見〈和僕射晉公扈從溫湯〉題解。韋氏逍遙谷，見〈同盧拾遺韋給事東山別業二十韻〉題解。「序」體最初是對某部著作或某一詩文進行說明的文字，後來又演化出贈序、序記一類以「序」名篇的作品。本文主要記宴飲盛會，其性質實際上是記事，與序跋文、贈序文都不同，我們可稱之為序記（清姚鼐《古文辭類纂》認為此類文章應歸在雜記類）文。據文中敘及的裴耀卿、張九齡等人的官職，本文當作於開元二十五年（七三七）春，說詳本文注釋及拙作〈王維年譜〉。本文描寫裴耀卿、張九齡等朝廷大臣在韋氏別業宴集的景況。

山有姑射❶，人蓋方外❷；海有蓬瀛❸，地非宇下❹。逍遙谷天都❺近者，王官❻有之。不廢大倫，存乎小隱❼，跡崆峒❽而身拖朱紱❾，朝承明❿而暮宿青靄，故可尚也。先天之君⓫，俾人在宥⓬，歡心格⓭于上帝，喜氣降為陽春。時則有⓮太子太師徐國公、左丞相稷山公⓯、右丞相始興公⓰、少師宜陽公⓱、少保崔公⓲、特進鄧公⓳、吏部尚書武都公⓴、禮部尚書杜公㉑、賓客王公㉒，黼衣㉓方領㉔，垂璫珥筆㉕，詔有不名，命無下拜㉖。熙天工者㉗，坐而論道㉘；典邦教者㉙，官司其方㉚。相與察天地之和，人神之泰，聽于朝則雅頌㉛矣，問于野則賡歌㉜矣。迺曰猗㉝哉，至理之代㉞也！吾徒可以酒合㉟讌樂，考㊱擊鐘鼓。退于彤庭㊲，選㊳辰擇地，右班劍㊴，驂㊵六騶㊶，畫輪㊷載轂㊸，羽幢㊹先路㊺，以詣夫逍遙谷㊻焉。

【注釋】❶姑射　傳說中的一座仙山。《莊子・逍遙遊》：「藐姑射之山，有神人居焉，肌膚若冰雪，淖約若處子，不食五穀，吸風飲露，乘雲氣，御飛龍，而遊乎四海之外，其神凝，使物不疵癘而年穀熟。……堯治天下之民，平海內之政，往見四子藐姑射之山、汾水之陽，窅然喪其天下焉。」《山海經・海內北經》：「列姑射在海河州中。」郭注：「山名也。山有神人。河州在海中，河水所經者。《莊子》所謂藐姑射之山也。」又〈東山經〉云：「盧其之山……又南三百八十里，曰姑射之山，無草木，多水。」袁珂《山海經校注》謂藐姑射之山即姑射之山亦即列姑射山。至於《莊子》稱藐姑射之山在汾水之陽，則不必信以為真。《釋文》云：「案汾水出太原，今莊生寓言也。」❷方外　世外。《莊子・大宗師》：「孔子曰：彼游方之外者也，而丘游方之內者也。」❸蓬瀛　見五律〈早朝〉注❼。❹宇下　屋簷下，喻附近。《左傳》哀公二十七年：「大國在敝邑之宇下，是以告急。」❺天都　見〈終南山〉注❶。❻王官　天子之官。《左傳》成公十一年：「若治其故，則王官之邑也。」❼不廢二句　指未曾去官而隱於山林。大倫，指人與人之間最重要的等級名分關係。《孟子・公孫丑下》：「內則父子，外則君臣，人之大倫也。」小隱，謂隱於山林。《文選》王康琚〈反招隱詩〉：「小隱隱陵藪，大隱隱朝市。」❽跡崆峒　謂追尋崆峒仙人的蹤跡，即隱居學仙之意。參見〈田園樂〉七首其一注❷。❾朱紱　見〈寓言〉二首其一注❶。❿承明　見〈同崔員外秋宵寓直〉注❷。⓫先天之君　行事在天之前的聖明君主。參見〈送祕書晁監還日本國〉首段注❻。⓬在宥　任其自由自在之意。《莊子・在宥》：「聞在宥天下，不聞治天下也。在之也者，恐天下之淫其性也；宥之也者，恐天下之遷其德也。」郭注：「宥使自在則治，治之則亂也。……故所貴聖王者，非貴其能治也，貴其無為而任物之自為也。」成疏：「宥，寬也。在，自在也。」⓭格　感通。《尚書・說命下》：「格于皇天。」⓮有　趙注本原無此字，據宋蜀本、麻沙本、明十卷本等補；《全唐文》有下又多一「若」字。⓯稷山公　即裴耀卿，裴「絳州稷山人」，曾封稷山縣開國男。裴開元二十一年拜黃門侍郎、同中書門下平章事，二十二年為侍中，二十四年十一月為尚書左丞相，罷知政事。參見《舊唐書・玄宗紀》、兩《唐書》本傳。⓰始興公　張九齡。見〈獻始興公〉題解。⓱少師宜陽公　韓休。少師，太子少師，正二品，掌教諭太子。《舊唐書》本傳云：「開元二十一年……拜黃門侍郎、同中書門下平章事。……十二月，轉工部尚書，罷知政事。二十四年，遷太子少師，封宜陽子。」⑱少保崔公　即崔琳。少保，太子少保，正二品，掌教諭太子。《舊唐書．崔神慶傳》：「開元中，神慶子琳等皆至大官，群從數十人，趨奏省闥。……琳位終太子少保。」《新唐書．崔神慶傳》：「（琳）累遷太子少保。天寶二年卒。」⑲特進鄧公　未詳。特進，文散官，正二品。⑳吏部尚書武都公　即李暠。吏部尚書，吏部正長官，正三品。《新唐書》本傳云：「（開元）二十一年，以工部尚書持節使吐蕃……還，以奉使有指，再遷吏部。」《舊唐書》本傳云：「暠風儀秀整……累封武都縣伯。俄為太子少傅，病卒。」《舊唐書．玄宗紀》：「（開元二十七年四月乙酉）吏部尚書李暠為太子少傅。」孫逖〈太子少傅李公墓誌銘〉：「唐之宗盟，有若武都公者，諱暠。」㉑杜公　即杜暹。《舊唐書》本傳曰：「（開元）二十年，上幸北都，拜暹為戶部尚書，便令扈從入京。行幸東都，詔暹為京留守。……俄代李林甫為禮部尚書，累封魏縣侯。」按，《舊唐書．玄宗紀》謂開元二十二年五月，林甫「為禮部尚書、同中書門下平章事」，二十四年七月，「為兵部尚書，依舊知政事」；又〈李林甫傳〉稱林甫「為禮部尚書、同中書門下三品」後，「尋歷戶、兵二尚書，知政事如故」；另《新唐書．宰相表》謂林甫於開元二十三年十一月為戶部尚書，暹代林甫為禮部尚書，當即在是時。㉒賓客王公　謂王丘。賓客，太子賓客，正三品，掌侍從規諫太子。《舊唐書》本傳曰：「（開元）二十一年……（韓）休作相，遂薦丘代崔琳為御史大夫。丘既訥於言詞，敷奏多不稱旨。俄轉太子賓客，襲父爵宿預男。」㉓黼衣　一種繡有半黑半白花紋的禮服。《漢書．韋賢傳》師古注：「黼衣，畫為斧形而白與黑為彩也。」㉔方領　見〈送韋大夫東京留守〉注⑬。㉕垂璫珥筆　見〈上張令公〉注❶、❷。㉖詔有二句　指天子對諸大臣給予特殊的禮遇。不名，見〈故太子太師徐公輓歌〉四首其一注❺。命無下拜，《左傳》僖公九年：「王使宰孔賜齊侯胙……齊侯將下拜。孔曰：『且有後命，天子使孔曰：「以伯舅耋老，加勞，賜一級，無下拜！」』」㉗熙天工者　指天子。熙，廣；弘大。《尚書．舜典》：「有能奮庸熙帝之載。」孔傳：「訪群臣有能起發其功，廣堯之事者。」天工，見〈送韋大夫東京留守〉注❿。㉘坐而論道　《周禮．冬官》：「或坐而論道，或作而行之……坐而論道，謂之王公（注：「天子諸侯。」）；作而行之，謂之士大夫。」注：「論道，謂謀慮治國之政令也。」㉙典邦教者　指大臣。典邦教，《唐文粹》作「掌邦典」。㉚司其方　各掌其一方面之事。㉛雅頌　皆《詩》六義之一，常用以指正聲、治世之音。〈毛詩序〉：「故《詩》有六義焉：一曰風……五曰雅，六曰頌。……雅者，正也，言王政之所由廢興也。……頌者，美盛德之形容，以其成功告於神明者也。」《漢書・禮樂志》：「隆雅頌之聲，盛揖讓之容。」㉜賡歌　《尚書・益稷》：「（舜）乃歌曰：『股肱喜哉，元首起哉，百工熙哉（孔傳：「元首，君也。股肱之臣喜樂盡忠，君之治功乃起，百官之業乃廣。」）。』」皋陶拜手稽首……乃賡載歌曰：『元首明哉，股肱良哉，庶事康哉（孔傳：「賡，續；載，成也。帝歌歸美股肱，義未足，故續歌。」）。』」此指稱美君主及輔臣之辭。㉝猗　歎美之詞。㉞至理之代　至治之世。㉟合　聚會。麻沙本作「食」。㊱考　擊。㊲彤庭　見〈奉和聖製天長節賜宰臣歌應制〉注❺。㊳選　麻沙本、《唐文粹》、《全唐文》俱作「撰」。㊴班劍　雕畫花紋的木劍。班，通「斑」。古時由隨從武士執之，以為儀仗。《文選》王儉〈褚淵碑文〉云：「給班劍二十人。」劉良注：「班劍，謂執劍而從行者也。」又云：「給節羽葆鼓吹班劍為六十人。」李周翰注：「班劍，木劍無刃，假作劍形，畫之以文，故曰班也。」又任昉〈齊竟陵文宣王行狀〉曰：「虎賁班劍百人。」李善注：「《晉公卿禮秩》曰：諸公及開府位從公者，給虎賁二十人，持班劍焉。」㊵驂驂乘，使陪乘。㊶六騶　《左傳》成公十八年：「程鄭為乘馬御，六騶屬焉。」杜注：「六騶，六閑（閑即馬廄，古時天子十二閑，諸侯六閑）之騶（主駕之官也）。」此處泛指主管車馬和駕車的人。㊷畫輪　車名。《晉書・輿服志》：「畫輪車……自靈獻以來，天子至士遂以為常乘。」參見〈上張令公〉注❸。㊸載轂　謂轂上有文飾。載，飾。《淮南子・兵略》：「載以銀錫。」注：「箭以銀錫飾之也。」㊹羽幢　以羽毛為飾的幢，作儀仗用。幢，《說文》曰：「旌旗之屬。」㊺先路　引路先行。〈離騷〉：「乘騏驥以馳騁兮，來吾道夫先路。」㊻谷　趙注本原無此字，從《全唐文》校補。

【語譯】山裡面有叫做姑射的仙山，那裡的人大概屬於世外；海中有蓬萊瀛洲的神山，那個地方不在我們的附近。逍遙谷就在帝都附近，朝廷的官員擁有它。不中止君臣之間的名分，而隱居於山林，追尋崆峒仙人的蹤跡，而身上穿著下垂的紅色朝服，早晨在宮門準備朝見，而晚上止宿於山間的青色雲氣中，所以值得仰慕啊。行事在天之前的聖明君主，讓人們自由自在，無為而化，人們的歡快心情向上感通天帝，而天帝的喜悅神色下降為溫暖的春天。這時則有太子太師徐國公、左丞相稷山公、右丞相始興公、太子少師宜陽公、太子少保崔公、特進鄧公、吏部尚書武都公、禮部尚書杜公、太子賓客王公，穿著帶方領的禮服，身上掛著玉佩等物，將筆插在禮帽的一側，得到天子下詔給予的特殊禮遇，奏事不用自稱姓名，不必下跪而拜。弘大上天職能的人，坐而謀慮治國的政令；主管國家教化的人，每個官員各掌管一方面的事務。上下一起察看天和地的和諧，人與神的安寧，傾聽於朝廷則有盛世之音，詢問於民間便是讚美君主和輔臣之辭。於是我讚歎道，美好啊至治的太平時代！我輩可以宴飲聚會作樂，敲鐘擊鼓奏樂了。諸公從朝廷下班，選時辰擇地方，右邊有手持木劍的隨從，讓管駕車的人陪乘，坐著轂上有花紋的畫輪車，有武士拿著飾以羽毛的旗幟在前面引路，而浩浩蕩蕩地向著逍遙谷進發。

神皋❶藉其綠草，驪山啟于朱戶❷，渭之美竹，魯之嘉樹❸，雲出其棟，水源于❹室。灞陵❺下連乎菜地❻，新豐❼半入于家林。館層巔❽，檻側逕❾，師古節儉，惟新丹堊❿。巖谷先曙，羲和不能信其時⓫；卉木後春，勾芒不能一其令⓬。花逕窈窕⓭，蘅皋⓮漣漪。騶御延佇于叢薄⓯，佩玉升降于蒼翠⓰。于是外僕告次⓱，獸人獻鮮⓲，樽以大罍⓳，烹用五鼎⓴。木器擁腫㉑，即天姿以為飾；沼毛蘋蘩㉒，在山羞㉓而可薦。伶人在位，曼姬㉔始縠㉕，齊瑟㉖慷慨于座右，趙舞㉗徘徊于白雲。袞旒㉘松風，珠翠烟露，日在濛汜㉙，群山夕嵐。猶有濯纓清歌㉚，據梧㉛高詠，與松喬㉜為伍，是羲皇上人㉝。且三代㉞之後，而其君帝舜，九服㉟之內，而其俗華胥㊱，上客則冠冕巢由㊲，主人則弟兄㊳元愷㊴，合㊵是四美，同乎一時，廢而不書，罪在司禮㊶。緬賢楚傳，常詣茅堂之居㊷；仰謝右軍，忽序蘭亭之事㊸。蓋不獲命，豈曰能賢㊹？

【注釋】❶神皋 《文選》任昉〈齊竟陵文宣王行狀〉：「神皋載穆，轂下以清。」李周翰注：「神皋，良田也，謂京畿之內也。」❷驪山句 韋氏別業在驪山，故云。驪山二字宋蜀本作「遠」。啟，開；舒展；展現。朱戶，指別業的門。❸渭之二句 指韋氏別業有美竹嘉樹。渭之美竹，《史記·貨殖列傳》：「故曰……齊魯千畝桑麻，渭川千畝竹……此其人皆與千戶侯等。」魯之嘉樹，《左傳》昭公二年：「晉侯使韓宣子來聘（至魯聘問）……既享，宴于季氏。有嘉樹焉，宣子譽之。」❹源于　《唐文粹》、《全唐文》俱作「環其」。❺灞陵　在今陝西西安東北。❻菜地　即采地。指韋氏別業。❼新豐　在今陝西臨潼東北。❽館層巔　築館於高山之巔。《文選》謝靈運〈過始寧墅〉：「葺宇臨迴江，築觀基曾巔。」劉良注：「曾，高也。言築觀于高山之巔。」層、曾古通用。❾檻側逕　謂立柵欄於側逕。❿丹堊　指油漆粉刷。丹，紅漆。堊，白土。《古今注》卷上：「闕，觀也。……其上皆丹堊，其下皆畫雲氣仙靈奇禽怪獸，以昭示四方焉。」⓫巖谷二句　意謂巖谷上天亮得早，似乎羲和駕車載日出行的時間不確定。羲和，神話中太陽的御者。《離騷》：「吾令羲和弭節兮，望崦嵫而勿迫。」王逸注：「羲和，日御。」⓬卉木二句　意謂山間的草木，春天到得晚，似乎木神發布的號令不一致。卉木，宋蜀本作「丹木」，《唐文粹》、《全唐文》作「芳卉」。勾芒，木神。《禮記．月令》：「孟春之月……其帝大皞，其神勾芒。」鄭注：「勾芒，少皞氏之子曰重，為木官。」⓭窈窕　深邃貌。⓮蘅皋　《文選》曹植〈洛神賦〉：「爾迺稅駕乎蘅皋，秣駟乎芝田。」李善注：「蘅，杜蘅也。皋，澤也。」劉良注：「蘅皋，香草之澤也。」⓯驂御句　指「諸公」下車，馭者站立等候。驂御，駕馭車馬者。延佇，久立等候。《離騷》：「悔相道之不察兮，延佇乎吾將反。」叢薄，草木叢生之地。《淮南子．俶真》：「獸走叢薄之中。」高注：「聚木曰叢，深草曰薄。」⓰佩玉句　指「諸公」登山。⓱外僕句　謂僕人請「諸公」休息。外僕，指居外服事之僕。《左傳》昭公十三年：「子產命外僕速張（注：『張幄幕。』）於除（注：『除地為壇，盟會處。』）。」⓲獸人獻鮮　《左傳》宣公十二年：「子有軍事，獸人無乃不給於鮮？敢獻於從者。」獸人，《周禮．天官．獸人》：「獸人，掌罟田獸（鄭注：『以罔搏所當田之獸。』），辨其名物。冬獻狼，夏獻麋，春秋獻獸物。」此處泛指負責捕獸的人。鮮，指新鮮的獸肉。⓳大罍　繪有雲雷形象的大瓦罍。《周禮．春官．鬯人》鄭注：「大罍，瓦罍。」《爾雅．釋器》邢疏：「罍者，尊（樽）之大者也。……飾罍皆得畫雲雷之形。」⓴五鼎　《漢書．主父偃傳》：「丈夫生不五鼎食，死則五鼎亨耳。」注：「張晏曰：五鼎食，牛羊豕魚麋也。」「五鼎食」為貴族顯宦之家方有的排場。㉑擁腫　今通作「臃腫」，指木上多贅疣。《莊子・逍遙遊》：「吾有大樹，人謂之樗，其大本擁腫而不中繩墨。」㉒沼毛蘋蘩　《左傳》隱公三年：「苟有明信，澗溪沼沚之毛，蘋蘩蕰藻之菜……可薦於鬼神，可羞於王公。」沼，池塘。凡地所生曰毛。蘋，多年生草本植物，生淺水中。蘩，白蒿，菊科多年生草本植物。㉓山羞　山中出產的食物。《文選》王僧達〈祭顏光祿文〉：「王君以山羞野酌，敬祭顏君之靈。」㉔曼姬　美女。《史記・司馬相如列傳・子虛賦》：「於是鄭女曼姬，被阿緆……垂霧縠。」《正義》：「文穎云：『鄭國出好女。曼者，其色理曼澤也。』」㉕縠　薄紗。此指著薄紗。㉖齊瑟　曹植〈箜篌引〉：「秦箏何慷慨，齊瑟和且柔。」瑟在齊國很流行，故稱「齊瑟」。《戰國策・齊策一》：「蘇秦為趙合從，說齊宣王曰：『……臨淄（齊都）甚富而實，其民無不吹竽鼓瑟。』」㉗趙舞　見〈濟上四賢詠三首・成文學〉注❸。㉘袞旒　古代貴官的禮服和禮帽。袞，古代帝王及上公的禮服（見《禮記・王制》鄭注）。後亦泛指貴官的禮服。《文選》陸機〈答賈長淵〉：「魯公（賈謐，字長淵）戾止，袞服委蛇。」白居易〈聞庾七左降因詠所懷〉：「袞服相天下，儻來非我通。布衣委草莽，偶去非吾窮。」旒，冕冠前後懸垂的玉串。唐制，五品以上官員冕上有旒（見《舊唐書・輿服志》）。㉙濛汜　同「蒙汜」。日所入之處。《楚辭・天問》：「出自湯谷，次于蒙汜。」王逸注：「汜，水涯也；言日出東方湯谷之中，暮入西方蒙水之涯也。」《文選》張衡〈西京賦〉：「日月於是乎出入，象扶桑與濛汜。」㉚濯纓清歌　《楚辭・漁父》：「漁父莞爾而笑，鼓枻而去。乃歌曰：『滄浪之水清兮，可以濯吾纓；滄浪之水濁兮，可以濯吾足。』」此歌又載於《孟子・離婁上》。㉛據梧　見〈故人張諲工詩善易卜兼能丹青草隸頃以詩見贈聊獲酬之〉注❻。㉜松喬　赤松子與王子喬，皆古仙人。《文選》班固〈西都賦〉：「庶松喬之群類，時遊從乎斯庭。」李善注：「《列仙傳》曰：赤松子者，神農時雨師也……。又曰：王子喬者，周靈王太子晉也，道人浮丘公接以上嵩高山。」㉝羲皇上人　伏羲時代以上的人。陶淵明〈與子儼等疏〉：「常言：五六月中，北窗下臥，遇涼風暫至，自謂是羲皇上人。」㉞三代　夏、商、周。㉟九服　見〈奉和聖製天長節賜宰臣歌應制〉注❽。㊱華胥　見〈奉和聖製天長節賜宰臣歌應制〉詩注❼。㊲冠冕巢由　仕宦之隱士。巢由，巢父、許由。參見〈送韋大夫東京留守〉注❷。㊳弟兄　指韋恆、韋濟。參見〈同盧拾遺韋給事東山別業二十韻〉題解、注⓯。㊴元愷　《左傳》文公十八年謂高辛氏有才子八人，稱為八元；高陽氏有才子八人，謂之八愷。後人因稱天子的賢臣為元愷。張說〈奉酬龍門北溪作〉：「野失巢由性，朝非元愷才。」㊵合　趙注本原無此字，據宋蜀本、麻沙本、明十卷本等補。㊶司禮　即禮部。唐高宗龍朔二年改為司禮，咸亨元年復舊。見《唐六典》卷四。也指主管禮儀的人。㊷竊賢二句　謂己私下以韋孟的去職歸隱為賢，常走訪隱者的茅堂之居。賢，《唐文粹》、《全唐文》作「思」。楚傅，指韋孟。《漢書．韋賢傳》：「其先韋孟，家本彭城，為楚元王傅（即太傅），傅（輔佐）子夷王及孫王戊（注：『官為楚王傅而歷相三王也。』）。戊荒淫不遵道，孟作詩風諫。後遂去位，徙家於鄒，又作一篇。……其在鄒詩曰：『……爰戾（至）于鄒，鬋（剪）茅作堂。我徒我環，築室于牆。』」㊸仰謝二句　謂己忽作此序，自慚比不上右軍作〈蘭亭序〉。仰，向上；上。謝，慚。說見張相《詩詞曲語辭匯釋》。右軍，即王羲之。羲之嘗官右軍將軍。《晉書．王羲之傳》：「嘗與同志宴集於會稽山陰之蘭亭，羲之自為之序以申其志。……或以潘岳〈金谷詩序〉方其文，羲之比於石崇，聞而甚喜。」㊹蓋不二句　意謂此序蓋未得「諸公」之命而自作，豈能稱為賢者。豈曰能賢，語本《左傳》隱公三年：「先君以寡人為賢，使主社稷。若棄德不讓，是廢先君之舉也，豈曰能賢？」杜注：「言不讓則不足稱賢。」楊伯峻《春秋左傳注》云：「能賢，蓋當時常語，謂能稱為賢者也。」賢字下宋蜀本、麻沙本俱多云云二字。

【語　譯】京畿之地綠草遍野已可坐臥其上，驪山展現出韋氏逍遙谷別業的紅漆大門，別業裡有似渭川所產之美竹，魯地所出的嘉樹，雲彩從別業的梁棟裡飛出，流水始生於它的內室。灞陵下與別業相連，新豐的一半地方成為韋氏的自家園林。韋家築館於高山之巔，立柵欄於狹窄的小路上，效法古人的節儉，只是將別業重新油漆粉刷一下而已。別業的巖谷上天亮得早，好像羲和駕車載著太陽出行的時間不能確定；山間的草木春天來得晚，似乎木神勾芒發布的號令不一致。別業裡花徑幽深，長著香草的沼澤微波蕩漾。為諸公駕車的人在草木叢生的地方站立等候，諸公身上繫著佩玉上下於蒼翠的山上。於是韋家在外服侍的僕人請諸公休息，負責捕獵野獸的人獻上了新鮮的獸肉，盛酒器採用繪有雲雷形象的大瓦罍，而烹煮食物使用了五個青銅鼎。木器臃腫隆起，這是就木料的天然材質以為裝飾；不論池中的蘋菜地上的白蒿，凡屬山中出產的食物值得進獻的全都進獻。伶人在宴會的座位上，美麗的女伎只著薄紗，鼓瑟的聲音激昂於座位右邊，美妙的舞蹈回旋往返在白雲裡。諸公的禮服禮帽被松林中的清風吹拂著，女伶身上的珍珠翡翠沾上了煙霧露水，太陽落入了西方的蒙水之涯，連綿的群山籠罩在暮靄中。還有「滄浪之水清兮」的清亮歌聲，倚著梧几的朗聲吟詠，這真讓人感到我輩正與仙人赤松子王子喬為伍，是伏羲時代以上的人物。而且夏商周三代之後，國家的君主像帝舜，整個天下之內，風俗之美猶如華胥國，來訪的貴賓是仕宦的巢父許由，而主人則是如同八元八愷一般的韋氏弟兄，這四件美事合在一起，又共同出現於一時，如果捨棄而不作記載，過錯就在於主管禮儀的人。我私下以韋孟的去職歸隱為賢，常走訪隱者的茅屋；我上有愧於王右軍，忽然像他作〈蘭亭序〉那樣寫了這篇序。我作這篇序未獲得諸公應允，豈能稱為賢者？

【研　析】這篇文章大致可分為兩大段。第一大段寫「太師左右丞相諸公」往遊韋氏逍遙谷。這一段的開頭先交代逍遙谷的地理位置和主人，稱逍遙谷的主人韋氏兄弟既在朝廷為官，又在逍遙谷隱居，過著亦官亦隱的生活。接下列出往遊逍遙谷者的姓名，並說他們都是受到天子特殊禮遇的大臣，在太平盛世的暮春時節往遊韋氏別業。文中所列往遊逍遙谷者的九人名單，頗值得我們注意。其中蕭嵩、裴耀卿、張九齡皆曾拜相，都是受到奸相李林甫忌恨的人物；韓休、杜暹也曾為相，韓休與張九齡同是唐代有名的直臣，而杜暹為相則以「尚儉」著稱；此外崔琳、李暠、王丘也都是正臣，說詳拙著《王維新論·從王維的交游看他的志趣和政治態度》。這九個人之所以情願在公餘閒暇聚到一塊遊樂，不無志趣相合方面的原因（不可設想張九齡會與李林甫同遊共樂）；作者當時只是一個小小的諫官（右拾遺，從八品上），卻得到了陪遊的榮幸，恐怕也是志趣與他們相合的緣故。由此即可看出，王維在朝廷任右拾遺的時候，大抵是親近正臣而疏遠佞人的。

第二大段主要寫逍遙谷的景色與在那裡宴集的盛況。其中前十八句從多個方面描寫了逍遙谷的美景，比較出色。接下寫來客遊谷，僅用「驂御」二句一筆帶過，然後用較多篇幅寫宴集：從宴會上的食物、所用器皿一直寫到樂舞表演。下面「衰旒」八句描寫傍晚來客陶醉在逍遙谷的佳境與文化氛圍裡，頗能引發讀者的美好想像。最後十六句交代自己為什麼寫作這篇序文，在對君主、時世、來客和主人的頌揚聲中結束全篇。

薦福寺光師房花藥詩序

【題解】薦福寺，在長安開化坊。《長安志》卷七：「（開化坊）半以南大薦福寺。寺院半以東，隋煬帝在藩舊宅，武德中賜尚書左僕射蕭瑀為西園。後瑀子銳尚襄城公主，詔別營主第，主辭以姑婦異居，有關禮則，因固陳請，乃取園地充主第。……襄城薨後，官市為英王宅。文明元年，高宗崩後百日，立為大獻福寺，度僧二百人以實之。天授元年，改為薦福寺。中宗即位，大加營飾。自神龍以後，翻譯佛經，並於此寺，寺東院有放生池，周二百餘步，傳云即漢代洪池陂也。」光師，即道光禪師。據〈大薦福寺大德道光禪師塔銘〉，道光卒於開元二十七年五月。此篇當作於道光卒前，具體時間不詳，今姑繫於開元二十六年。這是作者為道光禪師的花藥詩作的一篇序文。

心舍于有無，眼界于色空，皆幻也❶，離亦幻也❷，至人者不捨幻，而過于色空有無之際❸。故目可塵❹也，而心未始同❺；心不世也❻，而身未嘗物❼。物者方酌我于無垠之域❽，亦已殆❾矣！

【注釋】❶心舍三句　謂止於有（否認諸法皆空）或止於無（否認假有），都不合於真實之理。舍，止。有無，無即空。參見〈與胡居士皆病寄此詩兼示學人〉二首其一注❸。界，限止。色空，色與空，與上「有無」相對，含義亦接近。色指有形的萬物，是眼所感覺認識的對象。《俱舍論》卷一：「眼所取故名為色。」空謂空無所有、虛無。幻，不真實之假象。❷離亦幻也　此言離於有或離於無，亦不合於真實之理。蓋離於有當入於無，離於無當入於有，故云。❸至人二句　意謂至人不捨棄止於有無，而又超越於有無。即至人皆亦空亦有、非空非有之意。至人，道德修養達到最高境界的人。佛教以之稱佛。《四分律行事鈔資持記》（以下簡稱《資持記》）卷上一上：「釋迦如來道成積劫，德超三聖，化於人道，示相同之，是以且就人中美為尊極，故曰至人。」過，超越。❹塵　汙染。《大乘義章》卷八末曰：「能坌名塵，坌汙心故。」此言目感知色，可受其汙染。❺而心句　謂心未嘗同目一樣受汙染。指心無物欲，超越於色、有。始，嘗。❻心不世也　謂心超越於世俗。❼而

身句　謂身也未嘗成為世俗世界之物。物，作動詞用。❽物者句　謂世間之物方使我執取、追求於廣闊無垠之域（即「周遍馳求」各種可供享樂之物）。者，趙注本原無此字，據麻沙本校補。酌，取，指執取、追求。《禮記‧坊記》：「上酌民言。」注：「酌，猶取也。」《大乘義章》卷五：「取執境界，說明為取。」《俱舍論》卷九：「為得種種上妙資具，周遍馳求，此位名取。」此處為使動用法。❾殆　危險。

【語譯】心止於有或止於無，眼限止於色或限止於空，都不合於真實之理，離於有或離於無，亦不合於真實之理，佛不捨棄止於有無色空，而又超越於有無色空。所以眼感知色能受到它的汙染，而心則未嘗同眼一樣受到汙染；心不同於世俗，而身也未嘗成為世俗世界之物。如果世間之物正使我追求於無邊無際的領域，那也就過於危險了！

上人順陰陽❶之動，與勞侶❷而作，在雙樹❸之道場❹，以眾花為佛事❺。天上海外，異卉奇藥，《齊諧》❻未識，伯益❼未知者，地始載于茲，人始聞于我。瓊蕤❽滋蔓，侵迴階而欲上；寶庭❾盡蕪，當露井❿而不合。群豔耀日，眾香同風。開敷⓫次第，連九冬⓬之月；種類若干，多四天所雨⓭。至用楊枝⓮，已開貝葉⓯，高閣聞鐘，升堂覲佛，右繞⓰七匝，卻坐一面⓱，則流芳忽起，雜英⓲亂飛。焚香不俟于旃檀⓳，散花奚取于優鉢⑳？漆園傲吏㉑，著書以稊稗為言㉒；蓮座㉓大仙㉔，說法開藥草之品㉕。道無不在，物何足忘㉖？故歌之詠之者，吾愈見其嘿也㉗。

【注釋】❶陰陽　宋蜀本、麻沙本俱作「強陽」。❷勞侶　《維摩經・弟子品》：「為與眾魔共一手，作諸勞侶。」僧肇注：「其為諸塵勞（即煩惱）之黨侶也。」此指在寺院服雜役而尚未斷除煩惱、剃髮出家的人。❸雙樹　見〈贈徐中書望終南山歌〉注❸。❹道場　指供佛之處。《止觀輔行傳弘決》卷二：「今以供佛之處名為道場。」❺佛事　指佛教的誦經供佛祭祀等活動。《金石萃編》卷三五北齊〈臨淮王碑〉：「遂於此所，爰營佛事。」❻齊諧　書名。《莊子・逍遙遊》：「《齊諧》者，志怪者也。」❼伯益　也稱益、伯翳。舜時東夷部落的首領。相傳曾助禹治水，行跡遍及四方，多知珍寶奇物異卉，因著《山海經》以記之。西漢劉秀（歆）〈上山海經表〉曰：「昔洪水洋溢，漫衍中國……禹乘四載，隨山刊木，定高山大川。蓋與伯翳主驅禽獸，命山川，類草木，別水土。四嶽佐之，以周四方，逮人跡之所希至，及舟輿之所罕到。內別五方之山，外分八方之海，紀其珍寶奇物，異方之所生，水土草木禽獸昆蟲麟鳳之所止，禎祥之所隱，及四海之外，絕域之國，殊類之人。禹別九州，任土作貢；而益等類物善惡，著《山海經》。」❽瓊蕤　指如玉之花。《文選》陸機〈擬東城一何高〉：「京洛多妖麗，玉顏侔瓊蕤。」張銑注：「瓊蕤，玉花也。」❾寶庭　指佛寺之庭。❿露井　無覆蓋之井。古樂府〈雞鳴〉：「桃生露井上，李樹生桃旁。」⓫開敷　指開花。敷，布；開。⓬九冬　冬季九十天。《初學記》卷三引梁元帝〈纂要〉：「冬日玄英……亦曰玄冬、三冬、九冬。」⓭多四句　此言其種類多非人間所有。四天，指四禪天。《藝文類聚》卷七六北周王褒〈突厥寺碑〉：「六合之內，存乎方冊，四天之下，聞諸象教。」按，佛教有三界諸天之說，色界諸天為離食、淫欲的有情居處，可分為四禪天：初禪天、二禪天、三禪天、四禪天。每一禪天又各包括若干天，有十七天、十八天等說法。參見《俱舍論》卷八、二八。雨，降。⓮用楊枝即嚼楊枝，又稱嚼齒木。古代印度的一種淨齒方法。實際上用作齒木者，不止限於楊枝。《南海寄歸內法傳》卷一云：「每日旦朝，須嚼齒木揩齒刮舌。……（齒木）長十二指，短不減八指，大小如指。一頭緩須熟嚼，良久淨刷牙關。」《隋書・真臘傳》：「每旦澡洗，以楊枝淨齒，讀誦經呪。……食畢，還用楊枝淨齒，又讀經呪。」⓯貝葉　指佛經。見〈青龍寺曇壁上人兄院集〉注㉑。⓰右繞　繞佛的佛教禮節。圍佛右繞（即順時針方向行走）一圈、三圈、七圈以至百千圈，表示對佛的尊敬。原為古印度禮節之一，後被佛教採用。《佛說文殊師利淨律經・真諦義品》：「文殊師利與萬菩薩，便即現身，稽首佛足，右繞七匝。」《資持記》卷下三之二：「繞佛者本乎致敬……致敬則必須右繞，表執持之恭勤。」⓱卻坐一面　猶言退坐一邊。《大薩遮尼乾子所說經》卷九：「薩遮尼乾子與諸眷屬，頂禮佛足，繞佛無量百千匝已，卻坐一面，一心合掌，觀佛不捨，默然而住。」⓲雜英　雜花。謝朓〈晚登三山還望京邑〉：「喧鳥覆春洲，雜英滿芳甸。」⓳旃檀　香木名，即檀香。為梵語旃檀那之略稱。《玄應音義》卷二三：「旃彈那，或作旃檀那，此外國香木也，有赤白紫等諸種。」⓴優鉢　花名。梵語「優鉢羅」之略稱。此花清淨香潔，佛經中多取以喻佛。《法華經・隨喜功德品》：「優鉢華之香，常從其口出。」《慧苑音義》卷上：「優鉢羅……其葉狹長，近下小圓，向上漸尖，佛眼似之，經多為喻。其花莖似藕稍有刺也。」㉑漆園傲吏　指莊子。見〈輞川集・漆園〉注❶。㉒著書句　謂著書以稊草稗子為話題。《莊子・知北遊》：「東郭子問於莊子曰：「所謂道，惡乎在？」莊子曰：「無所不在。」東郭子曰：「期而後可。」莊子曰：「在螻蟻。」曰：「何其下邪？」曰：「在稊（草名，結實如小米）稗。」曰：「何其愈下邪？」曰：「在瓦甓。」曰：「何其愈甚邪？」曰：「在屎溺。」東郭子不應。」㉓蓮座　佛的蓮花臺座。《華嚴經》卷七四：「一切佛前坐蓮華座。」王勃〈觀佛跡寺〉：「蓮座神容儼，松崖聖趾餘。」㉔大仙　指佛。《涅槃經》卷二：「大仙入涅槃，佛日墜於地。」《釋氏要覽》卷中：「古譯經有稱佛名大仙者……。《般若燈論》云：聲聞菩薩等亦名仙，佛于中最尊上故，……故名大仙。」㉕藥草之品　《法華經》有〈藥草喻品〉。㉖道無二句　意謂道（指佛道、真如）無所不在，體現在一切物上，故物不足忘。㉗故歌二句　意謂故歌詠花藥（作花藥詩），吾愈見出其對於道的默悟。《維摩經・入不二法門品》云：「於是文殊師利問維摩詰：『我等各自說已，仁者當說，何等是菩薩入不二法門？』時維摩默然無言，文殊師利歎曰：『善哉善哉，乃至無有言語文字，是已真入不二法門。』」嘿，同「默」。

【語譯】道光禪師順應陰氣陽氣的變化，與在寺院服雜役的人一起勞作，在佛寺誦經供佛的場所，將種植各種花卉當成做佛事。於是天上海外的各種異卉奇藥，《齊諧》一書沒有記載的，寫《山海經》的伯益所不知道的，在此處的土地上首次生長，人們從我們這兒第一次聽說。似玉一般的花滋生蔓延，臨近曲折的臺階眼看就要往上爬；佛寺的庭院裡全是叢生的草，只是遇上沒有覆蓋的井因而它未能遍覆庭院。群花在太陽下發光，各種花的香氣同在風中。花兒依次開放，連續到冬季的月份；花的種類若干，大多是從天上降落人間的。至於禪師早晨用楊枝淨齒之後，已經打開佛經，聽到高閣上的鐘聲，登上佛堂朝拜佛，圍著佛繞行七圈，而後退坐一邊，則香氣便忽然散發出來，各種花朵在空中亂飛。焚香不必等待有檀香木，而撒花為什麼要取自優缽羅？漆園的高傲小吏，著書以稊草稗子為話題；坐在蓮花臺座上的大仙，講說佛法設立了藥草喻品。道無所不在，世間之物哪裡足以遺忘？所以歌唱吟詠花藥的人，我更加見出他對於道的默悟。

【研析】這篇為花藥詩所作的序文，主要描述道光禪師種植花藥之事，並就此發議論。序文的第一段大談佛理，其前六句講的是大乘佛教所主張「非空非有」的「中道」觀，說詳〈與胡居士皆病寄此詩兼示學人〉二首其二研析。非空，謂色（有形質之物）非虛無，它能為人的眼所感覺認識；非有，謂色非實有，它的真實相狀為虛幻不實。為什麼說眼感知色會受到它的汙染？按照佛教的觀點，色能使人產生愛欲、貪欲等，從而垢染人的情識，如果人們的物欲旺盛，無休止地到處追求色，那就很危險；而如果能認識到色的真實相狀是虛幻不實（此為不同於世俗之認識），那麼心也就不會為色所迷惑和汙染了。這就是第一段後六句所表達的意思。

第二段的前十句先寫禪師在佛寺的庭院裡種植各種奇花異草，接下二十句描述這些花草在庭院裡生長的情況，以及它們給禪師帶來的愉快。花藥自然是有形質之物，禪師無疑也非常喜歡它們，那麼它們會不會垢染禪師的情識？文章的最後八句即就此作出回答，其大意為：道無所不在，體現在一切物上，所以物不足忘；而且既然物能夠體現道，則觀物自然可以悟道，這也就是說，色在禪師那兒，不僅不會垢染情識，還具有借以悟解佛道的作用。

裴僕射濟州遺愛碑并序

【題解】裴僕射，即裴耀卿。據兩《唐書·裴耀卿傳》、《舊唐書·玄宗紀》載，耀卿開元二十四年拜尚書左丞相，罷知政事。天寶元年二月，改尚書左、右丞相復為左、右僕射，耀卿仍官左僕射；八月，轉右僕射。二年七月，薨，贈太子太傅。本篇稱裴為僕射，又未嘗言及其已薨事，當作於天寶元年二月之後、二年七月以前。「并序」二字趙注本原無，據宋蜀本、麻沙本、明十卷本補。這篇遺愛碑主要記述裴耀卿在濟州任刺史時的政績。

夫為政以德❶，必世而後仁❷；齊人以刑，苟免而無恥❸。則刑禁者難久，百年安可勝殘❹？德化者效遲，三載如何考績❺？刑以佐德，猛以濟寬❻，期月政成❼，成而不朽者，惟公❽能之。公名耀卿，字渙之，河東聞喜人❾也。益為帝虞❿，實相⓫帝舜。非子其胄，而邑諸裴⓬。在漢者為水衡⓭，在魏者守代郡⓮。十三代祖徽，魏益豫雍兗徐五州刺史、蘭陵武公⓯。源于大賢，派⓰以俊德⓱，世濟其美，不隕其名矣⓲。曾祖正，隋散騎常侍、長平郡贊理⓳。祖昚，皇朝洛南南鄭二縣令⓴。著族斯茂，衣冠未敢爭雄；繼世皆賢，英彥無出其右。故有常侍縣君㉑，遞輝迭映。父守真㉒，太常博士㉓，判㉔駕部夏官員外㉕，今上楚王府諮議參軍㉖，邠寧二州刺史㉗，贈晉兗沂三州刺史㉘。文儒之宗伯㉙，禮樂之本源；藉業雖曰承家㉚，復始由乎種德㉛。再典大郡，二為仙郎㉜，舉士㉝大夫，是則是斆㉞。且年不及壽，而位未稱德㉟，朝多㊱其能，歿而獨贈。公則晉州㊲之第三子也。語而能文，有識便智；為兒則量過黃髮，未仕㊳

而心在蒼生。伯達試經(39)，子琰應詔(40)，古之人也，我不後之。八歲神童舉(41)，試《毛詩》、《尚書》、《論語》及第。解褐補祕書省校書郎，歷睿宗安國相王府典籤(42)。東觀載筆，班固名香(43)；西園賦詠，劉楨氣逸(44)。轉國子主簿(45)，檢校詹事府丞(46)。學識宜在儒林，風度雅膺儲宋(47)。河南府士曹參軍(48)，考功員外郎(49)。公府屈廊廟之才(50)，曹無留事(51)；仙郎明黜陟(52)之法，野無遺賢(53)。右司兵部二郎中(54)，長安縣令。其在含香(55)，一臺推妙(56)；以之製錦(57)，四海是儀(58)。公之斷獄也，必原情(59)以定罪，不阿意以侮法(60)，是以小失天旨(61)，出為此州刺史(62)。

【注釋】❶為政以德　語本《論語・為政》：「為政以德，譬如北辰，居其所而眾星共之。」❷必世而後仁　《論語・為政》：「如有王者，必世而後仁。」古以三十年為一世。仁，實現仁政。❸齊人二句　《論語・為政》：「道之以政，齊（整齊；約束）之以刑，民免（指避免犯罪）而無恥（無羞恥之心）。」❹百年句　《論語・子路》：「善人為邦百年，亦可以勝殘（制服殘暴之人）去殺矣。」❺三載句　《書・舜典》：「三載考績（考核官吏的政績），三考，黜陟幽明。」❻猛以濟寬　《左傳》昭公二十年：「仲尼曰：『善哉！政寬則民慢，慢則糾之以猛。猛則民殘，殘則施之以寬。寬以濟猛，猛以濟寬，政是以和。』」❼期月政成　《論語・子路》：「子曰：『苟有用我者，期月（一整年）而已可也，三年有成。』」期月，諸本俱作「月期」，從《全唐文》改。❽公　宋蜀本、明十卷本俱作「裴公」。❾河東聞喜人　兩《唐書．裴守真傳》俱謂守真（耀卿父）「絳州稷山人」。按，「河東聞喜」實為裴氏郡望，《新唐書．宰相世系表》云：「（裴蓋）九世孫燉煌太守遵，自雲中從光武平隴、蜀，徙居河東安邑。安、順之際，徙聞喜。」聞喜（今山西聞喜），始置於漢，屬河東郡（漢時治所在今山西夏縣東北），後魏改屬正平郡，唐時屬絳州。參見《新唐書．地理志》、《嘉慶一統志》卷一五五。❿益為帝虞　益，亦曰伯益，舜臣。《新唐書．宰相世系表》：「裴氏出自風姓。顓頊裔孫大業生女華，女華生大費，大費生皋陶，皋陶生伯益，賜姓嬴氏。」《漢書．地理志》：「秦之先曰柏益（即伯益）……為舜朕虞，養育草木鳥獸，賜姓嬴氏。」《書．舜典》：「帝曰：『俞，咨益，汝作朕虞。』益拜稽首，讓于朱虎、熊羆。」《傳》：「虞，掌山澤之官。」疏：「此官以虞為名，帝言作我虞耳，朕非官名也。」⓫相　輔助。⓬非子二句　《新唐書．宰相世系表》：「大駱生非子，周孝王使養馬汧、渭之間，以馬蕃息，封之于秦，為附庸，使續嬴氏，號曰秦嬴。非子之支孫封𨛬鄉，因以為氏，今聞喜𨛬城是也。六世孫陵，當周僖王之時，封為解邑君，乃去邑從衣為裴。」冑，古帝王或貴族的後代。邑，趙殿成曰：「顧本作『已』，誤，今校正。」按，宋蜀本正作「邑」，趙校是。裴，當從〈宰相世系表〉作「𨛬」。⓭在漢句　《新唐書．宰相世系表》：「陵裔孫蓋，漢水衡都尉、侍中。」《漢書．百官公卿表》：「水衡都尉，武帝元鼎二年初置，掌上林苑。」⓮在魏句　《三國志．魏書．裴潛傳》：「裴潛，字文行，河東聞喜人也。……太祖定荊州，以潛參丞相軍事，出歷三縣令，入為倉曹屬。……時代郡（治所在今山西陽高西南）大亂，以潛為代郡太守。」《新唐書．宰相世系表》：「（裴）茂字巨光，靈帝時歷郡守、尚書……三子：潛、徽、輯。」⓯十三句　〈魏書．裴潛傳〉注：「潛少弟徽，字文季，冀州刺史，有高才遠度，善言玄妙。」《晉書．裴楷傳》：「父徽，魏冀州刺史。」《新唐書．宰相世系表》：「徽字文秀，魏冀州刺史、蘭陵武公。」徽為益豫雍兗徐五州刺史事，未見他書記載。蘭陵武公，公為爵名，蘭陵為邑號，武則為謚。魏曹均封樊公，謚安，謂曰樊安公（見〈魏書．武文世王公傳〉），例同此。

⑯派　分支。⑰俊德　才德出眾。《書・堯典》：「克明俊德，以親九族。」《論衡・程材》：「堯以俊德，致黎民雍。」⑱世濟二句　語本《左傳》文公十八年：「此十六族也，世濟其美，不隕其名。」疏：「世濟其美，後世承前世之美；不隕其名，不墜前世之美名。」⑲曾祖二句　《新唐書・宰相世系表》：「（裴）景子正，隋散騎常侍。」《金石錄》卷二六：「右唐裴守真碑云：守真曾祖景，周富平令。祖正，長平郡贊持。考眘，鄭令。」長平郡，隋郡名，開皇時曰澤州，治所在丹川（今山西晉城東北）。參見《隋書・地理志》。贊理，即贊治（郡守佐吏），避唐諱改作贊理、贊持。《通典》卷三三：「隋開皇三年，改別駕、治中為長史、司馬，至煬帝，又罷長史、司馬，置贊治一人，後又改郡贊治為丞，位在通守下。」⑳祖眘二句　《新唐書・宰相世系表》：「正子眘，字歸厚，南鄭（唐梁州治所，今陝西漢中）、鄭（唐縣名，治所在今河南永城西鄭縣鄉）令。」《舊唐書・裴守真傳》：「父眘，大業中為淮南郡司戶。……貞觀中，官至鄭令。」洛南，唐縣名，屬商州，即今陝西雒南。㉑縣君　一縣的長官。㉒守真　宋蜀本、麻沙本、明十卷本、奇字齋本俱作「守忠」，誤。兩《唐書・裴守真傳》俱謂守真為耀卿之父，又《新唐書・宰相世系表》云，眘子守真，字方忠，邠寧二州刺史。方忠第三子耀卿，字渙之，相玄宗。㉓太常博士　唐太常寺有博士四人，從七品上，「掌五禮之儀式，本先王之法制，適變隨時而損益焉」（《舊唐書・職官志》）。《舊唐書・裴守真傳》：「累轉乾封尉……尋授太常博士。守真尤善禮儀之學，當時以為稱職。」㉔判　唐武后至玄宗時代，用作未實授的術語。㉕駕部夏官員外　唐兵部屬官有駕部員外郎一人，從六品上。夏官員外，即兵部員外。則天后光宅元年改兵部為夏官，中宗神龍元年復舊。唐兵部屬官有兵部員外郎二人，從六品上。㉖今上句　楚王，《舊唐書・玄宗紀》：「（垂拱）三年閏七月丁卯，封楚王。……長壽二年臘月丁卯，改封臨淄郡王。」諮議參軍，唐王府屬官有諮議參軍一人，正五品上，掌「訏謀左右」。見《舊唐書・職官志》。㉗邠寧二州刺史　邠州，治所在今陝西彬縣。寧州，治所在今甘肅寧縣。《舊唐書・裴守真傳》：「累轉成州刺史……俄轉寧州刺史，成州人送出境者數千人。」《新唐書・裴守真傳》同。《文苑英華》卷七七五孫逖〈唐濟州刺史裴公德政頌〉亦云：「父守真，皇朝成寧二州刺史，贈晉州刺史。」然〈宰

相世系表〉同維此文，謂守真嘗為邠州刺史。㉘贈晉句　晉州，治所在今山西臨汾東北。兗州，治所在今山東兗州。沂州，治所在今山東臨沂。《新唐書‧裴守真傳》：「長安中卒，贈戶部尚書。」未言贈三州刺史事，《舊唐書》同。㉙文儒句　文儒，見〈送鄭五赴任新都序〉二段注⑫。宗伯，受人推崇的大師。㉚藉業句　藉業，借助先世的功烈。承家，承繼家業。《易‧師》：「開國承家，小人勿用。」㉛復始句　謂裴家能回復到開始時的地位是由於布行德惠。復始，回復到開始時的地位。《左傳》閔公二年：「公侯之子孫，必復其始。」種德，布行德惠。《書‧大禹謨》：「皐陶邁種德，德乃降，黎民懷之。」傳：「皐陶布行其德，下治於民，民歸服之。」㉜仙郎　唐時稱尚書省各部郎中、員外郎為仙郎。㉝士　趙注本原作「十」，此從宋蜀本。㉞是則是斅　謂都效法他。則亦效法之意《詩‧小雅‧鹿鳴》：「君子是則是傚（效）。」疏：「是乃君子於是法則之，於是倣傚之。」斅，效法。《全唐文》作「傚」。㉟位未稱德　言德高位卑，位尚未與其德相稱。㊱多　讚許。㊲晉州　守真贈晉州刺史，故謂之曰晉州。㊳仕　宋蜀本作「壯」。㊴伯達試經　《三國志‧魏書‧司馬朗傳》：「司馬朗，字伯達，河內溫人也。……十二歲試經，為童子郎。」㊵子琰應詔　《後漢書‧黃琬傳》：「琬字子琰。……早而辯慧。祖父瓊，初為魏郡太守，建和元年正月日食，京師不見，而瓊以狀聞。太后詔問所食多少，瓊思其對，而未知所況。琬年七歲，在傍曰：『何不言日食之餘，如月之初？』瓊大驚，即以其言應詔，而深奇愛之。」子琰，麻沙本、明十卷本、奇字齋本作「子淡」，《全唐文》作「子炎」，趙殿成以意改作今字。按，宋蜀本正作子琰，趙校是。㊶神童舉　《舊唐書‧裴耀卿傳》：「少聰敏，數歲解屬文，童子舉。」按，唐行科舉制，置童子科，又稱神童科。《新唐書‧選舉志》：「凡童子科，十歲以下能通一經及《孝經》、《論語》，卷誦文十通者予官；通七，予出身。」《舊唐書‧劉晏傳》：「年七歲，舉神童。」㊷解褐二句　《舊唐書‧裴耀卿傳》：「弱冠拜祕書正字，俄補相王府典籤。時睿宗在藩，甚重之。」祕書省校書郎，見〈送綦毋校書棄官還江東〉題解。睿宗，諸本俱作中宗，此從《全唐文》。《舊唐書‧睿宗紀》：「（中宗）神龍元年，（睿宗）以誅張易之昆弟功，進號安國相王，遷太尉，加實封。」典籤，唐王府屬官有典籤二人，從八品下，掌「宣傳教命」。㊸東

觀二句　謂漢班固於東觀典校祕書，且事著述。《漢書．敘傳》：「永平中為郎，典校祕書，專篤志於博學，以著述為業。」《隋書．經籍志》：「光武中興，篤好文雅……于東觀及仁壽閣集新書，校書郎班固傅毅等典掌焉。」東觀，在漢洛陽南宮，《後漢書．安帝紀》注：「《洛陽宮殿名》曰：南宮有東觀。」載筆，攜筆，亦指記事、撰文。《禮記．曲禮上》：「史載筆，士載言。」疏：「史謂國史，書錄王事者。王若舉動，史必書之；王若行往，則史載書具而從之也。」《文選》謝朓〈始出尚書省〉：「趨事辭宮闕，載筆陪旌棨（戟）。」李善注：「謂出殿中而為記室（掌書記之官）也。」此二句以班固喻耀卿，言其為祕書省校書郎。㊹西園二句　西園，見〈送熊九赴任安陽〉注❾。劉楨，見〈送熊九赴任安陽〉注❶。又曹丕〈與吳質書〉：「公幹有逸氣，但未遒耳。」二句以劉楨喻耀卿，謂其善賦詠，為相王所禮遇。㊺國子主簿　唐國子監（掌邦國六學之官署）有主簿一人，從七品下。《舊唐書》本傳：「及睿宗升極，拜國子主簿。」㊻檢校句　檢校，職事官未實授的稱謂。詹事府丞，唐東宮詹事府（掌東宮三寺十率府之政令）有丞二人，正六品上。㊼儲寀　太子之屬官。《文苑英華》卷六五一唐韋承慶〈重上直言諫東宮啟〉：「臣昔參朱邸，忝膠東之藩吏；晚侍青宮，叨望苑之儲寀。」㊽士曹參軍　唐京兆河南等府官屬俱有士曹參軍二人，正七品下，掌管河流津渡及營造橋梁廨宇等事。㊾考功員外郎　唐吏部有考功員外郎一人，從六品上，掌文武官吏之考課。㊿公府句　指任命耀卿為士曹參軍，有屈大才。公府，三公之府。此指中央官府。廊廟之才，指能為朝廷肩負重任的人才。《宋書．裴松之傳》：「裴松之廊廟之才，不宜久尸邊務。」(51)曹無留事　《南史．梁宗室傳下》：「（始興忠武王）憺自以少年始居重任，開導物情，辭訟者皆立待符教，決於俄頃，曹（官署）無留（稽留；遲滯）事，下無滯獄。」(52)黜陟　指官吏的升降進退。《書．舜典》：「三考黜陟幽明。」《傳》：「九歲則能否幽明有別，黜退其幽者，升進其明者。」此就裴為考功員外郎而言。(53)野無遺賢　謂民間沒有被棄置不用的賢才。語本《書．大禹謨》：「野無遺賢，萬邦咸寧。」(54)右司句　右司郎中，唐尚書都省屬官有右司郎中一人，從五品上。兵部郎中，唐兵部屬官有兵部郎中二人，從五品上。(55)其在含香　謂耀卿為尚書郎（尚書省諸司郎中、員外郎，統謂之尚書郎）。參見〈重酬苑郎中〉注

❼。56一臺推妙　《晉書・衛瓘傳》：「咸寧初，徵拜尚書令……瓘學問深博，明習文藝，與尚書郎敦煌索靖俱善草書，時人號為『一臺二妙』。」臺，謂尚書省，後漢稱尚書臺，又謂曰中臺。推，推崇。57製錦　喻治邑，指為縣令。《左傳》襄公三十一年：「子皮欲使尹何為邑（治理封邑）。子產曰：『少，未知可否。』子皮曰：『……使夫（彼，指尹何）往而學焉，夫亦愈知治矣。』子產曰：『不可。……子有美錦，不使人學製（裁製）焉。大官大邑，身之所庇也（是自身的庇護），而使學者製焉，其為美錦不亦多乎？僑聞學而後入政，未聞以政學者也。』」58四海是儀　作天下人之楷模。《舊唐書》本傳：「開元初，累遷長安令。……在職二年，寬猛得中，及去官，縣人甚思詠之。」59原情　尋究實情。60侮法　輕慢法律，不依以行事。61天旨　天子之旨意。62出為句　《舊唐書》本傳云：「（開元）十三年，為濟州刺史。」孫逖〈裴公德政頌〉則云：「初，公以甲子歲（開元十二年）秋八月，莅於是邦（濟州）。」

【語譯】用德教來治理政事，必定須三十年而後才能實現仁政；用刑罰來約束人民，人民一定只圖免於犯罪而無羞恥之心。因此依靠刑罰禁令難於持久，一百年怎能制服殘暴之人？推行德教功效緩慢，三載如何能考核確定官吏的政績？以刑罰來輔助德教，用嚴厲來補充寬大，一週年政治上就取得成功，一取得成功便永不磨滅，只有裴公能做到。裴公名耀卿，字渙之，是河東郡聞喜縣人。伯益任帝王的掌山澤之官，實際上輔佐了舜帝。非子是伯益的後代，非子的支孫被分封於裴鄉。裴氏在漢時當了水衡都尉，在魏時擔任代郡太守。十三代祖裴徽，是魏代的益、豫、雍、兗、徐五州刺史、蘭陵武公。裴氏來源於大賢人，其分支則才德出眾，世世承繼前代之美，不毀壞前代的名聲。曾祖父裴正，是隋代的散騎常侍、長平郡贊治。祖父裴眘，任國朝的洛南、南鄭二縣縣令。著名的裴氏家族如此昌盛，搢紳之家都不敢與之爭雄；裴家繼承先世的人都是賢才，英俊之士無人能超過他們。所以有常侍和縣令，交相輝映。父親裴守真，歷任太常博士，代理駕部、夏官員外郎，當今皇上未即位時的楚王府諮議參軍，邠、寧二州刺史，贈晉、兗、沂三州刺史。父親是博學儒者中受人尊崇的大師，禮和樂的源頭；雖說是承繼家業借助先世的功烈，能回復到開始時的地位還是由於布行德惠。兩次執掌大郡，兩次任尚書郎，所有的士大夫，無不效法他。而且年紀還沒達到長壽，獲得的地位也尚未和他的道德相稱，朝廷很讚許他的能力，去世後特別追贈官職。裴公就是晉州刺史的第三個兒子。會說話時就善於作文章，有知識時便聰明過人；未成年時就度量超過老人，還沒出仕而已心在百姓。司馬伯達十二歲參加朝廷的經學考試，黃子琰七歲代祖父回答太后的問話，這就是古代的人啊，我們的裴公不落後於他們。八歲應神童舉，考《毛詩》、《尚書》、《論語》中第。於是脫去布衣出任祕書省校書郎，又擔任睿宗未即位時的安國相王府典籤。這就像在東觀攜筆撰文，班固的聲名受到讚美；又像在鄴都的西園寫作詩文，劉楨的氣度超脫塵俗。轉任國子監主簿，代理東宮詹事府丞。學識適宜在讀書人的圈子裡，風度正該擔任太子的屬官。又任河南府士曹參軍，考功員外郎。中央官府委屈了裴公這樣的棟梁之才，士曹參軍的官署裡沒有拖延不辦的事務；尚書郎深明官吏的升降進退之法，民間沒有被棄置不用的賢才。遷任右司、兵部二郎中，長安縣縣令。裴公任尚書郎時，整個尚書省的人都推崇他高明；而當縣令之時，成為天下人的楷模。裴公審理和判決案件時，必定尋究實情用以定罪，不曲從上意而輕慢法律，因此稍違天子的旨意，離開長安當了這個州的刺史。

公推善于國，不稱無罪❶，思利于人，志其屈己❷。戮豪右以懲罪，一至無刑❸；旌孝悌以勸善，洪惟見德❹。然後務材訓農，通商惠工，敬教勸學，授方任能❺，行之一年，郡乃大理。襁負而至❻，何憂乎蕩析❼之人；路不拾遺❽，何畏乎穿窬❾之盜！既富之矣❿，汲黯奚取于開倉⓫；使無訟乎⓬，仲由何施其折獄⓭！

【注釋】❶不稱句　謂公寬以待下，不談說、議論無罪之人。❷志其句　此言甘願屈己以利人。其，彼。❸戮豪二句　無刑，不用刑罰。《書・大禹謨》：「刑期于無刑。」此二句即用其意。❹洪惟見德　謂大顯現其德。洪，大。惟，句中助詞。《書・泰誓下》：「獨夫受，洪惟作威，乃汝世讎。」❺然後四句　語本《左傳》閔公二年：「衛文公大布之衣、大帛之冠，務材（致力於培植各種可為器用之材料）訓農（疏：『訓民勤農業也。』），通商（疏：『通商販之路，令貨利往來也。』）惠工（疏：『加恩惠於百工，賞其利器用也。』），敬教（重教化）勸學，授方（傳授為官之道）任能。」❻襁負而至　《論語・子路》：「夫如是，則四方之民襁負其子而至矣（用襁背負其子前來投奔），焉用稼！」《三國志・魏書・涼茂傳》：「以茂為泰山太守，旬月之間，襁負而至者千餘家。」襁，背嬰兒用的背帶。❼蕩析　播蕩離散。《尚書・盤庚下》：「今我民用蕩析離居，罔有定極。」❽路不拾遺　《韓非子・外儲說左上》：「子產為政，國無盜賊，道不拾遺。」❾穿窬　穿壁越牆。窬，通「踰」。《論語・陽貨》：「色厲而內荏，譬諸小人，其猶穿窬之盜也與！」❿既富之矣　《論語・子路》：「子適衛，冉有僕。子曰：『庶（人口眾多）矣哉！』冉有曰：『既庶矣，又何加焉？』曰：『富之。』曰：『既富矣，又何加焉？」曰：「教之。」」⓫汲黯句　《史記・汲鄭列傳》：「河內失火，延燒千餘家，上使黯往視之，還報曰：『家人失火，屋比延燒，不足憂也。臣過河南，河南貧民傷水旱萬餘家，或父子相食，臣謹以便宜，持節發河南倉粟以振貧民，臣請歸節，伏矯制之罪。』上賢而釋之。」句謂汲黯也無必要開倉濟民了。⓬使無訟乎　《論語・顏淵》：「聽訟，吾猶人也。必也使無訟乎！」⓭仲由句　《論語・顏淵》：「子曰：『片言（訴訟雙方中一方的言詞）可以折獄者，其由（仲由，子路）也與！』」《太平御覽》卷六三九引鄭注云：「折，斷也。惟子路能取信，所言必直，故可令斷獄也。」言子路能取信於人，人既信之，自不敢欺，故雖片言，必符實情，即可據之以斷獄。蓋指子路具有他人所無的特殊斷獄本領。

【語　譯】裴公行善於境內，不談論無罪之人，想著有利於人民，而情願委屈自己。殺地方豪強以懲罰犯罪，竟然達到了不用刑罰的境地；表彰孝順父母、敬愛兄長之人以鼓勵行善，極大地顯現出了裴公的恩德。然後致力於培植各種可製作器皿用具的材料，教導人民盡力務農，開通商販往來之路，施恩惠於各種工匠，重視教化百姓，勉勵人們努力學習，傳授為官的方法，任用有才能的人，這些措施推行了一年，郡中於是安定太平。四方很多百姓用襁褓背負嬰兒前來投奔，還擔心什麼播蕩離散、流亡他鄉的人；已經達到路不拾遺，還害怕什麼穿壁越牆的盜賊！既已讓百姓富裕了，汲黯哪有必要開倉濟民；已使郡中無訴訟案件，子路又怎麼施展他的判案本領！

居無何，詔封東嶽❶。關東列郡，頗當馳道❷。至于犧牲玉帛❸，資糧屝屨❹，其或不供，為有司所劾；因而厚斂，非天子之意。豐省之度❺，多不得中[6]，故二千石有不能受事于宰旅者矣[7]。季孫請魯視邾滕[8]，濤塗恐師出陳鄭[9]，抑為是[10]也。公盡事君之心，且曰從人之欲。萬斯箱之粟，茲乃如京[11]；百執事之人[12]，于我乎館[13]。四封之境，二為帝庭；一郡之賦，再粒天下[14]。士卒林會[15]，馬牛谷量[16]，皆投足獲安[17]，端拱[18]取給，無虞燥濕，不畏寇盜[19]。草莽之中[20]，用能便[21]其體；羈紲[22]之外，無所勞其力。天朝中貴，持權用事，厚為之禮，則生我羽毛[23]；小不如意，則成是貝錦[24]。公享有常牢[25]，覿無私幣[26]，冒貨賄[27]者，我以為仇；淫芻蕘者[28]，吾所能禦。至于急宣中旨[29]，暴征[30]庶物，或命嘉蔬，先春當薦[31]，錫貢珍果[32]，非土所生，舉是一隅，其徒千計[33]，皆曾不旋踵[34]，若取諸懷[35]，又不知其備預之所以然也[36]。謂餼牽竭矣[37]，而家有餘糧；謂疲勞甚矣，而人有餘力。豈非積年之儲，用之有度，終身之逸，使之有時[38]？不然班貢藝事，輕重以列，我視子男之國，而倍公侯之征[39]？今日之事，我為上也[40]。

【注釋】❶居無二句　謂過了不久，天子下詔在泰山行封禪之禮。居，猶經過。無何，不久。封東嶽，見〈送鄭五赴任新都序〉首段注㉖。❷馳道　指天子所行之道。《史記．秦始皇本紀》：「治馳道。」《集解》：「應劭曰：馳道，天子道也。道若今之中道（正道）。」又〈絳侯周勃世家〉：「（勃）所將卒，當馳道為多。」《索隱》：「小顏以當高祖所行之道。」❸犧牲玉帛　皆祭神所用之物。犧牲，指祭神用的牲畜。《左傳》莊公十年：「犧牲玉帛，弗敢加也，必以信。」❹資糧屝屨　《左傳》僖公四年：「若出於陳鄭之間，共（供）其資糧屝屨，其可也。」楊伯峻《春秋左傳注》云：「資亦糧也。……屝、屨皆古之粗履，孫愐引《字書》曰：『草屝，麻曰屨。』」❺度　限度；標準。❻中　適中；無過與不及。❼故二句　謂州刺史有被天子免職者。二千石，指州刺史。漢郡守秩二千石，後因稱州郡長吏為二千石。受事，接受職事。宰旅，《左傳》襄公二十六年：「晉韓宣子聘于周，王使請事（問事），對曰：『晉士起將歸時事於宰旅，無他事矣。』」注：「起，宣子名。禮，諸侯大夫入天子國稱士。時事，四時貢職。宰旅，冢宰（官名，負責掌管王家的內外事務）之下士，言獻職貢於宰旅，不敢斥尊。」後用於對宰輔的敬稱。❽季孫句　事見《左傳》襄公二十七年：「季武子（季孫氏）使謂叔孫以公命曰（季孫派人以魯公的名義對代表魯國參加諸侯會盟的叔孫說）：『視邾滕（把魯國看作和邾國、滕國一樣）。』」注：「兩事晉楚，則貢賦重，故欲比小國。」蓋恐貢獻於晉楚兩國，非國力所勝，而邾滕皆小國，其賦輕，故欲「視邾滕」。❾濤塗句　事見《左傳》僖公四年：「陳轅濤塗（陳大夫）謂鄭申侯（鄭大夫）曰：『（齊師及諸侯之師）出於陳鄭之間，國必甚病（言兩國須供應糧草物資，必定十分困乏）。若出於東方，觀兵於東夷，循海而歸，其可也。』申侯曰：『善。』濤塗以告齊侯，許之。」陳，諸本俱作「周」，此從《全唐文》。❿是　指「犧牲玉帛」、「資糧屝屨」等物的供應。⓫萬斯二句　《詩．小雅．甫田》：「曾孫之稼，如茨如梁，曾孫之庾（箋：『庾，露積穀也。』），如坻如京（傳：『京，高丘也。』），乃求千斯（助詞）倉，乃求萬斯箱（箋：『於是求千倉以處之，萬車以載之。』）。」二句寫州中多聚粟米，以供乘輿之需。⓬百執事之人　《書．盤庚下》：「邦伯師長，百執事之人，尚皆隱哉。」疏：「其百執事，謂大夫以下諸有職事之官皆是也。」此指隨從玄宗東封泰山的官吏。⑬館　作動詞用。住館；寄宿。⑭再粒天下　粒，《書・益稷》：「烝民乃粒，萬邦作乂。」傳：「米食曰粒。」句謂兩次供天下之人食用（隨從東封的官吏，往返途中兩次經過濟州，故云）。⑮林會　形容會聚之盛。《詩・大雅・大明》：「殷商之旅，其會如林。」疏：「殷商之兵眾，其會聚之時，如林木之盛也。」⑯谷量　以谷量之，形容數量之多。《漢書・貨殖傳》：「烏氏嬴，畜牧，及眾，斥賣，求奇繒物，間獻戎王，戎王十倍其償，予畜，畜至用谷量牛馬。」注：「言其數饒，不可計算，故以山谷多少言之。」⑰投足獲安　《文選》張華〈鷦鷯賦〉：「匪陋荊棘，匪榮茝蘭，動翼而逸，投足而安。」投足，棲身；投宿。⑱端拱　端身拱手。《晉書・張忠傳》：「冬則縕袍，夏則帶索，端拱若尸。」⑲無虞二句　語本《左傳》襄公三十一年：「賓至如歸，無寧菑患；不畏寇盜，而亦不患燥濕。」虞，憂。⑳草莽句　指隨從乘輿出行，奔走於草叢野地之中。㉑便　安適。㉒羈紲　馬絡頭與馬韁繩。古書中用作隨從奔走服役的套語。《左傳》僖公二十四年云：「臣負羈紲，從君巡於天下。」又云：「居者為社稷之守，行者為羈紲之僕，其亦可也，何必罪居者？」㉓生我羽毛　謂稱譽於我。《文選》張衡〈西京賦〉：「所好生毛羽，所惡成瘡痏。」張銑注：「言此辯士，所好者譽之使生羽毛，所惡者毀之令生瘡痏。」㉔成是貝錦　喻羅織罪狀，讒毀構陷。《詩・小雅・巷伯》：「萋兮斐兮，成是貝錦。彼譖人者，亦已大甚。」傳：「興也。萋、斐，文章相錯也。貝錦，錦文也。」箋：「興者，喻讒人集作己過，以成於罪，猶女工之集采色，以成錦文。」㉕常牢　依常例應有的牲牢（牛羊豕三牲）。㉖幣　禮物。㉗冒貨賄　《左傳》文公十八年：「縉雲氏有不才子，貪于飲食，冒于貨賄。」注：「冒亦貪也。」貨賄，財物。㉘淫芻蕘者　《左傳》昭公十三年：「（晉軍）次于衛地，叔鮒（晉軍統帥）求貨於衛，淫（縱）芻蕘者（謂放縱手下刈草伐薪之人任意而為）。」注：「欲使衛患之而致貨。」句用其事，指放縱手下人胡鬧以索取財貨。㉙中旨　帝王的旨意。顏延之〈赭白馬賦〉：「乃詔陪侍，奉述中旨。」㉚暴征　強行徵收。《左傳》昭公二十年：「偪介之關，暴征其私。」㉛薦　進獻。㉜錫貢珍果　謂宣天子之命令貢珍果。錫貢，《書・禹貢》：「厥包橘柚錫貢。」傳：「小曰橘，大曰柚，其所包裹而致者，錫（賜）命（下達天子之命）乃貢，言不常。」㉝舉是二句　意謂只舉出這一方面，同類的事乃以千計。一隅，一個方面。《荀子・解蔽》：「此數具者，皆道之一隅也。」徒，同類。㉞不旋踵　旋踵，猶言轉足。不旋踵，形容極短時間。《韓詩外傳》卷一〇：「夫天怨不全日，人怨不旋踵。至今弗報，何也。」㉟若取諸懷　《左傳》宣公十一年：「吾儕小人所謂『取諸其懷而與之』也。」注：「謂譬如取人物於其懷而還之，為愈於不還。」此用其意，指耀卿能巧妙地應付各種索求。㊱又不句　謂又不知他的事先準備為什麼能做到這樣。㊲餼牽竭矣　指食物罄盡。《左傳》僖公三十三年：「吾子淹久於敝邑，唯是脯資、餼牽竭矣。」注：「生曰餼，牽謂牛羊豕。」疏：「餼是未殺，故云『生曰餼』，牛羊豕可牽行，故云『牽謂牛羊豕』也。」牽，趙注本原作「牢」，此從宋蜀本。㊳終身二句　承上謂疲二句而言，謂令人（民）有終身之逸，役使他們只有一定的時候。㊴不然四句　語本《左傳》昭公十三年：「及盟，子產爭承（爭所出貢賦多少之次），曰：『昔天子班貢（規定貢賦的等級。班，位次），輕重以列（以地位定貢賦的輕重。列，位）。列尊貢重，周之制也。卑而貢重者，甸服也。鄭伯，男也（注：「言鄭國在甸服外，爵列伯子男，不應出公侯之貢。」按，《左傳》此語頗費解，古今有多種解釋，楊伯峻《春秋左傳注》謂當釋作「鄭國伯爵，在男服」），而使從公侯之貢，懼弗給也，敢以為請。諸侯靖（息）兵，好以為事，行理（行旅，謂使人）之命無月不至，貢之無藝（注：「藝，法制。」疏：「服虔云：藝，極也，一曰常也。……杜以藝為經藝，故為法制也。貢有法制定數，徵求無限，則不可共也。」），小國有闕，所以得罪也。』」不然，否則。班貢藝事，規定貢賦定數的等級之事。我視子男之國，謂濟州同於子男之國。按，周代有公侯伯子男五等爵位，公侯地廣，所貢者多，子男地狹，所貢者少。濟州地狹戶稀，唐開元時屬下州（《舊唐書・職官志》云：「國家制，戶滿四萬以上為上州。」「戶滿二萬戶以上為中州。」「戶不滿二萬，為下州也。」〈地理志〉云：「濟州舊領縣五，戶六千九百五。……天寶，領戶三萬八千七百四十九。」），故言「我視子男之國」。㊵今日二句　言我濟州地狹，貢賦少，今日能如此應付各種索求，乃為上也。《舊唐書・裴耀卿傳》：「十三年，為濟州刺史。其年，車駕東巡，州當大路，道里綿長，而戶口寡弱，耀卿躬自調理，科配得所。時大駕所歷凡十餘州，耀卿稱為知頓之最。」

【語　譯】過了不久，天子下詔在東嶽泰山行封禪之禮。潼關以東各郡，正值天子這次出行所走的大道。至於祭神用的牲畜、圭璋和束帛，隨行官員所需的糧食鞋子等物，有的州郡不能供應，為有關官吏所彈劾；有的州郡因此而厚斂財物，這不是天子的意思。豐儉的限度，多不能做到適中，所以州郡長官有被天子免職的。從前魯國大夫季孫氏請求把魯國看作和邾國、滕國一樣，陳大夫轅濤塗害怕齊國軍隊經過陳國、鄭國之間，這恐怕都是為了各種物資的供應啊。裴公竭盡心力事奉君主，而且順從了人民的欲望。上萬車的糧食，這就堆積得猶如高丘；隨從天子東封泰山的各級官員，都在我們這兒寄宿。濟州的四境之內，兩次充作宮廷；一個郡的賦稅，二度供天下人食用。士卒會聚，其盛如林，馬牛之多，以山谷計量，無不在此投宿而得到安居，正身拱手而取得物力人力的供給，不用憂慮氣候乾燥和潮濕，不必害怕盜賊。跟隨天子奔走於草叢荒野的人，因此能讓自己的身體得到安適；他們除了隨從奔走服役之外，再也沒有要耗費自己氣力的事。朝廷中的貴人，正在掌權執政，如果對他們厚加禮遇，則稱譽於我；若小不如他們的意，就羅織罪狀加以讒毀。裴公的供獻有依常例應有的牛羊豬三牲，而與貴人相見，則無私下相送的禮物，貪求財物的人，我們當作仇敵；放縱手下人胡鬧的，我們也能抵擋。至於他們緊急地宣布天子的旨意，強行徵收各種物品，或者下令嘉美的蔬菜，在春天到來之前就當進獻，或者傳天子之命讓進貢珍異果品，卻非本土所產，我只是舉出這一個方面，同類的事乃以千計，裴公都曾在尚未掉轉腳跟的極短時間裡加以處置，就像從他人的懷中取出東西而還給他一樣省事，真不知裴公的事先準備為什麼能做到這樣。說是食物已罄盡了，而百姓家裡有餘糧；說是已疲勞至極了，而人民仍有餘力。這難道不是因為多年的儲存，使用它有一定的限度，讓人民得到終身的安逸，役使他們只有一定的時候？否則規定貢賦定數的等級，當以地位的高低確定輕重，我們濟州相當於子男之國，而卻要一倍於公侯之國所徵收的賦稅？今日的事情，我們濟州的做法屬於上等。

大駕還都❶，分遣中丞蔣欽緒、御史劉日政、宋珣等巡按❷，皆嘉公之能，奏課❸第一。公未受賞，朝而歸藩❹。天災流行❺，河水決溢❻。蝗蟲避境，雖馬棱之化能然❼；洪水滔天，固帝堯之時且爾❽。高岸崒❾以雲斷，平郊豁其地裂。噴薄雷吼，沖融❿天迴。百姓巢居，泉客⓫有其家室；五稼⓬波殄，沼毛荒于畎畝⓭。公急人之虞，分帝之憂，御衣假寐⓮，對案輟食，不俟駕而星邁⓯，不入門而雨行⓰，議隄防也。至則平板榦，具糇糧，揆形略趾，量功命日⓱，而赤岸成谷，白濤亙山⓲，雖有呂梁之人⓳，盡下淇園⓴之竹，無能為也。乃有壞防之餘，衝波㉑且盡，僅在而危同累卵㉒，將墜而間不容髮㉓，公暴露㉔其上，為人請命㉕，風伯屏氣以遷跡㉖，陽侯整波而退舍㉗，又王尊至誠㉘，未足加㉙也。然後下密揵㉚，搴長茭㉛，土簣㉜雲積，金鎚㉝雷散。公親巡而撫之，慰而勉之，千夫畢飯，始就飲食；一人未息，不歸蘧廬㉞。惰者發憤以蹠㉟勤，懦者自強以齊壯㊱。成之不日㊲，金隄㊳峨峨，下截重泉㊴，上可方軌㊵。北河迴其竹箭㊶，東郡鬱為桑田㊷。先是朝廷除公宣州㊸刺史，公惜九仞之垂成㊹，恐眾心之或怠，懷絲綸㊺之詔，密金玉之音㊻，辛負薪㊼而益勤，親執撲㊽而彌勵。既成，乃發書示之，皆捨畚攀轅㊾，廢歌成泣，淚雨濟澤㊿，袂陰魯郊(51)，哀哀號呼，不崇朝(52)而達四境！

【注釋】❶大駕還都　玄宗東封泰山後，於開元十三年「十二月己巳，至東都」（《舊唐書・玄宗紀》）。❷分遣二句　中丞，即御史中丞。蔣欽緒，萊州膠水人，官至吏部侍郎，《新唐書》有傳。趙殿成注：「《唐書・蔣欽緒傳》：『開元十三年，以御史中丞錄河南囚，宣慰百姓，振窮乏。』」按，《舊唐書・玄宗紀》曰：「（開元）十三年春正月……戊子，降死罪從流，流已下罪悉原之。分遣御史中丞蔣欽緒等往十道疏決囚徒。」則欽緒「錄河南囚」，乃十三年正月之事，與本文所云「巡按」事無涉。劉日政，嘗官監察御史、殿中侍御史（見〈大唐御史臺精舍題名碑〉）、考功員外郎、司勳郎中、吏部郎中（見〈郎官石柱題名〉）、給事中（見《新唐書・宰相世系表》)、江東採訪使、潤州刺史(見李華〈潤州鶴林寺故徑山大師碑銘〉)。孫逖〈裴公德政頌〉曰：「洎鑾輿反旆，旌別淑慝，監頓使劉日正、勸農使盧怡並奏公理行第一。」「日政」諸書或作「冣」、「日正」，均同人。說見岑仲勉《元和姓纂四校記》卷五。宋珣，嘗為大理評事、勸農判官(見《唐會要》卷八五)、金部員外郎(見〈郎官石柱題名〉)。岑仲勉《讀全唐文札記》云：「按宋詢見《元和姓纂》、《元龜》一六二及《全文》(《全唐文》)二五八蘇頲〈程行諶碑〉，字皆作詢，此作珣訛。」按，〈大唐御史臺精舍題名碑〉亦作「詢」，岑說是。❸奏課　謂奏陳其為政之考績。❹藩　諸侯國；州郡。❺天災句　語本《左傳》僖公十三年：「天災流行，國家代有。」❻河水決溢　孫逖〈裴公德政頌〉云：「其三年(耀卿莅濟州之第三年，即開元十四年)秋，大水，河堤壞決……公俯臨決河，躬自護作。」《通鑑》開元十四年：「秋七月，河南、北大水，溺死者以千計。」❼蝗蟲二句　《東觀漢記》卷一二：「(馬)稜為廣陵太守，郡連有蝗蟲，穀價貴。稜奏罷鹽官，振貧羸，薄賦稅，蝗蟲飛入海，化為魚蝦。」雖，即使。稜，宋蜀本、麻沙本、明十卷本等俱作「援」，趙注本改作「稜」，此據《全唐文》、《東觀漢記》校正。❽洪水二句　相傳堯時洪水泛濫，因令鯀禹治之。《書・堯典》：「帝曰：咨，四岳，湯湯洪水方割(害)，蕩蕩懷山襄陵，浩浩滔天，下民其咨，有能俾(使)乂(治)。」〈益稷〉：「禹曰：洪水滔天，浩浩懷山襄陵。」爾，如此。❾崒　崩落。《詩・小雅・十月之交》：「百川沸騰，山冢崒崩。」❿沖融　布滿貌。杜甫〈往在〉：「端拱納諫諍，和氣日沖融。」此指大水充溢彌漫。⓫泉客　即鮫人。任昉《述異記》卷上：「蛟人(即鮫人)，即泉先(泉仙)也，又名泉客。」按，本作「淵客」(左思〈吳都賦〉：「淵客慷慨而泣珠。」)，唐人避高祖諱，改為「泉客」。泉，趙注本原作「主」，從宋蜀本、麻沙本、明十卷本校正。⓬五稼　五種穀物。《左傳》僖公三年注：「周六月，夏四月，於播種五稼無損。」《宋書・禮志》：「四時和，五稼成。」此泛指各種穀物。⓭沼毛句　指田間長滿水草。沼毛，見〈暮春太師左右丞相諸公于韋氏逍遙谷讌集序〉末段注㉒。荒，掩；覆蓋。《詩・周南・樛木》：「南有樛木，葛藟荒之。」⓮假寐　《左傳》宣公二年：「坐而假寐。」注：「不解衣冠而睡。」⓯星邁　星夜奔行。魏明帝〈善哉行〉：「兼塗星邁，亮茲行阻。」

⑯雨行　冒雨而行。⑰至則四句　語本《左傳》宣公十一年：「令尹蔿艾獵城沂，使封人慮事，以授司徒。量功（計量用功的多寡）命日（規定日期），分財用，平板榦（板，築牆用的夾板。榦，亦作「幹」，築牆時樹立於牆兩端的支柱。此言取平板榦，使所築之城整齊）……略（巡視）基趾（城郭之基趾。杜注：『趾，城足。』），具餱（杜注：『餱，乾食。』）糧，度有司。」糇，同「餱」。揆形，揆度地形。趾，指隄防基趾。⑱亙山　連接成山。⑲呂梁之人　指識水性善游泳者。《莊子・達生》：「孔子觀於呂梁（其地說法不一），縣（懸）水三千仞，流沫四十里，黿鼉魚鼈之所不能游也，見一丈夫游之，以為有苦而欲死也，使弟子並（傍）流而拯之。數百步而出，被髮行歌，而游於塘下，孔子從而問焉，曰：『吾以子為鬼，察子則人也，請問蹈水有道乎？』曰：『亡，吾無道。吾始乎故，長乎性，成乎命，與齊（回水）俱入，與汩（湧波）偕出，從水之道，而不為私焉（郭注：「任水而不任己。」）。』」⑳淇園　地名。古時以產竹著稱，在今河南淇縣附近。《史記・河渠書》：「天子乃使汲仁、郭昌發卒數萬人塞瓠子決。……是時東郡燒草，以故薪柴少，而下淇園之竹以為楗。」任昉《述異記》卷下：「衛有淇園，出竹，在淇水之上。詩云『瞻彼淇奧，綠竹猗猗』是也。」㉑衝波　與波相撞。㉒危同累卵　像蛋疊在一塊那樣危險。語本《文選》枚乘〈上書諫吳王〉：「必若所欲為，危於累卵，難於上天。」㉓間不容髮　言相距至近，其間不容一髮。喻事甚急迫。〈上書諫吳王〉：「夫以一縷之任，繫千鈞之重，上懸之無極之高，下垂之不測之淵，雖甚愚之人，猶知哀其將絕也。……係絕於天，不可復結；墜入深淵，難以復出，其出不出，間不容髮。」李善注：「蘇林曰：改計取福，正在今日，言其激切甚急。」㉔暴露　露天而處，無所遮蔽。《國語・魯語上》：「寡君不佞，不能事疆場之司，使君盛怒，以暴露於敝邑之野。」㉕請命　求保全性命。《書・湯誥》：「以與爾有眾請命。」傳：「放桀除民之穢是請命。」疏：「桀為殘虐，人不自保，故伐桀除人之穢是為請命。」㉖風伯句　指風息。風伯，風神。班固〈東都賦〉：「雨師泛灑，風伯清塵。」遷跡，移其形跡。㉗陽侯句　指水退。陽侯，水神名。《楚辭・九章・哀郢》：「淩陽侯之氾濫兮，忽翱翔之焉薄！」王逸注：「陽侯，大波之神。」《漢書・揚雄傳》注：「應劭曰：陽侯，古之諸侯也。有罪自投江，其神

為大波。」退舍，退止；退避。㉘王尊至誠　《漢書・王尊傳》：「(尊)遷東郡太守。久之，河水盛溢，泛浸瓠子金隄，老弱奔走，恐水大決為害。尊躬率吏民，投沉白馬，祀水神河伯。尊親執圭璧，使巫策祝，請以身填金隄，因止宿廬居隄上。吏民數千萬人，爭叩頭救止尊，尊終不肯去。及水盛隄壞，吏民皆奔走，唯一主簿泣，在尊旁立不動，而水波稍卻迴還，吏民嘉壯尊之勇節。」㉙加　超越；超過。㉚揵　通「楗」。堵決口時立於水中的柱樁。《史記・河渠書》集解：「如淳曰：樹竹塞水決之口，稍稍布插接樹之，水稍弱，補令密，謂之楗。以草塞其裡，乃以土填之，有石以石為之。」《索隱》：「楗者，樹於水中，稍下竹及土石者也。」㉛搴長茭　《漢書・溝洫志》：「搴長茭兮湛(沉)美玉，河公許兮薪不屬。」注：「臣瓚曰：竹葦絙謂之茭也，所以引置土石也。師古曰：瓚說是也。搴，拔也。絙，索也。……茭字宜從竹。」按，茭通「筊」，即竹纜，可用以將土石由堤下引置於堤上。㉜簣　盛土竹器。㉝金鎚　鐵鎚。用來打柱樁或築土。㉞蘧廬　驛舍。《莊子・天運》：「仁義，先王之蘧廬也，止可以一宿，而不可以久處。」郭注：「蘧廬，猶傳舍也。」㉟躒　躍動。引申指達到。㊱壯　勇猛。㊲成之不日　《詩・大雅・靈臺》：「庶民攻之，不日成之。」不日，不久。㊳金隄　《漢書・司馬相如傳》：「媻姍勃窣，上金隄。」注：「言水之隄塘堅如金也。」㊴重泉　謂水極深處或極深之水。《淮南子・齊俗》：「積水重泉，黿鼉之所便也。」㊵方軌　兩車並行。《戰國策・齊策一》：「車不得方軌，馬不得並行。」㊶北河句　指隄成後急流被擋回。北河，指黃河。唐濟州屬河南道，黃河在州之北，故曰北河。竹箭，喻急流。《太平御覽》卷四○引《慎子》：「河之下龍門，其流駛(疾)如竹箭，駟馬追，弗能及。」㊷東郡句　指隄成之後，被洪水淹沒之地又化為農田。東郡，指濟州。鬱，草木茂密。㊸宣州　治所在今安徽宣城。〈裴公德政頌〉曰：「公之方在河上也，有執訊者傳詔，命公為宣州刺史。」㊹公惜句　九仞，指隄防。《書・旅獒》：「不矜細行，終累大德，為山九仞(八尺為仞)，功虧一簣。」㊺絲綸　《禮記・緇衣》：「王言如絲，其出如綸。」疏：「王言初出微細如絲，及其出行於外，言更漸大如綸也。」後因謂帝王之詔書為絲綸。㊻金玉之音　謂貴重如金玉之音聲。《詩・小雅・白駒》：「毋金玉爾音，而有遐心。」疏：「汝雖不來,當傳書信,毋得金玉汝之音聲於我,謂自愛音聲,貴如金玉。」此指天子之音聲。㊼負薪　指百姓。《後漢書・班固傳》:「採擇狂夫之言,不逆負薪之議。」注:「負薪,賤人也。」㊽親執撲　指親自巡視督察。《左傳》襄公十七年:「子罕聞之,親執扑(竹鞭,也作『撲』),以行(巡視)築者(指築臺之人),而抶(鞭打)其不勉者。」㊾攀轅　牽挽車轅,表示挽留之意。《白孔六帖》卷七七:「(東漢)侯霸字君房,臨淮太守,被徵,百姓攀轅臥轍不許去。」《北史・宋世良傳》:「後拜清河太守。……及代至,傾城祖道……莫不攀轅涕泣。」㊿淚雨濟澤　淚下成澤。此句趙注本原作「淚而濟袂」,《全唐文》作「淚濡齊袂」,俱非是,此從宋蜀本。51袂陰魯郊　謂舉袂拭淚,使魯之郊野成陰(唐濟州轄區,春秋時近魯地,故曰魯郊)。《晏子春秋・雜下六》:「臨淄三百閭,張袂成陰,揮汗成雨。」「袂陰」之語本此。此句趙注本原作「澤陰魯郊」,《全唐文》作「澤蔭魯郊」,俱非是,此從宋蜀本。52不崇朝　指極短的時間。《詩・鄘風・蝃蝀》:「崇朝其雨。」《傳》:「崇,終也。從旦至食時為終朝。」

【語　譯】天子的車駕自泰山回到東都,分派御史中丞蔣欽緒,御史劉日政、宋詢等巡行按察各地,都嘉許裴公的才能,上報其考核的成績為第一。裴公還未接受獎賞,朝見過天子便回到州郡裡。這時正遇上天災流行,黃河決口,河水泛濫。蝗蟲飛離其所轄之境,即使廣陵太守馬棱的教化能做到這樣;而洪水極大彌漫天際,本是帝堯的時代就曾有過的現象。高高的隄岸崩塌,就像雲層被截斷,平坦的郊野塌陷,地面裂開了大縫。水流洶湧激蕩,吼聲如雷,大水充溢彌漫,天空倒轉。百姓在樹上築巢居住,而水中的鮫人卻有他的房舍;各種穀物被洪水沖光,水草覆蓋著整個田野。裴公為人民的災難而著急,心裡想著替天子分憂,睡覺連衣服也不脫,每每對著食盂中斷吃飯,不等駕車而星夜奔走,不入家門而冒雨出行,這一切都是為了商議修築隄防的大事。到了隄上就注意讓築隄的夾板和支柱取平，準備好修隄民伕吃的乾糧，測量地形，巡視隄防基址，估算工程量，規定完成的日期，然而赤色的隄岸成為水流的通道，白色的波濤連接成山，雖有像呂梁丈夫那樣善游泳的人，全部投下了淇園產的竹子以堵決口，也沒有能夠辦成事。竟然有潰壞後剩餘的隄防，被波濤撞擊著即將全部倒塌，勉強存在而像雞蛋疊在一塊那樣危險，眼看著就要崩墜而極其急迫，裴公卻無所遮蔽地暴露在那上頭，替人民請求保全性命，於是風神屏住呼吸改移形跡，水神整治波濤向後退避，漢代王尊禱告水神的至誠之心，也不足以超過裴公。然後堵決口打下了密密的杜椿，拉竹纜將土石提到了隄上，盛土的竹器堆積似雲，飛舞的鐵錘如閃電散布。裴公親自巡視安撫民伕，好言勸慰和勉勵他們，成千上萬的民伕吃完飯，裴公才前去用餐；有一個民伕尚未休息，裴公就不回到驛舍。於是懶惰的人發憤而達到了勤快，懦弱的人自強而齊同於勇猛。不久堵決口的事完成，堅固的大隄高高聳立，下面堵截住極深處的水，上面能夠並行兩輛大馬車。黃河的急流被大隄擋回，東方的州郡又成為茂密地種植著桑樹和穀物的田地。在這之前朝廷任命裴公為宣州刺史，裴公惋惜隄防就快接近完成，害怕民眾心裡或許有所鬆弛，於是懷藏皇帝的詔書，不洩露天子的音聲，率領百姓築隄愈益盡力，親自巡視督察更加振奮。等隄防已經築成，才打開詔書讓百姓們看，於是大家都扔掉畚箕，牽挽住裴公的車轅，中止歌唱，抽噎哭泣，淚水下落變成沼澤，舉起拭淚的袖子竟遮住天日，使得魯地的郊野成為陰天，大家悲傷地大聲哭喊，在極短的時間內哭聲便達於濟州的四境！

噫❶！公之視人也如子，人之去公也如父，宜其升聞于天❷，司我五教❸。公之富人也以簡，簡則不擾，而人得肆❹其業，非富歟？公之愛吏也以嚴，嚴則畏威，而吏不陷于罪，非愛歟？是其大旨也。至若沛郡謂為神明❺，淮陽謝其清靜❻。尊經于學校，魯風載儒❼；加信于兒童，齊人不詐❽。明閑❾視聽，其察姦也無全？曉習文法❿，于決事乎何有⓫？六義之製⓬，文在于斯⓭；五車之書⓮，學半于我⓯。其為身計，保乎忠貞⓰；將為孫⓱謀，貽以清白⓲。熊軾⓳之貴，子弟夷⓴于平人；龍門㉑則高，賓客不遺下士。非禮不動㉒，出言有章㉓。語曰：「愷悌君子，人之父母㉔。」其是之謂乎？維也不才，嘗備官屬㉕，公之行事，豈不然乎？維實知之，維能言之。況夫婦男女，思我遺愛者，吟詠成風；耆艾㉖人吏㉗，願頌清德者，道路如市。則王襄所講，奚斯之頌，美政盛德，綴詞之士，固未嘗闕如也㉘，維敢拒之哉！頌曰：

【注釋】❶噫　宋蜀本、麻沙本、明十卷本俱作「嘻」。❷升聞于天　上聞於天。《大戴禮記・用兵》：「升聞皇天，上神歆焉。」《孔子家語・執轡》：「升聞于天，上帝俱歆，用永厥世，以豐其年。」此指為天子所聞知。❸五教　《書・舜典》：「帝曰：『契，百姓不親，五品不遜（順），汝作司徒，敬敷五教，在寬。』」傳：「布五常之教，務在寬。」疏：「品謂品秩，一家之內尊卑之差，即父母兄弟子是也；教之義慈友恭孝，此事可常行，乃為五常耳。」《左傳》文公十八年：「使布五教于四方，父義、母慈、兄友、弟共（恭）、子孝。」五教，五常之教。句指裴公後來拜相。❹肆　修習。《文選》顏延之〈皇太子釋奠會作詩〉：「肆議芳訊，大教克明。」呂延濟注：「肆，習。」又可解為操也。《法言・五百》：「聖人矢口而成言，肆筆而成書。」李軌注：「肆，操也。」此字《全唐文》作「肄」。❺沛郡謂為神明　疑用東漢鮑季壽事，然其詳情已不得而知。《北堂書鈔》卷七五引謝承《後漢書》：「鮑季壽為沛（郡、國名。西漢置郡，治所在今安徽濉溪西北。東漢改為國，東晉復為郡）相（漢王國皆置相一人，地位相當於郡守），下民歌曰神君（言其明事如神。《後漢書・荀淑傳》：『莅事明理，稱為神君。』）。」神明，謂無所不知，如神之明。《淮南子・兵略》：「見人所不見謂之明，知人所不知謂之神，神明者先勝者也。」❻淮陽句　用漢汲黯事。《史記・汲鄭列傳》：「遷為東海太守。黯學黃老之言，治官理民好清靜，擇丞史而任之。其治責大指而已，不苛小。黯多病，臥閨閤內不出，歲餘，東海大治。……召拜黯為淮陽（治所在今河南淮陽）太守。……黯居郡如故，治淮陽政清。」靜，趙注本原作「淨」，此從宋蜀本。❼魯風句　此言有魯人重儒之風。參見〈濟州過趙叟家宴〉注❶。載，《後漢書・傅毅傳》：「奕世載德，迄我顯考。」注：「載，重也。」❽加信二句　《後漢書・郭伋傳》：「（建武）十一年……調伋為并州牧。……始至行部，到西河美稷，有童兒數百，各騎竹馬，於道次迎拜。伋問兒曹何自遠來？對曰：『聞使君到，喜，故來奉迎。』伋辭謝之。及事訖，諸兒復送至郭外，問使君何日當還？伋謂別駕從事，計日當（此字疑衍）告之。行部既還，先期一日，伋為違信於諸兒，遂止于野亭，須期乃入。」齊人不詐，《史記・平津侯主父列傳》：「齊人多詐而無情實。」二句言講誠信，多詐者亦受其教化。❾明閑　明習；通曉；通達。《北史・薛琡傳》：

「久在省闥，明閑簿領。」閑，《全唐文》作簡。❿曉習文法　《漢書・尹翁歸傳》：「為獄小吏，曉習文法（法令條文）。」⓫何有　不難之意。⓬六義句　此言其製符合《詩》之六義。六義，〈毛詩序〉：「故《詩》有六義焉：一曰風，二曰賦，三曰比，四曰興，五曰雅，六曰頌。」製，詩文作品。⓭文在于斯　語本《論語・子罕》：「文王既沒，文不在茲乎？」斯，此。⓮五車之書　見〈戲贈張五弟諲〉三首其二注❶。古常以五車之書稱人之博學。書，趙注本原作「事」，此從宋蜀本、明十卷本、奇字齋本、《全唐文》。⓯學半句　謂其學問倍於學富五車者。⓰忠貞　忠誠堅貞。《國語・晉語二》：「昔君問臣事君於我，我對以忠貞。」⓱孫　謂子孫。《詩・大雅・文王有聲》：「詒厥孫謀，以燕翼子。」⓲貽以清白　《後漢書・楊震傳》：「（震）性公廉，不受私謁，子孫常蔬食步行，故舊長者，或欲令為開產業，震不肯，曰：『使後世稱為清白吏子孫，以此遺之，不亦厚乎？』」貽，遺。宋蜀本、麻沙本、明十卷本俱作「賜」。⓳熊軾　見〈送封太守〉注❷。⓴夷　平；齊同。㉑龍門　《後漢書・李膺傳》：「膺獨持風裁，以聲名自高，士有被其容接者，名為登龍門。」注：「以魚為喻也。龍門，河水所下之口，在今絳州龍門縣。辛氏〈三秦記〉曰：『河津一名龍門，水險不通，魚鼈之屬莫能上，江海大魚薄集龍門下數千，不得上，上則為龍也。』」世因以龍門喻高名碩望之人。㉒非禮不動　《論語・顏淵》：「非禮勿視，非禮勿聽，非禮勿言，非禮勿動。」㉓出言有章　《詩・小雅・都人士》：「其容不改，出言有章。」箋：「其動作容貌既有常，吐口言語又有法度文章。」㉔愷悌二句　語出《詩・大雅・泂酌》：「豈弟（同「愷悌」，謂和樂簡易）君子，民之父母。」㉕嘗備官屬　耀卿為濟州刺史時，維嘗官濟州司倉參軍，故云。說見拙作〈王維年譜〉。㉖耆艾　老人。年六十曰耆，五十曰艾。《荀子・致士》：「耆艾而信，可以為師。」㉗人吏　為吏者。《韓詩外傳》卷五：「據法守職，而不敢為非者，人吏也。」㉘則王五句　意謂王襄所謀，奚斯之頌，無非稱揚美政盛德，可見對美政盛德，著述之士就未嘗缺而不書。王襄所講，《漢書・王褒傳》：「益州刺史王襄，欲宣風化於眾庶，聞王褒有俊材，請與相見，使褒作〈中和樂職宣布詩〉（注：『中和者，言政治和平也。樂職者，言百官各得其職也。宣布者，風化普洽，無所不被。』），選好事者，令依〈鹿鳴〉之聲，習而歌之。時汜鄉侯何武為僮子，選在歌中。久之，武等學長安，歌太學下，轉而上聞，宣帝召見武等觀之，皆賜帛，謂曰：『此盛德之事，吾何足以當之？』」王襃，《全唐文》作王褒。講，謀。《左傳》襄公五年：「講事不令。」注：「講，謀也。」奚斯之頌，《文選》班固〈兩都賦序〉：「故皐陶歌虞，奚斯頌魯，同見采於孔氏，列于《詩》、《書》。」李善注：「《韓詩．魯頌》曰：『新廟奕奕，奚斯所作。』薛君曰：『奚斯，魯公子也。言其新廟奕奕然盛，是詩公子奚斯所作也。』」綴詞，謂聯綴詞句以成文。潘岳〈馬汧督誄〉：「然則忠孝義烈之流，慷慨非命而死者，綴辭之士，未之或遺也。」

【語譯】多麼令人歎息呀！裴公看待人民就像看待自己的孩子，人民離開裴公猶如離開自己的父親，無怪乎他的事跡上聞於天子，得以執掌我們的五常之教。裴公的富民憑藉簡易，簡易就不會擾民，因而人民便能夠各操其業，這不就能讓人民富裕嗎？裴公的愛護官吏憑藉嚴厲，嚴厲就會使他們畏懼懲罰，因而官吏就不會陷入犯罪，這不就是對官吏的愛護嗎？這些就是裴公施政的主要宗旨。加以像鮑季壽，被沛郡人稱為明事如神；又如汲黯，淮陽人感謝他的治民理政喜好清靜無為。裴公在學校裡尊崇經書，有魯人重儒之風；對兒童也施以誠信，讓齊人都變得不欺詐了。裴公通曉所見所聞，察知壞人壞事能不齊全？熟悉法令條文，決斷事情又有何難？有符合於《詩經》之六義的詩文，文才就在裴公這裡；而書籍多達五車的人，學問只有我們裴公的一半。裴公為自身考慮，要保持忠誠堅貞；而為子孫謀劃，要把清白遺留給他們。能坐熊軾車的貴官，家中的子姪齊同於平民；名望高似龍門，結交的賓客卻不遺漏地位低下的士人。不符合禮的事不做，脫口而出的話都有文彩。古書中的話說：「和樂平易的君子，是百姓的父母。」這說的就是裴公吧？我王維沒有才能，曾經充任裴公的屬吏，裴公所做的事，難道不是如此嗎？我確實知道裴公做的事，我能夠把它說出來。況且夫婦兒女中，思念我們裴公遺留給濟州仁愛的人，寫詩加以歌唱已成為一種風氣；濟州的老者和作吏的人，願意歌頌裴公的高潔品德的人，多得猶如鬧市一般。原來王襄所謀劃的，奚斯所寫的頌詞，無非稱揚美政盛德，對美政盛德為文之士就未曾缺而不書，我又怎敢拒絕寫作此文呢！頌詞說：

童子何知❶兮，公邁❷成人；大不必佳❸兮，公德日新。天生德于公兮❹，遺此下民❺。天子命我兮，守茲東郡。人謂❻公以謫去兮，不能致訓❼；公曾不私❽己兮，政聲益振。惟歲十月兮，帝封岱宗❾，千乘萬騎❿兮，行幸山東⓫。小郡之賦兮，再粒萬邦；豐不盈儉不陋⓬兮，公之舉也得中。河為不道⓭兮，離常流以痡毒⓮；不用一牲兮，不沉一玉⓯。身當中流兮，馮夷⓰感而避賢；敕陽侯兮，使卻走夫洪漣⓱。板築既具兮，薪又屬⓲；庶人欣以就役兮，高岸崛起于深谷。人降丘宅土⓳兮，桑田鬱以載⓴綠。行無五馬兮，食不載味㉑；惠恤鰥寡兮，威讋㉒黠吏；公之德兮，曾無與二。人思遺愛兮淚淫淫㉓，歲久不衰兮至今。性與天道兮，吾不得聞㉔；誌其小者近者兮，已是過人之德音㉕。

【注　釋】❶童子何知　語本《國語．晉語五》：「范文子暮退於朝，武子（范文子之父）曰：『何暮也？』對曰：『有秦客廋辭於朝（言以隱語問於朝），大夫莫之能對也，吾知三焉。』武子怒曰：『大夫非不能也，讓父兄也。爾童子何知，而三掩人於朝？』」❷邁　超過。❸大不必佳　《世說新語．言語》：「孔文舉（孔融，孔子二十四世孫）年十歲，隨父到洛。時李元禮（李膺）有盛名，為司隸校尉，詣門者，皆儁才、清稱及中表、親戚乃通。文舉至門，謂吏曰：『我是李府君親。』既通，前坐，元禮問曰：『君與僕有何親？』對曰：『昔先君仲尼，與君先人伯陽（老子，姓李名耳），有師資之尊，是僕與君奕世為通好也。』元禮及賓客莫不奇之。太中大夫陳韙後至，人以其語語之，韙曰：『小時了了，大未必佳。』文舉曰：『想君小時，必當了了。』韙大踧踖。」❹天生句　言上天將美德賦予公。《論語．述而》：「天生德于予，桓魋其如予何！」❺遺此句　謂上天將公贈與下民。❻調　趙注本原作「調」，此從宋蜀本、明十卷本、《全唐文》。❼致訓　謂盡力訓導百姓。❽私　愛；愛惜。❾岱宗　即泰山。泰山別稱岱，舊謂岱為四嶽所宗，因曰岱宗。《書．舜典》：「歲二月，東巡守，至于岱宗。」傳：「泰山為四岳所宗。」《釋文》：「岱音代，泰山也。」❿千乘萬騎　謂隨從乘輿的車馬極多。蔡邕《獨斷》卷下：「（天子）大駕公卿奉引，大將軍參乘，太僕御，屬車八十一乘，備千乘萬騎。在長安時出祠天於甘泉備之，百官有其儀注。」⓫山東　指崤山潼關以東地區。⓬豐不盈儉不陋　言豐儉合宜。盈謂過豐；陋謂過儉、吝嗇。張衡〈東京賦〉：「奢未及侈，儉而不陋。」⓭不道　無道。⓮痡毒　禍害；為害。《書．泰誓下》：「作威殺戮，毒痡四海。」傳：「痡，病也。言害所及遠。」⓯不用二句　古人迷信，每用牲玉祀水神以求消除水害，故云。《史記．河渠書》：「（天子）自臨決河，沉白馬玉璧于河。」⓰馮夷　傳說中的河神。《莊子．大宗師》：「馮夷得之，以游大川。」《釋文》：「馮夷，司馬云：『《清泠傳》曰：華陰潼鄉隄首人也，服八石，得水仙，是為河伯。一云以八月庚子浴於河而溺死，一云渡河溺死。』大川，河也。」⑰洪漣　大浪。《文選》木華〈海賦〉：「噏波則洪漣踧蹜，吹澇則百川倒流。」李周翰注：「洪，大。漣，浪也。」⑱屬　聚。⑲降丘宅土　《書・禹貢》：「桑土既蠶，是降丘宅土。」傳：「地高曰丘。大水去，民下丘居平土，就桑蠶。」⑳載　生。㉑載味　猶兼味，即兩種以上的菜餚。載，《全唐文》作「再」。按，載、再通。㉒威讋　威慴；威懾。《梁書・武帝紀》：「若功業克建，威讋四海，號令天下，誰敢不從？」㉓淫淫　《楚辭・九章・哀郢》：「望長楸而太息兮，涕淫淫其若霰。」王逸注：「淫淫，流貌也。」㉔性與二句　語本《論語・公冶長》：「夫子之文章，可得而聞也；夫子之言性與天道，不可得而聞也。」此二句趙注本原作「性與天道，吾不得聞兮。」此從《全唐文》。㉕德音　美好的聲譽。《詩・豳風・狼跋》：「公孫碩膚，德音不瑕。」

【語　譯】兒童能知道什麼啊，而裴公那時卻超過成年人；長大了未必佳啊，而裴公的美德卻日日更新。上天將美德賦予裴公啊，又將裴公贈與百姓。天子命令我們的裴公啊，治理這東方的州郡。人們認為裴公是被貶而去的啊，不能盡力訓導百姓；裴公竟不愛惜自己啊，政治聲譽愈益傳揚。那年十月啊，皇帝在泰山行封禪之禮，車千輛馬萬匹啊，前往崤山以東地區。濟州這個小郡的賦稅啊，二度供各地的人食用；豐不盈滿儉也不至於吝嗇啊，裴公的舉動做法適中。黃河做出無道的事啊，離開河流的正道而為害；裴公不用一頭牲畜啊，不沉一塊玉璧。他親臨河水的中央啊，河伯感動而避讓賢人；又命令水神啊，讓那大浪退走。築隄的工具已準備好啊，堵決口用的柴草又已聚集；百姓欣然前來服勞役啊，高高的隄岸從深谷中崛起。於是人們由高丘上下來住在平地上啊，種著桑樹和穀物的田地變得茂盛而又發綠。裴公出行沒有五匹馬駕的車啊，吃飯沒有兩道以上的菜餚；加恩體恤鰥夫寡婦啊，威懾狡黠的官吏；裴公的美德啊，是無人能與之相比的。人們思念裴公遺留給濟州的仁愛啊淚流不止，時間長久也不減弱啊一直到了今日。人性與天道啊，我不能夠知道；記下裴公的小事和最近的事啊，已經是有超過他人的好聲譽。

【研析】這篇碑文，歌頌了裴耀卿在濟州的德政。裴耀卿歷任濟、宣、冀三州刺史，「皆有善政」《舊唐書・裴耀卿傳》。開元二十一年十二月，與張九齡同時拜相。二十二年五月，九齡為中書令，耀卿為侍中。二十四年十一月，兩人同時罷相，九齡為尚書右丞相，耀卿為尚書左丞相（參見《新唐書・宰相表》）。耀卿與九齡相善，都受到奸相李林甫的忌恨。《通鑑》開元二十四年十一月：「侍中裴耀卿與九齡善，林甫並疾之。是時，上在位歲久，漸肆奢欲，怠於政事。而九齡遇事無細大皆力爭；林甫巧伺上意，日思所以中傷之。……於是上積前事，以耀卿、九齡為阿黨；壬寅，以耀卿為左丞相，九齡為右丞相，並罷政事。」王維同裴耀卿的關係比較深，曾在耀卿為濟州刺史時任過濟州司倉參軍，所以對於耀卿在濟州的行事與治績，非常瞭解。

此文大致可分為六段。第一段敘述裴耀卿的家世、生平和出任濟州刺史前的仕歷，特別強調他的早慧和「不阿意以侮法」的品格。第二段總敘裴耀卿在濟州施政的宗旨與成績，突出了他的刑德並用與關注民生，從中也可看出作者的政治主張。第三段敘寫開元十三年唐玄宗東封泰山，往返都經過濟州一事。途經濟州的玄宗及其大批隨從官員的食宿安排和物資供應，對於濟州這樣一個地狹戶稀的小州來說，顯然是非常沉重的負擔。文中說裴耀卿籌辦了大量的糧食和其他物資，滿足了天子及其大批隨從官員的需求，使他們到了濟州，「皆投足獲安，端拱取給」，同時又沒有給濟州的百姓帶來過重的負擔。文中又說，隨從天子東封的「天朝中貴」，每利用執政掌權之便，假借天子的名義，強行索求各種財物，「小不如意，則成是貝錦」，對此耀卿都能從容應對，不使他們的私欲得到滿足。這一段描寫既揭露了官場的弊端，又表現了耀卿的智慧和傑出才能。第四段寫開元十四年七月，濟州黃河決口，洪水泛濫，耀卿親率吏民修築隄防之事。文中描寫面對百姓的災難，裴耀卿不畏艱險，不顧個人安危，毅然親臨「危同累卵」的潰隄，指揮堵決口的戰鬥，他在隄上，先人後己，以身作則，「千夫畢飯，始就飲食；一人未息，不歸籧廬」；當他率領百姓修好了隄防宣布就要離任時，百姓竟「廢歌成泣，淚雨濟澤……哀哀號呼，不崇朝而達四境」，這一段文字鮮明地為讀者勾畫出了一個受到百姓愛戴的「心在蒼生」的循吏形象。第五段是在上兩段描述的基礎上，進一步總結出裴耀卿在濟州施政的宗旨，與第二段的內容接近。在這一段文字裡，作者提出了裴耀卿「視民如子」的命題，可以說，這一點正是裴耀卿施政的指導思想與出發點，頗為重要。第六段為用韻的騷體頌詞，它是前五段內容的概括與總結。其中概括第三段的內容用了八句，概括第四段的內容用了十四句，說明在作者的眼中，這兩段的內容最為重要；在全篇的各段中，也以這兩段寫得最好。本文旨在歌頌裴耀卿在濟州的德政，所以第六段也以對他的全面讚頌結束全篇。

大唐大安國寺故大德淨覺禪師碑銘并序

【題　解】大安國寺，《長安志》卷八載，長安長樂坊「大半以東，大安國寺，睿宗在藩舊宅，景雲元年立為寺，以本封安國（睿宗本封安國相王）為名」。大德，佛教對比丘（指出家後受過具足戒的男僧）中的長老或佛、菩薩的敬稱。對高僧有時也使用此稱。《翻譯名義集》卷一引《毗奈耶律》：「佛言：從今日後，小下苾蒭（比丘）於長宿處，應喚大德。」《釋氏要覽》卷上：「《智度論》云：梵語婆檀陀，秦言大德，律中多呼佛為大德。……《增輝記》：行滿德高，曰大德。」淨覺禪師，弘忍的再傳弟子。《歷代法寶記》云：「有東都沙門淨覺師，是玉泉神秀禪師弟子，造《楞伽師資血脈記》一卷。」按，《楞伽師資記》今存（敦煌寫本），書名下署「東都沙門釋淨覺居太行山靈泉谷集」。記中淨覺自稱受到弘忍弟子玄賾的傳授。又，敦煌寫本中另有淨覺撰《般若波羅蜜多心經注》一卷（斯四五五六），其前有荊州長史李知非序，云：「其禪師年二十三，起（原誤作『去』）神龍元年，在懷州太行山稠禪師以錫杖解虎斗處修道，居此山注《金剛般若理鏡》一卷。」據禪師神龍元年年二十三，可推知他當生於高宗弘道元年（六八三）。但其卒年本文未載，今亦難以確考，估計約在開元末或天寶初。禪，趙注本原無，據宋蜀本、麻沙本、明十卷本補。又題下趙注本原無「并序」二字，據宋蜀本、麻沙本等補。本文記述淨覺禪師的生平事跡，姑繫於天寶初。

光宅真空❶，心王❷之四履❸；建功無得❹，法將之萬勝❺。故大塊群籟❻，無弦出法化之聲❼；恆沙❽眾形，□□為寶嚴❾之色。至如❿六師兆亂⓫，四諦徂征⓬，開甘露狹小之門⓭，出臭烟朽故之宅⓮。踞寶牀而搖白拂，徐誘草庵⑮；沃金瓶⑯而繫素繒⑰，遂登蓮座⑱。足使天口⑲雄辯，刮語燒書⑳；河目㉑大儒，掊㉒仁擊義。斯為究竟㉓，孰不歸依？

【注釋】❶光宅句　光宅，充滿；布滿。《書・堯典》序：「昔在帝堯，聰明文思，光宅天下。」真空，意為世界萬有虛幻不實。❷心王　佛教名詞。心為人身的主宰、一切精神現象的主體，故稱心王。《涅槃經》卷一：「是身如城……手足以為卻敵樓櫓，目為窻孔，頭為殿堂，心王居中。」《成實論》卷一六：「處處經中說心為王。」❸四履　四境所至。《左傳》僖公四年：「昔召康公……賜我先君履，東至於海，西至於河，南至於穆陵，北至於無棣。」注：「履，所踐履之界。」《陳書・武帝紀》：「二《南》崇絕，四履遐曠。」此指四方所至。❹建功句　謂在認識諸法皆空之理上建功。下句云「法將」，故此曰「建功」。無得，即無所得。參見〈同崔興宗送衡嶽瑗公南歸〉注❸。得，趙注本原作「旱」，麻沙本作「㝵」（礙），此從宋蜀本。蓋得形近誤為「㝵」，「㝵」形近又誤為「旱」也。❺法將句　法將，佛家語，指能維護佛法之人。《彌勒下生經》：「大智舍利弗，能隨佛轉法輪，佛法之大將。」《大唐西域記》卷一二：「印度學人咸仰盛德，既曰經笥，亦稱法將。」萬，宋蜀本作「百」。❻大塊群籟　大自然的各種聲響。《莊子・齊物論》：「夫大塊噫氣，其名為風。」成玄英疏：「大塊者，造物之名，亦自然之稱也。」南朝陳傅縡〈明道論〉：「明月在天，眾水咸見；清風在林，群籟畢響。」❼法化之聲　《維摩經・觀眾生品》：「此室（指維摩詰室）常作天人第一之樂，絃出無量法化之聲。」法化，謂以佛法化人。❽恆沙　恆河（在今印度、孟加拉國境內）沙之略稱。喻數量之多。❾寶嚴　法寶（指佛之妙法）莊嚴之意。❿如　趙殿成云：「如，顧本作『和』，誤，今校正。」按，趙校是，宋蜀本、《全唐文》俱作「如」。⓫六師兆亂　六師，一富蘭那迦葉，二末伽梨俱舍梨子，三刪闍夜毗羅胝子，四阿耆多翅舍欽婆羅，五迦羅鳩馱迦旃延，六尼乾陀若提子。參見《長阿含經》卷一七、《增一阿含經》卷三二、《翻譯名義集》卷二等。六師是與釋迦牟尼同時代的反婆羅門教正統思想六個學派的代表人物，因其與佛教主張不同，被稱為「外道六師」。兆亂，始為亂。據《涅槃經》卷二九、三〇載，佛初成道，舍衛城中有須達多長者，買祇陀園林，造立精舍，請佛居住，六師心生嫉妒，共集波斯匿王所，言「唯願大王聽我等輩與彼瞿曇（釋種之姓）較其道力，若彼勝我，我當屬彼，若我勝彼，彼當屬我」。佛為六師故，遂現大希有神通變化，「六師徒眾，其數無量，破邪見心，正法出家」。六師內心慚愧，乃相與至婆枳多城，教彼人民，信受邪法。佛復至婆枳多城，作「大師子吼」（《維摩經・佛國品》：「演法無畏，猶如師子吼。」），化無量眾生。六師先後至六城，佛皆前往說法，六師不得停足，復至拘尸那城，謗佛為大幻師，「令諸眾生增長邪見」。佛於是以其神力，請召十方諸大菩薩，作大師子吼，與六師共論。「爾時外道，其數無量，于佛法中，信心出家」。

⓬四諦句　謂以四諦討伐外道。四諦，佛教的基本教義之一。即苦諦、集諦、滅諦、道諦。依佛經解釋，諦為「真理」之意。苦諦謂世俗世界的一切，本性都是「苦」；集諦謂造成世間人生及其苦痛的根源，為所謂的「業」與「惑」；滅諦指斷滅惑業及世俗諸苦而達於涅槃；道諦指超脫苦、集的世間因果關係而達到出世間之涅槃的一切理論說教和修習方法。《四十二章經》：「世尊成道已……于鹿野苑中，轉四諦法輪，度憍陳如等五人而證道果。」徂征，前往征討。趙殿成曰：「徂，顧本作祖，誤，今校正。」按，趙校是，宋蜀本、《全唐文》俱作「徂」。

⓭開甘句　宣說佛之教法，打開通向涅槃之門。甘露，見〈苦熱〉注⓬。趙殿成曰：「露，顧本作『靈』，誤，今校正。」按，趙校是，宋蜀本、麻沙本、《全唐文》俱作「露」。狹小，佛法微妙難知，故云狹小。《法華經・譬喻品》：「是舍惟有一門，而復狹小。」隋智顗《法華經文句》卷五下云：「理純無雜故言一，即理能通故言門，微妙難知故言狹小。」

⓮出臭句　喻使出離世俗世界。臭烟朽故之宅，即所謂「火宅」。《法華經・譬喻品》設一喻，言有一長者，其年衰邁，財富無量，家有大宅，基陛隤毀，梁棟傾斜，「是朽故宅」。忽然宅中火起，「臭烟熢㶿，四面充塞」，是時長者諸子，在於宅中，「樂著嬉戲，不覺不知，不驚不怖」。長者告諭諸子，此舍已燒，宜時疾出，諸子無知，猶嬉戲不已。長者知諸子好種種珍玩奇異之物，於是「設方便」而告之言：有如此種種羊車鹿車牛車，今

在門外，汝等速出，當皆與汝。諸子聞言，「競共馳走，爭出火宅」，長者隨賜以三種寶車。譬喻「三界無安，猶如火宅，眾苦充滿，甚可怖畏」，而眾生無知，猶嬉戲其中。如來為拔濟眾生出離三界，乃以智慧方便，為說聲聞、緣覺、菩薩三乘。若有眾生，聞法信受，由三乘而離於三界，即如彼諸子，為求羊車、鹿車、牛車而出於火宅。⑮踞寶二句　喻佛徐徐誘導眾生，使求佛慧。參見〈遊感化寺〉注⑩。《法華經・信解品》載窮子「傭賃」（為人做工），輾轉至富長者家，見其「踞師子牀，寶几承足……吏民僮僕，手執白拂，侍立左右」，故言「踞寶牀而搖白拂」。白拂，綴以白毛的拂塵，用來驅趕蚊蟲。⑯沃金瓶　謂以金瓶盛水灌頂。指成佛。《法苑珠林》卷一〇：「（佛）告諸大眾言：我初踰城，始出宮門外，有揵闥婆王……來至我所，即問我言：『欲往何所？』我答言：『欲求菩提。』彼語我言：『汝定成正覺。有拘留孫佛（過去七佛之一）欲入涅槃時，付囑我金瓶，瓶中有寶塔，盛七寶印……將付悉達（即釋迦），常使我護，若成正覺時，我尋來至，依言受瓶已。』不久成道……爾時揵闥婆王白十方佛言：『我見過去佛初成道時，咸昇金剛壇，金瓶盛水，用灌佛頂，成就法王位。今見釋尊，始得菩提，亦如前佛昇金剛壇，我聞山王下七重青海內，有八功德水……我自往取，欲灌釋迦頂。』彼揵闥婆王開瓶出印塔，將瓶取水。爾時十方諸佛，命我昇壇……十方來佛又告娑竭龍王：「汝往大海底寶馬王洲上頻伽羅山頂，彼有大巖窟，名為金剛藏，用貯輪王鍾，及貯法王鍾，皆用黃金作……汝持佛鍾來，不用輪王者，即盛八功德水，以灌釋迦。」爾時龍王承佛教已，即取金鍾，以授十方諸佛。諸佛受已，命揵闥婆王：「汝持彼水來，瀉我金鍾內。」……時十方諸佛，以金鍾盛水，用灌我頂……我灌頂已，得淨三昧，無量佛法，一時皆現。」⑰繫素繒　《華嚴經》卷四四云：「智慧無畏，猶如師子，法繒繫頂，開示祕密，到諸菩薩行願彼岸。」又卷六六云：「阿那羅王，有大力勢……以離垢繒，而繫其頂。」法繒繫頂，喻得佛法。以離垢繒繫頂，喻能離世俗煩惱之垢染。⑱蓮座　謂佛座。⑲天口　形容能言善辯。《文選》任昉〈宣德皇后令〉李善注引《七略》：「齊田駢好談論，故齊人為語曰：天口駢。」⑳刮語燒書　《文選》揚雄〈劇秦美新〉：「剗滅古文，刮語燒書。」呂向注：「刮，除也。」㉑河目　《詩・大雅・生民》疏：「謂有奇表異相，若孔子之河目海口，文王之四乳龍顏之類。」《孔叢子・嘉言》：「吾觀孔仲尼有聖人之表，河目而隆顙，黃帝之形貌也。」《孔子家語・困誓》：「(孔子)河目隆顙。」注：「河目，上下匡(眶)平而長也。」㉒掊　打擊。㉓究竟　佛家語，《三藏法數》卷六：「究竟猶至極之義。」此當指「究竟位」。佛教謂修得此位，即具有佛教的最高智慧。

【語譯】虛幻不實的萬有布滿世界，它是心王的四方所至之境；在認識諸法皆空之理上建功，這是佛法維護者的戰無不勝之道。因此大自然的各種聲響，不用絲絃而發出了用佛法教化人的聲音；數量多如恆河沙粒的萬有的各種形貌，呈現出法寶莊嚴的景象。至於像外道六師開始作亂，釋迦牟尼即用四諦之理前去征討，打開了宣說佛法通向涅槃的門戶，使眾生出離了世俗世界的火宅。釋迦像富長者那樣坐在寶床上，旁邊有搖動白色拂塵的僕人侍候，他慢慢地誘導窮子離開草庵，終於獲得了寶藏；用金瓶盛八功德水灌頂，並在頭頂上繫白色絲織品，釋迦於是登上了佛的蓮花寶座。這足以使能言善辯之士，停止說話燒掉圖書；還有讓有著長而平正的眼眶的大儒，抨擊起仁義來。這是釋迦成佛獲得了至極之位，有誰能不歸依？

禪師法名淨覺，俗姓韋氏，孝和皇帝庶人之弟也❶。中宗之時，後宮用事❷，女謁寖盛❸，主柄潛移。戚里之親，固分珪組；屬籍之外，亦綰銀黃❹。況乎天倫❺，將議封拜。促尚方❻令鑄印，命尚書❼使備策。

詰朝而五土開國❽，信宿而駟馬朝天❾。禪師歎曰：「昔我大師尚以菩提釋位❿，今我小子欲以恩澤為侯⓫，仁遠乎哉⓬？行之即是。」裂裳裹足⓭以宵遁，乞食餬⓮口以兼行。入太行山，削髮受具⓯，尋某禪師⓰故蘭若居焉。猛虎舐足，毒蛇熏體⓱；山神獻果⓲，天女散花⓳，澹爾宴安⓴，曾無喜懼。先有涸泉枯柏，至是布葉跳波㉑。東魏神泉，應梵香而忽湧㉒；北天眾果，候飛錫㉓而還生。禪枝㉔必復之徵，法水㉕再興之象。

【注釋】❶孝和句　孝和皇帝，即中宗。《舊唐書・中宗紀》：「（景龍四年）九月丁卯，百官上諡曰孝和皇帝，廟號中宗。……天寶十三載二月，改諡曰大和大聖大昭孝皇帝。」庶人，即中宗韋后。京兆萬年人。景龍四年六月，中宗遇毒暴崩，韋后臨朝稱制，引用其黨，分握政柄。同月，臨淄王李隆基率兵入宮，盡誅韋、武之黨，后亦為亂兵所殺。七月，睿宗下制，「追廢皇后韋氏為庶人。」參見《舊唐書・中宗韋庶人傳》、〈睿宗紀〉。❷後宮用事　指韋后干預國政。《通鑑》中宗神龍元年二月載：「上在房陵，與后同幽閉，備嘗艱危，情愛甚篤。上每聞敕使至，輒惶恐欲自殺，后止之曰：『禍福無常，寧失一死，何遽如是！』上嘗與后私誓曰：『異時幸復見天日，當惟卿所欲，不相禁制。』及再為皇后，遂干預朝政，如武后在高宗之世。」又載桓彥範上表云：「伏見陛下每臨朝，皇后必施帷幔坐殿上，預聞政事。」❸女謁寖盛　女謁，謂通過宮廷嬖幸的女子而干求請託。《韓非子・詭使》：「近習女謁並行，百官主爵遷人，用事者過矣。」寖，漸。趙注本原作「寑」，據宋蜀本、麻沙本、《全唐文》校正。《通鑑》中宗景龍二年七月載：「安樂、長寧公主（皆韋后女）及皇后妹郕國夫人、上官婕妤、婕妤母沛國夫人鄭氏、尚宮柴氏、賀婁氏，女巫第五英兒、隴西夫人趙氏，皆依勢用事，請謁受賕，雖屠沽臧獲，用錢三十萬，則別降墨敕除官。……上官婕妤及後宮多立外第，出入無節，朝士往往從之遊處，以求進達。安樂公主尤驕橫，宰相以下多出其門。」❹戚里四句　《舊唐書・韋庶人傳》云：「后方優寵親屬，內外封拜，遍列清要。」戚里，指外戚，《後漢書・張霸傳》贊：「霸貴知止，辭交戚里。」固，趙注本原作「同」，據宋蜀本、麻沙本改。分珪組，猶言分給官爵，珪為瑞玉，古有爵者賜以珪，組即繫珪之絲帶。《晉書・張軌傳》論：「綰累葉之珪組，賦絕域之深寶。」屬籍，家族之名冊。《史記・商君列傳》：「宗室非有軍功論，不得為屬籍。」《索隱》：「謂宗室若無軍功，則不得入屬籍。」《舊唐書・韋嗣立傳》：「嗣立與韋庶人宗屬疏遠，中宗特令編入屬籍。」綰，繫。銀黃，《漢書・楊僕傳》：「懷銀黃，垂三組。」注：「銀，銀印也；黃，金印也。」漢制，三公、將軍、列侯用金印，吏秩比二千石以上，用銀印。❺天倫　《穀梁傳》隱公元年：「兄弟，天倫也。」注：「兄先弟後，天之倫次。」此指姊弟。❻尚方　漢少府屬官有尚方（也作「上方」），置令、丞等，掌為天子製作器物。《漢書・百官公卿表》師古注：「尚方，主作禁器物。」後分置中左右三尚方，唐省「方」字，置中左右三尚署。參見《通典》卷二七。❼尚書　秦少府屬官有尚書，漢因之，主在禁中掌文書章奏。至後漢，尚書主出納王命，統領庶務，權甚重。唐置尚書省，但制敕之事不由尚書省而由中書省負責掌管。參見《通典》卷二二。此處蓋就漢之尚書而言。❽詰朝句　詰朝，次日早晨。《左傳》成公二年：「子以君師辱於敝邑，不腆敝賦，詰朝請見。」五土開國，謂分封諸侯。《書・禹貢》：「厥貢惟土五色。」傳：「王者封五色土為社，建諸侯，則各割其方色土與之，使立社。」疏引《韓詩外傳》曰：「天子社廣五丈，東方青，南方赤，西方白，北方黑，上冒以黃土。將封諸侯，各取其方色土，苴以白茅，以為社。」又引蔡邕《獨斷》曰：「天子大社，以五色土為壇，皇子封為王者，授之大社之土，以所封之方色，苴以白茅，使之歸國以立社，謂之茅社。」此指授爵。五土，即指五色土。《通鑑》中宗神龍二年：「夏，四月，改贈后父韋玄貞為鄴王，后四弟皆贈郡王。」❾信宿句　信宿，《詩・豳風，九罭》：「公歸不復，於女信宿。」《左傳》莊公三年：「凡師一宿為舍，再宿為信。」駟馬朝天　乘駟馬車朝見天子。指為貴官。❿昔我句　指昔釋迦尚為求菩提而去位。釋迦本是古印度迦毗羅衛國淨飯王的太子，後捨棄王族生活，出家修道，故云。大師，佛之尊號。《瑜珈師地論》卷八二：「能善教誡聲聞弟子一切應作不應作事，故名大師。」⓫以恩澤為侯　《漢書》有〈外戚恩澤侯表〉，謂如后父帝舅等，俱非以功受爵，乃出於天子之私恩而封侯，故稱恩澤侯。⓬仁遠乎哉　語本《論語・述而》：「仁遠乎哉？我欲仁，斯仁至矣。」⓭裂裳裹足　撕裂衣裳，包裹好雙足，表示準備長途奔走。《文選》劉峻〈廣絕交論〉：「是以耿介之士，疾其若斯，裂裳裹足，棄之長鶩。」李善注引《墨子》曰：「公輸欲以楚攻宋，墨子聞之，自魯往，裂裳裹足，十日至郢。」⓮餬　宋蜀本作「飲」。⓯受具　受具足戒。《涅槃經》卷二：「譬如幼年初得出家，雖未受具，即墮僧數。」具足戒別稱「大戒」，為佛教比丘和比丘尼應受的戒律，凡二百五十條。因與沙彌、沙彌尼所受的戒律相比，戒品具足，故名。出家人受持此戒，即取得正式僧尼資格。《四分律》卷三四：「不應授年未滿二十者具足戒。何以故？若年未滿二十，不堪忍寒熱飢渴、風雨蚊虻毒蟲，及不忍惡言；若身有種種苦痛不堪忍，又不堪持戒及一食。」⓰某禪師　《般若心經注》李知非序謂為「稠禪師」。⓱熏體　指氣燄逼人。熏，猶熏灼。⓲山神獻果　事見《法苑珠林》卷三六：「唐始州永安縣釋慧主，姓賈，持律第一，兼營福業。後至故鄉南山藏伏，惟食松葉，異類禽獸，同集無聲，或有山神與送茯苓甘松香來。」⓳天女散花　見〈能禪師碑〉首段注❾。⓴宴安　安逸。㉑先有二句　李知非序云：「古今相傳高歡之時，稠禪師於太行靈泉見兩虎鬥，爭一鹿，以錫杖分之，兩虎伏地，不敢爭也。稠禪師涅槃已後，數百年無人住持，靈泉涸竭，柏樹枯朽。自從大唐淨覺禪師尋古賢之迹，再修□禪宇，掃灑未經三日，涸泉謂之涌出，朽柏謂之再茂也。」㉒東魏二句　《晉書・佛圖澄傳》：「襄國城塹水源在城西北五里，其水源暴竭，(石)勒問澄何以致水，澄曰：『今當敕龍取水。』迺與弟子法首等數人至故泉源上，坐繩牀，燒安息香，呪願數百言。如此三日，水泫然微流，有一小龍長五六寸許，隨水而來，諸道士競往視之。有頃，水大至，隍塹皆滿。」

襄國在今河北邢臺西南，後趙石勒建都於此，「此云東魏，未詳」（趙殿成注）。焚，趙注本原作「聞」，據宋蜀本、明十卷本、奇字齋本、《全唐文》改。㉓飛錫　見〈過盧員外宅看飯僧共題七韻〉注❹。㉔禪枝　佛寺之樹。蕭統〈講席將畢賦三十韻詩依次用〉：「藥樹永繁稠，禪枝詎凋摵。」此喻指禪法。㉕法水　喻佛法。佛教認為佛法能洗滌眾生心中的煩惱塵垢，故譬之以水。《無量義經‧說法品》：「法譬如水，能洗垢穢……其法水者，亦復如是，能洗眾生諸煩惱垢。」

【語譯】禪師法名淨覺，俗姓韋氏，是中宗孝和皇帝的皇后韋庶人之弟。中宗的時候，韋皇后當政，通過宮廷寵幸的女子干求請託的風氣漸盛，君主的權力無形中轉移。那時外戚之親，固然分給官位爵祿；外戚家族之外的人，也佩掛上銀印金章。更何況姊弟關係，正商議著給弟弟賜爵授官之事。催促尚方署讓他們鑄造官印，命令尚書要他們準備好授官策書。往往到了第二天早晨便授給王、郡王的爵位，過了兩夜就讓他們坐上駟馬高車前去朝見天子。禪師歎道：「從前我們的釋迦大師尚且為追求徹悟之境而去位，如今我這個後生小子竟然要因天子的私恩而封侯，仁德離我們很遠嗎？按它的要求去做就是了。」於是禪師匆匆忙忙撕裂衣裳包裹好雙足連夜逃遁，一路上討飯糊口以加倍的速度行走。進入太行山，剃髮受具足戒，尋找某禪師從前的舊寺院居住。有猛虎舔禪師的腳，毒蛇氣燄灼人；山神進獻果品，天女往禪師身上撒花，禪師皆恬靜安逸，一直不喜不懼。起先這個舊寺院有已乾涸的泉水和枯朽的柏樹，到這個時候枯朽的柏樹長出新葉，已乾涸的泉水波浪翻動。從前東魏神奇的泉水，同焚香相感應而忽然湧出；北方的各種果樹，等遊方的僧人前來而再生。這是禪法必定恢復的徵兆，佛法再次興盛的跡象。

聞東京有蹟大師❶，乃脫屣戶前❷，摳衣❸座下。天資義性❹，半字❺敵于多聞；宿植聖胎❻，一瞬超于累劫❼。九次第定❽，乘風雲而不留❾；三解脫門❿，揭⓫日月而常照。雪山童子⓬，不顧芭蕉之身⓭；雲地比丘⓮，欲成甘蔗之種⓯。大師委運⓰，遂廣化緣⓱。海澄而龍頷珠明⓲，雷震而象牙花發⓳。外家⓴公主，長跽㉑獻衣；薦紳㉒先生，卻行擁篲㉓。乞言于無說㉔，請益于又損㉕。天池杯水，遍含秋月之輝㉖；草葉樹根，皆霑宿雨之潤。不窺世典，門人與宣父中分㉗；不受人爵㉘，廩食與封君㉙相比。至于律儀㉚細行，周密㉛護持；經典深宗㉜，毫釐剖析。窮其二翼㉝，即入佛乘㉞；趣得一毛㉟，亦成僧寶㊱。

【注釋】❶東京有蹟大師　東京，《舊唐書・地理志》：「天寶元年，改東都（洛陽）為東京。」蹟大師，即玄蹟。《楞伽師資記》、《歷代法寶記》謂玄蹟為弘忍十或十一大弟子之一，《景德傳燈錄》卷四載弘忍第一世弟子十三人，其中有「常州玄蹟禪師」。又《歷代法寶記》載武則天曾遣使請玄蹟至則天內道場供養（則天長期留居東都，在洛陽宮中置有內道場），故此云「東京有蹟大師。」《楞伽師資記》序云：「大唐中宗孝和皇帝景龍二年，勅召（玄蹟）入西京，便於東都廣開禪法，淨覺當眾歸依，一心承事。……淨覺宿世有緣，親蒙指授，始知方寸之內，具足真如，昔所未聞，今乃知耳。」賾，諸本皆作「頤」。按，此二字形近，易於致誤。《楞伽師資記》記玄賾事，也有書作「玄頤」者。❷脫履戶前　《莊子・寓言》：「陽子居（《列子・黃帝》作楊朱）南之沛，老聃西遊於秦，邀於郊，至於梁而遇老子。老子中道仰天而歎曰：『始以汝為可教，今不可也。』陽子居不答。至舍，進盥漱巾櫛，脫屨戶外，膝行而前曰：『向者弟子欲請夫子，夫子行不閒，是以不敢。今閒矣，請問其過。』」履，宋蜀本作「屨」。❸摳衣　提起衣服前襟而行，以示敬謹。《禮記・曲禮上》：「摳衣趨隅，必慎唯諾。」❹義性　指明佛教義理之性。❺半字　《涅槃經》卷五：「譬如長者，惟有一子，心常憶念，憐愍無已，將詣師所，欲令受學，懼不速成，尋便將還。以愛念故，晝夜殷勤，教其半字，而不教誨毘伽羅論。何以故？以其幼稚，力未堪故。」半字，即梵字之字母，共四十七個，古印度「六歲童子學之」（《寄歸傳》卷四）。此處以「半字」指初學。❻聖胎　鳩摩羅什譯《仁王經》卷上：「一切諸佛菩薩，長養十心（生長養育十種善心），為聖胎也。」此指成佛之始基。❼一瞬句　謂瞬間即悟，超於他人之累劫修行。❽九次第定　見〈過盧員外宅看飯僧共題七韻〉注❾。❾乘風句　謂禪定的九個次第，皆飛越而過。極言其修習進程之速。❿三解脫門　簡稱「三解脫」，指三種禪定。據《大乘義章》卷二等稱：一空解脫，觀我（人）法二空（謂觀一切事物皆假而不實）；二無相解脫，觀諸法無相（「相」指事物的相狀和性質），本無差別；三無願解脫（亦曰無作解脫），觀生死可厭，「不可願求」。佛教稱此三者為入涅槃之門，《智度論》卷二〇：「涅槃城有三門，所謂空、無相、無作……行此法得解脫，到無餘涅槃，以是故名解脫門。」⓫揭　高舉；高懸。⓬雪山童子　即雪山大士。佛書謂釋迦於過去世時，在雪山（喜馬拉雅山）苦行修菩薩道，稱雪山大士。《涅槃經》卷一四：「善男子，過去之世，佛日未出，我於爾時作婆羅門，修菩薩行……住於雪山。……我於爾時獨處其中，唯食諸果。食已，繫心思惟坐禪，經無量歲。」《摩訶止觀》卷二：「雪山大士絕形深澗，不涉人間。」大士，菩薩之通稱。佛經恆稱菩薩為童子。《釋氏要覽》卷上：「今經中呼文殊、善財、寶積、月光等諸大菩薩為童子者，即非稚齒。……若菩薩從初發心，斷淫欲，乃至菩提，是名童子。」此喻指淨覺。⓭芭蕉之身　《涅槃經》卷一云：「是身不堅，猶如蘆葦、伊蘭、水泡、芭蕉之樹。」又卷三一云：「譬如芭蕉，生實則枯，一切眾生，身亦如是。……亦如芭蕉，內無堅實。一切眾生身亦如是。」句指不顧不堅實之身而苦修。⑭雲地比丘　指淨覺。雲地，猶言山間。比丘，出家受具足戒者，男曰比丘，女曰比丘尼。⑮甘蔗之種　《法苑珠林》卷八：「《菩薩本行經》云：甘蔗王次前有王名大茅草，以王位付諸大臣……王出家已，持戒清淨……得成王仙，壽命極長。至年衰老……不能遠行。時彼王仙有諸弟子，弟子欲往東西求覓飲食，取好軟草安置籠裡，用盛王仙，懸樹枝上。何以故？畏諸蟲獸來觸王仙。……有一獵師遊行山野，遙見王仙，謂是白鳥，隨即射之……有兩滴血出墮于地，即便命終。……爾時彼地有兩滴血，即便生出二甘蔗芽……至時甘蔗熟，日炙開，剖其一莖蔗，出一童子，更一莖蔗，出一童女。……此童子者，既是日炙熟甘蔗開而出生，故一名善生，又從其甘蔗出，故第二復名甘蔗生，又以日炙甘蔗出，故亦名日種。彼女因緣一種無異，故名善賢，復名水波。時彼諸臣取甘蔗種所生童子……立以為王。其善賢女，至年長大……即拜為王第一之妃。」又《佛本行集經》卷五載，善賢生四子，後在雪山之南建國，姓曰釋迦。第四子為王，名尼拘羅，釋迦牟尼即其六世孫。此處指釋種、佛種。⑯委運　聽任命運安排，隨遇而安。《晉書・郭璞傳》論：「自可居常待終，積心委運，何至銜刀被髮，遑遑於幽穢之間哉！」⑰廣化緣　化緣，教化世人的因緣。據稱釋迦因有化緣而入世，緣盡即去。《南海寄歸傳》卷一：「化緣斯盡，能事畢功。」「廣化緣」指廣為說法，教化眾生。⑱龍額珠明　《莊子・列禦寇》：「千金之珠，必在九重之淵而驪龍頷下。」《埤雅・釋魚・鮫》：「龍珠在頷。」額，疑為「頷」字之誤。⑲雷震句　傳說象聞雷則牙上生花。《涅槃經》卷八：「譬如虛空震雷起雲，一切象牙上皆生華。若無雷震，華則不生，亦無名字。眾生佛性，亦復如是，常為一切煩惱所覆，不可得見。是故我說，眾生無我，若得聞是大般涅槃微妙經典，則見佛性，如象牙華。……聞是經已，即知一切如來所說祕藏佛性，喻如天雷，見象牙華。聞是經已，即知一切無量眾生皆有佛性，以是義故，說大涅槃，名為如來祕密之藏，增長法身，猶如雷時，象牙上華。」句指眾生聞淨覺所說之法，即明見自身固有的佛性。⑳外家　指天子之外家（舅家）。㉑跽　古人席地而坐，以兩膝著地，兩股貼於兩腳跟上。股不著腳跟為跪，跪而聳身直腰為跽。此字麻沙本、《全唐文》俱作「跪」。㉒薦紳　《史記・五帝本紀》：「薦紳先生難言之。」《集解》：「徐廣曰：『薦紳即縉紳也，古字假借。』」㉓卻行擁篲　《史記・高祖本紀》：「後高祖朝，太公擁篲，迎門卻行。」《集解》：「李奇曰：『為恭也，如今卒持帚者也。』」擁，持。篲，帚。古之人迎候貴客，常擁篲卻行（退著走），以示恭敬。㉑無說　趙殿成注：「《涅槃經》（按，見卷一八）：『如來雖為一切眾生演說諸法，實無所說。何以故？有所說者，名有為法；如來世尊，非是有為，是故無說。』」按，《金剛經》云：「所謂佛法者，即非佛法。」又云：「若人言如來有所說法，即為謗佛。……說法者，無法可說，是名說法。」蓋謂佛法本空，故無所說。又，禪宗認為「一切佛法，自心本有」（《景德傳燈錄》卷四），因此強調內心自悟，「以心傳心」，「無說」亦可能即指此而言。《壇經》九節載弘忍曰：「法以心傳心，當令自悟。」《禪源諸詮集都序》卷一云：「（達摩）欲令知月不在指，法是我心，故但以心傳心，不立文字。」又卷二云：「達摩善巧，揀文傳心，標舉其名，默示其體，喻以壁觀。」㉕又損　《老子》四十八章：「為學日益，為道日損（王弼注：『務欲反虛無也。』），損之又損，以至於無為。」此指不斷摒除世俗的思想行為。㉖天池二句　天池，指海。《莊子・逍遙遊》：「南冥（南海）者，天池也。」二句謂無論大海或杯水，皆含秋月之輝。喻禪師之教化遍及群生。㉗門人句　見〈能禪師碑〉四段注❾。宣父，即孔子。㉘人爵　爵祿，指人所授與的爵位。《孟子・告子上》：「公卿大夫，此人爵也。」㉙封君　有封邑的貴族。《漢書・貨殖傳》：「秦漢之制，列侯封君食租稅，歲率戶二百。」㉚律儀　《大乘義章》卷一〇：「言律儀者，制惡之法，說名為律，行依律戒，故號律儀。又復內調亦為律，外應真則，目之為儀。」律，止惡之律法，即比丘、比丘尼的禁戒。儀，行動之儀則。㉛周密　趙殿成曰：「顧本作『由米』，誤，今從《孔氏六帖》校正。」按，此二字宋蜀本作「虫米」，麻沙本、明十卷本作「由米」，唯《全唐文》作「周密」。㉜宗　宗旨，主旨。㉝二翼　趙殿成注：「釋氏以權實為二翼，或以定慧為二翼。《涅槃經》：『猶如車有二輪，則有載用，鳥有二翼，堪令飛行。』」二翼指兩種相輔相成的事物，如鳥之二翼，不可或缺。「權」謂一時權宜之法，「實」指圓滿至極之法。定慧，禪定與智慧，亦稱止觀。《修習止觀坐禪法要》云：「若夫泥洹（涅槃）之法，入則多塗，論其急要，不出止觀二法。」又云：「若人成就定、慧二法，當知此之二法，如車之雙輪，鳥之雙翼，若偏修習，即墮邪倒。」此處疑即指定慧。㉞佛乘　亦曰一乘，謂引導教化眾生成佛的唯一方法或途徑。《法華經・方便品》：「如來但以一佛乘故，為眾生說法。」㉟趣得句　指世人得淨覺之一毛。趣，趨。㊱僧寶　即僧。佛教稱佛、法、僧為三寶，故云。僧指能繼承、宣揚佛教教義的僧眾。《法苑珠林》卷一九：「夫論僧寶者，謂禁戒守真，威儀出俗，圖方外以發心，棄世間而立法，官榮無以動其意，親屬莫能累其想，宏道以報四恩，育德以資三有，高越人天，重踰金玉，稱為僧也。是知僧寶利益，不可稱紀。」

【語　譯】禪師聽說東京洛陽有玄賾大師，便在大師門前脫下鞋子，膝行而前向他請教，在大師座下手提衣服前襟而行，極其恭敬。禪師有天賦的明見佛教義理之性，初學時就相當於博學多聞的學者；前世已樹立成佛的始基，瞬間即悟超過了他人的累劫修行。九個次第的禪定，禪師都如乘風雲飛越而過；三個獲得解脫進入涅槃之門，猶如高懸的日月永遠照耀。禪師似雪山大士，不顧像芭蕉一樣的不堅實之身而苦修；禪師這個住在山間的比丘，馬上就要修成釋迦之種。淨覺大師聽任命運安排，隨順自然，於是就廣為說法，教化世人。就像海水清澈而驪龍頷下的寶珠明亮，象聽見雷鳴而牠的牙上就生出花朵，世人聽到大師所說的佛法，便明見人人自身固有的佛性。皇帝舅舅家裡的人和公主，直身而跪向大師進獻袈裟；而穿儒服的讀書人，則手拿掃帚後退行走迎接大師。世人求教於大師的無所說法，請益於他的不斷摒除世俗的思想行為而歸於無為。大師的教化遍及群生，就像無論是大海還是杯中之水，都含有秋月之輝；不管是草葉還是樹根，皆受益於夜雨的浸潤。大師不看佛教經典以外的書籍，門下弟子可與孔子均分；不接受官爵，倉庫裡的糧食能與有封邑的貴族相比。至於僧人應遵守的戒律和立身的儀則，直至於小事小節，大師都周密地保護維持；佛教經典的深刻宗旨，大師均能入微剖析。大師深入地推求「禪定」與「智慧」兩翼，就進入了引導眾生成佛的唯一教法。世人只要獲得大師的一毛，也就能成為繼承、宣揚佛教教義的僧人。

于是同凡現疾，處順將終❶。忽謂眾人：「有疑皆問❷，我于是夜，當入無餘❸。」開口萬言，音和水鳥❹；踴身七樹，光映天人❺。如蹔❻出行，泯然趺坐❼。以某載月日歸大寂滅，某月日遷神于少陵原赤谷蘭若❽。香油細氎，用以荼毘❾；合璧連珠，為之葬具❿。城門至于谷口，幡蓋⓫相連；法侶⓬之與都人，縞素⓭相半。叩膺拔髮⓮，灑水坌塵⓯。升堂入室之徒，數踰七十⓰；破山澍海之哭⓱，聲震三千⓲。則有僧某乙、尼某乙、故惠莊⓳某氏、某郡主⓴、賢者某乙等，各在眾中，為其㉑上首。或行如白雪，或名亞㉒紅蓮㉓；或為勝鬘夫人㉔，或稱㉕毘邪居士㉖。二空法外，何處進求㉗？七覺分㉘中，誰當決釋？猶依㉙舍利㉚，冀獲菩提。

身塔不出虎溪㉛，淚碑有同羊峴㉜。表心成相㉝，相非離于真如㉞；敘德以言，言豈著于文字？乃為銘曰：

【注釋】❶處順將終　言將順乎自然而死。參見〈與胡居士皆病寄此詩兼示學人〉二首其一注❹。❷有疑皆問　《涅槃經》卷一：「大覺世尊將欲涅槃，一切眾生若有所疑，今悉可問，為最後問。」❸當入無餘　《法華經・序品》：「如來于今日中夜，當入無餘涅槃。」「無餘」即「無餘涅槃」，指「生死」之因果皆盡，不復受生於世間三界者。佛教謂無餘涅槃之現，須在命終之時。❹音和水鳥　謂聲音與極樂國土的水鳥相和（指臨終宣揚佛法）。《佛說觀無量壽佛經》謂極樂國土八池水中，「如意珠王（如意珠中之最勝者，故曰王）涌出金色，微妙光明，其光化為百寶色鳥，和鳴哀雅，常讚念佛念法念僧」。《佛說阿彌陀經》亦謂極樂國土「常有種種奇妙雜色之鳥……晝夜六時，出和雅音。其音演暢五根、五力、七菩提分、八聖道分如是等法，其土眾生聞是音已，皆悉念佛念法念僧。……是諸眾鳥，皆是阿彌陀佛欲令法音宣流變化所作」。趙殿成曰：「鳥，顧本作『馬』，誤，今校正。」按，趙校是，《全唐文》亦作「鳥」。❺踴身二句　以佛書所稱佛涅槃時的情景喻指禪師辭世。《大般涅槃經後分》卷上：「爾時世尊，以黃金身，示大眾已，即放無量無邊百千萬億大涅槃光，普照十方一切世界，日月所照，無復光明。放是光已……即從七寶師子大牀，上昇處空，高一多羅樹（即貝多樹，形似棕櫚，極高者達七八十尺），一反告言：『我欲涅槃，汝等大眾，看我紫磨黃金色身。』如是展轉，高七多羅樹，七反告言：『我欲涅槃，汝等大眾，應當深心看我紫磨黃金色身。』……如是慇懃二十四反，告諸大眾……汝等大眾，應當深心瞻仰，為是最後見于如來，自此見已，無復再覩。」❻蹔　同「暫」。❼趺坐　見〈登辨覺寺〉注❽。❽某月句　遷神，遷移靈柩或遺體。《文選》潘岳〈寡婦賦〉：「痛存亡之殊制兮，將遷神而安厝。」少陵原，在今陝西長安南。《長安志》卷一一：「少陵原在（萬年）縣南四十里，南接終南，北至滻水西，屈曲六十里，入長安縣界，即漢鴻固原也。宣帝許后葬于此，俗號少陵原。」赤谷，疑為終南山谷名。❾香油二句　《大般涅槃經後分》卷上：「(佛言) 阿難，我入涅槃，如轉輪王，經停七日，乃入金棺，以妙香油注滿棺中，密蓋棺門。……經七日已，復出金棺。既出棺已，應以一切眾妙香水，灌洗沐浴如來之身。既灌洗已，以上妙兜羅綿，徧體纏身，次以微妙無價白氎千張，復于綿上纏如來身。又入金棺，復以微妙香油，盛滿棺中，閉棺令密。爾乃……至荼毘所。無數寶幢，無數寶蓋……周徧虛空，悲哀供養。一切天人，無數大眾，應各以旃檀(香木名) 沉水 (其木置水則沉，故云) 微妙香油荼毘如來，哀號戀慕。荼毘已訖，天人四眾收取舍利，盛七寶瓶，于都城內四衢道中，起七寶塔，供養舍利。」細氎，細棉布，用以裹屍。荼毘，火葬。《翻譯名義集》卷五：「闍維或耶旬，正名荼毘，此云焚燒。」❿合璧二句　言以日月星辰為葬具，亦即不用葬具之意。《漢書・律曆志上》：「日月如合璧，五星如連珠。」注：「孟康曰：『謂太初上元甲子夜半朔旦冬至時，七曜皆會聚斗、牽牛分度，夜盡如合璧連珠也。』」《莊子・列禦寇》：「莊子將死，弟子欲厚葬之。莊子曰：『吾以天地為棺槨，以日月為連璧，星辰為珠璣，萬物為齎送。吾葬具豈不備邪？何以加此！』」⓫幡蓋　供奉佛菩薩等之具。幡，旌旗之屬。蓋，傘蓋，用以防塵。《長阿含經》卷四：「擎持幡蓋，燒香散花。」⓬法侶　猶言僧侶。

⓭縞素　指著白色喪服。⓮叩膺拔髮　《大般涅槃經後分》卷上：「爾時樓逗告諸大眾、一切天人：『大覺世尊已入涅槃。』爾時無數大眾聞是語已，一時昏迷……其中或有隨佛滅者……或常搥胸大叫者，或舉手拍頭自拔髮者。」叩膺，即搥胸。⓯灑水句　灑水，指心生戀慕，不忍其火化。坌，塵土飛揚，著落於物。《四十二章經》：「逆風揚塵，塵不至彼，還坌己身。」《大方便佛報恩經》卷五載，舍利弗 (佛十大弟子之一) 聞佛將入涅槃，「即昇虛空，身中出火，即自燒身，取于涅槃。爾時大眾戀慕舍利弗，目不暫捨，心生戀慕，舉身大哭，塵土坌身。」坌塵即用其事，指舉身大哭，揚起塵土。⓰升堂二句　《孔子家語・弟子行》謂孔門弟子「入室升堂者，七十有餘人」。升堂入室，喻指學藝精絕，深得師傳。《論語・先進》：「由也升堂矣，未入於室也。」《漢書・藝文志》：「如孔氏之門人用賦也，則賈誼登堂，相如入室也。」⓱破山句　《晉書・顧愷之傳》：

「（桓）溫薨後，愷之拜溫墓，賦詩云：『山崩溟海竭，魚鳥將何依！』或問之曰：『卿憑重桓公乃爾，哭狀其可見乎？』答曰：『聲如震雷破山，淚如傾河注海。』」澍，通「注」。⑱聲震三千　《大般涅槃經後分》卷下謂佛荼毘時，「城內士女，天人大眾，復重悲哀，各以所持，號泣供養，一時禮拜，右繞七匝，悲號大哭，聲震三千」。三千，指三千大千世界。⑲惠莊　《舊唐書·睿宗諸子傳》：「惠莊太子撝，睿宗第二子也。……（開元）十二年，病薨，冊贈惠莊太子。」⑳郡主　《舊唐書·職官志》：「皇太子之女，封郡主，視從一品。」㉑為其　趙注本原作「共為」，麻沙本、明十卷本、奇字齋本俱作「為共」，此從宋蜀本。㉒亞　趙注本原作「詎」，據宋蜀本、明十卷本、《全唐文》校正。㉓紅蓮　指蓮花夫人。亦即鹿女。《雜寶藏經》卷一載，鹿女生時，有蓮花裹其身；漸長大，「腳蹈地處，皆出蓮華」。後烏提延王以之為第二夫人，生五百王子，皆有大力士之力。參見〈遊感化寺〉注⑨。㉔勝鬘夫人　據《勝鬘經》（一卷，《大寶積經》卷一一九〈勝鬘夫人會〉即其異譯本）載，波斯匿王與末利夫人共致書於其女阿踰闍國王后勝鬘夫人，稱揚佛德，勝鬘得書，歡喜說偈，遙請佛來現。佛即現身，授勝鬘阿耨多羅三藐三菩提記，謂其將來當得作佛，其佛土之眾生皆趨大乘。勝鬘乃發十弘誓，承佛神威而說此經，宣述大乘之「一乘真實」及「如來藏法身」說（即一切眾生悉有佛性說），廣明二乘（聲聞、緣覺）不了義（指隱蔽實義而為方便之說）。㉕稱　宋蜀本、明十卷本俱作「是」。㉖毘邪居士　指維摩詰。毘邪，即毘耶，毘耶離的略稱。在恆河南、中印度境。《維摩經·方便品》：「爾時毘耶離大城中，有長者名維摩詰，已曾供養無量諸佛，深植善本。」維摩詰是毘耶離城富有的居士，深明大乘教義，神通廣大。曾同文殊師利（智慧第一之菩薩）等反覆論說佛法，義理深奧，文殊等對他備加崇敬。㉗二空二句　二空，人空、法空。人空，亦稱人無我，指人由五蘊假和合而成，沒有常恆的實在自體。法空，亦稱法無我，指一切事物皆由種種因緣和合而生，不斷變遷，無常恆堅實的自體。小乘只講人空，大乘則主張二空。《成唯識論》卷一：「由執我、法（否定人無我、法無我），二障（障礙成就佛果的兩類煩惱）具生，若證二空，彼障隨斷。」外，有「內中」、「上」之義。說見王鍈《詩詞曲語辭例釋》。二句意謂，淨覺已卒，將至何處進求二空之法。㉘七覺分　亦作「七覺支」，是達到佛教覺悟的七個次第或組成部分。據《雜阿含經》卷二六等記述，一曰念覺分，二曰擇法覺分，三曰精進覺分，四曰喜覺分，五曰輕安覺分，也稱「除覺分」，六曰定覺分，七曰捨覺分。㉙依　趙注本原作「衣」，此從宋蜀本、明十卷本、奇字齋本。㉚舍利　梵語之音譯，相傳為釋迦牟尼遺體火化後結成的珠狀物，後來也指德行較高的和尚死後燒剩的屍骨。據說有三種顏色：白者骨舍利，黑者髮舍利，赤者肉舍利。參見《魏書·釋老志》、《法苑珠林》卷五三。㉛身塔句　用慧遠事。見〈過感化寺曇興上人山院〉注❶。㉜淚碑句　《晉書·羊祜傳》：「祜樂山水，每風景，必造峴山（在襄陽），置酒言詠，終日不倦。嘗慨然歎息，顧謂從事中郎鄒湛等曰：『自有宇宙，便有此山。由來賢達勝士，登此遠望，如我與卿者多矣！皆湮滅無聞，使人悲傷。如百歲後有知，魂魄猶應登此也。』湛曰：『公德冠四海，道嗣前哲，令聞令望，必與此山俱傳。……。』……（祜卒，）襄陽百姓於峴山祜平生游憩之所建碑立廟，歲時饗祭焉。望其碑者莫不流涕，杜預因名為墮淚碑。」淚，趙殿成曰：「舊作涘，非。」按，明十卷本、《全唐文》皆作「淚」。峴，宋蜀本、明十卷本俱作「祜」。㉝表心句　指表達心情而形成「叩膺拔髮」等相狀。㉞真如　指空性。參見〈謁璿上人〉注⑰。佛教認為，「凡所有相，皆是虛妄」（《金剛經》），故曰「相非離于真如」。

【語　譯】於是大師同凡人一樣出現疾病，將順乎自然而逝。大師忽然對大家說：「有疑惑之處均可提問，我在這個晚上，當進入無餘涅槃。」大師開口萬言，聲音與極樂國土的水鳥相和；像佛涅槃時那樣躍身七棵貝多樹高，身上放出的光芒普照天空和地上的人。就像暫時出行，大師寂然盤坐而化。大師以某載某月某日圓寂，某月某日遷移遺體於少陵原赤谷寺院。香油和細棉布，用來火化；日月星辰，成為大師的葬具。從京都的城門到赤谷谷口，幡旗傘蓋相連；僧侶和京都的人，各有一半穿白色喪服。人們得知大師辭世，有的搥胸大叫，有的自拔頭髮，有的因不忍見大師火化而灑水，有的舉身大哭，揚起的塵土落在身上。大師升堂入室的弟子，數量超過七十；弟子們如震雷破山的痛哭，聲音震動三千大千世界。這時就有僧某人、尼某人、已故惠莊太子的妃某氏、某郡主、賢者某人等，各在大眾之中，成為他們的首座。這些人有的行為潔淨如白雪，有的聲名僅次於紅蓮夫人；有的簡直就是勝鬘夫人，有的可稱為維摩詰居士。大師已逝，人空、法空之法，將至何處進求？修行的七個組成部分，當由誰來分辨解釋？人們仍然歸依大師的全身舍利，希望以此獲得佛教覺悟。大師的舍利塔就像慧遠法師那樣不出虎溪，而為大師立的碑如同峴山上羊祜的墮淚碑。人們表達心情形成了悲傷慟哭的多種相狀，而這些相狀並不離於諸法皆空的體性。用言語來敘述大師的品德，言語哪裡要著明於文字？但我還是寫作銘文道：

小三千界❶，後五百年❷，空乘玉牒❸，莫覩金仙❹。無量義處❺，如來之禪❻，皆同目論❼，誰契心傳❽？其一。弟在人間，姊❾歸鳳闕。去日留釧❿，別時剪髮。累賜金錢，將加印紱⓫。忽爾宵遁，終然兩絕。其二。救頭⓬學道，裹足尋師。一花寶樹⓭，八水香池⓮。戒生忍⓯草，定長禪枝。不疑⓰少父，更似嬰兒⓱。其三。既立勝幡⓲，併摧邪網⓳。利眼金翅，圓身寶掌，巧攝死龍⓴，能調老象㉑。魔種敗壞㉒，聖胎長養。其四。四生滅度㉓，五陰虛空㉔。無說無意㉕，非異非同㉖。此身何處？彼岸㉗成功。當觀水月㉘，莫怨松風㉙。其五。

【注釋】❶三千界　三千大千世界之略稱。❷後五百年　佛教稱佛入滅後，依法之興廢，可劃分成五個五百年：第一個五百年曰解脫堅固，第二個五百年曰禪定堅固，第三曰多聞堅固，第四曰塔寺堅固，第五曰鬥諍堅固。所謂鬥諍堅固，蓋指是時廢棄三學（戒學、定學、慧學），增長邪見，唯以鬥諍為事。參見《大集月藏經》卷一〇。「後五百年」即指第五個五百年。《金剛經》：「如來滅後，後五百歲，有持戒修福者，於此章句能生信心。」❸玉牒　指佛典。唐窺基《因明入正理論疏》：「金容映夢，玉牒暉晨。」❹金仙　謂佛。李白〈贈僧崖公〉：「授予金仙道，曠劫未始聞。」❺無量義處　即無量義處三昧。《法華經・序品》：「爾時世尊……為諸菩薩說大乘經，名《無量義》。……佛說此經已，結跏趺坐，入于無量義處三昧，身心不動。」無量義處，謂無量法門所依之處，即無相。《無量義經》：「無量義者，從一法生，此一法者，即無相也。」無量義處三昧即無相三昧，指觀諸法無相、本無差別（諸法皆空）之禪定。❻如來之禪　如來所得之禪定，即首楞嚴三昧。《楞伽經》卷二：「云何如來禪？謂入如來地得自覺聖智相、三種樂住，成辦眾生不思議事，是名如來禪。」《楞伽經註解》卷二：「如來禪者，即首楞嚴也。」《首楞嚴三昧經》卷上稱此三昧統攝一切禪定，得之可了知一切眾生的利鈍、因果，擁有一切神通。❼目論　指短淺之見。《史記・越王句踐世家》：「今王知晉之失計，而不自知越之過，是目論也。」《索隱》：「言越王知晉之失，不自覺越之過，猶人眼能見豪毛，而自不見其睫，故謂之目論也。」《文選》王巾〈頭陀寺碑文〉：「正法既沒，象教陵夷。……順非辯偽者，比微言於目論。」趙殿成曰：「顧本作『日論』，誤，今校正。」按，趙校是，宋蜀本、麻沙本、《全唐文》俱作「目論」。此句謂無量義處，如來之禪，皆被視同目論。❽誰契句　謂有誰能與之契合而心傳其法。❾姊　趙注本原作「各」，據宋蜀本、明十卷本、《全唐文》校改。❿留釧　庾信〈竹杖賦〉：「親友離絕，妻孥流轉，玉關寄書，章臺留釧。」

《太平御覽》卷七一八引《晉記》：「王達妻衛氏，太安中為鮮卑所掠，路由章武臺，留書并釵釧，訪其家。」釧，趙注本原作「訓」，此從宋蜀本。⓫印紱　印綬。⓬救頭　即救頭然。然同「燃」。謂救頭上火燃，喻事之急迫。《心地觀經》卷五：「精勤修習，未嘗暫捨，如去頂石，如救頭然。」⓭一花寶樹　一花，當指蓮花。佛書稱西方淨土七寶池中有諸色大蓮花，諸佛菩薩及往生者皆居其上。《佛說阿彌陀經》曰：「極樂國土有七寶池……池中蓮華，大如車輪，青色青光，黃色黃光……微妙香潔。」寶樹，指淨土之樹。《佛說阿彌陀經》云：「極樂國土，七重欄楯（欄杆），七重羅網，七重行樹，皆是四寶周帀圍繞。」又云：「彼國佛土，微風吹動諸寶行樹及寶羅網，出微妙音，譬如百千種樂同時俱作。」⓮八水香池　謂盛滿八功德水之池。佛書稱七寶池中有八功德水充滿其中。《佛說阿彌陀經》曰：「極樂國土有七寶池，八功德水充滿其中，池底純以金沙布地。」《稱讚淨土攝受經》曰：「何等名為八功德水？一者澄淨，二者清冷，三者甘美，四者輕軟，五者潤澤，六者安和，七者飲時除飢渴等無量過患，八者飲已定能長養諸根四大增益。」以上二句寫西方淨土，且以之喻指淨覺所居之寺即是淨土。⓯忍　見〈能禪師碑〉三段注⓯。⓰疑　類似。與「擬」通。⓱嬰兒　《涅槃經》卷一一云：「菩薩摩訶薩，應當于是《大般涅槃經》，專心思惟五種之行。何等為五？一者聖行，二者梵行，三者天行，四者嬰兒行，五者病行。」又卷一八云：「云何名嬰兒行？善男子，不能起、住、來、去、語言，是名嬰兒。如來亦爾。不能起者，如來終不起諸法相；不能住者，如來不著一切諸法；不能來者，如來身行無有動搖；不能去者，如來已到大般涅槃；不能語者，如來雖為一切眾生演說諸法，實無所說。」《大乘義章》卷一二：「行離分別（佛教稱凡夫以為諸法實有，故生種種之虛妄分別），如彼嬰兒無所辨了，名嬰兒行。」⓲勝幡　謂豎起降魔得勝的旗幟。《維摩經．佛道品》：「降伏四種魔，勝幡建道場。」鳩摩羅什注曰：「外國破敵得勝則豎勝幡，道場降魔亦表其勝相也。」⓳邪網　邪見之網。《無量壽經》卷上：「摑裂邪網，消滅諸見。」⓴利眼三句　《華嚴經》卷五二曰：「譬如金翅鳥王飛行虛空，迴翔不去，以清淨眼觀察海內諸龍宮殿，奮勇猛力，以左右翅鼓揚海水，悉令兩闢，知龍男女命將盡者而搏取之。如來應正等覺，金翅鳥王亦復如是。住無礙行，以淨佛眼，觀察法界諸宮殿中一切眾生，若曾種善根已成熟者，如來奮勇猛十力，以止觀兩翅，鼓揚生死大愛海（愛欲能溺人，譬之以海）水，使其兩闢而撮取之，置佛法中，令斷一切妄想戲論，安住如來無分別、無礙行。」佛書稱金翅鳥兩翅廣三百六萬里，居於須彌山下層，常取龍為食。圓身，圓滿之身。撮死龍，喻濟度眾生。㉑調老象　喻調御眾生，滅其妄心惡念。參見〈黎拾遺昕裴秀才迪見過秋夜對雨之作〉注❷。㉒魔種敗壞　《涅槃經》卷一八云：「夫四魔者，是菩薩怨，諸佛如來為菩薩時，能以智慧破壞四魔。」又卷四云：「四維七步，示現斷滅種種煩惱四魔種姓，成於如來應正遍知。」佛教以能擾亂身心、破壞善事、障礙佛道者為魔。《大乘法苑義林章》卷六本云：「梵云魔羅，此云擾亂、障礙、破壞，擾亂身心，障礙善法，破壞勝事，故名魔羅，此略云魔。」四魔：一煩惱魔，指煩惱、迷惑等妨礙修行的心理活動；二陰魔，指色等五陰能引生種種之苦惱；三死魔，死能奪人之命根，妨礙修道，故名魔；四自在天魔，謂欲界第六天（他化自在天）之魔王，常率眷屬（魔眾）至人間破壞佛道。㉓四生滅度　《金剛經》：「所有一切眾生之類，若卵生，若胎生，若濕生，若化生……我皆令入無餘涅槃而滅度之。」四生，六道眾生的四種形態：卵生、胎生、濕生（由濕氣而生，如腐肉中蟲、廁中蟲等）、化生（無所依託，借業力而出現者，如諸天神、餓鬼等）。參見《增一阿含經》卷一七、《俱舍論》卷八。滅度，即涅槃。《涅槃經》卷二九：「滅生死故，名為滅度。」㉔五陰虛空　謂一切事物和現象皆虛幻不實。《般若波羅蜜多心經》：「色即是空，空即是色。受、想、行、識，亦復如是。」五陰，即五蘊。㉕無意　無虛妄之意念。《三慧經》云：「問云：『何等為能知一萬事畢？』報曰：『一者無意無念萬事自畢，意有間念萬事皆失。』」㉖非異非同　即「不一不異」。參見〈能禪師碑〉末段注㉑。㉗彼岸　梵語「波羅」的意譯。佛教以生死迷界為此岸，涅槃解脫之境為彼岸。《維摩經．佛國品》：「稽首已到彼岸。」僧肇注：「彼岸，涅槃岸也。彼涅槃豈崖岸之有？以我異於彼，借我謂之耳。」《大智度論》卷一二：「以生死為此岸，涅槃為彼岸。」㉘觀水月　《維摩經．觀眾生品》：「如智者見水中月，……菩薩觀眾生為若此。」此言當觀諸法如水中之月，虛而不實。㉙松風　謂葬地松林之風。

【語　譯】小小的三千大千世界，佛入滅後的最後一個五百年，人們只是利用佛典，不再能看到佛的雕像。無量義處三昧，如來所得的禪定，都被視同短淺之見，誰能與它們契合而心傳其法？其一。弟弟留在民間，姊姊嫁到皇宮。離開的日子留下金釧，分別的時候剪下頭髮作為紀念。累次賜與弟弟金錢，又將要施給印綬官職。弟弟忽然連夜逃遁，兩人終於相互隔絕。其二。禪師像救頭上火燃那樣急切地學佛，包裹好雙足長途奔走尋找師父。佛家的極樂國土有一種蓮花和許多寶樹，還有盛滿八功德水的香池。禁戒生出忍受的草，定力長成禪法的枝。禪師不似青年男子，而更像是嬰兒。其三。禪師既豎起破敵得勝的旗幟，又一齊摧毀邪見的羅網。就像金翅鳥王，有銳利的眼睛金色的翅膀，圓滿的身軀神奇的腳掌，能靈巧地抓取快死的龍，還能調控眾生像狂迷的老象一樣的妄心惡念。讓四魔的種姓都敗壞，聖人的胚胎能長大。其四。一切眾生都將進入涅槃之境，色、受、想、行、識五蘊皆虛幻不實。禪師無所說法也無虛妄意念，既不是異也不是同。禪師此身今在何處？在涅槃的彼岸成就功業。應當觀察諸法如水中之月，不要埋怨葬地的松林之風。其五。

【研　析】這篇碑文的碑主淨覺，是唐中宗韋皇后之弟，禪宗史上一個值得注意的人物。他於中宗神龍元年（七〇五）出家，景龍二年（七〇八）師事玄賾禪師。玄賾是禪宗五祖弘忍的十一（或作十或十三）大弟子之一。又，《歷代法寶記》稱淨覺「是玉泉神秀禪師弟子」。按，神秀神龍二年二月二十八日卒於東都天宮寺（據淨覺《楞伽師資記》引玄賾《楞伽人法志》），而淨覺於神龍元年出家，居於太行山，直到景龍二年，方至東都投於玄賾門下，則他不大可能得到神秀的親自傳授。如果說他後來又師事過普寂、義福等，是神秀的再傳弟子，那倒很有可能。淨覺著有《楞伽師資記》、《般若波羅蜜多心經注》，今皆有敦煌寫本傳世。

《楞伽師資記》記述禪宗的傳承關係，及其主要代表人物的思想、主張，是研究禪宗史的重要資料。《師資記》云：「此三大師（指神秀、玄賾、老安），是則天大聖皇后，應天神龍皇帝，太上皇，前後為三主國師也。」按，武后神龍元年十一月卒，謚曰則天大聖皇后；中宗於景龍元年（七〇七）八月，加尊號曰應天神龍皇帝；又先天元年（七一二）八月，玄宗即位，尊睿宗為太上皇，開元四年（七一六）六月，太上皇卒，謚曰大聖貞皇帝，廟號睿宗。《師資記》於武后、中宗，俱稱謚號及尊號，獨謂睿宗為「太上皇」，估計當作於先天元年八月之後、開元四年六月以前。淨覺在《師資記》中，敘禪宗的傳承系統，以南朝宋求那跋陀羅為第一世，達摩為第二世，弘忍為第六世，弘忍弟子神秀、玄賾、老安為第七世，神秀弟子普寂、敬賢、義福、惠福為第八世。淨覺所說的傳承系統，未提及弘忍的另一大弟子慧能，說明當時（開元初）慧能的南宗禪還只在南方傳布，淨覺同它並沒有多少接觸，其時禪宗南北宗的對立尚不分明；另外淨覺極力抬高神秀及其弟子的地位，說明他應該是屬於後來被稱為禪宗北宗的神秀一系的僧侶。

這篇碑文大致可分為五段。首段宣揚佛理，讚頌佛之功德，並以「斯為究竟，孰不歸依」作結，以引起下文。第二段寫淨覺的出身，歸依佛教的原因和經過。淨覺為韋皇后之弟，在韋后干預朝政、大封親黨，他也馬上就要受封之際，連夜逃往太行山出家。景雲元年（七一〇），韋后毒死中宗，自臨朝攝政，而且欲效武則天故事革唐之命，於是唐玄宗李隆基發動宮廷政變，殺死韋后，諸韋親黨亦皆被捕殺，如果淨覺當年接受官爵，此時恐怕也不能免於一死，從這一點看，淨覺應該是一個有見識的人。第三段先寫淨覺拜弘忍的大弟子玄賾為師，苦修佛家之道；接著寫他廣為說法，教化世人，憑藉自己的貴族出身與文化素養，很快成為一個在當時很有地位和影響力的名僧。文中說「不受人爵，廩食與封君相比」，可見由於受到朝廷和社會的普遍尊崇，當時的名僧實際上非常富有，所以時人就有「選官不如選佛」的說法（見《景德傳燈錄》卷一四），有些士人，還將「選佛」視作自己取富貴的一條捷徑。第四段寫淨覺辭世，僧俗弟子哭悼。第五段是用韻的銘文，共分為其一至其五五章，每章八句，同用一韻。這段銘文具有總結全篇之內容的意味。碑文中的最後銘文的內容，大致皆如此。

洛陽鄭少府與兩省遺補宴韋司戶南亭序

【題解】兩省，門下省、中書省。遺補，拾遺、補闕。唐門下省置左補闕、左拾遺各二員，中書省置右補闕、右拾遺各二員。司戶，唐州郡佐吏有司戶參軍事，上州從七品下，中州正八品下，下州從八品下。尋繹題意，知王維是時與宴，應是「兩省遺補」中的一員；考維於開元二十三至二十五年官右拾遺，天寶元至三載官左補闕（參見拙作〈王維年譜〉），皆「兩省遺補」中之一員，故本篇當即作於上述期間內。今姑繫於天寶三載（七四四）。這是一篇序記文，記述了作者與兩省遺補們一起宴飲的情景。

惟帝克辟❶，惟股肱❷克左右❸，庶績允釐❹，有司多暇。舉無違德，孰獻其可❺？雖列侍丹陛，而罕伏青蒲❻，攄懷致館❼。灞陵南望，曲江左轉❽。登一級而鄠杜如近❾，盡三休而天地始大❿。凝氣⓫向晦，蒼蒼寒木。式⓬與汝歌，多酌我酒。墨客既序⓭，親當獸炭⓮；膳夫⓯交馳，屢奏鮮食⓰。夫含德之厚⓱，與時偕化⓲。拂衣而放⓳，則野人于小隱之中⓴；束帶㉑而朝，則君子于大夫之後㉒。何軌轍一境，是非外物哉㉓？且騎有羈紲，徒有次舍㉔，可以永日，可以繼夜，客非詩人之徒歟，奚其嘿㉕也？

【注釋】❶克辟　能明。克，能。《禮記・祭統》：「對揚以辟之。」注：「辟，明也。」❷股肱　喻輔佐君主的大臣。《左傳》昭公九年：「君之卿佐，是為股肱；股肱或虧，何痛如之！」❸克左右　謂能輔翼君主。《書・太甲上》：「惟尹（伊尹）躬克左右厥辟（君）宅師。」傳：「伊尹言能助其君居業天下之眾。」左右，幫助；輔翼。❹庶績允釐　言諸事誠能得到治理。《書・堯典》：「允釐百工，庶績咸熙。」傳：「允，信。釐，治。工，官。績，功。」❺舉無二句　謂君主之舉動不違德，還有誰再進諫呢。遺補掌供奉諷諫，故云。獻其可，《左傳》昭公二十年：「君所謂可而有否焉（謂可中而有不可），臣獻其否以成其可；君所謂否而有可焉，臣獻其可（指出其可行者）以去其否，是以政平而不干，民無爭心。」❻罕伏青蒲　即罕進諫之意。青蒲，鋪於天子內庭地上的蒲席。一說指天子內庭用青色顏料畫地，禁止皇后以外的人入內。《漢書・史丹傳》：「(元帝欲廢太子，）丹以親密臣得侍視疾，候上間獨寢時，丹直入臥內，頓首伏青蒲上，涕泣言曰……太子由是遂為嗣矣。」注：「服虔曰：青緣蒲席也。應劭曰：以青規地曰青蒲，自非皇后，不得至此。孟康曰：以蒲青為席，用蔽地也。」《文選》任昉〈天監三年策秀才文〉：「日伏青蒲，罕能切直。」李周翰注：「青蒲，天子內庭也，以青規之，而諫者伏其上。」❼攄懷致館　謂遺補們被招致到館舍中共抒情懷。指在韋氏南亭宴集而言。攄，抒發。班固〈西都賦〉：「願賓攄懷舊之蓄念，發思古之幽情。」宋蜀本、麻沙本、明十卷本俱無此字。致，招致。❽灞陵二句　交代南亭的地理位置：在灞陵之南、曲江之東。灞陵，在唐長安城東，今陝西西安東。曲江，故址在今西安市東南。左轉，即向東轉。面南及南行以東為左。韋氏南亭在長安東南，自長安城往南亭當南行，故以東為左。❾登一句　寫南亭之高，謂始登階一級即可望見鄠杜。鄠杜，《文選》班固〈西都賦〉：「商洛緣其限，鄠杜濱其足。」李善注：「《漢書》：『……扶風有鄠縣（漢故城在今陝西鄠縣北，唐城即今鄠縣）、杜陽縣（故地在今陝西麟游西北）。』」❿盡三句　謂亭高，經多次休息而至其上，只覺天地廣大無邊。三休，多次休息。賈誼《新書・退讓》：「翟王使使至楚，楚王欲夸之，故饗客於章華之臺上，上者三休而乃至其上。」⓫凝氣　凝聚之氣。此指雲氣。⓬式　語首助詞。⓭序　指依次入座。⓮獸炭　製成獸形用來溫酒的炭。《晉書・羊琇傳》：「琇性豪侈，費用無復齊限，而屑炭和作獸形以溫酒，洛下豪貴咸競效之。」⓯膳夫《周禮》天官冢宰屬官有膳夫，掌王及后妃世子之飲食。此處借指廚師。⓰鮮食　新鮮的鳥獸肉。《書・益稷》：「暨益奏庶鮮食。」傳：「鳥獸新殺曰鮮。」⓱含德之厚　謂與世無爭者。《老子》五十五章：「含德之厚，比於赤子，蜂蠆虺蛇不螫，猛獸不據，攫鳥不搏。」王弼注：「赤子無求無欲，不犯眾物，故毒蟲之物無犯之人也。含德之厚者，不犯於物，故無物以損其全也。」⓲與時偕化　言隨時代的變化而變化，可以仕則仕，不可以仕則隱。⓳拂衣句　謂隱居放浪。謝靈運〈述祖德〉二首其二：「高揖七州外，拂衣五湖裡。」而，趙注本原作「為」，此從《唐文粹》。放，放任；放浪。⓴則野句　謂則成為平民，居於山林之中。小隱，見〈暮春太師左右丞相諸公于韋氏逍遙谷讌集序〉首段注❼。㉑束帶　整飾衣冠，束緊衣帶。《論語・公冶長》：「赤也，束帶立於朝，可使與賓客言也。」㉒于大夫之後　指在朝為官。參見〈上張令公〉注⑯。㉓何軌二句　意謂為何準則相同（皆與世無爭），而有置身物外與否之異。軌轍，喻法則、準則。《論衡・自紀》：「豈材有淺極，不能為覆，何文之察，與彼經藝殊軌轍也？」外物，謂置身物外。此指退隱。㉔且騎二句　意謂乘馬者有人隨從服役，步行者有止息之處，不必早歸。羈紲，見〈裴僕射濟州遺愛碑〉三段注㉒。次舍，《漢書・吳王濞傳》：「治次舍，須大王。」注：「次舍，息止之處也。」㉕嘿　默。指不吟詠。

【語　譯】皇帝能做到聖明，皇帝左右的輔佐之臣能夠輔佐君主，各種事務就能夠確實得到治理，有關官吏也就大多空閒無事。君主的舉動不違德，還有誰再向他進諫呢？臣子雖然排列侍立於宮殿的臺階上，卻少有伏在天子內庭的地上進諫的人，於是兩省的拾遺補闕們便被招致到南亭共抒情懷。南亭應自灞陵往南望，由曲江向東轉。登上它的一級階梯即可看到鄠縣杜陽縣就在附近，經過多次休息到達亭上只覺得天地廣大。積聚的雲氣趨向昏暗，耐寒不凋的樹木仍很茂盛。我與你一起唱歌，你多斟酒給我喝。文人墨客已依次入座，親自對著炭火溫酒。廚師不斷往來奔走，屢次進獻剛宰殺的鳥獸之肉。那些像嬰兒一樣與世無爭的人，隨著時世的變化而變化。或者振衣而去放浪江湖，那就成為居於山林中的平民；或者束好衣帶朝見天子，那便是在朝廷為官的君子了。為什麼準則相同，而有置身物外與否的不同？這兒騎馬者有人隨從服役，步行者有歇息之處，可以從早到晚宴飲，也可以夜裡接著宴飲，來客不是詩人一類的人嗎，為什麼不吟詠？

【研　析】這是一篇寫宴集的序記文，前十句交代宴集的緣由：「兩省遺補」們空閒無事。文中說職掌「供奉諷諫」的遺補們空閒無事的原因有二：一是天子聖明，「舉無違德」；二為天子左右的輔佐大臣能夠輔佐天子，所以遺補們也就用不著再進諫了。說遺補們空閒無事，確是實情；而稱君明股肱良，用不著再進諫，則有違常理。我們知道，君主再聖明，也不可能無所不知，無所不能，所以就需要納諫和鼓勵進諫；君主愈有納諫的度量，群臣就愈敢於進諫，社會政治也就愈趨於清明。唐貞觀之治的形成，就同唐太宗的善於納諫不無關係。而王維寫作此文的時候，唐玄宗「在位歲久，漸肆奢欲，怠於政事」，不復能納諫；加以宰相「李林甫欲蔽塞人主視聽，自專大權，明召諸諫官謂曰：『今明主在上，群臣將順之不暇，烏用多言！諸君不見立仗馬乎？食三品料，一鳴輒斥去。悔之何及！』補闕杜璡嘗上書言事，明日，黜為下邽令。自是諫爭路絕矣。」(《通鑑》開元二十四年)以上這些才是遺補們空閒無事的真正原因，王維未必不明白這一點，只是不敢在文中公開道出罷了。

此文的十至十五句寫宴集地南亭的地理位置和在南亭所見到的景色，其中十二、十三句，既描繪出登上南亭之所見，又流露了作者當時的愉悅之情，頗為出色。十六至二十一句表現宴飲情景，寫出了它的熱烈。二十二至二十九句就或仕或隱發議論，揭示了作者的與世無爭和可仕則仕、不可仕則隱的處世態度。表面看來，這幾句話似與上文沒有多少聯繫，實際則暗含著作者身為諫官卻不得進諫的苦惱，和隨時準備著退隱的打算。最後六句表達請來客在南亭盡情宴樂與作詩之意。全篇雖只有二百字，內容卻頗豐富，在文字的表達方面堪稱簡練。

能禪師碑 并序

【題　解】能禪師，即慧能，亦作惠能。禪宗南宗創始人，佛教史上稱為禪宗六祖。他幼年喪父，家境貧困，靠賣柴養母度日。後赴黃梅東禪寺從五祖弘忍受學，忍密授能法衣，並囑咐他南去暫作隱遁，待時行化。能在嶺南混跡市廛十六年，後於韶州曹溪寶林寺，弘揚「直指人心」、「見性成佛」的頓悟法門，與神秀在北方倡行的「漸悟」相對。弟子法海將其說教彙編成書，名曰《壇經》。卒於先天二年（七一三），年七十六。唐憲宗時，贈大鑒禪師諡號。事見《壇經》、《宋高僧傳》卷八、《景德傳燈錄》卷五。篇題《唐文粹》、《全唐文》俱作「六祖能禪師碑銘」。題下趙注本原無「并序」二字，據宋蜀本、麻沙本、明十卷本等補。又并序下宋蜀本、麻沙本俱多「為人作」三字。本篇約作於天寶五、六載，說見本篇五段注㉔、㉕。本篇記述了禪宗南宗創始人慧能的生平事跡與主張。

無有可捨❶，是達有源❷；無空可住❸，是知空本。離寂非動❹，乘化用常❺，在百法而無得❻，周萬物而不殆❼。鼓枻海師，不知菩提之行❽；散花天女，能變聲聞之身❾。則知法本不生，因心起見❿，見無可取⓫，法則常如⓬。世之至人，有證于此，得無漏⓭不盡漏⓮，度⓯有為⓰非無為⓱者，其惟⓲我曹溪⓳禪師乎！

【注釋】❶無有可捨　即已完全、徹底地棄捨萬有之意。佛教認為，宇宙萬有，皆虛幻不實，應在棄捨之列。

有，佛教名詞，梵文之意譯，「存在」的意思。❷有源　萬有的本源。佛教認為，佛性、法性、真如（佛教所幻想的最高和永恆的精神實體），是宇宙萬有的本源。又慧能認為，眾生自心，皆具佛性，世界上的一切，都由它派生。《壇經》二十節（法海本，下同）：「世人性本自淨，萬法在自性。」❸無空可住　指不執著於「空」。空，與「有」相對。住，執著之義。按，「空」謂世上一切現象皆虛而不實，然慧能認為，佛性、真如又是實有的，並不「空」，故不能執著於「空」。《壇經》四十二節：「外迷著相（事相），內迷著空，於相離相，於空離空，即是內外不迷。」又四十六節：「著空，即惟長無明（無智；愚昧）；著相，即惟長邪見。」❹離寂非動　謂不靜不動。《壇經》五十三節：「但無動無靜，無生無滅，無去無來，無是無非，無住無往，但然（疑當作「能」）寂靜，即是大道。」「不靜」即所謂「有情即解動」（《壇經》四十八節），指人有見聞覺知。「不動」指人自身的佛性不動。《壇經》十八節：「若修不動者，不見一切人過患，是性（本性、佛性）不動。」四十八節：「性本無生無滅，無去無來。」《神會語錄》二十節：「雖有見聞覺知，而常空寂。」❺乘化句　謂既能順應變化又能行其常道。乘化，順應自然的變化。陶淵明〈歸去來兮辭〉：「聊乘化以歸盡，樂夫天命復奚疑。」《壇經》惠昕本三十七節：「凡愚不了自性，不識身中淨土，願東願西；悟人在處一般。所以佛言：隨所住處常安樂。」可見慧能的「乘化」，乃是要人們安於環境。❻在百句　謂處萬物之中而不執著於萬物。《壇經》四十三節：「萬法盡通，萬行俱備，一切無雜，但離（遠離；不執著）法相（物相、事相），作無所得，是最上乘（指慧能的「頓悟」法門）。」三十一節：「無念法者，見一切法，不著一切法，遍一切處，不著一切處，常淨自性。」❼周萬物句　《易．繫辭上》：「知周乎萬物，而道濟天下，故不過。」疏：「聖人無物不知，是知周於萬物。」句指見聞覺知一切物，卻不為其染汙，故不危殆。《壇經》十七節：「自性起念（正念），雖即見聞覺知，不染萬境，而常自在。」❽鼓枻二句　此言「海師」只知海上航路而不知佛道。鼓枻，搖動船槳。海師，熟悉海上航路的船工。《宋書．朱脩之傳》：「海師望見飛鳥，知其近岸。」《大方便佛報恩經》卷四：「爾時波羅奈國，有一海師，前後數反，入於大海，善知道路通塞之相。」菩提，意譯「覺」，指對佛教「真理」的覺悟。❾散花

二句　聲聞之身，謂舍利弗之身。聲聞指佛在世時的弟子，舍利弗為古印度摩揭陀國人，釋迦牟尼的十大弟子之一，故云。《維摩詰經．觀眾生品》：「時維摩詰室有一天女，見諸大人，聞所說法，便現其身；即以天華散諸菩薩、大弟子上。……舍利弗言：『汝何以不轉女身？』天（女）曰：『我從十二年來，求女人相，了不可得，當何所轉？譬如幻師，化作幻女，若有人問，何以不轉女身，是人為正問不？』舍利弗言：『不也，幻無定相，當何所轉？』天（女）曰：『一切諸法，亦復如是，無有定相，云何乃問不轉女身？』即時天女以神通力，變舍利弗令如天女，天（女）自化身如舍利弗而問言：『何以不轉女身？』舍利弗以天女像而答言：『我今不知何轉而變為女身。』天（女）曰：『舍利弗若能轉此女身，則一切女人亦當能轉，如舍利弗非女而現女身，一切女人，亦復如是，雖現女身，而非女也。是故佛說一切諸法非男非女。』即時天女還攝神力，舍利弗身還復如故。天（女）問舍利弗：『女身色相，今何所在？』舍利弗言：『女身色相，無在無不在。』天（女）曰：『一切諸法，亦復如是，無在無不在。夫無在無不在者，佛所說也。』」蓋以天女變身，說明諸法無有定相（諸法處於生滅變化之中），虛而不實，二句即用其意。❿法本不生二句　心，本心；本性，指人本來具有的「真如」之心、佛性。見，同「現」。此言宇宙萬有，都是由本心派生的。《壇經》二十節：「於自性中萬法皆見。」三十節：「若無世人，一切萬法，本元不有。故知萬法，本因人興。……故知一切萬法，盡在自身中。」法既「因心起見」，它當然也就不是實有的了。⓫見無可取　《壇經》二十七節：「用智惠觀照，於一切法不取不捨，即見性成佛道。」二十五節：「性含萬法是大，萬法盡是自性。見一切人及非人，惡之與善，惡法善法，盡皆不捨，不可染著，由如虛空，名之為大。」「無可取」、「不取」指不執著於萬法，不為萬法所垢染；「不捨」指萬法由心所生，二者不可分離。⓬法則常如　如，《禪源諸詮集都序》卷上之一：「祇說此心不虛妄故云真，不變易故云如。」慧能不僅認為萬法由心所生，還更進一步地認為「萬法盡是自性」；既然萬法本身就是自性（也即真如、佛性），那麼它自然也就和真如、佛性一樣具有「常如（永恆不變）」的特點了。「無可取」就萬法的現象而言，「常如」則就萬法的本體——本心、真如、佛性而言。⓭無漏　「漏」為煩惱之異名。涅槃、菩提和一切能斷除三界煩惱之法，均名無漏（法）。⑭不盡漏　言非聽任煩惱發生，而能加以斷除。盡，任；聽任。⑮度使人「離俗」、「出離生死」之意。⑯有為　指因緣所生之事物，也即一切處於相互聯繫、生滅變化中的事物（包括人）。《俱舍論光記》卷五：「因緣造作名為，色、心等法從因緣生，有彼為故，名曰有為。」⑰無為　與「有為」相對，指非因緣和合形成、無生滅變化的絕對存在。《探玄記》卷四：「緣所起法名曰有為，無性真理名曰無為。」⑱惟　麻沙本作「推」。⑲曹溪　在今廣東曲江境。《壇經》三十八節：「大師住漕溪山（即曹溪山），韶、廣二州行化四十餘年。」《曹溪通志》卷一：「山初未有名。因魏武玄孫曹叔良避地居此，以姓名村（按，稱曹侯村）。而水自東繞山而西，經村下，故稱曹溪。……唐龍朔元年，師（慧能）自黃梅得法南歸。……曹叔良等率眾，遂於寶林（寺名，建於梁代）故址，建營梵宇，延祖居之。四眾雲集，俄成寶坊，此寺之中興也。」

【語譯】徹底地捨棄萬有，就是通達萬有的本源；完全不執著於空，就是知道空的本質。不靜而又不動，既能順應自然的變化又能實行其常道，處於萬物之中而不執著於萬物，見聞覺知一切物卻又不因受其汙染而發生危險。搖動船槳熟悉航路的海上船工，不知道覺悟佛教真理的道路；往菩薩身上散花的天女，能變成佛的大弟子舍利弗之身。這樣就知道萬有原本不存在，是由人的本心生起的，生起之後不能對它執著，而產生萬有的本心則永恆不變。世界上的最高超之人，能夠參悟上面說的這些道理，獲得了無煩惱的佛教覺悟而非任憑煩惱發生，做到使因緣所生的有為而不是無為之人離俗出家，大概只有我們的曹溪禪師吧！

禪師俗姓盧氏，某郡某縣人也❶。名❷是虛假，不生族姓❸之家；法無中邊❹，不居華夏之地。善習表于兒戲❺，利根❻發于童心。不私❼其身，臭味于畊桑之侶❽；苟適其道，羶行于蠻貊之鄉❾。年若干，事黃梅忍大師❿。願竭其力，即安于井臼⓫；素刳其心⓬，獲悟于稊稗⓭。每大師登座，學眾盈庭，中有三乘之根⓮，共聽一音之法⓯，禪師默然受教，曾不起予⓰，退省其私⓱，迥超無我⓲。其有猶懷渴鹿之想⓳，尚求飛鳥之跡⓴，香飯未消㉑，弊衣仍覆㉒，皆曰升堂入室㉓，測海窺天㉔，謂得黃帝之珠㉕，堪受法王之印㉖。大師心知獨得，謙而不鳴㉗。天何言哉㉘，聖與仁豈敢㉙；子曰賜也，吾與汝弗如㉚。臨終，遂密授以祖師袈裟，而謂之曰：「物忌獨賢，人惡出己，吾且死矣，汝其行乎㉛！」

【注釋】❶禪師二句　法海《六祖大師緣起外紀》：「大師名惠能。父盧氏，諱行瑫，唐武德三年九月，左官新州（今廣東新興）。」《宋高僧傳》卷八：「釋慧能，姓盧氏……其本世居范陽。」《景德傳燈錄》卷五：「慧能大師姓盧氏，其先范陽人。父行瑫，武德中，左官於南海之新州，遂占籍焉。」按，《壇經》二節云：「惠能慈父，本官范陽，左降遷流嶺南，作新州百姓。」三節云：「惠能答曰：『弟子是嶺南人，新州百姓。』」則慧能之原籍，似非范陽。❷名　指名聲。❸族姓　指大族、望族。《後漢書・陸續傳》：「陸續……世為族姓。」

❹法無中邊　謂佛法無中土邊地之別，居邊地亦可得佛法。《壇經》三節：「大師遂責惠能曰：『汝是嶺南人，又是獦獠，若為堪作佛！』惠能答曰：『人即有南北，佛性即無南北，獦獠身與和尚不同，佛性有何差別！』」❺善習句　《史記・孔子世家》：「孔子為兒嬉戲，常陳俎豆，設禮容。」此處即用其事。❻利根　「利」謂銳利或疾速，「根」即根性或根器；「利根」指能敏銳地悟解佛法、圓滿地達到解脫的素質。《無量壽經》卷下：「諸明利，其鈍根者成就二忍，其利根者得不可計無生法忍。」❼私　偏愛。❽臭味句　臭味，氣味。因同類的東西氣味相同，故又用以比喻同類。《左傳》襄公八年：「今譬於草木，寡君在君，君之臭味也。」注：「言同類也。」畊，同「耕」。《壇經》二節：「惠能幼小，父又早亡……艱辛貧乏，於市賣柴。」《六祖大師緣起外紀》：「既長，鬻薪供母。」❾苟適二句　意謂只要合於道，在四方落後部族地區也能有使人仰慕的行為。羶行，言其所行為人慕悅，如蟻之慕羶。《莊子・徐无鬼》：「羊肉不慕蟻，蟻慕羊肉，羊肉羶也。舜有羶行，百姓悅之，故三徙成都，至鄧之虛而十有萬家。」❿年若二句　黃梅忍大師，即禪宗五祖弘忍（六〇一—六七四）。俗姓周，蘄州黃梅（故治在今湖北黃梅西北）人。七歲隨道信禪師出家，受具足戒。後定居於黃梅雙峰山東山寺，聚眾講習，門人甚眾，號「東山法門」。事見《宋高僧傳》卷八、《景德傳燈錄》卷三。法海〈六祖大師法寶壇經略序〉：「既長，年二十有四，聞經悟道，往黃梅求印可。五祖器之，付衣法，令嗣祖位。時龍朔元年（六六一）辛酉歲也。」按，慧能赴黃梅參見弘忍及得衣法的時間，《景德傳燈錄》卷五〈慧能傳〉謂在咸亨二年（六七一），卷三〈弘忍傳〉謂在咸亨中。⓫即安句　《壇經》三節：「（弘忍）遂發遣惠能令隨眾作務。時有一行者，遂遣惠能於碓房，踏碓八箇餘月。」《曹溪大師別傳》：「（弘忍）遂令能入廚中供養，經八箇月。能不避艱苦……仍踏碓，自嫌身輕，乃繫大石著腰，墜碓令重，遂損腰腳。」井臼，指汲水舂米。⓬刳其心　《莊子・天地》：「夫道，覆載萬物者也，洋洋乎大哉！君子不可以不刳心焉。」成玄英疏：「刳，去也，洗也。洗去有心之累。」謂求道當「刳心」。此指洗去妄心，以求佛道。⓭獲悟句　見〈薦福寺光師房花藥詩序〉二段注㉒。《莊子》謂道「無所不在」，從稊稗中即可體悟道。此指能自細小如稊稗的事物中獲得佛教悟解。⓮三

乘之根　三乘，佛教謂引導教化眾生達到解脫的三種教法。一聲聞乘，又曰小乘，指由聽聞佛陀言教、觀悟四諦之理而得道；二緣覺乘，又曰中乘，指由觀悟十二因緣之理而得道；三菩薩乘，又曰大乘，指由修行六度而得道。參見《法華經‧譬喻品》、《大乘義章》卷一七。這三種教法，所可達到的果位不一，是根據習學者受教修道的素質和能力的不同而分的，故曰三乘之根。《魏書‧釋老志》：「初根人為小乘，行四諦法；中根人為中乘，受十二因緣；上根人為大乘，則修六度。」⑮一音之法　一音，同一聲音，謂佛之說法。《維摩詰經‧佛國品》：「佛以一音演說法，眾生隨類各得解。」此指大師的說法。⑯曾不句　指慧能不發表自已的看法。起予，見〈上張令公〉注⑮。⑰退省其私　《論語‧為政》：「子曰：『吾與回（顏回）言終日，不違，如愚。退而省其私，亦足以發，回也不愚。』」私，指私下的言行。⑱無我　指世界一切事物皆無獨立的實在自體。有二類：一人無我（人空），謂人由五蘊假和合而成，沒有常恆自在的主體；二法無我（法空），謂諸法皆由種種因緣和合而生，不斷變遷，無常恆堅實的自體。佛教以「無我」為根本義，視承認有我者為「顛倒」認識。《金剛經》：「若菩薩通達無我法者，如來說名真是菩薩。」⑲渴鹿之想　謂迷妄之想。《楞伽經》卷二：「不知心量，愚癡凡夫……自性習因，計著妄想，譬如群鹿，為渴所逼，見春時焰（即陽焰，指春天野外在日光中浮動的塵埃），而作水想，迷亂馳趣，不知非水。」⑳飛鳥之跡　喻諸法皆空。《華嚴經》卷五〇：「了知諸法性寂滅，如鳥飛空無有跡。」又卷三四：「如空中鳥跡，難說難可示。」句指尚不知諸法皆空之理而妄求其跡。㉑香飯未消　指煩惱尚未滅除。《維摩經‧菩薩行品》：「爾時阿難白佛言：『世尊，今所聞香，自昔未有，是為何香？』佛告阿難，是彼菩薩毛孔之香。于是舍利弗語阿難言：『我等毛孔，亦出是香。』阿難言：『此所從來？』曰：『是長者維摩詰，從眾香國取佛餘飯，于舍食者一切毛孔皆香若此。』阿難問維摩詰：『是香氣住當久如？』維摩詰言：『至此飯消。』曰：『此飯久如當消？』曰：『此飯勢力至于七日，然後乃消。又阿難，若聲聞人未入正位，食此飯者，得入正位，然後乃消；已入正位，食此飯者，得心解脫，然後乃消。……譬如有藥，名曰上味，其有服者，身諸毒滅，然後乃消。此飯如是滅除一切諸煩惱毒，然後乃消。』」㉒弊衣仍覆　用《法華經》「窮子」事，謂「窮子」未得寶藏，仍著弊衣，比喻大師諸門人，還沒有領悟佛理。參見〈遊感化寺〉注❿。㉓升堂入室　參見〈大唐大安國寺故大德淨覺禪師碑銘〉四段注⓰。㉔測海窺天　《漢書·東方朔傳·答客難》：「語曰：『以筦（管）闚（窺）天，以蠡（瓠瓢）測海，以莛撞鐘。』豈能通其條貫，考其文理，發其音聲哉？」此句喻指能測知像海天那樣廣大無邊的佛法。㉕得黃帝之珠　《莊子·天地》：「黃帝遊乎赤水之北，登乎崑崙之丘而南望，還歸遺其玄珠。使知索之而不得，使離朱索之而不得，使喫詬索之而不得也。乃使象罔，象罔得之。」《文選》劉峻〈廣絕交論〉李善注引司馬彪云：「玄珠，喻道也。」此借指得佛道。㉖法王之印　法王是佛教對佛的尊稱。《無量壽經》卷下：「佛為法王。」印指「法印」，謂佛法之標誌、根本義，識別佛法真偽的標準。《法華經·譬喻品》：「汝舍利弗，我此法印，為欲利益世間故說。」《大智度論》卷二二：「得佛法印故通達無礙，如得王印則無所留難。」《大乘義章》卷二：「優檀那者，是外國語，此名為印。……法相楷定、不易之義，名印也。」句指堪傳承大師之佛法（為弘忍之法嗣）。㉗大師二句　謙而不鳴，《易·謙》：「鳴謙，貞吉。」「鳴謙」謂聞名而謙。此處指謙而不言。二句謂弘忍心知慧能獨得佛道，（能）謙而不言。㉘天何言哉　語本《論語·陽貨》：「子曰：『天何言哉？四時行焉，百物生焉。天何言哉？』」㉙聖與句　《論語·述而》：「子曰：『若聖與仁，則吾豈敢！』」此言慧能不敢以聖、仁自居。㉚子曰二句　《論語·公冶長》：「子謂子貢曰：『女與回也，孰愈？』對曰：『賜也何敢望回？回也聞一以知十，賜也聞一以知二。』子曰：『弗如也，吾與女弗如也。』」賜，子貢姓端木，名賜。與，讚許；同意。弗，《唐文粹》作「不」。二句指弘忍認為自己的其他門人都不如慧能。㉛臨終七句　《壇經》四至九節載：弘忍忽於一日喚門人盡來，謂曰：「（汝等）各作一偈呈吾，吾看汝偈，若悟大意者，付汝衣法，稟為六代。」弘忍門下上座弟子神秀作偈曰：「身是菩提樹，心如明鏡臺，時時勤拂拭，莫使有塵埃。」慧能見神秀此偈後，亦作一偈曰：「菩提本無樹，明鏡亦非臺，佛性常清淨，何處有塵埃！」弘忍見慧能偈，因於夜半密喚慧能入堂，「傳頓法及衣」，言：「汝為六代祖，衣將為信稟，代代相傳；法以心傳心，當令自悟。」又言：「自古傳法，氣如懸絲，若住此間，有人害汝，汝即須速去。」而，《唐文粹》無。吾，《唐文粹》、宋蜀本、麻沙本俱作「予」。

【語譯】禪師俗姓盧氏，是某郡某縣人。聲名是虛假之物，禪師不生於望族之家；佛法沒有中土邊地之別，禪師不居於中原地區。禪師的善於學習表現在當小孩時的遊戲裡，銳敏地悟解佛法的根器顯露於為兒童時的心中。禪師不偏愛自身，視種田養蠶的伙伴為同類；只要符合於佛家之道，在落後的部族之地也能有令人仰慕的德行；禪師若干歲，從黃梅縣弘忍大師學佛。禪師願意竭盡自己的力量，安於做汲水舂米的活計；素來洗去自己的妄心，能從細小如稊稗的事物中獲得佛教悟解。每次弘忍大師登上法座，隨從學習的徒眾充滿整個庭院，其中有小乘中乘大乘三種不同根器的人，共同聽大師一個人說法，禪師默然接受教誨，從不發表自己的看法，而退下後省察他私下的言行，已遠遠超出佛教的「無我」認識。大概隨從大師學佛的人中，有的仍然懷有迷妄之想，不知萬有皆空而尚求其跡，各種煩惱沒有滅除，猶如窮子仍著敝衣，還未領悟佛理，卻都自稱已登堂入室，能測知像海天那樣廣大無邊的佛法，自以為已得到佛家之道，可以傳承弘忍大師的佛法。大師心裡知道慧能禪師獨得佛家之道，卻自謙而不說出。上天說什麼呢，禪師豈敢以聖和仁自居；孔子說端木賜啊，我同意你說的自己比不上顏回，而大師就視禪師為顏回。大師臨終，就把祖師袈裟祕密傳給禪師，對他說：「眾人總是嫉妒特別賢良的人，人們都憎惡超過自己的人，我就要死了，你離開這裡吧！」

禪師遂懷寶迷邦❶，銷聲異域❷。眾生為淨土❸，雜居止于編人❹；

世事是度門❺，混農商于勞侶❻。如此積十六載，南海有印宗法師講《涅槃經》，禪師聽于座下，因問大義，質以真乘，既不能酬，翻從請益❼。乃嘆曰：「化身菩薩，在此色身❽；肉眼❾凡夫，願開慧眼❿。」遂領徒⓫屬，盡詣禪居⓬，奉為掛衣⓭，親自削髮。于是大興法雨，普灑客塵⓮。乃教人以忍⓯，曰：「忍者，無生方得⓰，無我始成⓱，于初發心，以為教首⓲。」至于定無所入⓳，慧無所依⓴，大身過于十方㉑，本覺超于三世㉒。根塵不滅㉓，非色滅空㉔；行願無成㉕，即凡成聖㉖。舉足下足，長在道場㉗；是心是情，同歸性海㉘。商人告倦，自息化城㉙；窮子無疑，直開寶藏㉚。其有不植德本㉛，難入頓門㉜，妄繫空花之狂，曾非慧日之咎㉝。常歎曰：「七寶布施，等恆河沙㉞；億劫修行，盡大地墨㉟，不如無為之運，無礙之慈，弘濟四生，大庇三有㊱。」

【注釋】❶懷寶迷邦　喻懷藏其才而不用。《論語·陽貨》：「懷其寶而迷其邦，可謂仁乎？」《陳書·後主紀》：「將懷寶迷邦，咸思獨善。」❷銷聲異域　指慧能南歸隱遁於嶺南。《景德傳燈錄》卷三〈弘忍傳〉：「師

（弘忍）曰：『昔達摩初至，人未知信，故傳衣以明得法。今信心已熟，衣乃爭端，止于汝身，不復傳也。且當遠隱，俟時行化。』能曰：『當隱何所？』師曰：『逢懷即止，遇會且藏。』能禮足已，捧衣而出，是夜南邁，大眾莫知。」卷五〈慧能傳〉：「（弘忍）後傳衣法，令（慧能）隱於懷集（今廣東懷集）、四會（今廣東四會）之間。」❸眾生為淨土　謂居於世俗眾生之中即為淨土。禪宗南宗強調只要內心覺悟，所居之地即是淨土，故云。《壇經》三十五節：「迷人念佛生彼（指西方淨土），悟者自淨其心。所以佛言：『隨其心淨，則佛土淨。』……心但無不淨，西方（西方淨土）去此不遠；心起不淨之心，念佛往生難到。……佛是自性作……自性迷，佛即眾生；自性悟，眾生即是佛。」「眾生即是佛」，則眾生所居之地也就是佛土（淨土）了。❹編人　編入戶籍的平民。《後漢書・朱浮傳》：「至或乘牛車，齊於編人。」人，《全唐文》作「氓」。❺世事句　度門，猶法門。指通過習修佛法獲得佛果的門戶。《諸佛要集經》卷上：「其度門者，宣暢諸法究竟本末。」慧能認為，真如、佛性體現於一切事物之中，即是說，由世事中也可獲得佛教悟解，故云「世事是度門」。❻混農句　謂同世俗之人一樣為農商之事。勞侶，見〈薦福寺光師房花藥詩序〉二段注❷。此指有塵勞煩惱之人。❼如此七句　法海〈六祖大師法寶壇經略序〉：「（慧能）南歸隱遯一十六年，至儀鳳元年（六七六）丙子正月八日，會印宗法師，詰論玄奧，印宗悟契師旨。是月十五日，普會四眾，為師薙髮。二月八日，集諸名德，授具足戒。」《景德傳燈錄》卷五〈慧能傳〉：「至儀鳳元年丙子正月八日，屆南海，遇印宗法師于法性寺講《涅槃經》，師寓止廊廡間……翌日，（印宗）邀師入室……于是印宗執弟子之禮，請受禪要。乃告四眾曰：『印宗具足凡夫，今遇肉身菩薩。』指坐下盧居士云：『即此是也。』因請出所傳信衣，悉令瞻禮。至正月十五日，會諸名德，為之剃髮。二月八日，就法性寺智光律師受滿分戒。……師具戒已，于此樹下開東山法門。」按，弘忍卒於咸亨五年（六七四），依王維此文，弘忍臨終傳衣慧能，此後能「銷聲異域」十六年而遇印宗，則能遇印宗之時間，約在永昌元年（六八九）；依法海〈序〉，慧能龍朔元年（六六一）得衣法，儀鳳元年（六七六）遇印宗，中間隱遁了十六年，但弘忍的傳衣慧能，不當謂曰「臨終」。依《傳燈錄》，能咸亨中得衣法，儀鳳元年遇印宗，則中間隱遁的時間，並沒有十六年。諸書記載，互有出入，未知孰是。柳宗元〈賜謚大鑒禪師碑〉曰：「師用感動，遂受信具，遯隱南海上，人無聞知。又十六年，度其可行，乃居曹溪為人師。」也說慧能遁隱了十六年，但對他得衣法及遇印宗的具體時間，皆未作交代。南海，唐廣州，天寶元年改為南海郡，治所在南海縣（今廣東南海）。印宗法師，《景德傳燈錄》卷五：「廣州法性寺印宗和尚，吳郡人也。姓印氏。從師出家，精涅槃大部。唐咸亨元年，抵京師，勅居大敬愛寺，固辭，往蘄州謁忍大師。後于法性寺講《涅槃經》，遇六祖能大師，始悟玄理，以能為傳法師。」涅槃經，佛經名，中心內容講佛身常在及「一切眾生，悉有佛性」等大乘思想。主要有兩種譯本，一稱《北本涅槃經》，四十卷；一稱《南本涅槃經》，三十六卷。真乘，真實不妄之教義。宋之問〈遊法華寺〉：「高岫擬耆闍，真乘引妙車。」❽化身二句　意謂慧能是菩薩變現於世間的色身。化身菩薩，指菩薩為度脫世間眾生，隨三界六道之不同狀況和需要而變現之身。《法集經》卷一：「化佛者，諸佛如來及諸菩薩，得示現一切色身三昧。彼諸佛菩薩成就自在，大慈大悲，皆能示現化佛色身度諸眾生，是名化佛。」色身，佛教指自四大（地、水、火、風）五塵（色、聲、香、味、觸）等色法而成的有形質之身。《楞嚴經》卷一○：「是故當知汝現色身，名為堅固第一妄想。」❾肉眼　指人間肉身之眼，為佛教所說五眼（肉眼、天眼、慧眼、法眼、佛眼）之一。《法苑珠林》卷二四唐玄奘譯〈讚彌勒四禮文〉：「凡夫肉眼未曾識，為現千尺一金軀。」《翻譯名義集》卷六：「肉眼見近不見遠，見前不見後，見外不見內，見晝不見夜，見上不見下。」❿慧眼　佛教謂慧眼能見諸法皆空的實相，具有洞察諸法皆空之理的智慧。《無量壽經》卷下：「慧眼見真，能度彼岸。」《大乘義章》卷二○本：「慧眼了見破相空理及見真空。」⓫徒　宋蜀本、麻沙本、《全唐文》俱作「其」。⓬禪居　猶言僧堂。《陳書・江總傳》：「野開靈塔，地築禪居。」⓭奉為句　指慧能剃髮出家時，印宗為著僧衣。奉，敬詞。《釋氏要覽》卷上：「《寄歸傳》云：西國出家，具有聖制。諸有發心出家者，師乃問諸難事；難事既無，許之攝受，或經旬月，令其解息，師乃為授五戒，方名鄔波索迦（清信士）。此人創入佛法之基，七眾所攝也。師次為辦縵條（縵衣）、僧腳崎（掩腋衣）、下裙、濾羅（濾水囊）、鉢等，方請阿遮梨（軌範師）為剃髮，師親為著下裙，次與上衣，頂戴受著已，授與鉢器，授十戒，此名室羅末尼羅（沙彌）。方成應法，為五眾攝，堪消施利。」⑭于是二句　指慧能演說佛法，滅除眾生煩惱。法雨，佛家謂佛法能普利眾生，如雨之潤澤萬物，故名法雨。《涅槃經》卷二：「無上法雨，雨汝身田，令生法芽。」《華嚴經》卷八〇：「如來法雨亦復然，不從於佛身心出，而能開悟一切眾，普使滅除三毒火（指貪、瞋、痴三種根本煩惱）。」客塵，指煩惱。煩惱非心性固有之物，能垢染心性，故稱之為客塵。《維摩詰經．問疾品》：「菩薩斷除客塵煩惱，而起大悲。」鳩摩羅什注：「心本清淨，無有塵垢，塵垢事會而生，於心為客塵也。」僧肇注：「心遇外緣，煩惱橫起，故名客塵。」⑮教人以忍　忍，梵語「羼提」的意譯，有「忍受」、「認可」二義，指能安於受苦受害的境遇而不生怨心和能認可佛教「真理」。《成唯識論》卷九：「忍有三種，謂耐怨害忍、安受苦忍、諦察法忍。」《大乘義章》卷九：「慧心安法名之為忍。」《壇經》五十七節：「凡度誓、修行，遭難不退，遇苦能忍，福德深厚，方授此法。」三十六節：「世間若修道，一切盡不妨，常見自已過，與道即相當。……若真修道人，不見世間過，若見世間非，自非（自己的過非）卻是左（猶言更甚）。」提倡「只見己過，莫見世非」，做到這樣，則對於「世非」自然也就能夠忍受了。⑯無生句　無生。見〈登辨覺寺〉注⑩。佛教稱認可「無生」之理為「無生法忍」（又名「諦察法忍」），它本身就是「忍」的一種；又佛教認為，有貪、瞋等煩惱存在，就不可能做到「耐怨害」、「安受苦」，而修得「無生」，則諸煩惱皆滅，可達「忍」境，故稱「忍者，無生方得」。⑰無我始成　「無我」謂世間一切事物皆虛而不實；既然萬事萬物都是虛幻的，那麼一切淩辱、迫害、苦痛也就算不得什麼，可以安然忍受了，故謂「忍者……無我始成」。⑱于初二句　意謂對於初發求菩提之心者，以「忍」為施教的首要內容。初發心，謂初發求菩提之心。晉譯《華嚴經．梵行品》：「初發心時便成正覺，知一切法真實之性。」⑲定無所入　謂不必入於禪定。《壇經》十四節：「一行三昧者，於一切時中，行、住、坐、臥，常行直心（指真心，即真如、佛性；常行直心，即常住真如、常契佛性）是。……但行直心，於一切法，無有執著，名一行三昧。迷人著（執著）法相，執一行三昧，直言坐不動，除妄不起心，即是一行三昧。若如是，此法同無情，卻是障道因緣。……若坐不動是，維摩詰不合呵舍利弗宴坐（坐禪）林中。」「三昧」即「定」，「一行三昧」是佛教講的一種禪定，據稱修此禪定，應於坐禪時，專心一佛，稱念名字，即於念中，能見諸佛，從中領悟「離心別無有佛」的道理。慧能對「一行三昧」作了新的解釋，認為只要常住真如，不執著於外境，不必坐禪，就是一行三昧。⑳慧無所依　《華嚴經》卷五〇：「譬如樹林依地有，地依于水得不壞，水輪依風風依空，而其虛空無所依。一切佛法依慈悲，慈悲復依方便立，方便依智智依慧，無礙慧身無所依。」謂「慧」高於一切。按，上句言「定」，此句言「慧」，此處「慧無所依」，疑是就「定」與「慧」之間的關係說的。即謂不是先有「定」而後有「慧」，「慧」依於「定」，而是「定」「慧」一體。《壇經》十三節：「定惠（慧）體一不二。即定是惠體，即惠是定用。即惠之時定在惠，即定之時惠在定。善知識！此義即是定惠等。學道之人作意，莫言先定發惠，先惠發定，定惠各別。」又十五節云：「定惠猶如何等？如燈光。有燈即有光，無燈即無光。燈是光之體，光是燈之用。名即有二，體無兩般。此定惠法，亦復如是。」㉑大身句　謂法身廣大無邊。因其廣大無邊，故曰「大身」。十方，指東、西、南、北、東南、西南、東北、西北、上、下。法身，亦稱佛身，即法性、佛性、真如。慧能認為，人人自身中皆具真如、佛性，它是萬法的本源（「萬法從自性生」），故廣大無邊。《壇經》二十五節：「性（自性，佛性）含萬法是大。」二十四節：「心量廣大，猶如虛空……虛空能含日月星辰、大地山河，一切草木、惡人善人、惡法善法、天堂地獄，盡在空中；世人性空，亦復如是。」㉒本覺句　本覺，指自性般若之智，即人本來具有的佛教智慧或先天固有的佛教覺悟，也即眾生先天具有的佛性。《大乘起信論義記》卷三：「本者是性義，覺者智慧義。」《仁王經》卷中：「自性清淨心名本覺性，即是諸佛一切智智。」慧能認為佛性人人都有，是先天的、永恆的，故云「超于三世（過去、現在、未來）」。㉓根塵句　根塵，即六根（眼、耳、鼻、舌、身、意）、六塵（色、聲、香、味、觸、法）。《摩訶止觀》卷一下：「根塵相對，一念心起。」根塵的主要部分屬色（約相當於物質現象），「根塵不滅」即謂色不滅。佛教講「色空」，但謂空非絕無、斷滅；又謂諸法俱因果相續，故非為斷滅。若否認因果相續之理，即謂之「斷滅見」，亦曰「斷見」。此種見解，屬「邪見中之最惡者」。《智度論》卷七：「斷見者見五眾（五蘊，色即五蘊之一）滅。」㉔非色滅空　言非色斷滅為空，色的本質即是空（虛幻不實）。《維摩詰經・入不二法門品》：「色即是空，非色滅空，色性自空。」僧肇注：「色即是空，不待色滅，然後為空。」《肇論・不真空論》：「如此，則非無物也，物非真物。物非真物，故于何而可物？故經云：『色之性空，非色敗空（不是色毀滅後，色才是空的）。』」㉕行願無成　行願，指身之行與心之願。《壇經》二十一節：「今既歸依三身佛已，與善知識發四弘大願。善知識！一時逐惠能道：『眾生無邊誓願度，煩惱無邊誓願斷，法門無邊誓願學，無上佛道誓願成。』……『眾生無邊誓願度』，不是惠能度，善知識！心中眾生，各於自身自性自度。何名自性自度？自色身中，邪見煩惱，愚癡迷妄，自有本覺性，將正見度，既悟正見，般若之智，除卻愚癡迷妄，眾生各各自度。……『煩惱無邊誓願斷』，自心除虛妄。……『無上佛道誓願成』，常下心行，恭敬一切，遠離迷執，覺知生般若，除卻迷妄，即自悟佛道成，行誓願力。」所謂「四弘大願」，意為「誓願度」脫「無邊眾生」，「誓願斷」除「無邊煩惱」，「誓願學」習「無邊法門」，「誓願成」就「無上佛道」。有此「四弘大願」者，即是「菩薩」。《心地觀經》卷七：「一切菩薩復有四願成就有情住持三寶，大海劫終不退轉。」句謂菩薩之行願無所成，不能度脫眾生。按，慧能認為，眾生皆有本覺，如欲成就佛道，求得解脫，需自悟、自度，非依賴他人能度，故云。《壇經》三十一節：「三世諸佛，十二部經，亦在人性中本自具有。……若取外求，善知識，望得解脫，無有是處。」㉖即凡成聖　《壇經》三十五節：「自性迷，佛即眾生；自性悟，眾生即是佛。」認為眾生只要頓悟自身固有的佛性，即可成佛。眾生是「凡」，成佛為「聖」，故云「即凡成聖」。㉗舉足二句　《維摩詰經・菩薩品》：「菩薩若應諸波羅蜜教化眾生，諸有所作，舉足下足，當知皆從道場來，住于佛法矣。」道場，謂修行所據之佛法。《維摩詰經・菩薩品》：「三十七品是道場。」二句謂一舉一動，皆不離佛法。㉘性海　佛教謂真如之理性深廣如海，故云性海。唐敬播〈大唐西域記序〉：「廓群疑於性海，啟妙覺於迷津。」㉙商人二句　比喻在追求佛果的險遠途程中暫時息腳，以期到達最終的目的地。參見〈登辨覺寺〉注❹。此二句謂「漸修」。㉚窮子二句　謂使「窮子」消除疑惑之後，即可自己直開寶藏。參見〈遊感化寺〉注❿。此以「直開寶藏」喻頓悟。㉛植德本　猶言立善根。《維摩經・弟子品》：「時維摩詰即入三昧，令此比丘自識宿命，曾於五百佛所植眾德本，迴向阿耨多羅三藐三菩提。」㉜頓門　慧能提倡「頓悟」，故謂其法門為「頓門」。《壇經》三十一節：「我於忍和尚處，一聞言下大悟，頓見真如本性。是故將此教法，流行後代，令學道者頓悟菩提，令自本性頓悟。」三十二節：「善知識！將此頓教法門，於同見同行，發願受持，如事佛故。」㉝妄繫二句　指有妄心者繫心於世俗世界，難入頓門，這並不是頓門之過。空花，空中之花。謂空中原無花，病眼見之，以為有花，喻有妄心者見諸法以為實有。《圓覺經》：「妄認四大為自身，六塵緣影為自心相，譬如彼病目見空中華及第二月。」上句指妄繫心於虛幻不實之物的狂惑。慧日，謂佛之智慧猶如太陽普照世間。《法華經・普門品》：「無垢清淨光，慧日破諸闇，能伏災風火，普明照世間。」非慧日之咎，《華嚴經》卷五二：「譬如日出，普照世間，于一切淨水器中，影無不現，普徧眾處，而無來往。或一器破，便不現影，佛子，于汝意云何？彼影不現，為日咎不？答言：不也，但由器壞，非日有咎。佛子，如來智日，亦復如是。普現法界，無前無後，一切眾生淨心器中，佛無不現，心器常淨，常見佛身，若心濁器破，則不得見。」謂佛智光輝普照，心濁者不能得佛智，非佛智有咎。㉞七寶二句　極言布施之多。《金剛經》：「『須菩提，如恒河中所有沙數，如是沙等恒河，於意云何？是諸恒河沙，寧為多不？』須菩提言：『甚多，世尊。但諸恒河尚多無數，何況其沙！』『須菩提，我今實言告汝，若有善男子、善女人，以七寶（金、銀、琉璃、珊瑚、瑪瑙、赤真珠、玻瓈）滿爾所恒河沙數三千大千世界，以用布施，得福多不？』須菩提言：『甚多，世尊。』」佛告須菩提：「『若善男子、善女人，於此經中，乃至受持四句偈等，為他人說，而此福德，勝前福德。』」㉟億劫二句　極言修行時間之久遠。參見〈和宋中丞夏日遊福賢觀天長寺之作〉注❼。㊱不如四句　無為，即真如、法性、佛性之異名。參見本篇首段注⓱。運，運用；使用。《金剛經》謂七寶布施不如以佛法布施（見前）。慧能認為布施非功德，內見自身固有的佛性方是功德。《壇經》惠昕本三十六節：「造寺、供養、布施、設齋，名為求福，不可將福便為功德。功德在法身（法性、佛性）中，不在修福。師又曰：見性是功，平等是德。念念無滯，常見本性真實妙用，名為功德。……功德須自性內見，不是布施、供養之所求也。是以福德與功德別。」所謂「常見本性真實妙用」，也就是「無為之運」，故稱「七寶布施」，「不如無為之運」云云。無礙，謂自在通達而無障礙。《維摩經．佛國品》：「心常安住無礙解脫。」僧肇注：「得此解脫，則於諸法通達無礙，故心常安住。」《壇經》二十九節：「聞其頓教，不假外修，但於自心，令自本性常起正見，煩惱塵勞眾生，當時盡悟，猶如大海，納於眾流，小水大水，合為一體，即是見性。內外不住，來去自由，能除執心，通達無礙。」十九節：「此法門中，何名坐禪？此法門中，一切無礙，外於一切境界上念不起為坐，見本性不亂為禪。」十七節：「念念時中，於一切法上無住（執著），一念若住，念念即住，名繫縛；於一切上，念念不住，即無縛也。」謂不執著於萬法，即是無縛、無礙。慈，指愛護眾生，給予歡樂。《大智度論》卷二七：「大慈與一切眾生樂，大悲拔一切眾生苦。」按，慧能認為，不執著於萬法，便可「見性」成佛，此即頓教之修行法，而「億劫修行」乃「漸修」，故謂「億劫修行」，不如「無礙之慈」云云。四生，參見〈大唐大安國寺故大德淨覺禪師碑銘〉注㉓。三有，有，梵文之意譯，「存在」的意思。《遁麟記》卷一：「言三有者，即三界之異名。」

【語　譯】禪師於是懷藏其才而不用，銷聲匿跡於異域他鄉。認為居於世俗眾生之中即是淨土，和編入戶籍的平民混住在一起；視世上之事為獲得佛果的門戶，和世俗之人一樣做農商之事。就這樣累計經過了十六年，南海縣有印宗法師宣講《涅槃經》，禪師在座下聽講，因而詢問經書的大義，並拿佛家真實不妄的教義就正於印宗法師，法師既不能回答，反過來向禪師請教。法師於是歎道：「禪師您是能變身的菩薩，示現在這世上的有形質之身；我這個世間的肉眼凡人，希望得以睜開能夠洞見萬有皆空實相的慧眼。」法師於是帶領自己的門徒，全部到了僧堂，法師恭敬地為禪師披掛僧衣，並親自為他剃髮。於是禪師四處演說佛法，滅除眾生煩惱。又用「忍」教導眾生，說道：「『忍』這個東西，只有認識了無生之理才可以得到它，唯有通達無我認識始能收穫它，對於初生追求佛教覺悟之心的人，以『忍』為施教的首要內容。」另外主張不必入於禪定，佛慧高於一切，法身廣大過於十方，眾生本來具有的佛性超越過去、現在、未來三世。認為六根六塵不斷滅，不是有形質之物斷滅才是空，有形質之物的本性就是空；又認為菩薩度脫眾生的行為心願不能有所成，凡人只要頓悟自身固有的佛性就能成佛。禪師的一舉一動，皆不離佛法；此心此情，共同歸向真如理性之海。佛之教法有漸修，這猶如商人跋涉於悠遠險惡的道路，宣稱已極疲倦，自己暫時止息於佛一時變現的城裡；有頓悟，這就像窮子消除疑惑之後，即可自己直接打開儲滿珍寶的庫藏。或許有不樹立善根的人，那他們就難於進入頓教法門，繆妄地繫心於虛幻不實之物的迷亂，顯非光輝普照於世間的佛慧之日的過錯，同樣難於進入頓教法門，也不是頓教法門的過錯。禪師常常歎道：「用七種寶物布施，其數量同於印度恆河中的所有沙粒；佛教修行時間的久遠難以計算，就像用三千大千世界的大地作墨，又全部將它分成一個個大如微塵的墨點，其數量哪能計算？然而這一切都不如真如佛性的妙用，通達自在的慈愛，能夠廣泛地救助胎生、卵生、濕生、化生這四類眾生，普遍地保佑三界的人和一切動物。」

既而道德遍覆，名聲普聞。泉館卉服❶之人，去聖歷劫❷，塗身❸穿耳❹之國，航海窮年，皆願拭目于龍象❺之姿，忘身于鯨鯢之口，駢立于戶外，趺坐❻于牀前。林是旃檀，更無雜樹❼；花惟薝蔔，不嗅餘香❽。皆以實歸❾，多離妄執❿。九重⓫延想，萬里馳誠⓬，思布髮⓭以奉迎，願叉手⓮而作禮。則天太后，孝和皇帝，並敕書勸諭，徵赴京城⓯。禪師子牟之心，敢忘鳳闕⓰；遠公之足，不過虎溪⓱。固以此辭，竟不奉詔。遂送百衲袈裟及錢帛等供養。天王厚禮，獻玉衣于幻人⓲；女后宿因，施金錢于化佛⓳。尚德貴物⓴，異代同符。至某載月日中，忽謂門人曰：「吾將行矣！」俄而異香滿室，白虹屬地㉑。飯食訖而敷坐㉒，沐浴畢而更衣。彈指㉓不留，水流燈焰㉔；金身㉕永謝，薪盡火滅㉖。山崩川竭，鳥哭猿啼。諸人㉗唱言，人無眼目㉘；列郡慟哭，世且空虛㉙。某月日，遷神于曹溪㉚，安座于某所。擇吉祥之地，不待青烏㉛；變功德之林，皆成白鶴㉜。

【注釋】❶泉館卉服　見〈送從弟蕃遊淮南〉注❸。❷去聖歷劫　辭別君主，經歷災難。❸塗身　《後漢書·東夷傳》：「挹婁，古肅慎之國也。在夫餘東北千餘里。……好養豕，食其肉，衣其皮，冬以豕膏塗身，厚數分，以禦風寒。」《舊唐書・南蠻傳》：「林邑國，漢日南、象林之地，在交州南千餘里。……其人拳髮色黑，俗皆徒跣，得麝香以塗身，一日之中，再塗再洗。」謂其國之人，有以麝香塗身的習俗。❹穿耳　《後漢書・南蠻傳》：「珠崖、儋耳二郡，在海洲上……其渠帥貴長，耳皆穿而縋之，垂肩三寸。」《南史・夷貊傳上》：「林邑國……男女皆以橫幅古貝繞腰以下……穿耳貫小環。貴者著革屣，賤者跣行。自林邑、扶南以南諸國皆然也。」《舊唐書・南蠻傳》：「婆利國，在林邑東南海中洲上。……其人皆黑色，穿耳附璫。」《後漢書・東夷傳》注引沈瑩《臨海水土志》：「夷洲（今臺灣）在臨海東南，去郡二千里。……人皆髡髮穿耳，女人不穿耳。」謂在耳上穿孔，戴裝飾品。❺龍象　梵語「那伽」之意譯。《大智度論》卷三：「那伽，或名龍，或名象，是五千阿羅漢，諸無數阿羅漢中最大力，以是故言如龍如象，水行中龍力大，陸行中象力大。」後稱佛徒之修行勇猛精進、有最大能力者為龍象。此指慧能。❻趺坐　見〈登辨覺寺〉注❽。❼林是二句　喻指慧能之徒清淨純一。《大法鼓經》卷上：「今此會眾，如旃檀林，清淨純一。」《大方等無想經》卷四：「如來大眾成就持戒，悉入佛境，徒眾眷屬，如旃檀林純以旃檀而為圍繞。」旃檀，見〈薦福寺光師房花藥詩序〉二段注⓳。❽花惟二句　薝蔔，亦作「瞻蔔」，花名。梵語之音譯，義譯為鬱金花。《酉陽雜俎》卷一八稱「薝蔔」即梔子，非是。參見《續一切經音義》卷四、《通雅》卷四二。二句喻指在慧能處，唯聞正法與佛功德之香。《維摩經・觀眾生品》：「時維摩詰室有一天女……（謂舍利弗）曰：『……舍利弗，如人入瞻蔔（樹名，其花甚香）林，唯嗅瞻蔔，不嗅餘香，如是若入此室，但聞佛功德之香，不樂聞聲聞、辟支佛（緣覺）功德香也。舍利弗，其有釋梵四天王諸天龍鬼神等，入此室者，聞斯上人講說正法，皆樂佛功德之香，發心而出。舍利弗，吾止此室十有二年，初不聞說聲聞、辟支佛法，但聞菩薩大慈大悲不可思議諸佛之法。舍利弗，此室常現八未曾有難得之法……誰有見斯不思議事，而復樂于聲聞法乎？』」❾皆以句　句謂從學者皆滿載而歸。《文選》王巾〈頭陀寺碑文〉：「智刃所遊，日新月故；道勝之韻，虛往實歸。」《莊子・德充符》：「常季問於仲尼曰：『王駘，兀者也，從之遊者，與夫子中分魯。立不教，坐不議，虛而往，實而歸。』」❿妄執　謂對虛妄認識的執著。佛教以世俗之認識為「妄」，而以擺脫世俗之「顛倒」認識而得之認識為「實」。⓫九重　指天子。⓬馳誠　傳達誠意。⓭布髮　在佛經行之地，布髮掩泥，以示敬意。《大般若經》卷九九：「我於往昔然燈如來應正等覺出現世時，於眾花城四衢路首，見然燈佛，散五莖花，布髮掩泥，聞無上法。」《過去現在因果經》卷一：「爾時如來，既授記已，猶見善慧，作仙人髻，披鹿皮衣。如來欲令舍此服儀，即便化地，以為淤泥。善慧見佛應從此行而地濁濕，……即脫皮衣，以用布地，不足掩泥，仍又解髮，亦以覆之。如來即便踐之而度，因記之曰：汝後得佛……必如我也。」⓮叉手　亦曰合掌叉手，即「合十」。謂於胸前合掌交叉手指，表示衷心敬意。原為古印度禮節，佛教沿用之。《觀無量壽經》：「合掌叉手，讚嘆諸佛。」⓯則天四句　《舊唐書・方伎傳》：「神秀嘗奏則天，請追慧能赴都，慧能固辭。神秀又自作書重邀之，慧能謂使者曰：『吾形貌矬陋，北土見之，恐不敬吾法。又先師以吾南中有緣，亦不可違也。』竟不度嶺而死。」孝和皇帝，中宗的諡號。見《舊唐書・中宗紀》。柳宗元〈賜謚大鑒禪師碑〉：「中宗聞名，使幸臣再徵不能致，取其言以為心術。」劉禹錫〈大鑒禪師碑〉：「中宗使中貴人再徵，不奉詔，第以言為貢。」《景德傳燈錄》卷五：「中宗神龍元年，降詔云：『朕請安秀二師宮中供養，萬機之暇，每究一乘，二師並推讓云：『南方有能禪師，密受大師衣法，可就彼問。』今遣內侍薛簡馳詔迎請，願師慈悲，速赴上京。』師上表辭疾，願終林麓。……（薛簡）禮辭歸闕，表奏師語。有詔謝師，並賜摩納袈裟、絹五百匹、寶鉢一口。」⓰禪師二句　《莊子・讓王》：「中山公子牟（魏國公子，名牟，封於中山，故云）謂瞻子曰：『身在江海之上，心居乎魏闕（宮門外闕門，巍巍高大，故曰魏闕）之下，奈何？』」鳳闕，漢代宮闕名，後泛指宮殿、朝廷。⓱遠公二句　見〈過感化寺曇興上人山院〉注❶。⓲天王二句　《列子・周穆王》：「周穆王時，西極之國，有化人來，入水火，貫金石，反山川，移城邑，乘虛不墜，觸實不硋（礙），千變萬化，不可窮極。既已變物之形，又且易人之慮。穆王敬之若神，事之若君，推路寢以居之，引三牲以進之，選女樂以娛之。……月月獻玉衣，旦旦薦玉食。」《翻譯名義集》卷七：「周穆王時，文殊（佛教菩薩名）、目連（釋迦牟尼十大弟子之一）來化，穆王從之。即《列子》所謂化人者是也。」天王，指周天子。《春秋》隱公元年：「秋七月，天王使宰咺來歸惠公、仲子之賵。」蓋當時楚吳等諸侯相繼稱王，故加「天」以別之。厚禮，厚加禮遇。幻人，猶化人，謂能為幻術者。⓳女后二句　宿因，前世的因緣。化佛，謂佛、菩薩以神通力化現之身。《雜寶藏經》卷四載，昔晝闍山中，居住眾僧。有一貧窮乞索女人，詣山求乞，見諸長者齋僧，因自思惟：彼諸人等，先世修福，今日富貴，今復重作，未來轉勝；我先不修，今世貧窮，今若不作，未來轉劇。此女先時於糞中拾得兩錢，恆常保惜，以俟乞索不得之時，當用買食。是時女自思惟，我今持以布施眾僧，料一二日不得飲食，終不能死。因伺僧食訖，即便布施。時適值國王最大夫人新亡，王遣使訪求，誰有福德，堪為夫人；相師占此女有福德，王遂以為夫人。又卷九載，昔惡生王遊觀林苑，見園中堂上，有一金貓，自東北角入西南角，王即遣人深掘，得三銅瓮，悉盛滿金錢。王怪其所以，即詣尊者迦栴延所問詢。尊者答言：「此王宿因所得福報，但用無苦。」又言依過去九十一劫毘婆尸佛之遺法，有諸比丘於四衢道頭設座置缽，教人布施。爾時有貧人，先因賣薪，得錢三文，見僧教化，即便布施。時貧人者，今王身是；緣昔三錢歡喜施僧，今遂得如是三銅瓮金錢。趙殿成注謂此處乃合上二事「作一事用，似誤」。⓴貴物　重物。「送百衲袈裟及錢帛」、「獻玉衣」之事即是「貴物」。㉑至某五句　《壇經》四十八節：「大師先天二年八月三日滅度。七月八日，喚門人告別。……大師言：『汝眾近前，吾至八月，欲離世間，汝等有疑早問。』」五十四節：「大師滅度，諸日寺內異香氳氳，經數日不散。山崩地動，林木變白，日月無光，風雲失色。」中，《全唐文》無此字。白虹，日月周圍的白色暈圈。屬，連。㉒飯食句　《壇經》五十一節：「六祖後至八月三日，食後，大師言：『汝等著位坐，吾今共汝等別。』」敷坐，設座。㉓彈指　一彈指的略語。極言時間短暫。㉔水流燈焰　謂燈焰滅。喻指佛入滅。《法苑珠林》卷三〇：「說是語已，一時俱入無餘涅槃，先定願力，火起焚身，如燈焰滅，骸骨無遺。」此指慧能圓寂。㉕金身　謂佛身。《法華經．安樂品》：「諸佛身金色，百福相莊嚴。」㉖薪盡火滅　喻佛入滅。《法華經．序品》：「佛此夜滅度，如薪盡火滅。」㉗人　《全唐文》作「天」。㉘人無眼目　指佛入滅後，徒眾無首，猶如人無眼目。《涅槃經》卷一〇：「是時天人阿修羅等，啼泣悲嘆，而作是言：如來今日，已受我等最後供養，受供養已，當般涅槃，我等當復更供養誰？我今永離無上調御，盲無眼目。」㉙世且空虛　《涅槃經》卷一：「二月十五日，（佛）臨涅槃時……諸眾生共相謂言：且各裁抑莫大愁苦，當疾往詣拘尸那城力士生處……勸請如來莫般涅槃……。互相執手，復作是言：世間空虛，眾生福盡，不善諸業，增長出世，仁（呼人之敬稱）等，今當速往速往，如來不久必入涅槃。復作是言：世間空虛，世間空虛，我等從今無有救護，無所宗仰，貧窮孤露。一旦遠離無上世尊，設有疑惑，當復問誰？」謂佛入滅後，眾生無所宗仰、依恃，覺世間空虛。此句即用其意。㉚遷神句　謂遷移禪師遺體於曹溪。遷神，見〈大唐大安國寺故大德淨覺禪師碑銘〉注❽。《壇經》五十四節：「八月三日滅度，至十一月，迎和尚神座於漕溪山葬。」《景德傳燈錄》卷五：「先天二年七月一日，（慧能）謂門人曰：『吾欲歸新州。』……往新州國恩寺。沐浴訖，跏趺而化。……即其年八月三日也。時韶、新兩郡，各修靈塔，道俗莫決所之。兩郡刺史共焚香祝云：『香烟引處，即師之欲歸焉。』時香爐騰湧，直貫曹溪。以十一月十三日入塔，壽七十六。」㉛青烏　亦曰青烏子，漢代術士，精堪輿之學，著有葬書。《廣韻》卷二引應劭《風俗通義》：「漢有青烏子，善數術。」《抱朴子．極言》：「黃帝相地理，則書有青烏之說。」《後漢書．王景傳》注：「葬送造宅之法，若黃帝、青烏之書也。」《世說新語．術解》注引有青烏子《相冢書》之文，《舊唐書．經籍志》有「《青烏子》三卷」。按，青烏之書久佚，今傳所謂青烏先生《葬經》，乃後人託名偽撰者也。㉜變功二句　《涅槃經》卷一：「佛在拘尸那國力士生地，阿利羅跋提河邊娑羅雙樹間……二月十五日，臨涅槃時……爾時拘尸那城娑羅樹林，其林變白，猶如白鶴。」娑羅，樹名，《大唐西域記》卷六謂「其樹類槲而皮青白」。

【語　譯】沒多久禪師的道德遍及各地，名聲傳揚天下。居室在水下與穿葛布衣服的異族人，辭別自己的君主，經歷各種災難前來，還有那些在身上塗麝香和在耳朵上穿孔的國家的人，一整年航海而來，都希望擦拭眼睛注視禪師那如龍似象的身姿，為此而奮不顧身，經歷葬身鯨魚之口的危險也在所不惜，他們並立於禪師的門外，盤坐在禪師的床前。在禪師這裡，樹林盡是檀香木，再無雜樹；花只有鬱金，聞不到其他花的香味。來隨禪師學習的人，全滿載而歸，多擺脫對世俗虛妄認識的執著。天子也長久思念禪師，往萬里遠的地方傳達誠意，想著布髮於地恭迎禪師，願意合掌行禮表示對禪師的敬意。則天皇太后，中宗孝和皇帝，都下詔書勸勉曉諭，徵聘禪師赴京城。禪師心如公子牟，豈敢忘記朝廷；但慧遠法師的腳，送客從不走過虎溪。禪師執意以這為理由推辭，竟不接受皇帝的命令。皇帝於是送百衲袈裟及金錢絹帛等物供養禪師。周天子厚加禮遇，進獻玉衣給會幻術的人；王后因前世的因緣，施捨金錢給佛的化身。崇尚道德重視禮物，時代不同做法相合。到了某載某月某日中，禪師忽然對門人們說：「我就要離開世間了！」突然間奇異的香氣滿屋，太陽周圍的白色暈圈與地相連。禪師吃過飯後就設座，沐浴完畢而更衣。一彈指之間便離開人世，就像大水流過燈焰；從此佛身永遠凋落，猶如薪柴盡火熄滅。這時高山崩塌河川乾涸，鳥哭猿啼。眾弟子高呼，禪師辭世，徒眾無首，猶如人沒有了眼睛；各郡的信徒痛哭，覺得禪師去世，這個世界已成空虛。某月某日，遷移禪師的遺體於曹溪，安放神座於某個處所。選擇吉祥之地安葬，不用寫作《相冢書》的青烏子；變平日做功德處所的樹林都成為白色，猶如白鶴，就像佛入滅處所的娑羅樹林那樣。

嗚呼！大師至性淳一，天姿貞素❶，百福成相❷，眾妙會心。經行宴息❸，皆在正受❹；談笑語言，曾無戲論❺。故能五天重跡❻，百越❼

稽首。修蛇雄虺，毒螫之氣銷❽；跳殳❾彎弓，猜悍❿之風變。畋漁悉罷⓫，蠱酖⓬知非。多絕羶腥，效桑門⓭之食；悉棄罟網⓮，襲稻田之衣⓯。永惟浮圖⓰之法，實助皇王之化。弟子曰神會⓱，遇師于晚景，聞道于中年⓲，廣量⓳出于凡心，利智踰于宿學⓴，雖末後供㉑，樂最上乘㉒。先師所明，有類獻珠之願㉓；世人未識，猶多抱玉之悲㉔。謂余知道，以頌見託㉕。偈曰：

【注釋】❶貞素　貞正純樸。《三國志・吳書・是儀傳》評：「儀清恪貞素。」❷百福成相　言大師以積多福而成佛相。佛經謂佛具三十二相（指佛生來容貌神異，有三十二種不同凡俗的特徵），各相皆以百福之業因而感得，故稱佛相為「百福相」或「百福莊嚴相」。《法華經・方便品》：「彩畫作佛像，百福莊嚴相。」❸經行宴息　經行，見〈青龍寺曇壁上人兄院集〉注⓯。宴息，休息。宴，麻沙本作「冥」。❹正受　梵語「三昧（定）」，一譯「正受」。心離邪亂謂之正，無念無想、納法在心謂之受。《大乘義章》卷一三：「離於邪亂故說為正，納法稱受。」《觀經四帖疏・玄義分》：「言正受者，想心都息，緣慮並亡，三昧相應，名為正受。」❺戲論　佛教指錯誤無益的言論，也即世俗的言論。《最勝王經》卷一：「實際（真如）之性，無有戲論，惟獨如來證實際法，戲論永斷，名為涅槃。」《遺教經》：「汝等比丘，若種種戲論，其心則亂，雖復出家，猶未得脫。」❻五天重跡　五天，五天竺之省稱。《法苑珠林》卷一二〇：「沙門玄奘振錫五天。」古印度分東、南、西、北、中五部，稱五天竺或五印度。《舊唐書·西戎傳》：「天竺國……其中分為五天竺：其一曰中天竺，二曰東天竺，三曰南天竺，四曰西天竺，五曰北天竺。」重跡，車馬之跡重疊，形容來者之多。《漢書·息夫躬傳》：「軍書交馳而輻湊，羽檄重跡而押至。」《文選》陸機〈辨亡論上〉：「珍瑰重跡而至，奇玩應響而赴。」呂延濟注：「重跡，謂遠方貢獻多，而車馬之跡重疊也。」❼百越　《史記·李斯列傳》獄中上二世書：「地非不廣，又北逐胡貉，南定百越，以見秦之彊。」按，當時越族居今江、浙、閩、粵一帶，有許多不同的部族，故稱百越。❽修虵二句　指大師化及毒蟲。修虵，大蛇；長蛇。虵，同「蛇」。《淮南子·本經》：「封豨、修蛇，皆為民害。」注：「修蛇，大蛇，吞象三年而出其骨之類。」《山海經·海內南經》：「巴蛇食象，三歲而出其骨。」雄虺，兇猛之毒蛇。《楚辭·招魂》：「雄虺九首，往來儵忽，吞人以益其心些。」毒螫，毒害。❾跳殳　耍弄兵器。跳，弄。張衡〈西京賦〉：「跳丸劍之揮霍，走索上而相逢。」殳，古兵器名。以竹木為之，一端有棱。《詩·衛風·伯兮》：「伯也執殳，為王前驅。」傳：「殳長丈二而無刃。」❿猜悍　多疑而兇悍。⓫畋漁句　畋，打獵。句指受佛教的影響，「畋漁悉罷」。佛教反對殺生，故云。⓬蠱酖　喻惡人。蠱，相傳是一種人工培養的毒蟲。《文選》鮑照〈苦熱行〉：「含沙射流影，吹蠱痛行暉。」李善注：「顧野王《輿地志》曰：江南數郡有畜蠱者，主人行之以殺人，行食飲中，人不覺也。其家絕滅者，則飛遊妄走，中之則斃。」酖，通「鴆」。傳說中的一種毒鳥。《左傳》莊公三十二年：「成季使以君命命僖叔，待于鍼巫氏，使鍼季酖之。」注：「酖，鳥名，其羽有毒，以畫酒，飲之則死。」疏：「《說文》云：『酖，毒鳥也，一名運日。』《廣雅》云：『鴆鳥雄曰運日，雌曰陰諧。』……以其因酒毒人，故字或為酖。」⓭桑門　梵語「沙門」之異譯，指佛教僧侶。《魏書·釋老志》：「沙門，或曰桑門。」⓮罟網　用以取魚者曰罟，捕獸者曰網。⓯稻田之衣　即袈裟。見〈與蘇盧二員外期遊方丈寺而蘇不至因有是作〉注❺。⓰浮圖　梵語之音譯，亦譯作浮屠、佛陀，即佛。《後漢書·西域傳》：「後桓帝好神，數祀浮圖、老子。」⓱神會　慧能十大弟子之一（見《壇經》四十五節）。據《宋高僧傳》卷八、《景德傳燈錄》卷五、三〇載，俗姓高，襄陽人。先從本府國昌寺顥元法師出家，後至曹溪參謁慧能，受「頓悟」教。慧能死後，神會大約還在曹溪住了十餘年，直到開元十八年左右，才北上至洛陽一帶弘揚慧能學說。安史之亂中，設壇度僧收「香水錢」以助軍需。兩京收復後，「肅宗皇帝詔入內供養，勅將作大匠併功齊力，為造禪宇于荷澤寺中是也」。⑱聞道句　《宋高僧傳》卷八謂神會上元元年（七六〇）卒，年九十三。據此可推知，先天二年（七一三）慧能圓寂時，神會四十六歲。神會三十多歲往謁慧能，故言「聞道于中年」。又《景德傳燈錄》卷五謂神會「年十四，為沙彌，謁六祖」，「于上元元年五月十三日中夜奄然而化，俗壽七十五」。印順《中國禪宗史》認為：「在古代抄寫中，『中年』可能為『沖年』的別寫。中與沖，是可以假借通用的。……神會十四歲來謁六祖，正是『聞道於沖年（按，幼小曰沖）』。」中，宋蜀本、麻沙本、明十卷本、奇字齋本俱作「長」，趙殿成曰：「今校從《唐文粹》本。」按，《韓非子・姦劫弒臣》曰：「人主無法術以御其臣，雖長年而美材，大臣猶將得勢擅事主斷，而各為其私急。」可見非必「年老者」方可謂之「長年」，正當盛壯之年亦可謂之「長年」。此處若從宋蜀本等作「長」，意亦可通。⑲廣量　寬廣的器量。⑳利智句　謂銳敏的佛教之智超過學識淵博的學者。《往生要集》卷上本：「利智精進之人未為難。」《宋高僧傳》卷八：「（神會）年方幼學，厥性惇明，從師傳授《五經》，克通幽賾。次尋《莊》、《老》，靈府廓然。……其諷誦群經，易同反掌；全大律儀，匪貪講貫。」㉑末後供　末後（最後）供養佛，指為慧能的最後弟子。《涅槃經》卷二：「爾時會中有優婆塞，是拘尸那城工巧之子，名曰純陀，與其同類十五人俱，……悲泣墮淚，頂禮佛足，而白佛言：『唯願世尊及比丘僧，哀受我等最後供養，為度無量諸眾生故。世尊，我等從今，無主無親，無救無護，無歸無趣，貧窮饑困，欲從如來，求將來食，唯願哀愍，受我微供，然後乃入于般涅槃。……』爾時世尊一切種智無上調御，告純陀曰：『……我今受汝最後供養，令汝具足檀波羅蜜。』」供養，指以香花、燈明、飲食、衣服等供佛、菩薩及僧。㉒最上乘　最上之教法。《法華經・授記品》：「諸菩薩智慧堅固，了達三界，求最上乘。」慧能以其「頓悟」教門為「最上乘」。參見本篇一段注⑥。㉓先師二句　《景德傳燈錄》卷二：「（師子比丘尊者）方求法嗣，遇一長者，引其子問尊者曰：『此子名斯多，當生便拳左手，今既長矣，而終未能舒，願尊者示其宿因。」尊者覩之，即以手接曰：『可還我珠。』童子遽開手奉珠，眾皆驚異，尊者曰：『吾前報為僧，有童子名婆舍，吾嘗赴西海齋，受嚫珠付之，今還吾珠，理固然矣。』長者遂捨其子出家，尊者即與受具，以前緣故，名婆舍斯多。」願，《唐文粹》作「顧」。此以斯多喻神會，謂其同慧能似有宿緣，可為法嗣。㉔抱玉之悲 《韓非子・和氏》：「楚人和氏得玉璞楚山中，奉而獻之厲王，厲王使玉人相之，玉人曰：『石也。』王以和為誑，而刖其左足。及厲王薨，武王即位，和又奉其璞而獻之武王，……王又以和為誑，而刖其右足。武王薨，文王即位，和乃抱其璞而哭於楚山之下，三日三夜，泣盡而繼之以血。王聞之，使人問其故……和曰：『吾非悲刖也，悲夫寶玉而題之以石，貞士而名之以誑，此吾所以悲也。』王乃使玉人理其璞而得寶焉，遂命曰『和氏之璧』。」此二句謂神會多有懷寶而不為世人所識的悲哀。按，神會於開元二十二年在滑臺大雲寺設無遮大會，抨擊神秀的北宗「傳承是傍，法門是漸」，宣傳只有慧能的頓門才是傳承的正支（見獨孤沛《菩提達摩南宗定是非論》）；天寶四載，神會應請入住洛陽荷澤寺，大力弘揚頓教（見宗密《圓覺經大疏鈔》卷三之下）。但當時神秀門下的勢力很盛，他們對神會毫不相讓，給予了無情的報復和打擊。「天寶中，御史盧奕阿比於（普）寂（神秀的大弟子），誣奏會聚徒，疑萌不利」（《宋高僧傳》卷八），後神會即被朝廷逐出洛陽。這兩句就是就當時神會所受到的排斥而言的。又，兩京收復後，神會受到朝廷的尊崇，地位發生了很大的變化，不大可能再有「抱玉之悲」，根據這一點不難推知，本篇的寫作時間，大抵應在安史之亂發生以前。㉕以頌見託 天寶四載神會赴洛陽荷澤寺之前，曾在南陽郡臨湍驛中同王維晤談過（參見拙作〈王維年譜〉），會「以頌見託」，疑即在是時。又當時維正「受制出使」，於旅途之中不大可能為此長文，故本篇之寫作時間，似應在天寶四載之後，今姑繫於五、六載間。

【語譯】多麼令人悲傷呀！慧能大師固有的卓絕品性質樸純一，天賦的姿質貞正樸素，像佛那樣因累積多福而成就獨特相貌，各種深奧玄妙的道理會聚於心。大師不管是旋繞行走或者休息，都在心離邪亂、無思無慮之境；無論談笑言語，從來沒有世俗的錯誤言論。所以能夠讓五印度的人車馬之跡重疊，接連不斷地前來，還令有多種不同部族的百越，向大師跪拜叩頭。大師教化所及，讓兇猛的巨蛇毒蛇，毒害人的屬性消除；好耍弄兵器、彎弓射箭的人，多疑而兇悍的風氣改變。捕魚打獵的行為全部停止，似蠱蟲鴆鳥一般的惡人，都知道自己的過錯。人們多摒棄羶味腥氣，仿效和尚吃素；全部拋棄捕魚的罟和捕獸的網，穿上了有田字形圖案的袈裟。永遠聽從佛陀之法，實在有助於皇帝的教化。大師的弟子叫神會，在大師晚年的時候遇到大師，在自己中年的時候領悟佛家之道，寬廣的器量來自平常的心靈，銳敏的佛教智慧超過學識淵博的學者，雖是大師的最後弟子，卻喜好頓悟的最上教法。慧能先師所表明的事，有些類似於婆舍斯多之向師父獻珠的心願；世上的人還不瞭解神會禪師，故神會仍多有卞和懷抱玉璞而哭於楚山下的悲哀。神會禪師認為我瞭解佛家之道，就把作大師偈頌的事託付給我。偈頌說道：

五蘊本空，六塵非有❶，眾生倒計❷，不知正受。蓮花承足，楊枝
生肘❸，苟離身心，孰為休咎❹！其一。至人達觀，與物齊功❺。無心捨
有❻，何處依空❼？不著三界❽，徒勞八風❾。以茲利智，遂與宗通❿。
其二。愍彼偏方⓫，不聞正法，俯同惡類⓬，將興善業⓭。教忍斷嗔⓮，修

慈捨獵。世界一花⑮，祖宗六葉⑯。其三。大開寶藏，明示衣珠⑰，本源⑱常在，妄轍遂殊⑲。過動不動⑳，離俱不俱㉑，吾道如是，道豈在吾㉒！其四。道遍四生㉓，常依六趣㉔，有漏聖智㉕，無義章句㉖，六十二種㉗，一百八喻㉘，悉無所得㉙，應如是住㉚。其五。

【注釋】❶五蘊二句　《景德傳燈錄》卷五〈玄策傳〉：「曰：『六祖以何為禪定?』師（玄策）曰：『我師云：夫妙湛圓寂，體用如如，五陰本空，六塵非有……。』」五蘊，亦作五陰，即色蘊、受蘊、想蘊、行蘊、識蘊，總的指一切物質現象和精神現象。《般若心經》：「色不異空，空不異色，色即是空，空即是色；受、想、行、識，亦復如是。」六塵非有，謂六塵亦空。❷倒計　謂作顛倒之想，即認為五蘊、六塵實有。❸蓮花二句　蓮花承足，指成佛。諸佛常於蓮花上結跏趺坐，故云。楊枝生肘，指老病。參見〈胡居士臥病遺米因贈〉注❻。❹苟離二句　意謂若超越我之身心，也就無所謂休咎（吉凶）了。此二句上句是「休」，下句為「咎」。❺與物齊功　謂齊同於萬物。物，麻沙本、明十卷本、奇字齋本、《全唐文》俱作「佛」。按，此二句意近「至人無己」。《莊子・逍遙遊》云：「至人無己，神人無功，聖人無名。」「無己」謂忘其自我，齊同於物。❻無心捨有　謂自然而然地捨棄萬有。❼何處依空　言不依於空。《大乘起信論》：「若修止者，住于靜處，端坐正意，不依氣息，不依形色，不依于空，不依地水火風，乃至不依見聞知覺。」按，此句即「於空離空」、不執著於空之意。參見本文首段注❸。　❽不著三界　謂不執著於世俗世界。《菩薩瓔珞經》卷八：「攝意常定，心如虛空，不著三界，是謂無行。」三界，即欲界、色界、無色界。佛教以三界為「迷界」，認為從中解脫達到「涅槃」才是最高理想。參見《俱舍論》卷八。❾徒勞八風　指心不為八風所動。八風，又稱八法，即衰、利、毀、譽、稱、譏、苦、樂。此八事為世所愛憎，能煽動人心，故名八風。《行宗紀》卷一上：「《智論》云：衰、利、毀、譽、稱、譏、苦、樂，四順四違，能動物情，名為八風。」《釋氏要覽》卷下：「《佛地論》云：得可意事名利，失可意事名衰，不現前誹撥名毀，不現前讚美名譽，現前讚美名稱，現前誹撥名譏，逼惱身心名苦，適悅身心名樂。」❿遂與宗通　與，猶得。說見張相《詩詞曲語辭匯釋》。宗通，《楞伽經》卷三：「佛告大慧，一切聲聞、緣覺、菩薩有二種通相，謂宗通、說通。」《祖庭事苑》卷七曰：「清涼云：宗通自修行，說通示未悟。」能自悟宗旨，謂之宗通；能說佛法，謂之說通。⓫偏方　僻遠之地。⓬惡類　壞人。⓭善業　指符合佛教教理的思想和行為，如不殺生、不邪淫、不妄語、不邪見等。⓮教忍斷嗔　謂教人以忍，使絕嗔怒之心。⓯世界一花　《華嚴經》卷四〇：「菩薩摩訶薩，以三千大千世界為一蓮華，現身偏此蓮花之上結跏趺坐。」句用其事，謂世界變化無常。⓰祖宗六葉　獨孤沛《菩提達摩南宗定是非論》：「（達摩）傳一領袈裟以為法信授與慧可，慧可傳僧璨，僧璨傳道信，道信傳弘忍，弘忍傳慧能，六代相承，連綿不絕。」這是神會所提出的禪宗傳法系統，作者此處即用其說。⓱衣珠　衣中之寶珠，喻佛智。《法華經．五百弟子受記品》：「爾時五百阿羅漢，于佛前得受記（阿耨多羅三藐三菩提記，即將來成就無上正等正覺的預記）已，……頭面禮足，悔過自責：『世尊，我等常作是念，自謂已得究竟滅度，今乃知之，如無智者。所以者何？我等應得如來智慧，而便自以小智為足。世尊，譬如有人至親友家，醉酒而臥，是時親友，官事當行，以無價寶珠，繫其衣裡，與之而去。其人醉臥，都不覺知，起以遊行，到于他國，為衣食故，勤力求索，甚大艱難，若少有所得，便以為足。於後親友會遇見之，而作是言：「……我昔欲令汝得安樂，五欲自恣，于某年月日，以無價寶珠，繫汝衣裡，今故現在，而汝不知，勤苦憂惱，以求自活，甚為癡也。汝今可以此寶，貿易所須，常可如意，無所乏短。」佛亦如是。為菩薩時，教化我等，令發一切智心，而尋廢忘，不知不覺。既得阿羅漢道，自謂滅度，資生艱難，得少為足，一切智願，猶在不失。今者世尊覺悟我等，……我今乃知實是菩薩，得受阿耨多羅三藐三菩提記。』」這裡指眾生自身固有的佛智、佛性。⓲本源　指真如、佛性。慧能認為它是宇宙萬有的本源。⓳妄轍遂殊　妄轍，指不符合佛教教理的世俗行跡。殊，斷絕。《左傳》昭公二十三年：「武城人塞其前，斷其後之木而弗殊。」⑳動不動　即動不動法。欲界之法曰動法，色界、無色界之法曰不動法。《遺教經》：「一切世間動不動法，皆是敗壞不安之相。」《注維摩經》卷五：「（鳩摩羅）什云：欲界六天為動法，上二界壽命劫數長久，外道以為常，名不動法。」句謂超越三界一切事物。㉑俱不俱　《楞伽經》卷二：「是故欲得自覺聖智事，當離生住滅、一異俱不俱、有無、非有非無、常無常等惡見妄想。」謂宇宙萬法彼此皆同曰「一」，彼此皆異曰「異」，佛教認為「一」、「異」都是偏於一邊的錯誤見解，必「不一不異」，方為「中道」。參見《中論・觀因緣品》、《大智度論》卷五。俱，同，即「一」。不俱，即「異」。句指離一異等惡見妄想。㉒道豈在吾　道，菩提（意譯「覺」，指對佛教「真理」的覺悟）舊譯「道」，意為通向涅槃之路。《大乘義章》卷一八：「菩提胡語，此翻名道。」《俱舍論》卷二五：「道義云何？謂涅槃路，乘此能往涅槃城故。」佛教各宗派對「菩提」一詞的理解和運用不盡相同，有的即以先天具有的佛性為菩提（見《大乘起信論》）。尋繹上下文義，此處的「道」當即指佛性。慧能認為，佛性人人本自有之，故云「道豈在吾」。「吾」謂慧能。㉓道遍四生　即六道眾生皆有佛性之意。㉔六趣　指六道眾生。即佛教所說根據眾生生前的善惡行為而有的六種輪迴轉生趣向：地獄、餓鬼、畜生、人、天（指世間最高最優越之有情及其生存的環境——三界諸天）、阿修羅（古印度神話中的惡神名。佛教沿用其說）。參見《大乘義章》卷八末。㉕有漏聖智　世俗的所謂聖智。有漏，「漏」為煩惱之異名，凡具煩惱、導致流轉生死的一切事物，名有漏。一切世間之事體，均為有漏法。《涅槃經》卷一二：「有漏法者有二種，有因有果……有漏果者，是則名苦；有漏因者，則名為集。」㉖無義章句　謂世間無益的章句之學。無義，無意義；無益。晉譯《華嚴經》卷二四：「無義語罪，亦令眾生墮三惡道。」㉗六十二種　指六十二見，即佛教所謂外道的六十二種錯誤見解。據《大品般若經・佛母品》載，過去之色蘊有色為常、色為無常、色為常無常、色為非常非無常四見，其餘四蘊亦然，計過去之五蘊凡二十見。又現在、未來之五蘊亦各有二十見，通為六十見。復加身與神之一、異二見，為六十二見。此外，《阿含經》、《梵動經》等還載有不同說法。㉘一百八喻　疑指百八煩惱。佛家慣用「一百八」字。

一百八本為煩惱之數量（參見《釋氏要覽》卷中），釋氏的念佛一百八遍，貫數珠一百八顆，鳴曉鐘一百八下等等，皆即用以對治百八煩惱者。又釋氏說法好用譬喻，一種煩惱可設一喻以明之，故以「一百八喻」指百八煩惱。㉙無所得　謂不執著、遠離。《壇經》十七節：「但離一切相，是無相；但能離相，性體清淨。此是以無相為體。」四十三節：「但離法相，作無所得，是最上乘。」慧能認為，遠離事相，不執著於萬法，即是「無所得」。㉚住　安住不動。

【語譯】色、受、想、行、識五蘊原本為空，色、聲、香、味、觸、法六境也虛幻不實，而眾生作顛倒之想，不知當心離邪亂、無思無慮。或者像佛那樣在蓮花上盤坐，或者似滑介叔一般瘤子生於胳膊肘上，但如果超越我之身心，又有什麼吉與凶可言呢！其一。世界上最高超之人任其自然，將自己齊同於萬物。自然而然地捨棄萬有，又哪裡執著於空？不執著於欲、色、無色三界，心不為衰、利、毀、譽、稱、譏、苦、樂八風所動。以這種銳敏的佛教智慧，於是獲得了能自悟佛教宗旨的通達。其二。大師哀憐那僻遠的地方，不知釋迦牟尼所說的教法，而屈身隨從壞人的行為，因此便倡導善的符合佛教教理的身、口、意業。大師用「忍」教導眾生，要他們斷絕嗔怒之心，修習慈愛捨棄打獵。三千大千世界化為一朵蓮花，頓教法門的祖先則六代相承。其三。要人們像窮子那樣自己打開儲滿珍寶的庫藏，還向人們明示繫在他們衣服裡面的無價寶珠，萬有的本源——真如佛性常在，不符合佛教教理的世俗行跡於是斷絕。超越欲、色、無色三界一切事物，遠離一異俱不俱等惡見妄想，我的佛性就是如此，佛性人人自有豈在我這兒！其四。佛性遍布於胎生、卵生等四類眾生，常依存於六道眾生之身，世俗世界的所謂聖智，世間無益的章句之學，六十二種錯誤見解，一百零八樣煩惱，全都遠離，我們應該就這樣安住不動。其五。

【研析】這篇碑文的碑主慧能，是禪宗南宗的創始人，佛教史上稱為禪宗六祖，他的思想、學說在中國歷史上頗為流行，影響巨大。在今存的多篇慧能的碑傳中，以本文的寫作時間為最早，記述也最為可信。雖然在慧能口述的《壇經》中，有多處談及自己的生平事跡，但因為《壇經》今傳的各種版本，寫定的年代較晚，已經過後人的多次增改，未必都可信，所以我們研究慧能的生平事跡，應以王維的這篇碑文作為重要的參照。這篇碑文也簡略地敘及慧能的思想、學說，因此我們研究慧能的思想、學說，除以《壇經》作為主要根據外，也同樣應以本文作為重要的參照。

這篇碑文大致可分為六段。首段先概述佛理：主要有兩個方面的內容，一是既不執著於「有」，也不執著於「空」的「中道」觀，關於這個問題，可參看〈薦福寺光師房花藥詩序〉研析；二是「真如緣起」思想，真如是佛教所幻想的最高和永恆的精神實體，「真如緣起」思想主張真如是萬有的本體、本原，世界上的一切事物都由它派生。這一思想是除三論宗、唯識宗之外的其他中國佛教宗派所共有的看法，慧能也是一個「真如緣起」論者，他說「於自性中萬法皆見」、「性含萬法是大，萬法盡是自性」，即認為宇宙萬有都由真如、先天具有的佛性派生。接著文章說，能夠參悟上述佛理的，「其惟我曹溪禪師乎」，這樣就把碑主慧能引出。

第二段敘述慧能的出身與學佛經過。碑文說，慧能出身平民，居於南方邊遠地區，與下層百姓為伍，從小即信仰佛教。接下敘述他隨黃梅弘忍大師學佛，在寺院做汲水舂米的活計，並隨眾聽法，則他當時並未出家，只是一個行者（在佛寺服雜役而未剃髮出家的人）；儘管如此，慧能還是以自己出眾的佛教悟解能力脫穎而出，並得到了弘忍的特別關注。弘忍屢次拒絕朝廷的徵召，門下皆耕作自給，宗風樸質，他垂青於同樣樸質的慧能，給予特殊的傳授，是完全有可能的。這段碑文最後說，弘忍臨終，把祖師袈裟祕密傳給慧能，並要他立即離開黃梅。「傳衣」一事，也見於《壇經》，以後還有許多記載和傳說，或許實有其事。

第三段記述慧能離開黃梅後的事跡和他的思想、學說。碑文說，慧能離開黃梅後，銷聲匿跡於嶺南十六年，和世俗的平民混住在一起；後遇印宗法師講《涅槃經》，慧能聽講後提出問題，印宗不能回答，反過來向他請教，印宗對慧能的佛學素養非常佩服，為之揄揚，並親自為他削髮，到這時慧能才正式出家。接下記述他四處宣說的佛法的具體內容。關於「教人以忍」，《壇經》說：「遭難不退，遇苦能忍，福德深厚，方授此法。」又提倡「只見己過，莫見世非」，這也就是「忍」，可見倡導「忍」是慧能的基本思想之一。「定無所入，慧無所依」，講的是慧能關於定慧的新說：即認為不是先有定而後有慧，慧依於定；只要常住真如，不執著於外境，不必坐禪，就是禪定。「大身過于十方」，說的是真如無所不在，屬「真如緣起」思想。「本覺超于三世」，是說眾生先天具有的真如佛性超越於三世，是永恆的，這屬於一切眾生皆有佛性、都能成佛的佛性論。「根塵不滅」二句，講的是「非空非有」的「中道」觀。「行願無成」二句，說的是與佛性論密切關聯的頓悟，既然真如佛性人人身上本自具有，那麼成佛也就無須外求，自悟、自度即可，自悟就在一念之間，「一念若悟，即眾生是佛」（《壇經》），這就是頓悟。「商人告倦」八句，講的是漸修與頓悟之別，提倡頓悟，是慧能獨有的思想；「其有不植德本，難入頓門」，「植德本」恐怕應有一個積累過程，則慧能好像也並不排斥漸修。最後八句講「無為無礙」，也是見於《壇經》的慧能思想之一。

第四段先敘慧能「大興法雨」後，聲名傳揚天下，連遠方的異族之人，也不辭辛勞、不避艱險地前來隨慧能學習，並且都滿載而歸；次敘則天皇后、中宗皇帝聞慧能之名，都下詔徵聘，但慧能沒有應命。最後寫慧能辭世，弟子和信徒們痛哭。

第五段主要有以下兩個方面的內容：一是總述慧能的品德、佛學素養和他四處宣講佛法起到的作用。「跳殳彎弓，猜悍之風變」，說明佛教說教，具有使百姓安分守己，改變兇悍好鬥之風的作用；「永惟浮圖之法，實助皇王之化」，表明佛教說教，歸根結底還是有利於封建統治者的統治的。二是交代了這篇碑文，係應慧能的弟子神會之請而作，並對神會的情況作了簡要的介紹。「先師所明，有類獻珠之願」，隱指神會為慧能之法嗣，神會亦以慧能的嫡傳自命，到了唐德宗貞元時，終於被定為禪宗七祖；「世人未識，猶多抱玉之悲」，自神會北上弘傳慧能學說，抨擊弘忍弟子神秀的禪法「傳承是傍，法門是漸」後，禪宗南北宗之分遂明，這兩句話表明，南宗禪當時在北方的地位還很不穩固。

末段為偈頌，實際也是一段用韻的頌贊體銘文（前序後銘，為碑誌之通例）。這段銘文分為其一至其五五章，每章八句，同用一韻。其一前四句講佛教的「諸法皆空」之理，後四句謂人們對於事物有或吉（如成佛）或凶（如老病）之想，但如果超越我之身心，也就無所謂吉凶了，這實際上就是了悟「諸法皆空」之理的表現之一。其二說只要既不執著於有，也不執著於空，就能自悟佛教宗旨。其三說慧能在嶺南大弘佛法，教人以忍，倡導善行，其中「祖宗六葉」一句值得注意。慧能、神秀在世時，社會上還沒有「定祖」的說法，時稱南能北秀，是從兩人的不同活動地域說的；後來神秀的弟子普寂以神秀為禪宗六祖，自己為七祖，李邕〈大照禪師塔銘〉：「（開元）二十七年秋七月，（普寂）誨門人曰：『吾受託先師，傳茲密印，遠自達摩菩薩導於可，可進於璨，璨鍾於信，信傳於忍，忍授於大通（神秀），大通貽於吾，今七葉矣。」（《全唐文》卷二六二）而神會則堅稱慧能為六祖，王維此處即用其說。其四、其五主要談慧能的一切眾生皆有佛性的佛性論、頓悟說和「真如緣起」思想。

綜上所述，本篇無疑是我們研究慧能的一份很重要的資料。

送高判官從軍赴河西序

【題解】高判官，不詳。或謂即高適。按，兩《唐書．高適傳》及杜甫〈送高三十五書記十五韻〉等，皆稱適在哥舒翰幕中為掌書記，未言其嘗任判官。據文中所述，本文當作於天寶十二載（七五三）五月哥舒翰兼任河西節度使之後。此文為送友人赴河西幕府任職而作。

今上合大道以撫荒外❶，振長策以馭宇內❷，故左言❸返踵❹，穿胸沸脣❺，膺騰白波❻，驟輸碧砮❼之貢；腹阻赤坂，傳致紫琥之琛❽。辮髮名王，養馬于下廄❾；魋結去帝，獻珠于小臣❿。而犬戎⓫不識，蝸角⓬自大，偷安九服⓭之外，謂天誅罕及；自絕四國之後⓮，而王祭不供⓯。

天子按劍⑯，謀臣切齒，思以赤山⑰為城，青海⑱為塹，盡平其地，悉虜其人。而上將有哥舒大夫⑲者，名蓋四方，身長八尺，眼如紫石稜，鬚如蝟毛磔⑳。指撝㉑而百蠻不守，叱咤而萬人俱廢㉒。髬髵奮髯㉓，哮吼如虎；裂眥㉔大怒，磨牙欲吞。不待成師㉕，固將身先士卒㉖；常思盡敵㉗，不以賊遺君父㉘。矢集月窟㉙，劍斬天驕，蹴崑崙使西倒㉚，縛呼韓㉛令北面，豈直趙人祭其東門㉜，匈奴不敢南牧而已㉝！開府之日，辟書始下㉞，以為踴躍用兵㉟，健將之事，意氣跨馬，俠少之能；蓋欲謀夫起予㊱，哲士俾我㊲，殲黠虜以無類㊳，舉外國如拾遺㊴。待吏門而不食㊵，置廣武于上座㊶，始得我高子焉。

【注釋】❶荒外　八荒之外，指極荒遠之地。❷振長句　語出賈誼〈過秦上〉：「及至始皇，奮六世之餘烈，振長策而御宇內。」長策，長鞭。馭，同「御」。駕御；控制。句蓋以乘馬為喻。❸左言　指異國語言，也指異國。左思〈魏都賦〉：「或魋髻而左言，或鏤膚而鑽髮。」❹返踵　即「反踵」，謂腳跟反向，也指反踵之國。《山海經・海內南經》：「梟陽國……其為人人面長脣，黑身有毛，反踵。」《淮南子・氾論》：「丹穴、太蒙、反踵、空同……之民，是非各異，習俗相反。」注：「反踵，國名。其人南行，武跡北向。」❺穿胸沸脣　皆泛指異族。穿胸，傳說中的民族名。《山海經·海外南經》：「貫匈（胸）國……其為人匈有竅。」《淮南子·墬形》有穿胸民，注：「胸前穿孔達背。」沸脣，翻脣。《文選》劉峻〈辯命論〉：「左帶（左衽）沸脣，乘間電發。」李善注：「王元長〈勸給虜書啟〉曰：『息沸脣於桑墟。』然齊梁之間通以虜為沸脣也。」❻鷹騰白波 謂浮水而至。語本《文選》王褒〈四子講德論〉「故膺（胸）騰撇（擊）波而濟水，不如乘舟之逸也。」❼碧砮 青石製的箭鏃。《文選》王融〈三月三日曲水詩序〉：「文鉞碧砮之琛，奇幹善芳之賦。」李善注：「徐廣《晉紀》曰：『鮮卑以碧石為寶。』王沈《魏書》曰：『東夷矢用楛，青石為鏃。』」梁簡文帝〈大法頌序〉曰：「金鱗鐵面，貢碧砮之琛；航海梯山，奉白環之使。」❽腹阻二句 意謂經歷各種險阻，向朝廷致送珍寶。腹阻赤坂，《文選》鮑照〈代苦熱行〉：「赤阪橫西阻，火山赫南威。」李善注：「《漢書·西域傳》：『杜欽曰：又歷大頭痛、小頭痛之山，赤土、身熱之阪，令人身熱無色，頭痛嘔吐。』」琥，雕成虎形的玉器。琛，珍寶。❾辮髮二句 名王，見〈李陵詠〉注❺。古時邊境少數民族多編髮披於腦後，故曰「辮髮名王」。二句用漢金日磾事。《漢書·金日磾傳》云：「金日磾，字翁叔，本匈奴休屠王太子也。……單于怨昆邪、休屠居西方，多為漢所破，召其王欲誅之。昆邪、休屠恐，謀降漢，休屠王後悔，昆邪王殺之，并將其眾降漢。……日磾以父不降見殺，與母閼氏、弟倫俱沒入官，輸黃門養馬，時年十四矣。」下廄，指宮中的下等馬廄。❿魋結二句 用南越尉佗事。《史記·酈生陸賈列傳》：「高祖時，中國初定。尉佗（趙佗為南越尉，故曰尉佗）平南越，因王之。高祖使陸賈賜尉佗印為南越王，陸生至，尉佗魋結（同椎髻，《漢書·陸賈傳》注：『椎髻者，一撮之髻，其形如椎。』）箕倨見陸生，陸生因進說……於是尉佗迺蹶然起坐謝陸生……留與飲數月。……賜陸生橐中裝直千金（《集解》：『張晏曰：珠玉之寶也。裝，裹也。』《索隱》：『案如淳云，以為明月珠之屬。……謂以寶物裝裹以入囊橐也。』）。」又《南越尉佗傳》曰：「（高后時）佗乃自尊號為南越武帝……乘黃屋左纛（漢制，唯天子乘輿得用黃屋左纛），稱制，與中國侔。及孝文帝元年……詔丞相陳平等舉可使南越者，平言好時陸賈，先帝時習使南越，乃召賈以為太中大夫，往使。因讓佗自立為帝，曾無一介之使報者。陸賈至南越，王甚恐，……乃下令國中曰：「……自今以后，去帝制黃屋左纛。」」小臣，即指陸賈。⑪犬戎　古戎族的一支，殷周時居於我國西部。戰國以降，又曰胡、匈奴。此借指吐蕃。⑫蝸角　喻極狹小之地。《莊子・則陽》：「有國於蝸之左角者，曰觸氏，有國於蝸之右角者，曰蠻氏，時相與爭地而戰，伏尸數萬，逐北旬有五日而後反。」⑬九服　見〈奉和聖製天長節賜宰臣歌應制〉注❽。⑭四國之後　四國，《詩・豳風・破斧》：「周公東征，四國是皇。」傳：「四國，管、蔡、商、奄也。」指武王死後，四國反叛，周公征之。四，趙注本原作「所」，此從《全唐文》。句謂在四國之後反叛，自取滅絕。⑮王祭不供　指不納貢。參見〈送祕書晁監還日本國〉首段注⑫。⑯天子按劍　指天子發怒。鮑照〈代出自薊北門行〉：「天子按劍怒，使者遙相望。」⑰赤山　趙注曰：「《後漢書・烏桓傳》：『赤山在遼東西北數千里。』」按，〈烏桓傳〉之赤山，為傳說中山名，且其地理位置與本篇所言不合；此處疑指在今新疆吐魯番東之火山。山為紅砂岩所構成，色赤，故稱。岑參〈優鉢羅花歌〉曰：「白山南，赤山北，其間有花人不識。」可證。⑱青海　即今青海湖，在青海省東北部。古曰鮮水，又曰西海，北魏時始名青海。參見《大清一統志》卷五四六。⑲哥舒大夫　即哥舒翰。據兩《唐書》本傳及《通鑑》載，翰為突騎施首領哥舒部落之裔，世居安西。後仗劍之河西，事節度使王倕、王忠嗣。天寶六載，以累破吐蕃之功，擢授隴右節度使。七載，築神威軍於青海上，自是吐蕃不敢近青海。八載，拔吐蕃石堡城，加攝御史大夫。十二載五月，又擊吐蕃，拔洪濟、大漠門等城，悉收九曲部落，以功兼河西節度使。八月，賜爵西平郡王。大夫，時翰兼任御史大夫，故云。又《通鑑》卷二一五胡三省注：「唐中世以前，率呼將帥為大夫，白居易詩所謂『武官稱大夫』是也。」⑳眼如二句　《晉書・桓溫傳》：「溫豪爽有風概，姿貌甚偉，面有七星。少與沛國劉惔善，惔嘗稱之曰：『溫眼如紫石稜，鬚作蝟毛磔，孫仲謀、晉宣王之流亞也。』」眼如紫石稜，形容目光明亮銳利。紫石，又名紫石英、紫水晶。其色紫，明澈光亮，有稜。宋錢易《南部新書》戊：「紫石英廣管瀧州山中出。紫石英其色淡紫，真質瑩徹，隨其大小皆五稜兩頭。」磔，張開。㉑撝　通「揮」。㉒叱咤句　《史記・淮陰侯列傳》：「項王喑噁叱咤，千人皆廢。」叱咤，怒喝聲。廢，跌倒。㉓鬇鬡句　鬇鬡，怒獸奮鬣貌。《文選》

張衡〈西京賦〉：「及其猛毅髬髵，隅目高眶。」薛綜注：「髬髵，作毛鬣也。……皆謂猛獸作怒可畏者。」髬，諸本皆誤作「髤」，今校正。奮髯，《漢書・朱博傳》：「博奮髯抵几。」㉔裂眥　形容盛怒。眥，眼眶。《史記・項羽本紀》：「頭髮上指，目眥盡裂。」㉕成師　《左傳》宣公十二年：「且成師以出（整頓軍隊而出動），聞敵強而退，非夫也。」㉖身先士卒　作戰時將帥衝在士兵前面。語出《三國志・吳書・孫輔傳》：「（孫）策西襲廬江太守劉勳，輔隨從，身先士卒，有功。」㉗盡敵　殺盡敵人。㉘賊遺君父　把賊寇遺留給天子。《後漢書・耿弇傳》：「是時帝在魯，聞弇為（張）步所攻，自往救之。未至，陳俊謂弇曰：『劇虜兵盛，可且閉營休士，以待上來。』弇曰：『乘輿且到，臣子當擊牛釃酒，以待百官，反欲以賊虜遺君父邪？』乃出兵大戰。」㉙月窟　指極西之地。《漢書・揚雄傳》：「西厭月𡼏，東震日域。」注引服虔曰：「𡼏，音窟穴之窟。月𡼏，月所生也。」㉚蹴崑崙句　腳踩崑崙山使之向西傾倒。《晉書・趙至傳》載至與嵇蕃書曰：「思躡雲梯，橫奮八極，披艱掃穢，蕩海夷嶽，蹴崑崙使西倒，蹋太山令東覆，平滌九區，恢維宇宙，斯吾之鄙願也。」㉛呼韓　即匈奴單于呼韓邪。漢宣帝時，匈奴內部發生嚴重紛爭，呼韓邪與其兄郅支單于據地對抗。呼韓邪為郅支所敗，遂降漢。後得漢之助，復據有匈奴全部土地。事見《漢書・匈奴傳》。㉜豈直句　《史記・田敬仲完世家》：「（齊）威王曰：『……吾吏有黔夫者，使守徐州，則燕人祭北門，趙人祭西門，徙而從者七千餘家。』」《集解》：「賈逵曰：齊之北門西門也。言燕趙之人，畏見侵伐，故祭以求福。」趙殿成曰：「此云東門，疑誤。」按，齊在東，趙在西，齊攻趙，當出齊之西門，入趙之東門，此蓋變用《史記》之文，非誤也。直，僅。㉝匈奴句　賈誼〈過秦上〉：「乃使蒙恬北築長城而守藩籬，卻匈奴七百餘里；胡人不敢南下而牧馬，士不敢彎弓而報怨。」㉞開府二句　《晉書・阮籍傳》：「太尉蔣濟聞其有儁才而辟之，籍詣都亭奏記，曰：『伏惟明公以含一之德，據上台之位……開府之日，人人自以為掾屬；辟書始下，而下走（自稱的謙詞）為首。』」開府，開建府署設置官吏。此指翰為河西節度使。辟書，徵召的文書。㉟踴躍用兵　語本《詩・邶風・擊鼓》：「擊鼓其鏜，踴躍用兵。」㊱起予　猶言啟發自己。㊲哲士俾我　謂足智多謀之人能有益于我的。哲士，足智多謀之人。俾，通

「裨」。增益。《說文》：「俾，益也。」㊳無類　《漢書・竇嬰傳》：「有如兩宮奭將軍，則妻子無類矣。」注：「言被誅戮無遺類也。」㊴舉外句　謂攻取外國如撿地上的失物一樣容易。意本《漢書・梅福傳》：「昔高祖納善若不及……是以舉秦如鴻毛，取楚若拾遺。」注：「鴻毛喻輕，拾遺言其易也。」㊵待夷句　用信陵君禮待賢士夷門侯生事。參見〈夷門歌〉注❸。㊶置廣句　《史記・淮陰侯列傳》載，韓信、張耳以兵數萬擊趙，趙王、成安君陳餘聚兵井陘口以拒之。廣武君李左車說成安君曰：「今井陘之道，車不得方軌，騎不得成列，行數百里，其勢糧食必在後。願足下假臣奇兵三萬人，從間道絕其輜重。足下深溝高壘，堅營勿與戰。彼前不得鬬，退不得還，吾奇兵絕其後，使野無所掠，不至十日而兩將之頭可致於戲下。」成安君不用其策，信遂大破趙，擒趙王，斬成安君。「信乃令軍中毋殺廣武君，有能生得者購千金。於是有縛廣武君而致戲下者，信乃解其縛，東鄉坐，西鄉對，師事之」。

【語譯】當今皇上合於正道地治理八方極荒遠之地，像騎馬駕車那樣揮動長鞭以駕御域內地區，所以講異國語言與長反向腳跟的異國人，還有胸口穿孔和嘴唇外翻的異族人，有的胸膛騰躍於白波之上而至，多次進獻用青石製成的箭鏃貢品；有的身經酷熱的赤坂之阻，向朝廷傳送紫色玉虎的珍寶。頭上紮著辮子的匈奴有名氣的王，在宮中的下等馬廄裡養馬；梳著椎形髮髻的南越尉佗去了帝制，向漢朝的小臣進獻珠寶。然而這一切犬戎都不知道，居於極狹小似蝸角般的地方而自大，偷安於全國各地以外的地區，認為天子的征討誅罰很少能到達；在反叛的四國之後自取滅絕，而不向大唐納貢。天子手撫寶劍大怒，謀臣們也咬牙切齒，想以赤山作城，青海為溝壕，完全平定其地，全部俘虜其人。主將中有稱作哥舒大夫的，聲名勝過四方的人，身高八尺，目光明亮銳利如有棱的紫水晶，鬍鬚像刺猬的毛那樣張開。指揮軍隊出擊而諸蠻族都不能防守，怒喝一聲而上萬人一起跌倒。大夫生氣猶如怒獸鬃毛張開，極其激憤而鬍鬚抖動，大聲吼叫就像老虎咆哮；大夫盛怒而雙眼圓睜，像猛獸那樣磨利牙齒，就要將人吞食。不等整理好部隊，大夫一定要身先士卒地出擊；經常想著殺盡敵人，不把賊寇遺留給天子。箭集中射向極西邊的月窟，劍用來砍殺天之驕子，腳踩崑崙山使它向西傾倒，手縛呼韓邪單于令他臣服於漢，哪裡只是像黔夫那樣使趙國人在他們的東門祭祀求福，還有讓匈奴人不敢南下牧馬而已！大夫的河西節度使府署開建之日，徵辟僚佐的文書才剛下達，以為踴躍地指揮作戰，是健將的事情，為恩義情誼而跨馬出征，是遊俠少年的本能；大夫恐怕是要謀士能夠啟發自己的，足智多謀的人有益於我的，以便殲滅狡黠的敵人使之死無遺類，攻取外國猶如撿拾地上的失物一樣輕而易舉。大夫像信陵君禮賢下士那樣，等夷門侯生未到而不食，又如韓信一般，安排廣武君坐上座而拜他為師，這樣才得到了我們的高子。

高子讀書五車❶，運籌❷百勝。慷慨謀議❸，折天口之是非❹；指畫山川❺，知地形之要害。嘗著〈七發〉，曹王慕義❻；每奏一篇，漢文稱善❼；緣情之製❽，獨步當時❾。主人橫挑而有餘，墨客仰攻而不下❿。公卿籍甚⓫，遍交歡于五侯⓬；孫吳暗合⓭，將建功于萬里。徵以露版⓮，召見甘泉⑮；衣短後之衣⑯，帶櫑具之劍⑰；象弧彫服⑱，鞭弭櫜鞬⑲；目無先零⑳，氣射西旅㉑。蒼頭宿將㉒，持漢節㉓以臨戎；白面書生，坐胡牀而破賊㉔。然孤烽遠戍，黃雲千里，嚴城落日而閉㉕，鐵騎升山而出，胡笳咽于塞下，畫角發于軍中，亦可悲也。遲子之獻凱雲臺㉖，奏事宣室㉗，紫綬曳地，金印如斗㉘，列居東第，位為通侯㉙，舊友拜塵㉚，群公書幣㉛，祁大夫老矣，武安侯問乎㉜？

【注　釋】❶五車　見〈戲贈張五弟諲〉三首其二注❶。❷運籌　謀劃；制定計策。《史記·高祖本紀》：「夫運籌策帷帳之中，決勝於千里之外，吾不如子房。」❸謀議　麻沙本作「聖哲」。❹折天句　謂能判斷能言善辯之口的是非。折，判斷。麻沙本作「談」。天口，形容能言善辯。《文選》任昉〈宣德皇后令〉：「辯析天口而似不能言。」李善注：「《七略》：齊田駢好談論，故齊人為語曰：天口駢。天口者，言田駢子不可窮其口，若事天。」❺指畫山川　謂能指點山川形勢之利害。《三國志·魏書·鄧艾傳》：「(艾)每見高山大澤，輒規度指畫軍營處所。」指畫，指點比劃。❻嘗著二句　曹植〈七啟〉序：「昔枚乘作〈七發〉，傅毅作〈七激〉，張衡作〈七辯〉，崔駰作〈七依〉，辭各美麗，余有慕之焉，遂作〈七啟〉。」枚乘為西漢賦家，所作〈七發〉載《文選》。曹王，即曹植。植封陳王。❼每奏二句　《史記·酈生陸賈列傳》：「(高帝)迺謂陸生曰：『試為我著秦所以失天下，吾所以得之者何，及古成敗之國。』陸生迺粗述存亡之徵，凡著十二篇。每奏一篇，高帝未嘗不稱善，左右呼萬歲，號其書曰《新語》。」此云「漢文」，蓋作者誤記耳。❽緣情之製　指詩歌。陸機〈文賦〉：「詩緣情而綺靡，賦體物而瀏亮。」緣情，謂因情而生。❾獨步當時　謂在當世獨一無二。《北史・邢邵傳》：「自孝明之後，文雅大盛，邵雕蟲之美，獨步當時。」❿主人二句　《墨子・公輸》：「子墨子解帶為城，以牒為械，公輸盤九設攻城之機變，子墨子九距之；公輸盤之攻械盡，子墨子之守圉（禦）有餘。」橫挑，謂恣意挑戰。墨客，指客人。揚雄〈長楊賦〉：「雄從至射熊館，還上〈長楊賦〉，聊因筆墨之成文章，故藉翰林以為主人，子墨為客卿以風。其辭曰：子墨客卿問於翰林主人曰……。」賦採用主客問答形式，文中又稱子墨客卿為墨客、客。仰攻，居低處以攻高處；攻城。《世說新語・文學》：「劉真長與殷淵源談，劉理如（或）小屈，殷曰：『惡！卿不欲作將，善雲梯仰攻。』」二句謂高子才氣橫溢，他人莫能挫折之。⓫公卿籍甚　《史記・酈生陸賈列傳》：「陳平迺以奴婢百人，車馬五十乘，錢五百萬，遺陸生為飲食費。陸生以此游漢廷公卿間，名聲籍甚。」籍甚，盛大。此言高子在公卿中甚有名聲。⓬五侯　見〈不遇詠〉注❹。⓭孫吳暗合　《晉書・山濤傳》：「吳平之後，帝詔天下罷軍役，示海內大安，州郡悉去兵。……帝嘗講武于宣武場，濤時有疾，詔乘步輦從。因與盧欽論用兵之本，以為不宜去州郡武備，其論甚精。于時咸以濤不學孫吳，而闇與之合。」孫吳，孫武、吳起，春秋戰國時代著名的軍事家。事見《史記・孫子吳起列傳》。武著有《孫子兵法》，起著有《吳子》四十八篇（見《漢書・藝文志》著錄，今傳《吳子》六篇，為後人依託之作）。⓮露版　見〈送徐郎中〉注❺。⓯召見甘泉　《漢書・楚元王傳》：「（劉）德……有智略，少時數言事，召見甘泉宮，武帝謂之千里駒。」甘泉，見〈送崔五太守〉注❺。⓰短後之衣　一種前長後短、便於騎馬的衣服。語出《莊子・說劍》：「吾王所見劍士，皆蓬頭突鬢垂冠，曼胡之纓，短後之衣（清王先謙《莊子集解》引唐陸德明《釋文》曰：『為便于事也。』），瞋目而語難。」⓱櫑具之劍　古長劍名。《漢書・雋不疑傳》：「不疑冠進賢冠，帶櫑具劍，佩環玦……盛服至門上謁。」注引晉灼曰：「古長劍首以玉作井鹿盧形，上刻木作山形，如蓮花初生未敷時。今大劍木首，其狀似此。」⓲象弧彫服　鮑照〈擬古〉八首其三：「幽并重騎射，少年好騎逐。氈帶佩雙鞬，象弧插彫服。」

象弧，飾以象牙的弓。彫服，雕畫有花紋的盛箭器具。服，通「箙」。盛箭器具。⑲鞭弭櫜鞬 《左傳》僖公二十三年：「若不獲命，其左執鞭弭，右屬（著）櫜鞬，以與君周旋。」弭，不加文飾的弓。櫜，盛箭之器。鞬，盛弓之袋。⑳先零 漢代羌族的一支。最初居今甘肅、青海的湟水流域，後離湟中到西海、鹽池一帶。宣帝時，渡湟水內徙，郡縣不能禁，上令義渠安國赴邊巡視。安國至，召先零首領三十餘人斬之，縱兵擊其種人。先零遂背漢犯塞，後為趙充國所破。參見《漢書・趙充國傳》、《後漢書・西羌傳》。〈趙充國傳〉注引鄭氏曰：「零，音憐。」㉑西旅 《書・旅獒》：「西旅厎貢厥獒，太保乃作〈旅獒〉。」疏：「西方之戎有國名旅者。」後多用以泛指西方遠國。《後漢書・馬融傳・廣成頌》：「東鄰浮巨海而入享，西旅越蔥嶺而來王。」㉒蒼頭宿將 《宋書・沈慶之傳》：「慶之患頭風，好著狐皮帽，群蠻惡之，號曰蒼頭公。每見慶之軍，輒畏懼曰：『蒼頭公已復來矣。』」此喻指哥舒翰。㉓持漢節 唐制，節度使受命之日，賜雙旌雙節，出行時即建節，樹六纛。參見《新唐書・百官志》。㉔白面二句 用謝艾事。《晉書・張重華傳》：「重華以謝艾為使持節軍師將軍，率步騎三萬，進軍臨河。（麻）秋（後趙石季龍之將）以三萬眾距之。艾乘軺車，冠白帢（白色便帽），鳴鼓而行。秋望而怒曰：『艾年少書生，冠服如此，輕我也。』命黑矟龍驤三千人馳擊之。艾左右大擾。左戰帥李偉勸艾乘馬，艾不從，乃下車踞胡牀（一種可折疊的輕便坐具），指麾處分。賊以為伏兵發也，懼不敢進。張瑁從左南緣河而截其後，秋軍乃退。艾乘勝奔擊，遂大敗之。」白面書生，即少年書生之意。《宋書・沈慶之傳》：「陛下今欲伐國，而與白面書生輩謀之，事何由濟！」二句以謝艾喻高判官。㉕嚴城句 語本《文選》沈約〈齊故安陸昭王碑文〉：「加以戎羯窺窬，伺我邊隙，北風未起，馬首便以南向；塞草未衰，嚴城於焉早閉。」李善注：「《抱朴子》：『鮑生曰：人君恐姦釁之不虞，故嚴城以備之。』」嚴城，指戒嚴之城。㉖雲臺 見〈少年行〉四首其四注❶。㉗奏事宣室 用賈誼事。《史記・屈原賈生列傳》：「賈生徵見，孝文帝方受釐（禧），坐宣室。上因感鬼神事，而問鬼神之本，賈生因具道所以然之狀，至夜半，文帝前席。」《集解》：「蘇林曰：未央前正室。」《索隱》：「《三輔故事》云：宣室在未央殿北。」《漢書・刑法志》注：「晉灼曰：未央宮中有宣室殿。……蓋其殿在前殿之側也，齋則居之。」㉘紫綬二句　漢時丞相、太尉、大司馬、將軍、列侯俱用金印紫綬。見《漢書・百官公卿表》。《舊唐書・輿服志》：「諸珮綬者……二品、三品紫綬，三綵，紫、黃、赤，純紫質，長一丈六尺，一百八十首，廣八寸。」金印如斗，《晉書・周顗傳》載顗曰：「今年殺諸賊奴，取金印如斗大繫肘。」唐無金印，《宋史・輿服志》云：「唐制，諸司皆用銅印，宋因之。」㉙列居二句　《漢書・司馬相如傳・喻巴蜀檄》：「位為通侯，居列東第。」注：「東第，甲宅也。居帝城之東，故曰東第也。」《漢書・百官公卿表》：「徹侯，金印紫綬，避武帝諱曰通侯，或曰列侯。」通侯為漢二十等爵位中的最高一等。㉚舊友拜塵　謂故交望高子之行塵而拜。《晉書・潘岳傳》：「（岳）與石崇等諂事賈謐，每候其出，與崇輒望塵而拜。……謐二十四友，岳為其首。」㉛書幣　書信與禮物。《戰國策・趙策四》：「秦王使使者報曰：『吾所使趙國者，小大皆聽吾言，則受書弊。若不從吾言，則使者歸矣。』」南朝宋袁淑〈效子建白馬篇〉：「五侯競書幣，群公亟為言。」此指送書幣。㉜祁大二句　謂異日君貴盛，吾已告老，復相問乎。祁大夫老矣，《左傳》襄公三年：「祁奚請老（告老），晉侯問嗣焉。」按，祁奚是時為中軍尉，後於襄公十六年，復出為公族大夫（見《國語・晉語八》韋注）。又《左傳》襄公二十一年載，晉范宣子因叔向，叔向曰：「必祁大夫（言能救我者必祁奚也）。」「祁大夫外舉不棄讎，內舉不失親，其獨遺乎？」「於是祁奚老矣（是時祁奚已復告老家居），聞之，乘馹（傳車）而見宣子」，宣子遂言於晉侯而赦免叔向。武安侯，趙注：「成按，漢時田蚡封武安侯（見《史記・魏其武安侯列傳》），三國時曹爽亦封武安侯（見《三國志・魏書・曹爽傳》），然與此俱不合。」按，此無他深意，不過以武安侯喻異日已貴盛之高判官而已。

【語　譯】高子您讀書有五車之多，制定策略達到了百戰百勝。慷慨地謀劃計議，能判斷能言善辯之口的是非；善於指點山川形勢，知道地形的要害所在。像枚乘那樣，曾著〈七發〉，陳思王曹植傾慕於它的辭義；又如陸賈，每進獻一篇文章，漢高帝都稱讚他寫得好；還有抒發感情的詩作，在當世獨一無二。譬如守城，主人恣意挑戰而守城的辦法手段有餘，客人向上攻城卻不能攻下，您猶如這主人，而他人就像客人。您在公卿大夫中名聲很大，遍與權貴結交而得到了他們的歡心；論用兵暗與孫武、吳起的兵法相合，將要在萬里以外的邊地建立功勳。您受到不緘封文書的徵辟，曾被天子召見於皇宮；穿上前長後短的衣服，佩著長長的櫑具之劍；身上掛著以象牙為飾的弓、雕著花紋的盛箭器具，手裡拿著馬鞭與角弓、箭袋和弓袋；您目中沒有先零族，豪氣直射西旅國。像蒼頭公那樣久經戰陣的宿將，執持漢節度使旌節而親臨戰陣；如謝艾一般的少年書生，坐在交床上指揮作戰而擊敗了賊寇。然而孤單的烽火臺、遙遠的堡壘，邊地的黃雲千里瀰漫，戒嚴的城堡太陽偏西即關閉，披掛鐵甲的戰馬登上山峰才現出，胡笳嗚咽於塞下，畫角吹響於軍中，也令人傷心啊。等您獻捷於朝廷，像賈誼那樣在未央宮宣室奏事，佩帶的紫色綬帶拖在地上，綬帶上的金印碩大如斗，入住於京城的頭等宅第，爵位是第一等的通侯，故交舊友都望著您的行塵而拜，眾多有名聲地位的人每每送給您書信與禮物，那時我已像祁大夫那樣告老回家，您這位武安侯還能相慰問嗎？

【研　析】這是一篇贈序，為送高判官赴邊地任職而作，大致可分為兩大段。第一段先述大唐聲威遠揚，四方諸國皆向唐納貢稱臣，只有犬戎（借指吐蕃）例外，所以天子想要征服吐蕃。接下文章轉入寫哥舒翰，因為當時他任隴右節度使，又兼任河西節度使，而隴右節度職掌「備禦吐蕃」（《通鑑》卷二一五），河西節度負有「隔斷吐蕃、突厥」（同上）之責，當時不論是征討還是抗禦吐蕃，都主要依靠這兩個節鎮的兵力；而且哥舒翰又是高判官就要前去任職的河西幕府的主帥。

文章主要從兩個方面寫哥舒翰，一寫他有軍事才幹和安邊壯志；二勾畫他的勇武形象，作者在這裡，多用文學的形容和誇張，生動地描繪了哥舒翰作為一個胡人的外貌特徵與勇武氣概，給讀者留下了深刻的印象。當時，唐與吐蕃之間，和議遭到破壞，正處於交戰狀態。哥舒翰自任隴右節度使後，在抗禦吐蕃的侵擾上，頗富成效，當時的民謠〈哥舒歌〉頌揚說：「北斗七星高，哥舒夜帶刀。至今窺牧馬，不敢過臨洮。」本文對哥舒翰的頌揚，其精神與這首歌相一致。但哥舒翰有時為滿足唐玄宗的虛榮心，也輕妄用兵，這給廣大士卒帶來了災難。如他天寶八載執行唐玄宗的命令，用「死者數萬」的極大代價，攻取了只有數百吐蕃守兵的險塞石堡城，就是一個例子。對於這一點，本文避而不談。這段文章的最後寫高判官應哥舒翰的辟召入河西幕府，然後下一段就轉入寫本文的送別對象高判官。

第二大段先寫高判官詩文兼擅，才氣橫溢，博學多能，精通兵略；接下來描繪他身著戎裝的形象與將建功邊塞的豪情；下面「孤烽遠戍」七句，寫高判官就要遠赴的河西邊地的荒涼景色，以之烘托出了作者與友人離別的悲傷情懷；最後鼓勵友人在邊地建功立業，並希望他將來得志後不要忘了自己。本文所寫「高判官從軍赴河西」，是盛唐文士入邊幕的例子之一。可以說，入邊幕是盛唐文士仕進的一條途徑。唐代制度規定，邊帥可以自辟僚佐，這種制度使得那些在科舉考場上失利、入仕無門的文士，有可能通過入邊幕而釋褐，還有那些已釋褐但仕進不得意的人，也可以通過入邊幕而進身，入邊幕之後的文士進身的門徑主要有二，一是立軍功，二是受到邊帥的賞識、提拔和舉薦，本段最後所說的「獻凱雲臺」云云，就是為人們所嚮往的入邊幕文士的理想歸宿，作者這樣寫，是對友人的一個最好的鼓勵和期望。

山中與裴秀才迪書

【題解】山中，指輞川別業。本文天寶三載之後、安史之亂以前作於輞川別業。這是一封給好友裴迪的信，寫信的用意是邀請他來春共賞輞川佳景。

近臘月下，景氣和暢，故山殊可過，足下方溫經❶，猥❷不敢相煩，輒便獨❸往山中，憩感配寺❹，與山僧飯訖而去。比❺涉玄灞❻，清月映郭，夜登華子岡❼，輞水❽淪漣❾，與月上下。寒山遠火，明滅林外，深巷寒犬，吠聲如豹，村墟夜舂，復與疏鐘相間❿。此時獨坐，僮僕靜默，多思曩昔，攜手賦詩，步仄逕，臨清流也⓫。當待春中，草木蔓⓬發，春山可望，輕鯈⓭出水，白鷗矯⓮翼，露濕青皋，麥隴朝雊⓯，斯之不遠，儻⓰能從我遊乎？非子天機⓱清妙者，豈能以此不急之務相邀！然是中有深趣矣，無忽。因馱黃蘗人往⓲，不一⓳。山中人⓴王維白。

【注　釋】❶溫經　溫習經書。❷猥　鄙。自稱的謙辭。❸獨　趙注本原無此字，據宋蜀本補。❹感配寺　見〈過感化寺曇興上人山院〉題解。❺比　等到。趙注本原作「北」，據宋蜀本、麻沙本改。❻玄灞　潘岳〈西征賦〉：「南有玄灞素滻。」玄，天青色。灞，灞水。水出藍田縣藍田谷，北入渭。❼華子岡　參見〈輞川集〉序。❽輞水　即輞谷水。見〈輞川集．孟城坳〉題解。❾淪漣　謂水起微波。《詩．魏風．伐檀》云：「河水清且淪猗。」傳：「小風，水成文，轉如輪也。」又云：「河水清且漣猗。」傳：「風行水成文曰漣。」❿間　宋蜀本、麻沙本俱作「聞」。⓫攜手三句　仄逕，側徑；小路。嵇康〈琴賦〉：「臨清流，賦新詩。」⓬蔓　蔓延；滋長。⓭鯈　又稱「鰷」，一種銀白色的小魚。《莊子．秋水》：「鯈魚出游從容，是魚之樂也。」⓮矯　舉。揚雄〈解嘲〉：「矯翼厲翮。」⓯雊　雉鳴。《詩．小雅．小弁》：「雉之朝雊，尚求其雌。」⓰儻　或許。⓱天機　猶言天性。《莊子．大宗師》：「其嗜欲深者，其天機淺。」⓲因馱句　意謂借助入山馱藥的人送信去。馱，趙注本原作「馭」，據麻沙本、明十卷本、《全唐文》改。黃蘗，落葉喬木，俗作黃柏，樹高數丈，經冬不凋，莖可製黃色染料，皮與根入藥。參見《本草綱目》卷三五。⓳不一　不詳說。舊時書信結尾用語。一，趙注本原作二，據明十卷本、《全唐文》改。⓴山中人　語本《楚辭．九歌．山鬼》：「山中人兮芳杜若，飲石泉兮蔭松柏。」

【語　譯】現在接近臘月末，氣候溫和舒適，舊居的輞川山谷很可過訪，足下正溫習經書，鄙人不敢煩擾，馬上就獨自前往山中，途中在感配寺休息，與山裡的僧人一起吃過飯後離開。等到渡過天青色的灞河，清亮的月光正照耀著藍田縣的外城，我連夜登上華子岡，看到輞水微波蕩漾，隨著月光上下起伏，波光閃動。清冷寂靜的山裡遠處的燈火，在樹林邊忽明忽暗，深巷裡冬天的狗，吠聲像豹子叫，村落中夜晚的舂米聲，又與稀疏的鐘聲間隔著發出。這時候我獨自坐著，僕人們也默不作聲，正想起從前，與足下聚首賦詩，在小路上步行，一起面對著清澈流水的情景。應當等到仲春二月，草木蔓延滋生，春山值得觀看，小白鯈浮出水面，白鷗舉翼高飛，露水把長滿青草的水邊之地打濕，麥壟上清晨的野雞鳴叫，這個時節已離我們不遠，您或許能跟我一起出遊吧？不是您天性清高有趣，我哪能以這種不急的事情邀請您！然而這裡面實在有深長的趣味呀，不要忽略。借助入山馱黃柏的人把這封信送去，不一一細說。山中人王維述。

【研　析】在這封給好友裴迪的信中，作者先敘自己思歸輞川，由於好友正「溫經」，不便相擾，只好孤身獨往，這些話裡包含著對友人的關懷體貼之情。接著寫自己夜歸輞川親見的美景，從視、聽兩個方面，描畫出了一幅有聲有色的寒夜山莊圖。下面寫在山莊靜夜獨坐，不禁想起昔日與好友共遊輞川的情景，流露了對友人的一片深情。《舊唐書・王維傳》說，王維在輞川營置別業後，常在那裡「與道友裴迪浮舟往來，彈琴賦詩，嘯詠終日」。接下用寥寥數筆，勾勒了一幅輞川春日生機勃勃的圖畫，自然地引出了寫信的本意：邀請摯友來春共賞輞川佳景。信裡兩處寫景，是作者最用力的地方；而抒發對摯友之情，則貫穿了全篇，這兩者水乳交融。全文以清麗淡雅的文字，刻畫了輞川寒冬與仲春、月夜與白天的種種不同的景色，生動鮮明，天然入妙，動靜有致，富於詩情畫意。從藝術表現方法、意境、風格和情調來看，與〈輞川集〉絕句實有異曲同工之妙。可以說，它是書札的詩，或詩的書札。在句法上，全篇以四字句為主，配以散句，整齊中又富於變化。

宋進馬哀辭并序

【題解】宋進馬，宋應。西安碑林藏一九五二年西安南郊新開門村出土的唐陳章甫撰〈唐故殿中省進馬宋應墓誌銘〉，謂宋應為朝議大夫、中書舍人昱之子，卒於天寶十四載四月八日，同月十一日葬於咸寧縣延興門外龍首鄉之原，年始十九；天寶十三載，「以父掌綸掖垣，天恩特拜進馬。」據此，本篇當作於天寶十四載。進馬，唐殿中省置「進馬五人，正七品上。掌大陳設，戎服執鞭，居立仗馬之左，視馬進退。天寶八載……省進馬，十二載復置，乾元後又省，大曆十四年復」（《新唐書・百官志》）。中書舍人宋昱之獨生子應早夭，本文即為此而作。

宋進馬者，中書舍人宋公❶之子也。公無弟兄，子一而已。文則有種❷，德亦惟肖。忽疾倏逝，醫不及視。宋公哀之，他人悲之。故為詞曰：

【注釋】❶宋公　即宋昱。天寶十載，以中書舍人知吏部選事（此據《唐會要》卷七四，《通鑑》作天寶十二載）。十三載，仍官中書舍人（據兩《唐書・韋見素傳》）。十四、五載同。《新唐書・楊國忠傳》稱，天寶十五載六月國忠既誅，「其黨翰林學士張漸、竇華，中書舍人宋昱，吏部郎中鄭昂，俱走山谷，民爭其貲，富埒國忠。昱戀貲產，竄入都，為亂兵所殺」。❷有種　能傳給子孫後代；有嗣。《史記・陳涉世家》：「王侯將相寧有種乎！」《晉書・劉頌傳》：「聞（張）華子得逃，喜曰：『茂先（華字），卿尚有種也！』」此句宋蜀本、明十卷本、奇字齋本俱作「交則有擇」。

【語譯】宋進馬，是中書舍人宋公的兒子。宋公沒有弟兄，只有兒子一個而已。就文才而言則宋公有後嗣，品德方面父子兩人也相似。兒子忽然得病很快去世，醫師都趕不上為他看病。宋公哀悼他，別人也為他而傷心。所以作詞道：

背春涉夏兮，眾木藹❶以繁陰，連金華與玉堂❷兮，宮閣鬱其沉沉❸。百官並入兮，何語笑之啞啞❹，君獨靜默以傷心？草王言❺兮不得辭，裁❻悲減思兮少時。僕夫❼命駕兮，出閶闔歷通逵❽。陌上人兮如故，識不識兮往來，眼中不見兮吾兒，驂紫騮兮從青驪❾。低光❿垂彩兮，怳⓫不知其所之。闢朱戶兮望華軒，意斯子兮候門，忽思瘞⓬兮城南，心瞀亂⓭兮重昏⓮。仰訴天之不仁兮，家惟一身身止一子，何胤嗣⓯之不繁，就單斃⓰而又死！將清白兮遺誰？問《詩》禮兮已矣⓱。哀從中兮不可勝，豈暇料餘⑱年兮復幾？日黯黯兮頹⑲曄，烏翩翩兮疾飛，邈窮天⑳兮不返，疑有日兮來歸。靜言思㉑兮永絕，復驚㉒叫兮沾衣。客有弔之者曰：觀未始兮有物㉓，同委蛻兮胡悲㉔？且延陵兮未至㉕，況西河兮不知㉖。學無生㉗兮庶可，幸能聽于吾師㉘。

【注　釋】❶藹　樹木茂密。❷金華與玉堂　皆漢未央宮之殿名，此借指唐皇宮。《文選》班固〈西都賦〉：「金華玉堂，白虎麒麟，區宇若茲，不可殫論。」李善注：「《三輔黃圖》曰：未央宮有……金華殿、太玉堂殿、中白虎殿、麒麟殿。」❸沉沉　《史記・陳涉世家》：「夥頤！涉之為王沉沉者！」《集解》引應劭曰：「沉沉，宮室深邃之貌也。」❹啞啞　笑聲。《易・震》：「笑言啞啞。」《釋文》：「烏客反。馬（融）云：笑聲。鄭（玄）云：樂也。」❺草王言　中書舍人掌草詔，故云。《唐六典》卷九：「中書舍人……掌侍奉進奏，參議表章。凡詔旨敕制，及璽書冊命，皆按典故起草進畫。」❻裁　節制。❼僕夫　御者。《詩・小雅・出車》：「召彼僕夫，謂之載矣。」傳：「僕夫，御夫也。」❽出閶句　謂走出宮門經過四通八達的大路。閶闔，皇宮之正門。通逵，四通八達的大道。謝靈運〈君子有所思行〉：「密親麗華苑，軒甍飾通逵。」❾驂紫句　寫其子昔日乘車所用的馬。驂紫騮，以紫騮（赤色駿馬）為兩驂（位於車兩旁的馬）。從青驪，後面跟隨著青驪馬（黑色馬）。漢樂府〈陌上桑〉：「何用識夫婿？白馬從驪駒。」❿低光　指荷花。王嘉《拾遺記》卷六：「昭帝始元元年，穿淋池，廣千步。中植分枝荷，一莖四葉，狀如駢蓋，日照則葉低蔭根莖，若葵之衛足，名低光荷。」參見《三輔黃圖》卷四。⓫怳　失意貌；精神恍惚貌。⓬瘞　埋葬。⓭瞀亂　昏亂。《楚辭・九辯》：「慷慨絕兮不得，中瞀亂兮迷惑。」⓮重昏　《楚辭・九章・涉江》：「余將董道而不豫兮，固將重昏而終身。」王逸注：「昏，亂也。」朱熹注：「重復暗昧，終不復見光明也。」⑮胤嗣　子孫；後代。胤，趙注本原作「引」，據宋蜀本、麻沙本、明十卷本等校正。⑯單尠　單少。⑰問詩句　《論語·季氏》載，一日，孔子嘗問其子鯉曰：「學《詩》乎？」他日，又問曰：「學禮乎？」鯉先於孔子而卒（參見《論語·先進》），情況正與宋公之子同，故曰「已矣」。⑱餘　明十卷本作「天」。⑲頹　墜落。宋蜀本、明十卷本作穨，奇字齋本作隕，注：「一作餘。」按，穨即「隕」之形誤字。⑳窮天　窮盡天際。鮑照〈淩烟樓銘〉：「重樹窮天，通原盡目。」㉑靜言思　《詩·邶風·柏舟》：「靜言思之，寤辟有摽。」言，助詞。㉒驚　宋蜀本、明十卷本、奇字齋本俱作「號」。㉓未始兮有物　未曾有物，一切虛無。《莊子·庚桑楚》：「古之人，其知（智）有所至矣。惡乎至？有以為未始有物者，至矣，盡矣，弗可以加矣！其次以為有物矣（以上文字又見於〈齊物論〉），將以生為喪也（生是從無變有，由虛無之道觀之，即有所喪失），以死為反也（把死看作是從有還原為無），是以分已（這已經是有生死之分了）。」又〈則陽〉曰：「夫聖人未始有天，未始有人，未始有始，未始有物。」㉔同委句　謂宋公之子的死，是天地賦予的蛻變，為何悲傷。委蛻，《莊子·知北遊》：「舜曰：『吾身非吾有也，孰有之哉？』曰：『是天地之委形也（這是天地付給的形體）。……子孫非汝有，是天地之委蛻也（這是天地付給的蛻變）。故行不知所往，處不知所持，食不知所味（謂行動、居處、飲食都不由自主）。』」㉕延陵兮未至　《禮記·檀弓下》：「延陵季子適齊，於其反也，其長子死，葬於嬴、博之間。孔子曰：『延陵季子，吳之習於禮者也。』往而觀其葬焉，其坎（墓穴）深不至於泉，其斂以時服。既葬而封，廣輪（從）揜（掩）坎，其高可隱也（注：「隱，據也。封可手據，謂高四尺。」）。既封，左袒，右還（圍繞）其封，且號者三，曰：『骨肉歸復于土，命（性；自然之性）也；若魂氣則無不之也，無不之也。』而遂行。孔子曰：『延陵季子之於禮也，其合矣乎！』」此處反用其意，謂延陵季子處理其子之喪，未能達到最高境界。㉖西河兮不知　《史記·仲尼弟子列傳》：「孔子既沒，子夏居西河（戰國魏地）教授，為魏文侯師。其子死，哭之失明。」此指子夏哭其子，至於失明，非智也。㉗無生　見〈登辨覺寺〉注⑩。㉘吾師　謂吾所學習、效法者。《左傳》襄公三十一年：「其所善者，吾則行之；其所惡者，吾則改之，是吾師也。」

【語　譯】過了春天到了夏天啊，各種樹木茂盛而樹陰濃密，金華殿與玉堂殿相連啊，宮室樓閣繁盛而深邃。各級官吏一起進入皇宮啊，為什麼大家的說笑之聲啞啞，而宋公您獨自靜默不語心中悲傷？起草詔書啊您不能推辭，節制悲傷減少思念啊只有片時。趕馬車的人駕起車啊，您走出宮門經過了四通八達的大路。路上的人啊跟原來一樣，認識的與不認識的啊往來不斷，眼中看不見啊我的兒子，他的車兩旁套著紫騮馬啊後面跟隨著青驪駒。這時荷花正煥發光彩啊，您卻精神恍惚不知該往哪裡去。紅漆的大門打開啊望見了華美的房屋，您料想兒子啊正在門口等候，忽然想起他已埋葬啊在長安城南，您心神昏亂啊亂上加亂。對上傾訴上天的不仁啊，一個家唯有您獨子單傳，而您自身又只有一個兒子，為什麼後代這麼不多，遇上單獨一個而又死去！您將把清白的家風啊留給誰？您詢問兒子學《詩》學禮的事啊已成過去。悲傷由內心產生啊不可克制，哪有空閒預料此生剩餘的日子啊更有多少？太陽昏暗啊失去光芒，鳥兒翩翩啊輕快地飛翔，遠飛入天啊不再回返，而您疑惑有一天兒子啊還會歸來。冷靜地一想啊業已永別，您又驚叫一聲啊淚流沾濕衣裳。客人有前來弔唁的說道：請觀察世上未曾啊有物一切虛無，死亡同於天地付給的蛻變啊為什麼要悲哀？況且延陵季子辦理兒子的喪事啊未能達到最高境界，子夏哭弔亡兒至於失明啊並不聰明。學習佛教的無生之理啊大致就可以，希望您能夠接受我所師法的這一佛教的義理。

【研　析】這篇哀辭趙注本作為「文」收錄，今存王維集最早的刻本宋蜀刻《王摩詰文集》與詩、賦、讚混編，錄入卷一，而《全唐詩》則作為「詩」收錄。《全唐詩》編者將這篇押韻的騷體哀辭作為騷體詩收入，不無道理。本哀辭正文雖乏深意，但抒情色彩很濃。開頭九句寫夏日草木繁茂，宮殿幽深，入宮的百官均語笑之聲啞啞，唯獨宋公為喪子而傷心，就是起草詔書的工作，也僅能使他片時間「裁悲滅思」。接下八句寫宋公下班後走出宮門，街上行人車馬往來，一切如舊，唯獨見不到自己兒子坐的車，因此神情恍惚，不知所之。下面十八至二十一句，寫宋公回到自家門前，發現兒子再也不能像從前那樣在門口等候，於是精神極度昏亂。接著二十二至二十九句，寫宋公極其痛苦中的對天傾訴：為什麼自己家中只有獨子單傳卻又夭亡？並抒寫其家風無人承繼的不可抑止的哀傷。下面三十至三十五句，先寫黃昏之景，以烘托悲傷之情，然後寫精神恍惚中，宋公覺得兒子似乎還會歸來，當發現此事完全不可能實現時，他的痛苦更加達到高潮。以上描寫，堪稱反覆抒發，淋漓盡致，細致入微。最後三十六至四十二句，是作者對宋公的安慰之辭，主旨是希望宋公能用佛教的「無生之理」來消除痛苦。所謂「無生」，即「無滅」，大寂靜如涅槃。王維所崇信的佛教認為，獲得了「無生之理」，即是斷除了生滅的煩惱與「生死」諸苦，所以能用它來消除宋公獨子夭亡的痛苦。

謝除太子中允表

【題　解】太子中允，東宮官屬有太子中允二人，正五品下。《舊唐書・職官志》：「（太子）左庶子掌侍從贊相，駁正啟奏，中允為之貳。」安史之亂中，王維為叛軍所獲，被迫接受偽職；至德二載（七五七）十月，唐軍收復東京，王維及諸陷賊官皆被收繫獄中，同年十二月，肅宗赦免王維之罪，乾元元年（七五八）春復官，授太子中允。本文即王維復官後呈獻給肅宗的謝表。參見拙作〈王維年譜〉。

臣維稽首言：伏奉某月日制，除臣太子中允，詔出宸衷❶，恩過望表，捧戴惶懼，不知所裁❷。臣聞食君之祿，死君之難，當逆胡干紀❸，上皇出宮，臣進不得從行，退不能自殺，情雖可察，罪不容誅❹。伏惟光天文武大聖孝感皇帝❺陛下，孝德動天，聖功冠古，復宗社❻於墜地❼，救塗炭於橫流❽；少康不及君親❾，光武出于支庶❿，今上皇返正⓫，陛下御乾⓬，歷數前王，曾無比德。萬靈抃躍⓭，六合歡康，仍開祝網之恩⓮，免臣釁鼓⓯之戮，投書⓰削罪，端袵⓱立朝。穢汙⓲殘骸，死滅餘氣，伏謁明主⓳，豈不自愧于心？仰廁群⓴臣，亦復何施其面？跼天內省，無地自容㉑。且政化之源，刑賞㉒為急，陷身凶虜，尚沐官榮，陳力㉓興王㉔，將何寵異？況臣夙有誠願，伏願陛下中興，逆賊殄滅，臣即出家修道，極其精勤，庶裨萬一。頃者身方待罪㉕，國未書刑㉖，若慕龍象㉗之儔，是避魑魅之地㉘，所以鉗口㉙，不敢萌心。今聖澤含弘㉚，天波㉛昭洗㉜，朝容罪人食祿，必招屈法㉝之嫌，臣得奉佛報恩，自寬不死㉞之痛，謹詣銀臺門㉟冒死陳請以聞，無任惶恐戰越之至。

【注釋】❶宸衷　帝王之心意。❷不知所裁　陸機〈謝平原內史表〉：「拜受祇竦，不知所裁。」裁，裁斷；處理。❸逆胡干紀　指安祿山反。干紀，干犯法紀。❹罪不容誅　謂罪大惡極，處死猶不足以抵罪。《漢書・王莽傳》：「惡不忍聞，罪不容誅。」❺光天文武大聖孝感皇帝　《舊唐書・肅宗紀》：「(至德)三載(七五八)正月……戊寅，上皇(玄宗)御宣政殿，冊皇帝尊號曰光天文武大聖孝感皇帝。」趙注本原作「光天文武至聖皇帝」，此從《全唐文》。❻宗社　宗廟和社稷。孔融〈論盛孝章書〉：「宗社將絕，又能正之。」❼墜地　喻衰落、喪失。《論語・子張》：「文武之道，未墜於地，在人。」❽橫流　喻動亂的局勢。《文選》傅亮〈為宋公修張良廟教〉：「夷項定漢，大拯橫流。」又陸倕〈石闕銘〉：「拯茲塗炭，救此橫流。」❾少康句　《左傳》哀公元年：「(澆)滅夏后相(杜注：『夏后相，啟孫也。后相失國……復為澆所滅。』)，后緡(相妻)方娠，逃出自竇，歸于有仍(后緡，有仍氏女)，生少康焉。……澆使椒求之，逃奔有虞，為之庖正(掌飲食之官)，以除其害(猶言以避己害)。虞思(思，有虞酋長之名，姚姓)於是妻之以二姚(妻以二女)，而邑諸綸，有田一成(方十里為成)，有眾一旅(五百人為旅)。能布其德，而兆(始)其謀，以收夏眾，撫其官職；……遂滅過(澆之國)、戈(澆弟豷之國)，復禹之績，祀夏配天(祀夏祖同時祀天帝)，不失舊物。」君親，《孝經・聖治章》：「君親臨之，厚莫重焉。」注：「謂父為君以臨於己，恩義之厚，莫重於斯。」少康中興之時，其父相已早卒，故云「不及君親」。⑩光武句　《後漢書・光武帝紀》：「世祖光武皇帝……高祖九世之孫也。出自景帝，生長沙定王發（景帝庶子），發生春陵節侯買，買生鬱林太守外，外生鉅鹿都尉回，回生南頓令欽，欽生光武。」支庶，宗族的旁出分支。《史記・漢興以來諸侯王年表序》：「及天子支庶子為王，王子支庶為侯，百有餘焉。」此言光武亦中興之君，然出於支庶。⑪返正　回復本位。指復還長安。⑫御乾　統治天下。⑬抃躍　鼓掌跳躍。⑭仍開句　見〈既蒙宥罪旋復拜官伏感聖恩竊書鄙意兼奉簡新除使君等諸公〉注②。⑮釁鼓　《左傳》僖公三十三年：「君之惠，不以纍臣釁鼓。」杜注：「殺人以血塗鼓，謂之釁鼓。」⑯投書　謂捐棄有關文書，不復究問。⑰端衽　正襟。⑱汙　趙注本原作「汗」，據宋蜀本、麻沙本、明十卷本等校正。⑲主　麻沙本作「王」。⑳群　麻沙本作「勳」。㉑跼天二句　謂惶恐不安地自我反省，真是無地自容。陸機〈謝平原內史表〉：「感恩惟咎，五情震悼，跼天蹐地，若無所容。」跼天，形容惶恐不安，語本《詩・小雅・正月》：「謂天蓋高，不敢不跼；謂地蓋厚，不敢不蹐。」跼，曲身。㉒賞　宋蜀本作「當」。㉓陳力　施展其才力。班彪〈王命論〉：「英雄陳力，群策畢舉。」㉔興王　興國之君。《文選》顏延之〈赭白馬賦〉：「泰階之平可升，興王之軌可接。」㉕身方待罪　指至德二載十月唐軍收復東京後，維及諸陷賊官俱被收繫獄中，等待定罪。㉖書刑　書寫應受之刑，猶言判罪。㉗龍象　見〈能禪師碑〉四段注④。㉘避魑魅之地　猶言逃避流放。魑魅之地，魑魅出沒的荒遠之地。《左傳》文公十八年：「（舜）流四凶族，渾敦、窮奇、檮杌、饕餮，投諸四裔，以禦魑魅。」注：「裔，遠也。放之四遠，使當魑魅之災。魑魅，山林異氣所生，為人害者。」㉙鉗口　猶閉口。《淮南子・本經》：「今至人生亂世之中……鉗口寢說，遂不言而死者眾矣。」㉚含弘　廣大、無不包含之意。《易・坤》：「含弘光大，品物咸亨。」疏：「包含宏厚，光著盛大，故品類之物，皆得亨通。」㉛天波　《文選》陸機〈謝平原內史表〉：「苟削丹書，得夷平民，則塵洗天波，謗絕眾口。」張銑注：「天波，喻天子恩澤。」㉜昭洗　謂洗去汙垢使明潔。指赦免罪尤，使得自新。《文選》謝脁〈始出尚書省〉：「中區咸已泰，輕生諒昭洒（通「洗」）。」劉良注：「信可昭明洗滌穢濁也。」陳子昂〈為張著作謝父官表〉：「誠以天波昭洗，得更自新，所以忍垢偷生，剋躬自勵，期效萬一。」㉝屈法　不嚴格依法而行。丘遲〈與陳伯之書〉：「主上屈法申恩，吞舟是漏。」㉞不死　即上文所謂「退不能自殺」。㉟銀臺門　《唐六典》卷七：「(大明宮)宣政(殿)北曰紫宸門，其內曰紫宸殿(注：『即內朝正殿也。』)。……殿之東曰左銀臺門，西曰右銀臺門。」此當指右銀臺門，《金石萃編》卷九四〈會善寺戒壇牒〉云「謹詣右銀臺門奉表陳謝以聞」，可證。

【語譯】臣王維叩首報告：俯伏在地恭敬地捧著某月某日的制書，任命臣為太子中允，詔令出自皇上的心意，恩澤超出臣的希望之外，雙手托舉著制書驚恐不安，不知如何處理。臣聽說享用君主的俸祿，就要為君主的危難而死，當叛逆的胡人干犯法紀的時候，太上皇走出皇宮，臣進不能隨太上皇出行，退不能自殺，情況雖可察知，而罪惡極大，處死猶不足以抵罪。臣想到光天文武大聖孝感皇帝陛下，尊祖愛親的品德感動上天，帝王的功業蓋過前代，恢復宗廟社稷於喪失之時，拯救苦難中的人民於動亂之際；歷史上少康的中興君親沒有能見到，中興的光武帝出自帝王宗族的旁支，而現今太上皇復還長安，陛下統治天下，一一列舉前代的帝王，竟沒有人德行能與陛下相比。萬民鼓掌跳躍，上下四方歡樂，於是大開德及禽獸的恩惠，免去臣殺頭後用血塗鼓的懲罰，捐棄有關文書，削除臣的罪過，讓臣整理好衣服站立於朝廷。臣這骯髒的老朽之軀，只有死亡前殘留的一點氣息，伏在地上謁見聖明的君主，哪裡能不自愧於心？向上置身於群臣之中，又往何處安放這臉面？惶恐不安地自我反省，真是無地自容。而且政治教化的本源，以刑罰與獎賞為最緊要，陷身於兇惡的敵人中，尚且蒙受為官的榮耀，施展才力於興國之君，又將如何給予特殊的尊寵？何況臣早有真誠的願望，祝願陛下中興，叛逆的賊寇滅絕，臣便出家修習佛家之道，十分專心勤奮，希望能夠彌補罪過於萬分之一。不久前臣正等待定罪，國家尚未判定應受的刑罰，如果表示仰慕佛徒中修行勇猛精進如龍似象之輩，就是逃避被流放到魑魅出沒的荒遠之地，所以閉口不提，也不敢在心裡萌動這個念頭。現今皇上的恩澤包容廣大，天子的恩波洗去了臣身上的汙垢，但朝廷如果容許罪人享用俸祿，必定招致不嚴格依法而行的埋怨，臣希望能夠尊奉佛教報答皇上的恩典，自我寬解當年沒有自殺的痛苦，謹到右銀臺門冒死陳述理由並提出請求，以使皇上知道，臣不勝惶恐戰慄之至。

【研析】這篇謝表主要有以下內容：一、文章開頭十五句，表達對於天子恢復自己官職的感激和自己陷身安史叛軍之中，而未曾自殺的悔恨之情。二、接下十一句，頌揚唐肅宗收復兩京的「中興」之功。三、第二十七至四十句，寫肅宗赦己之罪和自己復官後，立身於朝廷極為羞愧、內疚與惶恐的心情。這種心情對於王維晚年的思想行為、詩文創作都有重要影響，值得我們加以注意。四、文章最後二十六句，先說自己「陷身凶虜」卻未受到懲罰而復官，這「必招屈法之嫌」，因此請求天子允許自己不復為官，而「出家修道」。看來天子沒有答應王維的請求，所以他直到辭世，都一直做著官。這篇謝表內容頗多，而寫得言簡意賅；表章不宜長篇大論，作者深明此理，故文章寫來甚為得體。

與工部李侍郎書

【題解】工部李侍郎，即李遵。《舊唐書．肅宗紀》：「（至德二載）十二月戊午朔，上御丹鳳門，下制大赦。蜀郡靈武元從功臣……殿中監李輔國成國公，宗正卿李遵鄭國公，兼進封邑。」《唐會要》卷四五：「至德二載十二月朔日赦文，扈從劍南、締構靈武冊勳三十三人……宗正卿兼工部侍郎李遵加特進，封鄭國公，實封二百戶。」獨孤及〈唐故特進太子少保鄭國李公墓誌銘〉曰：「少保諱遵，……（肅宗）即皇帝位，拜公尚書工部侍郎，領宗正卿。乘輿南旋，公封鄭伯。舊京始復，公典營建。……乾元二年，論功行封，策為鄭國公，定食實封二百戶，加特進、工部尚書，宗正如故。」知遵自至德元載至乾元元年官工部侍郎。文中云「候涼時即躬詣門下奉謝」，則本文當作於乾元元年（七五八）夏。這封書信表達了對工部李侍郎「猥不見遺」的感激之意。

一昨出後❶，伏承今從官將軍車騎❷至陋巷見命，恨不得隨使者詣舍下謁。才非張載，枉傅玄以車相迎❸；德謝侯生，辱信陵虛左見待❹。古人有此，今也未聞，所以竦踊❺惕息❻，通夕不寐。維自結髮，即枉眷顧，侍郎素風❼，維知之矣。宿昔貴公子❽，常下❾交布衣，盡禮髦士❿，絕甘分少⓫，致醴以⓬飯，汲汲⓭于當世之士，常如不及⓮，故夙著問望⓯，為孟嘗⓰平原之儔。及乎晚歲時危，益見臣節，草莽之中，乘輿播越⓱，列郡或棄車走林⓲，畏賊顧望⓳，貢獻不至，莫有關心；侍郎慨然，枕戈泣血，奮不顧命，捍衛聖主⑳。楊奉之以兵奉迎㉑，蕭何之運糧致饋㉒，曹洪之以良馬濟㉓，趙衰之以壺飧從㉔。收合亡騎，繕完棄甲㉕，喻以大義，慰而勉之。然後以劍率卒㉖，執戈前驅㉗，浹辰㉘之間，六軍響振㉙，以成興復之業。豈非侍郎忠節蓋世，義貫白日㉚？垂名竹帛㉛，為一代宗臣㉜，誠可愛也。或曰，宗子㉝與國同休㉞，不得不爾也。夫仁弱自愛者，且奔竄伏匿，偷延晷刻，窮蹙㉟既至，即匹夫匹婦，自經于溝瀆㊱，安能決命爭首㊲，慷慨大節，死生以之㊳乎？而能不邀寵于上，不干功㊴于下，不怠邦政，不受私謁，時與風流儒雅之士，置酒高會，吟詠先王遺風，翛然㊵有東山之志㊶，善矣！

【注　釋】❶一昨出後　指前些日子出獄後。維於至德二載十月入獄，同年十二月被宥出獄。說見拙作〈王維年譜〉。❷將軍車騎　宋蜀本作「將軍騎」，麻沙本作將「多車騎」。按，原文疑當作「將車騎」，指攜帶車馬以迎請維；宋蜀本之「軍」，蓋即「車」之形誤字。❸才非二句　謂自己才能不像張載，卻委屈傅玄（喻李侍郎）以車相迎。《晉書·張載傳》：「載性閑雅，博學有文章。……為〈濛汜賦〉，司隸校尉傅玄見而嗟嘆，以車迎之，言談盡日，為之延譽，遂知名。」❹德謝二句　見〈東門歌〉注❹。謝，不如。❺竦踊　聳身而踊，狀神情緊張興奮。魏文帝〈彈棊賦〉：「於時觀者，莫不虛心竦踊，咸側息而延佇。」《晉書・傅玄傳》：「玄天性峻急，不能有所容；每有奏劾，或值日暮，捧白簡，整簪帶，竦踊不寐，坐而待旦。」❻惕息　恐懼不安。《漢書・司馬遷傳》：「見獄吏則頭槍地，視徒隸則心惕息。」注：「惕，懼也；息，喘息也。」❼素風　指平素之風。❽宿昔句　謂侍郎年輕時為貴公子。〈鄭國李公墓誌銘〉：「少保諱遵，皇唐太祖景帝七世孫也。」❾下　趙注本原作「不」，據宋蜀本、《全唐文》改。❿髦士　英俊之士。《詩・小雅・甫田》：「攸介攸止，烝我髦士。」傳：「髦，俊也。」⓫絕甘分少　謂自己拒絕甘美食物，即使食物很少亦與眾人分享。《漢書・司馬遷傳》：「以為李陵素與士大夫絕甘分少，能得人之死力，雖古名將不過也。」注：「自絕旨甘，而與眾人分之，共同其少多也。」⓬以　和。麻沙本作「比」。⓭汲汲　形容心情急切、努力追求。宋蜀本、麻沙本作「急急」。⓮常如不及　常常感到像是追求不上的樣子。《禮記・問喪》：「汲汲然，如有追而弗及也。」⓯問望　聲望。問，通「聞」。⓰孟嘗　見〈送岐州源長史歸〉注❶。⓱播越　流亡。《左傳》昭公二十六年：「茲不穀震盪播越，竄在荊蠻。」此處指安祿山陷潼關後玄宗出逃。⓲棄車走林　語出《左傳》宣公十二年：「王乘左廣以逐趙旃，趙旃棄車而走林（跑入林中）。」⓳顧望　猶觀望。《漢書・王嘉傳》：「外內顧望，操持兩心。」⓴侍郎四句　《舊唐書・肅宗紀》：「（至德元載六月）庚子，（上）至烏氏驛，彭原太守李遵謁見，率兵士奉迎，仍進衣服糧糗。上至彭原，又募得甲士四百，率私馬以助軍。」〈鄭國李公墓誌銘〉：「明年（至德元載），長安覆沒……自新平屬之五原，二千石皆反為賊守，莫有勤王者。肅宗以餘騎十數，次於彭原，公頓首迎謁，且憤且喜，因獻衣服鞍馬，泣問大計。乃悉發倉庫，募敢死士，獲九百餘人，公自誓眾扈蹕而北。翌日，師次臨涇，又北至於平原，收攜貳逆命者，斬之以殉，破其餘黨，進幸靈武。旬日之間，有眾至數萬，王師遂張。」枕戈泣血，語出《晉書・桓溫傳》：「枕戈（以戈為枕）泣血，志在復讎。」泣血，淚盡血出，形容極度悲傷。㉑楊奉句　事見《後漢書・獻帝紀》：「（興平二年）秋七月甲子，車駕（自長安）東歸（洛陽）。……十一月庚午，李傕、郭汜等追乘輿，戰於東澗，王師敗績。……壬申，幸曹陽，露次田中，楊奉、董承引白波帥胡才、李樂、韓暹及匈奴左賢王去卑率師奉迎，與李傕等戰，破之。十二月庚辰，車駕乃進。」㉒蕭何句　《史記・蕭相國世家》：「夫漢與楚相守滎陽數年，軍無見糧，蕭何轉漕關中，給食不乏。」致饋，給食。㉓曹洪句　《三國志・魏書・曹洪傳》：「曹洪，字子廉，太祖從弟也。太祖起義兵，討董卓，為卓將徐榮所敗。太祖失馬，賊追甚急，洪下以馬授太祖，太祖辭讓，洪曰：『天下可無洪，不可無君。』遂步從。」濟，救助。㉔趙衰句　事見《左傳》僖公二十五年：「晉侯問原守（原大夫）於寺人勃鞮，對曰：『昔趙衰以壺飧（飧，水澆飯；以壺盛之，故曰壺飧）從（指晉文公出亡，趙衰攜帶飯食，隨之而亡），徑（獨行小路，謂與晉文相失），餒（飢）而弗食。』故使處原（指為原大夫）。」㉕繕完棄甲　謂修繕好被丟棄的鎧甲。繕完，修繕完善。趙注本原作「繕治」，此從宋蜀本。棄，趙注本原作「兵」，此從宋蜀本。㉖以劍率卒　謂持劍率領士卒迎敵。語本《左傳》襄公二十三年：「軼用劍以帥卒，欒氏退，攝車從之。」注：「用劍，短兵接敵，欲致死。」㉗前驅　指先鋒、先頭部隊。㉘浹辰　《左傳》成公九年：「莒恃其陋，而不修城郭，浹辰之間，而楚克其三都。」「浹」為周匝，「辰」即自子至亥十二辰，浹辰謂經歷地支一遍，即十二日。辰，趙注本原作「旬」，據宋蜀本、麻沙本改。㉙響振　聲音振動。陳琳〈為袁紹檄豫州〉：「金鼓響振，布眾奔沮。」㉚義貫白日　狀義之盛。《三國志・魏書・武帝紀》：「君執大節，精貫白日，奮其武怒，運其神策。」㉛垂名竹帛　留聲名於史冊。曹植〈求自試表〉：「功勳著于景鐘，名稱垂于竹帛。」「竹」謂簡冊，「帛」謂縑素。㉜一代宗臣　《漢書・蕭何曹參傳》贊：「唯何、參擅功名，位冠群臣，聲施後世，為一代之宗臣。」注：「言為後世之所尊仰，故曰宗臣也。」㉝宗子　皇族子弟。《文選》曹冏〈六代論〉：「內無宗子以自毗輔，外無諸侯以為蕃衛。」㉞同休　指同休戚。《三國志・蜀書・費詩傳》：「且王與君侯，譬猶一體，同休等戚，禍福共之。」㉟窮蹙　困窮；處境窘迫。《文選》宋玉〈九辯〉：「悲憂窮蹙兮獨處廓，有美一人兮心不繹。」㊱即匹二句　謂即像平民百姓那樣，在山溝中上吊自殺。語本《論語・憲問》：「豈若匹夫匹婦之為諒也，自經於溝瀆而莫之知也？」㊲決命爭首　謂拼命爭先而戰。《文選》李陵〈答蘇武書〉：「疲兵再戰，一以當千，然猶扶乘創痛，決命爭首。」呂向注：「士卒用命，扶其創，乘其痛，爭為先首而戰也。」決命，猶言拼命。㊳死生以之　《左傳》昭公四年：「鄭子產作丘賦，國人謗之……子產曰：『何害？苟利社稷，死生以之。』」以，由也。㊴干功　求功。㊵翛然　自由自在、無拘無束貌。《莊子・大宗師》：「古之真人，不知說生，不知惡死……翛然而往，翛然而來而已矣。」㊶東山之志　退隱之志。《晉書・謝安傳》載，安初除佐著作郎，以疾辭官，隱於東山。朝廷屢詔不仕，至年四十餘方出為桓溫司馬。後官至中書監、錄尚書事，復加司徒、侍中，「然東山之志始末不渝，每形於言色」。

【語　譯】 前些日子出獄後，承蒙侍郎您讓隨從官吏帶著車馬到寒舍相請，我恨不得隨前來相請的使者到您家跪下拜見。我的才能不像張載，卻委屈傅玄以車相迎；品德不如侯生，而讓信陵君蒙受恥辱地空出車子左邊的尊位等候自己。古人有這樣的事，如今則沒聽說過這類事，所以緊張興奮，恐懼不安，通宵不眠。我自初成年，就委屈您關愛照顧，侍郎平素的作風，我是很瞭解的。您從前是貴公子，常向下結交平民百姓，盡力以禮接待英俊之士，自己拒絕甘美食物，即使食物很少亦與眾人分享，贈送他人酒和飯，急切地追求當世之士，常常感到像是追求不上的樣子，所以聲名早著，是孟嘗君平原君的同類人。到了晚年遇到時世艱危，更加顯現出您作為人臣的節操，在草木叢生的原野中，天子流亡，各郡官員有的扔掉車子跑入林中，有的因害怕逆賊而觀望，該送的貢品不送到，不再有戰鬥之志；而侍郎您情緒慷慨激昂，用戈作枕，哭泣見血，奮不顧身，捍衛聖明君主。就像當年楊奉的領兵恭迎漢獻帝，蕭何的轉運關中糧食供給漢軍，曹洪的用良馬救助魏太祖，趙衰的攜帶飯食隨從晉文公出亡。您收集逃亡的騎兵，修繕好被丟棄的鎧甲，用君臣大義曉諭士兵，慰問並勉勵他們。然後持劍率領士兵迎敵，手執戈矛充當先鋒，於是十二日之間，整個軍隊振動，從而成就了國家的復興之業。這難道不是侍郎忠貞的節操蓋過當世之人，義氣之盛至於能遮蔽太陽的結果嗎？您將留聲名於史冊，成為一世所尊仰的名臣，實在令人敬愛啊。有人說，皇族子弟與國家休戚與共，不得不如此啊。皇族子弟中那些仁愛懦弱自己愛護自己的人，在世亂中就慌忙逃跑，或者躲藏起來，暗地裡拖延時刻，窘迫的處境一到來，便像平民百姓那樣，在山溝裡上吊自殺，怎麼能夠做到拼命爭先，慷慨激昂，有臨難不苟的節操，是死是生都聽之任之呢？而您還能做到不謀求恩寵於上，不求取功勞於下，不懶於治理國家軍政，不接受出於私事的干謁請託，時常與風流儒雅之士，設宴聚會，歌詠前代賢明君王的遺風，一副無拘無束的樣子，有退隱東山的志向，多麼令人讚歎啊！

維雖老賤，沉跡無狀❶，豈不知有忠義之士乎？亦常延頸企踵❷，嚮風慕義❸無窮也，然不敢自列于下執事❹者，以為賤貴有倫，等威❺有序，以間人持不急之務，朝夕倚門窺戶，抑亦侍郎之所惡也。而猥❻不見遺，思曹公命吳質❼，將何以塞❽知己之望，報厚顧之恩？內省空虛，流汗而已！輒先馳狀❾，候涼時即躬詣門下奉謝。王維頓首。

【注釋】❶沉跡句　沉跡，隱匿形跡。陸機〈漢高祖功臣頌〉：「赫矣高祖，肇載天祿。沉跡中鄉，飛名帝錄。」無狀，《漢書・東方朔傳》：「妾無狀，負陛下，身當伏誅。」注：「無狀，猶言無顏面以見人也。一曰，自言所行醜惡無善狀。」多作自謙之詞。❷延頸企踵　伸長脖子踮起腳跟，形容殷切盼望。揚雄〈劇秦美新〉：「海外遐方，信延頸企踵，回面內嚮，喁喁如也。」❸嚮風慕義　嚮往其風範道義。《文選》司馬相如〈喻巴蜀檄〉：「延頸舉踵，喁喁然，皆嚮風慕義，欲為臣妾。」❹下執事　指李手下供役使之人。❺等威　與人的不同等級身分相應的威儀。《左傳》宣公十二年：「君子小人，物有服章。貴有常尊，賤有等威。」注：「威儀有等差。」❻猥　謙詞。辱；承蒙。❼曹公命吳質　《三國志・魏書・王粲傳》：「吳質，濟陰人。以文才為文帝所善……封列侯。」注：「《魏略》曰：『質字季重，以才學通博，為五官將（即曹丕，建安十六年為五官中郎將）及諸侯所禮愛，質亦善處其兄弟之間，若前世樓君卿之游五侯矣。……。』……及魏有天下，文帝徵質，與車駕會洛陽。到，拜北中郎將，封列侯，使持節督幽并諸軍事。……〈質別傳〉曰：『帝嘗召質及曹休歡會，命郭后出見質等，帝曰：「卿仰諦視之。」其至親如此。』」此處蓋即以曹丕徵質來會，喻侍郎「令從官將車騎至陋巷見命」事。趙殿成校曰：「『曹』字疑是『車』字之誤。」❽塞　答；報答。《漢書・終軍傳》：「獻享之精交神，積和之氣塞明。」注：「塞，答也。明者明靈，亦謂神也。」❾馳狀　速送書信。馳，趙注本原作「持」，據宋蜀本、麻沙本、明十卷本等改。

【語　譯】我雖年老低賤，隱匿形跡，行為醜惡，難道不知道有忠義之士嗎？我也常伸長脖子踮起腳跟，殷切盼望見到他們，嚮往他們的風範道義永無終止之時，然而之所以不敢自列於您手下僕從中的一員，是因為我認為貴賤有序，和人的身分地位相應的威儀有一定次第，我以一個閒人拿著不急的事情，早晚倚著您家的大門往裡窺看，恐怕也是侍郎您所厭惡的。而承蒙不被您遺棄，這讓我想起曹公命吳質來洛陽相會的事，我將用什麼來報答知己的看望，酬報他對自己多加關照的恩惠？內心自我反省感到空虛，羞愧得直淌汗而已！就先迅速送上這封信，等天涼快時，即親自到您門下致謝。王維頓首。

【研　析】這是一封給工部侍郎李遵的信。李遵是唐高祖李淵的祖父李虎的七世孫，安史之亂中護衛唐肅宗在靈武建立朝廷的功臣，封鄭國公。這封信可分為兩段。首段前十一句，寫在自己倒霉失意之時，蒙李侍郎「不見遺」，這讓自己十分感動、興奮和不安。接下六十餘句，轉入對侍郎之「素風」與功績的讚頌。先說侍郎從前作為貴公子，一向禮賢下士，有孟嘗君、平原君之風。接著敘述侍郎在安史之亂中，立下的非一般「宗子」所能比擬的「捍衛聖主」、「執戈前驅」的功勳。最後說侍郎有功而不以功臣自居，「素風」不變。信的第二段說，侍郎是自己無限嚮往的忠義之士，自己之所以不能親到門下拜謁的原因，是以為「賤貴有倫，等威有序」，然而其真正的原因恐怕是，即便倒霉失意，作者也不願走干謁請託貴人之路；而且侍郎既然「不受私謁」，自己也就理當避「私謁」之嫌。信的最後，以表達對侍郎的感激之情作結。從這封不長的信裡，讀者不難感知王維的為人。

大唐故臨汝郡太守贈祕書監京兆韋公神道碑銘并序

【題　解】臨汝郡，即汝州，天寶元年改為臨汝郡，乾元元年復舊，治所在今河南臨汝。韋公，即韋斌。《舊唐書・韋斌傳》云：「(天寶)十四載，安祿山反，陷洛陽，斌為賊所得，偽授黃門侍郎，憂憤而卒。及克復兩京，肅宗乾元元年，贈祕書監。」《舊唐書・韋斌傳》、《新唐書・宰相世系表》俱稱斌官「臨安太守」，按，「臨安」乃「臨汝」之訛，說見岑仲勉《元和姓纂四校記》卷二。題下注語趙注本原無，據宋蜀本、麻沙本、明十卷本等補。本文當作於乾元元年(七五八)

韋斌贈祕書監之後。文中記述韋斌一生的事跡，並敘及作者被安史叛軍俘獲後的遭遇。

坑七族❶而不顧，赴五鼎而如歸❷，徇❸千載之名，輕一朝之命，烈士之勇也。隱身流涕，獄急不見❹；南冠而縶，遜詞以免❺；北風忽起，刎頸送君❻，智士之勇也。種族其家❼，則廢先君❽之嗣；戮辱及室，則累天子之姻❾，非苟免以全其生，思得當有以報漢❿；棄身為餌，俛首入槖⓫，偽就以亂其謀，佯愚以折其僭⓬，謝安伺桓溫之亟⓭，蔡邕制董卓之邪⓮，然後吞藥自裁，嘔血而死，仁者之勇，夫子為之。

【注釋】❶七族　《史記・魯仲連鄒陽列傳》：「然則荊軻之湛（沉）七族，要離之燒妻子，豈足道哉！」《集解》：「張晏曰：七族，上自曾祖，下至曾孫。」《索隱》：「父之姓，一也；姑之子，二也；姊妹之子，三也；女之子，四也；母之姓，五也；從子，六也；及妻父母，凡七族也。」❷赴五句　《史記・平津侯主父列傳》：「且丈夫生不五鼎食，死即五鼎烹耳。」《漢書・主父偃傳》注：「五鼎烹之，謂被鑊烹之誅。」「赴五鼎」即謂就烹刑。《新序・義勇》：「佛肸以中牟叛，置鼎于庭，致士大夫曰：『與我者受邑，不吾與者烹。』大夫皆從之。至於田卑，曰：『義死不避斧鉞之罪，義窮不受軒冕之服。無義而生，不仁而富，不如烹！』褰衣將就鼎，佛肸脫屨（謂疾趨而鞋脫落）而生（或作「止」，是）之。」❸徇　通「殉」。賈誼〈鵩鳥賦〉：「貪夫徇財兮，烈士徇名。」

❹隱身二句　用朱建事。《史記．酈生陸賈列傳》：「辟陽侯（審食其）欲知平原君（朱建），平原君不肯見。及平原君母死……家貧，未有以發喪，方假貸服具。……辟陽侯仍奉百金往稅（以財物助人治喪謂之稅）。……辟陽侯幸呂太后，人或毀辟陽侯於孝惠帝，孝惠帝大怒，下吏欲誅之。呂太后慙，不可以言，大臣多害辟陽侯行，欲遂誅之。辟陽侯急，因使人欲見平原君，平原君辭曰：『獄急（獄訟之事正危急），不敢見君。』（平原君）迺求見孝惠幸臣閎籍孺，說之曰……於是閎籍孺大恐，從其計言帝，果出辟陽侯。辟陽侯之囚，欲見平原君，平原君不見辟陽侯，辟陽侯以為倍（背叛）己，大怒，及其成功出之，迺大驚。」隱身流涕，謂建隱身不見食其而暗中為之流涕。按，《史記》、《漢書》皆未言建嘗「流涕」，此蓋作者增飾之詞。

❺南冠二句　用鍾儀事。《左傳》成公九年：「晉侯觀于軍府，見鍾儀（時儀被囚於軍府）。問之曰：『南冠（戴南方的帽子）而縶（拘禁）者，誰也？』有司對曰：『鄭人所獻楚囚也。』使稅之（解除其拘禁）。召而弔（慰問）之。再拜稽首。問其族，對曰：『泠人（樂官）也。』公曰：『能樂乎？』對曰：『先人之職官也，敢有二事？』使與之琴，操南音。公曰：『君王何如？』對曰：『非小人之所得知也。』固問之，對曰：『其為大子也（楚共王為太子時），師、保奉之，以朝于嬰齊而夕于側也（每日早晨向令尹子重、晚上向司馬子反請教）。不知其他。』公語范文子，文子曰：『楚囚，君子也。言稱先職，不背本也；樂操土風，不忘舊也；稱大子，抑無私也；名其二卿，尊君也（直稱子重、子反之名，乃尊重晉君的表現）。……君盍（何不）歸之，使合晉、楚之成（和解）。』公從之，重為之禮，使歸求成。」遜詞，言語恭順。

❻北風二句　用侯嬴事。見〈夷門歌〉注❻。

❼種族其家　謂整個家族被誅滅。《漢書．高祖紀》：「蕭曹等皆文吏，自愛，恐事不就，後秦種族其家。」注：「誅及種族也。」

❽先君　猶言祖先。

❾戮辱二句　室，妻。姻，親戚。斌妻為玄宗弟薛王業之女，故云。

❿思得句　《文選》司馬遷〈報任少卿書〉：「（李陵）身雖陷敗，彼觀其意，且欲得其當而報於漢。」李善注：「張晏曰：欲得相當也。言欲立效以當罪而報漢恩。」《漢書．李陵傳》：「（陵）身雖陷敗，然其所摧敗，亦足暴於天下。彼之不死，宜欲得當以報漢也。」注：「言欲立功以當其罪也。」得當，獲得適當機會。

⓫俛首入槖

《文選》揚雄〈解嘲〉：「范雎，魏之亡命也：折脅摺髂，免於徽索，翕肩蹈背，扶服入橐；激印萬乘之主，介涇陽、抵穰侯而代之，當也。」扶服，即匍匐。入橐，謂藏於囊中。俛，同「俯」。按，《史記‧范雎蔡澤列傳》載，雎被魏相笞辱，詐死出亡，入於秦，途遇秦相穰侯，曾匿於秦人王稽車中，未稱雎有「入橐」事。此用〈解嘲〉之意，指暫時忍辱。⓬僭　超越本分，冒用在上者的職權行事。⓭謝安句　《晉書‧謝安傳》云：「時孝武帝富於春秋，政不自己，(桓)溫威振內外，人情噂喈，互生同異。安與坦之盡忠匡翼，終能輯穆。及溫病篤，諷朝廷加九錫，使袁宏具草。安見，輒改之，由是歷旬不就。會溫薨，錫命遂寢。」又〈桓溫傳〉云：「(溫)寢疾不起，諷朝廷加己九錫，累相催促。謝安、王坦之聞其病篤，密緩其事，錫文未及成而薨。」伺，窺測；等候。亟，急。指病勢危急。⓮蔡邕句　《後漢書‧蔡邕傳》：「董卓為司空，聞邕名高，辟之，稱疾不就。卓大怒……邕不得已，到署祭酒，甚見敬重。……初平元年，拜左中郎將，從獻帝遷都長安，封高陽鄉侯。董卓賓客部曲，議欲尊卓，比太公稱尚父，卓謀之於邕，邕曰：『太公輔周，受命翦商，故特為其號。今明公威德，誠為巍巍，然比之尚父，愚意以為未可，宜須關東平定，車駕還反舊京，然後議之。』卓從其言。初平二年六月，地震，卓以問邕，邕對曰：『地震者陰盛侵陽，臣下踰制之所致也。前春郊天，公奉引車駕，乘金華青蓋，爪畫兩轓(此為皇太子、皇子所乘之車)，遠近以為非宜。』卓於是改乘皁蓋車。卓重邕才學，厚相遇待，每集讌，輒令邕鼓琴贊事，邕亦每存匡益。」邪，即指僭越行為。

【語譯】親族都被活埋而不顧，就烹刑而視死如歸，為千載的名聲而死，看輕一時的生命，這是剛強而堅貞之士的勇敢。朱建隱身不見辟陽侯而暗中為他流淚，說獄訟的事正危急不敢相見；楚國鍾儀戴著南方人的帽子被囚於晉國，因言語恭順而被免除拘禁；北風忽然刮起的時候，侯嬴自刎送別信陵君，這些是有智慧謀略之士的勇敢；如果整個家族被殺害，那麼就要滅絕祖先的後嗣，如果殺戮和汙辱延及妻室，那麼就要連累到天子的親戚，不是得過且過地求免於損害以保全自己的生命，而是像李陵那樣想獲得適當的機會以報答漢朝；捨棄自身作為誘餌，暫時低頭忍辱地藏入囊中，偽裝就職以擾亂敵人的圖謀，佯裝愚笨以挫敗敵人的僭越行為，像謝安那樣等候到桓溫病情危急的機會，如蔡邕一般制止了董卓的邪行，然後服藥自殺，吐血而死，這是仁人的勇敢，先生就是這樣做的。

公諱某[1]，字某，京兆杜陵[2]人也。昔豕韋氏主盟于商[3]，後扶陽侯重世相漢[4]。高祖某官，父某，某官[5]，並勳德茂著，史牒詳焉。公即文貞公之仲子也[6]。初以宰相子，弁髦[7]署吏，抱拜授封[8]，加朝散大夫[9]，封平樂郡公[10]。累拜某官，丁文貞公憂，又丁某國夫人[11]憂。無容顧禮[12]，殆不勝喪[13]，終身之痛，歷稔猶毀[14]。幼無童心[15]，長積純氣[16]，抱其天素[17]，立于人紀[18]。先聖微言，宿儒未辨，貫穿精義，總括旁說[19]。文言蔚于輿表[20]，筆態奼于方外[21]。〈子虛〉、〈上林〉，敢云雄似[22]；《黃庭》、〈團扇〉，方議雁行[23]。鶴氅之姿，羊車奪映[24]，會選公婿，詔婚王室[25]。天家[26]焜燿[27]，獨任素風[28]；時論騰踴，宜在右職[29]。乃拜中書舍人[30]。

動翔鳳之詠㉛，啟迪古詩；下流水之書㉜，敦崇㉝雅誥。轉太常少卿㉞。六宗九奏㉟，悉具其儀，天神地祇，可得而禮㊱。俄以親累，貶巴陵太守，稍遷壽春太守，又遷臨汝太守㊲。其理務教訓，其政尚寬簡。謂其敘在六官，又踐三事㊳，疇咨帝載，必歌九功之德㊴；式和人則，必復三代之英㊵。天子避其用親，奸臣㊶惡其異己。馮衍竟廢㊷，揚雄不遷㊸，抑古人而有之，何夫子之命也！

【注釋】❶某 《全唐文》作「斌」。❷京兆杜陵 謂韋氏之祖貫。《漢書・韋賢傳》：「初，賢以昭帝時徙平陵，（子）玄成別徙杜陵。」《新唐書・宰相世系表》：「（韋）孟四世孫賢，漢丞相、扶陽節侯，又徙京兆杜陵。」漢京兆有杜陵縣，在今西安市東南。《舊唐書・韋安石傳》：「韋安石，京兆萬年人。」唐萬年縣與長安縣同治都城（今西安市）中。❸豕韋氏主盟于商 相傳韋姓出自豕韋氏。《漢書・韋賢傳》韋孟〈諷諫詩〉：「肅肅我祖，國自豕韋（注：『應劭曰：在商為豕韋氏也。』）。黼衣朱紱，四牡龍旂。彤弓斯征，撫寧遐荒（注：『言受彤弓之賜，於此得專征伐也。』）。總齊群邦，以翼（佐助）大商。迭彼大彭，勳績維光（注：『迭，互也。自言豕韋氏與大彭互為伯於殷商也。』）。」班固《白虎通・號》：「大彭氏、豕韋氏，霸於殷者也。」主盟于商，即所謂「總齊群邦」、「霸於殷」。又《新唐書・宰相世系表》云：「韋氏出自風姓。顓頊孫大彭為夏諸侯，少康封其別孫元哲於豕韋，其地滑州韋城是也。豕韋、大彭迭為商伯。周赧王時失國，徙居彭城，以國為氏。」❹扶陽侯重世相漢　《漢書・韋賢傳》：「(賢)本始三年，代蔡義為丞相，封扶陽侯，食邑七百戶。……少子玄成，復以明經歷位至丞相。」重世，再世。此指兩代。❺高祖三句　《全唐文》作「高祖孝寬，周大司空、鄖國公」。曾祖津，陵州刺史、壽光縣男。祖琬，成州刺史。父安石，左僕射、郇國公，謚文貞。《舊唐書・韋安石傳》：「韋安石……周大司空、鄖國公孝寬曾孫也。祖津，大業末為民部侍郎。……(王)世充僭號，深被委遇。及洛陽平，高祖與津有舊，徵授諫議大夫，檢校黃門侍郎。出為陵州刺史，卒。父琬，成州刺史。」《元和姓纂》卷二：「(韋)津……唐諫議大夫、太僕少卿、壽光男。」安石歷相武后、中宗、睿宗，封郇國公。景雲二年(七一一)十月為尚書左僕射、東都留守。尋出為蒲州刺史，無幾，轉青州刺史。開元二年(七一四)，貶沔州別駕，卒。「天寶初，以子貴，追贈開府儀同三司、尚書左僕射、郇國公，謚曰文貞」。參見兩《唐書》本傳、《通鑑》。❻公即句　《舊唐書・韋陟傳》：「安石晚有子，及為并州司馬，始生陟及斌。」仲子，次子。❼弁髦　《左傳》昭公九年：「豈如弁髦，而因以敝(棄)之。」疏：「弁謂緇布冠，髦謂童子垂髦。凡加冠之禮，先用緇布之冠，斂括垂髦，三加(古行冠禮，先加緇布冠，次加皮弁，後加爵弁，謂之三加)之後，去緇布之冠，不復更用，故云因以敝之。」謂「弁髦」即加緇布冠於髦，故趙殿成云：「右丞用其字，蓋取始冠之義。」按，《舊唐書・韋斌傳》曰：「斌，景雲初安石為宰輔時，授太子通事舍人。」景雲凡二年，「景雲初」當指景雲元年(七一〇)；考斌兄陟生於西元六九六年(《舊唐書》本傳謂陟卒於上元元年，年六十五)，景雲元年只有十五歲，而斌則不過十二、三、四歲，可見斌「署吏」時，尚未及始冠之年(《禮記・曲禮上》謂男子二十而冠，《荀子・大略》、《儀禮・士冠禮》謂十九而冠)。《舊唐書》本傳謂「陟始十歲，拜溫王府東閤祭酒，加朝散大夫」，亦幼年即署吏也。故疑「弁髦」當作「垂髦」，蓋因草書形近而致誤。❽抱拜授封　謂除官時抱之而拜。形容年幼。《宋書・江夏王義恭傳》：「故抱拜兆於壓璧，赤龍表於霄徵。」參見〈恭懿太子輓歌〉五首其一注❷。❾朝散大夫　文散官，從五品下。見《舊唐書・職官志》。❿平樂郡公　唐之封爵，凡有九等，第四等曰郡公。唐昭州(天寶時改為平樂郡)有平樂縣，始置於三國吳甘露元年，故城在今廣西平樂西南。⓫某

國夫人　指安石之妻。唐國公母、妻，為國夫人。⓬無容顧禮　謂不容顧及禮。指憂傷之極，「居喪過禮」。⓭不勝喪　謂居喪過哀，身體承受不住。《禮記・曲禮上》：「居喪之禮，頭有創則沐，身有瘍則浴，有疾則飲酒食肉，疾止復初；不勝喪，乃比於不慈不孝。」注：「勝，任也。」疏：「不勝喪，謂疾不食酒肉，創瘍不沐浴，毀而滅性（危及生命）者也。不留身繼世，是不慈也；滅性又是違親生時之意，故云不孝。不云同而云比者，此滅性本心，實非為不孝，故言比也。」則不勝喪乃違禮之舉，然後多以之稱頌孝子。《後漢書・桓彬傳》：「父麟，字元鳳。……會母終，麟不勝喪，未祥而卒。」⓮毀　指因居喪過哀而消瘦。《孝經・喪親》：「教民無以死傷生，毀不滅性。」⓯童心　猶言小孩脾氣。《左傳》襄公三十一年：「於是昭公十九年（歲）矣，猶有童心，君子是以知其不能終也。」⓰純氣　純正之氣。《莊子・達生》：「是純氣之守也，非知巧果敢之列。」⓱天素　天性。《三國志・蜀書・劉巴傳》注引《零陵先賢傳》：「（諸）葛亮謂（劉）巴曰：『……足下雖天素高亮，宜少降意也。』」⓲人紀　為人應遵循的法度準則。《書・伊訓》：「先王肇修人紀。」傳：「言湯始修為人綱紀。」⓳先聖四句　宿儒，老成博學之儒。《漢書・翟方進傳》：「是時宿儒有清河胡常，與方進同經。」貫穿，連貫；通達。精義，《易・繫辭下》：「精義入神，以致用也。」注：「精義，物理之微者也。」疏：「言聖人用精粹微妙之義，入於神化，寂然不動，乃能致其所用。」《舊唐書・韋陟傳》載：「開元初，丁父憂，居喪過禮。自此杜門不出八年，與弟斌相勸勵，探討典墳，不捨晝夜，文華當代，俱有盛名。」⓴文言句　文言，指聯綴成篇的文字。蔚，文采華美。輿表，眾人之外。輿，趙注本原作「興」，從宋蜀本、明十卷本、《全唐文》改。㉑筆態句　謂筆墨姿態的美豔出於世俗之外。奼，亦作「姹」，美豔。方外，世俗之外。方，趙注本原作「力」，據宋蜀本改。㉒子虛二句　子虛上林，二賦皆司馬相如作。《漢書・揚雄傳》：「蜀有司馬相如，作賦甚弘麗溫雅，雄心壯之，每作賦，常擬之以為式。……孝成帝時，客有薦雄文似相如者，上方郊祠甘泉泰畤、汾陰后土以求繼嗣，召雄待詔承明之庭。」此以揚雄喻斌，謂其作賦像揚雄那樣與〈子虛賦〉、〈上林賦〉相似。㉓黃庭二句　黃庭，道經名。相傳王羲之曾書《黃庭經》。《白氏六帖事類集》卷二九：「右軍王羲之嘗見山陰道士有群鵝，求之，其人邀右軍書《黃庭經》以換，遂書之。」張彥遠《法書要錄》卷三褚遂良《晉右軍王羲之書名》中有《黃庭經》。團扇，漢班婕妤〈怨歌行〉有「裁為合歡扇，團團似明月」句，後人因稱之為〈團扇歌〉。《詩品》卷上：「漢婕妤班姬，其原出於李陵。〈團扇〉短章，詞旨清捷，怨深文綺。」雁行，並行；並列。《晉書・王羲之傳》：「（羲之）每自稱『我書比鍾繇，當抗行；比張芝草，猶當雁行也』。」《通鑑》卷一六〇「吾恥與高澄雁行」，胡注：「言如雁並飛而進也。」此二句謂斌擅長書法和詩歌。宋陳思《書小史》卷一〇謂斌「善隸書」，元陶宗儀《書史會要》卷五稱斌「以行草著名」。㉔鶴氅二句　寫斌姿容之美，說連王恭、衛玠都不能與之相比。鶴氅，謂王恭。《世說新語・企羨》：「孟昶未達時，家在京口，嘗見王恭乘高輿，被鶴氅裘（用鳥羽製的外套，美稱鶴氅），于時微雪，昶於籬間窺之，嘆曰：『此真神仙中人。』」《晉書・王恭傳》：「恭美姿儀，人多愛悅……孟昶窺見之，嘆曰：『此真神仙中人也。』」乏姿，缺少姿色。羊車，謂衛玠。《世說新語・容止》注引〈玠別傳〉曰：「（玠）齠齔時，乘白羊車於洛陽市上，咸曰：『誰家璧人？』」《晉書・衛玠傳》：「年五歲，風神秀異。……總角乘羊車入市，見者皆以為玉人，觀之者傾都。」奪映，失其光輝。㉕會選二句　《舊唐書・韋斌傳》：「開元十七年，司徒薛王業為女平恩縣主求婚，以斌才地奏配焉。」公婿，諸侯之婿；諸侯王之婿。《韓非子・亡徵》：「公壻、公孫與民同門，暴慠其鄰者，可亡也。」㉖天家　帝王之家。《後漢書・曹節傳》：「車馬服玩，擬於天家。」㉗焜燿　明照；光輝照耀。《左傳》昭公三年：「不腆先君之適以備內官，焜燿寡人之望。」焜，趙注本原作「熀」，此從宋蜀本。㉘獨任句　謂斌獨保有純樸之風。㉙右職　重要的職位。㉚拜中書舍人　《舊唐書・職官志》：「中書舍人六員，正五品上。……凡詔旨敕制，及璽書冊命，皆按典故起草進畫；既下，則署而行之。」《舊唐書・韋斌傳》：「天寶初，轉國子司業。天寶中，拜中書舍人，兼集賢院學士。……改太常少卿。」㉛翔鳳之詠　《文選》謝朓〈直中書省〉：「茲言翔鳳池，鳴珮多清響。」鳳池，謂中書省。時謝朓在中書省任職。翔鳳，宋蜀本、廨沙本、明十卷本俱作「朔風」，蓋因形近而致誤。㉜流水之書　謂詔令。《史記・管晏列傳》：「下令如流水之源，令順民心，故論卑而易行（《正義》：「言為政令卑下鮮少而百姓易作行也。』)。」此句就中書舍人所掌草詔的職事而言。㉝敦崇　注重；崇尚。㉞太常少卿　唐太常寺置卿一人(正三品)，少卿二人(正四品上)，「卿之職，掌邦國禮樂、郊廟、社稷之事。……少卿為之貳」(《舊唐書・職官志》)。㉟六宗句　六宗，古代尊祀的六種神。《書・舜典》：「肆類于上帝，禋(祭)于六宗。」傳：「宗，尊也。所尊祭者，其祀有六。」六宗的說法不一，一說是四時、寒暑、日、月、星、水旱，一說是水、火、風、雷、山、澤，一說是日、月、星辰、河、海、岱，其餘說法尚多，此不備舉。此處泛指祭神。九奏，此泛指奏樂。《書・益稷》：「簫〈韶〉九成，鳳凰來儀。」傳：「備樂九奏而致鳳凰。」疏：「成，謂樂曲成也。鄭(玄)云：成，猶終也。每曲一終，必變更奏。故經言九成，傳言九奏，《周禮》謂之九變，其實一也。」㊱天神二句　語本《周禮・春官・大司樂》：「凡樂，圜鍾為宮，黃鍾為角，大蔟為徵，姑洗為羽……冬日至，於地上之圜丘奏之。若樂六變(即六成、六奏)，則天神皆降，可得而禮矣。凡樂，函鍾為宮，大蔟為角，姑洗為徵，南呂為羽……夏日至，於澤中之方丘奏之。若樂八變，則地示(祇，地神)皆出，可得而禮矣。」謂天神下降，地神現身，人們能夠加以禮敬。㊲俄以四句　以親，趙注本原作「入覲」，宋蜀本作「又親」，麻沙本作「入親」，趙殿成校曰：「『入覲』疑是『以親』二字之訛。」按，趙說是，今從之。《舊唐書・韋斌傳》：「天寶五載，右相李林甫構陷刑部尚書韋堅，斌以親累，貶巴陵太守，移臨安(臨汝之誤)太守，加銀青光祿大夫。」《新唐書・韋斌傳》：「李林甫構韋堅獄，斌以宗累，貶巴陵太守，移臨汝。久之，拜銀青光祿大夫，列五品。」《通鑑》天寶五載七月：「(韋)堅長流臨封，(李)適之貶宜春太守，太常少卿韋斌貶巴陵太守……凡堅親黨坐流貶者數十人。」按，斌與堅同宗，斌屬鄖公房，堅屬彭城公房。見《新唐書・宰相世系表》；又堅姊為薛王妃(見《舊唐書・韋堅傳》)，而斌為薛王婿。巴陵，即岳州，天寶元年改為巴陵郡，治所在今湖南岳陽。壽春，即壽州，天寶元年改為壽春郡，治所在今安徽壽縣。㊳謂其二句　意謂以為斌將登公卿之高位。敘，依次進用。六官，《周禮・秋官・大司寇》：「大史、內史、司會及六官，皆受其貳而藏之。」注：「六官，六卿之官也。」六卿謂周之冢宰、司徒、宗伯、司馬、司寇、司空。參見《書・周官》。踐，登。三事，見〈苑舍人能書梵字兼達梵音皆曲盡其妙戲為之贈〉注❽。㊴疇咨二句　意謂用斌輔政，咨以帝事，天下必歌九功之德。疇咨，《書．堯典》：「帝曰：『疇咨若時登庸。』」蔡傳：「疇，誰。咨，訪問也。」後用為訪問、徵詢之義。《漢書．武帝紀》贊：「遂疇咨海內，舉其俊茂。」注：「言謀於眾人，誰可為事者也。」《晉書．段灼傳》上表：「宜疇咨博采，廣開貢士之路。」帝載，《書．舜典》：「咨四岳，有能奮庸熙帝之載。」傳：「載，事也。」歌九功之德，《左傳》文公七年：「〈夏書〉曰：『戒之用休，董之用威，勸之以〈九歌〉，勿使壞。』九功之德皆可歌也，謂之〈九歌〉。六府、三事，謂之九功。水、火、金、木、土、穀，謂之六府（府，藏財之處。此六物乃養民之本、貨財之源，故稱六府），正德（正己之德以治民）、利用（節儉以利民之用，使不匱乏）、厚生（薄徭輕賦，令民生計溫厚），謂之三事。義而行之（行九功），謂之德、禮。無禮（也即無德）不樂（謂無可歌），所由叛也。若吾子之德，莫可歌也，其誰來（猶歸）之？」㊵式和二句　意謂用斌輔政，使民和而有則，必能返回禹湯文武的盛世。式和人則，《書．君牙》：「今命爾予翼，作股肱心膂……弘敷五典，式和民則。」傳：「大布五常之教，用和民，令有法則。」式，用。三代之英，《禮記．禮運》：「大道之行也，與三代之英，丘未之逮也，而有志焉。」注：「英，俊選之尤者。」疏：「與三代之英者，英謂英異，并與夏殷周三代英異之主，若禹湯文武等。」㊶奸臣　當指李林甫及楊國忠。《舊唐書．韋陟傳》載，天寶十二載，右相楊國忠惡斌兄陟有才望，恐踐台衡，因構陷之，坐貶為昭州平樂尉。㊷馮衍竟廢　《後漢書．馮衍傳》：「衍幼有奇才。……（鮑）永、衍審知更始已歿（更始於光武帝建武元年十二月遇害），乃共罷兵，幅巾降于河內。帝怨衍等不時至，永以立功得贖罪，遂任用之，而衍獨見黜。……頃之，帝以衍為曲陽令，誅斬劇賊郭勝等，降五千餘人，論功當封，以讒毀故，賞不行。建武六年，日食，衍上書陳八事……書奏，帝將召見。初，衍為孟浪長，以罪摧陷大姓令狐略，是時略為司空長史，讒之於尚書令王護、尚書周生豐曰：『衍所以求見者，欲毀君也。』護等懼之，即共排間，衍遂不得入。後衛尉陰興、新陽侯陰就以外戚貴顯，深敬重衍，衍遂與之交結，由是為諸王所聘請，尋為司隸從事。帝懲西京外戚賓客，故皆以法繩之，大者抵死徙，其餘至貶黜，衍由此得罪。嘗自詣獄，有詔赦不問，西歸故郡，閉門自保，不敢復與親故通。建武末，上疏自陳……書奏，猶以前過不用。……顯宗即位，又多短衍以文過其實，遂廢于家。」㊸揚雄不遷 《漢書・揚雄傳》贊：「(雄)除為郎，給事黃門，與王莽、劉歆並。哀帝之初，又與董賢同官。當成、哀、平間，莽、賢皆為三公，權傾人主，所薦莫不拔擢，而雄三世不徙官。」

【語譯】韋公名某，字某，是京兆府杜陵縣人。從前有豕韋氏曾在商代主持諸侯會盟，當了霸主，後來有扶陽侯韋賢曾兩代做漢代丞相。韋公的高祖父任某官，父某人，任某官，全都是功勳與德行卓著，史冊上已有詳細記載。韋公就是文貞公韋安石的次子。起初以宰相之子，兒童時即被委任官職，授官時是被抱著下拜的，又兼任朝散大夫，封平樂郡公。經連續任職做了某官，遇到父文貞公的喪事，又遇到母某國夫人的喪事。韋公居喪過度悲傷，不容許顧及禮的規定，身體幾乎承受不住，父母之喪是終身的悲痛，已過去多年他的身體仍很消瘦。韋公年幼時沒有孩子脾氣，長大後純正之氣蘊積，懷抱著自己的天性，在為人應遵循的綱紀法度上立身。前代聖人的精深微妙言辭，學識淵博的宿儒未能辨明，而韋公對其精微義理卻能融會貫通，給以概括並廣為解說。韋公文章的華采在眾人之上，筆墨姿態的美豔出於世俗之外。司馬相如有〈子虛賦〉、〈上林賦〉，敢說韋公作賦像揚雄那樣與之相似；王羲之書寫的《黃庭經》、班婕妤作的〈團扇歌〉，人們都評論韋公所作能與之並列。比起韋公來，美男子王恭缺少姿色，衛玠失去光輝，正好遇上皇家挑選親王的女婿，天子命韋公娶王室之女為妻。帝王之家光輝照耀，而韋公卻獨自保持著純樸之風，當時的議論甚盛，都認為他應當居於重要的職位。於是授給中書舍人之職。韋公發出飛翔於鳳池的歌詠，能啟迪古詩的創作；頒發皇帝的詔書，注重典雅的誥令的起草。轉任太常少卿。多種祭神奏樂之事，韋公都準備好各自應有的禮儀，天神地神全降臨，人們都能夠加以禮敬。不久因為親戚的牽累，貶官巴陵郡太守，隨後遷任壽春郡太守，又遷任臨汝郡太守。韋公治理政務教育訓導百姓，政令崇尚寬大簡易。大家都認為他應依次授給六卿的官，又登上三公丞相的高位，如果用韋公輔政，徵詢以天子的政事，天下人必定歌唱九功之德；以此讓人民和順而有法則，必定能返回夏禹商湯周文王武王的盛世。然而天子迴避任用親戚，奸臣厭惡韋公不同於自己。於是像馮衍那樣竟被棄而不用，似揚雄一般而不得升遷，即使古人有這種情況，為什麼先生的命運也這樣！

逆賊安祿山❶，吠堯之犬❷，驅彼六騾❸，憑武之狐，猶威百獸❹。藉天子之寵，稱天子之官，徵天子之兵，逆天子之命。始反幽薊❺，稍逼瀍洛❻，云誅君側❼，尚惑人心。列郡無備，百司安堵❽，變折衝❾為賊矣，兼法令而盜之❿。將逃者已落彀中⓫，謝病者⓬先之死地。密布羅網，遙施陷穽，舉足便跌，奮飛即挂。智不能自謀，勇無所致力。賊使其騎劫之以兵，署之以職，以孥為質，遣吏挾行⓭。公潰⓮其腹心，候其間隙，義覆元惡⓯，以雪大恥。嗚呼！上京既駭⓰，法駕大遷⓱，天地不仁⑱，轂洛方鬬⑲，鑿齒入國，磨牙食人⑳。君子為投檻之猿㉑，小臣若喪家之狗㉒。偽疾將遁，以猜見囚㉓。勺飲不入者一旬㉔，穢溺不離者十月㉕；白刃臨者四至，赤棒㉖守者五人。刀環築口，戟枝叉頸㉗，縛送賊庭，實賴天幸㉘，上帝不降罪疾㉙，逆賊恫瘝在身㉚，無暇戮人，自憂為厲㉛。公哀予微節㉜，私㉝予以誠，推食飯我㉞，致館休我。畢今日歡㉟，泣數行下㊱，示予佩玦㊲，斫手㊳長吁，座客更衣，附耳而語，指其心曰：「積憤攻中，流痛成疾，恨㊴不見戮專車之骨㊵，梟枕鼓之頭㊶，焚骸四衢㊷，然臍三日㊸。見子而死，知予㊹此心。」之㊺明日而卒。某年月日，絕于洛陽某之私第。以某月日返葬㊻于某原，禮也。

【注釋】❶安祿山　營州柳城雜種胡人，深受唐玄宗寵信，兼范陽、平盧、河東三鎮節度使，加御史大夫、尚書左僕射。天寶十四載十一月，安祿山矯稱奉恩命誅楊國忠，發所部兵及同羅、奚、契丹、室韋之眾凡十五萬人，反於范陽。十二月，陷東京，唐軍西走潼關，臨汝、弘農、濟陰、濮陽諸郡皆降於祿山。十五載正月，祿山自稱大燕皇帝，改元聖武。參見兩《唐書・安祿山傳》、《通鑑》。❷吠堯之犬　謂安祿山是一條向堯狂吠的狗。《漢書・鄒陽傳・獄中上書》：「今人主誠能去驕傲之心，懷可報之意……則桀之犬可使吠堯，而跖之客可使刺由。」❸驅彼六騾　《漢書・霍去病傳》：「薄莫，單于遂乘六羸，壯騎可數百，直冒漢圍西北馳去。」注：「羸者驢種馬子，堅忍，單于自乘，善走，羸而壯騎隨之也。」按，羸通「騾」。此句隱指安祿山為胡酋。❹憑武二句　武，即虎，避李淵之祖父李虎諱，改為武。《戰國策・楚策一》：「虎求百獸而食之，得狐。狐曰：『子無敢食我也！天帝使我長百獸，今子食我，是逆天帝命也。子以我為不信，吾為子先行，子隨我後，觀百獸之見我而敢不走乎？』虎以為然，故遂與之行；獸見之皆走。虎不知獸畏己而走也，以為畏狐也。」❺幽薊　幽州、薊州。天寶元年，更幽州節度使為范陽節度使，領幽（天寶元年改為范陽郡，治所在今北京西南）、薊（治所在今天津薊縣）、媯、檀……等州，治幽州。❻溫洛　謂洛水。葉昌熾輯晉郭緣生〈述征記〉：「洛水底有礜石（礦物名，古人以為礜石生於水，則水不凍），故上無冰，人謂之溫洛。」或謂王者有盛德，則洛水先溫，故號溫洛。徐堅《初學記》卷六引《易乾鑿度》：「帝盛德之應，洛水先溫，九日乃寒。」《文心雕龍・正緯》贊：「榮河溫洛，是孕圖緯。」此指洛陽一帶。❼君側　指君主左右的惡人。《公羊傳》定公十三年：「晉趙鞅取晉陽之甲，以逐荀寅與士吉射。荀寅與士吉射者曷為者也？君側之惡人也。」《晉書・謝鯤傳》：「及（王）敦將為逆，謂鯤曰：『……吾欲除之君側惡，匡主濟時，何如？』」❽安堵　相安；安居。《史記・田單列傳》：「願無虜掠吾族家妻妾，令安堵。」❾折衝　使敵人的戰車後撤，即擊退敵軍。《呂氏春秋・召類》：「夫脩之於廟堂之上，而折衝乎千里之外者，其司城子罕之謂乎？」高注：「衝車所以衝突敵之軍，能陷破之也。……使欲攻己者折還其衝車於千里之外，不敢來也。」此指禦敵者。❿兼法句　謂連國家的法令也一起盜走，為其所用。《莊子・胠篋》：「然而田成子一旦殺齊君而盜其國，所盜者，豈獨其國邪？並與其聖知之法而盜之。」⓫彀中　弓弩射程所及的範圍。《莊子・德充符》：「遊于羿之彀中。」後喻指掌握之中。⓬謝病者　指託病不接受偽職者。⓭賊使四句　寫斌陷賊後，祿山迫以偽署。《舊唐書・安祿山傳》：「（唐軍）皆棄甲西走潼關……臨汝太守韋斌降于賊。」挾行，言脅持他人，使依己命而行。⓮潰　離散。⓯元惡　《書・康誥》：「元惡大憝。」傳：「大惡之人。」指安祿山。⓰上京句　指天寶十五載六月祿山破潼關後，京師震駭。上京，首都。《漢書・

敘傳・幽通賦》：「皇十紀而鴻漸兮，有羽儀于上京。」⓱法駕句　指玄宗幸蜀。法駕，天子的車駕。《史記・呂太后本紀》：「迺奉天子法駕，迎代王於邸。」《集解》：「蔡邕曰：『天子有大駕、小駕、法駕。法駕上所乘，曰金根車，駕六馬。』」《三輔黃圖》卷六：「法駕，京兆尹奉引，侍中參乘，奉車郎御，屬車三十六乘。」⓲天地不仁　謂天地無仁愛之德。語出《老子》五章：「天地不仁，以萬物為芻狗。」河上公注：「天施地化，不以仁恩，任自然也。」⓳穀洛方鬬　《國語・周語下》：「靈王二十二年，穀洛鬬，將毀王宮。」注：「穀洛，二水名。鬬者，兩水格，有似于鬬。洛在王城之南，穀在王城之北，東入于瀍，至靈王時，穀水盛出于王城之西，而南流合于洛水，毀王城西南，將及王宮。」本指水泛濫，此喻惡人為虐。⓴鑿齒二句　《山海經・海外南經》：「羿與鑿齒戰於壽華之野，羿射殺之。」注：「鑿齒亦人也，齒如鑿，長五六尺，因以名云。」《淮南子・本經》：「堯之時……猰貐、鑿齒……皆為民害。」注：「鑿齒，獸名。齒長三尺，其狀如鑿，下徹頷下，而持戈盾。」《漢書・揚雄傳・長楊賦》：「昔有彊秦，封豕其士，窫窳其民，鑿齒之徒，相與摩牙而爭之。」注：「服虔曰：『鑿齒……亦食人。』李奇曰：『以喻秦貪婪殘食其民也。』」此以鑿齒喻指安祿山軍。㉑投檻之猿　扔進籠子裡的猿猴。《淮南子・俶真》：「置猿檻中，則與豚同，非不巧捷也，無所肆其能也。」㉒喪家之狗　語本《史記・孔子世家》：「東門有人，其顙似堯，……纍纍若喪家之狗。」《集解》：「王肅曰：喪家之狗，主人哀荒，不見飲食，故纍然而不得意。孔子生於亂世，道不得行，故纍然不得志之貌也。」㉓偽疾二句　此二句及以下數句皆維自謂。《舊唐書・王維傳》云：「玄宗出幸，維扈從不及，為賊所得。維服藥取痢，偽稱瘖病。祿山素憐之，遣人迎置洛陽，拘於普施寺。」斌陷賊在天寶十四載十二月，維為賊所得在天寶十五載六月長安淪陷後，二事相距半年。猜，懷疑。㉔勺飲句　謂湯水不入口達十天。《左傳》定公四年：「申包胥如秦乞師，……立，依於庭牆而哭，日夜不絕聲，勺飲不入口七日。」㉕穢溺句　穢，指糞。溺，同「尿」。蓋「服藥取痢」，故「穢溺不離」。月，疑為「日」之形誤字。㉖赤棒　紅色之棒，恆施於鹵簿。《北史・高道穆傳》：「帝姊壽陽公主行犯清路，執赤棒卒呵之不止，道穆令卒棒破其車。」㉗刀環二句　刀環築口，《北齊書・祖珽傳》：「以刀環築口，鞭杖亂下。」築，擊。戟枝，戟橫出之刃。叉，刺。《後漢書・楊政傳》：「旄頭又以戟叉政，傷胸。」宋蜀本作「刺」。叉，明十卷本、奇字齋本作「入」。㉘天幸　謂天賜的僥倖，非人力所致者。㉙罪疾　災難。《書・盤庚中》：「高后丕乃崇（重）降罪疾，曰：『曷虐朕民？』」㉚逆賊句　恫瘝，病痛。《書・康誥》：「恫瘝乃身。」傳：「恫，痛。瘝，病。治民務除惡政，當如痛病在汝身，欲去之。」《舊唐書・安祿山傳》：「（至德元載）十一月，遣阿史那承慶攻陷潁川，屠之。祿山以體肥，長帶瘡。及造逆後而眼漸昏，至是不見物。又著疽疾。俄及至德二年正月朔受朝，瘡甚而中罷。」㉛厲　通「癩」。惡瘡。《史記・刺客列傳》：「豫讓又漆身為厲，吞炭為啞。」㉜微節　微末的節操。《後漢書・孟嘗傳》：「思立微節，不敢苟私鄉曲。」此指「偽疾將遁」而言。㉝私　偏愛。㉞推食飯我　《史記・淮陰侯列傳》：「漢王授我上將軍印，予我數萬眾，解衣衣我，推食食我。」「推食食我」即讓食與我。㉟畢今日歡　《漢書・蘇武傳》：「武曰：『自分（認定）已死久矣！王必欲降武，請畢（完成）今日之驩（歡），效死於前！』」㊱泣數行下　語本《漢書・蘇武傳》：「（武歸漢，李）陵泣下數行，因與武決。」㊲示予佩玦　《史記・項羽本紀》：「范增數目項王，舉所佩玉玦以示之者三，項王默然不應。」此指在宴席上向己示意。㊳斫手　擊手；拍手。㊴恨　趙注本原作「悢」，《全唐文》作「猥」，此從明十卷本。㊵戮專車之骨　《國語・魯語下》：「昔禹致群神於會稽之山，防風氏後至，禹殺而戮之，其骨節專車（滿載一車）。」此借指殺安祿山。據此句，知斌當卒於至德二載正月安祿山為其子所殺之前。㊶梟枕句　謂殺安祿山懸其頭示眾。梟，殺人而懸其頭於木上。枕鼓，謂巨毋霸。《漢書・王莽傳》：「有奇士長丈，大十圍……自謂巨毋霸。……軺車不能載，三馬不能勝，即日以大車四馬建虎旗載霸詣闕。霸臥則枕鼓（用鼓做枕頭），以鐵箸食。」按，祿山體「肥壯，腹垂過膝，重三百三十斤，每行以肩膊左右擡挽其身，方能移步」（《舊唐書・安祿山傳》），故此處以霸喻之。㊷焚骸四衢　在四通八達的大路上焚燒其屍骨。《三國志・魏書・明帝紀》注引《魏略》：「（孟達反，）宣王誘達將李輔及達甥鄧賢，賢等開門納軍，達被圍，旬有六日而敗，焚其首于洛陽四達之衢。」㊸然臍三日　《後漢書・董卓傳》：

「(呂)布應聲持矛刺卓，趣兵斬之。……乃尸卓於市，天時始熱，卓素充肥，脂流於地，守尸吏然(燃)火，置卓臍中，光明達曙，如是積日。諸袁門生，又聚董氏之尸，焚灰揚之於路。」㊹予　宋蜀本、麻沙本、明十卷本俱作「余」。㊺之　此字上《全唐文》多一「言」字。㊻返葬　指歸葬於京兆(斌京兆萬年人)。其時間當在至德二載十月唐軍收復東京之後。

【語　譯】叛逆的盜賊安祿山，是一條向堯狂吠的狗，駕馭他那六匹騾子拉的車，猶如依仗著老虎淫威的狐狸，還能夠震懾各種野獸。安祿山憑藉天子的寵愛，當著天子的高官，徵調天子的軍隊，違背天子的命令。開始謀反於幽州薊州，逐漸逼近洛水，聲稱誅滅君主左右的惡人，曾經惑亂人心。各郡都無準備，官員們安居無事，於是變禦敵者為盜賊，連國家的法令也一起盜走。準備逃跑的人已落入盜賊的掌握之中，託病不接受偽職的人先被置於死地。盜賊密布羅網，遠設陷阱，人們一提腳便跌倒，一振翼起飛就被掛住。有智慧卻不能自我謀劃，雖勇敢而沒有地方盡力。盜賊讓他們的騎兵手持兵器威逼韋公，委任他做偽官，用他的妻子兒女作抵押，派遣官吏脅持他依己命而行。韋公離散安祿山的親信，等待可乘之機，準備依照正義的要求除滅大惡人，以洗掉自己的大恥辱。令人悲傷呀！潼關破後京師震驚，天子的車駕大轉移，天地缺少仁愛之德，惡人就像縠水洛水泛濫成災那樣肆意為虐，牙齒像鑿子一樣的野獸進入都城，正磨利牙齒伺機吃人。京師的官員成為關進籠子裡的猿猴，小吏則猶如喪家之狗。我假裝得病準備逃走，因盜賊懷疑而被囚禁。那時湯水不入口達一旬，屎尿不離身有十天；手持快刀監視的人由四面而至，拿著赤棒看守的人共有五個。他們用刀環擊打我的嘴巴，用戟橫出的刃刺我的脖子，我被捆綁著送往賊寇的官衙，實在是依賴上天賜予的僥倖，天帝沒有降下災難，安祿山病痛在身，沒有閒空殺人，正發愁自己身上長著惡瘡。韋公憐憫我有微小的節操，以誠心愛憐我，讓出食物給我吃，贈送住宅讓我休息。有一次完成了當日的歡聚，韋公流下了數行眼淚，拿身上的環形玉佩向我示意，又拍著手長歎，等座上的客人更衣的時候，韋公貼近耳朵與我私語，指著他的心說：「鬱積的憤恨侵襲內心，不斷擴散的痛苦釀成疾病，我恨不能看到殺死那骨頭能滿載一車的人，砍下這個巨毋霸的腦袋懸掛示眾，在四通八達的大道上焚燒他的骨骸，在他的肚臍上點火燒上三天。見到您而死，讓您知道我的這個心思。」到了第二天就去世。韋公於某年某月某日，死於洛陽某地的私宅。在某月某日歸葬於某原，這是按禮制的規定做。

皇帝中興，悲憐其意，下詔褒美，贈祕書監❶，天下之人謂之賞不失德❷矣。公敦穆❸孝友❹，明允篤誠❺，高居化源，濡跡❻物軌❼。元昆曰陟，伯與仲居，愛之欲無方❽，視之若不足❾，薄其私而厚其室❿，抑謙⓫己而讓其名，故有靈芝之聳蓋⓬，嘉木連理⓭，時人以為孝悌之祥，而公昆季謙而不以聞也⓮。維稱弱之契⓯，曠年⓰彌篤，吾實知之能言者。乃為銘曰銘亡。

【注　釋】❶贈祕句　此句之下宋蜀本、麻沙本並多「制曰云云」四字。❷賞不失德　謂獎賞沒有錯過有德之人。《左傳》宣公十二年：「舉不失德，賞不失勞。」❸敦穆　親厚和睦。《北史・寇贊傳》：「兄弟並孝友敦穆，白首同居。」❹孝友　孝順父母、友愛兄弟。❺明允篤誠　《左傳》文公十八年：「昔高陽氏有才子八人……齊聖廣淵，明允篤誠。」疏：「明者，達也，曉解事務，照見幽微也。允者，信也，終始不愆，言行相副也。篤者，厚也，志性良謹，交游款密也。誠者，實也，秉心純直，布行貞實也。」❻濡跡　滯留；留止。陸機〈門有車馬客行〉：「含君久不歸，濡跡涉江湘。」❼物軌　眾人的軌範。《晉書・李充傳・學箴》：「然則聖人之在世，吐言則為訓辭，莅事則為物軌。」❽無方　無限；無所不至。《莊子・天運》：「動於無方，居於窈冥。」❾視之句　謂看顧之常覺似有不足。❿薄其句　謂薄一己之私而重共同之家。⓫謙　宋蜀本、麻沙本俱作「而」。按，「而」即「其」，二字可互訓。參見《經傳衍釋》卷七。⓬靈芝聳蓋　靈芝，菌類植物。古以芝為瑞草，故名靈芝。聳蓋，直立其蓋。芝形如車蓋，故云。⓭連理　兩棵樹的枝條連生在一起。⓮謙而不以聞也　《全唐文》作「謙不以聞」。⓯穉弱之契　謂年幼時即與斌意氣相投。《舊唐書・韋陟傳》：「開元初，丁父憂……自此杜門不出八年，與弟斌相勸勵……于時才名之士王維、崔顥、盧象等，常與陟唱和遊處。」⓰曠年　謂歷長久之歲月。《後漢書・朱雋傳》：「皆曠年歷載，乃能克敵。」曠，趙注本原作「晚」，此從宋蜀本。

【語　譯】皇帝中途振興大唐之時，哀憐韋公的心意，發布詔令加以嘉獎讚美，贈給祕書監的官，天下的人都說這是獎賞沒有錯過有德行的人。韋公待人親厚和睦，孝順父母友愛兄弟，明察而誠信，厚道而忠實，高居在掌管教化的位置，駐留於眾人之榜樣的境界。長兄叫韋陟，兄與弟居住在一起，韋公敬愛兄長希望做到無所不至，照顧兄長常覺得似有不足，薄一己之私而重共同之家，又自謙克己而將名聲讓給兄長，所以家中有靈芝生長，還有兩棵佳美的樹木連生在一起，當時的人認為這是韋公孝順父母、敬愛兄長帶來的祥瑞，韋公兄弟謙虛而不把這事上報朝廷。韋公是我年幼時情意相投的人，經歷了長久的歲月情意更加深厚，我確是瞭解韋公並能將他的事跡說出的人。於是寫作銘文道銘文亡佚。

【研析】這篇韋斌的神道碑文可分為四段。第一段對碑主一生的為人行事作了一個總的概括。作者歸納歷史人物之「勇」有三種類型：烈士之勇、智士之勇、仁者之勇，指出碑主的行為屬仁者之勇，他在被安史叛軍俘獲後的表現就是如此。

第二段敘述碑主的家世、出身與安史之亂爆發以前的仕歷。其中突出地表現了碑主的孝順品德、淵博學識和出眾文才，並對他因受到奸臣李林甫、楊國忠的排斥，未能登上公卿的高位，表示遺憾和不平。碑主的父親韋安石，當過武后、中宗、睿宗三朝宰相，是個直臣。武后時，「張易之兄弟及武三思皆恃權用事，安石數折辱之，甚為易之等所忌」（《舊唐書・韋安石傳》）。睿宗即位後，「太平公主有異謀，欲引安石，數因其婿唐晙邀之，拒不往」（《新唐書・韋安石傳》）。碑主也是個正臣，《舊唐書》本傳說他「早修整，尚文藝，容止嚴厲，有大臣體，與兄陟齊名」，本文之所述與史傳的記載相合。

第三段寫碑主和作者自己陷賊後的遭遇與彼此間的相濡以沫，是全篇中最值得我們注意的一個段落。這段文字的前十三句，寫天寶十四載（七五五）十一月，安祿山偽稱奉恩命誅楊國忠，突然發兵十五萬反於范陽。接下十四至二十五句，寫各郡毫無準備，吏民聞叛軍來皆逃散，同年十二月，叛軍攻陷洛陽，接著占領臨汝、弘農等郡，碑主即在這時候陷賊。其中「將逃者」以下八句，將陷賊官員倉卒之中陷於絕境的無助與無奈，真切地表現了出來。下面二十六至三十三句，寫安祿山以碑主的妻兒作抵押，威逼碑主接受偽官，以及碑主忍辱接受偽官後，準備伺機殺死安祿山，以雪己恥。接著「嗚呼」以下九句，寫天寶十五載六月安祿山軍攻破潼關後，玄宗倉皇逃往成都，叛軍進入長安，《通鑑》至德元載（即天寶十五載）六月載，叛軍入長安後，「祿山命搜捕百官、宦者、宮女等，每獲數百人，輒以兵衛送洛陽」，本文所謂「君子為投檻之猿」，說的即是叛軍在長安搜捕百官的情況，作者也就是在這個時候被叛軍俘獲並解往洛陽的。關於作者陷賊後的遭遇，《舊唐書．王維傳》說：「祿山陷兩都，玄宗出幸，維扈從不及，為賊所得。維服藥取痢，偽稱瘖病。祿山素憐之，遣人迎置洛陽，拘於普施寺，迫以偽署。」本篇「偽疾將遁」以下十四句，所說也是作者陷賊後的遭遇，這些文字提供了王維陷賊遭遇的真相，可補史傳記載的不足，並糾正其誤。如根據這段文字，可知王維的「服藥取痢，偽稱瘖病」，是想借機逃離長安，擺脫安祿山的控制；又作者是在備受叛軍的折磨、侮辱之後，被捆綁著，用武力強行押送到洛陽的，所謂「祿山素憐之，遣人迎置洛陽」，並不是事實。接著「公哀予微節」以下四句，寫作者被解送到洛陽後，得到了當時正在洛陽任偽職的碑主的照顧和愛護。「畢今日歡」以下二十句，寫碑主臨死前與己訣別，向己傾訴了鬱結於內心的痛苦和未及見到安祿山被殺而遽逝的遺恨。《舊唐書．韋斌傳》說碑主陷賊後「憂憤而卒」，從本文看，實際上應是憂憤成疾，「吞藥自裁」（見本文首段）。

第四段先寫唐軍收復兩京後，碑主的行為受到了肅宗的褒美，接著總敘與讚頌碑主的美好品德和韋家兄弟之間的高度友愛，最後交代自己與碑主之間「曠年彌篤」的交誼。總的說來，全文寫得充滿感情，使人感受到了作者與碑主之間的交情之深。

為畫人謝賜表

【題解】據《舊唐書．肅宗紀》及《通鑑》載，至德二載（七五七）十二月，上皇還長安，上御丹鳳樓，赦天下，封蜀郡、靈武扈從立功之臣，皆進階賜爵；此篇稱皇帝「中興」，「令寫功臣」，當作於至德二載十二月之後，今姑繫於乾元元年（七五八）。這是作者代奉命畫功臣像的畫工寫的一篇感謝天子賜給衣物的表章。

臣某言：臣猥以賤伎，得備眾工❶，誤點屏風，乏成蠅之巧❷；偶持團扇，無事狩之能❸。徒以職官，不敢貳事❹；顧惟時論，有慚三絕❺。

伏惟皇帝陛下，撥亂反正❻，受命中興，俯協龜圖，傍觀鳥迹❼，卦因于畫，畫始生書❽，知微知彰❾，惟聖體聖❿。臣奉詔旨，令寫功臣，運偶鳳翔⓫之初，無非鷹揚⓬之士。燕頷⓭猿臂⓮，裂眥奮髯⓯，髮衝鶡冠⓰，力舉龍鼎⓱，骨風猛毅⓲，眸子分明⓳，皆就筆端，別生身外⓴。傳神寫照㉑，雖非巧心；審象求形，或皆暗識。妍蚩無枉㉒，敢顧黃金㉓；取舍惟精，時憑白粉㉔。且如日磾下泣，知其孝思㉕，于禁懷慚，媿此忠節㉖，乃無聲之箴㉗頌，亦何賤于丹青！宣父之似皋繇㉘，元子之類越石㉙，不待或人之說，無煩故妓之言㉚，此又一奇，誠為可尚。臣得舐筆㉛麟閣㉜，繼踵虎頭㉝，頻蒙獎教之恩，益用精誠自勵。勤以補拙，雖未仙飛㉞；感而遂通㉟，實因聖訓。況賜衣服，累問官資㊱，中使相望，屢加宣慰，微臣戰灼㊲，無答㊳恩私之至。

【注釋】❶得備眾工　謂得聊充官府工匠之數。指己為畫工。❷誤點二句　見〈故人張諲工詩善易卜兼能丹青草隸頃以詩見贈聊獲酬之〉注❼。❸偶持二句　《晉書・王獻之傳》：「(獻之)工草隸，善丹青。……桓溫嘗使書扇，筆誤落，因畫作烏駮牸牛，甚妙。」牸，母牛。❹徒以二句　言作畫只是由於職務，不敢做本職以外的事。《禮記・王制》：「凡執技以事上者，祝、史、射、御、醫、卜及百工。凡執技以事上者，不貳事(專任其職，不更為他事)，不移官。」❺三絕　指顧愷之。《晉書・顧愷之傳》：「尤善丹青，圖寫特妙，謝安深重之，以為有蒼生以來未之有也。……俗傳愷之有三絕：才絕、畫絕、癡絕。」❻撥亂反正　《公羊傳》哀公十四年：「撥(治)亂世，反諸正，莫近諸《春秋》。」《鹽鐵論・詔聖》：「非撥亂反正之常也。」❼俯協二句　協，合。龜圖，《太平御覽》卷八〇引《龍魚河圖》：「堯時與群臣賢智到翠嬀之淵，大龜負圖來出授，堯敕臣下寫取，寫畢，龜還水中。」龜圖指龜背所現之字，亦曰龜文。舊傳其與河圖、洛書(又稱龜書)相類，都是帝王聖者受命之瑞。鳥迹，鳥之爪印。按，古有聖者視龜文鳥跡而畫卦作書之說。《易・繫辭下》：「古者包犧氏之王天下也，仰則觀象于天，俯則觀法於地，觀鳥獸之文，與地之宜，近取諸身，遠取諸物，於是始作八卦。」《繫辭上》：「河出圖，洛出書，聖人則之。」《書・顧命》「河圖」傳：「伏犧王天下，龍馬出河，遂則其文，以畫八卦，謂之河圖。」《文選》何晏〈景福殿賦〉：「龜書出於河源。」呂向注：「河圖也。」揚雄〈覈靈賦〉：「大易之始，河序龍馬，洛貢龜書。」許慎《說文解字・敘》：「黃帝之史倉頡，見鳥獸蹏迒之迹，知分理之可相別異也，初造書契。」《晉書・衛恆傳・四體書勢》：「黃帝之史，沮誦、倉頡，眺彼鳥跡，始作書契。」張彥遠《法書要錄》卷七張懷瓘〈書斷〉：「頡首四目，通於神明，仰觀奎星圓曲之勢，俯察龜文鳥迹之象，博采眾美，合而為字，是曰古文。」❽卦因二句　〈尚書序〉：「古者伏犧氏之王天下也，始畫八卦，造書契。」疏：「八卦畫萬物之象，文字書百事之名，故〈繫辭〉曰：『仰則觀象於天……。』是萬象見於卦。然畫亦書也，與卦相類，故知書契亦伏犧時也。」謂卦、畫、書相類。「八卦畫萬物之象」，且畫的產生最早（原始人類即有粗陋的繪畫），故稱「卦因（依）于畫」；最初的文字多為象形，此即畫也，故云「畫始生書」。❾知微知彰　《易・繫辭下》：「君子知微知彰，知柔知剛，萬夫之望。」疏：「君子知微知彰者，初見是幾（事之跡兆），是知其微；既見其幾，逆知事之禍福，是知其彰著也。」此言既知事物的隱微徵兆，又知事物的顯著面貌。❿體聖　指體察聖人的畫卦作書，因而看重畫。承上「卦因于畫，畫始生書」而言。⓫鳳翔　長安淪陷後，肅宗於至德元載（七五六）七月在靈武即位，二載二月移駐鳳翔（今陝西鳳翔），十月唐軍收復兩京後，方自鳳翔還長安。⓬鷹揚　喻大展雄才、超越儕輩。《詩・大雅・大明》：「維師尚父，時維鷹揚。」傳：「鷹揚，如鷹之飛揚也。」曹植〈與楊德祖書〉：「昔仲宣獨步於漢南，孔璋鷹揚於河朔。」⓭燕頷　《後漢書・班超傳》：「相者指曰：『燕頷虎頸，飛而食肉，此萬里侯相也。』」⓮猿臂　臂長如猿。《史記・李將軍列傳》：「廣為人長，猿臂，其善射亦天性也。」⓯裂眥奮髯　見〈送高判官從軍赴河西序〉首段注㉓、㉔。⓰髮衝鶡冠　《史記・廉頗藺相如列傳》：「相如因持璧卻立倚柱，怒髮上衝冠。」鶡冠，漢時武官之冠，以鶡尾為飾。《後漢書・輿服志》：「武冠，俗謂之大冠，環纓無蕤，以青系為緄，加雙鶡尾，豎左右，為鶡冠云。五官左右虎賁羽林五中郎將、羽林左右監皆冠鶡冠。……鶡者勇雉也，其鬭對一死而止，故趙武靈王以表武士秦施安焉。」⑰力舉龍鼎 《史記・項羽本紀》：「籍長八尺餘，力能扛鼎。」龍鼎，有龍形花紋的鼎。《史記・趙世家》：「秦武王與孟說舉龍文赤鼎，絕臏而死。」⑱骨風猛毅 氣質、風度勇猛剛毅。《荀子・不苟》：「（君子）剛強猛毅，靡所不信（伸），非驕暴也。」⑲眸子分明 《世說新語・言語》：「嵇中散語趙景真：『卿瞳子（即眸子，眼珠）白黑分明，有白起之風。』」注引嚴尤〈三將敘〉曰：「平原君勸趙孝成王受馮亭，王曰：『受之秦兵必至，武安君（即秦名將白起）必將，誰能當之者乎？』對曰：『澠池之會，臣察武安君小頭而面銳，瞳子白黑分明，視瞻不轉。小頭而面銳者，敢斷決也；瞳子白黑分明者，見事明也；視瞻不轉者，執志強也，可與持久，難與爭鋒。……』」⑳別生身外 指人物的形象出現在自己的眼前。㉑傳神寫照 《世說新語・巧藝》：「顧長康（愷之）畫人，或數年不點目睛。人問其故，顧曰：『四體妍蚩，本無關於妙處；傳神寫照，正在阿堵（猶這個）中。』」寫照，即寫真。㉒妍蚩句 謂狀貌或妍（美）或蚩（醜），俱得其實。㉓敢顧句 謂豈敢念及黃金之賜。㉔白粉 指作畫的顏料。㉕且如二句 事見《漢書・金日磾傳》：「金日磾，字翁叔，本匈奴休屠王太子也。……日磾既親近，未嘗有過失，上甚信愛之。……日磾母教誨兩子，甚有法度，上聞而嘉之。病死，詔圖畫於甘泉宮，署曰『休屠王閼氏』。日磾每見畫常拜，鄉之涕泣，然後迺去。」㉖于禁二句 事見《三國志・魏書・于禁傳》：「（太祖）使曹仁討關羽於樊，又遣禁助仁。秋，大霖雨，漢水溢，平地水數丈，禁等七軍皆沒。……羽乘大船就攻禁等，禁遂降，惟龐悳不屈節而死。太祖聞之，哀歎者久之，曰：『吾知禁三十年，何意臨危處難，反不及龐悳邪？』會孫權禽羽，獲其眾，禁復在吳。文帝踐祚，權稱藩，遣禁還。帝引見……拜為安遠將軍。欲遣使吳，先令北詣鄴，謁高陵。帝使豫於陵屋畫關羽戰克、龐悳憤怒、禁降服之狀，禁見慙恚，發病薨。」㉗箴 規戒。㉘宣父句 宣父，唐貞觀十一年，詔尊孔子為宣父。見《通典》卷五三、《新唐書・禮樂志五》。《史記・孔子世家》：「孔子適鄭，與弟子相失。孔子獨立郭東門，鄭人或謂子貢曰：

「東門有人，其顙似堯，其項類皋陶（也作皋繇，舜臣），其肩類子產……。」子貢以實告孔子。」㉙元子句　《晉書．桓溫傳》：「桓溫字元子。……初，溫自以雄姿風氣是宣帝、劉琨之儔，有以其比王敦者，意甚不平。及是征還，於北方得一巧作老婢，訪之，乃琨伎女也，一見溫，便潸然而泣。溫問其故，答曰：「公甚似劉司空（琨）。」溫大悅，出外整理衣冠，又呼婢問。婢云：「面甚似，恨薄；眼甚似，恨小；鬚甚似，恨赤；形甚似，恨短；聲甚似，恨雌。」溫於是褫冠解帶，昏然而睡，不怡者數日。」《晉書．劉琨傳》：「劉琨字越石。」㉚不待二句　意謂睹畫即明。妓，《全唐文》作「伎」。㉛舐筆　以口水潤筆。指作畫。《莊子．田子方》：「宋元君將畫圖，眾史（畫工）皆至，受揖而立，舐筆和墨，在外者半。」㉜麟閣　即麒麟閣，相傳為漢武帝元狩元年獲麒麟時所建，在未央宮內。《漢書．蘇武傳》：「甘露三年……上思股肱之美，乃圖畫其人於麒麟閣，法（取法）其形貌，署其官爵姓名。唯霍光不名，曰『大司馬大將軍博陸侯姓霍氏』。次曰『衛將軍富平侯張安世』……次曰『典屬國蘇武』。皆有功德，知名當世，是以表而揚之，明著中興輔佐，列於方叔、召虎、仲山甫焉。凡十一人，皆有傳。」㉝虎頭　指東晉畫家顧愷之。張彥遠《歷代名畫記》卷五：「顧愷之字長康，小字虎頭。」㉞仙飛　用顧愷之「妙畫通靈，變化而去」事。參見〈春過賀遂員外藥園〉注❼。㉟感而遂通　言此有所感而通於彼。《易．繫辭上》：「《易》無思也，無為也，寂然不動，感而遂通天下之故（事），非天下之至神，其孰能與於此。」此指通於畫道。㊱官資　指官府的供給。㊲戰灼　恐懼不安。《晉書．王濬傳》：「豈唯老臣獨懷戰灼，三軍上下咸盡喪氣。」㊳無答　無法報答。

【語　譯】臣某人報告：臣承蒙憑一點卑微的技藝，得以聊充官府工匠之數，在屏風上誤點了一點墨，臣缺少改畫成蒼蠅的技巧；遇上拿著宮扇，臣也沒有把上面誤落的墨畫成母牛的能力。作畫只是由於職務，臣不敢做本職以外的事情；回想時人的評論，臣則有愧於以三絕著稱的顧愷之。

臣想到皇帝陛下治理亂世，使它恢復正常，承受天命，中途振興大唐，聖人俯視龜背之文而求與之相合，又旁觀鳥的爪印以作八卦，八卦依憑於畫，畫開始產生文字，聖人既能知道事物的隱微徵兆，也能看清它的顯著面貌，唯有聖人才能體察聖人畫卦造字之旨。臣奉陛下詔令的旨意，讓臣畫功臣之像，命運遇上了在鳳翔建立朝廷的初始，無非都是一些像高飛的雄鷹一樣的威武之士。其中有的下巴似燕子，手臂像猿猴，有的生氣而雙目圓睜，鬍鬚抖動，有的怒髮上衝武官所戴的帽子，有的力能舉起有龍形花紋的大鼎，有的風度勇猛剛毅，有的瞳仁白黑分明，這一切無不趨赴於臣的筆端，出現在臣的眼前。畫人物肖像做到能生動逼真地傳達出其精神，臣在這方面雖然缺乏巧妙的心思；而審視畫中的形象求得功臣的狀貌，人們或許私下都能認識。狀貌或美或醜皆得其實，豈敢念及陛下賞賜黃金；下筆的取捨選擇則都精當，有時只依靠作畫的白色顏料。而且像金日磾每次見到母親的畫像就流淚，由此能知道他的孝親之思，于禁看到龐悳不屈而死的畫心裡羞愧，對著這有忠貞節操之人而自慚，則畫乃是無聲的箴戒頌詞，又為什麼要輕視它呢！至於孔子的脖子似皋繇，桓溫的長相像劉琨，不必等待某人之說，不用煩勞劉琨的舊樂妓說話，看了畫即明，這又是一奇，所以畫確實是值得崇尚的。臣得以在麒麟閣作畫，追隨顧愷之，多次蒙受陛下的嘉獎教誨之恩，於是更加真誠地自我勉勵。臣勤以補拙，雖然未能像顧愷之那樣做到妙畫通靈，如人成仙而去；但臣有所感而通於畫道，實由於陛下的訓諭。況且陛下賜給衣服，累次詢問官府的供給，宮中派出的使者接連不斷，屢次傳布君命，給以慰問，微臣惶恐不安，真是完全無法報答陛下的恩惠。

【研　析】這是一篇代畫工作的謝賜表，王維作為一個著名的詩人兼畫家，深通畫理，在這篇文章中，就表現出了他對畫道的精闢見解，值得我們注意。這篇文章談及畫的源流、畫與文字的關係和畫的社會功能，並對畫所能起到的教化作用給以肯定。又，文中所謂「不待或人之說，無煩故妓之言，此又一奇」云云，道出了繪畫不同於詩文的藝術特徵，即具有訴諸視覺的鮮明形象，也有價值。文中所說畫工所畫的功臣，多為安史之亂中扈從立功的武將，如何刻畫他們，存在著一個神似與形似的問題。「傳神寫照」，說的就是神似，所謂「神」，指的是人物的精神氣質、個性特徵等內容，是屬於內在的東西。「雖非巧心」，是說「畫人」還不能完全做到神似，可見作者是把神似列為繪畫的最高藝術標準的。「審象求形，或皆暗識」，是說人們看了畫就能知道所畫的功臣是誰，這便是形似，「妍蚩無枉」，說的也是形似。「神似」與「形似」結合，而以「神似」為主，這應該就是王維的主張。「取舍惟精」，說的是作畫並非依樣畫葫蘆，而必須有所取捨，有所選擇；王維顯然明白，「傳神」離不開「寫形」，應像東晉畫家顧愷之所說的那樣「以形寫神」（〈魏晉勝流畫贊〉），但是並不是任意的寫形都能傳神，必須善於選擇和抓住那些能夠傳人物之神的「形」，給以生動、突出的表現，才能達到傳神，因此「取舍惟精」，應該就是達到傳神的藝術手段之一。文中所稱作畫時，諸位功臣或「燕頷猿臂」，或「裂眥奮髯」……，「皆就筆端，別生身外」，則又涉及藝術想像問題。在王維看來，畫師在創作繪畫的過程中，必須先通過藝術想像在腦中或眼前構成鮮明形象，然後才可以下筆。蘇軾〈文與可畫篔簹谷偃竹記〉說：「故畫竹，必先得成竹於胸中，執筆孰視，乃見其所欲畫者，急起從之，振筆直遂，以追其所見，如兔起鶻落，少縱則逝矣。」王維的看法實際與蘇軾的上述說法一致。通過以上分析，不難看出王維深諳畫理，正因為如此，其畫作也就不是一般畫師所可比擬。

裴右丞寫真讚

【題解】裴右丞，即裴遵慶。楊綰〈裴遵慶碑〉云：「至德初，拔自賊庭，將趨行在……遽拜給事中，累遷尚書右丞、兵部、戶部，□授吏部侍郎。」（《八瓊室金石補正》卷六四）《舊唐書・裴遵慶傳》云：「天寶末，楊國忠當國，出不附己者例為外官，遵慶亦出為郡守。肅宗即位，徵拜給事中、尚書右丞、吏部侍郎。……上元中……遷黃門侍郎、同中書門下平章事。」右丞，即尚書右丞，正四品下，掌管轄兵、刑、工部十二司之事。尋繹文意，裴當是中興功臣之一，亦蒙受寫真之榮，故本文之寫作時間應同上一篇。本文是題寫在裴遵慶肖像畫上的一篇贊辭。

澹爾❶清德❷，居然❸素風。氣和容眾，心靜如空。智以窮理，才包至公❹。大盜振駭❺，群臣困蒙❻。忘身徇節，歷險能通❼。仁者之勇，義無失忠。凝情❽取象❾，惟雅則同。粉繪不及，清明在躬❿。麟閣之上，其誰比崇！

【注釋】❶澹爾 恬淡寡欲。❷清德 高潔之德行。《後漢書・楊彪傳》：「楊公四世清德，海內所瞻。」

❸居然　猶確實。❹才包至公　包，統攬。至公，指考場或考試。舊稱試院為至公堂，故云。唐劉虛白〈獻主文〉：「不知歲月能多少，猶著麻衣待至公。」唐閻濟美〈下第獻座主張謂〉：「轉令遊藝士，更惜至公年。」按，《舊唐書．裴遵慶傳》云：「遷司門員外、吏部員外郎，專判南曹。天寶中，海內無事，九流輻輳會府，每歲吏部選人，動盈萬數。遵慶敏識強記，精覈文簿，詳而不滯，時稱吏事第一。」「才包至公」即指此事而言（唐時吏部銓選需試書、判）。❺大盜振駭　指安祿山反。振駭，謂使人震驚。《晉書．夏統傳》：「於是風波振駭，雲霧杳冥。」❻困蒙　《易．蒙》：「六四，困蒙，吝。」疏：「困於蒙昧而有鄙吝。」此指窘困。❼忘身二句　指裴陷賊後能守節，並「拔自賊庭」。徇節，守節至死不變。❽凝情　凝聚感情；情意專注。何遜〈詠舞妓詩〉：「凝情眄墮珥，微睇託含辭。」❾取象　捕取形象，指作畫。❿粉繪二句　意謂畫不及本人，未能表現出裴自身的清明之德。粉繪，謂畫。清明在躬，《禮記．孔子閒居》：「清明在躬，氣志如神。」注：「謂聖人也。」疏：「清謂清靜，明謂顯著，言聖人清靜光明之德在於躬身。」

【語譯】右丞恬淡寡欲德行高潔，確有純樸清白之風。態度平和能包容眾人，內心清靜如空無一物。智慧可以窮究事物之理，才能足以總攬吏部銓試。竊國大盜使人震驚，各級官吏無不身受窘困。右丞為保全節操而奮不顧身，歷經險阻到達了天子所在之地。這真是有仁人的勇敢，秉義而行不違離忠貞。畫師情意專注地捕取形象，所畫的像惟有高雅與本人相同。彩色的畫像趕不上本人，清明的品德只存在於右丞之身。畫像於麒麟閣上的諸位功臣，有誰能與右丞一比高低！

【研析】本篇為畫贊，它是以讚頌畫像中的人物為主旨的一種文體。這篇畫贊的前六句寫畫像中的人物——裴右丞的清高之德，純樸之風，恬靜之心，和傑出的智慧、才能等等；接下六句寫裴右丞在安史亂中陷賊後，堅持忠節的表現，與自拔來歸的行為。以上十二句主要是從人物的精神氣質方面來說的。下面四句寫畫工為裴右丞畫肖像。其效果如何呢?「惟雅則同」，然他的清明之德，則未能在畫像中加以表現。這也就是說，畫工的畫還沒能到達「神似」之境。由此不難看出，王維認為畫人物必須表現出其精神氣質，他把「神似」定為人物畫的最高藝術標準——雖然達到「神似」很不易，對一般的畫工也不好用這個標準來要求。最後兩句說，在圖畫麟閣的功臣中，誰也比不上裴右丞!以讚頌畫像中的人物作結，是畫贊一類文章的通常寫法。

送鄆州須昌馮少府赴任序

【題解】 鄆州，《舊唐書·地理志》：「天寶元年，改鄆州為東平郡。乾元元年，復為鄆州。」須昌，鄆州治所，今山東東平西北。本文作於晚年，具體時間不詳，姑繫此。這是一篇贈序，為送「少年明經」出任鄆州須昌縣尉而作。

少年明經❶，試出補吏，學通大義❷，政習前典❸，本之于德，輔之以才，大官大邑❹可也，不惟是歟?予昔仕魯❺，蓋嘗之鄆，書社萬室❻，帶以魚山❼濟水❽；旗亭千隧❾，雜以鄭商周客❿。有鄒人之風⓫以厚俗，有汶陽之田⓬以富農，齊紈在笥⓭，河魴登俎⓮，一都會⓯也。子其不寶貨，不耽樂，不弄法⑯，不慢官，無侮老成人，無虐孤與幼⑰，上官奏課，輶軒⑱以聞，則繡衣⑲方領⑳，垂璫珥筆㉑，子所得也，誰敢有之？

【注釋】❶明經　唐試士之常科主要有進士與明經，明經初試帖一大經及《孝經》、《論語》、《爾雅》，每經帖十條，取通五條以上者；二試口問經之大義十條，取通六條以上者；三試答時務策三道，取粗有文理者與及第。參見《唐六典》卷四、《通典》卷一五。❷大義　大原則。也指經書要旨。❸前典　前代的典章制度。《後漢書・郎顗傳》：「宜遵前典，惟節惟約。」❹大官大邑　語出《左傳》襄公三十一年。此指為大官治大邑。❺予昔仕魯　指開元九年出為濟州司倉參軍。參見拙作〈王維年譜〉。此四字宋蜀本作「子告任魯」，疑非。❻書社句　書社，即「社」。古以二十五家為一社，按，社書戶籍於簿，故稱書社。《左傳》哀公十五年：「因與衛地，自濟以西，禚、媚、杏以南，書社五百。」注：「二十五家為一社，籍書而致之。」《史記・孔子世家》：「昭王將以書社地七百里封孔子。」《索隱》：「古者二十五家為里，里則各立社，則書社者，書其社之人名於籍，蓋以七百里書社之人封孔子也。」句謂鄆州登記入冊的戶口有上萬家。❼魚山　見〈魚山神女祠歌〉二首題解。❽濟水　《元和郡縣志》卷一〇鄆州須昌縣：「濟水，南自鄆城縣界流入，去縣西二里。」參見〈被出濟州〉注❶。❾旗亭千隧　謂鄆州州城有市樓無數市路上千條。《文選》張衡〈西京賦〉：「旗亭五重，俯察百隧。」薛綜注：「旗亭，市樓也。隧，列肆道也。」李周翰注：「隧，市道也。」❿鄭商周客　鄭、周，見〈宿鄭州〉注❷、❶。⓫鄒人之風　見〈偶然作〉五首其五注❺。⓬汶陽之田　《左傳》僖公元年：「公賜季友汶陽之田及費。」《水經注・汶水》：「蛇水西南流逕汶陽之田，齊所侵也。自汶之北，平暢極目，僖公以賜季友即此。又西南逕鑄鄉城西。」汶陽為春秋魯地，據《水經注》所載，當在今山東泰安西南一帶。因在汶水（今大汶河）之北，故名。⓭齊紈在笥　齊紈，齊地所產的白色細絹。《列子・周穆王》：「衣阿錫，曳齊紈。」注：

「齊，名紈所出也。」《漢書・地理志》：「齊地……織作冰紈綺繡純麗之物，號為冠帶衣履天下。」師古注：「冰謂布帛之細，其色鮮潔如冰者也。紈，素也。」筥，方形的盛物之器，以竹為之。⓮河魴登俎　河魴，《詩・陳風・衡門》：「豈其食魚，必河之魴？」陸璣《毛詩草木鳥獸蟲魚疏》卷下：「魴，今伊洛濟潁魴魚也。……細鱗，魚之美者。」俎，砧板。⓯一都會　謂一個人所會聚之處。《史記・貨殖列傳》：「夫燕，亦勃、碣之間一都會也。」《漢書・地理志》：「宛西通武關，東受江淮，一都之會也。」⓰弄法　玩弄法律，營私舞弊。⓱無侮二句　謂不欺侮年高有德之人，不虐待孤兒與年幼的人。《書・盤庚上》：「汝無侮老成人，無弱孤有幼。」疏：「鄭云：老、弱皆輕忽之意也。」有，猶或。又，老成人亦指年高有德者。《詩・大雅・蕩》：「雖無老成人，尚有典刑。」疏：「今時雖無年老成德之人，若伊、陟之類。」⓲輶軒　輕車；使臣所乘之車。亦指使臣。《風俗通・序》：「周秦常以歲八月遣輶軒之使求異代方言。」⓳繡衣　見〈送丘為往唐州〉注❻。⓴方領　見〈送韋大夫東京留守〉注⓭。㉑垂璫珥筆　見〈上張令公〉注❶、❷。

【語　譯】你這位年輕的明經及第者，試著到地方上任官吏，如果學問上通曉經書要旨，政事方面熟悉前代的典章制度，以道德為根本，用才能作輔助，那麼當大官治大邑是可以的，事情難道不是這樣的嗎？我從前在魯地做官，曾經到過鄆州，那裡登記入冊的戶口有上萬家，旁邊有魚山濟水相圍繞；州城市樓無數市路上千條，鄭地的商賈周地的旅客雜處其中。有鄒地人好儒的遺風以使風俗淳厚，有汶水以北的田地以讓農民富裕，市場上方形的竹器裡盛滿齊地產的白色細絹，砧板上放置著黃河產的魴魚，這是一個人們大會聚的地方啊。你應當不寶愛財物，不沉溺於享樂，不玩弄法律條文，不怠忽官府職事，不欺侮年高有德之人，不虐待孤兒與年幼的人，上級官員奏報你的考核成績，使臣讓天子知道這一情況，那麼穿戴方領的繡衣，身上懸掛著玉佩，插筆於禮帽一側，就是你能得到的，又有誰可以擁有它呢？

予病且憊，歲晚❶彌獨，窮巷衡門，落日秋草。趙服❷過我，且東其轅❸。促飯中廚，子不可以蔬食；送車出郭，吾不可以徒行❹。屨以❺及門，拜于宇下；猶且抱杖❻延頸，送之以目❼，城迴❽樹轉，悲其馬嘶云。

【注釋】❶歲晚　指年老。❷趙服　謂疾驅車馬。趙，疾行。《穆天子傳》卷二：「天子北征，趙行□舍。」郭璞注：「趙，猶超騰。」服，古代一車駕四馬，居中的兩匹稱服。❸且東句　指馮將自長安東行赴任。❹吾不句　謂我是不可以徒步行走的。《論語．先進》：「以吾從大夫之後，不可徒行也。」❺以　已。《全唐文》作「已」。❻抱杖　持杖。❼送之以目　語本《呂氏春秋．士容》：「客有見田駢者，被服中法，進退中度，趨翔嫻雅，詞令遜敏，田駢聽之，畢而辭之。客出，田駢送之以目。」❽迴　趙注本空缺，據宋蜀本、明十卷本、奇字齋本等補。

【語譯】我多病又衰弱，晚年更感孤獨，住在僻巷中的簡陋居室，看到夕陽下的秋草已經變黃，你疾驅車馬來訪問我，且將自長安東行赴任。催促廚房準備飯，你是不可以吃粗糙食物的；乘車送你出長安城，我是不可以步行的。你已到達我家門，拜於屋內；我則一直手持拐杖伸長脖子，目送你離去，城中道路曲折樹木環繞，你的車已望不見，我為傳來的馬鳴聲而悲傷。

【研 析】這篇贈序可分為兩段。第一段贈言勉勵，其中前八句，除交代被送者的出身與初仕的景況外，主要談為官之道；接下十一句，追述作者開元年間曾到過的鄆州須昌(被送者就要前去任職的地方)的情況，說出那裡有山有水，人煙稠密，商業發達，物產豐富，風俗淳厚，人民富裕，這實際也反映了開元盛世社會的一些面貌；最後十二句，對初出仕的「少年明經」提出嚴格要求，並勉勵他努力達到這些要求，作者要求這個少年所不要做的，正是在繁華富庶地區為官的人最易犯的毛病。第二段抒寫別情，其中前四句以「窮巷衡門，落日秋草」之景，烘托作者體弱多病、年老孤獨之情；後十二句寫少年行前來訪與自己送其東行赴任的情景，這整段文字寫得言語簡煉而感情深切。

請施莊為寺表

【題 解】施莊為寺，謂施輞川莊為寺，參見〈輞川集・孟城坳〉題解。據表中「又屬元聖中興」等語，本篇當作於乾元元年(七五八)王維「既蒙宥罪，旋復拜官」之後不久，具體時間約在乾元元年冬，參見拙作〈王維年譜〉。本奏章的主旨，是請求天子允許自己施捨輞川山莊成為一座寺院。

臣維稽首：臣聞罔極之恩❶，豈有能報？終天不返❷，何堪永思❸！然要欲強有所為，自寬其痛，釋教有崇樹❹功德❺，弘濟幽冥❻。臣亡母故博陵縣君❼崔氏，師事大照禪師❽三十餘歲，褐衣蔬食，持戒安禪❾，樂住山林，志求寂靜，臣遂于藍田縣營山居一所。草堂精舍❿，竹林果園，並是亡親宴坐⓫之餘，經行⓬之所。臣往丁凶釁⓭，當即發心，願為伽藍⓮，永劫追福⓯，比⓰雖未敢陳請，終日常積懇誠。又屬元聖⓱中興，群生受福，臣至庸朽，得備周行⓲，無以謝生⓳，將何答施⓴？願獻如天之壽，長為率土㉑之君，惟佛之力可憑，施寺之心轉切。效微塵㉒于天地，固先國而後家。敢以烏鼠㉓私情，冒觸天聽㉔，伏乞施此莊為一小寺，兼望抽諸寺名行僧㉕七人，精勤禪誦㉖，齋戒住持㉗，上報聖恩，下酬慈愛㉘，無任㉙懇款之至。

【注釋】❶罔極之恩　指父母的無極之恩。❷終天不返　《文選》潘岳〈哀永逝文〉：「今奈何兮一舉，邈終天兮不反。」李善注：「天地之道，理無終極，今云終天不反，長逝之辭。」終天，謂如天之久遠無窮。句指父母長逝。❸永思　長久思念。《荀子・正名》：「《詩》曰：『長夜漫兮，永思騫兮。』」❹崇樹　猶言大立。樹，宋蜀本作「聞」。❺功德　佛家語，一般指念佛、誦經、布施等善事。❻弘濟幽冥　弘濟，廣泛救助，使得解脫危難。《書・顧命》：「用敬保元子釗，弘濟于艱難。」幽冥，陰間。曹植〈王仲宣誄〉：「嗟乎夫子，永安幽冥。」此指陰間之鬼。❼博陵縣君　維母崔氏的封號。唐制，職事及散官五品，母、妻為縣君，至於地號，則多以族望所自為稱。參見《舊唐書・職官志》、《新唐書・百官志》。博陵，東漢置博陵郡，治所在博陵縣（今河北蠡縣南）。據《新唐書・宰相世系表》，崔氏有博陵安平一派，當是王維母氏所出，故以為號。又崔氏卒前，維蓋任五品之官，故其母得為博陵縣君。❽大照禪師　即普寂（六五一—七三九），神秀弟子。《舊唐書・方伎傳》：「普寂姓馮氏，蒲州河東人也。年少時徧尋高僧，以學經律。時神秀在荊州玉泉寺，普寂乃往師事，凡六年，神秀奇之，盡以其道授焉。久視中，則天召神秀至東都，神秀因薦普寂，乃度為僧。及神秀卒，天下好釋氏者咸師事之。中宗聞其高年，特下制令普寂代神秀統其法眾。開元十三年，敕普寂於都城居止。時王公士庶，競來禮謁……二十七年，終于都城興唐寺，年八十九。……有制賜號為大照禪師。」❾持戒安禪　持戒，指嚴守佛教戒律。《法華經・譬喻品》：「持戒清潔，如淨明珠。」安禪，入於禪定。❿精舍　僧人或道士修煉時所居之所。⓫宴坐　坐禪。《維摩詰經・弟子品》：「心不住內，亦不在外，是為宴坐。」⓬經行　見〈青龍寺曇壁上人兄院集〉注⓯。⓭丁凶釁　指遭母喪。丁，當；值。凶釁，凶祭；喪祭。⓮伽藍　梵文「僧伽藍」的略稱，意譯眾園、僧院。原指修建僧院的基地，後轉而為包括土地和建築物在內的寺院之總稱。《十誦律》卷五六：「地法者，佛聽受地，為僧伽藍故，聽僧起坊舍故。」⓯永劫追福　謂永遠為亡母祈求冥福。永劫，永無窮盡之時。《廣弘明集》卷一九沈約〈內典序〉：「以寸陰之短晷，馳永劫之遙路。」追福，亦稱「追薦」，指舉行誦經、寫經、施齋、施財、修造寺院等活動，為死者祈求冥福。《優婆塞戒經》：「若父喪已墮餓鬼中，子為追福。」《北史・隋文獻皇后傳》：「上為立寺追福焉。」⓰比　先。《禮記・祭義》：「比時具物，不可以不備。」注：「比時，猶先時也。」⓱元聖　大聖人，指肅宗。元，麻沙本作「大」。⓲周行　《詩・周南・

卷耳》：「嗟我懷人，寘彼周行。」毛傳：「行，列也。思君子官賢人，置周之列位。」鄭箋：「周之列位，謂朝廷臣也。」按，周行本指大道，作者此處蓋承用毛、鄭之誤釋。⑲謝生　酬謝不殺之恩。就己接受偽職未被治罪而言。⑳答施　報答天子的恩惠。㉑率土　謂境域以內。㉒微塵　指極細小之物。《大智度論》卷九四：「譬如積微塵成山，難可得移動。」此喻極細小之力。㉓鳥鼠　喻微末不足道之人。㉔天聽　天子的視聽。㉕名行僧　有名聲與品行的僧人。㉖禪誦　謂坐禪誦經。㉗住持　居住寺中，主持事務。《景德傳燈錄》卷九〈靈祐禪師〉：「時華林聞之，曰：『某甲忝居上首，祐公何得住持？』」㉘慈愛　慈母之愛。「慈」即「慈母」的略稱。㉙無任　不勝。

【語譯】臣王維叩首報告：臣聽說父母的無窮之恩，兒女哪裡有能夠報答的？父母永遠離去不復返回，兒女怎麼承受得住那長久的思念！然而須要勉力有所作為，以自己寬解痛苦，佛教就有大立功德，廣泛救助陰間之鬼的事。臣的亡母前博陵縣君崔氏，拜大照禪師為師達三十餘年，平時只穿粗布衣服，以蔬菜為食，嚴守戒律，靜坐入定，喜歡住在山林中，有志於追求寂靜，臣於是在藍田縣置辦山居一處。這裡的草堂精舍，竹林果園，都是臣亡母往日坐禪處所的遺留，旋繞往來的地方。臣過去遭遇母喪時，當即許下心願，期盼山居成為一座寺院，永遠為亡母祈求冥福，以前臣雖然不敢陳述理由提出這個請求，但良久以來心裡經常蘊蓄著這一誠懇的心願。現今正值聖王中途振興大唐，百姓享受著天子降下的福，臣雖然極其平庸衰朽，卻得以充任朝廷之臣，臣無從酬謝陛下的活命之德，又拿什麼來報答天子的恩惠？情願恭祝陛下壽如上天，永遠當境域內的君王，而這只有佛的法力可以憑仗，因此施捨山居作寺院的心願變得更加急切。向天地呈獻臣的一點微薄之力，本來應該先國而後家。臣冒昧地以一個如鳥鼠般微不足道之人的私情，來冒犯陛下的視聽，恭敬地向陛下懇求讓臣施捨這個輞川山莊成為一座小寺院，並希望抽調各寺院的有名聲與品行的僧人七個，在這座寺院裡專心勤勉地坐禪誦經，持齋守戒，主持事務，以便上報答聖王之恩，下酬謝慈母之愛，臣不勝懇切誠摯之至。

【研　析】在這篇請求「施莊為寺」的奏章裡，作者陳述請求「施莊為寺」的理由有二，按照文中「先國而後家」的說法，第一條的理由應是：「獻如天之壽」，即祝願天子長壽。在封建時代，君主即國家，為國與為君是一致的，所以「先國」也即「先君」；作者在這裡之所以要特別提出祝天子長壽，是因為他覺得天子對自己有活命（宥己之罪）之德，復官之恩，而自己無從報答，所以就只有「獻如天之壽」了。那麼，「施莊為寺」與祝天子長壽又有什麼聯繫呢？從佛教的角度說，「施莊為寺」屬於布施，而布施是功德之一，佛教所謂「功」，指做善事，所謂「德」，指得福報，這也就是說，把山莊施捨給佛教，就能得到善的報應，在文中，作者祈求將這福報轉與天子，令他長壽。第二條的理由是：還可將這布施得到的福報給予「亡母」，使其獲得冥間幸福（所謂「永劫追福」），以酬報慈母之愛。有一種流行的說法認為，王維的佛教思想主要來自禪宗南宗，然而在對布施的看法上，王維所接受的顯然是傳統佛教的思想，而非禪宗南宗的說法，如慧能就說布施「實無功德」，「自修身是功，自修心是德。功德自心作，福與功德別」（《壇經》敦煌本三四節）等等。

這篇奏章為我們瞭解王維的生平事跡提供了資料。本文說「臣亡母」崔氏「師事大照禪師三十餘歲」，考大照（普寂）卒於開元二十七年（七三九），則崔氏最晚在王維八、九歲（七〇八—

七〇九）時，即已師事禪宗北宗高僧普寂，家庭的這種佛教氣氛，對王維的思想無疑產生了重要的影響。本文所稱藍田山居，即《舊唐書・王維傳》中所說的「藍田別墅」，也就是王維詩中經常提到的「輞川別業」、「輞川莊」，因為別業在藍田縣南輞川山谷內，所以又可稱為「山居」。關於王維始營山居的時間，按照本文所云，應在天寶九載（七五〇）正月崔氏逝世之前；據筆者考證，其具體時間最晚應在天寶三載，說詳拙作〈王維年譜〉。

與魏居士書

【題解】魏居士，未詳。居士，在家奉佛修道之人。本文約作於乾元元年或二年，說見本篇三段注❶。這封書信的主旨是勸說友人出來做官。

足下太師❶之後，世有明德❷，宜其四代五公❸，克復舊業，而伯仲諸昆，頃或早世❹，惟有壽光❺，復遭播越❻，幼生弱姪，藐然諸孤❼，布衣徒步❽，降在皁隸❾。足下不忍❿其親，杖策⓫入關，降志⓬屈體⓭，託⓮于所知。身不衣帛，而于六親⓯孝慈；終日一飯，而以百口⓰為累。

攻苦食淡[17]，流汗霡霂[18]，為之驅馳[19]。僕見足下裂裳毀冕[20]，二十餘年，山棲谷飲[21]，高居深視，造次不違于仁[22]，舉止必由于道，高世之德，欲蓋而彰。又屬聖主搜揚仄陋[23]，束帛加璧[24]，被[25]于巖穴，相國急賢，以副旁求[26]，朝聞夕拜[27]，片善一能，垂章拖組[28]。況足下崇德茂緒[29]，清節冠世，風高于黔婁、善卷[30]，行獨于石門、荷蓧[31]。朝廷所以超拜右史[32]，思其入踐赤墀[33]，執牘珥筆[34]，羽儀[35]當朝，為天子文明[36]。且又祿及其室養，昆弟免于負薪[37]，樵蘇晚爨[38]。柴門閉于積雪[39]，藜牀穿而未起[40]，若有稱職[41]，上有致君[42]之盛，下有厚俗之化，亦何顧影跼步[43]，行歌采薇[44]！是懷寶迷邦[45]，愛身賤物也。豈謂足下利鍾釜[46]之祿，榮數尺之綬[47]？雖方丈盈前[48]，而蔬食菜羹；雖高門甲第[49]，而畢竟空寂[50]；人莫不相愛[51]，而觀身如聚沫[52]；人莫不自厚，而視財若浮雲[53]，于足下實何有[54]哉！

【注　釋】❶太師　指魏徵。字玄成，鉅鹿曲城人，唐初有名的政治家。《舊唐書．魏徵傳》：「(貞觀)十六年，拜太子太師，知門下省事如故。」「太師」即「太子太師」之省稱。❷明德　完美之德。❸四代五公　用袁安家事。東漢袁安為司徒，子敞為司空，孫湯為太尉，曾孫逢為司空、隗為太傅。後漢以太尉、司徒、司空為三公，太傅為上公，故曰「四世五公」。參見《後漢書．袁安傳》。❹早世　早死。《左傳》昭公三年：「早世殞命，寡人失望。」❺壽光　魏居士之兄，生平不詳。❻播越　見〈與工部李侍郎書〉首段注⓱。❼藐然諸孤　弱小的孤兒。《左傳》僖公九年：「初，獻公使荀息傅奚齊。公疾，召之，曰：『以是藐諸孤辱在大夫，其若之何？』」藐，弱小。諸，相當今口語之「的」。❽布衣徒步　指成為平民。古時平民出行無車，故以「徒步」為平民之代稱。《漢書．公孫弘傳》：「(弘)起徒步，數年至宰相封侯。」❾降在皁隸　《左傳》昭公三年：「欒、郤、胥、原、狐、續、慶、伯降在皁隸。」注：「八姓晉舊臣之族也。皁隸，賤官。」此指淪為庶民。❿不忍　慈愛；憐憫同情。《漢書．高帝紀》：「君主為人不忍。」⓫杖策　執鞭。指驅馬而行。⓬降志　謂貶抑己之心志。《論語．微子》：「柳下惠、少連，降志辱身矣。」⓭屈體　屈己；降低身分。⓮託　請求。⓯六親　歷來說法不一，此處泛指親屬。⓰百口　全家。見〈送丘為往唐州〉注❹。⓱攻苦食啖　《漢書．叔孫通傳》：「呂后與陛下攻苦食啖，其可背哉！」注：「如淳曰：食無菜茹為啖。師古曰：啖當作淡，淡謂無味之食也。言共攻擊勤苦之事而食無味之食也。」攻苦，謂從事勞苦之事。淡，宋蜀本、麻沙本俱作「啖」。⓲流汗霡霂　《文選》左思〈吳都賦〉：「流汗霡霂而中逵泥濘。」呂向注：「霡霂，小雨，言汗似之。」霡霂，麻沙本作「霖雨」。⓳驅馳　宋蜀本作「馳驅」。⓴裂裳毀冕　撕毀衣冠，喻絕意仕進。《後漢書．逸民傳》序：「漢室中微，王莽篡位，……是時裂冠毀冕，相攜持而去之者，蓋不可勝數。」㉑山棲谷飲　指過隱居生活。《魏書．肅宗紀》：「其懷道丘園，味跡板築，山棲谷飲，舒卷從時者，宜廣戔帛，緝和鼎餁。」㉒造次句　言倉卒之間也不違背仁德。《論語．里仁》：「君子無終食之間違仁，造次必於是，顛沛必於是。」造次，倉卒。㉓搜揚仄陋　《書．堯典》：「明明，揚側陋。」揚，舉。仄陋，同「側陋」。指有才德而居於卑位的人。㉔束帛加璧

《史記・儒林列傳》：「（趙）綰、（王）臧……乃言師申公，於是天子使使束帛加璧，安車駟馬迎申公。」帛五匹為束。束帛之上加玉璧，為古時的貴重禮物，或用以徵聘賢士。㉕被　及。㉖以副旁求　副，佐。旁求，遍求；廣求。《書・太甲上》：「旁求俊彥，啟迪後人。」句謂以輔助天子廣求賢才。㉗朝聞夕拜　《晉書・王猛傳》：「臣前所以朝聞夕拜，不顧艱虞者，正以方難未夷，軍機權速。」此指朝聞其賢，夕即拜官，義與〈王猛傳〉異。㉘垂章拖組　為官繫佩印綬。組，綬。㉙茂緒　言世業美盛。就居士為太師之後而言。㉚黔婁善卷　見〈過沈居士山居哭之〉注❾、❽。㉛行獨句　獨，特殊；特出。石門，指守石門者，為魯之隱士。《論語・憲問》云：「子路宿於石門（魯都城外門）。晨門（司門者）曰：『奚自？』子路曰：『自孔氏。』曰：『是知其不可而為之者與？』」又云：「子曰：『賢者辟（避）世，其次辟地，其次辟色，其次辟言。』子曰：『作者七人矣。』」何晏《集解》：「包曰：作，為也。為之者凡七人，謂長沮、桀溺、丈人（荷蓧丈人）、石門、荷蕢、儀封人、楚狂接輿。」荷蓧，蓧是古代的鋤草工具。《論語・微子》：「子路從而後，遇丈人，以杖荷蓧。子路問曰：『子見夫子乎？』丈人曰：『四體不勤，五穀不分，孰為夫子？』植其杖而芸。……明日，子路行以告。子曰：『隱者也。』」㉜右史　指起居舍人，從六品上。《通典》卷二一：「周官有左右史，記其言事，蓋今起居之本。……（隋煬帝）乃於內史省置起居舍人二員，次內史舍人下。大唐貞觀二年省起居舍人，移其職於門下，置起居郎二人。顯慶中復於中書省置起居舍人，遂與起舍郎分掌左右。龍朔三年，改為左右史（注：『郎為左史，舍人為右史。』），咸亨元年復舊。天授元年，又為左右史，神龍初復舊。每皇帝御殿，則對立於殿，有命則臨陛俯聽，退而書之，以為起居注。凡冊命啟奏封拜薨免悉載之，史館得之，以撰述焉。」㉝赤墀　即丹墀。宮殿前的紅色臺階及臺階上的空地。《漢書・梅福傳》：「故願壹登文石之陛，涉赤墀之塗，當戶牖之法坐，盡平生之愚慮。」㉞執牘珥筆　手持木簡，插筆於冠側，以備記事。就起居舍人之職事而言。崔駰〈奏記竇憲〉：「珥筆持牘，拜謁曹下。」（《文選》潘岳〈為賈謐作贈陸機〉李善注引）㉟羽儀　語本《易・漸》：「鴻漸于陸，其羽可用為儀，吉。」此指羽翼、輔佐。嵇康〈五言贈秀才詩〉：「抗首漱朝露，晞陽振羽儀。」

《新唐書・張薦傳》上疏：「（顏）真卿逮事四朝，為國元老，忠直孝友，羽儀王室。」㊱為天句　為，助。文明，文德（指以禮樂教化治國）輝耀。《書・舜典》：「濬哲文明，溫恭允塞。」疏：「經天緯地曰文，照臨四方曰明。」㊲負薪　指任樵采之事。㊳樵蘇晚爨　取薪曰樵，取草曰蘇。晚，後。言現打柴草而後做飯。指不能經常吃飽。《史記・淮陰侯列傳》：「臣聞千里餽糧，士有饑色；樵蘇後爨，師不宿飽。」宋蜀本無「樵蘇」二字。㊴柴門句　用袁安事。見〈冬晚對雪憶胡居士家〉注❻。此以袁安喻魏居士。㊵藜牀句　庾信〈小園賦〉：「況乎管寧藜牀（藜製之榻），雖穿而可坐。」又〈奉和趙王隱士〉詩：「鹿裘披稍裂，藜牀坐欲穿。」《三國志・魏書・管寧傳》注引《高士傳》曰：「管寧自越海及歸，常坐一木榻，積五十餘年，未嘗箕股，其榻上當膝處皆穿。」管寧，字幼安，魏北海朱虛人。漢末避亂居遼東，聚徒講學，三十七年而後歸，文帝拜為大中大夫，明帝拜為光祿勳，皆辭不就。《魏書》本傳言其「耽懷道德，服膺六藝，清虛足以侔古，廉白可以當世」。句以管寧喻魏居士。㊶稱職　指適合之職。㊷致君　謂使君主達於極頂，成為聖明天子。㊸顧影躕步　自顧其影，徘徊不前。躕，趙注本原作「踞」，此從麻沙本、明十卷本、《全唐文》。㊹行歌采薇　指隱居不仕。《史記・伯夷列傳》：「武王已平殷亂，天下宗周，而伯夷、叔齊恥之，義不食周粟，隱於首陽山，采薇而食之。及餓且死，作歌，其辭曰：『登彼西山，采其薇矣……。』」㊺懷寶迷邦　見〈能禪師碑〉三段注❶。㊻鍾釜　皆古容量單位。十釜為一鍾，受六斛四斗。㊼綬　《後漢書・輿服志下》：「紱佩既廢，秦乃以采組連結於璲，光明表章，轉相結受，故謂之綬。漢承秦制，用而弗改，遂加之以雙印佩刀之飾。」綬是繫在玉飾或印信上的絲帶。漢制縣尉以上官吏即有綬，唐制五品以上官方有綬（用以繫玉佩）。㊽方丈盈前　謂餚饌豐盛。《孟子・盡心下》：「食前方丈（吃飯時面前的食品擺滿一丈見方的地方），侍妾數百人，我得志，弗為也。」㊾甲第　見〈燕支行〉注❻。㊿畢竟空寂　指心處於無世俗之欲求與思想的境界。《維摩經・佛道品》：「善心誠實男，畢竟空寂舍。」《注維摩經》卷七：「（鳩摩羅）什曰：『障蔽風雨莫過于舍，滅除眾想莫妙于空，亦能絕諸問難，降伏魔怨，猶密宇深重，寇患自消。亦云有非真要，時復暫遊；空為理宗，以為常宅也。』（僧）肇曰：『堂宇以蔽風霜，空寂以障塵想。』(道)生曰：「……可以庇非法風雨而障結賊之患，是舍之理也。」」❺❶愛　貪愛；愛欲。佛教所稱「十二因緣」之一。《圓覺經》：「輪迴愛為根本。」此字麻沙本作「憘」。❺❷身如聚沫　《維摩經・方便品》：「此身如聚沫，不可撮摩。」言身如叢聚之泡沫，喻身無常、不可長久。佛教認為，認識到身如聚沫，就不會有貪愛之心。❺❸浮雲　喻不值得關心和重視的事物。《論語・述而》：「不義而富且貴，於我如浮雲。」❺❹何有　不難之意。

【語譯】足下是魏太師的後代，世世代代有完美的德行，本當像袁安家那樣四代有五人做到三公的高官，能夠恢復先人的事業，然而魏家的諸位兄弟，近來有的早死，只有壽光，又遭遇流亡，您那年幼的甥姪，成為弱小無依的孤兒，只能穿布做的衣服，出門也沒有車子坐，淪落成為平民。足下憐憫同情自己的親屬，揮鞭驅馬進入潼關，自抑心氣降低身分，請託於相識之人。自己不穿絲綢衣服，而於親屬則孝順、慈愛；一整天只吃一頓飯，卻為全家人而憂慮。您自己從事勞苦之事，吃淡而無味的食物，汗流猶如雨下，為親屬們而四處奔走。我見足下撕毀官服官帽，絕意仕進，二十餘年，棲息於山中，在澗谷裡飲水，處於高處，看得深遠，倉卒之間也不違背仁德，行動必定遵從道義，那超越世俗的德行，想加以掩藏卻更加顯明突出。現今又正值聖明的君主搜訪舉拔有才德而居於卑位的人，用捆成一束的絲綢加上玉璧作為徵聘的禮物，搜訪遍及於隱士居住的巖穴，宰相重賢，因而輔助天子廣求賢才，清晨聽說某人賢能，傍晚立即授官，有一個小優點或一項專長，就得以佩掛官員的印綬。更何況足下品德崇高世業美盛，高潔的節操超出世人，風範高過於黔婁、善卷，行為特出於守石門者、荷蓧丈人。朝廷之所以越級授給您起居舍人的官職，是想望您登上皇宮的臺階後，手執木簡，插筆冠側，輔翼當朝，助天子達到文德輝耀。而且這樣又有俸祿可以養家，兄弟免於樵采自給，現打柴草然後才做飯。您猶如袁安，陋室的門在積雪中緊閉，又像管寧，藜莖編的坐榻已洞穿仍安坐不起，假如有適合的職務，就會有上使天子成為聖明君主的盛事，下讓風俗人心向著淳厚的變化，又為什麼要顧影自憐，徘徊不前，像伯夷叔齊那樣且行且歌採薇而食！您這是懷藏自己的才能而不用，愛惜生命而輕視名聲祿利之事啊。難道認為足下以幾鍾幾釜的祿米為利，數尺長的綬帶為榮？雖然面前餚饌豐盛，卻吃粗食喝菜湯；雖然有富貴之家的頭等府第，心卻處於無世俗的思想與欲求的境界；人無不互相有愛欲，卻觀察認識到人身猶如集聚的泡沫；人無不設法使自己富裕，卻視財物猶如天上飄浮的雲彩，這些對於足下來說真是不難做到的啊！

聖人知身不足有也，故曰欲潔其身而亂大倫❶；知名無所著❷也，故曰欲使如來名聲普聞❸。故離身而返屈其身❹，知名空而返不避其名也。古之高者曰許由，挂瓢于樹，風吹瓢，惡而去之❺，聞堯讓，臨水而洗其耳❻。耳非駐聲之地，聲無染耳之跡，惡外者垢內❼，病物者自我❽，此尚不能至于曠士❾，豈入道者之門歟❿！降及嵇康，亦云頓纓狂顧，逾思長林而憶豐草⓫。頓纓狂顧，豈與俛受維縶⓬有異乎？長林豐草，豈與官署門闌有異乎？異見起而正性隱⑬，色事礙而慧用微⑭，豈等同虛空⑮，無所不遍⑯，光明⑰遍照，知見獨存之旨邪⑱？此又足下之所知也。近有陶潛，不肯把板屈腰見督郵，解印綬棄官去⑲。後貧，〈乞食〉詩云：「叩門拙言辭。」⑳是屢乞而多慚也。當㉑一見督郵，安食公田數頃㉒，一慚之不忍，而終身慚乎㉓？此亦人我攻中㉔，忘大守小，不□其後之累也。孔宣父㉕云：「我則異于是，無可無不可。」㉖可者適意，不可者不適意也。君子以布仁施義，活國濟人為適意，縱其道不行，亦無意為不適意也。苟身心相離㉗，理事俱如㉘，則何往㉙而不適？此近于不易。願足下思可不可之旨，以種類俱生㉚，無行作以為大依㉛，無守默以為絕塵㉜，以不動為出世也㉝。

【注釋】❶聖人二句　意謂聖人知身不可長存，故不欲獨善其身。不足，猶言不可。有，存在。故曰句，語本《論語・微子》：「不仕無義。長幼之節不可廢也，君臣之義，如之何其廢之？欲潔其身而亂大倫。君子之仕也，行其義也。」潔其身，指避世隱居。大倫，即君臣之義。「亂大倫」猶言破壞了君臣之間的根本倫理關係。

❷無所著　無可執著。所，可以。❸欲使如來名聲普聞　見〈胡居士臥病遺米因贈〉注❼。❹故離句　離身，不執著於身。認識到身如聚沫，不可長存，自然也就不會執著於身了。屈其身，指屈身事君，即出仕。❺古之四句　許由，上古隱士。《太平御覽》卷七六二引《琴操》曰：「許由無杯器，常以手捧水。人以一瓢遺之，由操飲畢，以瓢掛樹。風吹樹，瓢動，歷歷有聲，由以為煩擾，遂取捐之。」❻聞堯二句　謂許由聽說堯要把天下讓給他，就到水邊去洗自己的耳朵。《孟子．盡心上》漢趙岐注：「樂道守志，若許由洗耳，可謂忘人之勢矣。」《高士傳》卷上：「堯讓天下於許由，……由於是遁耕於中岳潁水之陽。……堯又召為九州長，由不欲聞之，洗耳於潁水濱。」❼惡外句　謂厭惡外物，反使自己內心受垢染。❽病物句　謂以外物為患害是由自己造成的。自，《全唐文》作「是」。❾曠士　心胸開闊的人。鮑照〈放歌行〉：「小人自齷齪，安知曠士懷？」❿豈入句　道，指佛家之道、佛教。王維認為，許由的厭惡外物、棄絕人世，同佛教所說的「入諸婬舍，示欲之過；入諸酒肆，能立其志」（《維摩經．方便品》）、「雖即見聞覺知，不染萬境」（《壇經》一七節），相去甚遠。⓫降及三句　嵇康，字叔夜，譙國銍人，魏晉時代著名的思想家和文學家。其〈與山巨源絕交書〉云：「又讀《莊》、《老》，重增其放。故使榮進之心日頹（減弱），任實之情轉篤。此由（猶）禽（擒）鹿，少見馴育，則服從教制；長而見羈，則狂顧頓纓（指企圖掙脫羈繩），赴蹈湯火；雖飾以金鑣，饗以嘉肴，逾思長林而志在豐草也。」⓬維縶　拴縛。《詩．小雅．白駒》：「皎皎白駒，食我場苗，縶之維之，以永今朝。」⓭異見句　異見，差異的見解。唐善導《觀無量壽經疏》卷四：「不為一切別解別行異見異學異執之所退失傾動。」佛教認為，一切事物和現象在空性上無差異；若以為諸法實有，有各種差異，即是世俗的「異見」。例如，從「諸法皆空」的觀點看，「頓纓狂顧」與「俛受維縶」無異，若以為有異，即屬「異見」。正性，與凡性（凡夫之性）相對。佛教稱斷除一切煩惱（一切世俗的欲求、情緒和思想活動），即得正性。《俱舍論》卷一〇：「何名正性？謂契經言，貪無餘斷，瞋無餘斷，痴無餘斷，一切煩惱皆無餘斷，是名正性。」⓮色事句　色，指有形質的萬物。色事礙，謂有「色」之事物的妨礙。佛教認為，「色」能引起貪欲愛欲等「染法」，妨礙人們達到解脫；只有悟「色空」之理，才能

排除障礙，進入涅槃之門。慧用，佛教「智慧」的作用。佛教謂「慧」能照見「色空」之理，使修持者斷除煩惱，達到解脫。⑮等同虛空　謂一切法在虛空上無差異。⑯無所不遍　謂虛空遍及一切法，為一切法之共性。《大乘義章》卷二：「虛空有體有相，體則周徧，相則隨色，彼此別異。」此二句承上「異見」句而言。⑰光明　謂佛智慧之光明。《往生論注》卷下：「佛光明，是智慧相也。」⑱知見句　知見，能知能見，皆「慧」之作用。《法華經．方便品》：「開佛知見。」存，麻沙本作「有」。此二句承上「色事」句而言。⑲近有三句　見〈偶然作〉五首其四注❹。把板，執手板。⑳乞食二句　陶淵明〈乞食〉云：「飢來驅我去，不知竟何之！行行至斯里，叩門拙言辭。主人解余意，遺贈豈虛來？……感子漂母惠，愧我非韓才。銜戢如何謝，冥報以相貽。」㉑當　趙注本原作「嘗」，麻沙本、明十卷本作「常」，此從宋蜀本。㉒安食句　謂安穩地吃數頃公田產的糧食。陶淵明〈歸去來兮辭〉序云：「家叔以余貧苦，遂見用於小邑。……彭澤去家百里，公田之利，足以為酒，故便求之。」蕭統〈陶淵明傳〉云：「執事者聞之，以為彭澤令。……公田悉令吏種秫，曰：『吾常得醉於酒，足矣。』妻子固請種秔，乃使二頃五十畝種秫，五十畝種粳。」㉓一慙二句　此言不能忍受一次慚愧，而要一輩子都慚愧嗎？語出《左傳》昭公三十一年：「子家子曰：『君與之歸。一慙之不忍，而終身慙乎？』」㉔此亦句　人我，「我」相當於物體自性、獨立的實在自體，指支配人和事物的內部主宰者。一般分「人我」、「法我」兩種。佛教主張「無我」，謂世上的人和一切事物原無自性，無獨立的實在自體，即人、法皆空。中，內心。「人我攻中」指心執著於「人我」，以為人我真實存在。佛教認為這種看法是一切謬誤和煩惱的總根源。《大乘起信論》：「一切邪執，皆依我見（以為『我』真實存在的觀點），若離於我，則無邪執。」按照佛教的觀點，「人我」非實有，所以一切事情也就無所謂，用不著那麼認真了。㉕孔宣父　即孔子。參見〈為畫人謝賜表〉注㉘。㉖我則二句　《論語．微子》：「子曰：『不降其志，不辱其身，伯夷、叔齊與！』謂：『柳下惠、少連，降志辱身矣。言中倫，行中慮，其斯而已矣。』謂：『虞仲、夷逸，隱居放言。身中清，廢中權。我則異于是，無可無不可。』」《集解》：「馬曰：亦不必進，亦不必退，惟義（宜）所在。」《孟子．萬章下》：「可以處而（則）處，可以仕而仕，孔子也。」該仕則仕，該隱則隱，隨宜而行，此即所謂「無可無不可」之旨。㉗身心相離　謂身心與己相離，亦曰「身心脫落」，即忘泯我之身心之意。㉘理事俱如　謂認識到本體與現象俱空。理，本體；本質。事，現象。如，《摩訶止觀》卷二：「如，空之異名耳。」㉙往　宋蜀本作「仕」。㉚願足二句　意謂願足下思慮孔子所言「無可無不可」之旨而出仕，與族人俱生息繁衍不絕。以，與。種類，族類。㉛無行句　謂以無世俗的身心活動為主要依憑。無行作，見〈燕子龕禪師詠〉注⑬。㉜無守句　謂以不固守靜默為超脫塵俗。含有不拒絕出仕之意。絕塵，超絕脫俗。《晉書．庾袞傳》：「庾賢絕塵避地，超然遠跡，固窮安陋，木食山棲。」㉝以不句　此言以空寂為出世，而不以脫離人世為出世。不動，即「空寂」之意。《心地觀經》卷一：「獨處凝然空寂舍，身心不動如須彌。」

【語　譯】聖人知道人身不能長在，所以他說想要避世隱居使自身高潔，卻破壞了君臣之間的根本倫理關係；又有聖人知道名聲不可以執著，所以他說要讓香積如來的名聲遍聞於天下。因此不執著於人身卻反而屈身侍奉君主，知道名聲虛幻卻反而不逃避名聲。古代有高人名叫許由，他把舀水的瓢掛在樹上，風吹瓢發出響聲，他感到厭惡而將瓢扔掉，聽說堯要把天下讓給他，就到了水邊去洗自己的耳朵。耳朵不是聲音停留的地方，聲音也無汙染耳朵的跡象，厭惡外物反而使自己內心受垢染，以外物為患害明顯是由自己造成的，這樣做尚不能達到曠達之士的水準，又哪裡能進入佛徒的門檻呢！直到嵇康，也說自己猶如鹿長大後被拴縛，便瘋狂四顧企圖掙脫拴鹿的繩子，愈加思念高大的樹林，而不忘豐茂的野草。瘋狂四顧企圖掙脫拴鹿的繩子，難道與低頭受拴縛有不同嗎？高大的樹林豐茂的野草，難道與官署及其門庭有不同嗎？認為萬物有差異的見解產生而人的正性便隱沒，存在有形質之萬物的妨礙而佛教智慧的作用就微小，這難道是萬物在虛空的本性上無差異，虛空遍及於萬物成為其共性，佛慧的光明遍照一切，佛慧的能知能見獨在等等認識的意思嗎？這些又是足下所知道的。近世有陶潛，不肯執手板屈身拜見督郵，解下印章綬帶棄官而去。後來家貧，他的〈乞食〉詩說：「叩門後笨嘴拙舌，不善於表達乞食之意。」這是屢次乞討而多感慚愧啊。實在應當見一下督郵，安穩地吃數頃公田產的糧食，不能忍受一次慚愧，卻要一輩子都慚愧嗎？這也是以為「人我」真實存在的見解侵襲內心，從而忘記大體，固守小節，不圖其後的過失啊。孔子說：「我則與這些人不同，不一定可以，也不一定不可以，隨宜而行。」可以的就是合意，不可以的就是不合意啊。君子以施行仁義，救國救民為合意，即使自己的主張不能實行，也無意於做不合意的事啊。假如亡泯我之身心，認識到本體與現象俱空，那麼往哪裡去會不合意？這近於不可改易之理。希望足下思考「不一定可以，也不一定不可以」的意思而出仕，與族人一起生息繁衍不絕，以無世俗的身心活動為主要依靠，以不固守靜默為超脫塵俗，以空寂為出世，而不以脫離人世為出世。

僕年且六十❶，足力不強，上不能原本理體❷，裨補國朝；下不能殖貨聚穀，博❸施窮窘，偷祿苟❹活，誠罪人也。然才不出眾，德在人下，存亡去就，如九牛亡一毛❺耳。實非欲引尸祝以自助❻，求分謗于高賢也❼。略陳起予❽，惟審圖之❾。

【注　釋】❶年且六十　此篇下文「偷祿苟活，誠罪人也」、「德在人下」云云，蓋指己嘗受安祿山偽職、又被宥罪復官而言；考維被宥罪復官在乾元元年春（參見〈王維年譜〉），因此本篇當作於乾元元年春之後或二年，當時王維五十八或五十九歲，故云「年且六十」。❷原本理體　探究治國之要旨的由來。❸博　宋蜀本作「賑」。❹苟　宋蜀本作「自」。❺九牛亡一毛　喻微不足道。《漢書・司馬遷傳》：「假令僕伏法受誅，如九牛亡一毛，與螻蟻何異？」❻引尸祝以自助　《莊子・逍遙遊》：「庖人（廚師）雖不治庖，尸祝（主祭之人）不越樽俎（皆祭器，此指祭事）而代之矣。」嵇康〈與山巨源絕交書〉：「間聞足下遷（升官），惕然不喜；恐足下羞庖人之獨割（指羞於一個人獨自為官），引尸祝以自助，手薦鸞刀，漫之羶腥。」句謂實在不是因為自己做官，也想拉您出來做官。❼求分句　謂不是因為自己「偷祿」，也想讓您做官，以分擔非難指責。分謗，分擔別人受到的誹謗。《左傳》成公二年：「及衛地，韓獻子將斬人，郤獻子馳，將救之。至，則既斬之矣。郤子使速以徇（示眾），告其僕曰：『吾以分謗也。』」❽起予　見〈上張令公〉注⓯。此指得自他人的教益。《晉書・庾冰傳》上疏：「願陛下既思日側於勞謙，納其起予之情，則天下幸甚矣。」❾惟審句　此句之下麻沙本多「所維白」三字。

【語　譯】我年齡將近六十，雙腳的氣力不強，上不能探究治國之要旨的由來，使朝廷有所補益；下不能增殖財貨蓄積糧食，普遍施與貧窮窘困之人，竊取俸祿苟且偷生，真是一個罪人。然而我的才能並不出眾，品德在他人之下，是生存或者死亡，擔任官職或者不擔任官職，就猶如九條牛掉了一根毛罷了。實在不是因為自己做著官，也想拉您出來一起做官，尋找一個高尚賢良之人來分擔自己竊取俸祿受到的非難指責。簡略地陳述一下我得自他人的教益，希望您能仔細地考慮它。

【研　析】這封勸說魏居士出來做官的信，大致可分為三段：首段主要談魏居士的家世與個人情況，這是作者勸說的出發點；由於被勸者是佛教居士，所以二段主要用佛理來勸說魏居士出仕；三段用作者自己的景況作反襯，以勸魏出仕，即自述年老無用，「存亡去就，如九牛之亡一毛」，而魏的情形則與此不同。

從這封信中可以看出，作者對隱逸的態度，已發生了很大的變化。我們知道，天寶年間，王維身在朝廷，心存山野，多次說過想隱居的話，如〈秋夜獨坐懷內弟崔興宗〉云：「吾生將白首，歲晏思滄洲。高足在旦暮，肯為南畝儔！」〈酬郭給事〉云：「強欲從君無奈老，將因臥病解朝衣。」然而在本文中，王維卻對古代著名的隱士許由、嵇康、陶潛等，作了毫不客氣的批評。如認為許由的捐瓢洗耳，思想偏狹得近乎可笑，連個「曠士」的水準都達不到；又說陶潛不肯為五斗米而折腰，棄官後窮得向人乞食，是「忘大守小」，「一慙之不忍，而終身慙乎」，這同作者過去對陶潛棄官歸隱的讚揚，形成了鮮明的對照。王維對隱逸的態度發生的這一變化，與安史之亂的爆發有密切關係，關於這一點，請參閱〈送韋大夫東京留守〉研析。

本文第一段首先談到魏居士為魏徵之後，魏家世業美盛，但近來家族已衰敗，淪落成為平民；接著說居士有愛親之心，經常為親屬們的事而四處奔走；作者的勸說就從這裡開始，指出居士出來做官，上可「羽儀當朝，為天子文明」，下可恢復先人的事業，使親屬免於過貧困生活。第一段又說，居士隱居二十餘年，不慕榮利，清節冠世，適值朝廷求賢，被徵為起居舍人，這時候居士正面臨著是應徵還是拒聘的抉擇。第二段即就此事展開勸說，首先以古代幾位著名隱士為例子進行剖析，說明固守隱逸之道沒有必要，並將隱士的高尚形象予以顛覆。如謂許由「尚不能至于曠士，豈入道者之門歟」；稱陶潛棄官而去，只落得「屢乞而多慚」，豈有必要？對於嵇康所說做官猶如鹿長大後被拴縛，感到不自在，則用佛理加以破解，認為從「諸法皆空」的觀點看，「頓纓狂顧」與「俛受維縶」無異，「長林豐草」與「官署門闌」無異，隱與仕無異；若以為有異，即是世俗的「異見」，不符合「等同虛空」（一切事物和現象在空性上無差異）之旨。接著作者又引出孔子「無可無不可」的話來作勸說，意謂該仕則仕，該隱則隱，固守隱逸之道不放，未必高明。下面作者又用佛理將孔子的話加以引申，認為如果亡泯我之身心，認識到「諸法皆空」，則無論仕與隱，「道」行與不行，都不會感到不適意。作者在這裡所宣揚的，實際上是一種隨遇而安、與物無競的思想。佛教是講出世的，而此文卻以談佛理來勸魏入仕，可謂奇特極矣！

本文第三段所謂「偷祿苟活，誠罪人也」、「德在人下」云云，可與〈謝除太子中允表〉中的「穢汙殘骸，死滅餘氣，伏謁明主，豈不自愧于心？……朝容罪人食祿，必遭屈法之嫌」等語，以及〈責躬薦弟表〉中的「久竊天官，每慚尸素……負國偷生，以至今日」等語相參證，都反映了作者被宥罪復官之後的愧疚心理。

王維的這篇說辭能否達到勸魏出來做官的目的，已不得而知；而篇中所展現的儒釋結合的論說特色，則頗引人注目。

請迴前任一司職田粟施貧人粥狀

【題解】一司，一個官職。《晉書·刑法志》裴頠上疏：「夫天下之事多塗，非一司之所管。」趙注本原無「一」字，據宋蜀本、麻沙本補。職田，即職分田。這是唐代作為內外職事官一部分俸祿的田地。《唐會要》卷九二：「武德元年十二月制，內外官各給職分田。」「開元十年正月，命有司收內外官職田。」「(開元)十八年三月勅，京官職田將令準令給受，復用舊制。」《通典》卷二：「諸京官文武職事職分田，一品一十二頃，二品十頃，三品九頃，四品七頃，五品六頃，六品四頃……並去京城百里內給。……即百里外給者，亦聽。」上元元年（七六〇）夏，王維自給事中遷任尚書右丞，本文即作於任尚書右丞之後不久，說見拙作〈王維年譜〉。這篇狀文的主旨，是請求朝廷允許自己將以前一任官職的職田的收穫轉送給施粥處，以賑濟飢民。

右❶。臣比見道路之上，凍餒之人，朝尚呻吟，暮填溝壑❷。陛下聖慈憐愍，煮公粥施之，頃年❸已來，多有全濟❹。至仁之德，感動上天，故得年穀頗登，逆賊皆滅，報施❺之應，福祐昭然。臣前任中書舍人❻、給事中，兩任職田，並合交納，近奉恩敕，不許併請❼，望將一司職田，迴與施粥之所。于國家不❽減數粒❾，在窮窘或得再生。庶以上福聖躬，永弘寶祚❿。仍望令劉晏⓫分付所由⓬訖，具數⓭奏聞。如聖恩允許，請降墨敕⓮。

【注釋】❶右　唐人表狀，常把將論列之事的概要寫在前面。古時文字，直行書寫，自右至左，「右」即指在前的概要，「右」下才開始論述。❷臣比四句　比，近來。《新唐書・五行志》：「乾元三年（即上元元年）春，饑，米斗錢千五百。」《舊唐書・肅宗紀》：「（乾元三年）四月……是歲饑，米斗至一千五百文。……閏四月……時大霧，自四月雨至閏月末不止。米價翔貴，人相食，餓死者委骸于路。」❸頃年　近年。❹全濟　保全救活。《後漢書・獻帝紀》：「自是之後，多得全濟。」❺報施　《左傳》僖公二十四年：「報者倦矣，施者未厭。」此指酬報、報答。❻中書舍人　見〈苑舍人能書梵字兼達梵音皆曲盡其妙戲為之贈〉題解。❼不許併請　指不許請求將兩任職田一併交納。❽不　麻沙本作「下」。❾粒　穀米之粒。亦泛指穀物。❿寶祚　《文選》沈約《宋書・恩倖傳》論：「民忘宋德，雖非一塗，寶祚夙傾，實由於此。」李善注：「寶祚，猶寶命也。」寶命即指天命。⓫劉晏　字士安，南華（今河南東明東南）人。累官至河南尹、京兆尹、戶部侍郎，自上元元年始，屢充度支、鑄錢、鹽鐵等使，以善於理財著稱。兩《唐書》有傳。維作此文時，晏正為京兆尹。據《舊唐書・劉晏傳》及《通鑑》上元元年五月載，晏自河南尹轉任京兆尹的時間，當在上元元年春末或夏初。⓬所由　「所由官」之略語，猶言有關官吏。唐時多指地方小吏。《梁書・高祖丁貴嬪傳》：「婦人無閫外之事，賀及問訊牋什，所由官報聞而已。」《通鑑》卷二四三：「丞相不應許所由官呫囁耳語。」注：「京尹任煩劇，故唐人謂府縣官為所由官。項安世《家說》曰：『今坊市公人謂之所由。』」又卷二四二曰：「令所由將鹽就村糶易。」注：「所由，綰掌官物之吏也。事必經由其手，故謂之所由。」⓭具數　指開列「一司職田粟」的數量。⓮墨敕　天子直接發出、不經外廷的親筆詔令。亦曰墨制、墨詔。《宋書・王曇首傳》：「既無墨敕，又闕幡棨，雖稱上旨，不異單刺。」唐李肇《翰林志》：「（陸）贄上疏曰：『伏詳舊式及國朝典故，凡有詔令，合由於中書。如或墨制施行，所司不須承受。』」

【語譯】右。臣近來看到道路上，受凍挨餓的人，早晨還在呻吟，傍晚就填屍於山溝。陛下聖明仁慈，憐憫挨餓的人，讓官府煮賑饑的稀飯施給他們，近年以來，多有保全救活的。陛下至高的仁德，感動了上天，所以能夠一年中種植的穀物頗有收成，叛逆的盜賊全滅亡，神明酬報的感應，上天的賜福保祐，都昭然明白。臣以前擔任中書舍人、給事中，這兩任官職的職分田，都應該上交，最近奉陛下加恩的敕命，不許臣請求將兩任官職的職分田一併上交，臣希望將其中一任官職的職分田所產的穀物，轉送給官府發放賑饑稀飯的處所。這對於國家而言，並不減少多少糧食，而在貧窮窘困的人來說，或許能夠因此而再生。但願以此上賜福給天子，讓大唐的天命永遠光大。臣還希望令京兆尹劉晏囑咐有關的官吏完畢，開列一任官職的職分田所產穀物的數量，向陛下報告。如果陛下的私恩允許臣這樣做，請下達親筆詔令。

【研　析】「狀」是向上級（包括君主）陳述事實或意見的文書，為文體的一種。奏章稱「狀」，漢時已有，沿襲至唐，仍多其例。本篇狀文中的「臣比」四句，描寫了作者當時在長安一帶親見的百姓餓死的悲慘景象，這是作者請求將「前任一司職田粟」轉送給施粥之處的出發點。接下「陛下」十句，雖然主旨在於頌揚天子的仁慈，但也反映了安史之亂發生之後百姓普遍挨餓的嚴重情形。下面「臣前」十五句，提出具體請求：說自己以前擔任的兩任職務的職田，本應都上交，現在陛下只許自己上交一任職務的職田，因此請求陛下允許自己將另一任職務的職田的收穫，轉送給施粥之處，以使多一些飢民活命，表現出了作者對人民疾苦的同情。

責躬薦弟表

【題解】責躬，謂自陳己過。曹植有〈責躬〉詩一首。弟，指王縉。見〈留別山中溫古上人兄并示舍弟縉〉題解。當時王縉任蜀州刺史。本文約作於上元二年（七六一）春，說見拙作〈王維年譜〉。這篇表章的主旨，是請求天子讓自己的弟弟王縉還朝任職。

臣維稽首言：臣年老力衰，心昏眼暗，自料涯分❶，其能❷幾何？久竊天官❸，每慚尸素❹，頃又沒于逆賊，不能殺身，負國偷生，以至今日。陛下矜❺其愚❻弱，託病被囚❼，不賜疵瑕❽，累遷省閣❾，昭洗❿罪累，免負惡名，在于微臣，百生萬足。昔在賊地，泣血自思，一日得見聖朝，即願出家修道；及奉明⓫主，伏戀仁恩，貪冒⓬官榮，荏苒⓭歲月，不知止足⓮，尚忝簪裾⓯，始⓰願屢違，私心自咎。臣又⓱聞用不才之士，才臣不來；賞無功之人，功臣不勸⓲，有國大體⓳，為政本源。

非敢議論他人，竊以兄弟自比⑳。

【注釋】❶涯分　猶言本分。盧象〈青雀歌〉：「逍遙飲啄安涯分，何假扶搖九萬為？」此指應有的壽命。❷能　《文苑英華》作「壽」。❸天官　猶百官、天子之官。《文選》班固〈東都賦〉：「天官景從，寖威盛容。」李善注引蔡邕《獨斷》：「百官小吏曰天官。」（趙殿成曰：「今本蔡邕《獨斷》無此文也。」）又王粲〈贈士孫文始〉曰：「良人在外，誰佐天官。」呂向注：「言文始在外，誰當任天子之官。」❹尸素　即尸位素餐。《三國志・魏書・鍾繇傳》注引〈魏略〉：「尸素重祿，曠廢職任。」❺矜　憐憫。❻愚　《文苑英華》作「懦」。❼託病被囚　見〈京兆韋公神道碑銘〉三段注㉓。❽疵瑕　罪過。《左傳》僖公七年：「唯我知女，女專利而不厭，予取予求，不女疵瑕也。」❾累遷省閣　省閣，泛指尚書、中書、門下諸省。省、閣皆官署之稱，省或謂之閣，如門下省又稱為黃閣。張籍〈贈殷山人〉：「昔日交遊盛，當時省閣賢，同袍還共弊，連轡每推先。」鄭谷〈朝直〉：「朝直叨居省閣間，由來疏退校安閒。落花夜靜宮中漏，微雨春寒廊下班。」皆可證。維被宥復官之後，歷任中書舍人、給事中（屬門下省）、尚書右丞，故曰「累遷省閣」。❿昭洗　見〈謝除太子中允表〉注㉛。洗，宋蜀本、麻沙本、明十卷本、奇字齋本俱作「失」，趙殿成校曰：「今從《文苑英華》作『洗』。」按，《全唐文》亦作「洗」。⓫明　《文苑英華》作「聖」。⓬貪冒　《左傳》成公十二年：「及其亂也，諸侯貪冒，侵欲不忌。」「冒」亦「貪」義。⓭荏苒　漸進；推移。多指時間而言。晉張華〈勵志〉：「日與月與，荏苒代謝。」⓮不知止足　不知停止，不知滿足。《老子》四十四章：「知足不辱，知止不殆，可以長久。」⓯簪裾　見〈上張令公〉注⓭。⓰始　《文苑英華》作「昔」。⓱又　宋蜀本無此字。⓲勸　努力。⓳有國句　意謂這是據有國家的要領。⑳竊以句　此句《文苑英華》作「竊見」二字。

【語譯】臣王維叩首報告：臣已經年老，體力衰弱，腦子糊塗，眼睛不明，自料應有的壽命，還能有多少？臣竊取天子的官位已久，常常自愧尸位素餐，過去又曾淪落於叛逆的盜賊中，不能捨身，辜負國家，苟且偷生，直到了今天。陛下憐憫臣愚昧懦弱，假裝得病而被盜賊囚禁，不給予定罪，連續升遷為中書、門下、尚書三省的官員；洗去汙垢赦免罪尤，免於承受惡名，這在我這個卑微之臣說來，已感到像活了一百回，有一萬個滿足。過去臣在叛逆的盜賊那裡，淚如血湧地自己思想著，一旦得以再見到天子，就情願出家修習佛家之道；等到侍奉了聖明君主，便留戀天子的仁慈之恩，貪圖當官的榮耀，隨著時光逐漸推移，仍不知停步，不知滿足，至今尚受之有愧地穿著朝服，起初的願望屢次違背，心裡私下自己責備自己。臣又聽說任用沒有才能的人，有才能的人就不會來；獎賞沒有功勞的人，功臣就不會努力，這是統治國家的要領，治理政事的根本。臣不敢議論別人，私以臣家的兄弟自作比較。

臣弟蜀州刺史縉❶，太原五年，撫養百姓，盡心為國，竭力守城❷，臣即陷在賊中，苟且延命，臣忠不如弟，一也。縉前後歷❸任，所在著聲，臣忝職甚❹多，曾無裨益，臣政不如弟，二也。臣頃負累❺，繫在三司❻，縉上表祈哀，請代臣罪❼，臣之于縉，一無憂憐❽，臣義不如弟，三也。縉之判策，屢登甲科❾，眾推才名，素在臣上，臣小言❿淺學，不足謂文⑪，臣才不如弟，四也。緘言不作物⑫，行不上人⑬，植性謙和，執心平直⑭，臣無度量，實自空疏，臣德不如弟，五也。臣之五短，弟⑮之五長，加以有功，又能為政，顧臣謬官華省⑯，而弟遠守方州⑰，外媿妨⑱賢，內慚比義⑲，痛心疾首⑳，以日為年。臣又逼近懸車㉑，朝暮入地㉒，闃㉓然孤獨，迥無子孫，弟之與臣，更相為命㉔，兩人又俱白首，一別恐隔黃泉，儻得同居，相視而沒，泯滅之際，魂魄有依。伏乞盡削臣官，放歸田里，賜弟散職㉕，令在朝廷㉖。臣當苦行齋心㉗，弟自竭誠盡節㉘，並願肝腦塗地㉙，隕越㉚為期。葵藿之心，庶知向日㉛；犬馬之意，何足動天㉜！不勝私情懇迫㉝之至。

【注釋】❶臣弟句　蜀州，唐州名，治所在今四川崇慶。縉任蜀州刺史的時間，約在上元元年秋至二年五月之間。說見拙作〈王維年譜〉。❷太原四句　《舊唐書・王縉傳》：「累授侍御史、武部員外。祿山之亂，選為太原少尹，與李光弼同守太原，功效謀略，眾所推先，加憲部侍郎兼本官。」太原，唐府名，開元十一年置，治所在今山西太原西南晉源鎮。❸歷　《文苑英華》作「效」。❹甚　宋蜀本作「其」。❺負累　負擔罪過；獲罪。《墨子・非儒下》：「夫憂妻子以大負絫（累），有曰所以重親也，為欲厚所至私，輕所至重，豈非大姦也哉！」《文選》阮瑀〈為曹公作書與孫權〉：「高帝設爵以延田橫，光武指河而誓朱鮪，君之負累，豈如二子？」

❻三司　唐時有大獄，由刑部、御史臺、大理寺聯合案問，謂之三司。《新唐書．百官志》：「凡鞫大獄，以（刑部）尚書、侍郎與御史中丞、大理卿為三司使。」《舊唐書．呂諲傳》：「克復兩京，詔諲與三司官詳定陷賊官陳希烈已下數百人罪戾輕重。」《新唐書．呂諲傳》：「帝復兩京，詔盡繫群臣之汙賊者，以御史中丞崔器、憲部（即刑部）侍郎韓擇木、大理卿嚴向為三司使，處其罪。」❼縉上二句　《舊唐書．王縉傳》：「時兄維陷賊，受偽署，賊平，維付吏議，縉請以己官贖維之罪，特為減等。」參見兩《唐書．王維傳》。祈哀，請求憐憫。

❽憐　《文苑英華》作「恤」。❾縉之二句　判策，皆文體名。唐明經、進士及制科，皆須試策；六品以下文官的銓選，須試判。判，斷獄之詞。《通典》卷一五：「自六品以下旨授……凡旨授官，悉由於尚書，文官屬吏部，武官屬兵部，謂之銓選。……凡選，始於孟冬，終於季春。其擇人有四事，一曰身，二曰言，三曰書（注：『取其楷法遒美。』），四曰判（注：『取其文理優長。』）。……凡選，始集而試，觀其書判；已試而銓，察其身言；已銓而注，詢其便利而擬其官。」甲科，指甲第，猶言上等。《舊唐書．玄宗紀》：「（開元九年四月）甲戌，上親策試應制舉人於含元殿，謂曰：『古有三道，今減二策。近無甲科，朕將存其上第，務收賢俊，用寧軍國。』」按，唐初明經有甲乙丙丁四科，進士有甲乙兩科，「自武德以來，明經唯有丁第，進士唯乙科而已」，但於及第者，又依成績的高下，分甲第、乙第。參見《通典》卷一五。又應制舉及第者，亦有甲第（科）、乙第（科）之分。如天寶十三載，玄宗御勤政樓，試博通墳典、辭藻宏麗等舉人，時登甲科者三人，登乙科者三十餘人。參見《登科記考》卷九。《舊唐書．王縉傳》：「少好學，與兄維早以文翰著名。縉連應草澤及文辭清麗舉。」《唐詩紀事》卷一六：「縉字夏卿……舉草澤、文詞清麗科，上第。」按，草澤即高才沉淪，草澤自舉科，清麗當為雅麗之訛。說見《登科記考》卷六、卷七。❿小言　《莊子．列禦寇》：「彼所小言，盡人毒也。」郭注：「細巧入人為小言。」《釋文》：「小言，言不入道，故曰小言。」《禮記．表記》：「事君大言入則望大利，小言入則望小利。」疏：「小言，謂立小事之言。」此指言論瑣細，無關大旨。⓫謂文　指稱為有文才。《論語．

公冶長》：「子貢問曰：『孔文子何以謂之文也？』子曰：『敏而好學，不恥下問，是以謂之文也。』」⑫忤物　謂與人不合，得罪人。《管子・心術上》：「自用則不虛，不虛則仵於物矣。」仵，意同「忤」。⑬上人　在人上；凌駕於人。《左傳》桓公五年：「君子不欲多上人，況敢陵天子乎？」上，《文苑英華》作「尚」。⑭直　《文苑英華》作「坦」。⑮弟　宋蜀本作「羞」。⑯謬官華省　華省，唐人每以華省指尚書省。王維在尚書省為庫部員外郎時，苑咸作〈酬王維〉詩云：「蓮花梵字本從天，華省仙郎早悟禪。」可證。《禮記・檀弓上》「華而睆」鄭玄注：「華，畫也。」蓋舊謂尚書省為「畫省」，「華」、「畫」音近字通，因以「華省」指尚書省。是時維任尚書右丞，故曰「謬官華省」。⑰遠守方州　方州，趙殿成注：「班固〈典引〉：『卓犖乎方州，洋溢乎要荒。』」按，《文選・典引》李周翰注云：「方州，帝都也。」趙說誤。此「方州」蓋指地方州郡。《世說新語・德行》：「殷仲堪既為荊州，……每語子弟云：『勿以我受任方州，云我豁平昔時意，今我處之不易。』」「遠守方州」指縉為蜀州刺史。⑱妨　《文苑英華》作「其」。⑲比義　《說苑・談叢》：「君子比義，農夫比穀。」此指與弟比較道義。⑳痛心疾首　《左傳》成公十三年：「諸侯備聞此言，斯是用痛心疾首，暱就寡人。」㉑逼近懸車　懸車，懸置其車而不用，指致仕退休。《漢書・薛廣德傳》：「以歲惡民流，與丞相定國、大司馬車騎將軍史高，俱乞骸骨，皆賜安車駟馬，黃金六十斤，罷。……東歸沛，太守迎之界上，沛以為榮，縣其安車傳子孫。」師古注：「縣其所賜安車，以示榮幸也。致仕縣車，蓋亦古法，韋孟詩曰『縣車之義，以洎小臣』也。」劉攽曰：「致仕縣車，言休息不出也。」《漢書・敘傳下》：「抑抑仲舒，再相諸侯，身修國治，致仕懸車。」按，唐時官員致仕，在年齡上並無嚴格規定，「逼近懸車」是說自己「年老力衰，心昏眼暗」，已逼近應致仕的時候。又，懸車亦指日車息駕，時近黃昏。《淮南子・天文》：「(日)至于悲泉，爰止其女，爰息其馬，是謂縣車，至于虞淵，是謂黃昏。」陶淵明〈於王撫軍坐送客〉：「晨鳥暮來還，懸車斂餘輝。」古人常以日暮喻年老，因此「逼近懸車」也可釋為逼近暮年。〈謝弟縉新授左散騎常侍狀〉云：「臣之兄弟，皆迫桑榆。」「逼近懸車」意同「皆迫桑榆」。㉒朝暮入地　言早晚埋入地下。意本《漢書・龔勝傳》：「吾受漢家厚恩，亡以報，今年老矣，旦暮入地，誼豈以一身事二主，下見故主哉？」㉓闃　寂。㉔更相為命　猶言相依為命。李密〈陳情表〉：「臣無祖母，無以至今日，祖母無臣，無以終餘年。母孫二人，更相為命，是以區區不能廢遠。」㉕散職　閒散的職務。㉖廷　《文苑英華》作「行」。㉗齋心　見〈奉和聖製慶玄元皇帝玉像之作應制〉注⑫。㉘竭誠盡節　《北史・高熲傳》：「熲有文武大略，明達政務，及蒙任寄之後，竭誠盡節，進引貞良，以天下為己任。」盡節，極盡其忠節。《漢書・王尊傳》：「尊盡節勞心，夙夜思職。」㉙肝腦塗地　形容竭忠盡力，不惜一死。《漢書・蘇武傳》：「武曰：『武父子亡功德，皆為陛下所成就，位列將，爵通侯，兄弟親近，常願肝腦塗地。』」㉚隕越　《左傳》僖公九年：「恐隕越于下，以遺天子羞。」注：「隕越，顛墜也。」此指死亡。《晉書・陶侃傳》侃上表：「隕越之日，當歸骨國土。」㉛葵藿二句　曹植〈求通親親表〉：「若葵藿之傾葉，太陽雖不為之迴光，然終向之者，誠也。臣竊自比葵藿。」葵藿，偏指葵。葵性向日，古多用以喻下對上的誠心趨向。㉜犬馬二句　〈求通親親表〉：「臣伏以為犬馬之誠不能動人，譬人之誠不能動天。」二句即變用其意，極言自己心意微薄。㉝懇迫　誠懇急迫。

【語　譯】臣的弟弟現任蜀州刺史王縉，在太原府五年，愛護體恤百姓，盡心為國家，竭力守太原城，而此時臣即淪落在叛逆的盜賊中，胡亂地延續著生命，臣的忠誠不如弟弟，這是第一點。王縉前後連續擔任各種職務，所到之處都有聲名，而臣愧居的官職甚多，竟無所補益，臣的施政成績不如弟弟，這是第二點。臣過去獲罪，被三司使拘禁，王縉上書祈求天子憐憫，請求讓他代替臣承擔罪責，而臣對於王縉，全無憐念愛惜之意，臣的義氣不如弟弟，這是第三點。王縉參加朝廷判、策的考試，屢次進入甲等，眾人推許他的才名，一向在臣之上，而臣的言論無關大旨，學識短淺，不能稱為有文才，臣的才能不如弟弟，這是第四點。王縉言語不觸犯人，行為不淩駕於人，生性謙和，秉心平正，而臣缺少度量，實為自我放縱散漫，臣的品德不如弟弟，這是第五點。臣有五個短處，而弟弟有五個長處，加以他有功勞，又善於治理政事，卻反而臣妄在尚書省為官，而弟弟遠在地方上當州刺史，這樣對外臣愧於妨礙賢才的進用，對內慚於與弟弟比較道義，這讓臣很痛恨自己，過一天像過一年那樣長。臣又逼近暮年，早晚埋入地下，家裡寂靜孤獨，全無子孫，弟弟之與臣，相依為命，兩人又都頭髮發白，一別恐怕要陰陽隔絕，倘若能夠同住在一起，相互看著而死去，那麼離開人世之際，魂魄也會覺得有依靠。懇求陛下全部削除臣的官職，放臣回到民間，賜給弟弟王縉一個閒散的職務，讓他留在朝廷裡。臣當修習佛教苦行，去欲清心，弟弟自會竭盡忠誠，竭盡全力，都情願不惜一死報答陛下，直到死時為止。向日葵之心，近於知道朝向太陽；而犬馬之意，哪裡能夠感動上天！臣的私情不勝誠懇急迫之至。

【研　析】這篇表文是作者在「年老力衰」、預感到將不久於人世的時候寫作的。作者懇求唐肅宗讓自己的弟弟王縉還朝，表示希望自己離開人世之際，弟弟能夠守在身邊。王維之妻早亡，又沒有子孫，他有這樣的願望，完全可以理解。然而他的這一願望，也並沒有能夠實現，史載王維辭世時，王縉「在鳳翔」，還處於自蜀地返回京師的途中（參見兩《唐書・王維傳》）。

此文可分為前後兩段，前段的主旨為「責躬」，後段的主旨為「薦弟」。前段「責躬」的主要內容為：稱自己「沒于逆賊」，「負國偷生」，被宥罪復官後，又「貪冒官榮」，尸位素餐，直至如今「年老力衰」之時。這一段除了反映作者陷賊後的愧疚心理外，還為後段的「薦弟」作了鋪墊。後段的內容是：先列舉事實，說明自己在五個方面遠不及弟弟王縉，將「薦弟」的緣由申述得頗為充分；接下渲染自己與弟弟相依為命的手足深情，與「兩人又俱白首，一別恐隔黃泉」的哀傷，相當真切動人；最後提出「盡削臣官，放歸田里，賜弟散職，令在朝廷」的請求。何謂「盡削臣官，放歸田里」？這在唐代，是朝廷對犯罪或有過錯官員的一種處罰方式，它相當於《唐律疏議》中所說的「除名」（官爵悉除）。如《舊唐書・代宗紀》云：「太常博士柳伉上疏，以蕃寇犯京師，罪由程元振，請斬之以謝天下，上甚嘉納，以元振有保護之功，削在身官爵，放歸田里。」「放歸田里」並非指辭官歸鄉，因為唐代去職的官員仍有一定的政治經濟特權和待遇，而受到放歸田里處罰的官員，其地位則同於庶人。這就是說，王維情願以自己被削職為民的代價，換來弟弟還京為官。這篇奏表呈進後結果如何？也許是表中抒發的兄弟之情感動了唐肅宗，不久王縉就被召回朝廷任左散騎常侍（參見下篇），同時作者也並未受到放歸田里的處罰。《新唐書・王維傳》在記述王維呈進此表後說：「議者不之罪。」既然廷議不認為王維有過錯，他自然不會受到放歸田里的處罰。

謝弟縉新授左散騎常侍狀

【題解】左散騎常侍，見〈送岐州源長史歸〉題解。本文作於上元二年（七六一）五月四日。這是一篇謝恩狀，為感謝天子新授弟弟王縉為左散騎常侍而作。

右。臣之兄弟，皆迫桑榆❶，每至一別，恐難再見。匪躬之節❷，誠不顧家；臨老之年，實悲遠道❸。陛下均平布政❹，中外遞遷❺，尚錄前勞❻，仍收❼舊齒❽，使備顧問，載珥貂蟬，趨侍玉墀，從容瑣闥❾。不材之木❿，跗萼⓫聯芳；斷行之雁，飛鳴接翼⓬。自天之命，特出宸衷⓭；塗地之心⓮，難酬聖造⓯。不勝戴荷⓰踴躍⓱之至。

上元二年五月四日，通議大夫守尚書右丞臣王維狀進⓲。

【注釋】❶桑榆　日暮，又喻老年。《太平御覽》卷三引《淮南子》：「日西垂景在樹端，謂之桑榆。」注：「言其光在桑榆上。」《後漢書・孟嘗傳》楊喬上書：「且年歲有訖，桑榆行盡，而忠貞之節，永謝聖時。」《舊唐書・太宗紀》詔曰：「至若筋力將盡，桑榆且迫，徒竭夙興之勤，未悟夜行之罪。」❷匪躬之節　盡忠而不顧身的操守。《易・蹇》：「王臣蹇蹇，匪躬之故。」疏：「盡忠於君，匪以私身之故而不往濟君，故曰『匪躬之故』。」《晉書・卞壼傳》：「擁衛至尊，則有保傅之恩；正色在朝，則有匪躬之節。」❸遠道　謂「弟遠守方州」（見上篇）。❹布政　施政。❺中外遞遷　指中央官吏與地方官吏交互遷轉。❻前勞　過去的功績。《左傳》哀公二十七年：「服車而朝，毋廢前勞。」此指過去有功勞的人。❼收　宋蜀本作「収」，麻沙本作「以」。按，「収」疑為「取」之形訛字。❽舊齒　有德望的耆舊；舊臣。《三國志・吳書・陸績傳》：「虞翻舊齒名盛，龐統荊州令士，年亦差長，皆與績友善。」❾使備四句　指縉新授左散騎常侍之職。《舊唐書・職官志》：「左散騎常侍二人……並金蟬珥貂。左常侍與侍中左貂，右常侍與中書令右貂，謂之八貂。……常侍掌侍奉規諷，備顧問應對。」載珥貂蟬，曹植〈王仲宣誄〉：「戴蟬珥貂，朱衣皓帶。」載，猶戴。《詩・周頌・絲衣》：「載弁俅俅。」箋：「載猶戴也。」珥，插。貂蟬，見〈哭祖六自虛〉注⑫。瑣闈，宮門。亦指朝廷。⑩不材之木　無用之木。《莊子・人間世》：「南伯子綦遊乎商之丘，見大木焉……子綦曰：『此何木也哉？此必有異材夫？』仰而視其細枝，則拳曲而不可以為棟樑；俯而視其大根，則軸解（木心分裂）而不可以為棺槨；咶其葉，則口爛而為傷；嗅之，則使人狂酲（狂醉），三日而不已。子綦曰：『此果不材之木也，以至於此其大也。』」此處謙指己為無用之人。⑪跗萼　《詩・小雅・常棣》：「常棣之華，鄂不韡韡，凡今之人，莫如兄弟。」鄂，「萼」的借字。不，通「柎」。也即「跗」，萼的底部。詩以「花萼」相依喻兄弟相親。後因以「跗萼」指親密的兄弟。《北史・李賢傳》論：「跗萼連暉，椒聊繁衍。」⑫斷行二句　喻己與弟別離之後，又復相聚。⑬宸衷　天子的心意。⑭塗地之心　謂不惜捨身而盡忠之心。參見上篇二段注㉙。⑮聖造　天子的所為。指授王縉左散騎常侍一事。⑯戴荷　感荷。⑰踴躍　歡欣鼓舞貌。⑱上元二句　通議大夫，散官名，正四品下。見《舊唐書・職官志》。守，唐時，職事官與散官的官階，常不一致，凡職事官的官階較高而所帶散官之階較低，則於職事官之上加一「守」字。《舊唐書・職官志》：「凡九品已上職事，皆帶散位，謂之本品。……貞觀令，以職事高者為守，職事卑者為行，仍各帶散位。」若散官與職事官同階，則不用「守」或「行」字。尚書右丞，見〈裴右丞寫真讚〉題解。按，通議大夫、尚書右丞皆正四品下，不宜用「守」，「守」字疑為衍文。宋蜀本、《全唐文》無此二句。

【語　譯】右。臣家的兄弟，都逼近暮年，每次一離別，恐怕難於再見到。有盡忠而不顧身的操守，真的可以不顧家；但到了年老的時候，實為弟弟在遠方而悲傷。陛下均平施政，讓中央和地方的官吏交互輪換，還錄用過去有功勞的人，並接納舊臣，讓他充任顧問，戴上飾以金蟬插著貂尾的帽子，在皇宮侍奉天子，從容地盤桓於朝廷。臣猶如那不成材的樹木，竟與親密的弟弟一起散發芬芳；離開行列的大雁，如今又翅膀挨翅膀地一起邊飛邊叫。來自上天的命令，卻出於天子的心意；臣這不惜捨生而盡忠之心，真難於報答陛下的所為。臣不勝感謝歡欣之至。

上元二年五月四日，通議大夫尚書右丞臣王維進呈狀文。

附：肅宗皇帝答詔❶

敕：幸求獻替❷，久擇勳賢，具寮❸咸推，令弟有裕❹。既膺贊相❺之任，俯觀規諫之能。建禮❻朝昇，鴛行❼並列；承明❽晚下，雁序❾同歸。乃眷家肥❿，無忘國命。所謝知。

【注釋】❶肅宗句　宋蜀本未載此詔。麻沙本、明十卷本俱無「肅宗皇帝」四字。❷獻替　「獻可替否」的略語。謂進獻可行者，除去不可行者。即諍言進諫之意。《後漢書・胡廣傳》上書：「臣聞君以兼覽博照為德，臣以獻可替否為忠。」蔡邕〈幽冀二州刺史久缺疏〉：「智淺謀漏，無所獻替。」❸具寮　亦作「具僚」，猶具官，指居官、任職或居官、任職者。《隋書・樂志》：「皇情肅，具僚仰；人禮盛，神途敞。」蘇晉〈奉和聖製送張說巡邊〉：「具僚誠寄望，奏凱秋風前。」❹令弟有裕　《詩・小雅・角弓》：「此令兄弟，綽綽有裕。」傳：「裕，饒。」箋：「令，善。」有裕，此指才能綽有餘裕。❺贊相　輔佐。❻建禮　見〈同比部楊員外十五夜遊有懷靜者季〉注❷。此借指唐宮門。❼鴛行　指朝班。鴛鳥群飛有序，因以喻朝官之班列。《梁書・張緬傳》：「殿中郎缺，高祖謂徐勉曰：『此曹舊用文學，且居鵷行之首，宜詳擇其人。』」❽承明　見〈同崔員外秋宵寓直〉注❷。此處亦借指唐宮門。❾雁序　猶雁行。《禮．王制》：「父之齒隨行，兄之齒雁行，朋友不相踰。」雁行，謂兄弟出行，弟在兄後，後遂指兄弟。唐蘇鶚《杜陽雜編》卷中：「王沐者，涯之再從弟也……以涯執相權，遂跨蹇驢至京師索米，僦舍經三十餘日，始得一見涯於門屏，所望不過一簿尉耳，涯潦倒無雁序之情。」❿家肥　《禮記．禮運》：「四體既正，膚革充盈，人之肥也。父子篤，兄弟睦，夫婦和，家之肥也。」此指「兄弟睦」而言。

【語譯】詔令：期望尋求諍言進諫之士，長時間挑選有功勞與才能的人，當官的人全都推薦，令弟的才能綽有餘裕。既擔當輔佐之任，朕當下觀其勸誡諫諍的能力。建禮門早晨上朝，兄弟倆並列朝班；承明門傍晚下班，兄弟倆一起歸家。你眷戀兄弟和睦，但不要忘記國家的命運。你的感謝朕已知道。

【研析】這篇謝恩狀與上一篇「薦弟表」有很密切的關係。在「薦弟表」中，王維懇求唐肅宗讓自己的弟弟王縉自蜀州還朝為官；而在本篇中，王維則感謝肅宗新綬王縉為左散騎常侍。「薦弟表」作於上元二年春，本篇作於同年五月四日，說明「薦弟表」呈進後不久，肅宗就批准了王維的請求，召王縉還朝任左散騎常侍，所以才有本狀文的寫作。「薦弟表」的研析說到，表中「臣又逼近懸車」以下數句，抒發兄弟深情，頗為感人；而本篇的前八句，亦抒兄弟深情，內容與表一致，這等於向人們重申，自己的「薦弟」，是出於手足之情，應該是可以理解的。在交代了這一重要內容後，本篇才接著寫了「弟縉新授左散騎常侍」事和自己的感謝之意。

《舊唐書．王維傳》謂王維卒於七月，當時王縉在鳳翔（距長安一百三十多公里，為自蜀州還長安經行之地)。則王維進呈本狀文後兩個月即辭世。肅宗新授王縉左散騎常侍在上元二年五月四日，此詔令傳至蜀州與王縉收到詔令後辦理交接事宜以及由蜀州還長安，需費時數月，故七月王維卒時，王縉尚未能還抵長安。

白鸚鵡賦

【題解】白鸚鵡，《初學記》卷三〇：「《廣州記》曰：『根杜出五色鸚鵡，曾見其白者，大如母雞。』《南方異物志》曰：『鸚鵡有三種，一種青，大如烏臼；一種白，大如鴟鴞；一種五色，大于青者。交州、巴南盡有之。』」《太平御覽》卷九二四引《明皇雜錄》：「開元中，嶺南獻白鸚鵡，養之宮中，歲久頗聰慧，洞曉言詞。」題下《文苑英華》、《全唐文》皆注云：「以容日上海孤飛色媚為韻。」按，此賦實只用「海日孤色飛」五韻。本賦之寫作時間不詳。這是一篇富有寓意的詠物小賦。

若夫名依西域❶，族本南海❷，同朱喙之清音，變綠衣於素彩❸，惟茲鳥之可貴，諒❹其美之斯在。爾其入翫於人，見珍奇質，狎蘭房❺之妖❻女，去桂林❼之雲日，易喬❽枝以羅袖，代危巢以瓊室。慕侶❾方❿

遠，依人永畢⑪，託言語而雖通，顧形影而⑫非匹⑬。經過珠網⑭，出入金鋪⑮，單鳴無應，隻影長孤。偶白鷴⑯於池側，對皓鶴⑰於庭隅，愁混色而難辨，願⑱知名而自呼。明心有識，懷恩⑲無極，芳樹絕想，雕梁撫⑳翼。時嗛花㉑而不言，每投人㉒以方息。慧性孤稟㉓，雅容非飾，含火德之明輝，被金方之正色㉔。至如海燕呈瑞，有玉筐之可依㉕；山雞學舞，向寶鏡而知歸㉖，皆羽毛之偉麗，奉㉗日月之光輝。豈憐茲鳥，地遠形微，色凌紈質，彩奪繒衣，深籠久閉，喬木長違？儻見借其㉘羽翼㉙，與遷鶯㉚而共飛。

【注釋】❶名依西域　《文選》禰衡〈鸚鵡賦〉曰：「惟西域之靈鳥兮，挺自然之奇姿。」李善注：「西域，謂隴坻，出此鳥也。」❷南海　郡名。秦始皇三十三年置，治所在番禺（今廣州市），轄境相當今廣東滃江、大羅山以南，珠江三角洲及綏江流域以東地區。❸同朱二句　〈鸚鵡賦〉：「紺趾丹觜，綠衣翠衿；采采麗容，咬咬好音。」朱喙即丹觜，此言鳴聲同於〈鸚鵡賦〉中所寫的鸚鵡，唯顏色變綠為白。於，趙注本注：「一作而。」❹諒　委實。❺蘭房　指婦女所居之室。宋玉〈諷賦〉：「乃更於蘭房芝室，止臣其中。」❻妖　《全唐文》作「伎」。❼桂林　秦郡名。與南海郡同年置，治所在今廣西桂平西南，轄境約當今廣西都碭山、大明山以東，九萬大山、越城嶺以南地區及廣東肇慶至茂名一帶。❽喬　麻沙本作「高」。❾慕侶　思念同伴。李義府〈詠鸚鵡〉：「慕侶朝聲切，離群夜影寒。」❿方　已。說見王鍈《詩詞曲語辭例釋》。⓫依人句　依人，與人親近不離。庾信〈詠畫屏風〉詩二十五首之二十二：「愛靜魚爭樂，依人鳥入懷」。永畢，永終。《後漢書・曹世叔妻傳》：「禮，夫有再娶之義，婦無二適之文。……故〈女憲〉曰：得意一人，是謂永畢；失意一人，是謂永訖。」⓬而　《唐文粹》作「之」。⓭非匹　指人與鸚鵡形影相異，不成匹偶。⓮珠網　《文選》王巾〈頭陀寺碑文〉：「夕露為珠網，朝霞為丹雘。」呂延濟注：「珠網，以珠為網，施於殿屋者。」⓯金鋪　門環，借指大門。《文選》司馬相如〈長門賦〉：「擠玉戶以撼金鋪兮，聲噌吰而似鐘音。」李善注：「金鋪，以金為鋪首也。」以銅為獸面，銜環著於門上，謂之鋪首。⓰白鷴　鳥名。又曰銀雉。《禽經》注：「白鷴似山雞而色白，行止閑暇。」⓱皓鶴　白鶴。謝惠連〈雪賦〉：「皓鶴奪鮮，白鷴失素。」⓲頋　《文苑英華》作「每」。⓳恩　趙注本作「思」，此從《全唐文》。⓴撫　拍。㉑嗛花　郭璞〈山海經圖贊〉：「鸚鵡慧鳥，棲林啄蕊。」（《初學記》卷三〇引）嗛，通「銜」。㉒投人　投身於人。《晉書・劉曜載記》：「大丈夫處身立世，鳥獸投人，要欲濟之，而況君子乎！」㉓孤稟　獨特的稟賦。㉔含火二句　〈鸚鵡賦〉：「體金精之妙質兮，含火德之明輝。」李善注：「西方為金，毛有白者，故曰金精。南方為火，觜有赤者，故曰火德。」李周翰注：「西方金也，質寄于西，故云體金精也。朱鳥南方火也，鳥皆稟之，故云含火德也。」按，古以五行與五方、五色相配，南方為火，色赤，西方為金，色白；鸚鵡產於南方，喙朱，色白，故言「含火德」云云。㉕至如二句　《詩・商頌・玄鳥》：「天命玄鳥，降而生商。」《史記・殷本紀》：「殷契，母曰簡狄，有娀氏之女，為帝嚳次妃，三人行浴，見玄鳥墮其卵，簡狄取吞之，因孕生契。」《宋書・符瑞志上》：「高辛氏之世，妃曰簡狄，以春分玄鳥至之日，從帝祀郊禖，與其妹浴于玄丘之水，有玄鳥銜卵而墜之，五色甚好，二人競取，覆以玉筐。簡狄先得而吞之，遂孕。胸剖而生契。」玄鳥，即燕。古人以為燕產於南方，渡海而至，故稱海燕。筐，《文苑英華》作「笥」，《唐文粹》作「篋」。㉖山雞二句　劉敬叔《異苑》卷三云：「山雞愛其毛羽，映水則舞，魏武時，南方獻之，帝欲其鳴舞而無由，公子蒼舒令置大鏡其前，雞鑒形而舞，不知止，遂乏死。」山雞，形似雉，毛美。寶，《文苑英華》作「瑤」。歸，歸宿；結局。㉗奉　助。㉘其　《文苑英華》、《全唐文》俱作「於」。㉙羽翼　〈鸚鵡賦〉：「閉以雕籠，翦其翅羽。」㉚遷鶯　同「遷喬」。《詩．小雅．伐木》：「伐木丁丁，鳥鳴嚶嚶，出於幽谷，遷于喬木。」此指移居高樹的黃鶯。

【語譯】好像這鸚鵡的名稱依附於西部地區，而白色的品類則起源於南海郡，那清越的鳴聲和隴山上的紅嘴鸚鵡一樣，只是變綠色的羽毛為白色，思考這鸚鵡的可貴，牠的美麗委實就在這毛色上。至於牠被人所玩賞，顯現出珍奇的外貌，親近香閨裡的美女，離開了桂林郡的天空，改換棲息的高聳樹枝為華麗的衣袖，而替代高樹上之危巢的是瓊樓玉室。所思念的同伴已經遠離，只能與人親近不離直至生命永遠終止，借助言語雖然能與人交通，自顧形影終不能與人結成伴侶。牠經過了點綴著珠玉的網狀簾子，出入於安著銅鋪首的大門，獨自鳴叫著無別的鳥呼應，永永遠遠形孤影單。牠遇見白鷳於水池邊，碰上白鶴在庭院的角落裡，愁於顏色混同而難於分別，情願知道名稱而自己喊出。牠心思清明有見識，感念主人的恩德沒有窮盡之時，在花木中停止思考，於雕梁畫棟間拍打翅膀。常常口銜花朵不言不語，每每投身於人而後才休息。聰慧的氣質獨特的稟賦，清雅絕俗的容貌不用修飾，嘴上含有南方火紅之德的光輝，身上帶著西方潔白的純正之色。至如海燕示現祥瑞，牠落下的卵有玉筐之可為憑倚；山雞學習跳舞，面向著大鏡子即知其有必死的結局，牠們的羽毛都很壯美，有助於日月的光輝。哪裡會憐憫這白鸚鵡，產地遙遠體形微小，顏色白皙勝過細絹的品質，光彩壓倒用繒帛做的衣服，長時間關閉在大籠子裡，而與高大的樹木永久分離？倘若牠們把翅膀借給白鸚鵡，牠將與遷飛高樹的黃鶯一起翱翔。

【研　析】這篇詠物賦借詠白鸚鵡，含蓄地表達了作者希望脫離官場牢籠獲取自由的心情。賦中先述白鸚鵡之難得與可貴，接著敘其「入翫於人」後的情狀。作者描寫了白鸚鵡的「珍奇質」和聰慧、能言，這似乎是他自己的多才多藝的一種隱晦曲折的表現。賦裡又描寫白鸚鵡受到主人的珍愛，同時牠也「依人」、「投人」，「懷恩無極」，然而牠又仍然思念著同伴，懷想著昔日棲息的「喬木」，感到在人間「單鳴無應，隻影長孤」，終不能與人結成伴侶，這一切不正是作者混跡官場，內心充滿矛盾的一種反映嗎？作者「懷恩」的對象，應該就是天子；而使他感到形孤影單的，則是那個他難以適應的長安官場。賦裡最後寫白鸚鵡希望借得海燕、山雞的羽翼，擺脫「深籠久閉」的生活，與「遷鶯」一起高飛到「喬木」上。這表明作者希求擺脫官場的束縛，過自由自在的山林隱逸生活。這篇賦繼承了六朝詠物小賦富於興寄和文辭清新的藝術傳統，是較為成功之作。

皇甫岳寫真讚

【題　解】皇甫岳，見〈皇甫岳雲溪雜題〉五首題解。本篇的寫作時間無考。這是一篇畫贊，主旨是讚頌畫像中的人物皇甫岳。

有道者古❶，其神則清。雙眸朗暢，四氣❷和平。長江月影，太華松聲。周而不器❸，獨也難名❹。且未婚嫁❺，猶寄簪纓❻。燒丹藥就，辟穀❼將成。雲溪之下，法本無生❽。

【注釋】❶古　指不同於凡俗。❷四氣　四時溫熱冷寒之氣。《禮記・樂記》：「動四氣之和，以著萬物之理。」疏：「謂感動四時氣序之和平，使陰陽順序也。」亦指喜怒哀樂。《春秋繁露・陽尊陰卑》：「喜氣為煖而當春，怒氣為清而當秋，樂氣為太陽而當夏，哀氣為太陰而當冬。四氣者天與人所同有也。」❸周而不器　謂才器周全，而非像器皿那樣，只具有某一方面的用途。《論語・為政》：「君子不器。」❹獨也難名　謂志行獨特，難以道出。❺且未婚嫁　見〈早秋山中作〉注❸。❻簪纓　古時官吏的冠飾，指仕宦者。❼辟穀　見〈故太子太師徐公輓歌〉四首其一注❻。❽法本無生　謂一切本來寂靜。參見〈登辨覺寺〉注❿。

【語　譯】有道德的人不同凡俗，他的神情清明爽朗。兩顆眼珠明亮暢快，喜怒哀樂都溫順平和。猶如那長江上的明月之影，太華山上的松濤之聲。才器周全而不局限於一個方面，志行獨特難以描述形容。子女尚未辦完嫁娶之事，仍然寄身於為官者的行列。丹藥已經煉就，不食五穀也即將成功。在先生的雲溪別業裡，一切原本寂靜。

【研　析】這篇畫贊所讚頌的人物皇甫岳，有別業名雲溪，那裡景色幽靜美好，皇甫岳經常躬耕其中，是一個亦官亦隱的高士。這篇畫贊中，還涉及畫家在表現人物上所達到的水平，如謂「有道者古，其神則清。雙眸朗暢，四氣和平。長江月影，太華松聲」云云，即指出畫家在皇甫岳的肖像畫中，表現出了他的精神氣質、個性特徵，也就是說這畫達到了神似的境界。《世說新語・巧藝》云：「顧長康畫人，或數年不點目睛。人問其故，顧曰：『四體妍蚩，本無關於妙處，傳神寫照，正在阿堵中。』」意謂要在肖像畫中傳達出人物的精神，點睛的高妙極為關鍵；本篇所謂「雙眸朗暢」，就是指畫家通過畫眼，達到了傳人物之神的藝術效果。王維在本篇中稱皇甫岳的寫真達到了神似，而在〈為畫人謝賜表〉和〈裴右丞寫真讚〉中，則說畫工的人物肖像畫不能做到神似，由此可以看出，王維認為畫人物必須表現出其精神氣質，他把「神似」定為人物畫的最高藝術標準。

文選附錄

賀古樂器表

臣某❶言：伏見今月七日中書門下敕牒，道士申太芝奏稱：「伏奉恩旨，令臣往名山修功德，去載六月二十日，於南海葛洪居處，至誠祈請，中夜恍惚見一老人，云是茅山、羅浮神人，常於七曜洞來往，昔曾於九疑山❷桂陽石室中藏天樂一部，歲月久遠，變為五野豬，彼郡百姓捉獲，汝可往取獻皇帝。每祈祭，但依方安置奏之，即五音自和，天仙百神，應聲降福，所求必遂，壽命延長。臣奉神言，即往桂陽尋問，百姓云：『天寶二載，村人常見有五野豬，逐之，便走入石室，就裡尋覓，化為石物五枚，眾共驚異。』臣取以扣之，音律相和，與神人言不異，今將奉進者。」

臣聞陰陽不測之謂神，變化無方之謂聖，惟神與聖，感而遂通。伏惟開元天寶聖文神武應道皇帝陛下，居皇建之極中，得混成之大道。奉先天之聖祖，玄化協於無為；育率土之群生，至仁侔於陰騭。然猶精意不倦，聖祀逾崇，遍禮群仙，思祐九服。故得龐眉皓髮，遙同入昴之人；真訣玄言，來告馭風之客。棲身七曜，以俟唐堯；藏樂九疑，不傳虞舜。留茲石室，思獻玉墀。憑野豕以呈形，表洞仙之屬意。且神物思變，古亦有之：龍躍平津，實為寶劍；鳧飛葉縣，空餘素履。器非上品，人纔下仙，猶能精誠聿修，神變浚若，況殊庭致貺，天老效祥，願授至尊，以享上帝。亦既考擊，動諧律呂。〈韶〉、〈濩〉慚其九奏，〈雲〉、〈咸〉失其八音。翠鳳入于洞簫，殊非雅韻；朱鷺傳于鼗鼓，敢比仙聲？天地同和，神祇降福。無窮之壽，永撫寶圖；無疆之休，以康庶績。實由至德斯感，大道玄通，神人親告於休徵，靈仙不祕其空樂。稽之古昔，實未見聞。臣等限以留司，不獲隨例抃舞，不任踴躍喜慶之至。

【校記】❶某　趙注本原作「維」。按，篇中云「臣等限以留司」，則此表非維一人所上者，故此處從宋蜀本、麻沙本作「某」。❷昔曾於九疑山　趙注本原作「昔曾九疑山於」，此從《全唐文》。

賀玄元皇帝見真容表

臣某❶言：伏見中書門下奏，上黨郡奏啟聖宮❷聖祖大道玄元皇帝玉石真容、主上聖容，今月十五日三元齋開光明。其日戌後，道士陳希玉等十三人同朝禮，見殿內❸有光，非常照耀，及開殿門，其光彌盛，滿堂如晝，久之方散，其時檢校官及押官等皆共瞻覩者。臣聞仙祖行化，真氣臨關；聖人降生，祥光滿室，固知仙聖必有景光。伏惟開元天地大寶聖文神武應道皇帝陛下，大道為心，上元同體，挾風雲之質，敬想猶龍；寫❹日月之儀，欽承大象。仍迴舊邸，以奉清都。真容聖容，既明四目；照殿照室，忽類三光。蘂宮自明，初謂上天無夜；桂殿如晝，還疑就日而朝。琪樹韜華，瑤池奪映。實由陛下弘敷本際，大啟玄宗，明君潤色于真源，聖祖和光于帝載。表文明之在御，六合以清；知臨照之無疆，億載多慶。臣等限以留司，不獲隨例抃舞，無任踴躍喜慶之至。

【校記】❶某 趙注本原作「維」，此從宋蜀本、麻沙本。❷聖宮 此二字趙注本原無，從宋蜀本補。❸殿內 趙注本原作「內殿」，據宋蜀本、麻沙本、明十卷本等改。❹寫 麻沙本作「為」。

賀神兵助取石堡城表

臣維❶等言：伏奉中書門下牒，伏見絳郡太平縣百姓王英杞狀稱，去載七月，於萬春鄉界，頻見聖祖空中有言曰：「我以神兵助取石堡城。」當時具經郡縣陳說，並有文狀申奏訖。今載正月，又于舊處再見，云：「我昔于梓州威洞造一龕尊像，在獨坐山東北，公成山左側，年代已遠，其處傾陷，像在土中，可報吾孫，令人往取。斯乃蒼生之福，國祚無疆，者。」近奉進止，差一❷直省往彼求覓。昨見梓潼郡奏稱：去年某月二十六日，郡縣官吏并道士、父老、百姓等一千餘人，與直省李萬德依此尋求，其日諸山盡皆晴朗，惟公成山上雲霧暗合，遍尋不知所在，遂結壇齋戒，祈請經宿。至二十七日辰時，有五色雲見于霧合之處，遂即分人子細尋覓，乃見山半腹有少土傾處，其上竹樹非常蒙密，并見一石角出土一寸，便穿掘深三尺已來，乃是一石❸龕。龕中有尊像一，左右真人六，并師子、崑崙各二，遂以水洗沃，儀像儼然，事實吐符，並如真誥。其石龕重大，非人力所能運轉，今于龕上造屋宇，便差精誠道士三人，專修香火供養，謹畫圖奉進者。

臣聞玄德升聞，與至降監，必錫靈貺，彰厥有成；不衹祥符，昭其克享。伏惟開元天地大寶聖文神武應道皇帝陛下，以道理國，以奇用兵，先天而法自然，終日不離輜重，故得仙君居九霄之上，屢降中州；聖祖在千古之前，還臨後葉。視之不見者今見，聽之不聞者今聞。仍敕神兵，以助王旅，天丁力士，潛結鸛鵝；星劍雲旗，暗充貔虎。遂殲逆命之虜，果屠難拔之城。加以言必有徵，德無不報，指尊像之所在，為寶祚之休徵。周流六虛，言于晉而驗于蜀；混成一氣，出于有而入于無。未達齋心，初迷三里之霧；既符真氣，俄成五色之雲。山腹洞開，仙容儼若；萬物今覩，千劫未逢。昔河啟綠❹圖，山輸玄女，尚謂得天之助，藏為受命之符；況真誥人聞，聖容神造，照臨下土，不任大羅之天，保祐群生，爰居❺小有之洞。實感明主，縮地而來；豈比漢時，乘空而去？元后欽崇之福，遠至邇安；聖祖昭報之心，天長地久。臣等限以留司，不獲隨例抃舞，不勝踴躍喜慶之至。

【校記】❶維　宋蜀本作「某」。❷一　趙注本原無，據宋蜀本補。❸石　此字之上麻沙本多一「大」字。❹綠　宋蜀本、麻沙本、明十卷本等俱作「籙」，趙殿成謂「作『籙』非是，今校正」。按，籙圖即綠圖，《藝文類聚》卷九九引《墨子・非攻下》「河出綠圖」，「綠」正作「籙」，是其證。❺居　趙注本原作「啟」，此從宋蜀本、麻沙本。

門下起赦書表

伏奉制書如右。好生之德，洽于人心，奉天之時，以行春令，體元作則，惟聖裁❶成。伏惟乾元大聖光天文武孝感❷皇帝陛下，道凝庶績，功深廣運，極孝敬於至誠，致雍和於允穆。狹其祝網，陋彼畫衣，寧失不經，況乎輕繫！大赦戮餘之罪，益寬流宥之典。人謂無冤，何如捨而不問；殺而有禮，豈若至于無刑！加以親減庶羞，無祭肺之膳；下除冗食，贍餬口之人。買櫝設楬❸，藏彼無歸之骨；歲取畝收，本乎盍徹之稅。巨猾止于一惡，貧人免于十夫。思折券者，寬其暴征；嘗書勳者，貰其宿負。道德齊禮，成其有恥之心；悔咎思愆，開其自新之路。道之一變，將使比屋可封；守在四夷，庶夫外戶不閉。風俗忠厚，禮讓興行，六府孔修，萬代永賴。臣等忝居門下，不任鳧藻抃躍之至。

【校記】❶裁 通「纔」。宋蜀本作「則」，麻沙本作「財」。按，「財」「與」裁同，則疑即「財」之形誤字。❷光天文武孝感 趙注本無此六字，此從《全唐文》。❸楬 此字趙注本作空缺號，據《全唐文》補。

謝集賢學士表

朝議大夫試太子中允臣維稽首言：伏奉今月十八日敕，令臣充集賢殿學士，擢及無能，恩加非望，抃躍慚懼，不知所裁。且謂之集賢，非賢莫集，固當宣其五德，列在四科，逖聽眾推，方紆聖鑒。臣抽毫作賦，非古詩之流；挾策讀書，無專經之業。伏惟陛下文思超明❶哲之后，書契踰畫卦之君，龜圖不能比其詞，龍甲不足究其義。聞相如在蜀，畏不同時；徵枚乘于齊，惜其已老。急賢之旨，欲賜追鋒，如臣不才，豈宜濫吹！將何以編次漆簡，刊定石經？東堂賦詩，將招不成之罰；北面待詔，必無善對之才。以榮為憂，席寵知懼，無任感恩踊躍戰越之至，謹詣延英門陳謝以聞。

【校記】❶明　趙注本作「前」，麻沙本、《全唐文》作「則」，此從宋蜀本。

謝御書集賢院額表

臣維❶言：伏奉今月某日聖札題集賢殿御書院額，捧戴抃舞，不知所裁。竊以先聖微言，前王令典，所以興行禮義，訓正人倫，顧❷逆❸胡兇頑，不識經籍，恣行毀裂，有甚焚燒。伏惟陛下御極統天，功成理定，愍其墜簡，旁搜古壁，發求書之使，置寫書之官，于是九流百家，韋編緗帙，爛然虎觀，盛彼鴻都。加以親重儒門，將為教首，俯題金榜，自運銀鉤，龍鳳翔于烟雲，日月照于天地，曾無以諭❹，誰敢強名？況乎方丈之書，七分入木，仲將虛為白首，羲之枉在墨池。將使率土之人，知陛下寵此書府；普天之下，斅陛下敦彼儒風。政化之源，實始于此。臣今忝編次漆簡，刊校石經，載光載輝，誠歡誠喜。

【校記】❶維　宋蜀本、麻沙本俱作「某」。❷顧　宋蜀本、麻沙本、《全唐文》俱作「頃」。❸逆　宋蜀本作「羯」。❹諭　宋蜀本作「論」。

為薛使君謝婺州刺史表

臣某言：伏奉今月日制，除臣某官，拜命若驚，稽首無地。臣聞洪波迅❶流，必盪其溷穢；慶雲所潤，不遺於荊棘。伏惟陛下孝悌之至，通于神明，馨香之德，格于天地，故指旗而黑祲旋靜，揮戈而白日再中，豈臣蟲臂鼠肝，所能談天述聖？臣之本末，強欲自陳，擢髮數罪，臣戮餘也；剖心自明，天知足❷矣。臣素書生，少為文吏，折衝禦侮，幾何不亡？奉法守文，一日之長。當賊逼溫洛，兵接河潼，拜臣陝州，催臣上道，驅馬才至，長圍已合，未暇施力，旋復陷城。戟枝叉頭，刀環築口，身關木索，縛就虎狼。臣實驚狂，自恨駑怯，脫身雖則無計，自刃有何不可！而折節兇頑，偷生廁溷。縱齒盤水之劍，未消臣惡；空題墓門之石，豈解臣悲？今于抱釁之中，寄以分憂之重，且天兵討賊，曾無汗馬之勞，天命興王，得返屠羊之肆，免其釁鼓之戮，仍開祝網之恩，臣縱粉骨糜軀，不報萬分之一。況褰帷露冕，是去歲之縲囚，洗垢滌瑕，為聖朝之岳牧，臣欲殺身滅愧，刎首謝恩，生無益于一毛，死何異于腐鼠！謹當閉閣以思政，酌泉以勵心，親畢力于平人，無煩八部；誓不負于明主，非畏四知。用釋愆誅，敢求課最。

【校記】❶迅　趙注本原作「退」，據麻沙本、明十卷本、《全唐文》改。❷足　趙注本原作「之」，此從宋蜀本、麻沙本。

為崔常侍謝賜物表

臣某言：總管闕敬之至，奉九月十五日敕，吐蕃贊普公主信物金胡瓶等十一事，伏蒙恩旨，特以賜臣。捧戴慚惶，以抃以躍。臣幸居無事，待罪西門，恭守嘉謨，欽承成憲。王師不戰，無汗馬❶之勞；堯屋❷可封，何理人之有？實無異效，特降殊恩，竊用勤以忘家，志❸不顧命，分膏草野，以報萬一。無任感戴戰越之至。

【校記】❶汗馬 宋蜀本作「用兵」。❷屋 宋蜀本作「俗」。❸志 宋蜀本作「忠」。

為曹將軍謝寫真表

臣某言：天幸微臣，身逢大聖，得為列卒，以備戎行，於臣一生，已為萬足，況建旗為將，裂組受官，蒙推食之恩，辱賜衣之寵！匹夫之勇，雖不顧身；長策無聞，未能盡敵。仰慚介冑，俯媿櫜❶鞬。加以弓不重于六鈞，箭不穿于七札，詎中雀目，誠慙猿臂。似❷劉琨而恨小，非關羽之絕倫，何以廁跡虎臣，儀形麟閣？伏惟皇帝陛下昭格天地，懸超七十二家，微臣託附風雲，不如二十八將，而蒙垂聖旨，特命畫工，畫植戟之黃鬚，圖石稜之紫色。才如過隙，顧侯已得其神；不待臨淄，鄒子自知其醜，豈可藏之祕府，以示後人？將謂飛龍之時，無俟貔貅❸

之士，寵過其效，力不稱恩，願死藝於伏弢，誓殺身于鳴轂。無任感激欣戴之至。

【校記】❶橐　趙注本原作「槖」，據宋蜀本改。❷似　趙注本原作「以」，據宋蜀本、麻沙本改。❸貔貅　宋蜀本、明十卷本俱作「如貔」。

為幹和尚進註仁王經表

沙門惠幹言：法離言說，了言說即解脫者，終日可言；法無名相，知名相即真如者，何嘗壞❶相！實際以無際可示，無生以不生相傳。非夫自得性空，密印心地，見聞自在，宗說皆通者，何以證玉毫之光，辨金口之義？

伏惟乾元大聖光天文武孝感❷皇帝陛下，高登十地，降撫九天，弘❸濟群生，濡蓮花之足；示行世法，屈金粟之身。心淨超禪，頂法懸解。廣釋門之六度，包儒行之五常。老僧空空，復何語語？以無見之見，不言之言，淺智勝疑冰之蟲，微戒愈溺泥之象；以自覺離念，註先聖微言，如人❹何足盡心，食木偶然成字，豈堪上塵慧眼，仰稱聖心？有命自天，藏拙無地。伏以集解《仁王般若經》十卷，謹隨表奉進，無任慚惶。然本註經，先發大願，釋第一義，開不二門，與四十九僧，離一百八句，六時禪誦，三載懇祈，俾❺廓妖氛，得瞻慧日。三千世界，悉奉仁王；五千善神，常衛樂土。今❻果盪定，無量安寧，緇服蒼生，不勝慶躍。

【校記】❶壞 《全唐文》作「懷」。按，作「懷」意亦可通。❷乾元大聖光天文武孝感 趙注本原作「乾元光天」四字，此從《全唐文》。❸弘 趙注本原作「宏」，此從宋蜀本、麻沙本。❹人 宋蜀本、麻沙本、明十卷本俱作「麻」，《全唐文》此字下注云：「疑，一作『麻』。」趙殿成校云：「人字疑是『蟲』字之訛。」❺俾 麻沙本作「侍」(「伻」之譌字)。❻今 趙注本原作「令」，此從麻沙本、《全唐文》。

為舜闍黎謝御題大通大照和尚塔額表

沙門僧某等言：伏蒙聖札題二大師塔額及度僧抽僧等並畢，伏喜天心，俯從人欲，恩光至重，抃舞難勝。臣聞聖者正也，住正法者為聖人；佛者覺也，得覺滿者入佛慧。伏惟光天文武大聖孝感❶皇帝陛下，登滿足地，超究竟天；入三解脫門，過九次第定；見聞自在，不住無為；理事皆如，終非有漏。復皇國❷而御宇，尊白法以教人；百穀順成，六氣時若；不加兵而賊破，不擾物以人和；緇侶勝緣，蒼生厚幸。昨蒙書額度僧等，龍騰金榜，鳳轉銀鉤；河漢昭回，烟雲飛動；韋誕恥其遺法，梁鵠慚為古人。降出天門，升于寶塔，玉繩綴于重級，珠斗挂于露盤，以方宸翰，實多慚德。又宿修梵行，願在法流者，覆以慚媿之衣，落其煩惱之髮。冀成寶器，仁王為琢玉之因；廣運佛心，聖主受恆沙之祐。沙門等叨❸承禪訓，幸偶昌期，御札賜書，足報本師之德；梵筵邀福，願酬大聖之恩。不勝戴荷之至。

【校記】❶文武大聖孝感　趙注本無以上六字，此從《全唐文》。❷國　宋蜀本、麻沙本作「圖」。❸叨　趙注本原作「叩」，據麻沙本、明十卷本等校正。

為僧等請上佛殿梁表

僧某言：天地之大，未滿法身；紺殿朱宮，豈云光宅？陛下尊崇像教，大捨外財，白法利人，黃金布地，不役一人之力，不費一家之產，崇崇寶坊，雲構將畢。所營某寺，以某月日上佛殿梁，伏望天恩，內賜一繖，庶使大千世界，悉入蓋中；六合人天，共歸宇下。然後以無礙慧，大化群物，將使四生皆度，豈惟比屋可封？則中天之臺，才留幻士；畫雲之觀，徒候神人，以古況今，前王何陋！謹詣右銀臺門，奉表陳請❶以聞。

【校　記】❶請　趙注本原作「謝」，據宋蜀本、麻沙本改。

奉敕詳帝皇龜鏡圖狀

帝皇龜鏡圖兩卷，今簡擇訖，進狀❶

右某官宣口敕語看可否者。臣愚何足以知，謹與某等議，竊以名為帝皇圖❷者，蓋龜可以卜也，鏡可以照也，以前代帝王行事善惡，以卜後代，以前代帝王行事善惡，以照後代，可以知盛衰興亡，故其行事似堯舜者必盛，似湯武者必興，似秦皇漢武者必衰，似夏桀殷紂者必滅，如卜之必知，如照之必見，故謂之「龜鏡圖」。伏如所示之圖，謂之自古「帝皇圖」即可矣，謂之「龜鏡圖」，伏恐稍乖名實。又多不出于正經，或取諸子之說，又取曹植〈飛龍篇〉、摯虞〈庖犧讚〉等，是一時文章之語，非正經本傳之事。至如堯之茅茨不翦，土階三尺，就之如日，望之如雲，舜之逐竄四凶，舉十六族，臣歌九德，君撫五弦等善事；夏桀之瑤臺瓊室，殷紂之肉林酒池等惡事，蓋畫❸如此之類，乃成龜鏡之圖。至于伏羲生時，伏羲之墓，女媧腸化，摶❹土為人，如此之流，豈為龜鏡？若記帝皇❺之事，總載無妨；若為龜鏡之圖，恐須簡擇。

又論元氣已後，其圖似❻重。太初與太始無殊，有形與有質不異。

《易》云：「乾，元亨利貞。」即未有物者，乾之始也；乾者，元之體也；元者，乾之用也。上猶道家旨：「道生一，一生二，二生三，三生萬物。」又近佛經八識，是清淨無所有，第八識即含藏一切種子，第六識即分別成五陰十八界。此圖從元氣以下，名目稍多，臣識用愚淺，不知忌諱，敢率鄙見，無任戰越，伏惟聖心裁擇。謹狀。

【校記】❶帝皇三句　趙注本原作大字與題連書，此從《全唐文》。❷帝皇圖　皇，趙注本原作「王」，此從宋蜀本、麻沙本、明十卷本等。尋繹上下文義，「帝皇圖」疑當作「帝皇龜鏡圖」或「龜鏡圖」。❸畫　宋蜀本作「盡」。❹摶　趙注本原誤作「搏」，據《全唐文》改。❺皇　《全唐文》作「王」。❻似　宋蜀本作「以」。

兵部起請露布文

天地之心，無不覆載，鳥鼠之性，自私巢穴。國家非徒疆理其地，臣妾其人，思欲一車書，混聲教，變毒螫之俗，為禮義之鄉。伏惟皇帝陛下，大道先天，至德冠古，武功則我❶有七德，文教則舞干兩階，億兆廣堯封之時，郡縣加禹服之外。而犬戎小醜，蝸角偷安，動搖遠邊，遮漢使之路；脅從小國，絕蕃臣之禮。四鎮節度使高仙芝等，虔奉聖策，肅將天誅。因識匿❷之且憎，尋勃律之舊好。曁諸胡國，悉會王師，萬里風馳，六軍雷掃。氈裘之長，思嚮風以無階；毳幙之人，惟塗地而可獲。遂通重譯，罔不來庭，實賴聖謀，曷惟帝力？無攻不克，百蠻皆歸于計中；無遠不賓，萬方若在于宇下。臣等不勝喜慶之至。

【校記】❶我《全唐文》作「歌」，疑非。❷匿 此字趙注本空缺，據《全唐文》補。

冬筍記

會心者行，表❶行者祥，故行藏于密，而祥發于外，欲人不知，不可得也。夫孝，于人為和德，其應為陽氣，筍陽物也，而以陰出，斯其效歟？重冰閉❷地❸，密雪滔天，而綠籜包生，不日盈尺。公之家執德庇人，仗義藩國，忘❹身于王室，不家于朱戶。公世載盛德，人文冠冕，又天姿大賢，庭訓括羽之日，諸季式亦克用訓。我爾身也，共被為疎；禮庇身焉，禦侮無所。花萼韡韡❺，爛其盈門；兄弟怡怡，穆然映女。且孝有上和下睦之難，尊賢容眾之難，厚人薄己之難，自家刑國之難，加行之以忠信，文之以禮樂，斯其大者遠者，況承順顏色乎？況溫清枕席乎？如是故天高聽卑，神鑒孔明，不然筍曷為出哉？視諸故府，則昔之人，亦以孝致斯瑞也。

【校記】❶表 趙注本原作「會」，此從明十卷本、《全唐文》。❷閉 宋蜀本、麻沙本、明十卷本俱作「開」。趙殿成曰：「閉，顧玄緯本作開，誤，今校正。」何焯校云：「開冰出《禮記》，何疑之有？」按，《禮記・月令》云：「仲春之月……天子乃鮮（獻）羔開冰，先薦寢廟。」「開冰」謂二月出冰於淩室，作「開」與本篇之上下文義並不相合。「開」蓋「閉」之形誤字，《全唐文》正作「閉」。❸地 宋蜀本作「逕」。❹忘 明十卷本作「存」。❺韡韡 《全唐文》作「煜煜」。

送李補闕充河西支度營田判官序

漢張右掖，以備左衽，西遮空道，北護居延，然犬戎夜獵于山外，匈奴射鵰于塞下，歲或有之。我散騎常侍曰王公，勇能盡敵，禮可用兵，讀黃石書，殺白馬將。入備顧問，載以乘輿副車；出命專征，賜以內棧文馬。將軍幕府，請命介于本朝；天子瑣闈，輟諫官以從士❶。補闕李公，家世龍門，詞場虎步，五經在笥，一言蔽《詩》。廣屯田之蓄，度長府之羨，以贍邊人，以弱敵國。然後馳檄識匿，略地崑崙。使麾下騎，刃樓蘭之腹；發外國兵，繫郅支之頸。五單于遁逃于漠北，雜❷種羌不近于隴上。子之行也，不謂是乎？拜首漢庭，驅傳而出。窮塞砂磧以❸西極，黃河混沌而東注。胡風動地，朔雁成行，拔劍登車，慷慨而別。

【校記】❶士 《全唐文》作「事」。❷雜 宋蜀本作「遺」。❸以 宋蜀本作「而」。

送懷州杜參軍赴京選集序

國自有初，以節守西門者，得自召吏選客，故我常侍崔公，以貳車迎杜侯于杜陵而咨之矣。舍之門下，衣儒者之服；立于軍中❶，說諸侯之劍。猗元帥之理也，行有賁育，鐵馬成群，而雄戟罕耀，角弓載橐，秉王者師，不邀奇功。樓庭籍甚，高冠長劍，拜命雲臺，在是行也。群公自出轅門，驂騑滿路，置酒欲飲，高歌自悽，寂寥孤城，惆愴朔管，飛雪蔽野，長河始冰。吾子勉之！慷慨而別。

【校記】❶中　《全唐文》作「門」。

送從弟惟祥宰海陵序

天子若曰：「咨爾三事百辟，寇賊姦宄，震驚朕師，其舉吏二千石至墨綬，予將大命于朝，以撫方夏。」群從曰惟祥，舊有令聞，克奉❶成憲，往踐乃職，無恫于人。獄貨非寶，農食滋碩。浮于淮泗，浩然天波，海潮噴❷于乾坤，江城入于泱漭。彼有美錦，爾嘗操刀，學古入官，倚法為吏，上官奏課，國將大選爾勞。勉哉行乎！唱予和汝。

【校記】❶奉　宋蜀本作「衣」。❷噴　宋蜀本作「唾」。

讚佛文

竊以真如妙宰，具十方❶而無成；涅槃至功，滿四生而不度❷。故無邊大❸照，不照得空有之深；萬法偕行，無行為滿足之地。惟茲化佛，即具三身，不捨凡夫，本無五蘊。實藉津梁法相❹，脫落塵容，始于度門，漸于空舍，然後金剛道後，為三界大師；玉毫光相，得一生補處。左散騎常侍攝御史中丞崔公第十五娘子，于多劫來，植眾德本，以般若力，生菩提家。含哺則外葷膻，勝衣而斥珠翠。教從半字，便會聖言；戲則剪花，而為佛事。常侍公頃以入朝天闕，上簡帝心，雖功在于生人，深辭拜命；願❺賞延于愛女，密啟出家。白法宿修，紫書方降，即令某月日，敬對三世諸佛，十方賢聖，稽首合掌，奉詔落髮。久清三業，素成菩薩❻之心；新下雙鬟，如見如來之頂。綺襦方解，樹神獻無價之衣；香飯當消，天王持眾寶之鉢。惟娘子舍諸珍寶，塗彼戒香，在微塵中，見億佛剎，如獻珠頂，具六神通。伏願以度人設齋功德，上奉皇帝聖壽無疆❼，記椿樹以為年，土宇無垠；包蓮花而為界，又用莊嚴。

常侍公出為法將，入拜台臣，身在百官之中❽，心超十地之上。夫人以文殊智，本是法王；在普賢心，長為佛母。郎君娘子等，住誠性為孝順，用功德❾為道場；將遍眾生之慈，迴同❿一子之想；又願普同法界，盡及有情，共此勝因，俱登聖果。

【校記】❶方　麻沙本、明十卷本作「力」，疑非。❷度　趙注本原作「庶」，趙殿成曰：「疑是廣字之訛。」此從麻沙本、明十卷本、《全唐文》。❸大　宋蜀本作「天」。❹法相　趙注本原作「相法」，據宋蜀本、明十卷本等改。❺願　宋蜀本作「賴」。❻薩　宋蜀本作「提」。❼彊　宋蜀本、麻沙本作「量」。❽中　宋蜀本、麻沙本、明十卷本俱作「尊」。❾用功德　宋蜀本、麻沙本、明十卷本、奇字齋本俱作「用德」，趙注本作用「□德」，此從《全唐文》。❿迴同　《全唐文》作「迴向」。

西方❶變畫讚并序

法身無對，非東西也；淨土無所，離空有也。若依佛慧，既洗滌❷于六塵；未捨法求，猷如幻于三有，故大雄以不思議力，開方便門。我子❸猶疑，未認寶藏；商人既倦，且息化城。究竟❹達于無生，因地從于有相。

西方淨土變者，左常侍攝御史中丞崔公夫人李氏奉為亡考故某官中祥之所作也。夫人門為士族之先，道為梵行之首。大師繼踵，望塵而理印；命婦盈朝，聞風而素履。心王自在，萬有皆如；頂法真空，一乘不立。以示見故，菩薩為勝鬘夫人；同解脫因，天女讚維摩長者。陟岵何望❺？哀哀縗絰。順有漏法，泣血以居；念罔極恩，滅性非報。唯茲十力所護，豈與百身之贖？不寶瓔珞，資于繪素，圖極樂國，象無上樂❻。法王安詳，聖眾圍繞。湛然不動，疑過于往來；寂爾無聞，若離于言說。林分寶樹，七重遶于香城；衣捧天花，六時散于金地。迦陵欲語，曼陁未落，眾善普會，諸相具美。于是竭誠稽首，隕涕焚香，願立功德，以備梯航。得彼佛身，常以慈悲為女；存乎法性，還在菩提之家。偈曰：

稽首十方大導師，能于一法見多法，以種種相導眾生，其心本來無所動。稽首無邊法性海，功德無量不思議，于已不色等無礙，不住有無亦不捨。我今深達真實空，知此色相體清淨，願以西方為導首，往生極樂性自在。

【校記】❶方　此字下《全唐文》多「淨土」二字。❷滌　宋蜀本、明十卷本作「垢」。❸子　趙注本原作「心」，此從宋蜀本。❹竟　趙注本原作「境」，據宋蜀本、麻沙本等改。❺望　趙注本原作「至」，此從麻沙本。

❻樂　麻沙本作「尊」。

繡如意輪像讚并序

寂等于空，非心量得❶；如則不動，離意識界。實無所住，常遍群生，不捨有為，懸超萬行，法性如是，豈可說邪？如意輪者，觀世音菩薩陀羅尼三昧門，現方便于幻眼，六臂色身；以究竟為佛心，一❷體真❸相；隨念即藏，乃無緣之慈；應度而來，斯不共之力。眾生如意，菩薩何心！崇敬❹寺尼無疑、道登❺等，貴族出家，梵筵上首，久積淨業，三世皆空；長在道場，一乘自立。亡兄故河南少尹，雖明世典，深達實相，以不二法，處于百❻官。花萼相連，恩深女弟；旃檀舊繞，望絕仁兄。雖曰如夢，無寧喪我。煩惱性淨，示有同凡之悲；菩提路空，強為助道之相。選妓❼惟潔，底功加敬，針鋒線縷，日就月將，五彩相宣，千光欲發，金蓮捧足，寶珠垂髻。原夫審像❽于淨心，成形于纖手。珊瑚掌內，疑現不動如來；頻婆口中，同乎無法可說。梵香讚歎，散花瞻仰，有情苦業，滅而不生；無上法輪，轉而恆寂。願以此福，冥用莊嚴。

乃為偈曰：

菩薩神力不思議，能以一身遍一切。常轉法輪無所轉，眾生隨念得解脫。色即是空❾非空有，是故以色像觀音。願以淨斯六趣福，迴向過去不可得。

【校記】❶得　宋蜀本、麻沙本作「导」(同「礙」)，明十卷本作「碍」。❷一　趙注本原無此字，據《全唐文》補。❸真　麻沙本作「無」。❹敬　趙注本原作「通」，據宋蜀本、麻沙本改。❺無疑道登　麻沙本「疑」作「叚」，「道」作「無」。❻百　麻沙本、明十卷本俱作「上」。❼妓　《全唐文》作「伎」。❽像　趙殿成曰：「像，顧本作豫，誤，今校正。」按，趙校是，宋蜀本、《全唐文》俱作「像」。❾空　趙注本原作「定」，據宋蜀本、麻沙本、《全唐文》改。

給事中竇紹為亡弟故駙馬都尉于孝義寺浮圖畫西方阿彌陀變讚并序

《易》曰：「游魂為變。」傳曰：「魂氣則無不之。」固知神明更生矣，輔之以道，則變為妙身，之❶于樂土。大覺曰聖，離妄曰性，克修其業，以正其命。得無法者，即六塵為淨域；繫有相者，憑十念以往生。

西方變者，給事中竇紹敬為亡弟故駙馬都尉某官之所畫也。天理❷之愛，加人數等。悲讓侯❸而無所，痛殞身而莫贖。傾無長之工❹。不平分于我生，將厚貸于泉路。尚茲繪事，滌彼染業。寶樹成列，金砂自映。迦陵欲語，曼陀未落。墜此中年，登乎上品。池蓮寶座，將踰棠棣之榮；水鳥法音，當悟鶺鴒之力。讚❺曰：

生因妄念，沒有遺識，憑化而遷，轉身不息，將免六趣，惟此十力。

哀此仁兄，友于後生，不知世界，畢意經營，傍熏獲悟，自性當成。

【校記】❶之　《全唐文》作「至」。❷理　《全唐文》作「倫」。❸侯　趙注本原作「侫」，《全唐文》作「仁」，俱非是，此據宋蜀本、麻沙本校正。❹傾無句　此句之上或下當脫一句，故文意不明。❺讚　麻沙本作「偈」。

為相國王公紫芝木瓜讚并序

孝悌之至，通于神明，天為之降和，地為之嘉植，發書占之，推理可得。何者？人心本于元氣，元氣被于造物，心善者氣應，氣應者物美，故呈祥于魚鳥，或發揮于草木，示神明之陰隲，與天地之嘉會。今中書侍郎相公先生左丞府君，沉潛上德，遐尚絕軌，江海漭沆，嬰孩杳壇，高門長軌，隱几含素，蓋鳳凰之高逝，薄龍虎之逶迤。積有淳德，誕敷餘慶。而我相公生而英姿，河目海口，量與太素而無端倪，應會神速，動若發括❶；事遣理盡，澹然虛空，亦猶太清，雲無處所。重玄之旨，達而有餘奧；大白之明，漫而不及理。文可以經邦訓俗，武可以保大定功，故天子咨之，以布元化。

昔者高堂既闃❷，扇枕無所，歐血長號，禮不能制。其哭泣之度，終身巨痛，時無以加；其霜露之惕，攻苦食淡❸，寢苫枕塊。淚少于血，骨餘于形，風唳❹起而裂其心，鳥悲鳴而感其哭。俄而紫芝生楝，葉成❺仙人之蓋，色奪齊侯之衣；又有木瓜在林，味若楚王之萍，大如安期之棗。枯木❻無生物之理，而布濩❼滋蔓；時果有常分之形❽，而碩大殊尤❾。鄰里駭之，郡縣聞之，公泣而不敢言，州司遽表以獻。或曰因心而致，人之祥也；或曰率土所生，國之瑞也。有識君子曰：至孝所感，物為人之祥；大賢佐時，人為國之瑞。二物者，雖感曩時之純至，亦符今日之崇高也。公尤不敢當，歸美于❿今上，以為震位先兆，孝德動天。至乾元二年，乃畫圖以進。詔報曰：芝草⓫者，延壽之徵也；木瓜者，投報之應也。蓋至誠所感，有開必先。朕與卿道契雲龍，義同水石，位崇台袞，寄重股肱，故得嘉瑞⓬薦臻，靈物昭格，君臣同德，區宇克寧。覽其進圖，可為嘉應，請宣付史館者。既光⓭史策，亦藏書府。讚曰：

紫芝三秀，則生于梁。木瓜一實，其大盈筐。嘉應薦至，其故何祥？

哀哀孝思，漣漣泣血。終身致毀，每慟將絕。雲為徘徊，風為慘切。依仁據德，移孝為忠。經目盡理，任心便公。其道橐籥，虛而不窮。公位先兆，聖人斯覩。賜以詔書，藏之祕府。邦家之光，哀榮終古。

【校記】❶括　宋蜀本作「栝」。❷闃　趙注本原作「闐」，趙殿成校曰：「闐字疑誤。」此從《全唐文》。❸淡　宋蜀本作「啖」。❹唳　趙注本原作「淚」，此從《全唐文》。❺成　《全唐文》作「若」。❻木　趙注本原作「物」，此從宋蜀本、明十卷本、《全唐文》等。❼濩　宋蜀本、麻沙本、明十卷本俱作「護」。❽常分之形　宋蜀本、麻沙本、明十卷本、奇字齋本俱作「常形之分」。❾尢　趙注本原作「亢」，此從麻沙本、明十卷本、《全唐文》。❿于　宋蜀本作「加」。⓫芝草　宋蜀本作「紫芝」。⓬瑞　麻沙本作「祥」。⓭光　趙注本原作「依」，據宋蜀本改。

京兆尹張公德政碑 并序❶

雲從龍，風從虎，氣應也；聖人作，賢人輔，德同也。君臣同德，天地通氣，以康九有，以遂萬類。惟皇御極二十載，光格四表，至于海隅日出，越小大邦，蠻貊師長，罔不欽于成憲，以承天休。然天子猶日省三揖列辟，日聽萬方輿頌，懼人有未化，賢有未登，故勗仄陋兼乎十等，選宗室及乎九族，任事以觀材，積時以觀行，乃得我賢京兆焉。

夫京兆號為難理。清靜❷病于不給，刀筆拘于守文；或以軟弱廢，或以賊殺劾；把宿負淺為丈夫，用鉤距蓋非長者。我則異于是。大道難名，大理無法。閉關于任數，巧算不能知；堅壁于畫一，善政不能下。摧宿豪如薙草無慍色，視大權如歷塊無傲❸容。百司之務❹，總以奇而得正；五方之人，雜異教而同理。受命之始，先聲已振，黠吏惡少，聞風改❺行。及乎鳴騶詣府，登堂坐定，縣尹掾史，以次上謁，守正之人其氣高，含章之人其詞大，見容色而聞號令，小人戚而君子泰。日者櫟陽男子，閭里為豪，借客報仇，聚人為盜。或白日手刃，或黃塵袖鎚；政寬則以身先諸偷，操急則以事中長吏。貳過不已，萬計自脫。公命吏縛之，立死鈴❻下，于是人入閭室，若遇大賓焉。

前年不登，人顑太甚，野無遺秉❼，路有委骨，天子不忍征于不粒，賦于無衣，六軍從衛，以臨東諸侯，息關中也。帝曰：「咨！天其⑧降威，人罔畏罪，台恐寇盜迺邑，矧曰蕩析離居，惟爾克濟，撫茲方夏⑨。」公拜稽首，思塞休命。布慈惠之政，不以利淫；振雷霆之威，其或宥過。饔人減雙雞之膳，圉人省五馬之秣；陶不獻服，圬不塓館；自身已往，振廩同食。雖人煙不動，道殣相望，不思濫以苟生，咸守教以就死，是不可能也。先是，王公或專南山之利，司農涸昆明之池，收赤⑩岸澤，將為田以便官，至是悉奏罷之。舟鮫衡麓之守廢，蒲荷薪蒸之產入，自郊徂邑，室有魚飧，斬陰伐陽，市多山木，人得以贍。惟涇有防，比歲多決，近縣疲于輸⑪役，他山匱于度材，公命刮朽壤，填巨石，辦大木，去編菅，其始告勞，乃終有慶。匠石日減功萬，藏史日省錢億，農始竟⑫耒，女始安織。于是台背黃髮之老⑬曰：「我有田疇，鍾秉其畝；我有子弟，顏閔其行；鄉黨以睦，悖失其獨；道路有禮，汰無與爭⑭；酒先養老，賄不問吏；既無吠犬⑮，亦無奸人。臨年餘資，幸⑯蒙惠化，其曷以臻茲？」君子曰：「此天子至公，內舉不避親，錫汝明尹⑰張公之力也。」

夫公于國為外戚，于帝為外弟。重組累印，珥香貂者七葉；奉車駙馬，乘朱輪者十人。勝衣則綺襦紈袴，通籍則玉墀青瑣；動則兩驂如舞，坐則五鼎成列；文軒楚製，素女趙舞。而公儼兮其若客，淡兮其無味。心在四教，語稱七德；目視六籍，口誦〈九歌〉；懷君子令德之忠，保詩人錫類之孝；悌有過于共被，慈有踰于含食。惡衣以居，公服不敢降也；屈體下士，王綱不敢替也。協二姓之好，以正人倫，旁無嬖御；分一人之憂，以審官政，下多英傑。若夫皇帝敬問之詔，御札自書，天王命賜之衣，上宮所製，勞勤則中使接武，計議則走馬來朝，豈惟眾臣重其經術，為吏雜以儒雅而已？

且公之⑱升聞于天，非一朝一夕之漸也，亦所⑲以稱職于累官，著聲于所在。其丞祕書也，闕文遺簡，多在大家，深為子孫之藏，密有緘滕之固，公不憚權貴，或抵或誘，盡歸天閤，官書備焉。其牧郢⑳也，人有不若德，戮之不為暴；人有不保居，撫之不為諂。存者考其事壯其食以畜之，行者緝其宮藝其樹以待之。此邦之人既優，他邦之人又重㉑焉，未盈一歲，遂增萬戶。其守汾也，仍歲大旱，郡祠介推，雖屢舞僊僊，而靈應未若，公命束縕㉒取火，伐樹寘薪，釃㉓酒而祝曰：「有功于人，祀為明神；無德而祿，禍亦覆餗。自絳以來，人實祀子，純犧大璧不敢愛，必以薦也；童兒季女不敢黷，必以敬也。神既靡答，人將安仰？若亭午而雨，則樹其鷺羽，執此騂毛；不然者，火燎將至，焮天爍地，靈衣且為煨燼，豐屋將為茂草，爾其圖之！」言未畢而雲興，拜未起而雨降，周于闔境，不入㉔他郡，雖封疆咫尺，而彼竭我盈。

嘻！若記能事，載盛德，渭川之竹不足簡，終南之木不足軸。夫訓人至于禮義曰德，安人免于阽危曰功。德者上賞于上㉕，下頌于下㉖。長老孜孜，願刊于石，以予學于舊史，來即我謀；且維與人編戶，與人為伍，與人出入，與人言語，知風俗之淳弊，識政化之源本。屬詞媿文，書事蓋實。詞曰：

五代相韓，七葉侍漢；及我聖朝，亦生邦翰。大道無形，貞蠱以幹；含章不耀，在割能斷。情偽萬端，吾道一貫。帝選賢尹，無以易張；金印紫綬，京兆之良㉗。佩我鳴玉，冠我兩梁；天子休命，拜手以將。寬而愛人，立滅暴彊。明明天子，哀此南畝，將息西人，遂覲東后。我教我訓，我鎮我守，茫茫三秦，則罔餬口。守死以義，徇生不苟。王曰外弟，視人不佻。何以寵之？手書以詔。何以問之？賜衣而朝。俾人華胥，致君帝堯。刻石作頌，永世彌昭！

【校記】❶并序　此二字趙注本原無，據宋蜀本、麻沙本補。❷靜　趙注本原作淨，此從宋蜀本、麻沙本、明十卷本。❸傲　宋蜀本作「撽」。❹務　宋蜀本作「鶩」。❺改　宋蜀本、《唐文粹》作「族」。❻鈴　宋蜀本、麻沙本、明十卷本、奇字齋本俱作「領」。趙殿成曰：「今改從《唐文粹》本。」❼秉　《唐文粹》作「糠」。❽其　趙注本原作「之」，此從宋蜀本、麻沙本、《唐文粹》等。❾方夏　《唐文粹》作「西土」。❿赤　宋蜀本、麻沙本、明十卷本俱無此字。⓫輸　趙注本原作「力」，此從麻沙本、明十卷本。⓬竟　《唐文粹》作「學」。

⑬老 《唐文粹》作「者」。⑭鄉黨四句 趙殿成校曰：「顧玄緯本（奇字齋本）作「鄉黨以睦，恂子失其獨；道路有禮，祀汰無與爭」，今改從《唐文粹》本。」按，宋蜀本、麻沙本、明十卷本等俱同《唐文粹》，趙校是。⑮吠犬 《唐文粹》作「吠狗」，《全唐文》作「犬吠」。⑯幸 《唐文粹》作「竊」。⑰尹 趙注本原作君，此從宋蜀本、明十卷本、《唐文粹》、《全唐文》。⑱之 此字之下《唐文粹》多一「德」字。⑲所 《全唐文》無此字。⑳郢 此字下《唐文粹》多一「人」字。㉑重 《唐文粹》作「至」。㉒縕 趙注本原作「蘊」，此從《全唐文》。㉓釃 趙注本原作「釀」，此從宋蜀本、麻沙本、《全唐文》。㉔入 宋蜀本作「及」。㉕于上 宋蜀本作「于下」。㉖于下 宋蜀本作「于上」。㉗良 宋蜀本、麻沙本、《唐文粹》俱作「章」。

魏郡太守河北❶採訪處置使上黨苗公德政碑并序❷

五方殊俗，〈魏風〉婉而其人舒；九土異宜，冀田壤而其賦錯。前政有寬猛之異，時令有班藝之差。夫非❸酌舊典于可行，啟新圖于必當，多方而不失正，一貫而或從權，曲成便❹人，大抵厚俗，選眾而舉，非公而誰？公先自吏部侍郎，出為安康郡太守。某載月日，詔以公為魏郡太守、河北道採訪處置使。公諱某，字某，某郡縣人也❺。其出處本末，奕世冠冕，國史家牒詳焉。凡邦伯到官，詔使按部，或閉閤思政，或下車作威，或劾吏為明，或移書不禁。公異于是，可略而言。公素號鮮⑥明，積有治行，宿訟不決之務，餘地剖⑦分，疑獄自誣之枉，容光立照，故陋其思政也。安全長吏，不逐老丞，成就諸生，光⑧教小吏⑨，導德齊禮，有恥且格，故鄙其作威也。謝亭長之問，勞野次之賢，吏悉謂為神明，人不隱其毫髮，故無事劾吏也。列郡共職，清節銷其過求，諸曹報簿，直筆破其巧⑩詆，故不待移書也。

山東古之七雄，河北有其四國，地方數千里，人蓋億萬計。獻子三歎之饋，滋無舊德；平原十日之飲，頗有遺風。朱亥袖椎，豪雄扼腕；曹王拂局，輕薄為心。奢泰擬都護之堂，遲緩學邯鄲之步。公抑末技而⑪敦本，斥浮食以歸業。督課八政，擇良吏以遣行；講求六籍，置學官于便坐。于是橫經左塾，力穡先疇，盡業農桑，大興庠序。家知禮義，更式段干⑫之廬；戶有京坻，增修史起之廟⑬。叢臺歌舞成市，鄴郡帝王舊都，袨服靚妝，挾筑跕屣，淇上留客，河間數錢，公課其組紅之庸，制⑭其婚嫁之節。冶容絕四方之袖，織室致五匹之工。刑于上官，訓及處子。鄭聲衛樂，共棄師襄；趙帶燕裾，思齊漆室。漁陽騎客，奏報本朝，鯷海樓船，連漕絕域，郊迎館給，不敢淫其芻蕘；水路陸衢，盡若安于枕席。某載月日，詔賜紫袍玉帶、金魚袋，衣若干副。方伯十連⑮，賴其澄清之嚮；天子七命，賜以安吉之衣。緹油屏車，璽書增秩，未是過也。

勝殘之化既成，觀俗之風允穆，優游無事，學宦思歸，況乎父母之邦，近在嬰兒之國，表請拜掃，有詔許焉。預約守宰，幸無偵候。至郡則投刺上謁，至邑則舍車而徒。展禮先塋，椎心泣血；迴趨長老，稽顙緒言。宗人族姻，姑黨姪行，覿以重幣，筐篚徧于里閭；享有加牢，牛酒溢于衢陌。朱軒駟馬，耀于衡門；紫綬雙龜，出入編戶。蘇公佩印，始歸鄉里盡歡；疏傅散金，不與子孫為計。迨乎將去，仍以餘貲，一置里⑯社，備養生送死之具；一置鄉⑰校，開說⑱禮敦《詩》之本。相如衣錦，且飛大漢檄書；買臣懷紱[19]，不待[20]長安廄吏。故使巴蜀太守，負弩前驅；會稽守丞，引章下拜。此蓋恨不禮于他日，思釋憾于故鄉，是輕桑梓之人，適騁斗筲之志，豈若公自心而至，率禮無違，來悅去思，推才降體？平陽傳舍，不許望塵；山陰吏卒，詎聞治道？富貴還鄉，榮之至也；揚名顯親，孝之終也。凡百君子，無一至焉。

公當九伯之官，兼八使之任，深總大[21]體，不求于無虞；□□□□[22]，□□於草竊。政成德舉，風動神行。頃有勳臣，旁典屬郡，曩者風雲際會，攀附騰驤，貪天之功，以為己力，謂國不忘，尚嘉迺勳，宋父宣驕，條侯倨貴，當闕常從，橫恣不法，帷帳狗馬，僭侈踰制。公劾之則重傷國恩，置之則大廢邦典，于是喻以禍福，告之話言：昔有不愛趙城，將蹈滄海，既尊漢室，願遂赤松，功成不居，道家所韙。至于析珪分組，跨壤連州，懷四術而自疑，見九重而失望，或冤[23]家上變，司敗受辭，朝享膏粱，寧知獄吏？暮成葅醢，徧賜諸侯。難恃白馬之盟，徒思黃犬之樂。彫牆峻宇，萬乘猶憚十諐㉔；紫衣狐裘，一朝而數三罪。雖嫌絳、灌等列，不踰梁、楚為墟。于是翕肩振驚，折節受㉕教，杜門謝絕賓客，終身不紊紀綱。以寬服人，實在有德。厥有挾左道，飛訛言，南國青珠之符，東海赤刀之術，分風送客，割水飲人，偽辯㉖而納之于邪，善誘而濟之以惡，戶外多保汝之屨，恐為亂階；門前無長者之車，知其惑眾。公奉誅首惡，悉宥面從。不蔽要囚，惟良折獄，議事以制，不徵于書，副至㉗仁之納隍，用輕典于平國。刑期不濫，人乃大安；奏課㉘計功，天下小察。責吏以實，則舉其不矜；欲人自新，則貰其宿負。官以德舉，政以禮成。至于賞善勸能，正源端本，齊風變魯，蓋以悉禮名儒；晉盜奔秦，豈俟多誅惡少？納貢獻賦，則惟恐居後；疇庸命賞，則義不敢先。布以聖恩，奉宣明主㉙之詔；問其理狀，對用議曹之言。邦家之光，其斯謂矣！

年若干，秀才擢第。應制舉，第若干等。授某官，歷某官。若夫明眸白皙，玉潤珠耀，美秀備于儀形，風流發于言笑。行之方也，留如守司㉚；智之圓也，速若發括。量包群有，思入無間。壞壁古文，曲臺遺《禮》，淮王九師之《易》，漢氏三家之《詩》，《傳》癖書淫，鷹揚學府。比文園入室之武，同丞相登科之策。奏甚平讞，詩窮綺靡，硯燔紙貴，虎視詞林。嘗奉和聖製〈雨中春望〉詩云：「雨後山川光正發，雲端花柳意無窮。」又奉和行幸詩云：「接仗風雲動，迎軍鳥獸舞。」時人以為鮑參軍謝吏部為更生云。某年月日，詔除公河東太守兼採訪使，官吏百姓等，或守闕乞留，或遮道更借。淚增時雨，思結仁風。親愛之深，諱名而號為父；歌詠不足，取姓以命其兒。公既去官，多歷年所，人思愈甚，共立生祠。異邑居而瓦合，無契約而麕至，恐不預于聚財，憚不任乎輸力。棠樹勿翦，何如審像圖形；桐鄉置祠，豈比耳聞身及！以此觀德，何德之深！仍建豐碑，立于祠宇。匍匐千里，前後百輩，求綴詞之客，為頌德之文。維也竊比老農，不知舊史，眾心所至，難抑與于輿人；予病未能，不獲已于求我。乃為頌曰：

禹別九州，漢分八使，實惟方伯，且曰連帥，建節乘軺，觀風察吏。山東河北，全趙大魏，授方任能，惟名與器，蓋非其才，孰享斯位？天子命我，導揚皇風，敬教勸學，通商惠工，法去太甚，政貴得中。守丞老病，小吏童蒙，督郵不遂[31]，博士成功，遂安賢者，大啟儒宮。四國之餘，一都之會，平原舊俗，信陵遺態，博塞以遊，椎埋為害，叢臺淇水，燕裾趙帶；淳化旁屬，貞風傲載，劈纑卷綃，橫經秉耒。清節峻邈，碩量弘深，投書置水，酹酒捐金；樹德滋蔓，持刑不淫，訛言免坐，倨貴懷音；繡衣罷斧，墨綬停琴，既比[32]時雨，當聞作霖。申哀松柏，展[33]敬桑梓，伏謁公門，徒行故里；椎心馬鬣，啟顙鯢齒，身紆紫綬，禮及童稺；帝賜黃金，盡于筐篚，社養宗人，學招邑子。能事具舉，今問允穆，璽書改印，緹油轉轂；壁挂胡牀，舍留官犢，人吏老幼，涕泗號哭；頌德豐碑，圖形華屋，閱實數美，移晷更僕。

【校記】❶北　趙注本注：「一本北字下多一道字。」❷并序　此二字趙注本原無，據宋蜀本、麻沙本、明十卷本補。❸夫非　麻沙本、明十卷本、奇字齋本等俱作「非夫」。❹便　趙注本原作「更」，據麻沙本、《全唐文》改。❺公諱三句　此三句《全唐文》作「公諱晉卿，字元輔，潞州壺關人也」。又後二某字趙注本原無，上字據宋蜀本、麻沙本、明十卷本補，下字據宋蜀本補。❻鮮　《全唐文》作「賢」，蓋因不明「鮮明」之義而妄改。❼剖　趙注本原作「割」，此從宋蜀本。❽光　《全唐文》作「先」。❾吏　宋蜀本、明十卷本、奇字齋本俱作「史」。❿巧　趙注本原作「汙」，據宋蜀本、麻沙本校正。⓫而　宋蜀本、麻沙本俱作「以」。⓬干　趙注本原作「子」，此從宋蜀本。⓭廟　趙注本原作「貌」，此從《全唐文》。⓮制　趙注本原作「開」，此從宋蜀本。⓯連　趙注本原作「聯」，此從《全唐文》。⓰置里　趙注本原作「里置」，據宋蜀本改。⓱置鄉　趙注本原作「鄉置」，據麻沙本改。⓲說　趙注本原作「閱」，此從《全唐文》。⓳紱　《全唐文》作「綬」。⓴待　趙注本原作「德」，據宋蜀本改。㉑大　趙注本原作「之」，此從宋蜀本。㉒□□□□　以上空闕字趙注本原無，此從《全唐文》。㉓冤　《全唐文》作「怨」。㉔猶憚十習　此四字趙注本原空缺，據宋蜀本、麻沙本、《全唐文》補。㉕受　趙注本原作「度」，據宋蜀本、《全唐文》改。㉖辯　《全唐文》作「辨」。按，「辯」、「辨」通，俱有明義。㉗至　宋蜀本作「丕」。㉘課　宋蜀本作「理」。㉙主　宋蜀本、麻沙本、明十卷本俱作「王」。㉚司　趙殿成注：「司字疑是勝字之訛。」㉛遂　趙注本原作「逐」，此從宋蜀本、麻沙本、明十卷本、奇字齋本。㉜比　趙注本原作「此」，此從宋蜀本。㉝展　宋蜀本作「致」。

故右豹韜衛長史賜丹州刺史任君神道碑并序❶

君諱某，字某，其先奚仲之後，于周❷為上卿❸，世有薛❹，列于諸侯；氏則任，鬱為著族。後有官于京兆者，子孫因家焉，今為萬年縣人也。遠祖某，漢河東太守，曾祖某，周清河太守，光❺復舊職，異世而同符。祖某，隋梁州南鄭縣令，父某，皇石州離石縣令，不墜象賢，一門而二鳧舄。皆為政以德，遺愛在人，能高其門，必有興者；雖不當代，果生達人。君離石府君之第某子也，膺一賢之期，鍾累葉之善，忠孝自得，稟乎天姿；《詩》禮輔成，潤以庭訓。文含四始，雕蟲之技附庸；武有七德，啼猿之術居外。明經者皓首，弱歲成儒；達法者腐脣，端居曉吏。以鄉貢明經擢第，解褐益州新都縣❻尉。居無何，丁母憂。廬以長號，淚少于血；杖而後起，骨餘❼于形。彈琴不成，從先王之禮；捧筐便慟，有終身之哀。服闋，授左金吾衛兵曹參軍，轉左衛錄事參軍，又遷右豹韜衛長史。王樂為用，率武夫以扞城；人愛其才，稱君子之為衛。方將冠章甫之冠，衣縫掖之衣，奏議雲臺，論政赤墀，一見天子，必為之前席；三說大臣，必為之解印。若端委以相，六合盡宅心于帝庭；

授鉞董戎❽，八蠻可傳首于魏闕。然後挂冠東都❾，拂衣五湖，高蹈烟虹，笑謝珪組。天命不祐，沮我良策，春秋若干，以某年月日寢疾，卒于永興里第。某年月日，葬于京兆神禾❿原，禮也。

嗣子曰某，善繼先志，克成厥家；多藝多才，實⓫英實選；匪□實寶，十城之價；不以力聞，萬夫之敵。命同御座，漢帝以恩待故人；超將中軍，先軫以才登元帥。以某年月日，從駕謁五陵，天子若曰：「自古明王，因心以孝，待人由己以施物，故休戚共，憂樂同也。其贈羽林將軍任某父使持節丹州諸軍事、丹州刺史。」敬其事則命以始，寵其身以及其親。明主所以盡心，忠臣所以盡力，故羊舌職悅是賞也。陳力異代，官成聖朝；修文下泉，名在天爵。前賢陰德，雖遺⓬慶于後昆；胤⓭子揚名，乃大顯于先父。養則致樂，沒而有稱。昔也為士，享惟將軍之食；今則典邦，葬亦諸侯之禮。皇帝命之，太史書之，報昊天之恩，曾舉世未有，豈與夫手樹行檟，躬廬長松，負土成墳，傭身以葬，匹夫之孝，同年而語哉？

君少有大略，長而能賢。安于仁，樂于善。厚生以儉，守智以愚。視事所及，筆硯盈庭。其力文也，容膝之外，圖書滿屋。其嗜學也，八體之能，右軍曾未知翰；五弦之妙，中散何擅于琴？以禮庇身，以清守官。惟邦之彥，惟國之翰。夫人河東裴氏，始以某為光祿也，封河東郡君，及是，又贈河東郡太君。子之忠，由母之教，母以子貴，不亦宜乎？司文者執簡以往，刊石旌德。其詞曰：

薛侯之裔兮代濟其美，不隕其名。是生碩德兮為世作程，忠不祐孝不福兮早謝休明⑭。身為士兮子為卿，又⑮將羽林兮統天兵。天子寵兮為崇榮，贈我武符兮賜我專城。青松寂寂兮晝無人聲，狗不吠兮雞不鳴。蒼茫千古兮孰云旌？賴孝子兮揚音英。

【校記】❶并序　此二字趙注本原無，據宋蜀本、麻沙本補。❷周　趙殿成曰：「疑是殷字或商字之訛。」《全唐文》作「商」。按，《左傳》隱公十一年《正義》曰：「譜云：薛，任姓，黃帝之苗裔奚仲封為薛侯……

仲虺居薛，以為湯左相，武王復以其胄為薛侯。齊桓霸諸侯，黜為伯。」薛周初復受封為諸侯，則稱「奚仲之後，于周為上卿」，當不誤也。❸上卿　宋蜀本作「卜正」。《左傳》隱公十一年：「滕侯、薛侯來朝，爭長。滕侯曰：『我，周之卜正也；薛，庶姓也，我不可以後之。』」則為卜正者實滕侯也。❹薛　趙注本原作「功」，從宋蜀本改。❺光　趙注本原作「先」，趙校曰：「疑是克字之訛。」此從《全唐文》。❻縣　趙注本原無此字，據宋蜀本補。❼餘　宋蜀本作「飾」。❽董戎　趙注本原作「以董」，從宋蜀本、麻沙本、明十卷本改。❾都　趙注本原作「郡」，此從麻沙本。❿禾　宋蜀本、麻沙本等俱作「和」，非是。⓫實　趙注本原作「安」，據宋蜀本、麻沙本、明十卷本改。⓬遺　宋蜀本、明十卷本、《全唐文》俱作「貽」。⓭胤　趙注本原作「嗣」，此從宋蜀本、麻沙本、明十卷本、奇字齋本。⓮明　趙注本原作「名」，此從宋蜀本、麻沙本。⓯又　麻沙本、明十卷本、奇字齋本俱作「文」，趙殿成改作大，此從宋蜀本。

大薦福寺大德道光禪師塔銘并序❶

禪師諱道光，本姓李，緜州巴西人。其先有特有流❷，若❸實有蜀，蓋子孫為民。大父懷節，隱峨嵋山，行無轍跡。其季父榮，為道士，有文知名。禪師幼孤，在諸兒中❹，其❺神獨不偶，家頗苦之絕。去❻詣鄉校，見周孔書，曰：「世教耳，誓苦行求佛道。」入山林，割肉施鳥獸，鍊指燒臂，入般舟道場百日，晝夜經行。遇五臺寶鑑❼禪師曰：「吾周行天下，未有如爾可教。」遂密授頓教，得解脫知見。舍空不域，既動無眹；不觀攝見，順有離覺。毛端族舉佛剎，掌上斷置世界，不覩非咎，應度方知。得其門者寡，故道俗之煩而息化城，指盡謂窮性海而已❽，焉足知恆沙德用，法界真有哉！春秋五十二❾，凡三十二❿夏，以大唐開元二十七年五月二十三日，入般涅槃于薦福僧坊。門人明空等，建塔于長安城南畢原。人天會葬，涕泗如雨，禪師之不可得法如此。其世行遺教，如一切賢聖。維十年座下，俯伏受教，欲以毫末，度量虛空，無有是處，誌其舍利所在而已。銘曰：

嗚呼人天尊，全身舍利在畢原。

【校 記】❶并序 趙注本原無此二字，據宋蜀本、麻沙本、明十卷本等補。❷流 宋蜀本作「雄」。❸若 宋蜀本作「者」，當屬上讀。❹中 趙注本原無此字，據宋蜀本、《全唐文》補。❺其 《全唐文》無此字。❻去 趙注本原作「玄」，《全唐文》作「走」，此從宋蜀本、麻沙本、明十卷本。❼鑑 宋蜀本作「豔」，疑非是。❽指

盡句　此句之下趙注本、《全唐文》均注曰：「上有闕文。」指，宋蜀本作「恉」。❾五十二　《全唐文》作「五十一」。❿凡三十二　此四字趙注本原無，從宋蜀本、麻沙本、明十卷本補。又《全唐文》「三十二」作「二十二」。

故任城縣尉裴府君墓誌❶銘

天寶二年正月十二日，唐故魯郡任城縣尉河東裴府君，卒于西京新昌坊私第，享年三十九，嗚呼哀哉！君諱回，字玉溫，河東聞喜人也。曾祖弘泰❷，皇雍州錄事參軍，贈上黨長史。祖思義，皇侍御史、吏部員外、左司郎中、戶部吏部侍郎、河東郡太守、晉城縣開國子。父敭珍，皇薛王府騎曹參軍。自晉已降，世為冠族，令德不替，以至于君。夫其事親孝，兄弟順，與朋友信，其從政公平，而壽不中年，官才一命。慈母在堂，諸弟未仕；兒未有識，女且嬰孩；妻夭于前，身沒于後，天可問邪？其若老親何！其若季仲諸孤何！生人之悲，莫甚于是。家貧，祭以棗脯，殮以時服，以某❸月日祔葬于鳳棲原先府君之塋。嗚呼！有河東裴子之墓誌之，蓋古有之，繼後之知者，亦何有哉！銘曰：

一死萬紀，終天不復。為之奈何？哀哀慟哭。覆載至廣，庶類繁育。萬物方春，而就于木。溫時何之？山川陵谷❹。

【校記】❶誌　宋蜀本作「碑」。❷弘泰　宋蜀本、麻沙本、明十卷本、奇字齋本俱作「弘春」，趙注本作「宏泰」。按，《新唐書·宰相世系表》謂回之曾祖曰「弘泰」，又趙注本「弘」作「宏」，係趙氏避清諱而改，今俱校正。❸某　此字之下宋蜀本多一「年」字。❹溫時二句　二句趙注本原無，據宋蜀本、麻沙本、明十卷本補。又「溫時」二字麻沙本、明十卷本俱作「茫昧」。

工部楊尚書夫人贈太原郡夫人京兆王氏墓誌銘并序❶

夫人諱某，京兆霸城人也。晉出三家，公子尊于魏國；秦亡六國，時人謂之王家。河南則分虎臨人，華陰則老熊當道❷。高祖德真，皇左僕射；祖九思，京兆府三原縣令；父潛，河南府告成縣令。大名之後，重光不替。夫人令儀淑德，發于天姿；閑❸禮明詩，傳乎❹世業。言成女誡，可著于縑緗；行為女師，詎資于行侍❺。豈止彈琴吐論，誦賦吟詩而已！及乎有行，嬪于君子，事姑至孝，旁穆六姻；為母深慈，均養七子。男以無雙令德，降帝子于鳳樓；女則第一解空，歸法王之象教。閨門之訓，朝野稱多。既而家列公侯，地連妃主，珠翠滿座，不御采衣；方丈盈前，唯甘素食。同❻德大師大照和尚，覩如來之奧，昭群有之源，夫人一入空門，便蒙法印。朱簾❼紺幰，無復飾❽乘；龍藏寶經，悉通至❾義。惠用圓滿，誡力堅嚴。藥藉茹葷，雖愈疾而不受；心已久淨，縱沒❿齒而常安。以某年月日，奄歸大寂于長興里之私第。

厥初寢疾，彌曠旬時，駙馬上人，柴毀骨立。揮淚嘗藥，身不解衣；泣血持經，手不釋卷。晝夜懺悔，非止六時；身命供養，寧唯七寶？御醫繼踵，中使重跡。魂兮不反，空焚外國之香；生也有涯，非無上天之樂。某月日，有詔追贈太原郡夫人。襄城石窌，增寵其榮名；翟茀魚軒，空悲于象設。以某月日，安厝于某原，禮也。功德之至，散花天女不留；釋梵之筵，勝鬘夫人何在。嗚呼哀哉！乃為銘曰：

天生淑德，實俾宜家。特能柔順，深棄嬌奢。詎離環珮，不御鉛⓫華。其一。婦道允諧，母儀俱美。每出誡夫，停飡訓子。賦掩〈西征〉⓬，書教內史。其二。門容高幰⓭，庭列長筵。男乘翠鳳，女比紅蓮。繁華貴里，寂寞安禪。其三。食必簞笥⓮，衣無重采。已度愛河，長游法海。石舄虛封，玉顏如在。其四。繁霜密雪，碎菊摧蘭。山花喜靜，□□春寒。平原松柏，誰忍迴看？其五。

【校記】❶并序　此二字趙注本原無，據宋蜀本、麻沙本、明十卷本補。❷老熊當道　用王羆事，見《北史·王羆傳》。熊，當為「羆」字之誤。❸閑　宋蜀本作「閱」。❹乎　《全唐文》作「於」。❺行待　《全唐文》作「麻泉」。❻同　宋蜀本作「問」。❼朱簾　宋蜀本、明十卷本俱作「牛車」。❽飾　趙注本原作「餘」，此從宋蜀本。❾至　宋蜀本作「了」。❿沒　趙殿成曰：「沒，舊作設，非。」按，趙校是，宋蜀本、《全唐文》正作「沒」。⓫鉛　趙注本原作「其」，據宋蜀本、明十卷本改。⓬西征　宋蜀本作〈西京〉。晉潘岳有〈西征賦〉，後漢張衡有〈西京賦〉，均載於《文選》。此處疑當作〈東征〉，《文選》曹大家〈東征賦〉李善注：「《大家集》

曰：子穀為陳留長，大家隨至官，作〈東征賦〉。」曹大家即班固之妹班昭，《後漢書》有傳。⓭嚧　趙殿成曰：「嚧，顧本作憲，誤。」按，趙校是，麻沙本、《全唐文》俱作「嚧」。⓮食必句　自此句以下至篇末，趙注本原作：「朝含香兮禮闈，夕青瑣兮黃扉。方天公兮密啟，建出牧兮高麾。俄入守兮京兆，賜黃金兮被皁衣。其四。捐余珮兮江中，隱思君兮不可窮。歌泰山兮不返，夢濟洹兮遂空。素車兮逶遲，宛鄉關兮故時。望國門兮不入，到秦山兮不知。瞻舊域兮松楸，平原夕兮素滻。愁魂兮歸來，江南不可以久留。」按，「朝含香兮」以下十八句，乃〈韓公墓誌銘〉篇末之銘文誤竄入本篇者，今據宋蜀本、明十卷本校正。尋其致誤之由，係因顧氏奇字齋據以刊刻之本有脫葉。舊本〈韓公墓誌銘〉一文皆置於本篇之後（宋蜀本、明十卷本皆如此），奇字齋本自本篇之「食必簞笥」句以下，至〈韓公墓誌銘〉之「冠獬豸兮奮蒼鷹」句（此句下接「朝含香兮」句），俱脫去（計其字數，適為兩頁），遂致「朝含香兮」以下十八句，誤與本篇之「寂寞安禪」句連為一文。趙殿成作《箋注》時，未曾見過奇字齋本以外的其他本子，因此沿襲了奇字齋本的錯誤。

唐故潞州刺史王府君夫人榮❶國夫人墓誌銘并序❷

夫人姓盧氏，范陽人也。昔堯命伯夷典秩宗，號太常為尚父❸。桓襄之際，公子食盧。卯金故人，王于大國；越石從事，官至中郎。曾祖士會，隋行臺侍御史。祖某，皇朝奉禮郎。父某，豪、淄、邛等三州刺史。持斧衣繡，威加不法；奠玉瘞帛，舉無違禮。守臨淄而齊皃不詐，去臨邛而蜀物盡留。夫人即府君之長女。積累世之德，鍾二門之美。儀表秀整，進止詳閑，不咨保傅，動由《詩》、《禮》。既以七❹族冠時，遂歸齊大之偶。入持門戶，內事舅姑，枕席溫凊于堂上，環珮逶迤于堂下。不脫簪珥，親當澣濯，玄纁可實于筐篚，粢盛可獻于宗廟。魚軒或駕，翟茀而朝。眾婦于是修容，夫人專之以禮。克贊君子，累至大官，雅政清德，實多左右。潞州早世，深秉義方，母儀可則，庭訓不替。女史之學，多讚大家之書；眾婦之儀，盡稟夫人之法。天與盛德，不降永年，以某月日寢疾，薨于長安善和里，享年若干。以某月日合祔某山原，禮也。子某，某官。淳孝之性，泣血待盡。永惟令德，固不可泯。彰示後人，乃❺刊于石。銘曰：

有姜之後，或邑于盧。歷代種德，示有稱孤。從事文府，振轡長途。其一。憲府持法，奉常秉禮。皇考專城，腰章郡邸。厚德重跡，深❻仁繼體。其二。降生哲人，其行惟淳。儀形眾庶，門冠諸姻。齊姜宋子，敢望清塵？其三。君子之貳，實聞高義。乃躬澣濯，先晨簪珥。穆及外親，敬是中饋。其四。母儀既峻，庭訓載揚。子以才貴，煌煌寵章。馳暉難駐，今問❼空長。其五。壽宮既啟，高堂永❽寂。千秋萬古，山川松柏。紀德誌行，惟茲貞石。其六。

【校記】❶榮　趙注本注：「榮，一本作營，誤。」❷并序　趙注本原無，據宋蜀本、麻沙本、明十卷本補。❸號太句　此句之下趙注本注曰：「上有闕文。」《全唐文》注曰：「疑。」❹七　宋蜀本、麻沙本、《全唐文》俱作「士」。作「士」意亦可通。❺乃　宋蜀本作「為」。❻深　《全唐文》作「重」。❼問　《全唐文》作「聞」。❽永　趙注本原作「求」，據宋蜀本、明十卷本等改。

汧陽郡太守王公夫人安喜縣君成氏墓誌銘并序❶

夫人字某，某郡人也。其先周成王之後。古之錫姓命氏，或以先父之職官，或因始祖之名諡，漢魏以降，史牒詳焉。曾祖休寧，某官；祖某，某官，襲封常山公。貳公執帛，調護儲闈❷；九伯剖符，典司方岳❸。

父某，某官❹。漢雄右❺輔，實拜翁歸；周命僕臣，惟茲伯冏。夫人即太僕府君之第二女也。世有明訓，家無遺德。蕙心紈質，豈曰師成；蠐首蛾眉，抑惟天與。同雲降雪，常聞柳絮之詩；獻歲發春，即賦椒花之頌。言事姑舅，宜其家室。寢門纔闢，笄六珈而問安；擊鐘未晞，具八籩而獻饋。染朱與綠，不忽公子之衣；采藻及蘋，有甚季姜❻之祭。魚軒翟茀，為諸侯之夫人；鳴珮垂環，對有國之君子。綺疏寓目，助選賢人；青帳藩身，用酬高論。善持門戶，能睦族姻。誠良人之從畋，不當原獸；訓愛子之為政，遂返池魚。言成大家之書，行為眾婦之法。至于彈琴製賦，纂組攻書，具舉百事之能，仍居四德之外。嗚呼！降年不永，春秋五十，以某載月日薨于長安平康里之私第，某月日祔于咸陽洪瀆原之先塋，禮也。不獲偕老，空傷奉倩之神；未始有生，誰達莊周之理❼！長子濡，前某官，次子澄，某官，次曰某，某官，及女等，漣漣泣血，煢煢在疚。哀纏聖善，痛七子之無依；文敘塞❽淵，冀九原之可識。乃為❾銘曰：

齊侯之子兮，衛侯之妻。膚如凝脂兮，手如柔荑。奉初之嘉訓兮，淑德日躋。供養兮姑舅，簪珥問安兮先夜漏。製三繅兮玄纁，具五獻兮籩豆。翟茀兮錦衣，駕魚軒兮來歸，從如雲兮滿中闈。忽形沉兮影絕，夫傷神兮子泣血。悲餘澤兮猶在，怨迴文兮未滅。返葬兮咸陽，寒天暮兮渭水長。嗟梧桐兮半死，無雙飛兮鳳凰。

【校記】❶并序　趙注本原無此二字，據宋蜀本、麻沙本、明十卷本補。❷闈　宋蜀本作「闥」。❸典司句　趙殿成曰：「典司方岳，顧本作典日方兵，誤，今校正。」按，趙校是，宋蜀本、麻沙本、明十卷本等俱作「典司方岳」。❹父某二句　趙注本原無，據《全唐文》補。❺右　趙殿成曰：「右，顧本作左，誤，今校正。」按，趙校是，明十卷本、《全唐文》俱作右。❻季姜　趙殿成曰：「季姜，恐是季蘭之訛。」按，「姜」疑為「女」字之訛。《左傳》襄公二十八年：「濟澤之阿，行潦之蘋藻，寘諸宗室（杜注：『薦宗廟。』），季蘭尸之，敬也。」孔疏：「此意取〈采蘋〉之詩也。……《詩》言季女，而此言季蘭，謂季女服蘭草也。案宣三年《傳》曰：『蘭有國香，人服媚之。』知是女之服蘭也。」❼理　趙注本原作「禮」，據麻沙本、明十卷本、《全唐文》改。❽塞　趙殿成曰：「塞，顧本作寒，誤，今校正。」按，趙校是，宋蜀本、明十卷本、《全唐文》俱作「塞」。❾乃為　趙注本無此二字，據宋蜀本、麻沙本、明十卷本等補。

祭兵部房郎中文

為人作❶

維載月日朔，某官某乙謹以酒脯之奠，敬祭于故兵部郎中房公之靈。

嗚呼！君子之才，周而不器，苟求行道，未嘗私身，沉靜好謀，話言必雅。往歲穀貴，關輔阻饑，眷命自天，發廩以賑，中朝之❷使，屬之鄙夫，不敢自賢，請子為介。匹夫嫠婦，黃口之孤，鍾釜之施，罔不必當，舉無棄粒，野有頌聲。國家厭兵革，苦徵戍，大召❸浮食，以靖國人。單車諭旨，萬里窮磧，西度赤坂，館于烏孫。形勞者病，神勞則夭，棄成功于末路，未復命而言謝。死不廢命，忠也；尸而加紳，寵也。

我盥而撫，子瞑受含，求仁得仁，其❹誰不死！玉關之下，素車威遲；愁雲晝聚，白雪春下；絳旐從風，車徒行哭。至上京而不駐，將返葬于關東。河活活而東注，天慘慘而悲風。道路猶長，子實途窮；人世如舊，子實成空。我有旨酒，以歆❺以餞，想像明德，歔欷出涕。尚饗。

【校記】❶祭兵部房郎中文　《全唐文》作「為人祭兵部房郎中文」，無題下注語。❷乏　趙注本原作「之」，此從宋蜀本、麻沙本、明十卷本、奇字齋本等。❸召　《全唐文》作「去」，疑非是。❹其　宋蜀本作「而」。❺歆　麻沙本作「歌」。

為楊郎中祭李員外文

維載月日朔，行❶尚書司勳郎中賜緋魚袋楊玄璋等，謹以清酌少牢之奠，敬祭于故左司員外郎李公之靈。嗚呼！大朴難名，大辨❷若訥；泊❸兮無兆，汎然隨物；直而好學，敏以從事。行隱于寡言，文成于沉醉。澡身浴德，唯仁與義；讀書甚解，作賦彌工；麗詞秀務❹，奧義玄通；記言西掖，起草南宮。第五將姪，伏波事嫂，食先與甘，衣必讓好，口嘗其糲，身席于藁。結友一言，同官一日，徇我朋好❺，忘其身恤，豈惟攜手，亦將加膝。

明明天子，惟賢是思。恨馮唐之已老，喜相如之同時。罷刊書于虎觀，將載筆于鳳池。嗚呼！病時七啟，臥內一訣。痛乾坤而忽窮，嗟古今而長絕。永言北首，返葬東周。何夫子之適去，同眾人之若休！歷千門而行哭，動九陌而增愁；馬悲鳴而笳咽，雲寡色而風秋。玄璋等或結髮舊遊，比肩同列，悲薤歌之首路，哀柳車之就轍；嗟無見而空❻來，痛不知而成別❼。嗚呼哀哉！尚饗。

【校記】❶行　疑為守字之誤。《舊唐書・職官志》：「凡九品已上職事，皆帶散位，謂之本品。……貞觀令，以職事高者為守，職事卑者為行。」即職事官的官階較高而所帶散官之階較低，則職事官上應加一守字；反之，則職事官上應加一行字。唐官員之章服據散官的官階而定，司勳郎中從五品上，若稱行，則其所帶散官之階，必高於從五品上，本得著緋佩魚，何須復賜緋魚袋？故疑此句之行字，應為守字之誤。❷辨　通「辯」。宋蜀本、明十卷本俱作辯。❸泊　趙殿成曰：「顧本作治，誤，今校正。」按，趙校是，宋蜀本、麻沙本、《全唐文》俱作泊。❹務　此字或有誤，《全唐文》於此字下注曰：「疑。」❺徇我句　此句《全唐文》作殉我朋交。❻空　麻沙本作奚。❼別　趙注本原作列，據宋蜀本、麻沙本改。

為兵部祭庫部王郎中文❶

惟公弘量碩德，寡言敏行。直而能婉，和而不競。以❷儒墨為鋒鍔，在顏冉之季孟。白雲刑官，繡衣使者，時無冤人，路多避馬。既踐文昌，來司武庫。冀翟車之高足，為鳳池之先路，豈期位薄德崇，才遠途窮！拜命之時，初一朝於北闕；移疾于外，不再入于南宮。嗚呼！哀輓悲笳，寒天疎木。宅不卜地，祔于故塋。家無餘財，斂以時服。弟難會葬，兒未及哭。其營護而奠遺，惟甥姪與姻族。某嘗同官，實喜良友。仰德彌高，立言不朽。居常接膝，未忍分手。況永訣兮無期，向空筵而灑❸酒。尚饗。

【校記】❶為兵部祭庫部王郎中文　篇題趙注本原作「為人祭某官文」。按，據篇中「既踐文昌，來司武庫」等語，可知死者卒前正官庫部郎中，故此處從宋蜀本、麻沙本作今題。❷以　此字趙注本原空缺，據宋蜀本、麻沙本校補。❸灑　《全唐文》作「釃」。

為人祭李舍人文

年月日，某以茶藥之奠，祭于故舍人李公之靈。嗚呼！見人多矣，未有如子。生于德門，長于貴里；名高江夏之童❶，貌奪河陽之美；行比曾顏❷，才兼文史。含恣輕肥，仰偃紈綺，惡如涕唾，棄如塵滓。比布衣以同年，甘蔬食而沒齒。嗚呼！深入度門，高居道源，獨一靜處，寂默無言。持❸草誠之真性，歸化光之法尊。曠無淨染，頓離塵根。豈期昨日分首，別離未久，萬法皆空，一生何有？無餘涅槃，應無所受；無漏智慧，斯為不朽。予以凡情，哀哀其後。世相謂然，道心斯醜。敢不從俗？子其無咎❹。尚饗❺。

【校　記】❶童　趙殿成曰：「童，顧本作重，今校正。」按，趙校是，宋蜀本、麻沙本、明十卷本等俱作「童」。❷曾顏　《全唐文》作「顏曾」。❸持　趙注本原作「待」，此從明十卷本。❹咎　宋蜀本作「言」。❺尚饗　此二字趙注本原無，據宋蜀本、麻沙本、明十卷本補。

為人祭某官文❶

惟公弘量碩德❷，抱義戴仁；早離我見，常守吾真；朝稱端士，世謂淳人。夏官之職，惟賢是寄；既節五官，兼選騎士；宿衛扞城，必由茲地；速應為敏，平分是貴；決遣先馳，曹無留事。嗚呼！積善無慶，寢疾彌留；唐肆求馬，夜壑藏舟；深悟幻境，獨與道遊；死而不忘，魂兮若休。嗚呼！某等何幸，得備官屬；泰然若春，溫兮如玉；去德何永，事生何促？五情如喪，百身不贖；敬薦❸醴牢，哀哀慟哭。尚饗。

【校記】❶為人祭某官文　篇題趙注本原作「為兵部祭庫部王郎中文」，按，維集中另有一〈為兵部祭庫部王郎中文〉，此處從宋蜀本、麻沙本作今題。參見〈為兵部祭庫部王郎中文〉校記❶。❷惟公句　此句宋蜀本、麻沙本俱作「惟公碩德弘量」。❸薦　《全唐文》作「獻」。

為羽林將❶軍祭武大將軍文

維年月日，將軍某等，謹以清酌少牢之奠，祭于故大將軍武公之靈。

嗚呼武公，命代出群。氣蓋朔方，勇冠六軍。生長下國，聲聞上天。天子壯之，命居北門。北門伊何？國之重寄。羽林孤兒，旄頭突騎，罔不畢總❷，為之元帥。帝在紫微，與君為衛。身恆披堅，手不捨銳。出乘天駟，入虛❸東第。同官為寮，出入五世。顧我軍旅❹，凜然遺風。一日之長，萬夫之雄。身雖有極，德不可窮。嗚呼！門館蒼黃，風景淒涼。櫪馬悲鳴，角弓不張。弔客接武，哭聲滿堂。嗚呼！凡人有喪，匍匐斯救，況我武公❺，屢及其霤，盥而撫之，哈玉當受。敢不嗣事，如公之舊。尚饗❻。

【校　記】❶將　《全唐文》無此字。❷總　趙注本原作「勸」，宋蜀本作「劃」，此從麻沙本。❸虛　趙注本原作「並」，據宋蜀本改。疑「虛」字缺上半，遂誤而為「並」。❹旅　宋蜀本作制。❺公　宋蜀本作「侯」。❻尚饗　此二字趙注本原無，據宋蜀本補。

為崔常侍祭牙門姜將軍文

維大唐開元二十五年，歲次丁丑，十一月辛未朔四日甲戌，左散騎常侍、河西節度副大使攝御史中丞崔公，致祭于故姜公之靈。嗚呼！天子命我❶，建旗西門，帶甲十萬，鐵騎雲屯。橫挑強胡，飲馬河源。嗟爾勇健，表為牙門。牙門伊何？全齊大族。四方有事，誓死鳴轂。前有血刃，後有飛鏃，其氣益振，大呼馳逐。翩翩白馬，象弧雕服，戈舂其喉，矢集❷其目。

嗚呼！天下無事，今上好文，爾有餘勇，莫敢邀勳。腰鞬白首，蹉跎塞雲；死于裨將，誰統前軍？家本秦人，靈車東騖。長天積雪，邊城欲暮。麾下行哭，前旌抗路。身有寶劍，不佩而去；韔有代馬，悲鳴跼顧。嗚呼！我誡軍吏，今送爾歸。既素我服，亦朱其衣。黠虜未滅，壯士長辭。牢醴以祭，太息歔欷。尚饗。

【校記】❶我 趙注本原作「之」，此從麻沙本、《全唐文》。❷集 《全唐文》作「注」。

為王常侍祭沙陁鄯國夫人文❶

維年月日朔，河西節度使、左散騎常侍王公，遣總管石抱玉，以酒牢之奠，致祭于故沙陁鄯國夫人之靈。嗚呼！惟此淑德，降于異域，至性不師，天姿靡飾。禮容詎假于環珮，工藝非因于組織。行閨訓于穹廬，成母儀于蕃國。懿此清範，夫人之則；沙陁令門，外家之力。嗚呼！夫人歸命，干戈遂寢，子孫扞城，國家高枕。居之右地，革其左衽，散❷辮垂鬟，解裘衣錦。嗚呼！降年不永，遠日方臨；寂矣高堂，歛珠含玉；哀哉貴女，刃❸面摧心。嗚呼！聖朝命我，護此諸蕃；夫人所出，天子加恩；能守漢制，不效夷言；馬無北首，車必南轅。教義所及，忠信彌敦；寶❹嘉內訓，用潔斯樽。尚饗。

【校記】❶文　宋蜀本、麻沙本俱無此字。❷散　麻沙本作「改」。❸刃　《全唐文》作「㔟」。❹寶　《全唐文》作「實」。

奉和聖製聖扎❶賜宰臣連珠詞五首應制　時為庫部員外

臣聞大名馭寓，天地同符；間氣佐時，君臣協德。故千年聖主，唐帝撫其寶圖；七德諸侯，周公為之元老。

臣聞有其才者效其職，重其任者竭其能。故樂播大風，乃能調四氣；身騎列宿，于是運三光。

臣聞先天不違，德合于上；事君盡力，功濟于下。故君臣同體于大道，庶人以康；億兆宅心于至仁，萬邦乃固。

臣聞形之端者，影必隨焉；聲之善者，響必應焉。故偃武修文，皇天降之善氣；薄賦省役，后土報以豐年。

臣❷聞宣至理者，文懸之于日月；表聖言者，字動之以烟雲。故虞舜作歌，徒施于典策；伏羲畫卦，未類于昭回。

【校記】❶扎　趙注本原作「劄」，此從宋蜀本、麻沙本。❷臣　宋蜀本作「蓋」。

宮門誤不下鍵判❶

安上門應閉，主者誤不下鍵。

對❷：設險守國，金城九重；迎賓遠方，朱門四闢，將以晝通阡陌，宵禁姦非。眷彼閽人，實司是職。當使秦王宮裡，不失狐白之裘；漢后廄中，唯通赭馬之跡。而❸乃不施金鍵，空下鐵關。將謂堯人可封，固無狗盜之侶；王者無外，有輕魚鑰之心。過自慢生，陷茲詿誤。而抱關為事，空欲望于侯嬴；或犯門有人，將何禦于臧紇？固當無疑，必寘嚴科。

【校記】❶宮門誤不下鍵判　篇題《全唐文》作「對宮門誤不下鍵判」。❷對　《全唐文》無此字。❸而　趙注本原作「是」，此從《文苑英華》、《全唐文》。

大唐吳興郡別駕前荊州大都督府長史山南東道採訪使京兆尹韓公墓誌銘❶

嗚呼！謂天未喪斯文，宣尼去魯而無祿；謂天果輔有德，樂毅辭❷燕而不歸。夫子處順而終，穆伯猶毀以請，飾棺置境，返葬於周。公諱朝宗❸，字某，本出昌黎，今為京兆人也。其先或玄袞赤舄，介圭覲王；朱英❹綠縢，執訊擒敵。周末諸侯相王，始啟宜陽；漢初功臣定封，亦荒代郡❺。曾祖諱倫，左衛率，賜爵長山縣男❻。祖某，隱居不仕。父諱思復❼，御史大夫，太子賓客，進封長山縣伯❽。遯世者名高善卷、黔婁，事君者位至倪寬、卜式。公即長山府君之長子也。

神言有公侯之徵，兒戲陳俎豆之法，學成孫叔，狀類皋繇。年若干，應文以經國，舉甲科，試右拾遺。天祿閣[9]校文，獻子雲之賦；白[10]馬生騶諫，稱公高之官。拜監察御史、兵部員外郎。埋輪憲府，奏記劾大將軍；賜筆禮闈，董戎從小司馬。轉度支郎中，除給事中。度錢穀之盈虛，以均九賦；執制詔之可否，以辨五書。置王令於水源，豐國財於天府。尋知吏部選事。興廢繼絕，不遏前人之光；選賢授能，必當庶尹之任。旌乎淑慝，御以清通。除許州刺史，荊州大都督府長史、山南採訪使，坐南陽令，貶洪州都督，遷蒲州刺史。所履之官，政皆尤異，黜陟使奏課第一。徵為京兆尹。外家公主，敢縱蒼頭盧兒；黠吏惡少，自擒赭衣偷長。恥用鉤距得情，好以《春秋》輔義。奏事盡成律令，為吏飾以文儒。上悅其醇，方委[11]以政。頃坐營谷口別業，貶高平太守；又坐長安令有罪，貶吳興郡別駕。諸葛田園，未啟明主；華陰傾巧，卒敗名儒。天寶九載六月二十一日寢疾，薨于官舍，享年六十有五。暨國家推五運之紀，按[12]千歲之統，開釋天地，與之更始，宥萬方之未昭蘇，敘百官之喪職秩，苟有位者，咸得與焉，而公宜[13]然不及見[14]也。虛蒙大賚，重以為哀。

夫人河東柳氏，父[15]某，某官。言妃齊侯，實惟宋子。人傳夫人之禮，家有大家之書。以開元五年六月五日[16]先公而卒，至是以天寶十載十月二十四日合祔，陪於藍田白鹿原長山公先塋，禮也。長子曰某[17]，居憂而卒；次子某[18]，前殿中侍御史，貶晉陵郡司戶。次子某等，倚廬野次，方銜枕塊之哀；輿櫬歸來，尚抱長沙之痛[19]。公子[20]之輸力王室，公之紀勳太常，言於國，竭情無私；理於家，陳信無愧。降年不永，非命而何？誌則有由，或題季子之墓；宅不改卜，素有滕公之銘。銘曰：

帝周發之苗裔兮，受介圭以建侯。中裂土以分晉兮，又王韓以□□[21]。紛吾既有此內美兮[22]，幼[23]忠信以[24]為乘。登麒麟兮剸[25]白虎，冠獬豸兮奮蒼鷹。朝含香兮禮闈，夕青瑣兮黃扉。方大[26]公兮密啟，建出牧兮高麾。俄入守兮京兆，賜黃金兮披皁衣。捐余佩兮江中，隱思君兮不可窮。歌泰山兮不返，夢濟洹兮遂空。素車兮逶遲，宛鄉關兮故時。望國門兮不入，到泰山㉗兮不知。瞻舊域兮松楸，平原夕兮素滻。愁魂兮歸來，江南不可以久留。

【校記】❶大唐至墓誌銘　此文趙注本、奇字齋本皆失載，麻沙本僅有其中一部分（無篇題），且誤竄於〈故任城縣尉裴府君墓誌銘〉一文後。此據宋蜀本、明十卷本、《全唐文》增補，以《全唐文》為底本。篇題宋蜀本、明十卷本俱作「唐故京兆尹長山公韓府君墓誌銘」，題下並有「并序」二字。❷辭　底本原作「去」，此從宋蜀本、明十卷本。❸朝宗　宋蜀本、明十卷本俱作「某」。❹英　底本原作「纓」，此據宋蜀本、明十卷本校正。❺岱郡　漢無岱郡（有泰山郡，然其地距漢初韓王信的治所馬邑甚遠），此處疑當作「代郡」。西漢代郡轄境在今山西陽高、渾源、河北懷安、蔚縣一帶，其地距馬邑頗近。❻曾祖三句　宋蜀本、明十卷本俱作「曾祖某某官某乙」。❼父諱句　宋蜀本、明十卷本俱作「父某」。❽封長山縣伯　宋蜀本、明十卷本俱作「封長山公」。❾閣　此字底本原無，據宋蜀本、明十卷本補。❿白　此字底本原無，宋蜀本、明十卷本俱作「句」。按，「句」蓋即「白」之形誤字，故據以校改。⓫委　麻沙本作「倚」。⓬按　底本原作「接」，此從宋蜀本。⓭冥　宋蜀本作「淚」，麻沙本、明十卷本作「泯」。⓮及見　宋蜀本、明十卷本俱作「見及」。⓯父　麻沙本作「祖」。⓰六月五日　麻沙本作「五月六日」。⓱長子曰某　底本作「長子曰某官」，此從宋蜀本。⓲次子某　此三字下宋蜀本、麻沙本、明十卷本俱多「嗣子其」（麻沙本作「某」）三字。⓳痛　宋蜀本、麻沙本、明十卷本俱作「譴」。⓴子　麻沙本無此字。㉑中裂二句　宋蜀本、明十卷本俱作「中裂土以分晉又王韓兮」。㉒紛吾句　宋蜀本、明十卷本俱作「臣既有此內美」。㉓幼　此字底本空缺，據宋蜀本、明十卷本補。㉔以　宋蜀本、明十卷本俱作「兮」。

㉕剸 宋蜀本、明十卷本俱作「剸」。㉖大 宋蜀本、明十卷本俱作「天」，疑當作山。山公謂山濤。㉗泰山 底本原作「泰山」，據宋蜀本、麻沙本、明十卷本改。

招素上人彈琴簡❶

僕乍脫塵鞅，來就泉石，左右墳史，時自舒卷，頗覺思慮，斗然一清，喁俟揮絃，寫我佳況。

【校記】❶招素上人彈琴簡 此篇王維集諸本俱不錄，僅見於《全唐文》卷三二五。

古籍今注新譯叢書

書種最齊全
注譯最精當

【哲學類】

新譯四書讀本　謝冰瑩等編譯
新譯學庸讀本　王澤應注譯
新譯孝經讀本　賴炎元等注譯
新譯論語新編解義　胡楚生編著
新譯易經讀本　郭建勳注譯
新譯周易六十四卦經傳通釋　黃慶萱注譯
新譯乾坤經傳通釋　黃慶萱注譯
新譯易經繫辭傳解義　吳　怡著
新譯禮記讀本　姜義華注譯
新譯儀禮讀本　顧寶田等注譯
新譯孔子家語　羊春秋注譯

新譯老子讀本　余培林注譯
新譯帛書老子　趙　鋒注譯
新譯老子解義　吳　怡著
新譯莊子讀本　黃錦鋐注譯
新譯莊子讀本　張松輝注譯
新譯莊子本義　水渭松注譯
新譯莊子內篇解義　吳　怡著
新譯列子讀本　莊萬壽注譯
新譯管子讀本　湯孝純注譯
新譯墨子讀本　李生龍注譯
新譯公孫龍子　丁成泉注譯
新譯晏子春秋　陶梅生注譯
新譯鄧析子　徐忠良注譯
新譯荀子讀本　王忠林注譯

新譯尹文子　徐忠良注譯
新譯尸子讀本　水渭松注譯
新譯鶡冠子　趙鵬團注譯
新譯鬼谷子　王德華等注譯
新譯韓非子　傅武光等注譯
新譯呂氏春秋　朱永嘉等注譯
新譯韓詩外傳　孫立堯注譯
新譯淮南子　熊禮匯注譯
新譯春秋繁露　朱永嘉等注譯
新譯新書讀本　饒東原注譯
新譯新語讀本　王　毅注譯
新譯潛夫論　彭丙成注譯
新譯論衡讀本　蔡鎮楚注譯
新譯申鑒讀本　林家驪等注譯

新譯人物志　吳家駒注譯
新譯張載文選　張金泉注譯
新譯近思錄　張京華注譯
新譯傳習錄　李生龍注譯
新譯呻吟語摘　鄧子勉注譯
新譯明夷待訪錄　李廣柏注譯

文學類

新譯詩經讀本　滕志賢注譯
新譯楚辭讀本　林家驪注譯
新譯楚辭讀本　傅錫壬注譯
新譯文心雕龍　羅立乾注譯
新譯六朝文絜　蔣遠橋注譯
新譯世說新語　劉正浩等注譯
新譯昭明文選　周啟成等注譯
新譯古文觀止　謝冰瑩等注譯
新譯古文辭類纂　黃　鈞等注譯
新譯樂府詩選　溫洪隆注譯
新譯古詩源　馮保善注譯
新譯千家詩　邱燮友等注譯
新譯詩品讀本　成　林等注譯
新譯花間集　朱恒夫注譯
新譯南唐詞　劉慶雲注譯
新譯絕妙好詞　聶安福注譯
新譯唐詩三百首　邱燮友注譯
新譯宋詩三百首　陶文鵬注譯
新譯宋詞三百首　汪　中注譯
新譯宋詞三百首　劉慶雲注譯
新譯元曲三百首　賴橋本等注譯
新譯明詩三百首　趙伯陶注譯
新譯清詩三百首　王英志注譯
新譯清詞三百首　陳水雲等注譯
新譯唐人絕句選　卞孝萱等注譯
新譯唐才子傳　戴揚本注譯
新譯拾遺記　石　磊注譯
新譯搜神記　黃　鈞注譯
新譯唐傳奇選　東　忱等注譯
新譯宋傳奇小說選　東　忱注譯
新譯明傳奇小說選　陳美林等注譯
新譯容齋隨筆選　朱永嘉等注譯
新譯明散文選　周明初注譯
新譯明清小品文選　鄭　婷注譯
新譯人間詞話　馬自毅注譯
新譯白香詞譜　劉慶雲注譯
新譯幽夢影　馮保善注譯
新譯菜根譚　吳家駒注譯
新譯小窗幽記　馬美信注譯
新譯圍爐夜話　馬美信注譯
新譯郁離子　吳家駒注譯
新譯歷代寓言選　黃瑞雲注譯
新譯賈長沙集　林家驪注譯
新譯揚子雲集　葉幼明注譯
新譯曹子建集　曹海東注譯
新譯建安七子詩文集　韓格平注譯
新譯阮籍詩文集　林家驪注譯
新譯嵇中散集　崔富章注譯
新譯陸機詩文集　王德華注譯
新譯陶淵明集　溫洪隆注譯
新譯江淹集　羅立乾等注譯
新譯庾信詩文選　歸　青注譯
新譯初唐四傑詩集　李福標注譯
新譯駱賓王文集　黃清泉注譯
新譯王維詩文集　陳鐵民注譯
新譯孟浩然詩集　楊　軍注譯
新譯李白詩全集　郁賢皓注譯
新譯李白文集　郁賢皓注譯
新譯杜甫詩選　張忠綱等注譯
新譯杜詩菁華　林繼中注譯
新譯高適岑參詩選　孫欽善等注譯

新譯昌黎先生文集　周啟成等注譯
新譯劉禹錫詩文選　閻　琦注譯
新譯柳宗元文選　卞孝萱等注譯
新譯白居易詩文選　陶　敏等注譯
新譯元稹詩文選　郭自虎注譯
新譯李賀詩集　彭國忠注譯
新譯杜牧詩文集　張松輝注譯
新譯李商隱詩選　朱恒夫等注譯
新譯范文正公選集　王興華等注譯
新譯蘇洵文選　羅立剛注譯
新譯蘇軾文選　滕志賢注譯
新譯蘇軾詞選　鄧子勉注譯
新譯蘇轍文選　朱　剛注譯
新譯曾鞏文選　高克勤注譯
新譯王安石文選　沈松勤注譯
新譯唐宋八大家文選　鄧子勉注譯
新譯柳永詞集　侯孝瓊注譯
新譯李清照集　姜漢椿等注譯
新譯陸游詩文集　韓立平注譯
新譯辛棄疾詞選　聶安福注譯
新譯歸有光文選　鄔國平注譯
新譯唐順之詩文選　馬美信注譯
新譯徐渭詩文選　周　群等注譯
新譯薑齋文集　平慧善注譯
新譯顧亭林文集　劉九洲注譯
新譯納蘭性德詞　馮　乾注譯
新譯方苞文選　鄔國平等注譯
新譯鄭板橋集　朱崇才注譯
新譯袁枚詩文選　王英志注譯
新譯李慈銘詩文選　潘靜如注譯
新譯聊齋誌異選　任篤行等注譯
新譯閱微草堂筆記　嚴文儒注譯
新譯浮生六記　馬美信注譯
新譯弘一大師詩詞全編　徐正綸編著

歷史類

新譯史記　韓兆琦注譯
新譯漢書　吳榮曾等注譯
新譯後漢書　魏連科等注譯
新譯三國志　吳樹平等注譯
新譯資治通鑑　張大可等注譯
新譯史記—名篇精選　韓兆琦注譯
新譯尚書讀本　吳　璵注譯
新譯尚書讀本　郭建勳注譯
新譯周禮讀本　賀友齡注譯
新譯逸周書　牛鴻恩注譯
新譯左傳讀本　郁賢皓等注譯
新譯公羊傳　雪　克注譯
新譯穀梁傳　顧寶田注譯
新譯春秋穀梁傳　周　何注譯
新譯戰國策　溫洪隆注譯
新譯國語讀本　易中天注譯
新譯說苑讀本　左松超注譯
新譯說苑讀本　羅少卿注譯
新譯新序讀本　葉幼明注譯
新譯吳越春秋　黃仁生注譯
新譯西京雜記　曹海東注譯
新譯列女傳　黃清泉注譯
新譯越絕書　劉建國注譯
新譯燕丹子　曹海東注譯
新譯東萊博議　李振興等注譯
新譯唐六典　朱永嘉等注譯
新譯唐摭言　姜漢椿注譯

宗教類

新譯金剛經　徐興無注譯
新譯高僧傳　朱恒夫等注譯
新譯碧巖集　吳　平注譯
新譯百喻經　顧寶田注譯

新譯楞嚴經　賴永海等注譯
新譯梵網經　王建光注譯
新譯圓覺經　商海鋒注譯
新譯法句經　劉學軍注譯
新譯六祖壇經　李中華注譯
新譯禪林寶訓　李中華注譯
新譯維摩詰經　陳引馳等注譯
新譯經律異相　顏洽茂注譯
新譯阿彌陀經　蘇樹華注譯
新譯無量壽經　邱高興注譯
新譯無量壽經　蘇樹華注譯
新譯妙法蓮華經　張松輝注譯
新譯景德傳燈錄　顧宏義注譯
新譯大乘起信論　韓廷傑注譯
新譯釋禪波羅蜜　蘇樹華注譯
新譯八識規矩頌　倪梁康注譯
新譯永嘉大師證道歌　蔣九愚注譯
新譯華嚴經入法界品　楊維中注譯
新譯地藏菩薩本願經　李承貴注譯
新譯悟真篇　劉國樑等注譯
新譯无能子　張松輝注譯
新譯坐忘論　張松輝注譯
新譯列仙傳　張金嶺注譯

新譯抱朴子　李中華注譯
新譯神仙傳　周啟成注譯
新譯性命圭旨　傅鳳英注譯
新譯老子想爾注　顧寶田等注譯
新譯周易參同契　劉國樑注譯
新譯道門觀心經　王　卡注譯
新譯養性延命錄　曾召南注譯
新譯樂育堂語錄　戈國龍注譯
新譯冲虛至德真經　張松輝注譯
新譯長春真人西遊記　顧寶田等注譯
新譯黃庭經・陰符經　劉連朋等注譯

軍事類

新譯司馬法　王雲路注譯
新譯尉繚子　張金泉注譯
新譯三略讀本　傅　傑注譯
新譯六韜讀本　鄔錫非注譯
新譯吳子讀本　王雲路注譯
新譯孫子讀本　吳仁傑注譯
新譯李衛公問對　鄔錫非注譯

教育類

新譯爾雅讀本　陳建初等注譯
新譯顏氏家訓　李振興等注譯
新譯聰訓齋語　馮保善注譯
新譯曾文正公家書　湯孝純注譯
新譯三字經　黃沛榮注譯
新譯百家姓　馬自毅等注譯
新譯幼學瓊林　馬自毅注譯
新譯增廣賢文・千字文　馬自毅注譯
新譯格言聯璧　馬自毅注譯

政事類

新譯商君書　貝遠辰注譯
新譯鹽鐵論　盧烈紅注譯
新譯貞觀政要　許道勳注譯

地志類

新譯山海經　楊錫彭注譯
新譯水經注　陳橋驛等注譯
新譯佛國記　楊維中注譯
新譯大唐西域記　陳　飛等注譯
新譯洛陽伽藍記　劉九洲注譯
新譯徐霞客遊記　黃　珅注譯
新譯東京夢華錄　嚴文儒注譯

◎新譯駱賓王文集

黃清泉／注譯　陳全得／校閱

駱賓王是「初唐四傑」中最典型的悲劇詩人。終其一生，仕途坎坷，懷才不遇。因此理想與現實的矛盾，形成他文學創作的悲劇性境界。本書以四部叢刊《駱賓王文集》十卷本為底本，校以顏文選本《駱丞集》等，確實補錄脫簡、訂正佚字。詩歌的語譯，則將直譯與意譯相結合，力求保持詩的色澤、韻味。完整呈現文集中深厚的歷史、文化意蘊，以及深沉的憂患意識。